# machado de assis

**CONTOS ESSENCIAIS**

# machado de assis

## CONTOS ESSENCIAIS

SELEÇÃO E APRESENTAÇÃO:
**JEAN PIERRE CHAUVIN**

NOTAS:
**DJALMA LIMA**

MARTIN CLARET

# Sumário

Machado de Assis contra o lugar-comum     7

## 1 Contos fluminenses (1870)
| | |
|---|---:|
| Miss Dollar | 23 |
| Luís Soares | 46 |
| O segredo de Augusta | 67 |
| Frei Simão | 93 |

## 2 De Histórias da meia-noite (1873)
| | |
|---|---:|
| A parasita azul | 105 |
| As bodas de Luís Duarte | 144 |
| Ernesto de tal | 160 |
| O relógio de ouro | 181 |

## 3 De Papéis avulsos (1882)
| | |
|---|---:|
| Teoria do medalhão | 191 |
| D. Benedita | 201 |
| O segredo do Bonzo | 220 |
| O anel de Polícrates | 227 |
| A Sereníssima República | 239 |
| O espelho | 247 |
| Verba testamentária | 257 |

## 4 De Histórias sem data (1884)
| | |
|---|---:|
| A igreja do diabo | 271 |
| Cantiga de esponsais | 280 |
| Galeria póstuma | 284 |
| Uma senhora | 292 |
| Noite de almirante | 299 |
| Manuscrito de um sacristão | 306 |

## 5 De *Várias histórias* (1896)

| | |
|---|---|
| A cartomante | 317 |
| Entre santos | 326 |
| Uns braços | 334 |
| Um homem célebre | 342 |
| A causa secreta | 352 |
| Trio em lá menor | 361 |
| Conto de escola | 369 |
| Um apólogo | 377 |

## 6 De *Páginas recolhidas* (1899)

| | |
|---|---|
| O caso da vara | 383 |
| Missa do galo | 390 |
| O sermão do Diabo | 397 |
| A cena do cemitério | 400 |

## 7 De *Relíquias de casa velha* (1906)

| | |
|---|---|
| Pai contra mãe | 407 |
| Maria Cora | 417 |
| Um capitão de voluntários | 434 |
| Evolução | 446 |

## 8 Contos esparsos

| | |
|---|---|
| Um esqueleto | 455 |
| O país das quimeras | 471 |
| Virginius | 485 |
| Casada e viúva | 499 |
| O oráculo | 513 |
| Uma excursão milagrosa | 520 |
| O rei dos caiporas | 536 |
| Mariana | 551 |
| Quem conta um conto... | 567 |
| Os óculos de Pedro Antão | 583 |
| O sainete | 601 |
| O machete | 610 |
| O imortal | 621 |
| Viagem à roda de mim mesmo | 642 |
| A ideia de Ezequiel Maia | 651 |
| O programa | 658 |
| Trina e una | 678 |
| A carteira | 688 |

# Machado de Assis contra o lugar-comum

Jean Pierre Chauvin*

Esta coletânea chega cento e dez anos após a morte de Joaquim Maria Machado de Assis (1839-1908) — fenômeno cultural do século dezenove que costuma ser considerado um dos maiores retratistas da "alma" carioca, como sugerira Miécio Táti, em 1961.[1] É sintomático que boa parte de sua prosa mapeasse justamente o período correspondente ao Segundo Império: palco de arrivistas, especuladores financeiros e bacharéis, enredados por questões sentimentais, existenciais ou econômicas.

Raros terão sido os escritores tão prolíficos, em nossa literatura. Sua obra é uma das mais vastas de que se tem notícia, no país — produzida quase ininterruptamente entre as décadas de 1850 e 1900. O escritor foi chamado, com razão, de polígrafo, já que se dedicou à escrita de nove romances, duas novelas, aproximadamente duzentos contos, centenas de poemas, crônicas e correspondências, sem contar as traduções do francês e do inglês, mais crítica teatral e literária.

Ao longo de mais de um século, a crítica machadiana dedicou-se a descobrir o que poderia explicar a existência de um talento de tamanho porte, em meio às adversidades que enfrentou (a origem humilde, os estudos irregulares, sua constituição étnica, a condição social, a gagueira, o fato de sofrer com problemas de saúde, dentre os quais dramáticos episódios de epilepsia, problemas na visão, etc.), como se percebe nos estudos de Lúcia Miguel Pereira,[2] Raimundo Magalhães Júnior[3] e Jean-Michel Massa.[4]

---

\* Professor de Cultura e Literatura Brasileira na ECA, USP. Autor do ensaio "*Quincas Borba* ou a primazia do senso comum". In: Machado de Assis. Quincas Borba. Cotia: Ateliê, 2016, p. 15-79.

[1] Miécio Táti. *O mundo de Machado de Assis (o Rio de Janeiro na obra de Machado de Assis)*. 2ª Tiragem. Rio de Janeiro: Secretaria Municipal de Cultura, 1995.

[2] Lúcia Miguel Pereira. *Machado de Assis: estudo crítico e biográfico*. 6ª ed. Belo Horizonte: Itatiaia; São Paulo: Edusp, 1988.

[3] Raimundo Magalhães Júnior. *Vida e obra de Machado de Assis*. Rio de Janeiro: Civilização Brasileira; Brasília: MEC, 1981 [4 volumes].

[4] Jean-Michel Massa. *A juventude de Machado de Assis, 1839-1870: ensaio de biografia intelectual*. 2ª ed. Tradução: Marco Aurélio de Moura Matos. São Paulo: Editora Unesp, 2009.

Exceção feita ao estudo de Alcides Maya,[5] em 1912, sobre a filiação de Machado ao *humour* dos escritores ingleses, aos poucos sedimentava-se uma imagem aparentemente homogênea e inquebrável do autor. Por sinal, até recentemente escutavam-se leitores de primeira hora a reproduzir bordões equivocados, cimentados por uma parcela da crítica, a começar por José Veríssimo[6] — o primeiro grande escudeiro do amigo Machado, que lhe dedicou o capítulo final de sua *História da Literatura Brasileira*, também como forma de homenagear o amigo.

Disso tudo decorre uma visão tão multifacetada, em relativa consonância com as *personae* assumidas pelo autor. Quer dizer, às múltiplas faces de Machado de Assis corresponderam abordagens que ora o consideraram um imitador menor dos europeus; ora um absenteísta político, supostamente alheio às questões escravagistas; ora um escritor artificial, cujas narrativas não exibiriam "cor local".

Inicialmente, pesquisavam-se os documentos do homem Machado, na dura (e equivocada) tarefa de dissecar moralmente as suas personagens — tanto masculinas quanto femininas, como foi o caso de Luiz Ribeiro do Valle,[7] em 1917, e Constâncio Alves,[8] em 1921. Outros percorreram seus contos e romances à cata de traços neuróticos ou comportamentos anômalos, no escritor e em suas figuras, como exemplifica o trabalho de João Peregrino Júnior,[9] em 1938.

Os estudos mais densos e profícuos sobre sua obra começam entre as décadas de 1930 e 1940. A partir de então, as correntes perdem o apelo estritamente territorial e biográfico de antes. Machado de Assis passa a ser percebido como um escritor de porte universal, o que explicaria o fato de ele mesmo não aceitar os rótulos que pretendiam lhe imputar, no final do século anterior.

Sob esse aspecto, embora se reconheçam dicções diferenciadas (ao examinar as duas fases machadianas), estudos realizados a partir da década de 1990 sugerem que essa divisão não fosse tão estanque e, portanto, precisaria ser relativizada. Um dos saldos dessa imensa fortuna crítica resultou em uma

---

[5] Alcides Maya. *Machado de Assis: algumas notas sobre o* humour. 3ª ed. Porto Alegre: Movimento; Santa Maria: UFSM, 2007.

[6] José Veríssimo. *História da literatura brasileira*. Rio de Janeiro: Fundação Darcy Ribeiro, 2013.

[7] Luiz Ribeiro do Valle. *Psicologia mórbida na obra de Machado de Assis*. Rio de Janeiro: Tipografia do Jornal do Comércio, 1917.

[8] Constâncio Alves. *Figuras*. Rio de Janeiro: Anuário do Brasil, 1921.

[9] João Peregrino Júnior. *Doença e constituição de Machado de Assis*. Rio de Janeiro: José Olympio, 1938.

das descobertas mais empolgantes sobre a dicção machadiana. O exame da linguagem é um dos estudos mais fascinantes sobre sua produção. Multifacetária, a sua obra começou a ser observada não apenas de fora para dentro, mas do interior para o exterior.

A dicção de seus narradores e personagens combinava o melhor humor inglês[10] à acidez francesa e à chacota portuguesa. As célebres "Advertências" a seus romances e coletâneas de contos quase nunca dizem o que o homem Machado pensava; antes, misturavam as camadas sedimentadas no fazer literário. Homem, autor, narrador e personagem eram vozes difíceis de distinguir pelo leitor.[11] Uma das consequências é que a narrativa se aproximava de um coral que, embora afinado, apontava tonalidades diferentes, como se se tratasse de uma mesma melodia, harmonizada em acordes dissonantes e a tocar em direções contrárias.

Manipulando os registros em estilo baixo, médio ou grave, Machado parodiava as falas correntes de seu tempo e, no plano artístico, a própria convenção literária — então praticada na Europa e imitada no Brasil. Tanto a fala dos doutores, jornalistas e oradores de mesa quanto a fatura literária eram colocadas em questão.

Em seus mais de duzentos contos (sem contar as crônicas fronteiriças com o gênero), destacam-se múltiplos temas, dentre os quais a loucura, a infidelidade conjugal, a ascensão socioeconômica, a "sede de nomeada", como a definiu Alfredo Bosi.[12] Para isso, o autor recorreu a narrativas de cunho simbólico (como é o caso paradigmático de "O espelho") e alegórico (o que se vê, por exemplo, em "A sereníssima república").

A maior concisão do gênero, em relação à novela e a ao romance, não impedia que Machado alternasse narrativas dinâmicas, centradas em diálogos ágeis, com historietas que primavam pela reflexão de cunho ético. No primeiro caso, poderíamos considerar "Conto de escola"; no segundo, "Quem conta um conto...".

Machado de Assis fez do dado particular ("Luís Soares", "A parasita azul", "As bodas de Luís Duarte") o retrato de uma parcela da sociedade orgulhosa, apática e ociosa, que quase sempre juntou ou herdou dinheiro, graças ao latifúndio e à especulação financeira. Dos retratos morais e psicológicos ("Frei

---

[10] Cf. Eugênio Gomes. *Machado de Assis — Influências inglesas*. Rio de Janeiro: Pallas, 1976 e Sérgio Paulo Rouanet. *Riso e melancolia*. São Paulo: Companhia das Letras, 2007.
[11] Cf. Joaquim Mattoso Câmara Júnior. *Ensaios machadianos*. Rio de Janeiro: Ao Livro Técnico, 1977.
[12] Alfredo Bosi. *Machado de Assis — O enigma do olhar*. São Paulo: Ática, 1999.

Simão", "D. Benedita", "Missa do Galo", "Uns braços", "Maria Cora", "Mariana") fez brotarem personagens que dilataram as margens da tipologia social.

Grande conhecedor da *Bíblia*, Machado costumava dirigir petardos verbais às instituições religiosas. Em "A igreja do diabo", propôs a inversão de valores tidos como retos e certos, embaralhando os conceitos de vício e virtude. No papel de arregimentador de fiéis, o diabo encara os mesmos problemas que Deus, ainda que com sinal invertido.

Sem desprezar o contexto histórico em que o escritor viveu, tampouco minorar a sua extraordinária habilidade em desnudar determinados tipos sociais a agir de modo quase nunca desinteressado, a matriz de seus retratos, reflexões e relatos está na linguagem. Assim, repertório e modo de se expressar (na fala) combinavam-se com a obsessão pela aparência, com vistas à aceitação da sociedade e o reconhecimento pelo mérito qualquer. Uns, a brilhar pela beleza ("Uma senhora"); outros a obter respeito graças ao golpe de sorte nas finanças ("A carteira").

A narrativa machadiana acumula vozes, alargando os limites classificatórios do Romantismo e do Realismo. O que o alçou acima de seus contemporâneos, na segunda metade dos Oitocentos, talvez fosse a combinação de diversos matizes no mesmo plano. As criaturas machadianas são capazes de discorrer com robustez sobre questões miúdas (como é patente em "Teoria do Medalhão"), o que relativiza a importância da eloquência bacharelesca e permite ao narrador evocar dicotomias universais em meio ao dado miúdo e, a princípio, insignificante.

Machado de Assis era notável retratista. Isso transparece tanto em seu primeiro romance, *Ressurreição*, quanto em sua coletânea de estreia, *Contos fluminenses* — ambos publicados em 1870. Na "Advertência" ao romance protagonizado por Lívia e Félix, o romancista afirma, com falsa modéstia, que pretendeu "fazer romance de caracteres".

Se a confluência de vozes aproxima a literatura da música, a dicção das figuras relembra a antiga analogia entre pintura e escritura, em que proporção e desproporção casam-se à cena decorosa ou indecorosa, por intermédio do registro discursivo. Disso resulta que certos episódios e falas, percebidos como signos do capricho e da desfaçatez (típica nos latifundiários, especuladores financeiros e barões de encomenda que aportavam à corte provinciana brasileira), combinam a pequenez do gesto com a ênfase no dizer.

De que se compõem os retratos machadianos? De modo geral, são personagens bem situadas socialmente e que estão em busca da felicidade no amor; ou criaturas remediadas financeiramente que veem, no matrimônio, um contrato social bem-visto pelos outros ("Cantiga de esponsais"). A questão é que as trajetórias de uns e outros quase nunca ocorre de modo simplista.

Em geral, os conflitos de interesse desbotam a ilógica dos afetos ou comprometem a lógica dos números.

Arrisquemo-nos a propor uma espécie de contabilidade narrativa. Quero dizer, as vozes assumidas por narradores e personagens ultrapassam a tipicidade e vêm se somar às contradições entre sentimento e cálculo, alargando as convenções estéticas do século XIX e confundindo o juízo e o gosto do leitor. Não por acaso, alguns dos romances, hoje considerados célebres, foram interpretados com desconfiança por parte da crítica de seu tempo.[13]

Nos seus contos, percebe-se o intertexto com patriarcas da igreja católica (como Santo Agostinho), moralistas franceses (como Pascal), humoristas irlandeses e ingleses (como Jonathan Swift, Henry Fielding e Laurence Sterne), romancistas românticos e realistas franceses (como Victor Hugo, Stendhal, Xavier de Maistre) e portugueses (Alexandre Herculano, Camilo Castelo Branco,[14] Almeida Garrett, etc.).

Quando evoca os sonetos de Camões, a tragédia de Shakespeare e as desventuras de Dom Quixote e Sancho Pança, na pena de Cervantes, o escritor tematiza o amor, a morte e a loucura, o que o aproxima, também formalmente, da melhor literatura produzida nos séculos que o precederam.

Seria um tanto ingênuo acreditar que Machado de Assis fosse (e continue a ser) um fenômeno meramente espontâneo de nossa história e cultura. Sílvia Maria Azevedo[15] e Ivan Prado Teixeira[16] chamaram a atenção para o fato de o escritor ter circulado em praticamente todos os periódicos de prestígio, no Rio de Janeiro de seu tempo — o que terá colaborado na fixação de seu nome, em meio a anúncios de mercadorias, recomendações de moda parisiense, artigos de fundo e congêneres.

Ou seja, durante décadas, o cronista (que frequentemente assinava sob pseudônimo) aumentou a nomeada do prosador, que tinha contrato assinado com as duas maiores editoras do período, Garnier e Lombaerts. Romancista e articulista irradiavam o mesmo nome, fosse em artigos e capítulos em folhetins, fosse em brochuras.

Portanto, o jornal e o livro foram plataformas a que Machado se dedicou com o mesmo empenho, ao longo de toda a vida, antes mesmo de se tornar

---

[13] Cf. Ubiratan Machado. *Machado de Assis: roteiro da consagração*. Rio de Janeiro: Eduerj, 2003.

[14] As personagens e o enredo do conto "Frei Simão" dialogam com o romance *Amor de Perdição*, de Camilo Castelo Branco.

[15] Sílvia Maria Azevedo. *Brasil em imagens: um estudo da revista* Ilustração Brasileira (1876-1878). São Paulo: Editora Unesp, 2010.

[16] Ivan Teixeira. *O Altar & o Trono: dinâmica do poder em* O Alienista. Cotia: Ateliê Editorial; Campinas: Editora da Unicamp, 2010.

uma referência cultural, para além do Rio de Janeiro. Outro fator que não se pode desconsiderar é a permanência de suas obras, em parte graças à poderosa indústria do vestibular (que, por sua vez, alimenta o mercado editorial).

Nos contos deste volume, o leitor poderá constatar o que ora se diz. Repare nos discursos grandiloquentes à beira de mesa; os conchavos, à surdina, no Passeio Público; as tramoias e negociatas articuladas na rua do Ouvidor; a troca de mensagens escritas entre homens e mulheres, ora como cortejo sentimental, ora como lucro calculado.

Esteja claro que o Rio de Janeiro de Machado de Assis recebeu dele o melhor trato ficcional. Mas a cidade não corresponde, necessariamente, à única visão possível da corte. Compreendida como representação literária, a corte diz respeito a circulação nas ruas de determinadas camadas sociais, o que levou Hélcio Martins,[17] Maria Nazaré Lins Soares,[18] Flávio Loureiro Chaves,[19] Dirce Côrtes Riedel,[20] Luiz Costa Lima,[21] Kátia Muricy,[22] Antônio Paulo Graça[23] e Dilson Ferreira da Cruz Junior[24] a sugerir que determinadas personagens — como o Rubião, de *Quincas Borba* — naufragaram social e economicamente por não disporem dos expedientes verbais e gestuais, exigidos em uma sociedade artificial, velhaca e pragmática.

Ao lado do fascínio pelos costumes europeus, que o carioca imitava em terceira mão (França > Portugal > Brasil) a linguagem cartorial de alguns oradores de ocasião não perde em nada para a falácia embutida nas propostas mal-intencionadas dos protagonistas machadianos. O caráter postiço dos modos combina-se com o lugar-comum, o cultivo da frase-feita — quase sempre sobre o caráter ornamental e enfático do pouco que se diz, do muito que sugere e do quase tudo que se oculta.

Aproximando a lente do papel, o leitor se apercebe que a empreitada se torna ainda maior. À proporção que se detém nas numerosas dicas (ou

---

[17] Hélcio Martins. "A litotes em Machado de Assis". In: *A rima na poesia de Carlos Drummond de Andrade & outros ensaios*. Rio de Janeiro: Topbooks; ABL, p. 309-333.

[18] Maria Nazaré Lins Soares. *Machado de Assis e a análise da expressão*. Rio de Janeiro: INL, 1968.

[19] Flávio Loureiro Chaves. *O mundo social do Quincas Borba*. Porto Alegre: Movimento, 1974.

[20] Dirce Côrtes Riedel. *Metáfora, o espelho de Machado de Assis*. Rio de Janeiro: Francisco Alves, 1974.

[21] Luiz Costa Lima. *Dispersa demanda*. Rio de Janeiro: Francisco Alves, 1981.

[22] Kátia Muricy. *A razão cética: Machado de Assis e as questões de seu tempo*. São Paulo: Companhia das Letras, 1988.

[23] Antônio Paulo Graça. "O arquiteto de ruínas". In: *A catedral da impureza: crítica da razão liberal*. São Paulo: Imaginário, 1992. p. 117-129.

[24] Dílson Ferreira da Cruz Junior. *Estratégias e máscaras de um fingidor: a crônica de Machado de Assis*. São Paulo: Humanitas; Nankin, 2002.

contraindicações) do narrador, nota que o painel é mais vasto (e ambíguo) do que pensava. Essa interpretação ao rés do texto resultou em interpretações notáveis, como a de Helen Caldwell,[25] uma das primeiras a sugerir que *Dom Casmurro* (1899) precisaria ser relido à luz do *Otelo*, de William Shakespeare.

Apesar de se contrapor à chave introduzida pela pesquisadora estadunidense em 1960, Eugênio Gomes[26] recorreu a método similar, quando releu a história de Bento e Capitolina, à luz do que chamou de "microrrealismo", em que revalorizou a minúcia textual, as sutilezas e contramarchas de um narrador com ponto de vista unilateral e privilegiado.

Na década de 1970, Antonio Candido[27] revelou um dos métodos recorrentes em Machado: fazer assuntos díspares (e distantes do universo do leitor) sentarem à mesma mesa, como se fossem simplistas e equivalentes. Em 1976, graças a John Kinnear,[28] passamos a reproduzir (nem sempre reconhecendo a procedência) a tese de que o narrador machadiano não é confiável. Nos anos de 1980, seu conterrâneo John Gledson[29] retraduziu boa parte da obra machadiana na Inglaterra e, ao lado de Roberto Schwarz[30] e Sidney Chalhoub,[31] na Unicamp, deu novo fôlego à interpretação histórico-alegórica e social da obra legada por Machado.

As décadas de 1990 e 2000 assinalam uma nova orientação da crítica, o que contribui decisivamente para a revalorização de seus contos. Os estudos de Sílvia Maria Azevedo, da Unesp, além de Alfredo Bosi, Gilberto Pinheiro Passos,[32] João Adolfo Hansen[33] e Ivan Prado Teixeira, na USP, mostraram que um único conto poderia condensar os principais ingredientes da prosa machadiana, ainda que contivessem reduzido número de páginas (como é manifesto em "Um apólogo").

---

[25] Helen Caldwell. *O Otelo brasileiro de Machado de Assis: um estudo de Dom Casmurro*. Tradução: Fábio Fonseca de Melo. Cotia: Ateliê Editorial, 2002.
[26] Eugênio Gomes. *O enigma de Capitu — Ensaio de interpretação*. Rio de Janeiro: José Olympio, 1967.
[27] Antonio Candido. "Esquema de Machado de Assis". In: *Vários escritos*. 3ª ed. São Paulo: Duas Cidades, 1995, p. 15-32.
[28] John Kinnear. "Machado de Assis: to believe or not to believe". In: *Modern Language Review*, n. 71, 1976, p. 54-65.
[29] John Gledson. *Machado de Assis: ficção e história*. Tradução: Sônia Coutinho. Rio de Janeiro: Paz e Terra, 1986.
[30] Roberto Schwarz. *Um mestre na periferia do capitalismo: Machado de Assis*. São Paulo: Duas Cidades, 1990.
[31] Sidney Chalhoub. *Machado de Assis, historiador*. São Paulo: Companhia das Letras, 2003.
[32] Gilberto Pinheiro Passos. *O Napoleão de Botafogo: presença francesa em* Quincas Borba *de Machado de Assis*. São Paulo: Annablume, 2000.
[33] João Adolfo Hansen. "O imortal e a verossimilhança". In: *Revista Teresa*, n. 6/7. São Paulo: Editora 34; Imprensa Oficial, 2006, p. 57-78.

Um dos vértices desse enredo joco-sério, capaz de nos desestabilizar, reside na habilidade metamórfica de seus narradores. Aderindo a diferentes pontos de vista em um mesmo enredo, saímos com a impressão de que as evidências não são dados incontestáveis. Pelo contrário, como os fatos dependem maiormente da palavra que lhes dá forma, tanto as premissas quanto os métodos, tanto o meio quanto os fins estão sujeitos à má-fé do narrador e à desconfiança do leitor.

Em 1968, Maria Nazaré Lins Soares havia detectado, na prosa machadiana, o traço patético dos oradores de plantão, adeptos da "linguagem enfática". Em 1974, Dirce Côrtes Riedel mostrou como diversas personagens parodiavam celebridades da história oficial, rebaixando o discurso historiográfico à versão questionável dos fatos, e os grandes líderes a personagens tão só extravagantes, apesar de serem levadas a sério e estarem situadas fora da literatura.

No mesmo ano em que saiu *Metáfora: o espelho de Machado de Assis*, Raymundo Faoro[34] catalogou as personagens machadianas, com vistas a "documentar" ficcionalmente sua classe e estamento, estabelecendo relações com a sua origem social e procedimentos adotados para deixarem a mediania (trapézio) e ocuparem o topo da pirâmide.

Desde a década de 1990, Sílvia Maria Azevedo tem sinalizado que o jovem Machado questionava, em diversos contos e crônicas, o emprego de fórmulas estilísticas consagradas pelos escritores afiliados ao Romantismo. Hélio de Seixas Guimarães[35] sugeriu que os narradores machadianos nos incluíam em seus juízos de valor, emitidos de modo implacável.

Em 2006, João Adolfo Hansen mostrou como o conto "O imortal" também é produto da estilização da linguagem piegas, que caracterizava a estética romântica. Isso significa que, em um conto, Machado de Assis conseguia não apenas conjugar várias vozes dissonantes, no plano da narrativa, mas sugerir ao leitor que o texto impresso, em jornal ou livro, afirmava a palavra sentimental e grandiloquente para que ela parodiasse a si mesma e, portanto a própria estética.

Como se disse, a linguagem estilizada não está só; relaciona-se intrinsecamente à postura volúvel, exclusivista, medíocre e arrogante das criaturas. Roberto Schwarz atribuiu o tom zombeteiro e irônico de Brás Cubas ao

---

[34] Raymundo Faoro. *Machado de Assis: a pirâmide e o trapézio*. 2ª ed. São Paulo: Companhia Editora Nacional, 1976.
[35] Hélio de Seixas Guimarães. *Os leitores de Machado de Assis: o romance machadiano e o público de literatura no século 19*. São Paulo: Nankin; Edusp, 2004.

discurso fútil de uma parcela considerável de nossa elite, à época do Segundo Império. Orientados pelo gosto de mandar, sujeitos poderosos (como o pai de Brás e a mãe de Bento Santiago) recorrem a mecanismos que asseguram a sua perpetuidade no topo da pirâmide e visam a naturalizar a persistência do modelo escravagista e, de permeio, a mediação do favor — personificado na figura dos agregados, cujo exemplo rematado é José Dias, dono dos superlativos.

Alfredo Bosi afirma que Machado triangulava o discurso bíblico, o moralismo francês e o estudo de tipos sociais, enquanto trazia para o proscênio temas de alcance universal e cunho humanístico. Gilberto Pinheiro Passos apontou a filiação de Machado à história e à cultura francesa, com variação de escopo, tempo e lugar.

Sonia Brayner,[36] Lúcia Granja[37] e Dilson Ferreira da Cruz Junior salientaram a importância da crônica como uma espécie de laboratório ficcional do escritor. Em Machado a crítica, a crônica, o conto, a novela e o romance dialogam de várias maneiras, a começar pelos constantes diálogos com o leitor, os temas que abordam e a dicção que permite identificá-los a alguma distância.

No que se refere ao suposto alheamento do escritor a temas de natureza histórica e política, Astrojildo Pereira[38] e Brito Broca[39] foram os primeiros a contestar a opinião, cristalizada desde o final do século XIX, de que Machado fosse um estilista descolado da realidade brasileira. Ao lado dele, Augusto Meyer[40] poderia ser lido como contraparte. Em lugar de se voltar para o elemento social, o crítico propôs um mergulho nas camadas de consciência das personagens.

Dito isso, caberia resgatar muitos outros nomes da fortuna crítica machadiana. Isso porque, com o passar dos anos, passou-se a concretizar o que talvez fosse o objetivo do escritor: alçar o seu nome ao panteão dos escritores ditos universais, modelares, portanto. Suponho que esse alinhamento não se deu por acaso e talvez explique o repertório temático empregado por Machado de Assis.

---

[36] Sonia Brayner. "As metamorfoses machadianas" In: *Labirinto do espaço romanesco — Tradição e renovação da literatura brasileira: 1880-1920*. Rio de Janeiro: Civilização Brasileira; Brasília: MEC, 1979.

[37] Lúcia Granja. *Machado de Assis, escritor em formação (à roda dos jornais)*. São Paulo: Mercado de Letras, 2000.

[38] Astrojildo Pereira. *Machado de Assis: ensaios e apontamentos avulsos*. 2ª ed. Belo Horizonte: Oficina de Livros, 1991.

[39] Brito Broca. *Machado de Assis e a política mais outros estudos*. São Paulo: Polis; Brasília: INL, 1983.

[40] Augusto Meyer. *Machado de Assis*. 2ª ed. Rio de Janeiro: Simões, 1952.

Quem conhece a prosa machadiana e lida com a sua vasta crítica suspeita que a sua obra não se restringe a duas fases. Ela constitui um projeto de exercitar a si mesmo, como escritor em formação, nos diversos gêneros e variados estilos que cultivou. Sob esse aspecto, creio que os contos cá reunidos deem uma mostra bastante razoável da qualidade desse escritor.

Ao recorrer à linguagem como expediente para desqualificar pessoas, instituições e modelos, não se pode esquecer que o escritor manteve uma relação ambígua com as lideranças políticas de seu tempo. Ele tanto manteve uma boa relação com Dom Pedro II como acenava para figuras-chave de seu governo, a exemplo de Quintino Bocaiuva. Tanto foi severo na crítica a Eça de Queirós quanto mais discreto ao contestar as críticas viscerais que recebeu de Sílvio Romero.

O leitor atente, por gentileza, para a intenção do escritor em desconstruir o que estava instituído (cultural, social ou politicamente), por meio de episódios polêmicos, atitudes ambíguas e linguagem oscilante. Como disseram Maria Nazaré Lins Soares e Ivan Teixeira, ao representar o discurso vigente em seu tempo, Machado abarcava a fala empolada (e sem motivo) de muitos daqueles com que ele convivia, dentro e fora das redações, salões e cafés da cidade.

Antes de nos despedirmos, cumpre dizer que selecionar um grupo de contos de tamanha qualidade é tarefa que inspira cuidado, tendo em vista que o leitor não se prive de narrativas que, a seus olhos, merecessem ser incluídas — tomando, inclusive, o assento de outras que aqui vão. Por ser um convite à leitura, procurou-se colher amostras representativas nas coletâneas organizadas em vida. Além disso, incluíram-se contos publicados em periódicos, mas que não chegaram a compor livros, enquanto Machado viveu.

O leitor verá que, nos contos machadianos, raros são os enredos convencionais e os finais puramente felizes — diferentemente do que costumava acontecer nos romances folhetinescos mais brandos, que o antecederam. Com frequência, o amor é conveniente ("*Miss Dollar*") e o dinheiro funciona, quase sempre, como passaporte para o ingresso e a circulação em uma sociedade pautada pelo senso comum, adepta de matrizes mentais e modelos culturais importados sem maior filtro ou critério ("Galeria póstuma").

Na ficção machadiana avulta a lógica da recompensa. Resulta daí que a maior parte das ações seja conduzida de modo a favorecer o bolso e a ambição de quem mais tivesse poder de barganha. Daí o papel determinante da linguagem, a simular o que não se tem e a dissimular o que se sente ("O caso da vara", "Pai contra mãe"). Também há lugar de destaque para o sobrenatural, como se vê em "Manuscrito de um sacristão" e "Entre santos".

Sendo um autor de estatura universal, muito do que Machado de Assis escreveu pode nos levar à reflexão, se não estabelecer incômodos, por nos vermos parcialmente representados nas ações, justas ou questionáveis, de suas personagens. Mas o leitor não desanime: em diversas ocasiões, o que pensamos sobre determinadas coisas está contemplado no comentário sutil de seus narradores. Resta saber se podemos dar-lhes crédito.

# machado de assis

CONTOS ESSENCIAIS

# Contos fluminenses
(1870)

# Miss Dollar

## I

Era conveniente ao romance que o leitor ficasse muito tempo sem saber quem era Miss Dollar. Mas por outro lado, sem a apresentação de Miss Dollar, seria o autor obrigado a longas digressões, que encheriam o papel sem adiantar a ação. Não há hesitação possível: vou apresentar-lhes Miss Dollar.

Se o leitor é rapaz e dado ao gênio melancólico, imagina que Miss Dollar é uma inglesa pálida e delgada, escassa de carnes e de sangue, abrindo à flor do rosto dois grandes olhos azuis e sacudindo ao vento umas longas tranças louras. A moça em questão deve ser vaporosa e ideal como uma criação de Shakespeare; deve ser o contraste do *roastbeef* britânico, com que se alimenta a liberdade do Reino Unido. Uma tal Miss Dollar deve ter o poeta Tennyson de cor e ler Lamartine no original; se souber o português deve deliciar-se com a leitura dos sonetos de Camões ou os *Cantos* de Gonçalves Dias. O chá e o leite devem ser a alimentação de semelhante criatura, adicionando-se-lhe alguns confeitos e biscoitos para acudir às urgências do estômago. A sua fala deve ser um murmúrio de harpa eólia; o seu amor, um desmaio, a sua vida, uma contemplação, a sua morte, um suspiro.

A figura é poética, mas não é a da heroína do romance.

Suponhamos que o leitor não é dado a estes devaneios e melancolias; nesse caso imagina uma Miss Dollar totalmente diferente da outra. Desta vez será uma robusta americana, vertendo sangue pelas faces, formas arredondadas, olhos vivos e ardentes, mulher feita, refeita e perfeita. Amiga da boa mesa e do bom copo, esta Miss Dollar preferirá um quarto de carneiro a uma página de Longfellow,[1] coisa naturalíssima quando o estômago reclama, e nunca chegará a compreender a poesia do pôr do sol. Será uma boa mãe de família segundo a doutrina de alguns padres-mestres da civilização, isto é, fecunda e ignorante.

Já não será do mesmo sentir o leitor que tiver passado a segunda mocidade e vir diante de si uma velhice sem recurso. Para esse, a Miss Dollar verdadeiramente digna de ser contada em algumas páginas seria uma boa inglesa de cinquenta anos, dotada com algumas mil libras esterlinas,[2] e que, aportando ao Brasil em procura de assunto para escrever um romance, realizasse um romance verdadeiro, casando com o leitor aludido. Uma tal Miss Dollar seria

---

[1] Henry Wadsworth Longfellow (1807-1882) foi um poeta estadunidense.
[2] Moeda oficial do Reino Unido da Grã-Bretanha e Irlanda do Norte.

incompleta se não tivesse óculos verdes e um grande cacho de cabelo grisalho em cada fonte. Luvas de renda branca e chapéu de linho em forma de cuia seriam a última demão deste magnífico tipo de ultramar.

Mais esperto que os outros, acode um leitor dizendo que a heroína do romance não é nem foi inglesa, mas brasileira dos quatro costados,[3] e que o nome de Miss Dollar quer dizer simplesmente que a rapariga é rica.

A descoberta seria excelente, se fosse exata; infelizmente nem esta nem as outras são exatas. A Miss Dollar do romance não é a menina romântica, nem a mulher robusta, nem a velha literata, nem a brasileira rica. Falha desta vez a proverbial[4] perspicácia dos leitores; Miss Dollar é uma cadelinha galga.[5]

Para algumas pessoas a qualidade da heroína fará perder o interesse do romance. Erro manifesto. Miss Dollar, apesar de não ser mais que uma cadelinha galga, teve as honras de ver o seu nome nos papéis públicos, antes de entrar para este livro. O Jornal do Comércio[6] e o Correio Mercantil[7] publicaram nas colunas dos anúncios as seguintes linhas reverberantes de promessa:

> Desencaminhou-se uma cadelinha galga, na noite de ontem, 30. Acode ao nome de Miss Dollar. Quem a achou e quiser levar à rua de Matacavalos no... receberá duzentos mil-réis[8] de recompensa. Miss Dollar tem uma coleira ao pescoço fechada por um cadeado em que se leem as seguintes palavras: De tout mon coeur.[9]

Todas as pessoas que sentiam necessidade urgente de duzentos mil-réis, e tiveram a felicidade de ler aquele anúncio, andaram nesse dia com extremo cuidado nas ruas do Rio de Janeiro, a ver se davam com a fugitiva Miss Dollar. Galgo que aparecesse ao longe era perseguido com tenacidade até verificar-se que não era o animal procurado. Mas toda esta caçada dos duzentos mil-réis era completamente inútil, visto que, no dia em que apareceu o anúncio, já Miss Dollar estava aboletada[10] na casa de um sujeito morador nos Cajueiros que fazia coleção de cães.

---

[3] Costado é cada um dos quatro avós de alguém; portanto, "quatro costados" significa, no texto, alguém que tem todos os quatro avós brasileiros.
[4] Famosa, notória.
[5] Galgo é uma raça de cães de pernas compridas e corpo alongado.
[6] O *Jornal do Comércio* foi fundado em 1827, na cidade do Rio de Janeiro, e circulou até o ano de 2016.
[7] O jornal *Correio Mercantil* foi inaugurado em 1848 e circulou no Rio de Janeiro até 1868.
[8] O "real", com plural "réis", era a moeda oficial do Império do Brasil.
[9] Tradução: "De todo meu coração".
[10] Acomodada.

## II

Quais as razões que induziram o Dr. Mendonça a fazer coleção de cães é coisa que ninguém podia dizer; uns queriam que fosse simplesmente paixão por esse símbolo da fidelidade ou do servilismo; outros pensavam antes que, cheio de profundo desgosto pelos homens, Mendonça achou que era de boa guerra adorar os cães.

Fossem quais fossem as razões, o certo é que ninguém possuía mais bonita e variada coleção do que ele. Tinha-os de todas as raças, tamanhos e cores. Cuidava deles como se fossem seus filhos; se algum lhe morria ficava melancólico. Quase se pode dizer que, no espírito de Mendonça, o cão pesava tanto como o amor, segundo uma expressão célebre: tirai do mundo o cão, e o mundo será um ermo.[11]

O leitor superficial conclui daqui que o nosso Mendonça era um homem excêntrico. Não era. Mendonça era um homem como os outros; gostava de cães como outros gostam de flores. Os cães eram as suas rosas e violetas; cultivava-os com o mesmíssimo esmero. De flores gostava também; mas gostava delas nas plantas em que nasciam: cortar um jasmim ou prender um canário parecia-lhe idêntico atentado.

Era o Dr. Mendonça homem de seus trinta e quatro anos, bem-apessoado, maneiras francas e distintas. Tinha-se formado em medicina e tratou algum tempo de doentes; a clínica estava já adiantada quando sobreveio uma epidemia na capital; o Dr. Mendonça inventou um elixir contra a doença; e tão excelente era o elixir, que o autor ganhou um bom par de contos de réis. Agora exercia a medicina como amador. Tinha quanto bastava para si e a família. A família compunha-se dos animais citados acima.

Na memorável noite em que se desencaminhou Miss Dollar, voltava Mendonça para casa quando teve a ventura de encontrar a fugitiva no Rossio. A cadelinha entrou a acompanhá-lo, e ele, notando que era animal sem dono visível, levou-a consigo para os Cajueiros.

Apenas entrou em casa examinou cuidadosamente a cadelinha. Miss Dollar era realmente um mimo; tinha as formas delgadas e graciosas da sua fidalga raça; os olhos castanhos e aveludados pareciam exprimir a mais completa felicidade deste mundo, tão alegres e serenos eram. Mendonça contemplou-a e examinou minuciosamente. Leu o dístico do cadeado que

---

[11] Referência ao escritor romântico português Alexandre Herculano (1810-1877). A citação original, retirada do romance *Eurico, o Presbítero* (1843) é: "mas tirai dele a mulher, e o mundo será um ermo melancólico"; o termo "ermo" designa um lugar deserto, desabitado.

fechava a coleira, e convenceu-se finalmente de que a cadelinha era animal de grande estimação da parte de quem quer que fosse dono dela.

— Se não aparecer o dono, fica comigo — disse ele entregando Miss Dollar ao moleque[12] encarregado dos cães.

Tratou o moleque de dar comida a Miss Dollar, enquanto Mendonça planeava um bom futuro à nova hóspede, cuja família devia perpetuar-se na casa.

O plano de Mendonça durou o que duram os sonhos: o espaço de uma noite. No dia seguinte, lendo os jornais, viu o anúncio transcrito acima, prometendo duzentos mil-réis a quem entregasse a cadelinha fugitiva. A sua paixão pelos cães deu-lhe a medida da dor que devia sofrer o dono ou dona de Miss Dollar, visto que chegava a oferecer duzentos mil-réis de gratificação a quem apresentasse a galga. Consequentemente resolveu restituí-la, com bastante mágoa do coração. Chegou a hesitar por alguns instantes; mas afinal venceram os sentimentos de probidade e compaixão, que eram o apanágio[13] daquela alma. E, como se lhe custasse despedir-se do animal, ainda recente na casa, dispôs-se a levá-lo ele mesmo, e para esse fim preparou-se. Almoçou, e depois de averiguar bem se Miss Dollar havia feito a mesma operação, saíram ambos de casa com direção a Matacavalos.

Naquele tempo ainda o barão do Amazonas[14] não tinha salvo a independência das repúblicas platinas mediante a vitória de Riachuelo, nome com que depois a Câmara Municipal crismou a rua de Matacavalos. Vigorava, portanto, o nome tradicional da rua, que não queria dizer coisa nenhuma de jeito.

A casa que tinha o número indicado no anúncio era de bonita aparência e indicava certa abastança nos haveres de quem lá morasse. Antes mesmo que Mendonça batesse palmas no corredor, já Miss Dollar, reconhecendo os pátrios lares, começava a pular de contente e a soltar uns sons alegres e guturais que, se houvesse entre os cães literatura, deviam ser um hino de ação de graças.

Veio um moleque saber quem estava; Mendonça disse que vinha restituir a galga fugitiva. Expansão do rosto do moleque, que correu a anunciar a boa nova. Miss Dollar, aproveitando uma fresta, precipitou-se pelas escadas acima. Dispunha-se Mendonça a descer, pois estava cumprida a sua tarefa, quando o moleque voltou dizendo-lhe que subisse e entrasse para a sala.

---

[12] Na época, estava em vigor o regime escravocrata no Brasil; "moleque" era o termo usado para designar um escravo jovem.

[13] Privilégio; característica principal.

[14] Francisco Manuel Barroso da Silva (1804-1882), Barão do Amazonas, foi um militar brasileiro que comandou a Armada Imperial Brasileira na Batalha do Riachuelo (1865), na Guerra do Paraguai (1864-1870). Em homenagem a essa vitória, a rua de Matacavalos foi renomeada como rua do Riachuelo, em 1865.

Na sala não havia ninguém. Algumas pessoas, que têm salas elegantemente dispostas, costumam deixar tempo de serem estas admiradas pelas visitas, antes de as virem cumprimentar. É possível que esse fosse o costume dos donos daquela casa, mas desta vez não se cuidou em semelhante coisa, porque mal o médico entrou pela porta do corredor surgiu de outra interior uma velha com Miss Dollar nos braços e a alegria no rosto.

— Queira ter a bondade de sentar-se — disse ela designando uma cadeira a Mendonça.

— A minha demora é pequena — disse o médico sentando-se. — Vim trazer-lhe a cadelinha que está comigo desde ontem...

— Não imagina que desassossego causou cá em casa a ausência de Miss Dollar...

— Imagino, minha senhora; eu também sou apreciador de cães, e se me faltasse um sentiria profundamente. A sua Miss Dollar...

— Perdão! — interrompeu a velha. — Minha não; Miss Dollar não é minha, é de minha sobrinha.

— Ah!...

— Ela aí vem.

Mendonça levantou-se justamente quando entrava na sala a sobrinha em questão. Era uma moça que representava vinte e oito anos, no pleno desenvolvimento da sua beleza, uma dessas mulheres que anunciam velhice tardia e imponente. O vestido de seda escura dava singular realce à cor imensamente branca da sua pele. Era roçagante[15] o vestido, o que lhe aumentava a majestade do porte e da estatura. O corpinho do vestido cobria-lhe todo o colo; mas adivinhava-se por baixo da seda um belo tronco de mármore modelado por escultor divino. Os cabelos castanhos e naturalmente ondeados estavam penteados com essa simplicidade caseira, que é a melhor de todas as modas conhecidas; ornavam-lhe graciosamente a fronte como uma coroa doada pela natureza. A extrema brancura da pele não tinha o menor tom cor-de-rosa que lhe fizesse harmonia e contraste. A boca era pequena, e tinha uma certa expressão imperiosa. Mas a grande distinção daquele rosto, aquilo que mais prendia os olhos, eram os olhos; imaginem duas esmeraldas nadando em leite.

Mendonça nunca vira olhos verdes em toda a sua vida; disseram-lhe que existiam olhos verdes, e ele sabia de cor uns versos célebres de Gonçalves Dias;[16] mas até então os tais olhos eram para ele a mesma coisa que a fênix[17] dos

---

[15] Que se arrasta pelo chão.

[16] Alusão ao poema "Olhos verdes", do poeta Gonçalves Dias, publicado em *Últimos cantos* (1851).

[17] Ave lendária, única da espécie, que, quando morria, queimava-se e depois renascia das próprias cinzas.

antigos. Um dia, conversando com uns amigos a propósito disto, afirmava que se alguma vez encontrasse um par de olhos verdes fugiria deles com terror.

— Por quê? — perguntou-lhe um dos circunstantes[18] admirado.

— A cor verde é a cor do mar — respondeu Mendonça —; evito as tempestades de um; evitarei as tempestades dos outros.

Eu deixo ao critério do leitor esta singularidade de Mendonça, que de mais a mais é *preciosa*, no sentido de Molière.[19]

## III

Mendonça cumprimentou respeitosamente a recém-chegada, e esta, com um gesto, convidou-o a sentar-se outra vez.

— Agradeço-lhe infinitamente o ter-me restituído este pobre animal, que me merece grande estima — disse Margarida sentando-se.

— E eu dou graças a Deus por tê-lo achado; podia ter caído em mãos que o não restituíssem.

Margarida fez um gesto a Miss Dollar, e a cadelinha, saltando do regaço da velha, foi ter com Margarida; levantou as patas dianteiras e pôs-lhas sobre os joelhos; Margarida e Miss Dollar trocaram um longo olhar de afeto. Durante esse tempo uma das mãos da moça brincava com uma das orelhas da galga, e dava assim lugar a que Mendonça admirasse os seus belíssimos dedos armados com unhas agudíssimas.

Mas, conquanto Mendonça tivesse sumo prazer em estar ali, reparou que era esquisita e humilhante a sua demora. Pareceria estar esperando a gratificação.[20] Para escapar a essa interpretação desairosa, sacrificou o prazer da conversa e a contemplação da moça; levantou-se dizendo:

— A minha missão está cumprida...

— Mas... — interrompeu a velha.

Mendonça compreendeu a ameaça da interrupção da velha.

— A alegria — disse ele — que restituí a esta casa é a maior recompensa que eu podia ambicionar. Agora peço-lhes licença...

As duas senhoras compreenderam a intenção de Mendonça; a moça pagou-lhe a cortesia com um sorriso; e a velha, reunindo no pulso quantas

---

[18] Pessoa que está ao redor.
[19] Jean-Baptiste Poquelin (1622-1673), conhecido pelo pseudônimo Molière, foi um escritor francês, autor de obras teatrais.
[20] Deselegante; inconveniente.

forças ainda lhe restavam pelo corpo todo, apertou com amizade a mão do rapaz.

Mendonça saiu impressionado pela interessante Margarida. Notava-lhe principalmente, além da beleza, que era de primeira água, certa severidade triste no olhar e nos modos. Se aquilo era caráter da moça, dava-se bem com a índole[21] de médico; se era resultado de algum episódio da vida, era uma página do romance que devia ser decifrada por olhos hábeis. A falar verdade, o único defeito que Mendonça lhe achou foi a cor dos olhos, não porque a cor fosse feia, mas porque ele tinha prevenção contra os olhos verdes. A prevenção, cumpre dizê-lo, era mais literária que outra coisa; Mendonça apegava-se à frase que uma vez proferira, e foi acima citada, e a frase é que lhe produziu a prevenção. Não mo acusem de chofre;[22] Mendonça era homem inteligente, instruído e dotado de bom senso; tinha, além disso, grande tendência para as afeições românticas; mas apesar disso lá tinha calcanhar o nosso Aquiles.[23] Era homem como os outros, outros Aquiles andam por aí que são da cabeça aos pés um imenso calcanhar. O ponto vulnerável de Mendonça era este: o amor de uma frase era capaz de violentar-lhe afetos; sacrificava uma situação a um período arredondado.

Referindo a um amigo o episódio da galga e a entrevista com Margarida, Mendonça disse que poderia vir a gostar dela se não tivesse olhos verdes. O amigo riu com certo ar de sarcasmo.[24]

— Mas, doutor — disse-lhe ele —, não compreendo essa prevenção; eu ouço até dizer que os olhos verdes são de ordinário núncios[25] de boa alma. Além de quê, a cor dos olhos não vale nada, a questão é a expressão deles. Podem ser azuis como o céu e pérfidos[26] como o mar.

A observação deste amigo anônimo tinha a vantagem de ser tão poética como a de Mendonça. Por isso abalou profundamente o ânimo do médico. Não ficou este como o asno de Buridan entre a selha d'água e a quarta de cevada; o asno hesitaria, Mendonça não hesitou.[27] Acudiu-lhe de pronto

---

[21] Temperamento; caráter.
[22] Precipitadamente.
[23] Aquiles é o herói da epopeia *Ilíada*, atribuída ao poeta grego Homero (c. IX-VII a.C.). Segundo a lenda do herói, narrada no poema *Aquileida*, do poeta romano Públio Papínio Estácio (c. 45-96 d.C.), ao nascer, Aquiles foi mergulhado por sua mãe Tétis nas águas do rio Estige, tornando seu corpo invulnerável, exceto no calcanhar, por onde teria sido segurado.
[24] Ironia agressiva; áspera.
[25] Mensageiros.
[26] Desleais.
[27] O Asno de Buridan é um paradoxo na filosofia, proposto por Jean Buridan (1300 – 1358), um filósofo francês. Trata-se de uma hipótese na qual um asno é colocado à mesma distância de um fardo de feno e de um recipiente com água. Como o paradoxo diz que o asno sempre preferirá o que estiver mais perto, ele morreria de fome e sede, visto que não pode decidir racionalmente entre a água e o feno, por não possuir, supostamente, livre arbítrio.

a lição do casuísta Sánchez, e das duas opiniões tomou a que lhe pareceu provável.[28]

Algum leitor grave achará pueril esta circunstância dos olhos verdes e esta controvérsia sobre a qualidade provável deles. Provará com isso que tem pouca prática do mundo. Os almanaques pitorescos citam até à saciedade mil excentricidades e senões dos grandes varões[29] que a humanidade admira, já por instruídos nas letras, já por valentes nas armas; e nem por isso deixamos de admirar esses mesmos varões. Não queira o leitor abrir uma exceção só para encaixar nela o nosso doutor. Aceitemo-lo com os seus ridículos; quem os não tem? O ridículo é uma espécie de lastro da alma quando ela entra no mar da vida; algumas fazem toda a navegação sem outra espécie de carregamento.

Para compensar essas fraquezas, já disse que Mendonça tinha qualidades não vulgares. Adotando a opinião que lhe pareceu mais provável, que foi a do amigo, Mendonça disse consigo que nas mãos de Margarida estava talvez a chave do seu futuro. Ideou nesse sentido um plano de felicidade; uma casa num ermo, olhando para o mar do lado do ocidente, a fim de poder assistir ao espetáculo do pôr do sol. Margarida e ele, unidos pelo amor e pela Igreja, beberiam ali, gota a gota, a taça inteira da celeste felicidade. O sonho de Mendonça continha outras particularidades que seria ocioso[30] mencionar aqui. Mendonça pensou nisto alguns dias; chegou a passar algumas vezes por Matacavalos; mas tão infeliz que nunca viu Margarida nem a tia; afinal desistiu da empresa e voltou aos cães.

A coleção de cães era uma verdadeira galeria de homens ilustres. O mais estimado deles chamava-se Diógenes;[31] havia um galgo que acudia ao nome de César;[32] um cão d'água que se chamava Nelson;[33] Cornélia[34] chamava-se

---

[28] Tomás Sánchez (1550-1610) foi um jesuíta espanhol, criticado pelo filósofo e físico francês Blaise Pascal (1623-1662) nas *Cartas a um provincial* (1656-1657), acusando-o de casuísmo, por defender opiniões prováveis, em vez de verdades absolutas.

[29] Homens corajosos; heróis.

[30] Desnecessário.

[31] Vários filósofos gregos tinham como primeiro nome Diógenes. O mais famoso deles foi Diógenes de Sinope (412-323 a.C.), que, segundo a obra *Vidas e doutrinas dos filósofos ilustres* (c. séc. III d.C.), de Diógenes Laércio (c. 180–240 d.C.), vivia a perambular pelas ruas de Atenas, sem se apegar a bens materiais, morava em um barril e vivia carregando uma lamparina, que dizia servir para procurar um homem honesto.

[32] Caio Júlio César (100–44 a.C.) foi um líder militar e político romano, que se tornou Ditador da República Romana.

[33] O vice-almirante Horatio Nelson (1758–1805), Primeiro Visconde de Nelson, primeiro Duque de Bronté, foi um oficial da Marinha Real Britânica, famoso por combater nas Guerras Napoleônicas.

[34] Cornélia Cinila (94–69 a.C.) foi a primeira mulher do Ditador romano Júlio César, com quem teve uma filha, Júlia, a sua única filha.

uma cadelinha rateira,[35] e Calígula[36] um enorme cão de fila, vera-efígie[37] do grande monstro que a sociedade romana produziu. Quando se achava entre toda essa gente, ilustre por diferentes títulos, dizia Mendonça que entrava na história; era assim que se esquecia do resto do mundo.

## IV

Achava-se Mendonça uma vez à porta do Carceller,[38] onde acabava de tomar sorvete em companhia de um indivíduo, amigo dele, quando viu passar um carro, e dentro do carro duas senhoras que lhe pareceram as senhoras de Matacavalos. Mendonça fez um movimento de espanto que não escapou ao amigo.

— Que foi? — perguntou-lhe este.
— Nada; pareceu-me conhecer aquelas senhoras. Viste-as, Andrade?
— Não.

O carro entrara na rua do Ouvidor; os dois subiram pela mesma rua. Logo acima da rua da Quitanda, parara o carro à porta de uma loja, e as senhoras apearam-se[39] e entraram. Mendonça não as viu sair; mas viu o carro e suspeitou que fosse o mesmo. Apressou o passo sem dizer nada a Andrade, que fez o mesmo, movido por essa natural curiosidade que sente um homem quando percebe algum segredo oculto.

Poucos instantes depois estavam à porta da loja; Mendonça verificou que eram as duas senhoras de Matacavalos. Entrou afoito, com ar de quem ia comprar alguma coisa, e aproximou-se das senhoras. A primeira que o conheceu foi a tia. Mendonça cumprimentou-as respeitosamente. Elas receberam o cumprimento com afabilidade. Ao pé de Margarida estava Miss Dollar, que, por esse admirável faro que a natureza concedeu aos cães e aos cortesãos da fortuna, deu dois saltos de alegria apenas viu Mendonça, chegando a tocar-lhe o estômago com as patas dianteiras.

— Parece que Miss Dollar ficou com boas recordações suas — disse D. Antônia (assim se chamava a tia de Margarida).

---

[35] Que caça ratos.
[36] Caio Júlio César Augusto Germânico (12–41 d.C.), mais conhecido como Calígula, foi imperador de Roma entre 37 e 41 d.C., quando foi assassinado.
[37] Imitação perfeita; retrato fiel.
[38] Na cidade do Rio de Janeiro, Carceller foi uma confeitaria, fundada em 1824, na rua do Ouvidor, depois transferida para a rua Direita, em 1847.
[39] Isto é, desembarcaram da carruagem.

— Creio que sim — respondeu Mendonça brincando com a galga e olhando para Margarida.

Justamente nesse momento entrou Andrade.

— Só agora as reconheci — disse ele dirigindo-se às senhoras.

Andrade apertou a mão das duas senhoras, ou antes apertou a mão de Antônia e os dedos de Margarida.

Mendonça não contava com este incidente, e alegrou-se com ele por ter à mão o meio de tornar íntimas as relações superficiais que tinha com a família.

— Seria bom — disse ele a Andrade, que me apresentasses a estas senhoras.

— Pois não as conheces? — perguntou Andrade estupefato.[40]

— Conhece-nos sem nos conhecer — respondeu sorrindo a velha tia —; por ora quem o apresentou foi Miss Dollar.

Antônia referiu a Andrade a perda e o achado da cadelinha.

— Pois, nesse caso — respondeu Andrade —, apresento-o já.

Feita a apresentação oficial, o caixeiro[41] trouxe a Margarida os objetos que ela havia comprado, e as duas senhoras despediram-se dos rapazes pedindo-lhes que as fossem ver.

Não citei nenhuma palavra de Margarida no diálogo acima transcrito, porque, a falar verdade, a moça só proferiu duas palavras a cada um dos rapazes.

— Passe bem — disse-lhes ela dando as pontas dos dedos e saindo para entrar no carro.

Ficando sós, saíram também os dois rapazes e seguiram pela rua do Ouvidor acima, ambos calados. Mendonça pensava em Margarida; Andrade pensava nos meios de entrar na confidência de Mendonça. A vaidade tem mil formas de manifestar-se, como o fabuloso Proteu.[42] A vaidade de Andrade era ser confidente dos outros; parecia-lhe assim obter da confiança aquilo que só alcançava da indiscrição. Não lhe foi difícil apanhar o segredo de Mendonça; antes de chegar à esquina da rua dos Ourives já Andrade sabia de tudo.

— Compreendes agora — disse Mendonça — que eu preciso ir à casa dela; tenho necessidade de vê-la; quero ver se consigo...

Mendonça estacou.[43]

— Acaba! — disse Andrade. — Se consegues ser amado. Por que não? Mas desde já te digo que não será fácil.

— Por quê?

---

[40] Perplexo; admirado.
[41] Balconista.
[42] Na mitologia grega, Proteu é uma divindade que tinha o dom da premonição, mas que se transformava em criaturas marinhas para amedrontar os homens que o procuravam.
[43] Parou repentinamente.

— Margarida tem rejeitado cinco casamentos.

— Naturalmente não amava os pretendentes — disse Mendonça com o ar de um geômetra que acha uma solução.

— Amava apaixonadamente o primeiro — respondeu Andrade — e não era indiferente ao último.

— Houve naturalmente intriga.

— Também não. Admiras-te? É o que me acontece. É uma rapariga esquisita. Se te achas com força de ser o Colombo[44] daquele mundo, lança-te ao mar com a armada; mas toma cuidado com a revolta das paixões, que são os ferozes marujos destas navegações de descoberta.

Entusiasmado com esta alusão, histórica debaixo da forma de alegoria,[45] Andrade olhou para Mendonça, que, desta vez entregue ao pensamento da moça, não atendeu à frase do amigo. Andrade contentou-se com o seu próprio sufrágio,[46] e sorriu com o mesmo ar de satisfação que deve ter um poeta quando escreve o último verso de um poema.

## V

Dias depois, Andrade e Mendonça foram à casa de Margarida, e lá passaram meia hora em conversa cerimoniosa. As visitas repetiram-se; eram porém mais frequentes da parte de Mendonça que de Andrade. D. Antônia mostrou-se mais familiar que Margarida; só depois de algum tempo Margarida desceu do Olimpo[47] do silêncio em que habitualmente se encerrara.

Era difícil deixar de o fazer. Mendonça, conquanto não fosse dado à convivência das salas, era um cavalheiro próprio para entreter duas senhoras que pareciam mortalmente aborrecidas. O médico sabia piano e tocava agradavelmente; a sua conversa era animada; sabia esses mil nadas que entretêm geralmente as senhoras quando elas não gostam ou não podem entrar no terreno elevado da arte, da história e da filosofia. Não foi difícil ao rapaz estabelecer intimidade com a família.

Posteriormente às primeiras visitas, soube Mendonça, por via de Andrade, que Margarida era viúva. Mendonça não reprimiu o gesto de espanto.

---

[44] Cristóvão Colombo (1451-1506), navegador italiano, liderou a frota espanhola que alcançou o continente americano, em 12 de outubro de 1492, acontecimento descrito na história como o "Descobrimento da América".

[45] Linguagem figurada.

[46] Opinião.

[47] Na mitologia grega, o monte Olimpo é a habitação dos principais deuses gregos.

— Mas tu falaste de um modo que parecias tratar de uma solteira — disse ele ao amigo.

— É verdade que não me expliquei bem; os casamentos recusados foram todos propostos depois da viuvez.

— Há que tempo está viúva?

— Há três anos.

— Tudo se explica — disse Mendonça depois de algum silêncio —; quer ficar fiel à sepultura; é uma Artemisa[48] do século.

Andrade era cético a respeito de Artemisas; sorriu à observação do amigo, e, como este insistisse, replicou:

— Mas se eu já te disse que ela amava apaixonadamente o primeiro pretendente e não era indiferente ao último.

— Então, não compreendo.

— Nem eu.

Mendonça desde esse momento tratou de cortejar assiduamente a viúva; Margarida recebeu os primeiros olhares de Mendonça com um ar de tão supremo desdém, que o rapaz esteve quase a abandonar a empresa; mas a viúva, ao mesmo tempo que parecia recusar amor, não lhe recusava estima, e tratava-o com a maior meiguice deste mundo sempre que ele a olhava como toda a gente.

Amor repelido é amor multiplicado. Cada repulsa de Margarida aumentava a paixão de Mendonça. Nem já lhe mereciam atenção o feroz Calígula, nem o elegante Júlio César. Os dois escravos de Mendonça começaram a notar a profunda diferença que havia entre os hábitos de hoje e os de outro tempo. Supuseram logo que alguma coisa o preocupava. Convenceram-se disso quando Mendonça, entrando uma vez em casa, deu com a ponta do botim no focinho de Cornélia, na ocasião em que esta interessante cadelinha, mãe de dois Gracos[49] rateiros, festejava a chegada do doutor.

Andrade não foi insensível aos sofrimentos do amigo e procurou consolá-lo. Toda a consolação nestes casos é tão desejada quanto inútil; Mendonça ouvia as palavras de Andrade e confiava-lhe todas as suas penas. Andrade lembrou a Mendonça um excelente meio de fazer cessar a paixão: era ausentar-se da casa. A isto respondeu Mendonça citando La Rochefoucauld: "A ausência

---

[48] Artemisa, ou Ártemis, é a deusa grega da caça e dos animais. Sendo virgem, despertava o amor de deuses e homens, mas permaneceu fiel ao seu companheiro de caça, o gigante Órion, que foi morto acidentalmente.

[49] Caio Semprônio Graco (154-121 a.C.) e Tibério Semprônio Graco (163-132 a.C.) foram importantes políticos, ocupando altos cargos na República Romana.

diminui as paixões medíocres e aumenta as grandes, como o vento apaga as velas e atiça as fogueiras".[50]

A citação teve o mérito de tapar a boca de Andrade, que acreditava tanto na constância como nas Artemisas, mas que não queria contrariar a autoridade do moralista, nem a resolução de Mendonça.

## VI

Correram assim três meses. A corte de Mendonça não adiantava um passo; mas a viúva nunca deixou de ser amável com ele. Era isto o que principalmente retinha o médico aos pés da insensível viúva; não o abandonava a esperança de vencê-la.

Algum leitor conspícuo[51] desejaria antes que Mendonça não fosse tão assíduo na casa de uma senhora exposta às calúnias do mundo. Pensou nisso o médico e consolou a consciência com a presença de um indivíduo, até aqui não nomeado por motivo de sua nulidade, e que era nada menos que o filho da Sra. D. Antônia e a menina dos seus olhos. Chamava-se Jorge esse rapaz, que gastava duzentos mil-réis por mês, sem os ganhar, graças à longanimidade[52] da mãe. Frequentava as casas dos cabeleireiros, onde gastava mais tempo que uma romana da decadência às mãos das suas servas latinas. Não perdia representação de importância no Alcazar;[53] montava bons cavalos, e enriquecia com despesas extraordinárias as algibeiras[54] de algumas damas célebres e de vários parasitas obscuros. Calçava luvas da letra E e botas nº 36, duas qualidades que lançava à cara de todos os seus amigos que não desciam do nº 40 e da letra H. A presença deste gentil pimpolho, achava Mendonça que salvava a situação. Mendonça queria dar esta satisfação ao mundo, isto é, à opinião dos ociosos da cidade. Mas bastaria isso para tapar a boca aos ociosos?

Margarida parecia indiferente às interpretações do mundo como à assiduidade do rapaz. Seria ela tão indiferente a tudo mais neste mundo? Não; amava a mãe, tinha um capricho por Miss Dollar, gostava da boa música, e lia

---

[50] Citação traduzida da Máxima 276 do livro *Reflexões ou sentenças e máximas morais* (1665), escrito pelo filósofo e moralista francês François de La Rochefoucauld (1613-1680).
[51] Notável.
[52] Generosidade; paciência.
[53] O teatro Alcazar Lyrique, inaugurado em 1859, na antiga rua da Vala, atual rua Uruguaiana, promovia diversos tipos de apresentações artísticas e de entretenimento, seguindo a tradição francesa.
[54] Bolsos.

romances. Vestia-se bem, sem ser rigorista em matéria de moda; não valsava; quando muito dançava alguma quadrilha nos saraus a que era convidada. Não falava muito, mas exprimia-se bem. Tinha o gesto gracioso e animado, mas sem pretensão nem faceirice.[55]

Quando Mendonça aparecia lá, Margarida recebia-o com visível contentamento. O médico iludia-se sempre, apesar de já acostumado a essas manifestações. Com efeito, Margarida gostava imenso da presença do rapaz, mas não parecia dar-lhe uma importância que lisonjeasse o coração dele. Gostava de o ver como se gosta de ver um dia bonito, sem morrer de amores pelo sol.

Não era possível sofrer por muito tempo a posição em que se achava o médico. Uma noite, por um esforço de que antes disso se não julgaria capaz, Mendonça dirigiu a Margarida esta pergunta indiscreta:

— Foi feliz com seu marido?

Margarida franziu a testa com espanto e cravou os olhos nos do médico, que pareciam continuar mudamente a pergunta.

— Fui — disse ela no fim de alguns instantes.

Mendonça não disse palavra; não contava com aquela resposta. Confiava demais na intimidade que reinava entre ambos; e queria descobrir por algum modo a causa da insensibilidade da viúva. Falhou o cálculo; Margarida tornou-se séria durante algum tempo; a chegada de D. Antônia salvou uma situação esquerda para Mendonça. Pouco depois Margarida voltava às boas, e a conversa tornou-se animada e íntima como sempre. A chegada de Jorge levou a animação da conversa a proporções maiores; D. Antônia, com olhos e ouvidos de mãe, achava que o filho era o rapaz mais engraçado deste mundo; mas a verdade é que não havia em toda a cristandade espírito mais frívolo.[56] A mãe ria-se de tudo quanto o filho dizia; o filho enchia, só ele, a conversa, referindo anedotas e reproduzindo ditos e sestros[57] do Alcazar. Mendonça via todas essas feições do rapaz, e aturava-o com resignação evangélica.

A entrada de Jorge, animando a conversa, acelerou as horas; às dez retirou-se o médico, acompanhado pelo filho de D. Antônia, que ia cear. Mendonça recusou o convite que Jorge lhe fez, e despediu-se dele na rua do Conde, esquina da do Lavradio.

Nessa mesma noite resolveu Mendonça dar um golpe decisivo; resolveu escrever uma carta a Margarida. Era temerário[58] para quem conhecesse o caráter da viúva; mas, com os precedentes já mencionados, era loucura.

---

[55] Que tem por hábito enfeitar-se.
[56] Inútil; leviano.
[57] Gestos habituais.
[58] Arriscado; perigoso.

Entretanto não hesitou o médico em empregar a carta, confiando que no papel diria as coisas de muito melhor maneira que de boca. A carta foi escrita com febril impaciência; no dia seguinte, logo depois de almoçar, Mendonça meteu a carta dentro de um volume de George Sand,[59] mandou-o pelo moleque a Margarida.

A viúva rompeu a capa de papel que embrulhava o volume, e pôs o livro sobre a mesa da sala; meia hora depois voltou e pegou no livro para ler. Apenas o abriu, caiu-lhe a carta aos pés. Abriu-a e leu o seguinte:

> Qualquer que seja a causa da sua esquivança,[60] respeito-a, não me insurjo[61] contra ela. Mas, se não me é dado insurgir-me, não me será lícito queixar-me? Há de ter compreendido o meu amor, do mesmo modo que tenho compreendido a sua indiferença; mas, por maior que seja, essa indiferença está longe de ombrear com o amor profundo e imperioso que se apossou de meu coração quando eu mais longe me cuidava destas paixões dos primeiros anos. Não lhe contarei as insônias e as lágrimas, as esperanças e os desencantos, páginas tristes deste livro que o destino põe nas mãos do homem para que duas almas o leiam. É-lhe indiferente isso.
>
> Não ouso interrogá-la sobre a esquivança que tem mostrado em relação a mim; mas por que motivo se estende essa esquivança a tantos mais? Na idade das paixões férvidas, ornada pelo céu com uma beleza rara, por que motivo quer esconder-se ao mundo e defraudar a natureza e o coração de seus incontestáveis direitos? Perdoe-me a audácia da pergunta; acho-me diante de um enigma que o meu coração desejaria decifrar. Penso às vezes que alguma grande dor a atormenta, e quisera ser o médico do seu coração; ambicionava, confesso, restaurar-lhe alguma ilusão perdida. Parece que não há ofensa nesta ambição.
>
> Se, porém, essa esquivança denota simplesmente um sentimento de orgulho legítimo, perdoe-me se ousei escrever-lhe quando seus olhos expressamente mo proibiram. Rasgue a carta que não pode valer-lhe uma recordação, nem representar uma arma.

A carta era toda de reflexão; a frase fria e medida não exprimia o fogo do sentimento. Não terá, porém, escapado ao leitor a sinceridade e a simplicidade com que Mendonça pedia uma explicação que Margarida provavelmente não podia dar.

---

[59] Amandine Aurore Lucile Dupin, baronesa de Dudevant (1804-1876), mais conhecida pelo pseudônimo de George Sand, foi uma romancista e memorialista francesa.

[60] Desprezo; pouca disposição.

[61] Revoltar-se; opor-se.

Quando Mendonça disse a Andrade haver escrito a Margarida, o amigo do médico entrou a rir despregadamente.

— Fiz mal? — perguntou Mendonça.

— Estragaste tudo. Os outros pretendentes começaram também por carta; foi justamente a certidão de óbito do amor.

— Paciência, se acontecer o mesmo — disse Mendonça levantando os ombros com aparente indiferença —; mas eu desejava que não estivesses sempre a falar nos pretendentes; eu não sou pretendente no sentido desses.

— Não querias casar com ela?

— Sem dúvida, se fosse possível — respondeu Mendonça.

— Pois era justamente o que os outros queriam; casar-te-ias e entrarias na mansa posse dos bens que lhe couberam em partilha e que sobem a muito mais de cem contos.[62] Meu rico, se falo em pretendentes não é por te ofender, porque um dos quatro pretendentes despedidos fui eu.

— Tu?

— É verdade; mas descansa, não fui o primeiro, nem ao menos o último.

— Escreveste?

— Como os outros; como eles, não obtive resposta; isto é, obtive uma: devolveu-me a carta. Portanto, já que lhe escreveste, espera o resto; verás se o que te digo é ou não exato. Estás perdido, Mendonça; fizeste muito mal.

Andrade tinha esta feição característica de não omitir nenhuma das cores sombrias de uma situação, com o pretexto de que aos amigos se deve a verdade. Desenhado o quadro, despediu-se de Mendonça, e foi adiante.

Mendonça foi para casa, onde passou a noite em claro.

## VII

Enganara-se Andrade; a viúva respondeu à carta do médico. A carta dela limitou-se a isto:

> Perdoo-lhe tudo; não lhe perdoarei se me escrever outra vez. A minha esquivança não tem nenhuma causa; é questão de temperamento.

O sentido da carta era ainda mais lacônico[63] do que a expressão. Mendonça leu-a muitas vezes, a ver se a completava; mas foi trabalho perdido. Uma

---

[62] Na época, um conto de réis equivalia a um milhão de réis, um valor muito alto.
[63] Breve; que usa poucas palavras.

coisa concluiu ele logo; era que havia coisa oculta que arredava Margarida do casamento; depois concluiu outra, era que Margarida ainda lhe perdoaria segunda carta se lha escrevesse.

A primeira vez que Mendonça foi a Matacavalos achou-se embaraçado sobre a maneira por que falaria a Margarida; a viúva tirou-o do embaraço, tratando-o como se nada houvesse entre ambos. Mendonça não teve ocasião de aludir às cartas por causa da presença de D. Antônia, mas estimou isso mesmo, porque não sabia o que lhe diria caso viessem a ficar sós os dois.

Dias depois, Mendonça escreveu segunda carta à viúva e mandou-lha pelo mesmo canal da outra. A carta foi-lhe devolvida sem resposta. Mendonça arrependeu-se de ter abusado da ordem da moça, e resolveu, de uma vez por todas, não voltar à casa de Matacavalos. Nem tinha ânimo de lá aparecer, nem julgava conveniente estar junto de uma pessoa a quem amava sem esperança.

Ao cabo de um mês não tinha perdido uma partícula sequer do sentimento que nutria pela viúva. Amava-a com o mesmíssimo ardor. A ausência, como ele pensara, aumentou-lhe o amor, como o vento ateia um incêndio. Debalde[64] lia ou buscava distrair-se na vida agitada do Rio de Janeiro; entrou a escrever um estudo sobre a teoria do ouvido, mas a pena escapava-se-lhe para o coração, e saiu o escrito com uma mistura de nervos e sentimentos. Estava então na sua maior nomeada o romance de Renan sobre a vida de Jesus;[65] Mendonça encheu o gabinete com todos os folhetos publicados de parte a parte, e entrou a estudar profundamente o misterioso drama da Judeia. Fez quanto pôde para absorver o espírito e esquecer a esquiva Margarida; era-lhe impossível.

Um dia de manhã apareceu-lhe em casa o filho de D. Antônia; traziam-no dois motivos: perguntar-lhe por que não ia a Matacavalos, e mostrar-lhe umas calças novas. Mendonça aprovou as calças, e desculpou como pôde a ausência, dizendo que andava atarefado. Jorge não era alma que compreendesse a verdade escondida por baixo de uma palavra indiferente; vendo Mendonça mergulhado no meio de uma chusma[66] de livros e folhetos, perguntou-lhe se estava estudando para ser deputado. Jorge cuidava que se estudava para ser deputado!

— Não — respondeu Mendonça.

---

[64] Em vão; inutilmente.
[65] Alusão ao romance *A vida de Jesus* (1863), do filólogo e historiador francês Joseph Ernest Renan (1823-1892).
[66] Grande quantidade.

— É verdade que a prima também lá anda com livros, e não creio que pretende ir à Câmara.

— Ah! Sua prima?

— Não imagina; não faz outra coisa. Fecha-se no quarto, e passa os dias inteiros a ler.

Informado por Jorge, Mendonça supôs que Margarida era nada menos que uma mulher de letras, alguma modesta poetisa, que esquecia o amor dos homens nos braços das musas.[67] A suposição era gratuita e filha mesmo de um espírito cego pelo amor como o de Mendonça. Há várias razões para ler muito sem ter comércio com as musas.

— Note que a prima nunca leu tanto; agora é que lhe deu para isso — disse Jorge tirando da charuteira um magnífico havana[68] do valor de três tostões,[69] e oferecendo outro a Mendonça. — Fume isto — continuou ele —, fume e diga-me se há ninguém como o Bernardo para ter charutos bons.

Gastos os charutos, Jorge despediu-se do médico, levando a promessa de que este iria à casa de D. Antônia o mais cedo que pudesse.

No fim de quinze dias Mendonça voltou a Matacavalos.

Encontrou na sala Andrade e D. Antônia, que o receberam com aleluias. Mendonça parecia com efeito ressurgir de um túmulo; tinha emagrecido e empalidecido. A melancolia dava-lhe ao rosto maior expressão de abatimento. Alegou trabalhos extraordinários, e entrou a conversar alegremente como dantes. Mas essa alegria, como se compreende, era toda forçada. No fim de um quarto de hora a tristeza apossou-se-lhe outra vez do rosto. Durante esse tempo, Margarida não apareceu na sala; Mendonça, que até então não perguntara por ela, não sei por que razão, vendo que ela não aparecia, perguntou se estava doente. D. Antônia respondeu-lhe que Margarida estava um pouco incomodada.

O incômodo de Margarida durou uns três dias; era uma simples dor de cabeça, que o primo atribuiu à aturada leitura.

No fim de alguns dias mais, D. Antônia foi surpreendida com uma lembrança de Margarida; a viúva queria ir viver na roça algum tempo.

— Aborrece-te a cidade? — perguntou a boa velha.

— Alguma coisa — respondeu Margarida —; queria ir viver uns dois meses na roça.

---

[67] Na mitologia grega, as musas eram deusas, filhas de Zeus e Mnemósine, que inspiravam a ciência e as artes.
[68] Charuto feito de tabaco cubano.
[69] Moeda de níquel ou prata, no valor de cem réis.

D. Antônia não podia recusar nada à sobrinha; concordou em ir para a roça; e começaram os preparativos. Mendonça soube da mudança no Rossio, andando a passear de noite; disse-lho Jorge na ocasião de ir para o Alcazar. Para o rapaz era uma fortuna aquela mudança, porque suprimia-lhe a única obrigação que ainda tinha neste mundo, que era a de ir jantar com a mãe.

Não achou Mendonça nada que admirar na resolução; as resoluções de Margarida começavam a parecer-lhe simplicidades.

Quando voltou para casa encontrou um bilhete de D. Antônia concebido nestes termos:

> Temos de ir para fora alguns meses; espero que não nos deixe sem despedir-se de nós. A partida é sábado; e eu quero incumbi-lo de uma coisa.

Mendonça tomou chá, e dispôs-se a dormir. Não pôde. Quis ler; estava incapaz disso. Era cedo; saiu. Insensivelmente dirigiu os passos para Matacavalos. A casa de D. Antônia estava fechada e silenciosa; evidentemente estavam já dormindo. Mendonça passou adiante, e parou junto da grade do jardim adjacente[70] à casa. De fora podia ver a janela do quarto de Margarida, pouco elevada, e dando para o jardim. Havia luz dentro; naturalmente Margarida estava acordada. Mendonça deu mais alguns passos; a porta do jardim estava aberta. Mendonça sentiu pulsar-lhe o coração com força desconhecida. Surgiu-lhe no espírito uma suspeita. Não há coração confiante que não tenha desfalecimentos destes; além de quê, seria errada a suspeita? Mendonça, entretanto, não tinha nenhum direito à viúva; fora repelido categoricamente. Se havia algum dever da parte dele era a retirada e o silêncio.

Mendonça quis conservar-se no limite que lhe estava marcado; a porta aberta do jardim podia ser esquecimento da parte dos fâmulos.[71] O médico refletiu bem que aquilo tudo era fortuito,[72] e fazendo um esforço afastou-se do lugar. Adiante parou e refletiu; havia um demônio que o impelia por aquela porta dentro. Mendonça voltou, e entrou com precaução.

Apenas dera alguns passos surgiu-lhe em frente Miss Dollar latindo; parece que a galga saíra de casa sem ser pressentida; Mendonça amimou-a e a cadelinha parece que reconheceu o médico, porque trocou os latidos em festas. Na parede do quarto de Margarida desenhou-se uma sombra de mulher; era a viúva que chegava à janela para ver a causa do ruído. Mendonça coseu-se como pôde com uns arbustos que ficavam junto da grade; não vendo ninguém, Margarida voltou para dentro.

---

[70] Vizinho.
[71] Criados.
[72] Imprevisto.

Passados alguns minutos, Mendonça saiu do lugar em que se achava e dirigiu-se para o lado da janela da viúva. Acompanhava-o Miss Dollar. Do jardim não podia olhar, ainda que fosse mais alto, para o aposento da moça. A cadelinha apenas chegou àquele ponto, subiu ligeira uma escada de pedra que comunicava o jardim com a casa; a porta do quarto de Margarida ficava justamente no corredor que se seguia à escada; a porta estava aberta. O rapaz imitou a cadelinha; subiu os seis degraus de pedra vagarosamente; quando pôs o pé no último ouviu Miss Dollar pulando no quarto e vindo latir à porta, como que avisando a Margarida de que se aproximava um estranho.

Mendonça deu mais um passo. Mas nesse momento atravessou o jardim um escravo que acudia ao latido da cadelinha; o escravo examinou o jardim, e não vendo ninguém retirou-se. Margarida foi à janela e perguntou o que era; o escravo explicou-lho e tranquilizou-a dizendo que não havia ninguém.

Justamente quando ela saía da janela aparecia à porta a figura de Mendonça. Margarida estremeceu por um abalo nervoso; ficou mais pálida do que era; depois, concentrando nos olhos toda a soma de indignação que pode conter um coração, perguntou-lhe com voz trêmula:

— Que quer aqui?

Foi nesse momento, e só então, que Mendonça reconheceu toda a baixeza de seu procedimento, ou para falar mais acertadamente, toda a alucinação do seu espírito. Pareceu-lhe ver em Margarida a figura da sua consciência, a exprobrar-lhe[73] tamanha indignidade. O pobre rapaz não procurou desculpar-se; sua resposta foi singela e verdadeira.

— Sei que cometi um ato infame — disse ele —; não tinha razão para isso; estava louco; agora conheço a extensão do mal. Não lhe peço que me desculpe, D. Margarida; não mereço perdão; mereço desprezo; adeus!

— Compreendo, senhor — disse Margarida —; quer obrigar-me pela força do descrédito quando me não pode obrigar pelo coração. Não é de cavalheiro.

— Oh! Isso... juro-lhe que não foi tal o meu pensamento...

Margarida caiu numa cadeira parecendo chorar. Mendonça deu um passo para entrar, visto que até então não saíra da porta; Margarida levantou os olhos cobertos de lágrimas, e com um gesto imperioso mostrou-lhe que saísse.

Mendonça obedeceu; nem um nem outro dormiram nessa noite. Ambos curvavam-se ao peso da vergonha: mas, por honra de Mendonça, a dele era maior que a dela; e a dor de uma não ombreava[74] com o remorso de outro.

---

[73] Repreender-lhe; criticá-lo.
[74] Comparar.

## VIII

No dia seguinte estava Mendonça em casa fumando charutos sobre charutos, recurso das grandes ocasiões, quando parou à porta dele um carro, apeando-se pouco depois a mãe de Jorge. A visita pareceu de mau agouro[75] ao médico. Mas apenas a velha entrou, dissipou-lhe o receio.

— Creio — disse D. Antônia — que a minha idade permite visitar um homem solteiro.

Mendonça procurou sorrir ouvindo este gracejo; mas não pôde. Convidou a boa senhora a sentar-se, e sentou-se ele também, esperando que ela lhe explicasse a causa da visita.

— Escrevi-lhe ontem — disse ela —, para que fosse ver-me hoje; preferi vir cá, receando que por qualquer motivo não fosse a Matacavalos.

— Queria então incumbir-me?[76]

— De coisa nenhuma — respondeu a velha sorrindo —; incumbir disse-lhe eu, como diria qualquer outra coisa indiferente; quero informá-lo.

— Ah! De quê?

— Sabe quem ficou hoje de cama?

— D. Margarida?

— É verdade; amanheceu um pouco doente; diz que passou a noite mal. Eu creio que sei a razão — acrescentou D. Antônia rindo maliciosamente para Mendonça.

— Qual será então a razão? — perguntou o médico.

— Pois não percebe?

— Não.

— Margarida ama-o.

Mendonça levantou-se da cadeira como por uma mola. A declaração da tia da viúva era tão inesperada que o rapaz cuidou estar sonhando.

— Ama-o — repetiu D. Antônia.

— Não creio — respondeu Mendonça depois de algum silêncio —; há de ser engano seu.

— Engano! — disse a velha.

D. Antônia contou a Mendonça que, curiosa por saber a causa das vigílias[77] de Margarida, descobrira no quarto dela um diário de impressões, escrito por ela, à imitação de não sei quantas heroínas de romances; aí lera a verdade que lhe acabava de dizer.

---

[75] Sinal; presságio.
[76] Encarregar de algo; solicitar.
[77] Insônias.

— Mas se me ama — observou Mendonça sentindo entrar-lhe n'alma um mundo de esperanças —, se me ama, por que recusa o meu coração?

— O *diário* explica isso mesmo; eu lhe digo. Margarida foi infeliz no casamento; o marido teve unicamente em vista gozar da riqueza dela; Margarida adquiriu a certeza de que nunca será amada por si, mas pelos cabedais[78] que possui; atribui o seu amor à cobiça. Está convencido?

Mendonça começou a protestar.

— É inútil — disse D. Antônia —, eu creio na sinceridade do seu afeto; já de há muito percebi isso mesmo; mas como convencer um coração desconfiado?

— Não sei.

— Nem eu — disse a velha —; mas para isso é que eu vim cá; peço-lhe que veja se pode fazer com que a minha Margarida torne a ser feliz, se lhe influi a crença no amor que lhe tem.

— Acho que é impossível...

Mendonça lembrou-se de contar a D. Antônia a cena da véspera; mas arrependeu-se a tempo.

D. Antônia saiu pouco depois.

A situação de Mendonça, ao passo que se tornara mais clara, estava mais difícil que dantes. Era possível tentar alguma coisa antes da cena do quarto; mas depois, achava Mendonça impossível conseguir nada.

A doença de Margarida durou dois dias, no fim dos quais levantou-se a viúva um pouco abatida, e a primeira coisa que fez foi escrever a Mendonça pedindo-lhe que fosse lá à casa.

Mendonça admirou-se bastante do convite, e obedeceu de pronto.

— Depois do que se deu há três dias — disse-lhe Margarida —, compreende o senhor que eu não posso ficar debaixo da ação da maledicência...[79] Diz que me ama; pois bem, o nosso casamento é inevitável.

*Inevitável!* Amargou esta palavra ao médico, que aliás não podia recusar uma reparação. Lembrava-se ao mesmo tempo que era amado; e conquanto a ideia lhe sorrisse ao espírito, outra vinha dissipar esse instantâneo prazer, e era a suspeita que Margarida nutria a seu respeito.

— Estou às suas ordens — respondeu ele.

Admirou-se D. Antônia da presteza do casamento quando Margarida lho anunciou nesse mesmo dia. Supôs que fosse milagre do rapaz. Pelo tempo adiante reparou que os noivos tinham cara mais de enterro que de casamento. Interrogou a sobrinha a esse respeito; obteve uma resposta evasiva.

---

[78] Posses materiais.
[79] Difamação; injúria.

Foi modesta e reservada a cerimônia do casamento. Andrade serviu de padrinho, D. Antônia, de madrinha; Jorge falou no Alcazar a um padre, seu amigo, para celebrar o ato.

D. Antônia quis que os noivos ficassem residindo em casa com ela. Quando Mendonça se achou a sós com Margarida, disse-lhe:

— Casei-me para salvar-lhe a reputação; não quero obrigar pela fatalidade das coisas um coração que me não pertence. Ter-me-á por seu amigo; até amanhã.

Saiu Mendonça depois deste *speech*,[80] deixando Margarida suspensa entre o conceito que fazia dele e a impressão das suas palavras agora.

Não havia posição mais singular do que a destes noivos separados por uma quimera.[81] O mais belo dia da vida tornava-se para eles um dia de desgraça e de solidão; a formalidade do casamento foi simplesmente o prelúdio[82] do mais completo divórcio. Menos ceticismo[83] da parte de Margarida, mais cavalheirismo da parte do rapaz teriam poupado o desenlace sombrio da comédia do coração. Vale mais imaginar que descrever as torturas daquela primeira noite de noivado.

Mas aquilo que o espírito do homem não vence, há de vencê-lo o tempo, a quem cabe final razão. O tempo convenceu Margarida de que a sua suspeita era gratuita; e, coincidindo com ele o coração, veio a tornar-se efetivo o casamento apenas celebrado.

Andrade ignorou estas coisas; cada vez que encontrava Mendonça chamava-lhe Colombo do amor; tinha Andrade a mania de todo o sujeito a quem as ideias ocorrem trimestralmente; apenas pilhada alguma de jeito repetia-a até a saciedade.

Os dois esposos são ainda noivos e prometem sê-lo até a morte. Andrade meteu-se na diplomacia e promete ser um dos luzeiros da nossa representação internacional. Jorge continua a ser um bom pândego;[84] D. Antônia prepara-se para despedir-se do mundo.

Quanto a Miss Dollar, causa indireta de todos estes acontecimentos, saindo um dia à rua foi pisada por um carro; faleceu pouco depois. Margarida não pôde reter algumas lágrimas pela nobre cadelinha; foi o corpo enterrado na chácara, à sombra de uma laranjeira; cobre a sepultura uma lápide com esta simples inscrição:

A MISS DOLLAR

---

[80] Discurso.
[81] Produto da imaginação.
[82] Primeiro passo.
[83] Incredulidade.
[84] Brincalhão; leviano.

# Luís Soares

## I

Trocar o dia pela noite, dizia Luís Soares, é restaurar o império da natureza corrigindo a obra da sociedade. O calor do sol está dizendo aos homens que vão descansar e dormir, ao passo que a frescura relativa da noite é a verdadeira estação em que se deve viver. Livre em todas as minhas ações, não quero sujeitar-me à lei absurda que a sociedade me impõe: velarei de noite, dormirei de dia.

Contrariamente a vários ministérios, Soares cumpria este programa com um escrúpulo[1] digno de uma grande consciência. A aurora para ele era o crepúsculo, o crepúsculo era a aurora. Dormia doze horas consecutivas, durante o dia, quer dizer, das seis da manhã às seis da tarde. Almoçava às sete e jantava às duas da madrugada. Não ceava. A sua ceia limitava-se a uma xícara de chocolate que o criado lhe dava às cinco horas da manhã quando ele entrava para casa. Soares engolia o chocolate, fumava dois charutos, fazia alguns trocadilhos com o criado,[2] lia uma página de algum romance, e deitava-se.

Não lia jornais. Achava que um jornal era a coisa mais inútil deste mundo, depois da Câmara dos Deputados, das obras dos poetas, e das missas. Não quer isto dizer que Soares fosse ateu em religião, política e poesia. Não. Soares era apenas indiferente. Olhava para todas as grandes coisas com a mesma cara com que via uma mulher feia. Podia vir a ser um grande perverso; até então era apenas uma grande inutilidade.

Graças a uma boa fortuna que lhe deixara o pai, Soares podia gozar a vida que levava, esquivando-se a todo o gênero de trabalho e entregue somente aos instintos da sua natureza e aos caprichos do seu coração. Coração é talvez demais. Era duvidoso que Soares o tivesse. Ele mesmo o dizia. Quando alguma dama lhe pedia que ele a amasse, Soares respondia:

— Minha rica pequena, eu nasci com a grande vantagem de não ter coisa nenhuma dentro do peito nem dentro da cabeça. Isso que chamam juízo e sentimento são para mim verdadeiros mistérios. Não os compreendo porque os não sinto.

---

[1] Consciência moral; integridade.
[2] Na época da história, estava em vigor o regime escravocrata no Brasil. O criado referido aqui é um escravo.

Soares acrescentava que a fortuna[3] suplantara[4] a natureza deitando-lhe no berço em que nasceu uma boa soma de contos de réis.[5] Mas esquecia que a fortuna, apesar de generosa, é exigente, e quer da parte dos seus afilhados algum esforço próprio. A fortuna não é Danaide.[6] Quando vê que um tonel esgota a água que se lhe põe dentro vai levar os seus cântaros a outra parte. Soares não pensava nisto. Cuidava que os seus bens eram renascentes como as cabeças da hidra antiga.[7] Gastava às mãos largas; e os contos de réis, tão dificilmente acumulados por seu pai, escapavam-se-lhes das mãos como pássaros sequiosos[8] por gozarem do ar livre.

Achou-se, portanto, pobre quando menos o esperava. Um dia de manhã, quer dizer, às ave-marias, os olhos de Soares viram escritas as palavras fatídicas do festim babilônico.[9] Era uma carta que o criado lhe entregara dizendo que o banqueiro de Soares a havia deixado à meia-noite. O criado falava como o amo vivia: ao meio-dia chamava meia-noite.

— Já te disse — respondeu Soares — que eu só recebo cartas dos meus amigos, ou então...

— De alguma rapariga, bem sei. É por isso que lhe não tenho dado as cartas que o banqueiro tem trazido há um mês. Hoje, porém, o homem disse que era indispensável que lhe eu desse esta.

Soares sentou-se na cama, e perguntou ao criado meio alegre e meio zangado:

— Então tu és criado dele ou meu?

— Meu amo, o banqueiro disse que se trata de um grande perigo.

— Que perigo?

— Não sei.

— Deixa ver a carta.

O criado entregou-lhe a carta.

---

[3] O termo "fortuna" grafado com letra minúscula significa simplesmente "sorte"; quando grafado com inicial maiúscula, "Fortuna" era, na mitologia romana, a deusa do destino e da sorte, boa ou má.

[4] Havia superado.

[5] Um conto de réis era o mesmo que um milhão de réis, um alto valor na época.

[6] Na mitologia grega, as Danaides foram as cinquenta filhas de Dânaos, rei de Argos, que, exceto uma, mataram seus maridos na noite de núpcias, sendo condenadas por isso a encher eternamente um tonel sem fundo. Por isso, a tarefa delas representa a execução de algo inútil.

[7] A Hidra de Lerna, na mitologia grega, era um monstro com corpo de dragão e cabeças de serpente. Quando se cortava uma de suas cabeças, outras duas se regeneravam no lugar.

[8] Sedentos.

[9] Alusão ao fim do reino de Baltasar na Babilônia, profetizado pela interpretação, realizada pelo profeta Daniel, de uma inscrição misteriosa, surgida em meio a uma grande festa. O episódio é narrado em *Daniel* 5:1-29

Soares abriu-a e leu-a duas vezes. Dizia a carta que o rapaz não possuía mais que seis contos de réis. Para Soares seis contos de réis eram menos que seis vinténs.

Pela primeira vez na sua vida Soares sentiu uma grande comoção. A ideia de não ter dinheiro nunca lhe havia acudido ao espírito; não imaginava que um dia se achasse na posição de qualquer outro homem que precisava de trabalhar.

Almoçou sem vontade e saiu. Foi ao Alcazar.[10] Os amigos acharam-no triste; perguntaram-lhe se era alguma mágoa de amor. Soares respondeu que estava doente. As Laís[11] da localidade acharam que era de bom gosto ficarem tristes também. A consternação foi geral. Um dos seus amigos, José Pires, propôs um passeio a Botafogo para distrair as melancolias de Soares. O rapaz aceitou. Mas o passeio a Botafogo era tão comum que não podia distraí-lo. Lembraram-se de ir ao Corcovado, ideia que foi aceita e executada imediatamente.

Mas que há que possa distrair um rapaz nas condições de Soares? A viagem ao Corcovado apenas lhe produziu uma grande fadiga, aliás útil, porque, na volta, dormiu o rapaz a sono solto.

Quando acordou mandou dizer ao Pires que viesse falar-lhe imediatamente. Daí a uma hora parava um carro à porta: era o Pires que chegava, mas acompanhado de uma rapariga morena que respondia ao nome de Vitória. Entraram os dois pela sala de Soares com a franqueza e o estrépito[12] naturais entre pessoas de família.

— Não está doente? — perguntou Vitória ao dono da casa.

— Não — respondeu este —; mas por que veio você?

— É boa! — disse José Pires. — Veio porque é a minha xícara inseparável... Querias falar-me em particular?

— Queria.

— Pois falemos aí em qualquer canto; Vitória fica na sala vendo os álbuns.

— Nada — interrompeu a moça —; nesse caso vou-me embora. É melhor; só imponho uma condição: é que ambos hão de ir depois lá para casa; temos ceata.[13]

---

[10] O teatro Alcazar Lyrique, inaugurado em 1859, na antiga rua da Vala, atual rua Uruguaiana, promovia diversos tipos de apresentações artísticas e de entretenimento, seguindo a tradição francesa.
[11] Laís de Corinto, chamada de "A Bela" (c. 425-340 a.C.), foi uma famosa cortesã da Grécia antiga.
[12] Ruído; barulho.
[13] Ceia farta; abundante.

— Valeu! — disse Pires.

Vitória saiu; os dois rapazes ficaram sós.

Pires era o tipo do bisbilhoteiro e leviano. Em lhe cheirando novidade preparava-se para instruir-se de tudo. Lisonjeava-o a confiança de Soares, e adivinhava que o rapaz ia comunicar-lhe alguma coisa importante. Para isso assumiu um ar condigno com a situação. Sentou-se comodamente em uma cadeira de braços; pôs o castão[14] da bengala na boca e começou o ataque com estas palavras:

— Estamos sós; que me queres?

Soares confiou-lhe tudo; leu-lhe a carta do banqueiro; mostrou-lhe em toda a nudez a sua miséria. Disse-lhe que naquela situação não via solução possível, e confessou ingenuamente que a ideia do suicídio o havia alimentado durante longas horas.

— Um suicídio! — exclamou Pires —; estás doido.

— Doido! — respondeu Soares —; entretanto não vejo outra saída neste beco. Demais, é apenas meio suicídio, porque a pobreza já é meia morte.

— Convenho que a pobreza não é coisa agradável, e até acho...

Pires interrompeu-se; uma ideia súbita atravessara-lhe o espírito: a ideia de que Soares acabasse a conferência por pedir-lhe dinheiro. Pires tinha um preceito na sua vida: era não emprestar dinheiro aos amigos. "Não se empresta sangue", dizia ele.

Soares não reparou na frase cortada do amigo, e disse:

— Viver pobre depois de ter sido rico... é impossível.

— Nesse caso que me queres tu? — perguntou Pires, a quem pareceu que era bom atacar o touro de frente.

— Um conselho.

— Inútil conselho, pois que já tens uma ideia fixa.

— Talvez. Entretanto confesso que não se deixa a vida com facilidade e, má ou boa, sempre custa morrer. Por outro lado, ostentar a minha miséria diante das pessoas que me viram rico é uma humilhação que eu não aceito. Que farias tu no meu lugar?

— Homem — respondeu Pires —, há muitos meios...

— Venha um.

— Primeiro meio. Vai para *New York* e procura uma fortuna.

— Não me convém; nesse caso fico no Rio de Janeiro.

— Segundo meio. Arranja um casamento rico.

— É bom de dizer. Onde está esse casamento?

---

[14] Enfeite na parte superior das bengalas.

— Procura. Não tens uma prima que gosta de ti?

— Creio que já não gosta; e demais não é rica; tem apenas trinta contos; despesa de um ano.

— É um bom princípio de vida.

— Nada; outro meio.

— Terceiro meio, e o melhor. Vai à casa de teu tio, angaria-lhe[15] a estima, dize que estás arrependido da vida passada, aceita um emprego, enfim vê se te constituis seu herdeiro universal.

Soares não respondeu; a ideia pareceu-lhe boa.

— Aposto que te agrada o terceiro meio? — perguntou Pires rindo.

— Não é mau. Aceito; e bem sei que é difícil e demorado; mas eu não tenho muitos à escolha.

— Ainda bem — disse Pires levantando-se. — Agora o que se quer é algum juízo. Há de custar-te o sacrifício, mas lembra-te que é o meio único de teres dentro de pouco tempo uma fortuna. Teu tio é um homem achacado de moléstias; qualquer dia bate a bota. Aproveita o tempo. E agora vamos à ceia da Vitória.

— Não vou — disse Soares —; quero acostumar-me desde já a viver vida nova.

— Bem; adeus.

— Olha; confiei-te isto a ti só; guarda-me segredo.

— Sou um túmulo — respondeu Pires descendo a escada.

Mas no dia seguinte já os rapazes e raparigas sabiam que Soares ia fazer-se anacoreta...[16] por não ter dinheiro nenhum. O próprio Soares reconheceu isto no rosto dos amigos. Todos pareciam dizer-lhe: "É pena! Que pândego[17] vamos nós perder!".

Pires nunca mais o visitou.

## II

O tio de Soares chamava-se o major Luís da Cunha Vilela, e era com efeito um homem já velho e adoentado. Contudo não se podia dizer que morreria cedo. O major Vilela observava um rigoroso regime[18] que lhe ia entretendo a

---

[15] Conquista-lhe.
[16] Monge; pessoa que vive recolhida.
[17] Brincalhão; leviano.
[18] Hábito; costume.

vida. Tinha uns bons sessenta anos. Era um velho alegre e severo ao mesmo tempo. Gostava de rir, mas era implacável com os maus costumes. Constitucional por necessidade, era no fundo de sua alma absolutista.[19] Chorava pela sociedade antiga; criticava constantemente a nova. Enfim foi o último homem que abandonou a cabeleira de rabicho.[20]

Vivia o major Vilela em Catumbi,[21] acompanhado de sua sobrinha Adelaide, e mais uma velha parenta. A sua vida era patriarcal. Importando-se pouco ou nada com o que ia por fora, o major entregava-se todo ao cuidado de sua casa, aonde poucos amigos e algumas famílias da vizinhança o iam ver, e passar as noites com ele. O major conservava sempre a mesma alegria, ainda nas ocasiões em que o reumatismo o prostrava. Os reumáticos dificilmente acreditarão nisto; mas eu posso afirmar que era verdade.

Foi num dia de manhã, felizmente um dia em que o major não sentia o menor achaque, e ria e brincava com as duas parentas, que Soares apareceu em Catumbi à porta do tio.

Quando o major recebeu o cartão com o nome do sobrinho, supôs que era alguma caçoada. Podia contar com todos em casa, menos o sobrinho. Fazia já dois anos que o não via, e entre a última e a penúltima vez tinha mediado ano e meio. Mas o moleque[22] disse-lhe tão seriamente que o nhonhô[23] Luís estava na sala de espera, que o velho acabou por acreditar.

— Que te parece, Adelaide?

A moça não respondeu.

O velho foi à sala de visitas.

Soares tinha pensado no meio de aparecer ao tio. Ajoelhar-se era dramático demais; cair-lhe nos braços exigia certo impulso íntimo que ele não tinha; além de quê, Soares vexava-se de ter ou fingir uma comoção. Lembrou-se de começar uma conversação alheia ao fim que o levava lá, e acabar por confessar-se disposto a arrepiar carreira. Mas este meio tinha o inconveniente de fazer preceder a reconciliação por um sermão, que o rapaz dispensava. Ainda não se resolvera a aceitar um dos muitos meios que lhe vieram à ideia, quando o major apareceu à porta da sala.

O major parou à porta sem dizer palavra e lançou sobre o sobrinho um olhar severo e interrogador.

---

[19] Partidário do absolutismo, regime de governo no qual os dirigentes detêm poderes absolutos.
[20] No século XVIII, era moda que os membros da elite usassem perucas.
[21] Bairro da Zona Central da cidade do Rio de Janeiro.
[22] O termo "moleque" era usado para designar um escravo jovem, que fazia serviços diversos.
[23] O termo "nhonhô" era usado pelos escravos para se referirem aos senhores da casa-grande.

Soares hesitou um instante; mas, como a situação podia prolongar-se sem benefício seu, o rapaz seguiu um movimento natural: foi ao tio e estendeu-lhe a mão.

— Meu tio — disse ele —, não precisa dizer mais nada; o seu olhar diz-me tudo. Fui pecador e arrependo-me. Aqui estou.

O major estendeu-lhe a mão, que o rapaz beijou com o respeito de que era susceptível.

Depois encaminhou-se para uma cadeira e sentou-se; o rapaz ficou de pé.

— Se o teu arrependimento é sincero, abro-te a minha porta e o meu coração. Se não é sincero podes ir embora; há muito tempo que não frequento a casa da ópera: não gosto de comediantes.

Soares protestou que era sincero. Disse que fora dissipado[24] e doido, mas que aos trinta anos era justo ter juízo. Reconhecia agora que o tio sempre tivera razão. Supôs ao princípio que eram simples rabugices de velho, e mais nada; mas não era natural esta leviandade num rapaz educado no vício? Felizmente corrigia-se a tempo. O que ele agora queria era entrar em bom viver, e começava por aceitar um emprego público que o obrigasse a trabalhar e fazer-se sério. Tratava-se de ganhar uma posição.

Ouvindo o discurso de que fiz o extrato acima, o major procurava adivinhar o fundo do pensamento de Soares. Seria ele sincero? O velho concluiu que o sobrinho falava com a alma nas mãos. A sua ilusão chegou ao ponto de ver-lhe uma lágrima nos olhos, lágrima que não apareceu, nem mesmo fingida.

Quando Soares acabou, o major estendeu-lhe a mão e apertou a que o rapaz lhe estendeu também.

— Creio, Luís. Ainda bem que te arrependeste a tempo. Isso que vivias não era vida nem morte; a vida é mais digna e a morte, mais tranquila do que a existência que malbarataste.[25] Entras agora em casa como um filho pródigo.[26] Terás o melhor lugar à mesa. Esta família é a mesma família.

O major continuou por este tom; Soares ouviu a pé quedo o discurso do tio. Dizia consigo que era a amostra da pena que ia sofrer, e um grande desconto dos seus pecados.

O major acabou levando o rapaz para dentro, onde os esperava o almoço.

Na sala de jantar estavam Adelaide e a velha parenta. A Sra. Antônia de Moura Vilela recebeu Soares com grandes exclamações que envergonharam

---

[24] Esbanjador.
[25] Desperdiçaste.
[26] Alusão à Parábola do filho pródigo, narrada por Jesus Cristo no Evangelho de Lucas 15:11-32.

sinceramente o rapaz. Quanto a Adelaide, apenas o cumprimentou sem olhar para ele; Soares retribuiu o cumprimento.

O major reparou na frieza; mas parece que sabia alguma coisa, porque apenas deu uma risadinha amarela, coisa que lhe era peculiar.

Sentaram-se à mesa, e o almoço correu entre as pilhérias[27] do major, as recriminações da Sra. Antônia, as explicações do rapaz e o silêncio de Adelaide. Quando o almoço acabou, o major disse ao sobrinho que fumasse, concessão enorme que o rapaz a custo aceitou. As duas senhoras saíram; ficaram os dois à mesa.

— Estás então disposto a trabalhar?

— Estou, meu tio.

— Bem; vou ver se te arranjo um emprego. Que emprego preferes?

— O que quiser, meu tio, contanto que eu trabalhe.

— Bem. Levarás amanhã uma carta minha a um dos ministros. Deus queira que possas obter o emprego sem dificuldade. Quero ver-te trabalhador e sério; quero ver-te homem. As dissipações não produzem nada, a não serem dívidas e desgostos... Tens dívidas?

— Nenhuma — respondeu Soares.

Soares mentia. Tinha uma dívida de alfaiate, relativamente pequena; queria pagá-la sem que o tio soubesse.

No dia seguinte o major escreveu a carta prometida, que o sobrinho levou ao ministro; e tão feliz foi, que daí a um mês estava empregado em uma secretaria com um bom ordenado.

Cumpre fazer justiça ao rapaz. O sacrifício que fez de transformar os seus hábitos da vida foi enorme, e a julgá-lo pelos seus antecedentes, ninguém o julgara capaz de tal. Mas o desejo de perpetuar uma vida de dissipação pode explicar a mudança e o sacrifício. Aquilo na existência de Soares não passava de um parêntesis mais ou menos extenso. Almejava por fechá-lo e continuar o período como havia começado, isto é, vivendo com Aspásia e pagodeando[28] com Alcibíades.[29]

O tio não desconfiava de nada; mas temia que o rapaz fosse novamente tentado à fuga, ou porque o seduzisse a lembrança das dissipações antigas, ou porque o aborrecesse a monotonia e a fadiga do trabalho. Com o fim de

---

[27] Piadas.
[28] Levar vida de pândego, de folião.
[29] Alcibíades Clínias Escambônidas (450-404 a.C.) foi um general e político grego ateniense. Aspásia de Mileto (470-400 a.C.) foi uma sofista grega. Nos escritos de Platão (c. 427-347 a.C.), o filósofo Sócrates (c. 470-399 a.C.) passa muito tempo com Alcibíades, seu amante, e convive muito também com Aspásia, que considera ser sua mentora em estudos de retórica.

impedir o desastre, lembrou-se de inspirar-lhe a ambição política. Pensava o major que a política seria um remédio decisivo para aquele doente, como se não fosse conhecido que os louros[30] de Lovelace[31] e os de Turgot[32] andam muita vez na mesma cabeça.

Soares não desanimou o major. Disse que era natural acabar a sua existência na política, e chegou a dizer que algumas vezes sonhara com uma cadeira no parlamento.

— Pois eu verei se te posso arranjar isto — respondeu o tio. — O que é preciso é que estudes a ciência da política, a história do nosso parlamento e do nosso governo; e principalmente é preciso que continues a ser o que és hoje: um rapaz sério.

Se bem o dizia o major, melhor o fazia Soares, que desde então meteu-se com os livros e lia com afinco as discussões das câmaras.

Soares não morava com o tio, mas passava lá todo o tempo que lhe sobrava do trabalho, e voltava para casa depois do chá, que era patriarcal, e bem diferente das ceatas do antigo tempo.

Não afirmo que entre as duas fases da existência de Luís Soares não houvesse algum elo de união, e que o emigrante das terras de Gnido[33] não fizesse de quando em quando alguma excursão à pátria. Em todo o caso essas excursões eram tão secretas que ninguém sabia delas, nem talvez os habitantes das referidas terras, com exceção dos poucos escolhidos para receberem o expatriado. O caso era singular, porque naquele país não se reconhece o cidadão naturalizado estrangeiro, ao contrário da Inglaterra, que não dá aos súditos da rainha o direito de escolherem outra pátria.

Soares encontrava-se de quando em quando com Pires. O confidente do convertido manifestava a sua amizade antiga oferecendo-lhe um charuto de Havana[34] e contando-lhe algumas boas fortunas havidas nas campanhas do amor, em que o alarve supunha ser consumado general.

---

[30] Triunfos; glórias.
[31] Robert Lovelace é personagem do romance *Clarissa, ou a história de uma jovem dama* (1748), do escritor inglês Samuel Richardson (1689-1761). No livro, Lovelace é caracterizado como um vilão sem escrúpulos.
[32] Anne Robert Jacques Turgot (1721-1781) foi um economista francês, ministro-geral das Finanças do rei Luís XVI (1754-1793).
[33] Alusão ao poema *O Templo de Gnido*, do escritor francês Charles Louis de Secondat (1689-1755), barão de La Brède et de Montesquieu, mais conhecido simplesmente como Montesquieu. No poema, dois casais deixam para trás a cidade de Gnido para vivenciar o amor, cada casal a seu modo.
[34] Charuto feito com fumo cubano.

Havia já cinco meses que o sobrinho do major Vilela se achava empregado, e ainda os chefes da repartição não tinham tido um só motivo de queixa contra ele. A dedicação era digna de melhor causa. Exteriormente via-se em Luís Soares um monge; raspando-se um pouco achava-se o diabo.

Ora, o diabo viu de longe uma conquista...

## III

A prima Adelaide tinha vinte e quatro anos, e a sua beleza, no pleno desenvolvimento da sua mocidade, tinha em si o condão[35] de fazer morrer de amores. Era alta e bem proporcionada; tinha uma cabeça modelada pelo tipo antigo; a testa era espaçosa e alta, os olhos, rasgados e negros, o nariz, levemente aquilino.[36] Quem a contemplava durante alguns momentos sentia que ela tinha todas as energias, a das paixões e a da vontade.

Há de lembrar-se o leitor do frio cumprimento trocado entre Adelaide e seu primo; também se há de lembrar que Soares disse ao amigo Pires ter sido amado por sua prima. Ligam-se estas duas coisas. A frieza de Adelaide resultava de uma lembrança que era dolorosa para a moça; Adelaide amara o primo, não com um simples amor de primos, que em geral resulta da convivência e não de uma súbita atração. Amara-o com todo o vigor e calor de sua alma; mas já então o rapaz iniciava os seus passos em outras regiões e ficou indiferente aos afetos da moça. Um amigo que sabia do segredo perguntou-lhe um dia por que razão não se casava com Adelaide, ao que o rapaz respondeu friamente:

— Quem tem a minha fortuna não se casa; mas se se casa é sempre com quem tenha mais. Os bens de Adelaide são a quinta parte dos meus; para ela é negócio da China; para mim é um mau negócio.

O amigo que ouvira esta resposta não deixou de dar uma prova da sua afeição ao rapaz, indo contar tudo à moça. O golpe foi tremendo, não tanto pela certeza que lhe dava de não ser amada, como pela circunstância de nem ao menos ficar-lhe o direito de estima. A confissão de Soares era um corpo de delito. O confidente oficioso[37] esperava talvez colher os despojos[38] da derrota; mas Adelaide, tão depressa ouviu a delação, como desprezou o delator.

O incidente não passou disto.

---

[35] Capacidade.
[36] Encurvado.
[37] Dedicado.
[38] Restos; fragmentos.

Quando Soares voltou à casa do tio, a moça achou-se em dolorosa situação; era obrigada a conviver com um homem ao qual nem podia dar apreço. Pela sua parte, o rapaz também se achava acanhado, não porque lhe doessem as palavras que dissera um dia, mas por causa do tio, que ignorava tudo. Não ignorava; o moço é que o supunha. O major soube da paixão de Adelaide e soube também da repulsa que tivera no coração do rapaz. Talvez não soubesse das palavras textuais repetidas à moça pelo amigo de Soares; mas se não conhecia o texto, conhecia o espírito; sabia que, pelo motivo de ser amado, o rapaz entrara a aborrecer a prima, e que esta, vendo-se repelida, entrara a aborrecer o rapaz. O major supôs até durante algum tempo que a ausência de Soares tinha por motivo a presença da moça em casa.

Adelaide era filha de um irmão do major, homem muito rico e igualmente excêntrico, que morrera havia dez anos, deixando a moça entregue aos cuidados do irmão. Como o pai de Adelaide fizera muitas viagens, parece que gastou nelas a maior parte da sua fortuna. Quando morreu apenas coube a Adelaide, filha única, cerca de trinta contos, que o tio conservou intactos para serem o dote[39] da pupila.[40]

Soares houve-se como pôde na singular situação em que se achava. Não conversava com a prima; apenas trocava com ela as palavras estritamente necessárias para não chamar a atenção do tio. A moça fazia o mesmo.

Mas quem pode ter mão ao coração? A prima de Luís Soares sentiu que pouco a pouco lhe ia renascendo o antigo afeto. Procurou combatê-lo sinceramente; mas não se impede o crescimento de uma planta senão arrancando-lhe as raízes. As raízes existiam ainda. Apesar dos esforços da moça o amor veio pouco a pouco invadindo o lugar do ódio, e, se até então o suplício era grande, agora era enorme. Travava-se uma luta entre o orgulho e o amor. A moça sofreu consigo; não articulou uma palavra.

Luís Soares reparava que quando os seus dedos tocavam os da prima, esta experimentava uma grande emoção: corava e empalidecia. Era um grande navegador aquele rapaz nos mares do amor: conhecia-lhe a calma e a tempestade. Convenceu-se de que a prima o amava outra vez. A descoberta não o alegrou; pelo contrário, foi-lhe motivo de grande irritação. Receava que o tio, descobrindo o sentimento da sobrinha, propusesse o casamento ao rapaz; e recusá-lo não seria comprometer no futuro a esperada herança? A herança sem o casamento era o ideal do moço.

---

[39] Conjunto de bens de uma mulher que, na época, era dado ao marido ao se realizar o casamento.
[40] Protegida.

"Dar-me asas", pensava ele, "atando-me os pés, é o mesmo que condenar-me à prisão. É o destino do papagaio doméstico; não aspiro a tê-lo."

Realizaram-se as previsões do rapaz. O major descobriu a causa da tristeza da moça e resolveu pôr termo àquela situação propondo ao sobrinho o casamento.

Soares não podia recusar abertamente sem comprometer o edifício da sua fortuna.

— Este casamento — disse-lhe o tio — é complemento da minha felicidade. De um só lance reúno duas pessoas que tanto estimo, e morro tranquilo sem levar nenhum pesar para o outro mundo. Estou que aceitarás.

— Aceito, meu tio; mas observo que o casamento assenta no amor, e eu não amo minha prima.

— Bem; hás de amá-la; casa-te primeiro...

— Não desejo expô-la a uma desilusão.

— Qual desilusão! — disse o major sorrindo. — Gosto de ouvir-te falar essa linguagem poética, mas casamento não é poesia. É verdade que é bom que duas pessoas antes de se casarem se tenham já alguma estima mútua. Isso creio que tens. Lá fogos ardentes, meu rico sobrinho, são coisas que ficam bem em verso, e mesmo em prosa; mas na vida, que não é prosa nem verso, o casamento apenas exige certa conformidade de gênio, de educação e de estima.

— Meu tio sabe que eu não me recuso a uma ordem sua.

— Ordem, não! Não te ordeno, proponho. Dizes que não amas tua prima; pois bem, faze por isso, e daqui a algum tempo casem-se, que me darão gosto. O que eu quero é que seja cedo, porque não estou longe de dar à casca.[41]

O rapaz disse que sim. Adiou a dificuldade não podendo resolvê-la. O major ficou satisfeito com o arranjo e consolou a sobrinha com a promessa de que podia casar-se um dia com o primo. Era a primeira vez que o velho tocava em semelhante assunto, e Adelaide não dissimulou o seu espanto, espanto que lisonjeou[42] profundamente a perspicácia do major.

— Ah! Tu pensas — disse ele — que eu por ser velho já perdi os olhos do coração? Vejo tudo, Adelaide; vejo aquilo mesmo que se quer esconder.

A moça não pôde reter algumas lágrimas, e como o velho a consolasse dando-lhe esperanças, ela respondeu abanando a cabeça:

— Esperanças, nenhuma!

— Descansa em mim! — disse o major.

---

[41] Morrer.
[42] Orgulhou; envaideceu.

Conquanto a dedicação do tio fosse toda espontânea e filha do amor que votava à sobrinha, esta compreendeu que semelhante intervenção podia fazer supor ao primo que ela esmolava os afetos do seu coração.

Aqui falou o orgulho da mulher, que preferia o sofrimento à humilhação. Quando ela expôs estas objeções ao tio, o major sorriu-se afavelmente e procurou acalmar a susceptibilidade[43] da moça.

Passaram-se alguns dias sem mais incidente; o rapaz estava no gozo da dilação[44] que lhe dera o tio. Adelaide readquiriu o seu ar frio e indiferente. Soares compreendia o motivo, e àquela manifestação do orgulho respondia com um sorriso. Duas vezes notou Adelaide essa expressão de desdém da parte do primo. Que mais precisava para reconhecer que o rapaz sentia por ela a mesma indiferença de outro tempo? Acrescia que sempre que os dois se encontravam sós, Soares era o primeiro que se afastava dela. Era o mesmo homem.

"Não me ama, não me amará nunca!", dizia a moça consigo.

## IV

Um dia de manhã o major Vilela recebeu a seguinte carta:

Meu valente major.
Cheguei da Bahia hoje mesmo, e lá irei de tarde para ver-te e abraçar-te. Prepara um jantar. Creio que não me hás de receber como qualquer indivíduo. Não esqueças o vatapá.
Teu amigo,
Anselmo.

— Bravo! — disse o major. — Temos cá o Anselmo; prima Antônia, mande fazer um bom vatapá.

O Anselmo que chegara da Bahia chamava-se Anselmo Barroso de Vasconcelos. Era um fazendeiro rico, e veterano da Independência.[45] Com os seus setenta e oito anos ainda se mostrava rijo e capaz de grandes feitos. Tinha

---

[43] Sensibilidade; tendência para se ofender com facilidade.
[44] Tempo; prazo.
[45] Referência ao episódio da Independência do Brasil, proclamada pelo príncipe regente D. Pedro (1798-1834), em 7 de setembro de 1822, que passou, a partir dessa data, a ser intitulado Pedro I do Brasil.

sido íntimo amigo do pai de Adelaide, que o apresentou ao major, vindo a ficar amigo deste depois que o outro morrera. Anselmo acompanhou o amigo até os seus últimos instantes; e chorou a perda como se fora seu próprio irmão. As lágrimas cimentaram a amizade entre ele e o major.

De tarde apareceu Anselmo galhofeiro[46] e vivo como se começasse para ele uma nova mocidade. Abraçou a todos; deu um beijo em Adelaide, a quem felicitou pelo desenvolvimento das suas graças.

— Não se ria de mim — disse-lhe ele —; eu fui o maior amigo de seu pai. Pobre amigo! Morreu nos meus braços.

Soares, que sofria com a monotonia da vida que levava em casa do tio, alegrou-se com a presença do galhofeiro ancião, que era um verdadeiro fogo de artifício. Anselmo é que pareceu não simpatizar com o sobrinho do major. Quando o major ouviu isto, disse:

— Sinto muito, porque Soares é um rapaz sério.

— Creio que é sério demais. Rapaz que não ri...

Não sei que incidente interrompeu a frase do fazendeiro.

Depois do jantar Anselmo disse ao major:

— Quantos são amanhã?

— Quinze.

— De que mês?

— É boa! De dezembro.

— Bem; amanhã 15 de dezembro preciso ter uma conferência contigo e os teus parentes. Se o vapor se demora um dia em caminho pregava-me uma boa peça.

No dia seguinte verificou-se a conferência pedida por Anselmo. Estavam presentes o major, Soares, Adelaide e D. Antônia, únicos parentes do finado.

— Faz hoje dez anos que faleceu o pai desta menina, disse Anselmo apontando para Adelaide. Como sabem, o Dr. Bento Varela foi o meu melhor amigo, e eu tenho consciência de haver correspondido à sua afeição até aos últimos instantes. Sabem que ele era um gênio excêntrico; toda a sua vida foi uma grande originalidade. Ideava vinte projetos, qual mais grandioso, qual mais impossível, sem chegar ao cabo de nenhum, porque o seu espírito criador tão depressa compunha uma coisa como entrava a planear outra.

— É verdade — interrompeu o major.

— O Bento morreu nos meus braços, e como derradeira prova da sua amizade confiou-me um papel com a declaração de que eu só o abrisse em presença dos seus parentes dez anos depois de sua morte. No caso de eu

---

[46] Brincalhão.

morrer os meus herdeiros assumiriam essa obrigação; em falta deles, o major, a Sra. D. Adelaide, enfim qualquer pessoa que por laço de sangue estivesse ligada a ele. Enfim, se ninguém houvesse na classe mencionada, ficava incumbido um tabelião. Tudo isto havia eu declarado em testamento, que vou reformar. O papel a que me refiro, tenho aqui no bolso.

Houve um movimento de curiosidade.

Anselmo tirou do bolso uma carta fechada com lacre preto.

— É este — disse ele. — Está intacto. Não conheço o texto; mas posso mais ou menos saber o que está dentro por circunstâncias que vou referir.

Redobrou a atenção geral.

— Antes de morrer — continuou Anselmo —, o meu querido amigo entregou-me uma parte da sua fortuna, quero dizer a maior parte, porque a menina recebeu apenas trinta contos. Eu recebi dele trezentos contos, que guardei até hoje intactos, e que devo restituir segundo as indicações desta carta.

A um movimento de espanto em todos seguiu-se um movimento de ansiedade. Qual seria a vontade misteriosa do pai de Adelaide? D. Antônia lembrou-se que em rapariga fora namorada do defunto, e por um momento lisonjeou-se com a ideia de que o velho maníaco se houvesse lembrado dela às portas da morte.

— Nisto reconheço eu o mano Bento — disse o major tomando uma pitada —; era o homem dos mistérios, das surpresas e das ideias extravagantes, seja dito sem agravo aos seus pecados, se é que os teve...

Anselmo tinha aberto a carta. Todos prestaram ouvidos. O veterano leu o seguinte:

> Meu bom e estimadíssimo Anselmo.
>
> Quero que me prestes o último favor. Tens contigo a maior parte da minha fortuna, e eu diria a melhor se tivesse de aludir à minha querida filha Adelaide. Guarda esses trezentos contos até daqui a dez anos, e ao terminar o prazo, lê esta carta diante dos meus parentes. Se nessa época a minha filha Adelaide for viva e casada, entrega-lhe a fortuna. Se não estiver casada, entrega-lha também, mas com uma condição: é que se case com o sobrinho Luís Soares, filho de minha irmã Luísa; quero-lhe muito, e apesar de ser rico, desejo que entre na posse da fortuna com minha filha. No caso em que esta se recuse a esta condição, fica tu com a fortuna toda.

Quando Anselmo acabou de ler esta carta seguiu-se um silêncio de surpresa geral, de que partilhava o próprio veterano, alheio até então ao conteúdo da carta.

Soares tinha os olhos em Adelaide; esta tinha-os no chão.

Como o silêncio se prolongasse, Anselmo resolveu rompê-lo.

— Ignorava, como todos — disse ele —, o que esta carta contém; felizmente chega ela a tempo de se realizar a última vontade do meu finado amigo.

— Sem dúvida nenhuma — disse o major.

Ouvindo isto, a moça levantou insensivelmente os olhos para o primo, e os dela encontraram-se com os dele. Os dele transbordavam de contentamento e ternura; a moça fitou-os durante alguns instantes.

Um sorriso, já não zombeteiro, passou pelos lábios do rapaz. A moça sorriu com tamanho desdém às zumbaias[47] de um cortesão.

Anselmo levantou-se.

— Agora que estão cientes disto — disse ele aos dois primos —, espero que resolvam, e como o resultado não pode ser duvidoso, desde já os felicito. Entretanto, hão de dar-me licença, que tenho de ir a outras partes.

Com a saída de Anselmo dispersara-se a reunião. Adelaide foi para o seu quarto com a velha parenta. O tio e o sobrinho ficaram na sala.

— Luís — disse o primeiro —, és o homem mais feliz do mundo.

— Parece-lhe, meu tio? — disse o moço procurando disfarçar a sua alegria.

— És. Tens uma moça que te ama loucamente. De repente cai-lhe nas mãos uma fortuna inesperada; e essa fortuna só pode havê-la com a condição de se casar contigo. Até os mortos trabalham a teu favor.

— Afirmo-lhe, meu tio, que a fortuna não pesa nada nestes casos, e se eu assentar em casar com a prima será por outro motivo.

— Bem sei que a riqueza não é essencial; não é. Mas enfim vale alguma coisa. É melhor ter trezentos contos que trinta; sempre é mais uma cifra. Contudo não te aconselho que te cases com ela se não tiveres alguma afeição. Nota que eu não me refiro a essas paixões de que me falaste. Casar mal, apesar da riqueza, é sempre casar mal.

— Estou convencido disto, meu tio. Por isso ainda não dei a minha resposta, nem dou por ora. Se eu vier a afeiçoar-me à prima estou pronto a entrar na posse dessa inesperada riqueza.

Como o leitor terá adivinhado, a resolução do casamento estava assentada no espírito de Soares. Em vez de esperar a morte do tio, parecia-lhe melhor entrar desde logo na posse de um excelente pecúlio,[48] o que se lhe afigurava tanto mais fácil, quanto que era a voz do túmulo que o impunha.

Soares contava também com a profunda veneração de Adelaide por seu pai. Isto, ligado ao amor que a rapariga sentia por ele, devia produzir o desejado efeito.

---

[47] Saudações interesseiras.
[48] Soma guardada em dinheiro.

Nessa noite o rapaz dormiu pouco. Sonhou com o Oriente. Pintou-lhe a imaginação um harém recendente das melhores essências da Arábia, forrado o chão com tapetes da Pérsia; sobre moles divãs ostentavam-se as mais perfeitas belezas do mundo. Uma circassiana[49] dançava no meio do salão ao som de um pandeiro de marfim. Mas um furioso eunuco,[50] precipitando-se na sala com o iatagã[51] desembainhado, enterrou-o todo no peito de Soares, que acordou com o pesadelo, e não pôde mais conciliar o sono.

Levantou-se mais cedo e foi passear até chegar a hora do almoço e da repartição.

## V

O plano de Luís Soares estava feito.

Tratava-se de abater as armas pouco a pouco, simulando-se vencido diante da influência de Adelaide. A circunstância da riqueza tornava necessária toda a discrição. A transição devia ser lenta. Cumpria ser diplomata.

Os leitores terão visto que, apesar de certa argúcia da parte de Soares, não tinha ele a perfeita compreensão das coisas, e por outro lado o seu caráter era indeciso e vário.

Hesitara em casar com Adelaide quando o tio lhe falou nisso, quando era certo que viria a obter mais tarde a fortuna do major. Dizia então que não tinha vocação de papagaio. A situação agora era a mesma; aceitava uma fortuna mediante uma prisão. É verdade que, se esta resolução era contrária à primeira, podia ter por causa o cansaço que lhe ia produzindo a vida que levava. Além de quê, desta vez, a riqueza não se fazia esperar; era entregue logo depois do consórcio.

"Trezentos contos", pensava o rapaz, "é quanto basta para eu ser mais do que fui. O que não hão de dizer os outros!"

Antevendo uma felicidade que era certa para ele, Soares começou o assédio da praça, aliás praça rendida.

Já o rapaz procurava os olhos da prima, já os encontrava, já lhes pedia aquilo que recusara até então, o amor da moça. Quando, à mesa, as suas mãos se encontravam, Soares tinha cuidado de demorar o contato, e se a moça retirava a sua mão, o rapaz nem por isso desanimava. Quando se encontrava

---

[49] Referência relativa à habitante da Circássia, região europeia situada ao noroeste, às margens do mar Negro.
[50] Homem castrado que tem a função de vigiar as mulheres de um harém.
[51] Um tipo de facão.

a sós com ela, não fugia como outrora, antes lhe dirigia alguma palavra, a que Adelaide respondia com fria polidez.

"Quer vender o peixe caro", pensava Soares.

Uma vez atreveu-se a mais. Adelaide tocava piano quando ele entrou sem que ela o visse. Quando a moça acabou, Soares estava por trás dela.

— Que lindo! — disse o rapaz. — Deixe-me beijar-lhe essas mãos inspiradas.

A moça olhou séria para ele, pegou no lenço que pusera sobre o piano, e saiu sem dizer palavra.

Esta cena mostrou a Soares toda a dificuldade da empresa; mas o rapaz confiava em si, não porque se reconhecesse capaz de grandes energias, mas por espécie de esperança na sua boa estrela.

"É difícil subir a corrente", disse ele, "mas sobe-se. Não se fazem Alexandres[52] na conquista de praças desarmadas."

Contudo, as desilusões iam-se sucedendo, e o rapaz, se o não alentasse a ideia da riqueza, teria abatido as armas.

Um dia lembrou-se de escrever-lhe uma carta. Lembrou-se de que era difícil expor-lhe de viva voz tudo quanto sentia; mas que uma carta, por muito ódio que ela lhe tivesse, sempre seria lida.

Adelaide devolveu a carta pelo moleque da casa que lha havia entregue.

A segunda carta teve a mesma sorte. Quando mandou a terceira, o moleque não a quis receber.

Luís Soares teve um instante de desengano. Indiferente à moça, já começava a odiá-la; se casasse com ela era provável que a tratasse como inimigo mortal.

A situação tornava-se ridícula para ele; ou antes, já o era há muito, mas Soares só então o compreendeu. Para escapar ao ridículo, resolveu dar um golpe final, mas grande. Aproveitou a primeira ocasião que pôde, e fez uma declaração positiva à moça, cheia de súplicas, de suspiros, talvez de lágrimas. Confessou os seus erros; reconheceu que não a havia compreendido: mas arrependera-se e confessava tudo. A influência dela acabara por abatê-lo.

— Abatê-lo! — disse ela. — Não compreendo. A que influência alude?

— Bem sabe; à influência da sua beleza, do seu amor... Não suponha que lhe estou mentindo. Sinto-me hoje tão apaixonado que era capaz de cometer um crime!

— Um crime?

— Não é crime o suicídio? De que me serviria a vida sem o seu amor? Vamos, fale!

---

[52] Alexandre III da Macedônia (356-323 a.C.), mais conhecido como Alexandre, o Grande, ou Alexandre Magno, foi rei da Macedônia e um grande conquistador de territórios, construindo um grande império.

A moça olhou para ele durante alguns instantes sem dizer palavra.

O rapaz ajoelhou-se.

— Ou seja a morte, ou seja a felicidade — disse ele —, quero recebê-la de joelhos.

Adelaide sorriu e soltou lentamente estas palavras:

— Trezentos contos! É muito dinheiro para comprar um miserável.

E deu-lhe as costas.

Soares ficou petrificado. Durante alguns minutos conservou-se na mesma posição, com os olhos fitos na moça que se afastava lentamente. O rapaz dobrava-se ao peso da humilhação. Não previra tão cruel desforra[53] da parte de Adelaide. Nem uma palavra de ódio, nem um indício de raiva; apenas um calmo desdém, um desprezo tranquilo e soberano. Soares sofrera muito quando perdeu a fortuna; mas agora que o seu orgulho foi humilhado, a sua dor foi infinitamente maior.

Pobre rapaz!

A moça foi para dentro. Parece que contava com aquela cena; porque, entrando em casa, foi logo procurar o tio, e declarou-lhe que, apesar de quanto venerava a memória do pai, não podia obedecer-lhe, e desistia do casamento.

— Mas não o amas tu? — perguntou-lhe o major.

— Amei-o.

— Amas a outro?

— Não.

— Então explica-te.

Adelaide expôs francamente o procedimento de Soares desde que ali entrara, a mudança que fizera, a sua ambição, a cena do jardim. O major ouviu atentamente a moça, procurou desculpar o sobrinho, mas no fundo ele acreditava que Soares era um mau-caráter.

Este, depois que pôde refrear a sua cólera, entrou em casa e foi despedir-se do tio até o dia seguinte.

Pretextou que tinha um negócio urgente.

## VI

Adelaide contou miudamente[54] ao amigo de seu pai os sucessos que a obrigavam a não preencher a condição da carta póstuma confiada a Anselmo.

---

[53] Vingança.
[54] Com poucos detalhes.

Em consequência desta recusa, a fortuna devia ficar com Anselmo; a moça contentava-se com o que tinha.

Não se deu Anselmo por vencido, e antes de aceitar a recusa foi ver se sondava o espírito de Luís Soares.

Quando o sobrinho do major viu entrar por casa o fazendeiro suspeitou que alguma coisa houvesse a respeito do casamento. Anselmo era perspicaz; de modo que, apesar da aparência de vítima com que Soares lhe aparecera, compreendeu ele que Adelaide tinha razão.

Assim, pois, tudo estava acabado. Anselmo dispôs-se a partir para a Bahia, e assim o declarou à família do major.

Nas vésperas de partir achavam-se todos juntos na sala de visitas, quando Anselmo soltou estas palavras:

— Major, está ficando melhor e forte; eu creio que uma viagem à Europa lhe fará bem. Esta moça também gostará de ver a Europa, e creio que a Sra. D. Antônia, apesar da idade, lá quererá ir. Pela minha parte sacrifico a Bahia e vou também. Aprovam o conselho?

— Homem — disse o major —, é preciso pensar...

— Qual pensar! Se pensarem não embarcarão. Que diz a menina?

— Eu obedeço ao tio — respondeu Adelaide.

— Além de que — disse Anselmo —, agora que D. Adelaide está de posse de uma grande fortuna, há de querer apreciar o que há de bonito nos países estrangeiros a fim de poder melhor avaliar o que há no nosso...

— Sim — disse o major —; mas você fala de grande fortuna...

— Trezentos contos.

— São seus.

— Meus! Então sou algum ratoneiro?[55] Que me importa a mim a fantasia de um generoso amigo? O dinheiro é desta menina, sua legítima herdeira, e não meu, que aliás tenho bastante.

— Isto é bonito, Anselmo!

— Mas o que não seria se não fosse isto?

A viagem à Europa ficou assentada.

Luís Soares ouviu a conversa toda sem dizer palavra; mas a ideia de que talvez pudesse ir com o tio sorriu-lhe ao espírito. No dia seguinte teve um desengano cruel. Disse-lhe o major que, antes de partir, o deixaria recomendado ao ministro.

Soares procurou ainda ver se alcançava seguir com a família. Era simples cobiça na fortuna do tio, desejo de ver novas terras, ou impulso de vingança contra a prima? Era tudo isso, talvez.

---

[55] Ladrão.

À última hora foi-se a derradeira esperança. A família partiu sem ele.

Abandonado, pobre, tendo por única perspectiva o trabalho diário, sem esperanças no futuro, e além do mais, humilhado e ferido em seu amor--próprio, Soares tomou a triste resolução dos cobardes.

Um dia de noite o criado ouviu no quarto dele um tiro; correu, achou um cadáver.

Pires soube na rua da notícia, e correu à casa de Vitória, que encontrou no toucador.[56]

— Sabes de uma coisa? — perguntou ele.
— Não. Que é?
— O Soares matou-se.
— Quando?
— Neste momento.
— Coitado! É sério?
— É sério. Vais sair?
— Vou ao Alcazar.
— Canta-se hoje *Barbe-Bleue*,[57] não é?
— É.
— Pois eu também vou.

E entrou a cantarolar a canção de *Barbe-Bleue*.

Luís Soares não teve outra oração fúnebre dos seus amigos mais íntimos.

---

[56] Penteadeira.

[57] *Barbe-bleue* (1866), traduzida como *O barba azul*, é uma ópera-bufa, composta por Jacques Offenbach (1819-1880), com libreto (1869) de Henri Meilhac e Ludovic Halévy, baseado no conto homônimo de Charles Perrault (1628-1703).

# O segredo de Augusta

## I

São onze horas da manhã.

D. Augusta Vasconcelos está reclinada sobre um sofá, com um livro na mão. Adelaide, sua filha, passa os dedos pelo teclado do piano.

— Papai já acordou? — pergunta Adelaide à sua mãe.

— Não — responde esta sem levantar os olhos do livro.

Adelaide levantou-se e foi ter com Augusta.

— Mas é tão tarde, mamãe — disse ela. — São onze horas. Papai dorme muito.

Augusta deixou cair o livro no regaço,[1] e disse olhando para Adelaide:

— É que naturalmente recolheu-se tarde.

— Reparei, já que nunca me despeço de papai quando me vou deitar. Anda sempre fora.

Augusta sorriu.

— És uma roceira — disse ela —; dormes com as galinhas. Aqui o costume é outro. Teu pai tem que fazer de noite.

— É política, mamãe? — perguntou Adelaide.

— Não sei — respondeu Augusta.

Comecei dizendo que Adelaide era filha de Augusta, e esta informação, necessária no romance, não o era menos na vida real em que se passou o episódio que vou contar, porque à primeira vista ninguém diria que havia ali mãe e filha; pareciam duas irmãs, tão jovem era a mulher de Vasconcelos.

Tinha Augusta trinta anos e Adelaide, quinze; mas comparativamente a mãe parecia mais moça ainda que a filha. Conservava a mesma frescura dos quinze anos, e tinha de mais o que faltava a Adelaide, que era a consciência da beleza e da mocidade; consciência que seria louvável se não tivesse como consequência uma imensa e profunda vaidade. A sua estatura era mediana, mas imponente. Era muito alva[2] e muito corada.[3] Tinha os cabelos castanhos, e os olhos garços.[4] As mãos compridas e bem feitas pareciam criadas para os afagos[5] de amor. Augusta dava melhor emprego às suas mãos; calçava-as de macia pelica.[6]

---

[1] Colo.
[2] Branca.
[3] Tinha as faces avermelhadas.
[4] Esverdeados ou verde-azulados.
[5] Carinhos.
[6] Isto é, com luvas de pelica, um tipo de pele fina, de origem animal.

As graças de Augusta estavam todas em Adelaide, mas em embrião. Adivinhava-se que aos vinte anos Adelaide devia rivalizar com Augusta; mas por enquanto havia na menina uns restos da infância que não davam realce aos elementos que a natureza pusera nela.

Todavia, era bem capaz de apaixonar um homem, sobretudo se ele fosse poeta, e gostasse das virgens de quinze anos, até porque era um pouco pálida, e os poetas em todos os tempos tiveram sempre queda para as criaturas descoradas.

Augusta vestia com suprema elegância; gastava muito, é verdade; mas aproveitava bem as enormes despesas, se acaso é isso aproveitá-las. Deve-se fazer-lhe uma justiça; Augusta não regateava[7] nunca; pagava o preço que lhe pediam por qualquer coisa. Punha nisso a sua grandeza, e achava que o procedimento contrário era ridículo e de baixa esfera.

Neste ponto Augusta partilhava os sentimentos e servia aos interesses de alguns mercadores, que entendem ser uma desonra abater alguma coisa no preço das suas mercadorias.

O fornecedor de fazendas[8] de Augusta, quando falava a este respeito, costumava dizer-lhe:

— Pedir um preço e dar a fazenda por outro preço menor, é confessar que havia intenção de esbulhar[9] o freguês.

O fornecedor preferia fazer a coisa sem a confissão.

Outra justiça que devemos reconhecer era que Augusta não poupava esforços para que Adelaide fosse tão elegante como ela.

Não era pequeno o trabalho.

Adelaide desde a idade de cinco anos fora educada na roça em casa de uns parentes de Augusta, mais dados ao cultivo do café que às despesas do vestuário. Adelaide foi educada nesses hábitos e nessas ideias. Por isso quando chegou à corte,[10] onde se reuniu à família, houve para ela uma verdadeira transformação. Passava de uma civilização para outra; viveu numa hora uma longa série de anos. O que lhe valeu é que tinha em sua mãe uma excelente mestra. Adelaide reformou-se, e no dia em que começa esta narração já era outra; todavia estava ainda muito longe de Augusta.

No momento em que Augusta respondia à curiosa pergunta de sua filha acerca das ocupações de Vasconcelos, parou um carro à porta.

---

[7] Pechinchava.
[8] Tecidos.
[9] Roubar.
[10] O termo "corte" era usado para se referir à cidade do Rio de Janeiro, capital do Império do Brasil.

Adelaide correu à janela.

— É D. Carlota, mamãe — disse a menina voltando-se para dentro.

Daí a alguns minutos entrava na sala a D. Carlota em questão. Os leitores ficarão conhecendo esta nova personagem com a simples indicação de que era um segundo volume de Augusta; bela, como ela; elegante, como ela; vaidosa, como ela.

Tudo isto quer dizer que eram ambas as mais afáveis inimigas que pode haver neste mundo.

Carlota vinha pedir a Augusta para ir cantar num concerto que ia dar em casa, imaginado por ela para o fim de inaugurar um magnífico vestido novo.

Augusta de boa vontade acedeu[11] ao pedido.

— Como está seu marido? — perguntou ela a Carlota.

— Foi para a Praça; e o seu?

— O meu dorme.

— Como um justo? — perguntou Carlota sorrindo maliciosamente.

— Parece — respondeu Augusta.

Neste momento, Adelaide, que por pedido de Carlota tinha ido tocar um noturno[12] ao piano, voltou para o grupo.

A amiga de Augusta perguntou-lhe:

— Aposto que já tem algum noivo em vista?

A menina corou muito, e balbuciou:

— Não fale nisso.

— Ora, há de ter! Ou então aproxima-se da época em que há de ter um noivo, e eu já lhe profetizo que há de ser bonito...

— É muito cedo — disse Augusta.

— Cedo!

— Sim, está muito criança; casar-se-á quando for tempo, e o tempo está longe...

— Já sei — disse Carlota rindo —, quer prepará-la bem... Aprovo-lhe a intenção. Mas nesse caso não lhe tire as bonecas.

— Já não as tem.

— Então é difícil impedir os namorados. Uma coisa substitui a outra.

Augusta sorriu, e Carlota levantou-se para sair.

— Já? — disse Augusta.

— É preciso; adeus!

— Adeus!

---

[11] Concordou.
[12] Um tipo de composição musical com tom melancólico.

Trocaram-se alguns beijos e Carlota saiu logo.

Logo depois chegaram dois caixeiros:[13] um com alguns vestidos e outro com um romance; eram encomendas feitas na véspera. Os vestidos eram caríssimos, e o romance tinha este título: *Fanny*, por Ernesto Feydeau.[14]

## II

Pela uma hora da tarde do mesmo dia levantou-se Vasconcelos da cama.

Vasconcelos era um homem de quarenta anos, bem-apessoado, dotado de um maravilhoso par de suíças[15] grisalhas, que lhe davam um ar de diplomata, coisa de que estava afastado umas boas cem léguas. Tinha a cara risonha e expansiva; todo ele respirava uma robusta saúde.

Possuía uma boa fortuna e não trabalhava, isto é, trabalhava muito na destruição da referida fortuna, obra em que sua mulher colaborava conscienciosamente.

A observação de Adelaide era verídica; Vasconcelos recolhia-se tarde; acordava sempre depois do meio-dia; e saía às ave-marias para voltar na madrugada seguinte. Quer dizer que fazia com regularidade algumas pequenas excursões à casa da família.

Só uma pessoa tinha o direito de exigir de Vasconcelos mais alguma assiduidade em casa: era Augusta; mas ela nada lhe dizia. Nem por isso se davam mal, porque o marido em compensação da tolerância de sua esposa não lhe negava nada, e todos os caprichos dela eram de pronto satisfeitos.

Se acontecia que Vasconcelos não pudesse acompanhá-la a todos os passeios e bailes, incumbia-se disso um irmão dele, comendador[16] de duas ordens, político de oposição, excelente jogador de voltarete,[17] e homem amável nas horas vagas, que eram bem poucas. O irmão Lourenço era o que se pode chamar um irmão terrível. Obedecia a todos os desejos da cunhada, mas não poupava de quando em quando um sermão ao irmão. Boa semente que não pegava.[18]

---

[13] Entregadores ou atendentes de um estabelecimento comercial.
[14] Ernest-Aimé Feydeau (1821-1873) foi um escritor francês. Seu romance *Fanny*, citado pelo narrador, foi publicado em 1858.
[15] Barba que cresce nas partes laterais da face.
[16] Titular de uma ordem militar.
[17] O voltarete era um tipo de jogo de cartas, muito comum em Portugal e no Brasil do século XIX.
[18] Alusão à Parábola do Semeador, narrada nos Evangelhos: Mateus 13:1-9, Marcos 4:3-9 e Lucas 8:4-8.

Acordou, pois, Vasconcelos, e acordou de bom humor. A filha alegrou-se muito ao vê-lo, e ele mostrou-se de uma grande afabilidade com a mulher, que lhe retribuiu do mesmo modo.

— Por que acorda tão tarde? — perguntou Adelaide acariciando as suíças de Vasconcelos.

— Porque me deito tarde.

— Mas por que se deita tarde?

— Isso agora é muito perguntar! — disse Vasconcelos sorrindo.

E continuou:

— Deito-me tarde porque assim o pedem as necessidades políticas. Tu não sabes o que é política; é uma coisa muito feia, mas muito necessária.

— Sei o que é política, sim! — disse Adelaide.

— Ah! Explica-me lá então o que é.

— Lá na roça, quando quebraram a cabeça ao juiz de paz, disseram que era por política; o que eu achei esquisito, porque a política seria não quebrar a cabeça...

Vasconcelos riu muito com a observação da filha, e foi almoçar, exatamente quando entrava o irmão, que não pôde deixar de exclamar:

— A boa hora almoças tu!

— Aí vens tu com as tuas reprimendas. Eu almoço quando tenho fome... Vê se me queres agora escravizar às horas e às denominações. Chama-lhe almoço ou *lunch*,[19] a verdade é que estou comendo.

Lourenço respondeu com uma careta.

Terminado o almoço, anunciou-se a chegada do Sr. Batista. Vasconcelos foi recebê-lo no gabinete particular.

Batista era um rapaz de vinte e cinco anos; era o tipo acabado do pândego;[20] excelente companheiro numa ceia de sociedade equívoca, nulo conviva numa sociedade honesta. Tinha chiste[21] e certa inteligência, mas era preciso que estivesse em clima próprio para que se lhe desenvolvessem essas qualidades. No mais era bonito; tinha um lindo bigode; calçava botins do Campas,[22] e vestia no mais apurado gosto; fumava tanto como um soldado e tão bem como um *lord*.[23]

---

[19] O termo *lunch* é a palavra inglesa para "almoço". No tempo da história, "almoço" era a primeira refeição do dia, que chamamos hoje de "café da manhã".

[20] Brincalhão.

[21] Graça.

[22] A loja de sapatos Campas ficava no centro do município do Rio de Janeiro, na rua do Ouvidor.

[23] Cavalheiro inglês.

— Aposto que acordaste agora? — disse Batista entrando no gabinete do Vasconcelos.

— Há três quartos de hora; almocei neste instante. Toma um charuto.

Batista aceitou o charuto, e estirou-se numa cadeira americana, enquanto Vasconcelos acendia um fósforo.

— Viste o Gomes? — perguntou Vasconcelos.

— Vi-o ontem. Grande notícia; rompeu com a sociedade.

— Deveras?[24]

— Quando lhe perguntei por que motivo ninguém o via há um mês, respondeu-me que estava passando por uma transformação, e que do Gomes que foi só ficará lembrança. Parece incrível, mas o rapaz fala com convicção.

— Não creio; aquilo é alguma caçoada que nos quer fazer. Que novidades há?

— Nada; isto é, tu é que deves saber alguma coisa.

— Eu, nada...

— Ora essa! Não foste ontem ao Jardim?[25]

— Fui, sim; houve uma ceia...

— De família, sim. Eu fui ao Alcazar. A que horas acabou a reunião?

— Às quatro da manhã...

Vasconcelos estendeu-se numa rede, e a conversa continuou por esse tom, até que um moleque veio dizer a Vasconcelos que estava na sala o Sr. Gomes.

— Eis o homem![26] — disse Batista.

— Manda subir — ordenou Vasconcelos.

O moleque desceu para dar o recado; mas só um quarto de hora depois é que Gomes apareceu, por demorar-se algum tempo embaixo conversando com Augusta e Adelaide.

— Quem é vivo sempre aparece — disse Vasconcelos ao avistar o rapaz.

— Não me procuram... — disse ele.

— Perdão; eu já lá fui duas vezes, e disseram-me que havias saído.

— Só por grande fatalidade, porque eu quase nunca saio.

— Mas então estás completamente ermitão?[27]

---

[24] Realmente.
[25] O Teatro Eldorado foi inaugurado em 1862 e ficava na rua da Ajuda, nº 57. Foi reinaugurado em 1864 com a designação de Teatro Recreio do Comércio, nome que não perdurou muito, pois em 1865 retomou seu primeiro nome, Teatro Eldorado. O teatro foi modificado outra vez em agosto de 1866 e, outra vez, reinaugurado, com o nome de Jardim de Flora, nome que perdurou até maio de 1868, quando recebeu o título de Teatro Fênix Dramática. O nome Jardim de Flora é contemporâneo ao contexto da história.
[26] Citação da frase de Pôncio Pilatos, governador da província romana da Judeia, ao apresentar Jesus Cristo aos judeus, conforme narrado em João 19:5.
[27] Eremita; alguém que vive isolado.

— Estou crisálida;[28] vou reaparecer borboleta — disse Gomes sentando-se.
— Temos poesia... Guarda debaixo, Vasconcelos...

O novo personagem, o Gomes tão desejado e tão escondido, representava ter cerca de trinta anos. Ele, Vasconcelos e Batista eram a trindade do prazer e da dissipação, ligada por uma indissolúvel amizade. Quando Gomes, cerca de um mês antes, deixou de aparecer nos círculos do costume, todos repararam nisso, mas só Vasconcelos e Batista sentiram deveras. Todavia, não insistiram muito em arrancá-lo à solidão, somente pela consideração de que talvez houvesse nisso algum interesse do rapaz.

Gomes foi portanto recebido como um filho pródigo.[29]

— Mas onde te meteste? Que é isso de crisálida e de borboleta? Cuidas que eu sou do mangue?[30]

— É o que lhes digo, meus amigos. Estou criando asas.

— Asas! — disse Batista sufocando uma risada.

— Só se são asas de gavião para cair...

— Não, estou falando sério.

E com efeito Gomes apresentava um ar sério e convencido.

Vasconcelos e Batista olharam um para o outro.

— Pois se é verdade isso que dizes, explica-nos lá que asas são essas, e sobretudo para onde é que queres voar.

A estas palavras de Vasconcelos, acrescentou Batista:

— Sim, deves dar-nos uma explicação, e se nós, que somos o teu conselho de família, acharmos que a explicação é boa, aprovamo-la; senão, ficas sem asas, e ficas sendo o que sempre foste...

— Apoiado — disse Vasconcelos.

— Pois é simples; estou criando asas de anjo, e quero voar para o céu do amor.

— Do amor! — disseram os dois amigos de Gomes.

— É verdade — continuou Gomes. — Que fui eu até hoje? Um verdadeiro estroina,[31] um perfeito pândego, gastando às mãos largas a minha fortuna e o meu coração. Mas isto é bastante para encher a vida? Parece que não...

---

[28] Casulo que envolve as lagartas, antes de se transformarem em borboletas e mariposas. O termo, portanto, designa alguém que se afasta temporariamente do convívio social para se preparar para algum evento ou situação.
[29] Alusão à parábola do filho pródigo, narrada por Jesus Cristo no Evangelho de Lucas 15:11-32.
[30] Vegetação predominante junto às praias, à foz de rios, em locais lamacentos. Na época do conto, entretanto, "mangue" também podia designar um local de vadiagem e prostituição.
[31] Irresponsável; desajuizado.

— Até aí concordo... isso não basta; é preciso que haja outra coisa; a diferença está na maneira de...

— É exato — disse Gomes —; é exato; é natural que vocês pensem de modo diverso, mas eu acho que tenho razão em dizer que sem o amor casto e puro a vida é um puro deserto.

Batista deu um pulo...

Vasconcelos fitou os olhos em Gomes:

— Aposto que vais casar? — disse-lhe.

— Não sei se vou casar; sei que amo, e espero acabar por casar-me com a mulher a quem amo.

— Casar! — exclamou Batista.

E soltou uma estridente gargalhada.

Mas Gomes falava tão seriamente, insistia com tanta gravidade naqueles projetos de regeneração, que os dois amigos acabaram por ouvi-lo com igual seriedade.

Gomes falava uma linguagem estranha, e inteiramente nova na boca de um rapaz que era o mais doido e ruidoso nos festins de Baco e de Citera.[32]

— Assim, pois, deixas-nos? — perguntou Vasconcelos.

— Eu? Sim e não; encontrar-me-ão nas salas; nos hotéis e nas casas equívocas,[33] nunca mais.

— *De profundis...*[34] — cantarolou Batista.

— Mas, afinal de contas — disse Vasconcelos —, onde está a tua Marion?[35] Pode-se saber quem ela é?

— Não é Marion, é Virgínia...[36] Pura simpatia ao princípio, depois afeição pronunciada, hoje paixão verdadeira. Lutei enquanto pude; mas abati as armas diante de uma força maior. O meu grande medo era não ter uma alma capaz de oferecer a essa gentil criatura. Pois tenho-a, e tão fogosa,[37] e tão virgem

---

[32] Segundo a mitologia, Baco era o deus do vinho; Citera é um nome alternativo de Afrodite, a deusa do amor.

[33] Locais duvidosos, de má reputação.

[34] A expressão latina *De profundis* significa "das profundezas" e é o início do Salmo 130, cuja primeira frase é "Das profundezas a ti clamo, ó Senhor". Trata-se de um chamado a Deus em profunda tristeza.

[35] Personagem da peça teatral *Marion Delorme* (1829), de Victor-Marie Hugo (1802-1885), mais conhecido como Victor Hugo, escritor romântico francês. A personagem é caraterizada como uma cortesã.

[36] Virgínia é personagem do romance pastoral *Paulo e Virgínia* (1788-1789), de Bernardin de Saint-Pierre (1737-1814), escritor francês. Nesse romance, o amor entre Virgínia e Paulo é retratado como algo puro.

[37] Cheia de paixão; entusiasmo.

como no tempo dos meus dezoito anos. Só o casto olhar de uma virgem poderia descobrir no meu lodo essa pérola divina. Renasço melhor do que era...

— Está claro, Vasconcelos, o rapaz está doido; mandemo-lo para a Praia Vermelha;[38] e como pode ter algum acesso, eu vou-me embora...

Batista pegou no chapéu.

— Onde vais? — disse-lhe Gomes.

— Tenho que fazer; mas logo aparecerei em tua casa; quero ver se ainda é tempo de arrancar-te a esse abismo.

E saiu.

## III

Os dois ficaram sós.

— Então é certo que estás apaixonado?

— Estou. Eu bem sabia que vocês dificilmente acreditariam nisto; eu próprio não creio ainda, e contudo é verdade. Acabo por onde tu começaste. Será melhor ou pior? Eu creio que é melhor.

— Tens interesse em ocultar o nome da pessoa?

— Oculto-o por ora a todos, menos a ti.

— É uma prova de confiança...

Gomes sorriu.

— Não — disse ele —, é uma condição *sine qua non*;[39] antes de todos tu deves saber quem é a escolhida do meu coração; trata-se de tua filha.

— Adelaide? — perguntou Vasconcelos espantado.

— Sim, tua filha.

A revelação de Gomes caiu como uma bomba. Vasconcelos nem por sombras suspeitava semelhante coisa.

— Este amor é da tua aprovação? — perguntou-lhe Gomes.

Vasconcelos refletia, e depois de alguns minutos de silêncio, disse:

— O meu coração aprova a tua escolha; és meu amigo, estás apaixonado, e uma vez que ela te ame...

Gomes ia falar, mas Vasconcelos continuou sorrindo:

— Mas a sociedade?

— Que sociedade?

---

[38] O Hospital D. Pedro II, para doentes mentais, foi fundado em 1842, na região da Praia Vermelha, cidade do Rio de Janeiro.

[39] Expressão latina que, traduzida, significa "sem a qual não".

— A sociedade que nos tem em conta de libertinos,[40] a ti e a mim, é natural que não aprove o meu ato.

— Já vejo que é uma recusa — disse Gomes entristecendo.

— Qual recusa, pateta! É uma objeção, que tu poderás destruir dizendo: a sociedade é uma grande caluniadora e uma famosa indiscreta. Minha filha é tua, com uma condição.

— Qual?

— A condição da reciprocidade. Ama-te ela?

— Não sei — respondeu Gomes.

— Mas desconfias...

— Não sei; sei que a amo e que daria a minha vida por ela, mas ignoro se sou correspondido.

— Hás de ser... Eu me incumbirei de apalpar o terreno. Daqui a dois dias dou-te a minha resposta. Ah! Se ainda tenho de ver-te meu genro!

A resposta de Gomes foi cair-lhe nos braços. A cena já roçava pela comédia quando deram três horas. Gomes lembrou-se que tinha *rendez-vous*[41] com um amigo; Vasconcelos lembrou-se que tinha de escrever algumas cartas.

Gomes saiu sem falar às senhoras.

Pelas quatro horas Vasconcelos dispunha-se a sair, quando vieram anunciar-lhe a visita do Sr. José Brito.

Ao ouvir este nome o alegre Vasconcelos franziu o sobrolho.[42]

Pouco depois entrava no gabinete o Sr. José Brito.

O Sr. José Brito era para Vasconcelos um verdadeiro fantasma, um eco do abismo, uma voz da realidade; era um credor.

— Não contava hoje com a sua visita — disse Vasconcelos.

— Admira — respondeu o Sr. José Brito com uma placidez de apunhalar —, porque hoje são 21.

— Cuidei que eram 19 — balbuciou Vasconcelos.

— Anteontem, sim; mas hoje são 21. Olhe — continuou o credor pegando no *Jornal do Comércio* que se achava numa cadeira —: quinta-feira, 21.

— Vem buscar o dinheiro?

— Aqui está a letra[43] — disse o Sr. José Brito tirando a carteira do bolso e um papel da carteira.

— Por que não veio mais cedo? — perguntou Vasconcelos, procurando assim espaçar a questão principal.

---

[40] Devasso; alguém que vive entregue aos prazeres.
[41] "Encontro", em francês.
[42] O conjunto formado pelas duas sobrancelhas.
[43] Título de crédito que documenta uma dívida.

— Vim às oito horas da manhã — respondeu o credor —, estava dormindo; vim às nove, idem; vim às dez, idem; vim às onze, idem; vim ao meio-dia, idem. Quis vir à uma hora, mas tinha de mandar um homem para a cadeia, e não me foi possível acabar cedo. Às três jantei,[44] e às quatro aqui estou.

Vasconcelos puxava o charuto a ver se lhe ocorria alguma ideia boa de escapar ao pagamento com que ele não contava.

Não achava nada; mas o próprio credor forneceu-lhe ensejo.[45]

— Além de quê — disse ele—, a hora não importa nada, porque eu estava certo de que o senhor me vai pagar.

— Ah! — disse Vasconcelos. — É talvez um engano; eu não contava com o senhor hoje, e não arranjei o dinheiro...

— Então, como há de ser? — perguntou o credor com ingenuidade.

Vasconcelos sentiu entrar-lhe n'alma a esperança.

— Nada mais simples — disse —; o senhor espera até amanhã...

— Amanhã quero assistir à penhora de um indivíduo que mandei processar por uma larga dívida; não posso...

— Perdão, eu levo-lhe o dinheiro à sua casa...

— Isso seria bom se os negócios comerciais se arranjassem assim. Se fôssemos dois amigos é natural que eu me contentasse com a sua promessa, e tudo acabaria amanhã; mas eu sou seu credor, e só tenho em vista salvar o meu interesse... Portanto, acho melhor pagar hoje...

Vasconcelos passou a mão pelos cabelos.

— Mas se eu não tenho! — disse ele.

— É uma coisa que o deve incomodar muito, mas que a mim não me causa a menor impressão... isto é, deve causar-me alguma, porque o senhor está hoje em situação precária.

— Eu?

— É verdade; as suas casas da rua da Imperatriz estão hipotecadas; a da rua de São Pedro foi vendida, e a importância já vai longe; os seus escravos têm ido a um e um, sem que o senhor o perceba, e as despesas que o senhor há pouco fez para montar uma casa a certa dama da sociedade equívoca são imensas. Eu sei tudo; sei mais do que o senhor...

Vasconcelos estava visivelmente aterrado.[46]

O credor dizia a verdade.

— Mas enfim — disse Vasconcelos —, o que havemos de fazer?

---

[44] Na época, o jantar era a segunda refeição do dia. A refeição da noite era a ceia.
[45] Oportunidade.
[46] Aterrorizado.

— Uma coisa simples; duplicamos a dívida, e o senhor passa-me agora mesmo um depósito.

— Duplicar a dívida! Mas isto é um...

— Isto é uma tábua de salvação; sou moderado. Vamos lá, aceite. Escreva-me aí o depósito, e rasga-se a letra.

Vasconcelos ainda quis fazer objeção;[47] mas era impossível convencer o Sr. José Brito.

Assinou o depósito de dezoito contos.

Quando o credor saiu, Vasconcelos entrou a meditar seriamente na sua vida.

Até então gastara tanto e tão cegamente que não reparara no abismo que ele próprio cavara a seus pés.

Veio porém adverti-lo a voz de um dos seus algozes.[48]

Vasconcelos refletiu, calculou, recapitulou as suas despesas e as suas obrigações, e viu que da fortuna que possuía tinha na realidade menos da quarta parte.

Para viver como até ali vivera, aquilo era nada menos que a miséria.

Que fazer em tal situação?

Vasconcelos pegou no chapéu e saiu.

Vinha caindo a noite.

Depois de andar algum tempo pelas ruas entregue às suas meditações, Vasconcelos entrou no Alcazar.

Era um meio de distrair-se.

Ali encontraria a sociedade do costume.

Batista veio ao encontro do amigo.

— Que cara é essa? — disse-lhe.

— Não é nada, pisaram-me um calo — respondeu Vasconcelos, que não encontrava melhor resposta.

Mas um pedicuro que se achava perto de ambos ouviu o dito, e nunca mais perdeu de vista o infeliz Vasconcelos, a quem a coisa mais indiferente incomodava. O olhar persistente do pedicuro aborreceu-o tanto, que Vasconcelos saiu.

Entrou no Hotel de Milão, para jantar. Por mais preocupado que ele estivesse, a exigência do estômago não se demorou.

Ora, no meio do jantar lembrou-lhe aquilo que não devia ter-lhe saído da cabeça: o pedido de casamento feito nessa tarde por Gomes.

---

[47] Obstáculo.
[48] Carrascos.

Foi um raio de luz.

"Gomes é rico", pensou Vasconcelos; "o meio de escapar a maiores desgostos é este; Gomes casa-se com Adelaide, e como é meu amigo não me negará o que eu precisar. Pela minha parte procurarei ganhar o perdido... Que boa fortuna foi aquela lembrança do casamento!"

Vasconcelos comeu alegremente; voltou depois ao Alcazar, onde alguns rapazes e outras pessoas fizeram esquecer completamente os seus infortúnios.

Às três horas da noite Vasconcelos entrava para casa com a tranquilidade e regularidade do costume.

## IV

No dia seguinte o primeiro cuidado de Vasconcelos foi consultar o coração de Adelaide. Queria porém fazê-lo na ausência de Augusta. Felizmente esta precisava de ir ver à rua da Quitanda umas fazendas novas, e saiu com o cunhado, deixando a Vasconcelos toda a liberdade.

Como os leitores já sabem, Adelaide queria muito ao pai, e era capaz de fazer por ele tudo. Era, além disso, um excelente coração. Vasconcelos contava com essas duas forças.

— Vem cá, Adelaide — disse ele entrando na sala —; sabes quantos anos tens?

— Tenho quinze.

— Sabes quantos anos tem tua mãe?

— Vinte e sete, não é?

— Tem trinta; quer dizer que tua mãe casou-se com quinze anos.

Vasconcelos parou, a fim de ver o efeito que produziam estas palavras; mas foi inútil a expectativa; Adelaide não compreendeu nada.

O pai continuou:

— Não pensaste no casamento?

A menina corou muito, hesitou em falar, mas como o pai instasse, respondeu:

— Qual, papai! Eu não quero casar...

— Não queres casar? É boa! Por quê?

— Porque não tenho vontade, e vivo bem aqui.

— Mas tu podes casar e continuar a viver aqui...

— Bem; mas não tenho vontade.

— Anda lá... Amas alguém, confessa.

— Não me pergunte isso, papai... eu não amo ninguém.

A linguagem de Adelaide era tão sincera, que Vasconcelos não podia duvidar.

"Ela fala a verdade", pensou ele; "é inútil tentar por esse lado..."

Adelaide sentou-se ao pé dele, e disse:

— Portanto, meu paizinho, não falemos mais nisso...

— Falemos, minha filha; tu és criança, não sabes calcular. Imagina que eu e a tua mãe morremos amanhã. Quem te há de amparar? Só um marido.

— Mas se eu não gosto de ninguém...

— Por ora; mas hás de vir a gostar se o noivo for um bonito rapaz, de bom coração... Eu já escolhi um que te ama muito, e a quem tu hás de amar.

Adelaide estremeceu.

— Eu? — disse ela. — Mas... quem é?

— É o Gomes.

— Não o amo, meu pai...

— Agora, creio; mas não negas que ele é digno de ser amado. Dentro de dois meses estás apaixonada por ele.

Adelaide não disse palavra. Curvou a cabeça e começou a torcer nos dedos uma das tranças bastas e negras. O seio arfava-lhe[49] com força; a menina tinha os olhos cravados no tapete.

— Vamos, está decidido, não? — perguntou Vasconcelos.

— Mas, papai, e se eu for infeliz?...

— Isso é impossível, minha filha; hás de ser muito feliz; e hás de amar muito a teu marido.

— Oh! Papai — disse-lhe Adelaide com os olhos rasos de água —, peço-lhe que não me case ainda...

— Adelaide, o primeiro dever de uma filha é obedecer a seu pai, e eu sou teu pai. Quero que te cases com o Gomes; hás de casar.

Estas palavras, para terem todo o efeito, deviam ser seguidas de uma retirada rápida. Vasconcelos compreendeu isso, e saiu da sala deixando Adelaide na maior desolação.

Adelaide não amava ninguém. A sua recusa não tinha por ponto de partida nenhum outro amor; também não era resultado de aversão que tivesse pelo seu pretendente.

A menina sentia simplesmente uma total indiferença pelo rapaz.

Nestas condições o casamento não deixava de ser uma odiosa imposição.

Mas que faria Adelaide? A quem recorreria?

Recorreu às lágrimas.

Quanto a Vasconcelos, subiu ao gabinete e escreveu as seguintes linhas ao futuro genro:

---

[49] Ofegar; respirar com esforço.

Tudo caminha bem; autorizo-te a vires fazer a corte à pequena, e espero que dentro de dois meses o casamento esteja concluído.

Fechou a carta e mandou-a.

Pouco depois voltaram de fora Augusta e Lourenço.

Enquanto Augusta subiu para o quarto da *toilette*[50] para mudar de roupa, Lourenço foi ter com Adelaide, que estava no jardim.

Reparou que ela tinha os olhos vermelhos, e inquiriu a causa; mas a moça negou que fosse de chorar.

Lourenço não acreditou nas palavras da sobrinha, e instou[51] com ela para que lhe contasse o que havia.

Adelaide tinha grande confiança no tio, até por causa da sua rudeza de maneiras. No fim de alguns minutos de instâncias, Adelaide contou a Lourenço a cena com o pai.

— Então, é por isso que estás chorando, pequena?
— Pois então? Como fugir ao casamento?
— Descansa, não te casarás; eu te prometo que não te hás de casar...
A moça sentiu um estremecimento de alegria.
— Promete, meu tio, que há de convencer a papai?
— Hei de vencê-lo ou convencê-lo, não importa; tu não te hás de casar. Teu pai é um tolo.

Lourenço subiu ao gabinete de Vasconcelos, exatamente no momento em que este se dispunha a sair.

— Vais sair? — perguntou-lhe Lourenço.
— Vou.
— Preciso falar-te.

Lourenço sentou-se, e Vasconcelos, que já tinha o chapéu na cabeça, esperou de pé que ele falasse.

— Senta-te — disse Lourenço.

Vasconcelos sentou-se.

— Há dezesseis anos...
— Começas de muito longe; vê se abrevias uma meia dúzia de anos, sem o quê não prometo ouvir o que me vais dizer.
— Há dezesseis anos — continuou Lourenço — que és casado; mas a diferença entre o primeiro dia e o dia de hoje é grande.

---

[50] Quarto de vestir.
[51] Insistiu.

— Naturalmente — disse Vasconcelos. — *Tempora mutantur et...*[52]

— Naquele tempo — continuou Lourenço —, dizias que encontraras o paraíso, o verdadeiro paraíso, e foste durante dois ou três anos o modelo dos maridos. Depois mudaste completamente; e o paraíso tornar-se-ia verdadeiro inferno se tua mulher não fosse tão indiferente e fria como é, evitando assim as mais terríveis cenas domésticas.

— Mas, Lourenço, que tens com isso?

— Nada; nem é disso que vou falar-te. O que me interessa é que não sacrifiques tua filha por um capricho, entregando-a a um dos teus companheiros de vida solta...

Vasconcelos levantou-se:

— Estás doido! — disse ele.

— Estou calmo, e dou-te o prudente conselho de não sacrificares tua filha a um libertino.

— Gomes não é libertino; teve uma vida de rapaz, é verdade, mas gosta de Adelaide, e reformou-se completamente. É um bom casamento, e por isso acho que todos devemos aceitá-lo. É a minha vontade, e nesta casa quem manda sou eu.

Lourenço procurou falar ainda, mas Vasconcelos já ia longe.

"Que fazer?", pensou Lourenço.

## V

A oposição de Lourenço não causava grande impressão a Vasconcelos. Ele podia, é verdade, sugerir à sobrinha ideias de resistência; mas Adelaide, que era um espírito fraco, cederia ao último que lhe falasse, e os conselhos de um dia seriam vencidos pela imposição do dia seguinte.

Todavia era conveniente obter o apoio de Augusta. Vasconcelos pensou em tratar disso o mais cedo que lhe fosse possível.

Entretanto, urgia organizar os seus negócios, e Vasconcelos procurou um advogado a quem entregou todos os papéis e informações, encarregando-o de orientá-lo em todas as necessidades da situação, quais os meios que poderia opor em qualquer caso de reclamação por dívida ou hipoteca.

Nada disto fazia supor da parte de Vasconcelos uma reforma de costumes. Preparava-se apenas para continuar a vida anterior.

---

[52] "*Tempora mutantur et nos in illis*" é um adágio latino que significa "Os tempos mudam e nós mudamos neles".

Dois dias depois da conversa com o irmão, Vasconcelos procurou Augusta, para tratar francamente do casamento de Adelaide.

Já nesse intervalo o futuro noivo, obedecendo ao conselho de Vasconcelos, fazia corte prévia à filha. Era possível que, se o casamento não lhe fosse imposto, Adelaide acabasse por gostar do rapaz. Gomes era um homem belo e elegante; e, além disso, conhecia todos os recursos de que se deve usar para impressionar uma mulher.

Teria Augusta notado a presença assídua do moço? Vasconcelos fazia essa pergunta ao seu espírito no momento em que entrava na *toilette* da mulher.

— Vais sair? — perguntou ele.

— Não; tenho visitas.

— Ah! Quem?

— A mulher do Seabra — disse ela.

Vasconcelos sentou-se, e procurou um meio de encabeçar a conversa especial que ali o levava.

— Estás muito bonita hoje!

— Deveras? — disse ela sorrindo. — Pois estou hoje como sempre, e é singular que o digas hoje...

— Não; realmente hoje estás mais bonita do que costumas, a ponto que sou capaz de ter ciúmes...

— Qual! — disse Augusta com um sorriso irônico.

Vasconcelos coçou a cabeça, tirou o relógio, deu-lhe corda; depois entrou a puxar as barbas, pegou uma folha, leu dois ou três anúncios, atirou a folha ao chão, e afinal, depois de um silêncio já prolongado, Vasconcelos achou melhor atacar a praça de frente.

— Tenho pensado ultimamente em Adelaide — disse ele.

— Ah! Por quê?

— Está moça...

— Moça! — exclamou Augusta. — É uma criança...

— Está mais velha do que tu quando te casaste...

Augusta franziu ligeiramente a testa.

— Mas então... — disse ela.

— Então é que desejo fazê-la feliz e feliz pelo casamento. Um rapaz, digno dela a todos os respeitos, pediu-ma há dias, e eu disse-lhe que sim. Em sabendo quem é, aprovarás a escolha; é o Gomes. Casamo-la, não?

— Não! — respondeu Augusta.

— Como, não?

— Adelaide é uma criança; não tem juízo nem idade própria... Casar-se-á quando for tempo.

— Quando for tempo? Estás certa se o noivo esperará até que seja tempo?
— Paciência — disse Augusta.
— Tens alguma coisa que notar no Gomes?
— Nada. É um moço distinto; mas não convém a Adelaide.

Vasconcelos hesitava em continuar; parecia-lhe que nada se podia arranjar; mas a ideia da fortuna deu-lhe forças, e ele perguntou:

— Por quê?
— Estás certo de que ele convenha a Adelaide? — perguntou Augusta, eludindo a pergunta do marido.
— Afirmo que convém.
— Convenha ou não, a pequena não deve casar já.
— E se ela amasse?...
— Que importa isso? Esperaria!
— Entretanto, Augusta, não podemos prescindir deste casamento... É uma necessidade fatal.
— Fatal? Não compreendo.
— Vou explicar-me. O Gomes tem uma boa fortuna.
— Também nós temos uma...
— É o teu engano — interrompeu Vasconcelos.
— Como assim?

Vasconcelos continuou:

— Mais tarde ou mais cedo havias de sabê-lo, e eu estimo ter esta ocasião de dizer-te toda a verdade. A verdade é que, se não estamos pobres, estamos arruinados.

Augusta ouviu estas palavras com os olhos espantados. Quando ele acabou, disse:

— Não é possível!
— Infelizmente é verdade!

Seguiu-se algum tempo de silêncio.

"Tudo está arranjado", pensou Vasconcelos. Augusta rompeu o silêncio.

— Mas — disse ela —, se a nossa fortuna está abalada, creio que o senhor tem coisa melhor para fazer do que estar conversando; é reconstruí-la.

Vasconcelos fez com a cabeça um movimento de espanto e, como se fosse aquilo uma pergunta, Augusta apressou-se a responder:

— Não se admire disto; creio que o seu dever é reconstruir a fortuna.
— Não me admira esse dever; admira-me que mo lembres por esse modo. Dir-se-ia que a culpa é minha...
— Bom! — disse Augusta —, vais dizer que fui eu...
— A culpa, se culpa há, é de nós ambos.
— Por quê? É também minha?

— Também. As tuas despesas loucas contribuíram em grande parte para este resultado; eu nada te recusei nem recuso, e é nisso que sou culpado. Se é isso que me lanças em rosto, aceito.

Augusta levantou os ombros com um gesto de despeito; e deitou a Vasconcelos um olhar de tamanho desdém que bastaria para intentar uma ação de divórcio.

Vasconcelos viu o movimento e o olhar.

— O amor do luxo e do supérfluo — disse ele — há de sempre produzir estas consequências. São terríveis, mas explicáveis. Para conjurá-las era preciso viver com moderação. Nunca pensaste nisso. No fim de seis meses de casada entraste a viver no turbilhão da moda, e o pequeno regato[53] das despesas tornou-se um rio imenso de desperdícios. Sabes o que me disse uma vez meu irmão? Disse-me que a ideia de mandar Adelaide para a roça foi-te sugerida pela necessidade de viver sem cuidados de natureza alguma.

Augusta tinha-se levantado, e deu alguns passos; estava trêmula e pálida. Vasconcelos ia por diante nas suas recriminações, quando a mulher o interrompeu, dizendo:

— Mas por que motivo não impediu o senhor essas despesas que eu fazia?

— Queria a paz doméstica.

— Não! — clamou ela. — O senhor queria ter por sua parte uma vida livre e independente; vendo que eu me entregava a essas despesas imaginou comprar a minha tolerância com a sua tolerância. Eis o único motivo; a sua vida não será igual à minha; mas é pior... Se eu fazia despesas em casa, o senhor as fazia na rua... É inútil negar, porque eu sei tudo; conheço, de nome, as rivais que sucessivamente o senhor me deu, e nunca lhe disse uma única palavra, nem agora lho censuro, porque seria inútil e tarde.

A situação tinha mudado. Vasconcelos começara constituindo-se juiz, e passara a ser corréu.[54] Negar era impossível; discutir era arriscado e inútil. Preferiu sofismar.[55]

— Dado que fosse assim (e eu não discuto esse ponto), em todo caso a culpa será de nós ambos, e não vejo razão para que ma lances em rosto. Devo reparar a fortuna, concordo; há um meio, e é este: o casamento de Adelaide com o Gomes.

— Não — disse Augusta.

---

[53] Riacho.
[54] Um dos réus de um julgamento.
[55] Encobrir a verdade.

— Bem; seremos pobres, ficaremos piores do que estamos agora; venderemos tudo...

— Perdão — disse Augusta —, eu não sei por que razão não há de o senhor, que é forte, e tem a maior parte no desastre, empregar esforços para a reconstrução da fortuna destruída.

— É trabalho longo; e daqui até lá a vida continua e gasta-se. O meio, já lho disse, é este: casar Adelaide com o Gomes.

— Não quero! — disse Augusta. — Não consinto em semelhante casamento.

Vasconcelos ia responder, mas Augusta, logo depois de proferir estas palavras, tinha saído precipitadamente do gabinete.

Vasconcelos saiu alguns minutos depois.

## VI

Lourenço não teve conhecimento da cena entre o irmão e a cunhada, e depois da teima de Vasconcelos resolveu nada mais dizer; entretanto, como queria muito à sobrinha, e não queria vê-la entregue a um homem de costumes que ele reprovava, Lourenço esperou que a situação tomasse caráter mais decisivo para assumir mais ativo papel.

Mas, a fim de não perder tempo, e poder usar alguma arma poderosa, Lourenço tratou de instaurar uma pesquisa mediante a qual pudesse colher informações minuciosas acerca de Gomes.

Este cuidava que o casamento era coisa decidida, e não perdia um só dia na conquista de Adelaide.

Notou, porém, que Augusta tornava-se mais fria e indiferente, sem causa que ele conhecesse, e entrou-lhe no espírito a suspeita de que viesse dali alguma oposição.

Quanto a Vasconcelos, desanimado pela cena da *toilette*, esperou melhores dias, e contou sobretudo com o império da necessidade.

Um dia, porém, exatamente quarenta e oito horas depois da grande discussão com Augusta, Vasconcelos fez dentro de si esta pergunta:

"Augusta recusa a mão de Adelaide para o Gomes; por quê?"

De pergunta em pergunta, de dedução em dedução, abriu-se no espírito de Vasconcelos campo para uma suspeita dolorosa.

"Amá-lo-á ela?", perguntou ele a si próprio.

Depois, como se o abismo atraísse o abismo, e uma suspeita reclamasse outra, Vasconcelos perguntou:

— Ter-se-iam eles amado algum tempo?

Pela primeira vez, Vasconcelos sentiu morder-lhe no coração a serpe[56] do ciúme.

Do ciúme digo eu, por eufemismo;[57] não sei se aquilo era ciúme; era amor-próprio ofendido.

As suspeitas de Vasconcelos teriam razão?

Devo dizer a verdade: não tinham. Augusta era vaidosa, mas era fiel ao infiel marido; e isso por dois motivos: um de consciência, outro de temperamento. Ainda que ela não estivesse convencida do seu dever de esposa, é certo que nunca trairia o juramento conjugal. Não era feita para as paixões, a não ser as paixões ridículas que a vaidade impõe. Ela amava antes de tudo a sua própria beleza; o seu melhor amigo era o que dissesse que ela era mais bela entre as mulheres; mas se lhe dava a sua amizade, não lhe daria nunca o coração; isso a salvava.

A verdade é esta; mas quem o diria a Vasconcelos? Uma vez suspeitoso de que a sua honra estava afetada, Vasconcelos começou a recapitular toda a sua vida. Gomes frequentava a sua casa há seis anos, e tinha nela plena liberdade. A traição era fácil. Vasconcelos entrou a recordar as palavras, os gestos, os olhares, tudo que antes lhe foi indiferente, e que naquele momento tomava um caráter suspeitoso.

Dois dias andou Vasconcelos cheio deste pensamento. Não saía de casa. Quando Gomes chegava, Vasconcelos observava a mulher com desusada persistência; a própria frieza com que ela recebia o rapaz era aos olhos do marido uma prova do delito.

Estava nisto, quando na manhã do terceiro dia (Vasconcelos já se levantava cedo) entrou-lhe no gabinete o irmão, sempre com o ar selvagem do costume.

A presença de Lourenço inspirou a Vasconcelos a ideia de contar-lhe tudo.

Lourenço era um homem de bom senso, e em caso de necessidade era um apoio.

O irmão ouviu tudo quanto Vasconcelos contou, e concluindo este, rompeu o seu silêncio com estas palavras:

— Tudo isso é uma tolice; se tua mulher recusa o casamento, será por qualquer outro motivo que não esse.

— Mas é o casamento com o Gomes que ela recusa.

— Sim, porque lhe falaste no Gomes; fala-lhe em outro, talvez recuse do mesmo modo. Há de haver outro motivo; talvez Adelaide lhe contasse, talvez lhe pedisse para opor-se, porque tua filha não ama o rapaz, e não pode casar com ele.

---

[56] Serpente.
[57] Figura de linguagem que consiste em reduzir ou suavizar o sentido de uma palavra.

— Não casará...

— Não só por isso, mas até porque...

— Acaba.

— Até porque este casamento é uma especulação do Gomes.

— Uma especulação? — perguntou Vasconcelos.

— Igual à — tua disse Lourenço. — Tu dás-lhe a filha com os olhos na fortuna dele; ele aceita-a com os olhos na tua fortuna...

— Mas ele possui...

— Não possui nada; está arruinado como tu. Indaguei e soube da verdade. Quer naturalmente continuar a mesma vida dissipada que teve até hoje, e a tua fortuna é um meio...

— Estás certo disso?

— Certíssimo!...

Vasconcelos ficou aterrado. No meio de todas as suspeitas, ainda lhe restava a esperança de ver a sua honra salva, e realizado aquele negócio que lhe daria uma excelente situação.

Mas a revelação de Lourenço matou-o.

— Se queres uma prova, manda chamá-lo, e dize-lhe que estás pobre, e por isso lhe recusas a filha; observa-o bem, e verás o efeito que as tuas palavras lhe hão de produzir.

Não foi preciso mandar chamar o pretendente. Daí a uma hora apresentou-se ele em casa de Vasconcelos.

Vasconcelos mandou-o subir ao gabinete.

## VII

Logo depois dos primeiros cumprimentos Vasconcelos disse:

— Ia mandar chamar-te.

— Ah! Para quê? — perguntou Gomes.

— Para conversarmos acerca do... casamento.

— Ah! Há algum obstáculo?

— Conversemos.

Gomes tornou-se mais sério; entrevia alguma dificuldade grande.

Vasconcelos tomou a palavra.

— Há circunstâncias — disse ele — que devem ser bem definidas, para que se possa compreender bem...

— É a minha opinião.

— Amas minha filha?

— Quantas vezes queres que to diga?

— O teu amor está acima de todas as circunstâncias?...

— De todas, salvo aquelas que entenderem com a felicidade dela.

— Devemos ser francos; além de amigo que sempre foste, és agora quase meu filho... A discrição entre nós seria indiscreta...

— Sem dúvida! — respondeu Gomes.

— Vim a saber que os meus negócios param mal; as despesas que fiz alteraram profundamente a economia da minha vida, de modo que eu não te minto dizendo que estou pobre.

Gomes reprimiu uma careta.

— Adelaide — continuou Vasconcelos — não tem fortuna, não terá mesmo dote; é apenas uma mulher que eu te dou. O que te afianço é que é um anjo, e que há de ser excelente esposa.

Vasconcelos calou-se, e o seu olhar cravado no rapaz parecia querer arrancar-lhe das feições as impressões da alma.

Gomes devia responder; mas durante alguns minutos houve entre ambos um profundo silêncio.

Enfim o pretendente tomou a palavra.

— Aprecio — disse ele — a tua franqueza, e usarei de franqueza igual.

— Não peço outra cousa...

— Não foi por certo o dinheiro que me inspirou este amor; creio que me farás a justiça de crer que eu estou acima dessas considerações. Além de quê, no dia em que eu te pedi a querida do meu coração, acreditava estar rico.

— Acreditavas?

— Escuta. Só ontem é que o meu procurador me comunicou o estado dos meus negócios.

— Mau?

— Se fosse isso apenas! Mas imagina que há seis meses estou vivendo pelos esforços inauditos que o meu procurador fez para apurar algum dinheiro, pois que ele não tinha ânimo de dizer-me a verdade. Ontem soube tudo!

— Ah!

— Calcula qual é o desespero de um homem que acredita estar bem, e reconhece um dia que não tem nada!

— Imagino por mim!

— Entrei alegre aqui, porque a alegria que eu ainda tenho reside nesta casa; mas a verdade é que estou à beira de um abismo. A sorte castigou-nos a um tempo...

Depois desta narração, que Vasconcelos ouviu sem pestanejar, Gomes entrou no ponto mais difícil da questão.

— Aprecio a tua franqueza, e aceito a tua filha sem fortuna; também eu não tenho, mas ainda me restam forças para trabalhar.

— Aceitas?

— Escuta. Aceito D. Adelaide, mediante uma condição; é que ela queira esperar algum tempo, a fim de que eu comece a minha vida. Pretendo ir ao governo e pedir um lugar qualquer, se é que ainda me lembro do que aprendi na escola... Apenas tenha começado a vida, cá virei buscá-la. Queres?

— Se ela consentir — disse Vasconcelos abraçando esta tábua de salvação —, é coisa decidida.

Gomes continuou:

— Bem, falarás nisso amanhã, e mandar-me-ás resposta. Ah! Se eu tivesse ainda a minha fortuna! Era agora que eu queria provar-te a minha estima!

— Bem, ficamos nisto.

— Espero a tua resposta.

E despediram-se.

Vasconcelos ficou fazendo esta reflexão:

"De tudo quanto ele disse só acredito que já não tem nada. Mas é inútil esperar: duro com duro não faz bom muro."

Pela sua parte Gomes desceu a escada dizendo consigo:

"O que acho singular é que estando pobre viesse dizer-mo assim tão antecipadamente quando eu estava caído. Mas esperarás debalde:[58] duas metades de cavalo não fazem um cavalo."

Vasconcelos desceu.

A sua intenção era comunicar a Augusta o resultado da conversa com o pretendente. Uma coisa, porém, o embaraçava: era a insistência de Augusta em não consentir no casamento de Adelaide, sem dar nenhuma razão da recusa.

Ia pensando nisto, quando, ao atravessar a sala de espera, ouviu vozes na sala de visitas.

Era Augusta que conversava com Carlota.

Ia entrar quando estas palavras lhe chegaram ao ouvido:

— Mas Adelaide é muito criança.

Era a voz de Augusta.

— Criança! — disse Carlota.

— Sim; não está em idade de casar.

— Mas eu no teu caso não punha embargos[59] ao casamento, ainda que fosse daqui a alguns meses, porque o Gomes não me parece mau rapaz...

— Não é; mas enfim eu não quero que Adelaide se case.

---

[58] Inutilmente.
[59] Dificuldades; obstáculos.

Vasconcelos colou o ouvido à fechadura, e temia perder uma só palavra do diálogo.

— O que eu não compreendo — disse Carlota — é a tua insistência. Mais tarde ou mais cedo Adelaide há de vir a casar-se.

— Oh! O mais tarde possível — disse Augusta.

Houve um silêncio.

Vasconcelos estava impaciente.

— Ah! — continuou Augusta. — Se soubesses o terror que me dá a ideia do casamento de Adelaide...

— Por que, meu Deus?

— Por quê, Carlota? Tu pensas em tudo, menos numa coisa. Eu tenho medo por causa dos filhos dela que serão meus netos! A ideia de ser avó é horrível, Carlota.

Vasconcelos respirou, e abriu a porta.

— Ah! — disse Augusta.

Vasconcelos cumprimentou Carlota, e apenas esta saiu, voltou-se para a mulher, e disse:

— Ouvi a tua conversa com aquela mulher...

— Não era segredo; mas... que ouviste?

Vasconcelos respondeu sorrindo:

— Ouvi a causa dos teus terrores. Não cuidei nunca que o amor da própria beleza pudesse levar a tamanho egoísmo. O casamento com o Gomes não se realiza; mas, se Adelaide amar alguém, não sei como lhe recusaremos o nosso consentimento...

— Até lá... esperemos — respondeu Augusta.

A conversa parou nisto; porque aqueles dois consortes[60] distanciavam-se muito; um tinha a cabeça nos prazeres ruidosos da mocidade, ao passo que a outra meditava exclusivamente em si.

No dia seguinte Gomes recebeu uma carta de Vasconcelos concebida nestes termos:

> Meu Gomes. Ocorre uma circunstância inesperada; é que Adelaide não quer casar. Gastei a minha lógica, mas não alcancei convencê-la.
>
> Teu Vasconcelos.

Gomes dobrou a carta e acendeu com ela um charuto, e começou a fumar fazendo esta reflexão profunda:

---

[60] Companheiros.

"Onde acharei eu uma herdeira que me queira por marido?"
Se alguém souber avise-o em tempo.

Depois do que acabamos de contar, Vasconcelos e Gomes encontram-se às vezes na rua ou no Alcazar; conversam, fumam, dão o braço um ao outro, exatamente como dois amigos, que nunca foram, ou como dois velhacos[61] que são.

---

[61] Enganadores.

# Frei Simão

I

Frei[1] Simão era um frade da ordem dos Beneditinos.[2] Tinha, quando morreu, cinquenta anos em aparência, mas na realidade, trinta e oito. A causa desta velhice prematura derivava da que o levou ao claustro[3] na idade de trinta anos, e, tanto quanto se pode saber por uns fragmentos de Memórias que ele deixou, a causa era justa.

Era frei Simão de caráter taciturno[4] e desconfiado. Passava dias inteiros na sua cela, donde apenas saía na hora do refeitório e dos ofícios divinos. Não contava amizade alguma no convento, porque não era possível entreter com ele os preliminares que fundam e consolidam as afeições.[5]

Em um convento, onde a comunhão das almas deve ser mais pronta e mais profunda, frei Simão parecia fugir à regra geral. Um dos noviços[6] pôs-lhe alcunha[7] de urso, que lhe ficou, mas só entre os noviços, bem entendido. Os frades professos,[8] esses, apesar do desgosto que o gênio solitário de frei Simão lhes inspirava, sentiam por ele certo respeito e veneração.

Um dia anuncia-se que frei Simão adoecera gravemente. Chamaram-se os socorros e prestou-se ao enfermo todos os cuidados necessários. A moléstia era mortal: depois de cinco dias frei Simão expirou.[9]

Durante estes cinco dias de moléstia, a cela de frei Simão esteve cheia de frades. Frei Simão não disse uma palavra durante esses cinco dias; só no último, quando se aproximava o minuto fatal, sentou-se no leito, fez chamar

---

[1] O título de "frei" é dado a um homem que passa a integrar uma ordem religiosa, usando-se sempre anteposto ao nome, como aparece aqui no título do conto. O termo "frade", por sua vez, significa "irmão", e é a designação do encargo, ou seja, é usado quando não se diz o nome do religioso.

[2] A Ordem de São Bento, ou Ordem Beneditina, fundada por São Bento de Núrsia (480-547 d.C.) em 529 d. C., é a mais antiga ordem religiosa católica de clausura monástica, baseada na observância dos preceitos destinados a regular a convivência social.

[3] À reclusão da vida monástica.

[4] Calado.

[5] Amizade; simpatia.

[6] Alguém que inicia as preparações para se tornar frade; um religioso inexperiente.

[7] Apelido.

[8] Peritos; experientes,

[9] Faleceu.

para mais perto o abade,[10] e disse-lhe ao ouvido com voz sufocada e em tom estranho:

— Morro odiando a humanidade!

O abade recuou até a parede ao ouvir estas palavras, e no tom em que foram ditas. Quanto a frei Simão, caiu sobre o travesseiro e passou à eternidade.

Depois de feitas ao irmão finado as honras que se lhe deviam, a comunidade perguntou ao seu chefe que palavras ouvira tão sinistras que o assustaram. O abade referiu-as, persignando-se.[11] Mas os frades não viram nessas palavras senão um segredo do passado, sem dúvida importante, mas não tal que pudesse lançar o terror no espírito do abade. Este explicou-lhes a ideia que tivera quando ouviu as palavras de frei Simão, no tom em que foram ditas, e acompanhadas do olhar com que o fulminou: acreditara que frei Simão estivesse doido; mais ainda, que tivesse entrado já doido para a ordem. Os hábitos da solidão e taciturnidade a que se votara o frade pareciam sintomas de uma alienação mental de caráter brando e pacífico; mas durante oito anos parecia impossível aos frades que frei Simão não tivesse um dia revelado de modo positivo a sua loucura; objetaram[12] isso ao abade; mas este persistia na sua crença.

Entretanto procedeu-se ao inventário dos objetos que pertenciam ao finado, e entre eles achou-se um rolo de papéis convenientemente enlaçados, com este rótulo: "Memórias que há de escrever frei Simão de Santa Águeda, frade beneditino".

Este rolo de papéis foi um grande achado para a comunidade curiosa. Iam finalmente penetrar alguma coisa no véu misterioso que envolvia o passado de frei Simão, e talvez confirmar as suspeitas do abade. O rolo foi aberto e lido para todos.

Eram, pela maior parte, fragmentos incompletos, apontamentos truncados e notas insuficientes; mas de tudo junto pôde-se colher que realmente frei Simão estivera louco durante certo tempo.

O autor desta narrativa despreza aquela parte das Memórias que não tiver absolutamente importância; mas procura aproveitar a que for menos inútil ou menos obscura.

---

[10] Num convento ou mosteiro, título e cargo superior aos frades.
[11] Persignar-se é benzer-se, fazendo, com o dedo polegar da mão direita, três sinais da cruz: o primeiro na testa, o segundo na boca, o terceiro no peito.
[12] Alegaram.

## II

As notas de frei Simão nada dizem do lugar do seu nascimento nem do nome de seus pais. O que se pôde saber dos seus princípios é que, tendo concluído os estudos preparatórios, não pôde seguir a carreira das letras, como desejava, e foi obrigado a entrar como guarda-livros[13] na casa comercial de seu pai.

Morava então em casa de seu pai uma prima de Simão, órfã de pai e mãe, que haviam por morte deixado ao pai de Simão o cuidado de a educarem e manterem. Parece que os cabedais[14] deste deram para isto. Quanto ao pai da prima órfã, tendo sido rico, perdera tudo ao jogo e nos azares do comércio, ficando reduzido à última miséria.

A órfã chamava-se Helena; era bela, meiga e extremamente boa. Simão, que se educara com ela, e juntamente vivia debaixo do mesmo teto, não pôde resistir às elevadas qualidades e à beleza de sua prima. Amaram-se. Em seus sonhos de futuro contavam ambos o casamento, coisa que parece mais natural do mundo para corações amantes.

Não tardou muito que os pais de Simão descobrissem o amor dos dois. Ora, é preciso dizer, apesar de não haver declaração formal disto nos apontamentos do frade, é preciso dizer que os referidos pais eram de um egoísmo descomunal. Davam de boa vontade o pão da subsistência a Helena; mas lá casar o filho com a pobre órfã é que não podiam consentir. Tinham posto a mira em uma herdeira rica, e dispunham de si para si que o rapaz se casaria com ela.

Uma tarde, como estivesse o rapaz a adiantar a escrituração do livro mestre,[15] entrou no escritório o pai com ar grave e risonho ao mesmo tempo, e disse ao filho que largasse o trabalho e o ouvisse. O rapaz obedeceu. O pai falou assim:

— Vais partir para a província de ***. Preciso mandar umas cartas ao meu correspondente Amaral, e como sejam elas de grande importância, não quero confiá-las ao nosso desleixado correio. Queres ir no vapor[16] ou preferes o nosso brigue?[17]

Esta pergunta era feita com grande tino.[18]

---

[13] Na época, o termo "guarda-livros" era usado para a profissão de contador.
[14] Posses materiais.
[15] Na contabilidade, "livro mestre" é o mesmo que livro-razão, usado como índice do livro-diário, no qual se anotam todas as movimentações financeiras de um dia em um estabelecimento comercial.
[16] Navio movido a vapor, que realizava o transporte de passageiros na época.
[17] Um tipo de embarcação com dois mastros e velas quadradas, também usado mais comumente como transporte de mercadorias.
[18] Intuição; perspicácia.

Obrigado a responder-lhe, o velho comerciante não dera lugar a que seu filho apresentasse objeções.[19]

O rapaz enfiou, abaixou os olhos e respondeu:

— Vou onde meu pai quiser.

O pai agradeceu mentalmente a submissão do filho, que lhe poupava o dinheiro da passagem no vapor, e foi muito contente dar parte à mulher de que o rapaz não fizera objeção alguma.

Nessa noite os dois amantes tiveram ocasião de encontrar-se sós na sala de jantar.

Simão contou a Helena o que se passara. Choraram ambos algumas lágrimas furtivas,[20] e ficaram na esperança de que a viagem fosse de um mês, quando muito.

À mesa do chá, o pai de Simão conversou sobre a viagem do rapaz, que devia ser de poucos dias. Isto reanimou as esperanças dos dois amantes. O resto da noite passou-se em conselhos da parte do velho ao filho sobre a maneira de portar-se na casa do correspondente. Às dez horas, como de costume, todos se recolheram aos aposentos.

Os dias passaram-se depressa. Finalmente raiou aquele em que devia partir o brigue. Helena saiu de seu quarto com os olhos vermelhos de chorar. Interrogada bruscamente pela tia, disse que era uma inflamação adquirida pelo muito que lera na noite anterior. A tia prescreveu-lhe abstenção da leitura e banhos de água de malvas.[21]

Quanto ao tio, tendo chamado Simão, entregou-lhe uma carta para o correspondente, e abraçou-o. A mala e um criado[22] estavam prontos. A despedida foi triste. Os dois pais sempre choraram alguma coisa, a rapariga, muito.

Quanto a Simão, levava os olhos secos e ardentes. Era refratário[23] às lágrimas; por isso mesmo padecia mais.

O brigue partiu. Simão, enquanto pôde ver terra, não se retirou de cima; quando finalmente se fecharam de todo as paredes do cárcere que anda, na frase pitoresca de Ribeyrolles,[24] Simão desceu ao seu camarote, triste e com o

---

[19] Obstáculos; contestações.

[20] Discretas; rápidas.

[21] Erva medicinal usada, entre outras funções, como emoliente, ou seja, como remédio para distender e relaxar a pele.

[22] Na época do conto, estava em vigor no Brasil o regime escravocrata.

[23] Resistente.

[24] Charles Ribeyrolles (1812-1861) foi um jornalista e político francês, exilado no Brasil. Publicou um livro-álbum intitulado *O Brasil pitoresco* (1859-1861). Ribeyrolles escreveu os textos e as gravuras de fotografias foram realizadas por Jean-Victor Frond (1821-1881), pintor e fotógrafo francês.

coração apertado. Havia como um pressentimento que lhe dizia interiormente ser impossível tornar a ver sua prima. Parecia que ia para um degredo.[25]

Chegando ao lugar do seu destino, procurou Simão o correspondente de seu pai e entregou-lhe a carta. O Sr. Amaral leu a carta, fitou o rapaz e, depois de algum silêncio, disse-lhe, volvendo[26] à carta:

— Bem, agora é preciso esperar que eu cumpra esta ordem de seu pai. Entretanto venha morar para a minha casa.

— Quando poderei voltar? — perguntou Simão.

— Em poucos dias, salvo se as coisas se complicarem.

Este salvo, posto na boca de Amaral como incidente, era a oração principal. A carta do pai de Simão versava assim:

> Meu caro Amaral,
> Motivos ponderosos me obrigam a mandar meu filho desta cidade. Retenha-o por lá como puder. O pretexto da viagem é ter eu necessidade de ultimar alguns negócios com você, o que dirá ao pequeno, fazendo-lhe sempre crer que a demora é pouca ou nenhuma. Você, que teve na sua adolescência a triste ideia de engendrar[27] romances, vá inventando circunstâncias e ocorrências imprevistas, de modo que o rapaz não me torne cá antes de segunda ordem.
> Sou, como sempre etc.

## III

Passaram-se dias e dias, e nada de chegar o momento de voltar à casa paterna. O ex-romancista era na verdade fértil, e não se cansava de inventar pretextos que deixavam convencido o rapaz.

Entretanto, como o espírito dos amantes não é menos engenhoso que o dos romancistas, Simão e Helena acharam meio de se escreverem, e deste modo podiam consolar-se da ausência, com presença das letras e do papel. Bem diz Heloísa que a arte de escrever foi inventada por alguma amante separada do seu amante. Nestas cartas juravam-se os dois sua eterna fidelidade.

No fim de dois meses de espera baldada[28] e de ativa correspondência, a tia de Helena surpreendeu uma carta de Simão. Era a vigésima, creio eu. Houve grande temporal em casa. O tio, que estava no escritório, saiu precipitadamente

---

[25] Exílio.
[26] Remexendo; lendo repedidas vezes.
[27] Compor; planejar.
[28] Frustrada; inútil.

e tomou conhecimento do negócio. O resultado foi proscrever[29] de casa tinta, penas e papel, e instituir vigilância rigorosa sobre a infeliz rapariga.

Começaram pois a escassear as cartas ao pobre deportado. Inquiriu a causa disto em cartas choradas e compridas; mas como o rigor fiscal da casa de seu pai adquiria proporções descomunais, acontecia que todas as cartas de Simão iam parar às mãos do velho, que, depois de apreciar o estilo amoroso de seu filho, fazia queimar as ardentes epístolas.

Passaram-se dias e meses. Carta de Helena, nenhuma. O correspondente ia esgotando a veia inventadora, e já não sabia como reter finalmente o rapaz.

Chega uma carta a Simão. Era letra do pai. Só diferençava das outras que recebia do velho em ser esta mais longa, muito mais longa. O rapaz abriu a carta, e leu trêmulo e pálido. Contava nesta carta o honrado comerciante que a Helena, a boa rapariga que ele destinava a ser sua filha casando-se com Simão, a boa Helena tinha morrido. O velho copiara algum dos últimos necrológios[30] que vira nos jornais, e ajuntara algumas consolações de casa. A última consolação foi dizer-lhe que embarcasse e fosse ter com ele.

O período final da carta dizia:

> Assim como assim, não se realizam os meus negócios; não te pude casar com Helena, visto que Deus a levou. Mas volta, filho, vem; poderás consolar-te casando com outra, a filha do conselheiro ***.
>
> Está moça feita e é um bom partido. Não te desalentes;[31] lembra-te de mim.

O pai de Simão não conhecia bem o amor do filho, nem era grande águia para avaliá-lo, ainda que o conhecesse. Dores tais não se consolam com uma carta nem com um casamento. Era melhor mandá-lo chamar, e depois preparar-lhe a notícia; mas dada assim friamente em uma carta, era expor o rapaz a uma morte certa.

Ficou Simão vivo em corpo e morto moralmente, tão morto que por sua própria ideia foi dali procurar uma sepultura. Era melhor dar aqui alguns dos papéis escritos por Simão relativamente ao que sofreu depois da carta; mas há muitas falhas, e eu não quero corrigir a exposição ingênua e sincera do frade.

A sepultura que Simão escolheu foi um convento. Respondeu ao pai que agradecia a filha do conselheiro, mas que daquele dia em diante pertencia ao serviço de Deus.

---

[29] Banir; proibir.
[30] Notícias de óbitos.
[31] Não te desanimes.

O pai ficou maravilhado. Nunca suspeitou que o filho pudesse vir a ter semelhante resolução. Escreveu às pressas para ver se o desviava da ideia; mas não pôde conseguir.

Quanto ao correspondente, para quem tudo se embrulhava cada vez mais, deixou o rapaz seguir para o claustro, disposto a não figurar em um negócio do qual nada realmente sabia.

## IV

Frei Simão de Santa Águeda foi obrigado a ir à província natal em missão religiosa, tempos depois dos fatos que acabo de narrar.

Preparou-se e embarcou.

A missão não era na capital, mas no interior. Entrando na capital, pareceu-lhe dever ir visitar seus pais. Estavam mudados física e moralmente. Era com certeza a dor e o remorso de terem precipitado seu filho à resolução que tomou. Tinham vendido a casa comercial e viviam de suas rendas.

Receberam o filho com alvoroço e verdadeiro amor. Depois das lágrimas e das consolações, vieram ao fim da viagem de Simão.

— A que vens tu, meu filho?

— Venho cumprir uma missão do sacerdócio que abracei. Venho pregar, para que o rebanho do Senhor não se arrede nunca do bom caminho.

— Aqui na capital?

— Não, no interior. Começo pela vila de \*\*\*.

Os dois velhos estremeceram; mas Simão nada viu. No dia seguinte partiu Simão, não sem algumas instâncias[32] de seus pais para que ficasse. Notaram eles que seu filho nem de leve tocara em Helena. Também eles não quiseram magoá-lo falando em tal assunto.

Daí a dias, na vila de que falara frei Simão, era um alvoroço para ouvir as prédicas[33] do missionário.

A velha igreja do lugar estava atopetada[34] de povo.

À hora anunciada, frei Simão subiu ao púlpito[35] e começou o discurso religioso. Metade do povo saiu aborrecido no meio do sermão. A razão era simples. Avezado[36] à pintura viva dos caldeirões de Pedro Botelho[37] e outros

---

[32] Insistências.
[33] Sermões.
[34] Cheia; lotada.
[35] Lugar alto de onde fala um orador, com uma pequena tribuna, em forma de balcão.
[36] Acostumado; habituado.
[37] Pedro Botelho é expressão popular que significa "diabo".

pedacinhos de ouro da maioria dos pregadores, o povo não podia ouvir com prazer a linguagem simples, branda, persuasiva, a que serviam de modelo as conferências do fundador da nossa religião.

O pregador estava a terminar, quando entrou apressadamente na igreja um par, marido e mulher: ele, honrado lavrador, meio remediado com o sítio que possuía e a boa vontade de trabalhar; ela, senhora estimada por suas virtudes, mas de uma melancolia invencível.

Depois de tomarem água-benta, colocaram-se ambos em lugar donde pudessem ver facilmente o pregador.

Ouviu-se então um grito, e todos correram para a recém-chegada, que acabava de desmaiar. Frei Simão teve de parar o seu discurso, enquanto se punha termo ao incidente. Mas, por uma aberta que a turba[38] deixava, pôde ele ver o rosto da desmaiada.

Era Helena.

No manuscrito do frade há uma série de reticências dispostas em oito linhas. Ele próprio não sabe o que se passou. Mas o que se passou foi que, mal conhecera Helena, continuou o frade o discurso. Era então outra coisa: era um discurso sem nexo, sem assunto, um verdadeiro delírio. A consternação[39] foi geral.

## V

O delírio de frei Simão durou alguns dias. Graças aos cuidados, pôde melhorar, e pareceu a todos que estava bom, menos ao médico, que queria continuar a cura. Mas o frade disse positivamente que se retirava ao convento, e não houve forças humanas que o detivessem.

O leitor compreende naturalmente que o casamento de Helena fora obrigado pelos tios.

A pobre senhora não resistiu à comoção. Dois meses depois morreu, deixando inconsolável o marido, que a amava com veras.[40]

Frei Simão, recolhido ao convento, tornou-se mais solitário e taciturno. Restava-lhe ainda um pouco da alienação.[41]

Já conhecemos o acontecimento de sua morte e a impressão que ela causara ao abade.

---

[38] Multidão.
[39] Perturbação.
[40] Com veras: de modo totalmente verdadeiro; de todo o coração.
[41] Loucura.

A cela de frei Simão de Santa Águeda esteve muito tempo religiosamente fechada. Só se abriu, algum tempo depois, para dar entrada a um velho secular,[42] que por esmola alcançou do abade acabar os seus dias na convivência dos médicos da alma. Era o pai de Simão. A mãe tinha morrido.

Foi crença, nos últimos anos de vida deste velho, que ele não estava menos doido que frei Simão de Santa Águeda.

---

[42] Alguém que não possui votos religiosos, que não é um frade ou sacerdote.

2

# De *Histórias da meia-noite*
(1873)

# A parasita azul

## I
### Volta ao Brasil

Há cerca de dezesseis anos, desembarcava no Rio de Janeiro, vindo da Europa, o Sr. Camilo Seabra, goiano de nascimento, que ali fora estudar medicina e voltava agora com o diploma na algibeira[1] e umas saudades no coração. Voltava depois de uma ausência de oito anos, tendo visto e admirado as principais coisas que um homem pode ver e admirar por lá, quando não lhe falta gosto, nem meios. Ambas as coisas possuía, e se tivesse também, não digo muito, mas um pouco mais de juízo, houvera gozado melhor do que gozou, e com justiça poderia dizer que vivera.

Não abonava muito os seus sentimentos patrióticos o rosto com que entrou a barra da capital brasileira.[2] Trazia-o fechado e merencório,[3] como quem abafa em si alguma coisa que não é exatamente a bem-aventurança terrestre. Arrastou um olhar aborrecido pela cidade, que se ia desenrolando à proporção que o navio se dirigia ao ancoradouro. Quando veio a hora de desembarcar, fê-lo com a mesma alegria com que o réu transpõe os umbrais[4] do cárcere.[5] O escaler[6] afastou-se do navio, em cujo mastro flutuava uma bandeira tricolor. Camilo murmurou consigo:

— Adeus, França!

Depois, envolveu-se num magnífico silêncio e deixou-se levar para terra.

O espetáculo da cidade, que ele não via há tanto tempo, sempre lhe prendeu um pouco a atenção. Não tinha porém dentro da alma o alvoroço de Ulisses ao ver a terra da sua pátria.[7] Era antes pasmo e tédio. Comparava o que via agora com o que vira durante longos anos, e sentia mais e mais o apertar-lhe o coração a dolorosa saudade que o minava. Encaminhou-se para o primeiro hotel que lhe pareceu conveniente, e ali determinou passar alguns dias, antes de seguir para Goiás. Jantou solitário e triste, com a mente cheia

---

[1] Pequeno bolso na parte interna de uma roupa.
[2] Na época, a capital brasileira era a cidade do Rio de Janeiro.
[3] Melancólico; triste.
[4] Portas de entrada.
[5] Prisão; cadeia.
[6] Embarcação pequena de apoio.
[7] Na obra Odisseia, atribuída ao poeta grego Homero, o herói Ulisses, após o fim da Guerra de Troia, demora dez anos para retornar a sua terra natal, a ilha de Ítaca.

de mil recordações do mundo que acabava de deixar, e para dar ainda maior desafogo à memória, apenas acabado o jantar, estendeu-se num canapé,[8] e começou a desfiar[9] consigo mesmo um rosário de cruéis desventuras.

Na opinião dele, nunca houvera mortal que mais dolorosamente experimentasse a hostilidade do destino. Nem no martirológio cristão,[10] nem nos trágicos gregos,[11] nem no Livro de Jó,[12] havia sequer um pálido esboço dos seus infortúnios. Vejamos alguns traços patéticos da existência do nosso herói.

Nascera rico, filho de um proprietário de Goiás, que nunca vira outra terra além da sua província natal. Em 1828, estivera ali um naturalista francês, com quem o comendador Seabra travou relações, e de quem se fez tão amigo que não quis outro padrinho para o seu único filho, que então contava um ano de idade. O naturalista, muito antes de o ser, cometera umas venialidades[13] poéticas que mereceram alguns elogios em 1810, mas que o tempo — velho trapeiro da eternidade — levou consigo para o infinito depósito das coisas inúteis. Tudo lhe perdoara o ex-poeta, menos o esquecimento de um poema em que ele metrificara a vida de Fúrio Camilo,[14] poema que ainda então lia com sincero entusiasmo. Como lembrança desta obra da juventude, chamou ele ao afilhado Camilo, e com esse nome o batizou o padre Maciel, a grande aprazimento da família e seus amigos.

— Compadre — disse o comendador ao naturalista —, se este pequeno vingar, hei de mandá-lo para a sua terra, a aprender medicina ou qualquer outra coisa em que se faça homem. No caso de lhe achar jeito para andar com plantas e minerais, como o senhor, não se acanhe; dê-lhe o destino que lhe parecer como se fora seu pai, que o é, espiritualmente falando.

— Quem sabe se eu viverei nesse tempo? — disse o naturalista.

— Oh! há de viver! — protestou Seabra. — Esse corpo não engana; a sua têmpera[15] é de ferro. Não o vejo eu andar todos os dias por esses matos e campos, indiferente a sóis e a chuvas, sem nunca ter a mais leve dor de cabeça? Com metade dos seus trabalhos já eu estava defunto. Há de viver e cuidar do meu rapaz, apenas ele tiver concluído cá os seus primeiros estudos.

---

[8] Espécie de sofá com encosto e braços.
[9] Fazer correr entre os dedos as contas de um rosário ou terço.
[10] Lista dos mártires da Igreja católica, organizada pelas datas em que são celebrados.
[11] Alusão aos autores de peças teatrais da Grécia antiga, tais como Ésquilo (c. 524-455 a.C.) e Sófocles (c. 496-405 a.C.), que escreveram muitas tragédias.
[12] O Livro de Jó é um dos livros da parte do Antigo Testamento da Bíblia cristã.
[13] Erros leves; pequenos descuidos.
[14] Marco Fúrio Camilo (c. 446-365 a.C.) foi um político importante nos primeiros anos da República Romana.
[15] Consistência; Saúde.

A promessa de Seabra foi pontualmente cumprida. Camilo seguiu para Paris, logo depois de alguns preparatórios, e ali o padrinho cuidou dele como se realmente fora seu pai. O comendador não poupava dinheiro para que nada faltasse ao filho; a mesada que lhe mandava podia bem servir para duas ou três pessoas em iguais circunstâncias. Além da mesada, recebia ele por ocasião da Páscoa e do Natal amêndoas e festas[16] que a mãe lhe mandava, e que lhe chegavam às mãos debaixo da forma de alguns excelentes mil francos.

Até aqui o único ponto negro na existência de Camilo era o padrinho, que o trazia peado,[17] com receio de que o rapaz viesse a perder-se nos precipícios da grande cidade. Quis, porém, a sua boa estrela que o ex-poeta de 1810 fosse repousar no nada ao lado das suas produções extintas, deixando na ciência alguns vestígios da sua passagem por ela. Camilo apressou-se a escrever ao pai uma carta cheia de reflexões filosóficas.

O período final dizia assim:

> Em suma, meu pai, se lhe parece que eu tenho o necessário juízo para concluir aqui os meus estudos, e se tem confiança na boa inspiração que me há de dar a alma daquele que lá se foi deste vale de lágrimas para gozar a infinita bem--aventurança, deixe-me cá ficar até que eu possa regressar ao meu país como um cidadão esclarecido e apto para o servir, como é do meu dever. Caso a sua vontade seja contrária a isto que lhe peço, diga-o com franqueza, meu pai, porque então não me demorarei um instante mais nesta terra, que foi meia pátria para mim, e que hoje (*hélas!*)[18] é apenas uma terra de exílio.

O bom velho não era homem que pudesse ver por entre as linhas desta lacrimosa epístola[19] o verdadeiro sentimento que a ditara. Chorou de alegria ao ler as palavras do filho, mostrou a carta a todos os seus amigos, e apressou-se a responder ao rapaz que podia ficar em Paris todo o tempo necessário para completar os seus estudos, e que, além da mesada, nunca recusaria tudo quanto lhe fosse indispensável em circunstâncias imprevistas. Além disto, aprovava de coração os sentimentos que ele manifestava em relação à sua pátria e à memória do padrinho. Transmitia-lhe muitas recomendações do tio Jorge, do padre Maciel, do coronel Veiga, de todos os parentes e amigos, e concluía deitando-lhe a bênção.

---

[16] A palavra "festas", aqui, significa "presentes".
[17] Amarrado; preso.
[18] Expressão que indica dor ou arrependimento.
[19] Carta.

A resposta paterna chegou às mãos de Camilo no meio de um almoço que ele dava no Café de Madrid[20] a dois ou três estróinas[21] de primeira qualidade. Esperava aquilo mesmo, mas não resistiu ao desejo de beber à saúde do pai, ato em que foi acompanhado pelos elegantes milhafres[22] seus amigos. Nesse mesmo dia planeou Camilo algumas circunstâncias imprevistas (para o comendador) e o próximo correio trouxe para o Brasil uma extensa carta em que ele agradecia as boas expressões do pai, dizia-lhe as suas saudades, confiava-lhe as suas esperanças, e pedia-lhe respeitosamente, em *post-scriptum*,[23] a remessa de uma pequena quantia de dinheiro.

Graças a estas facilidades, atirou-se o nosso Camilo a uma vida solta e dispendiosa, não tanto, porém, que lhe sacrificasse os estudos. A inteligência que possuía, e certo amor-próprio que não perdera, muito o ajudaram neste lance; concluído o curso, foi examinado, aprovado e doutorado.

A notícia do acontecimento foi transmitida ao pai com o pedido de uma licença para ir ver outras terras da Europa. Obteve a licença, e saiu de Paris para visitar a Itália, a Suíça, a Alemanha e a Inglaterra. No fim de alguns meses, estava outra vez na grande capital, e aí reatou o fio da sua antiga existência, já livre então de cuidados estranhos e aborrecidos. A escala toda dos prazeres sensuais e frívolos[24] foi percorrida por este esperançoso mancebo[25] com uma sofreguidão[26] que parecia antes suicídio. Seus amigos eram numerosos, solícitos[27] e constantes; alguns não duvidavam dar-lhe a honra de o constituir seu credor. Entre as moças de Corinto[28] era o seu nome verdadeiramente popular; não poucas o tinham amado até o delírio. Não havia pateada[29] célebre em que a chave dos seus aposentos não figurasse, nem corrida, nem ceata,[30] nem passeio, em que não ocupasse um dos primeiros lugares *cet aimable brésilien*.[31]

Desejoso de o ver, escreveu-lhe o comendador pedindo que regressasse ao Brasil; mas o filho, parisiense até a medula dos ossos, não compreendia que um homem pudesse sair do cérebro da França para vir internar-se em

---

[20] O café de Madrid era um dos vários cafés artísticos e literários de Paris no século XIX, famoso local de encontro de estudantes e intelectuais.
[21] Levianos; desajuizados.
[22] Ladrões; gatunos.
[23] Tradução: "pós-escrito". Parte final de uma carta ou bilhete, na qual se trata de algum assunto diverso do tema principal.
[24] Inúteis.
[25] Moço.
[26] Voracidade; gulodice.
[27] Zelosos; atenciosos.
[28] Cortesãs; meretrizes.
[29] Ruído que se faz com os pés, nos espetáculos, em sinal de reprovação.
[30] Ceia abundante.
[31] Tradução: "esse adorável brasileiro".

Goiás. Respondeu com evasivas, e deixou-se ficar. O velho fez vista grossa a esta primeira desobediência. Tempos depois insistiu em chamá-lo; novas evasivas da parte de Camilo. Irritou-se o pai e a terceira carta que lhe mandou foi já de amargas censuras. Camilo caiu em si e dispôs-se com grande mágoa a regressar à pátria, não sem esperanças de voltar a acabar os seus dias no Boulevard dos Italianos[32] ou à porta do Café Helder.[33]

Um incidente, porém, demorou ainda desta vez o regresso do jovem médico. Ele, que até ali vivera de amores fáceis e paixões de uma hora, veio a enamorar-se repentinamente de uma linda princesa russa. Não se assustem; a princesa russa de quem falo, afirmavam algumas pessoas que era filha da rua do Bac e trabalhara numa casa de modas, até a revolução de 1848.[34] No meio da revolução, apaixonou-se por ela um major polaco, que a levou para Varsóvia, donde acabava de chegar transformada em princesa, com um nome acabado em ine ou em off, não sei bem. Vivia misteriosamente, zombando de todos os seus adoradores, exceto de Camilo, dizia ela, por quem sentia que era capaz de aposentar as suas roupas de viúva. Tão depressa, porém, soltava estas expressões irrefletidas, como logo protestava com os olhos no céu:

— Oh! não! nunca, meu caro Alexis, nunca desonrarei a tua memória unindo-me a outro.

Isto eram punhais que dilaceravam o coração de Camilo. O jovem médico jurava por todos os santos do calendário latino e grego que nunca amara a ninguém como à formosa princesa. A bárbara senhora parecia às vezes disposta a crer nos protestos de Camilo; outras vezes, porém, abanava a cabeça e pedia perdão à sombra do venerando príncipe Alexis. Neste meio-tempo, chegou uma carta decisiva do comendador. O velho goiano intimava pela última vez o filho que voltasse, sob pena de lhe suspender todos os recursos e trancar-lhe a porta.

Não era possível tergiversar[35] mais. Imaginou ainda uma grave moléstia; mas a ideia de que o pai podia não acreditar nela e suspender-lhe realmente os meios aluiu de todo este projeto. Camilo nem ânimo teve de ir confessar a sua posição à bela princesa; receava além disso que ela, por um rasgo de generosidade — natural em quem ama —, quisesse dividir com ele as suas terras de Novgorod.[36] Aceitá-las seria humilhação, recusá-las poderia ser

---

[32] O Boulevard dos Italianos, em francês, Le Boulevard des Italiens, é uma das quatro grandes avenidas de Paris.
[33] O Café Helder era um famoso café literário e artístico de Paris.
[34] A revolução francesa de 1848 encerrou o regime monárquico de Luís Felipe III (1773-1850) e levou à criação da Segunda República Francesa.
[35] Usar desculpas, rodeios.
[36] Cidade histórica da Rússia.

ofensa. Camilo preferiu sair de Paris deixando à princesa uma carta em que lhe contava singelamente os acontecimentos e prometia voltar algum dia. Tais eram as calamidades com que o destino quisera abater o ânimo de Camilo. Todas elas repassou na memória o infeliz viajante, até que ouviu bater oito horas da noite. Saiu um pouco para tomar ar, e ainda mais se lhe acenderam as saudades de Paris. Tudo lhe parecia lúgubre,[37] acanhado, mesquinho. Olhou com desdém olímpico para todas as lojas da rua do Ouvidor,[38] que lhe pareceu apenas um beco muito comprido e muito iluminado. Achava os homens deselegantes, as senhoras desgraciosas. Lembrou-se, porém, que Santa Luzia, sua cidade natal, era ainda menos parisiense que o Rio de Janeiro, e então, abatido com esta importuna ideia, correu para o hotel e deitou-se a dormir.

No dia seguinte, logo depois do almoço foi à casa do correspondente de seu pai. Declarou-lhe que tencionava seguir dentro de quatro ou cinco dias para Goiás, e recebeu dele os necessários recursos, segundo as ordens já dadas pelo comendador. O correspondente acrescentou que estava incumbido de lhe facilitar tudo o que quisesse, no caso de desejar passar algumas semanas na corte.[39]

— Não — respondeu Camilo —, nada me prende à corte, e estou ansioso por me ver a caminho.

— Imagino as saudades que há de ter. Há quantos anos?

— Oito.

— Oito! Já é uma ausência longa.

Camilo ia-se dispondo a sair, quando viu entrar um sujeito alto, magro, com alguma barba embaixo do queixo e bigode, vestido com um paletó de brim pardo e trazendo na cabeça um chapéu de Chile. O sujeito olhou para Camilo, estacou, recuou um passo e, depois de uma razoável hesitação, exclamou:

— Não me engano! é o Sr. Camilo!

— Camilo Seabra, com efeito — respondeu o filho do comendador, lançando um olhar interrogativo ao dono da casa.

— Este senhor — disse o correspondente — é o Sr. Soares, filho do negociante do mesmo nome, da cidade de Santa Luzia.

— Quê! É o Leandro que eu deixei apenas com um buço...

---

[37] Triste; sinistro.
[38] A principal rua do Rio de Janeiro na época, onde existiam inúmeros jornais, comércios, restaurantes e livrarias.
[39] O termo "corte" era usado para se referir à cidade do Rio de Janeiro, capital do Império do Brasil.

— Em carne e osso — interrompeu Soares. — É o mesmo Leandro que lhe aparece agora todo barbado, como o senhor, que também está com uns bigodes bonitos!

— Pois não o conhecia...

— Conheci-o eu apenas o vi, apesar de o achar muito mudado do que era. Está agora um moço apurado. Eu é que estou velho. Já cá estão vinte e seis... Não se ria: estou velho. Quando chegou?

— Ontem.

— E quando segue viagem para Goiás?

— Espero o primeiro vapor de Santos.

— Nem de propósito! Iremos juntos.

— Como está seu pai? Como vai toda aquela gente? O padre Maciel? O Veiga? Dê-me notícias de todos e de tudo.

— Temos tempo para conversar à vontade. Por agora só lhe digo que todos vão bem. O vigário é que esteve dois meses doente de uma febre maligna e ninguém pensava que arribasse;[40] mas arribou. Deus nos livre que o homem adoeça, agora que estamos com o Espírito Santo à porta.

— Ainda se fazem aquelas festas?

— Pois então! O imperador, este ano, é o coronel Veiga; e diz que quer fazer as coisas com todo o brilho. Já prometeu que daria um baile. Mas nós temos tempo de conversar, ou aqui ou em caminho. Onde está morando?

Camilo indicou o hotel em que se achava, e despediu-se do comprovinciano, satisfeito de haver encontrado um companheiro que de algum modo lhe diminuísse os tédios de tão longa viagem. Soares chegou à porta e acompanhou com os olhos o filho do comendador até perdê-lo de vista.

— Veja o senhor o que é andar por essas terras estrangeiras — disse ele ao correspondente, que também chegava à porta. — Que mudança fez aquele rapaz, que era pouco mais ou menos como eu.

## II
**Para Goiás**

Daí a dias, seguiam ambos para Santos, de lá para S. Paulo e tomavam a estrada de Goiás.

Soares, à medida que ia reavendo a antiga intimidade com o filho do comendador, contava-lhe as memórias da sua vida, durante os oito anos de separação, e, à falta de coisa melhor, era isto que entretinha o médico nas

---

[40] Suspender; terminar.

ocasiões e lugares em que a natureza lhe não oferecia algum espetáculo dos seus. Ao cabo de umas quantas léguas de marcha estava Camilo informado das rixas eleitorais de Soares, das suas aventuras na caça, das suas proezas amorosas, e de muitas coisas mais, umas graves, outras fúteis, que Soares narrava com igual entusiasmo e interesse.

Camilo não era espírito observador; mas a alma de Soares andava-lhe tão patente nas mãos que era impossível deixar de a ver e examinar. Não lhe pareceu mau rapaz; notou-lhe, porém, certa fanfarronice, em todo o gênero de coisas, na política, na caça, no jogo, e até nos amores. Neste último capítulo, havia um parágrafo sério; era o que dizia respeito a uma moça, que ele amava loucamente, de tal modo que prometia aniquilar a quem quer que ousasse levantar olhos para ela.

— É o que lhe digo, Camilo — confessava o filho do comerciante —, se alguém tiver o atrevimento de pretender essa moça, pode contar que há no mundo mais dois desgraçados, ele e eu. Não há de acontecer assim felizmente; lá todos me conhecem; sabem que não cochilo para executar o que prometo. Há poucos meses, o major Valente perdeu a eleição só porque teve o atrevimento de dizer que ia arranjar a demissão do juiz municipal. Não arranjou a demissão, e por castigo tomou taboca;[41] saiu na lista dos suplentes. Quem lhe deu o golpe fui eu. A coisa foi...

— Mas por que não se casa com essa moça? — perguntou Camilo, desviando cautelosamente a narração da última vitória eleitoral de Soares.

— Não me caso porque... tem muita curiosidade de o saber?

— Curiosidade... de amigo e nada mais.

— Não me caso porque ela não quer. — Camilo estacou o cavalo.

— Não quer? — disse ele espantado. — Então por que motivo pretende impedir que ela...

— Isso é uma história muito comprida. A Isabel...

— Isabel?... — interrompeu Camilo. — Ora espere, será a filha do Dr. Matos, que foi juiz de Direito há dez anos?

— Essa mesma.

— Deve estar uma moça?

— Tem seus vinte anos bem contados.

— Lembra-me que era bonitinha aos doze.

— Oh! mudou muito... para melhor! Ninguém a vê que não fique logo com a cabeça voltada. Tem rejeitado já uns poucos de casamentos. O último noivo recusado fui eu. A causa por que me recusou foi ela mesma que me veio dizer.

---

[41] Foi tapeado.

— E que causa era?

— "Olhe, Sr. Soares", disse-me ela, "o senhor merece bem que uma moça o aceite por marido; eu era capaz disso, mas não o faço porque nunca seríamos felizes".

— Que mais?

— Mais nada. Respondeu-me apenas isto que lhe acabo de contar.

— Nunca mais se falaram?

— Pelo contrário, falamo-nos muitas vezes. Não mudou comigo; trata-me como dantes. A não serem aquelas palavras que ela me disse, e que ainda me doem cá dentro, eu podia ter esperanças. Vejo, porém, que seriam inúteis; ela não gosta de mim.

— Quer que lhe diga uma coisa com franqueza?

— Diga.

— Parece-me um grande egoísta.

— Pode ser; mas sou assim. Tenho ciúmes de tudo, até do ar que ela respira. Eu, se a visse gostar de outro, e não pudesse impedir o casamento, mudava de terra. O que me vale é a convicção que tenho de que ela não há de gostar nunca de outro, e assim pensam todos os mais.

— Não admira que não saiba amar — refletiu Camilo, pondo os olhos no horizonte como se estivesse ali a imagem da formosa súdita do czar.[42] — Nem todas receberam do céu esse dom, que é o verdadeiro distintivo dos espíritos seletos. Algumas há, porém, que sabem dar a vida e a alma a um ente querido, que lhe enchem o coração de profundos afetos, e deste modo fazem jus a uma perpétua adoração. São raras, bem sei, as mulheres desta casta; mas existem...

Camilo terminou esta homenagem à dama dos seus pensamentos, abrindo as asas a um suspiro que, se não chegou ao seu destino, não foi por culpa do autor. O companheiro não compreendeu a intenção do discurso, insistiu em dizer que a formosa goiana estava longe de gostar de ninguém, e ele ainda mais longe de lho consentir.

O assunto agradava aos dois comprovincianos; falaram dele longamente até o aproximar da tarde. Pouco depois, chegaram a um pouso, onde deviam pernoitar.

Tirada a carga aos animais, cuidaram os criados primeiramente do café, e depois do jantar. Nessas ocasiões, ainda mais pungiam ao nosso herói as saudades de Paris. Que diferença entre os seus jantares nos *restaurants* dos *boulevards* e aquela refeição ligeira e tosca, num miserável pouso de estrada,

---

[42] Antigo título dado ao imperador da Rússia.

sem os acepipes[43] da cozinha francesa, sem a leitura do *Figaro* ou da *Gazette des Tribunaux*![44]

Camilo suspirava consigo mesmo; tornava-se, então, ainda menos comunicativo. Não se perdia nada porque o seu companheiro falava por dois.

Acabada a refeição, acendeu Camilo um charuto e Soares um cigarro de palha. Era já noite. A fogueira do jantar alumiava um pequeno espaço em roda; mas nem era precisa, porque a lua começava a surgir de trás de um morro, pálida e luminosa, brincando nas folhas do arvoredo e nas águas tranquilas do rio que serpeava ali ao pé.

Um dos tropeiros sacou a viola e começou a gargantear uma cantiga, que a qualquer outro encantaria pela rude singeleza dos versos e da toada, mas que o filho do comendador apenas fez lembrar com tristeza as volatas[45] da Ópera. Lembrou-lhe mais; lembrou-lhe uma noite em que a bela moscovita, molemente sentada num camarote dos Italianos, deixava de ouvir as ternuras do tenor para contemplá-lo de longe, cheirando um raminho de violetas.

Soares atirou-se à rede e adormeceu.

O tropeiro cessou de cantar, e dentro de pouco tempo tudo era silêncio no pouso.

Camilo ficou sozinho diante da noite, que estava realmente formosa e solene. Não faltava ao jovem goiano a inteligência do belo; e a quase novidade daquele espetáculo, que uma longa ausência lhe fizera esquecer, não deixava de o impressionar imensamente.

De quando em quando, chegavam aos seus ouvidos urros longínquos de alguma fera que vagueava na solidão. Outras vezes, eram aves noturnas, que soltavam ao perto os seus pios tristonhos. Os grilos, e também as rãs e os sapos formavam o coro daquela ópera do sertão, que o nosso herói admirava decerto, mas à qual preferia indubitavelmente a ópera cômica. Assim esteve longo tempo, cerca de duas horas, deixando vagar o seu espírito ao sabor das saudades, e levantando e desfazendo mil castelos no ar. De repente, foi chamado a si pela voz do Soares, que parecia vítima de um pesadelo. Afiou o ouvido e escutou estas palavras soltas e abafadas que o seu companheiro murmurava:

— Isabel... querida Isabel... Que é isso?... Ah! meu Deus! Acudam!

As últimas sílabas eram já mais aflitas que as primeiras. Camilo correu ao companheiro e fortemente o sacudiu. Soares acordou espantado, sentou-se, olhou em roda de si e murmurou:

---

[43] Pratos delicados; petiscos.
[44] Nomes de famosos jornais franceses.
[45] Série de notas musicais rápidas.

— Que é?
— Um pesadelo.
— Sim, foi um pesadelo. Ainda bem! Que horas são?
— Ainda é noite.
— Já está levantado?
— Agora é que me vou deitar. Durmamos que é tempo.
— Amanhã lhe contarei o sonho.

No dia seguinte, efetivamente, logo depois das primeiras vinte braças de marcha, referiu Soares o terrível sonho da véspera.

— Estava eu ao pé de um rio — disse ele —, com a espingarda na mão, espiando as capivaras. Olho casualmente para a ribanceira que ficava muito acima, do lado oposto, e vejo uma moça montada num cavalo preto, vestida de preto, e com os cabelos, que também eram pretos, caídos sobre os ombros...

— Era tudo uma escuridão — interrompeu Camilo.

— Espere; admirei-me de ver ali, e por aquele modo, uma moça que me parecia franzina[46] e delicada. Quem pensava o senhor que era?

— A Isabel.

— A Isabel. Corri pela margem adiante, trepei acima de uma pedra fronteira ao lugar onde ela estava, e perguntei-lhe o que fazia ali. Ela esteve algum tempo calada. Depois, apontando para o fundo do grotão[47] disse:

— O meu chapéu caiu lá embaixo.

— Ah!

— O senhor ama-me? — disse ela passados alguns minutos.

— Mais que a vida.

— Fará o que eu lhe pedir?

— Tudo.

— Bem, vá buscar o meu chapéu.

Olhei para baixo. Era um imenso grotão em cujo fundo fervia e roncava uma água barrenta e grossa. O chapéu, em vez de ir com a corrente por ali abaixo até perder-se de todo, ficara espetado na ponta de uma rocha, e lá do fundo parecia convidar-me a descer. Mas era impossível. Olhei para todos os lados, a ver se achava algum recurso. Nenhum havia...

— Veja o que é a imaginação escaldada! — observou Camilo.

— Já eu procurava algumas palavras com que dissuadisse Isabel da sua terrível ideia, quando senti pousar-me uma mão no ombro. Voltei-me; era um homem; era o senhor.

---

[46] Magra.
[47] Depressão no solo, geralmente em uma encosta.

— Eu?

— É verdade. O senhor olhou para mim com um ar de desprezo, sorriu para ela e depois olhou para o abismo. Repentinamente, sem que eu possa dizer como, estava o senhor embaixo e estendia a mão para tirar o chapeuzinho fatal.

— Ah!

— A água, porém, engrossando subitamente, ameaçava submergi-lo. Então, Isabel, soltando um grito de angústia, esporeou o cavalo e atirou-se pela ribanceira abaixo. Gritei... chamei por socorro; tudo foi inútil. Já a água os enrolava em suas dobras... quando fui acordado pelo senhor.

Leandro Soares concluiu esta narração do seu pesadelo, parecendo ainda assustado do que lhe acontecera... imaginariamente. Convém dizer que ele acreditava nos sonhos.

— Veja o que é uma digestão malfeita! — exclamou Camilo, quando o comprovinciano terminou a narração. — Que porção de tolices! O chapéu, a ribanceira, o cavalo, e mais que tudo a minha presença nesse melodrama fantástico, tudo isso é obra de quem digeriu mal o jantar. Em Paris, há teatros que representam pesadelos assim — piores do que o seu porque são mais compridos. Mas o que eu vejo também é que essa moça não o deixa nem dormindo.

— Nem dormindo!

Soares disse estas duas palavras quase como um eco, sem consciência. Desde que concluíra a narração, e logo depois das primeiras palavras de Camilo, entrara a fazer consigo uma série de reflexões que não chegaram ao conhecimento do autor desta narrativa. O mais que lhes posso dizer é que não eram alegres, porque a fronte lhe descaiu, enrugou-se-lhe a testa, e ele, cravando os olhos nas orelhas do animal, recolheu-se a um inviolável silêncio.

A viagem, daquele dia em diante, foi menos suportável para Camilo de que até ali. Além de uma leve melancolia que se apoderara do companheiro, ia-se-lhe tornando enfadonho aquele andar léguas e léguas que pareciam não acabar mais. Afinal, voltou Soares à sua habitual verbosidade,[48] mas já então nada podia vencer o tédio mortal que se apoderara do mísero Camilo.

Quando, porém, avistou a cidade, perto da qual estava a fazenda onde vivera as primeiras auroras da sua mocidade, Camilo sentiu abalar-se-lhe fortemente o coração. Um sentimento sério o dominava. Por algum tempo, ao menos, Paris com os seus esplendores cedia o lugar à pequena e honesta pátria dos Seabra.

---

[48] Qualidade de quem fala muito.

## III
**O encontro**

Foi um verdadeiro dia de festa aquele em que o comendador cingiu[49] ao peito o filho que oito anos antes mandara a terras estranhas. Não pôde reter as lágrimas o bom velho — não pôde, que elas vinham de um coração ainda viçoso de afetos e exuberante de ternura. Não menos intensa e sincera foi a alegria de Camilo. Beijou repetidamente as mãos e a fronte do pai, abraçou os parentes, os amigos de outro tempo, e durante alguns dias — não muitos — parecia completamente curado dos seus desejos de regressar à Europa.

Na cidade e seus arredores, não se falava em outra coisa. O assunto, não principal, mas exclusivo das palestras e comentários era o filho do comendador. Ninguém se fartava de o elogiar. Admiravam-lhe as maneiras e a elegância. A mesma superioridade com que ele falava a todos achava entusiastas sinceros. Durante muitos dias, foi totalmente impossível que o rapaz pensasse em outra coisa que não fosse contar as suas viagens aos amáveis conterrâneos. Mas pagavam-lhe a maçada,[50] porque a menor coisa que ele dissesse tinha aos olhos dos outros uma graça indefinível. O padre Maciel, que o batizara vinte e sete anos antes, e que o via já homem completo, era o primeiro pregoeiro da sua transformação.

— Pode gabar-se, Sr. comendador — dizia ele ao pai de Camilo —, pode gabar-se de que o céu lhe deu um rapaz de truz! Santa Luzia vai ter um médico de primeira ordem, se me não engana o afeto que tenho a esse que era ainda ontem um pirralho. E não só médico, mas até bom filósofo; é verdade, parece-me bom filósofo. Sondei-o ontem nesse particular, e não lhe achei ponto fraco ou duvidoso.

O tio Jorge andava a perguntar a todos o que pensavam do sobrinho Camilo. O tenente-coronel Veiga agradecia à Providência a chegada do Dr. Camilo nas proximidades do Espírito Santo.

— Sem ele, o meu baile seria incompleto.

O Dr. Matos não foi o último que visitou o filho do comendador. Era um velho alto e bem-feito, ainda que um tanto quebrado pelos anos.

— Venha, doutor — disse o velho Seabra apenas o viu assomar à porta —; venha ver o meu homem.

---

[49] Apertar; prender.
[50] Situação enfadonha.

— Homem, com efeito — respondeu Matos contemplando o rapaz. — Está mais homem do que eu supunha. Também já lá vão oito anos! Venha de lá esse abraço!

O moço abriu os braços ao velho. Depois, como era costume fazer a quantos o iam ver, contou-lhe alguma coisa das suas viagens e estudos. É perfeitamente inútil dizer que o nosso herói omitiu sempre tudo quanto pudesse abalar o bom conceito em que estava no ânimo de todos. A dar-lhe crédito, vivera quase como um anacoreta;[51] e ninguém ousava pensar o contrário.

Tudo eram pois alegrias na boa cidade e seus arredores; e o jovem médico, lisonjeado com a inesperada recepção que teve, continuou a não pensar muito em Paris. Mas o tempo corre, e as nossas sensações com ele se modificam. No fim de quinze dias, tinha Camilo esgotado a novidade das suas impressões; a fazenda começou a mudar de aspecto: os campos ficaram monótonos; as árvores, monótonas; os rios, monótonos; a cidade, monótona; ele próprio, monótono. Invadiu-o então uma coisa a que podemos chamar "nostalgia do exílio".

— Não — dizia ele consigo —, não posso ficar aqui mais três meses. Paris ou o cemitério, tal é o dilema que se me oferece. Daqui a três meses, estarei morto ou a caminho da Europa.

O aborrecimento de Camilo não escapou aos olhos do pai, que quase vivia a olhar para ele.

— Tem razão — pensava o comendador. — Quem viveu por essas terras que dizem ser tão bonitas e animadas não pode estar aqui muito alegre. É preciso dar-lhe alguma ocupação... a política, por exemplo.

— Política! — exclamou Camilo, quando o pai lhe falou nesse assunto. — De que me serve a política, meu pai?

— De muito. Serás primeiro deputado provincial; podes ir depois para a câmara no Rio de Janeiro. Um dia, interpelas o ministério e, se ele cair, podes subir ao governo. Nunca tiveste ambição de ser ministro?

— Nunca.

— É pena!

— Por quê?

— Porque é bom ser ministro.

— Governar os homens, não é? — disse Camilo, rindo. — É um sexo ingovernável; prefiro o outro.

Seabra riu-se de repente, mas não perdeu a esperança de convencer o herdeiro.

---

[51] Monge cristão.

Havia já vinte dias que o médico estava em casa do pai, quando se lembrou da história que lhe contara Soares e do sonho que este tivera no pouso. A primeira vez que foi à cidade e esteve com o filho do negociante, perguntou-lhe:

— Diga-me, como vai a sua Isabel, que ainda a não vi?

Soares olhou para ele com o sobrolho[52] carregado e levantou os ombros resmungando um seco:

— Não sei.

Camilo não insistiu.

— A moléstia ainda está no período agudo — disse ele consigo.

Teve, porém, curiosidade de ver a formosa Isabelinha, que tão por terra deitara aquele verboso cabo eleitoral. A todas as moças da localidade, em dez léguas em redor, havia já falado o jovem médico. Isabel era a única esquiva[53] até então. Esquiva não digo bem. Camilo fora uma vez à fazenda do Dr. Matos; mas a filha estava doente. Pelo menos foi isso o que lhe disseram.

— Descanse — dizia-lhe um vizinho a quem ele mostrara impaciência de conhecer a amada de Leandro Soares —; há de vê-la no baile do coronel Veiga, ou na festa do Espírito Santo, ou em outra qualquer ocasião.

A beleza da moça, que ele não julgava pudesse ser superior, nem sequer igual, à da viúva do príncipe Alexis, a paixão incurável de Soares, e o tal ou qual mistério com que se falava de Isabel, tudo isso excitou ao último ponto a curiosidade do filho do comendador.

No domingo próximo, oito dias antes do Espírito Santo, saiu Camilo da fazenda para ir à missa na igreja da cidade, como já fizera nos domingos anteriores. O cavalo ia a passo lento, a compasso com o pensamento do cavaleiro, que se espreguiçava pelo campo fora em busca de sensações que já não tinha e que ansiava ter de novo.

Mil singulares ideias atravessavam o cérebro de Camilo. Ora, almejava alar-se com cavalo e tudo, rasgar os ares e ir cair defronte do Palais-Royal,[54] ou em outro qualquer ponto da capital do mundo. Logo depois, fazia a si mesmo a descrição de um cataclismo tal que ele viesse a achar-se almoçando no Café Tortoni,[55] dois minutos depois de chegar ao altar o padre Maciel.

De repente, ao quebrar uma volta da estrada, descobriu ao longe duas senhoras a cavalo acompanhadas por um pajem.[56] Picou de esporas e dentro de pouco tempo estava junto dos três cavaleiros. Uma das senhoras voltou

---

[52] Sobrancelhas.
[53] Ausente; ignorada.
[54] O Palais-Royal é um palácio e jardim localizado em Paris, França.
[55] O Café Tortoni era um café tradicional localizado no Boulevard dos Italianos, em Paris.
[56] Empregado que acompanha alguém em uma viagem.

a cabeça, sorriu e parou. Camilo aproximou-se, com a cabeça descoberta, e estendeu-lhe a mão, que ela apertou.

A senhora a quem cumprimentara era a esposa do tenente-coronel Veiga. Representava ter quarenta e cinco anos, mas estava assaz[57] conservada. A outra senhora, sentindo o movimento da companheira, fez parar também o cavalo e voltou igualmente a cabeça. Camilo não olhava então para ela. Estava ocupado em ouvir D. Gertrudes, que lhe dava notícias do tenente-coronel.

— Agora só pensa na festa — dizia ela —; já deve estar na igreja. Vai à missa, não?

— Vou.

— Vamos juntos.

Trocadas estas palavras, que foram rápidas, Camilo procurou com os olhos a outra cavaleira. Ela, porém, ia já alguns passos adiante. O médico colocou-se ao lado de D. Gertrudes, e a comitiva continuou a andar. Iam assim conversando havia já uns dez minutos, quando o cavalo da senhora que ia adiante estacou.

— Que é, Isabel? — perguntou D. Gertrudes.

— Isabel! — exclamou Camilo, sem dar atenção ao incidente que provocara a pergunta da esposa do coronel.

A moça voltou a cabeça e levantou os ombros respondendo secamente:

— Não sei.

A causa era um rumor que o cavalo sentira por trás de uma espessa moita de taquaras[58] que ficava à esquerda do caminho. Antes, porém, que o pajem de Camilo fosse examinar a causa da relutância do animal, a moça fez um esforço supremo e, chicoteando vigorosamente o cavalo, conseguiu que este vencesse o terror e deitasse a correr a galope adiante dos companheiros.

— Isabel! — disse Camilo a D. Gertrudes. — Aquela moça será a filha do Dr. Matos?

— É verdade. Não a conhecia?

— Há oito anos que não a vejo. Está uma flor! Já me não admira que se fale aqui tanto na sua beleza. Disseram-me que estava doente...

— Esteve; mas as suas doenças são coisas de pequena monta. São nervos; assim se diz, creio eu, quando se não sabe do que uma pessoa padece...

Isabel parara ao longe, e voltada para a esquerda da estrada, parecia admirar o espetáculo da natureza. Daí a alguns minutos estavam perto dela os seus companheiros. A moça ia prosseguir a marcha, quando D. Gertrudes lhe disse:

— Isabel!

---

[57] Muito.
[58] Uma espécie de planta de bambu.

A moça voltou o rosto. D. Gertrudes aproximou-se dela.

— Não te lembras do Dr. Camilo Seabra?

— Talvez não se lembre — disse Camilo. — Tinha doze anos quando eu saí daqui, e já lá vão oito!

— Lembro-me — respondeu Isabel curvando levemente a cabeça, mas sem olhar para o médico.

E, chicoteando de mansinho o cavalo, seguiu para diante. Por mais singular que fosse aquela maneira de reatar conhecimento antigo, o que mais impressionou então o filho do comendador foi a beleza de Isabel, que lhe pareceu estar à altura da reputação.

Tanto quanto se podia julgar à primeira vista, a esbelta cavaleira devia ser mais alta que baixa. Era morena — mas de um moreno acetinado e macio, com uns delicadíssimos longes cor-de-rosa —, o que seria efeito da agitação, visto que afirmavam ser extremamente pálida. Os olhos — não lhes pôde Camilo ver a cor, mas sentiu-lhes a luz que valia mais talvez, apesar de o não terem fitado, e compreendeu logo que com olhos tais a formosa goiana houvesse fascinado o mísero Soares.

Não averiguou, nem pôde, as restantes feições da moça; mas o que pôde contemplar à vontade, o que já vinha admirando de longe, era a elegância nativa do busto e o gracioso desgarro[59] com que ela montava. Vira muitas amazonas elegantes e destras. Aquela, porém, tinha alguma coisa em que se avantajava às outras; era talvez o desalinho[60] do gesto, talvez a espontaneidade dos movimentos, outra coisa talvez, ou todas essas juntas que davam à interessante goiana incontestável supremacia.

Isabel parava de quando em quando o cavalo e dirigia a palavra à esposa do coronel, a respeito de qualquer acidente — de um efeito de luz, de um pássaro que passava, de um som que se ouvia —, mas em nenhuma ocasião encarava ou sequer olhava de esguelha[61] o filho do comendador. Absorvido na contemplação da moça, Camilo deixou cair a conversa, e havia já alguns minutos que ele e D. Gertrudes iam cavalgando, sem dizer palavra, ao lado um do outro. Foram interrompidos em sua marcha silenciosa por um cavaleiro, que vinha atrás da comitiva a trote largo.

Era Soares.

O filho do negociante vinha bem diferente do que até ali andava. Cumprimentou-os sorrindo e jovial como estivera nos primeiros dias de viagem do médico. Não era, porém, difícil conhecer que a alegria de Soares era um

---

[59] Ousadia; audácia.
[60] Falta de ordem.
[61] Olhar de lado, disfarçadamente.

artifício. O pobre namorado fechava o rosto de quando em quando, ou fazia um gesto de desespero que felizmente escapava aos outros. Ele receava o triunfo de um homem que física e intelectualmente lhe era superior; que, além disso, gozava então a grande vantagem de dominar a atenção pública; que era o urso da aldeia, o acontecimento do dia, o homem da situação. Tudo conspirava para derrubar a última esperança de Soares, que era a esperança de ver morrer a moça isenta de todo o vínculo conjugal. O infeliz namorado tinha o sestro,[62] aliás comum, de querer ver quebrada ou inútil a taça que ele não podia levar aos lábios.

Cresceu, porém, seu receio quando, estando escondido no taqueral de que falei acima, para ver passar Isabel, como costumava fazer muitas vezes, descobriu a pessoa de Camilo na comitiva. Não pôde reter uma exclamação de surpresa, e chegou a dar um passo na direção da estrada. Deteve-se a tempo. Os cavaleiros, como vimos, passaram adiante, deixando o cioso[63] pretendente a jurar aos céus e à terra que tomaria desforra[64] do seu atrevido rival, se o fosse.

Não era rival, bem sabemos; o coração de Camilo guardava ainda fresca a memória da Artemisa moscovita, cujas lágrimas, apesar da distância, o rapaz sentia que eram ardentes e aflitivas. Mas quem poderia convencer a Leandro Soares que o elegante *moço da Europa*, como lhe chamavam, não ficaria enamorado da esquiva goiana?

Isabel, entretanto, apenas viu o infeliz pretendente, deteve o cavalo e estendeu-lhe afetuosamente a mão. Um adorável sorriso acompanhou este movimento. Não era bastante para dissipar as dúvidas do pobre moço. Diversa foi porém a impressão de Camilo.

— Ama-o, ou é uma grande velhaca[65] — pensou ele.

Casualmente — e pela primeira vez — olhava Isabel para o filho do comendador. Perspicácia ou adivinhação, leu-lhe no rosto esse pensamento oculto; franziu levemente a testa com uma expressão tão viva de estranheza, que o médico ficou perplexo e não pôde deixar de acrescentar, já então com os lábios, a meia-voz, falando para si:

— Ou fala com o diabo.

— Talvez — murmurou a moça com os olhos fitos no chão. Isto foi dito assim, sem que os outros dois percebessem. Camilo não podia desviar os olhos da formosa Isabel, meio espantado, meio curioso, depois da palavra murmurada por ela em tão singulares condições. Soares olhava para Camilo com a mesma ternura com que um gavião espreita uma pomba. Isabel brincava

---

[62] Hábito; mania.
[63] Ciumento.
[64] Vingança.
[65] Enganadora.

com o chicotinho. D. Gertrudes, que temia perder a missa do padre Maciel e receber um reparo amigável do marido, deu voz de marcha, e a comitiva seguiu imediatamente.

## IV
### A festa

No sábado seguinte, a cidade revestira desusado aspecto. De toda a parte, correra uma chusma de povo que ia assistir à festa anual do Espírito Santo.

Vão rareando os lugares em que de todo se não apagou o gosto dessas festas clássicas, resto de outras eras, que os escritores do século futuro hão de estudar com curiosidade, para pintar aos seus contemporâneos um Brasil que eles já não hão de conhecer. No tempo em que esta história se passa, uma das mais genuínas festas do Espírito Santo era a da cidade de Santa Luzia.

O tenente-coronel Veiga, que era então o imperador do Divino, estava em uma casa que possuía na cidade. Na noite de sábado foi ali ter o bando dos pastores, composto de homens e mulheres, com o seu pitoresco vestuário, e acompanhado pelo clássico velho, que era um sujeito de calção e meia, sapato raso, casaca esguia,[66] colete comprido e grande bengala na mão.

Camilo estava em casa do coronel, quando ali apareceu o bando dos pastores, com alguns músicos à frente, e muita gente atrás. Formaram logo, ali mesmo na rua, um círculo; um pastor e uma pastora iniciaram a dança clássica. Dançaram, cantaram e tocaram todos, à porta e na sala do coronel, que estava literalmente a lamber-se de gosto. É ponto duvidoso, e provavelmente nunca será liquidado, se o tenente-coronel Veiga preferia naquela ocasião ser ministro de Estado a ser imperador do Espírito Santo.

E todavia aquilo era apenas uma amostra da grandeza do tenente-coronel. O sol do domingo devia alumiar maiores coisas. Parece que esta razão determinou o rei da luz a trazer nesse dia os seus melhores raios. O céu nunca se mostrara mais limpidamente azul. Algumas nuvens grossas, durante a noite, chegaram a emurchecer as esperanças dos festeiros; felizmente sobre a madrugada soprara um vento rijo que varreu o céu e purificou a atmosfera.

A população correspondeu à solicitude[67] da natureza. Logo cedo apareceu ela com os seus vestidos domingueiros — jovial, risonha, palreira[68] — nada menos que feliz.

---

[66] Esbelto; estreito.
[67] Dedicação; cuidado.
[68] Faladora; tagarela.

O ar atroava com foguetes; os sinos convidavam alegremente o povo à cerimônia religiosa.

Camilo passara a noite na cidade em casa do padre Maciel, e foi acordado, mais cedo do que supusera, com os repiques[69] e foguetada e mais demonstrações da cidade alegre. Em casa do pai, continuara o moço os seus hábitos de Paris, em que o comendador julgou não dever perturbá-lo. Acordava portanto às 11 horas da manhã, exceto aos domingos, em que ia à missa, para de todo em todo não ofender os hábitos da terra.

— Que diabo é isto, padre? — gritou Camilo do quarto onde estava, e no momento em que uma girândola[70] lhe abria definitivamente os olhos.

— Que há de ser? — respondeu o padre Maciel, metendo a cabeça pela porta. — É a festa.

— Então a festa começa de noite?

— De noite? — exclamou o padre. — É dia claro.

Camilo não pôde conciliar o sono, e viu-se obrigado a levantar-se. Almoçou com o padre, contou duas anedotas, confessou ao hóspede que Paris era o ideal das cidades, e saiu para ir ter à casa do imperador do Divino. O padre saiu com ele. Em caminho viram de longe Leandro Soares.

— Não me dirá, padre — perguntou Camilo —, por que razão a filha do Dr. Matos não atende àquele pobre rapaz que gosta tanto dela?

Maciel concertou os óculos e expôs a seguinte reflexão:

— Você parece tolo.

— Não tanto, como lhe pareço — replicou o filho do comendador —, porque mais de uma pessoa tem feito a mesma pergunta.

— Assim é, na verdade — disse o padre —; mas há coisas que outros dizem e a gente não repete. A Isabelinha não gosta do Soares simplesmente porque não gosta.

— Não lhe parece que essa moça é um tanto esquisita?

— Não — disse o padre —, parece-me uma grande finória.[71]

— Ah! por quê?

— Suspeito que tem muita ambição; não aceita o amor do Soares, a ver se pilha algum casamento que lhe abra a porta das grandezas políticas.

— Ora — disse Camilo, levantando os ombros.

---

[69] Toques festivos de sinos.
[70] Roda de madeira com foguetes, que são queimados a um só tempo.
[71] Alguém que aparenta ser ingênuo para disfarçar sua esperteza.

— Não acredita?

— Não.

— Pode ser que me engane, mas creio que é isto mesmo. Aqui cada qual dá uma explicação à isenção de Isabel; todas as explicações porém me parecem absurdas; a minha é a melhor.

Camilo fez algumas objeções à explicação do padre e despediu-se dele para ir à casa do tenente-coronel.

O festivo imperador estava literalmente fora de si. Era a primeira vez que exercia aquele cargo honorífico e timbrava em fazê-lo brilhantemente, e até melhor que os seus predecessores. Ao natural desejo de não ficar por baixo, acrescia o elemento da inveja política. Alguns adversários seus diziam à boca pequena que o brioso coronel não era capaz de dar conta da mão.

— Pois verão se sou capaz — foi o que ele disse ao ouvir de alguns amigos a malícia dos adversários.

Quando Camilo entrou na sala, acabava o tenente-coronel de explicar umas ordens relativas ao jantar que se devia seguir à festa, e ouvia algumas informações que lhe dava um irmão definidor acerca de uma cerimônia da sacristia.

— Não ouso falar-lhe, coronel — disse o filho do comendador, quando o Veiga ficou só com ele —; não ouso interrompê-lo.

— Não interrompe — acudiu o imperador do Divino —; agora deve tudo estar acabado. O comendador vem?

— Já cá deve estar.

— Já viu a igreja?

— Ainda não.

— Está muito bonita. Não é por me gabar; creio que a festa não desmerecerá das outras, e até em algumas coisas há de ir melhor.

Era absolutamente impossível não concordar com esta opinião, quando aquele que a exprimia fazia assim o seu próprio louvor. Camilo encareceu ainda mais o mérito da festa. O coronel ouvia-o com um riso de satisfação íntima e dispunha-se a provar que o seu jovem amigo ainda não apreciava bem a situação, quando este desviou a conversa, perguntando:

— Ainda não veio o Dr. Matos?

— Já.

— Com a família?

— Sim, com a família.

Neste momento foram interrompidos pelo som de muitos foguetes e de uma música que se aproximava.

— São eles! — disse Veiga. — Vêm buscar-me. Há de dar-me licença.

O coronel estava até então de calça preta e rodaque[72] de brim. Correu a preparar-se com o traje e as insígnias[73] do seu elevado cargo. Camilo chegou à janela para ver o cortejo. Não tardou que este aparecesse composto de uma banda de música, da irmandade do Espírito Santo e dos pastores da véspera. Os irmãos vestiam as suas opas[74] encarnadas, e vinham a passo grave, cercados do povo que enchia a rua e se aglomerava à porta do tenente-coronel para vê-lo sair.

Quando o cortejo parou em frente da casa do tenente-coronel, cessou a música de tocar e todos os olhos se voltaram curiosamente para as janelas. Mas o imperador estreante estava ainda por completar a sua edição, e os curiosos tiveram de contentar-se com a pessoa do Dr. Camilo. Entretanto quatro ou seis irmãos mais graduados destacaram-se do grupo e subiram as escadas do tenente-coronel.

Minutos depois, cumprimentava Camilo os ditos irmãos graduados, um dos quais, mais graduado que os outros, não o era só no cargo, mas também, e sobretudo, no tamanho. E a estatura do major Brás seria a coisa mais notável da sua pessoa, se lhe não pedisse meças a magreza do próprio major. A opa do major, apesar disto, ficava-lhe bem, porque nem ia até abaixo da curva da perna como a dos outros, nem lhe ficava na cintura, como devera, no caso de ter sido feita pela mesma medida. Era uma opa termo-médio. Ficava-lhe entre a cintura e a curva, e foi feita assim de propósito para conciliar os princípios da elegância com a estatura do major.

Todos os irmãos graduados estenderam a mão ao filho do comendador e perguntaram ansiosamente pelo tenente-coronel.

— Não tarda; foi vestir-se — respondeu Camilo.

— A igreja está cheia — disse um dos irmãos graduados —; só se espera por ele.

— É justo esperar — opinou o major Brás.

— Apoiado — disse o coro dos irmãos.

— Demais — continuou o imenso oficial —, temos tempo; e não vamos para longe.

Os outros irmãos apoiaram com o gesto esta opinião do major, que, ato contínuo, começou a dizer a Camilo os mil trabalhos que a festa lhes dera, a ele e aos cavalheiros que o acompanhavam naquela ocasião, não menos que ao tenente-coronel.

---

[72] Sobrecasaca.
[73] Símbolos; emblemas.
[74] Espécie de capa, com abertura no lugar das mangas.

— Como recompensa dos nossos débeis esforços — (Camilo fez um sinal negativo a estas palavras do major Brás) —, temos consciência de que a coisa não sairá de todo mal.

Ainda estas palavras não tinham bem saído dos lábios do digno oficial, quando assomou à porta da sala o tenente-coronel em todo o esplendor da sua transformação.

Camilo perdera de todo as noções que tinha a respeito do traje e insígnias de um imperador do Espírito Santo. Não foi pois sem grande pasmo que viu assomar à porta da sala a figura do tenente-coronel.

Além da calça preta, que já tinha no corpo quando ali chegou Camilo, o tenente-coronel envergara uma casaca, que pela regularidade e elegância do corte podia rivalizar com as dos mais apurados membros do Cassino Fluminense.[75] Até aí tudo ia bem. Ao peito rutilava uma vasta comenda da Ordem da Rosa,[76] que lhe não ficava mal. Mas o que excedeu a toda a expectação, o que pintou no rosto do nosso Camilo a mais completa expressão de assombro, foi uma brilhante e vistosa coroa de papelão forrado de papel dourado, que o tenente-coronel trazia na cabeça.

Camilo recuou um passo e cravou os olhos na insígnia imperial do tenente-coronel. Já lhe não lembrava aquele acessório indispensável em ocasiões semelhantes e, tendo vivido oito anos no meio de uma civilização diversa, não imaginava que ainda existissem costumes que ele julgava enterrados.

O tenente-coronel apertou a mão a todos os amigos e declarou que estava pronto a acompanhá-los.

— Não façamos esperar o povo — disse ele.

Imediatamente, desceram à rua. Houve no povo um movimento de curiosidade, quando viu aparecer à porta a opa encarnada de um dos irmãos que haviam subido. Logo atrás apareceu outra opa, e não tardou que as restantes opas aparecessem também, flanqueando[77] o vistoso imperador. A coroa dourada, apenas o sol lhe bateu de chapa, entrou a despedir faíscas quase inverossímeis. O tenente-coronel olhou a um lado e outro, fez algumas inclinações leves de cabeça a uma ou outra pessoa da multidão, e foi ocupar o seu lugar de honra no cortejo. A música rompeu logo uma marcha, que foi executada pelo tenente-coronel, a irmandade e os pastores, na direção da igreja.

---

[75] O Cassino Fluminense era um clube elegante da cidade do Rio de Janeiro, fundado em 1845, lugar onde se realizavam bailes da corte imperial.
[76] A Imperial Ordem da Rosa é uma medalha de honra brasileira, criada em 1829 pelo imperador D. Pedro I (1822- 1831).
[77] Flanquear: caminhar ao lado de alguém.

Apenas da igreja avistaram o cortejo, o sineiro, que já estava à espreita, pôs em obra as lições mais complicadas do seu ofício, enquanto uma girândola, entremeada de alguns foguetes soltos, anunciava às nuvens do céu que o imperador do Divino era chegado. Na igreja, houve um rebuliço geral apenas se anunciou que era chegado o imperador. Um mestre de cerimônias ativo e desempenado ia abrindo alas, com grande dificuldade, porque o povo, ansioso por ver a figura do tenente-coronel, aglomerava-se desordenadamente e desfazia a obra do mestre de cerimônias. Afinal, aconteceu o que sempre acontece nessas ocasiões; as alas foram-se abrindo por si mesmas e, ainda que com algum custo, o tenente-coronel atravessou a multidão, precedido e acompanhado pela irmandade, até chegar ao trono que se levantava ao lado do altar-mor. Subiu com firmeza os degraus do trono e sentou-se nele, tão orgulhoso como se governasse dali todos os impérios juntos do mundo.

Quando Camilo chegou à igreja, já a festa havia começado. Achou um lugar sofrível, ou antes inteiramente bom, porque dali podia dominar um grande grupo de senhoras, entre as quais descobriu a formosa Isabel.

Camilo estava ansioso por falar outra vez a Isabel. O encontro na estrada e a singular perspicácia de que a moça dera prova nessa ocasião não lhe haviam saído da cabeça. A moça pareceu não dar por ele, mas Camilo era tão versado em tratar com o belo sexo que não lhe foi difícil perceber que ela o tinha visto e intencionalmente não voltava os olhos para o lado dele. Esta circunstância, ligada aos incidentes do domingo anterior, fez-lhe nascer no espírito a seguinte pergunta:

"Mas que tem ela contra mim?"

A festa prosseguiu sem novidade. Camilo não tirava os olhos de sua bela charada, nome que já lhe dava, mas a charada parecia refratária a todo o sentimento de curiosidade. Uma vez, porém, quase no fim, encontraram-se os olhos de ambos. Pede a verdade que se diga que o rapaz surpreendeu a moça a olhar para ele. Cumprimentou-a; foi correspondido; nada mais. Acabada a festa foi a irmandade levar o tenente-coronel até a casa. No meio da lufa-lufa[78] da saída, Camilo, que estava embebido a olhar para Isabel, ouviu uma voz desconhecida que lhe dizia ao ouvido:

— Veja o que faz!

Camilo voltou-se e deu com um homem baixinho e magro, de olhos miúdos e vivos, pobre mas asseadamente trajado. Encararam-se alguns segundos sem dizer palavra. Camilo não conhecia aquela cara e não se atrevia a pedir a explicação das palavras que ouvira, conquanto ardesse por saber o resto.

— Há um mistério — continuou o desconhecido. — Quer descobri-lo?

---

[78] Agitação.

Houve algum tempo de silêncio.

— O lugar não é próprio — disse Camilo —; mas se tem alguma coisa que me dizer...

— Não; descubra o senhor mesmo.

E, dizendo isto, desapareceu no meio do povo o homem baixinho e magro, de olhos vivos e miúdos. Camilo acotovelou umas dez ou doze pessoas, pisou uns quinze ou vinte calos, pediu outras tantas vezes perdão da sua imprudência, até que se achou na rua sem ver nada que se parecesse com o desconhecido.

— Um romance! — disse ele. — Estou em pleno romance.

Nisto saíam da igreja Isabel, D. Gertrudes e o Dr. Matos. Camilo aproximou-se do grupo e cumprimentou-os. Matos deu o braço a D. Gertrudes; Camilo ofereceu timidamente o seu a Isabel. A moça hesitou; mas não era possível recusar. Passou o braço no do jovem médico e o grupo dirigiu-se para a casa onde o tenente-coronel já estava e mais algumas pessoas importantes da localidade. No meio do povo, havia um homem que também se dirigia para a casa do coronel e que não tirava os olhos de Camilo e de Isabel. Esse homem mordia o lábio até fazer sangue. Será preciso dizer que era Leandro Soares?

## V
### Paixão

A distância da igreja a casa era pequena; e a conversa entre Isabel e Camilo não foi longa nem seguida. E todavia, leitor, se alguma simpatia te merece a princesa moscovita, deves sinceramente lastimá-la. A aurora de um novo sentimento começava a dourar as cumeadas do coração de Camilo; ao subir as escadas, confessava o filho do comendador de si para si que a interessante patrícia tinha qualidades superiores às da bela princesa russa. Hora e meia depois, isto é, quase no fim do jantar, o coração de Camilo confirmava plenamente esta descoberta do seu investigador espírito.

A conversa, entretanto, não passou de coisas totalmente indiferentes, mas Isabel falava com tanta doçura e graça, posto não alterasse nunca a sua habitual reserva; os olhos eram tão bonitos de ver ao perto, e os cabelos também, e a boca igualmente, e as mãos do mesmo modo, que o nosso ardente mancebo só mudando de natureza poderia resistir ao influxo de tantas graças juntas.

O jantar correu sem novidade apreciável. Reuniram-se à mesa do tenente--coronel todas as notabilidades do lugar: o vigário, o juiz municipal, o negociante, o fazendeiro, reinando sempre de uma ponta a outra da mesa a maior cordialidade e harmonia. O imperador do Divino, já então restituído ao seu vestuário comum, fazia as honras da mesa com verdadeiro entusiasmo. A festa era o objeto da geral conversa, entremeada, é verdade, de reflexões políticas, em que todos estavam de acordo porque eram do mesmo partido, homens e senhoras. O major Brás tinha por costume fazer um ou dois brindes longos e eloquentes[79] em cada jantar de certa ordem a que assistisse. A facilidade com que ele se exprimia não tinha rival em toda a província. Além disso, como era dotado de descomunal estatura, dominava de tal modo o auditório, que o simples levantar-se era já meio triunfo.

Não podia o major Brás deixar passar incólume[80] o jantar do tenente-coronel; ia-se entrar na sobremesa, quando o eloquente major pediu licença para dizer algumas palavras singelas e toscas. Um murmúrio, equivalente aos não apoiados das câmaras, acolheu esta declaração do orador, e o auditório preparou o ouvido para receber as pérolas que lhe iam cair da boca.

— O ilustre auditório que me escuta — disse ele — desculpará a minha ousadia; não vos fala o talento, senhores, fala-vos o coração. Meu brinde é curto; para celebrar as virtudes e a capacidade do ilustre tenente-coronel Veiga não é preciso fazer um longo discurso. Seu nome diz tudo; a minha voz nada adiantaria...

O auditório revelou por sinais que aplaudia sem restrições o primeiro membro desta última frase, e com restrições o segundo; isto é, cumprimentou o tenente-coronel e o major; e o orador que, para ser coerente com o que acabava de dizer, devia limitar-se a esvaziar o copo, prosseguiu da seguinte maneira:

— O imenso acontecimento que acabamos de presenciar, senhores, creio que nunca se apagará da vossa memória. Muitas festas do Espírito Santo têm havido nesta cidade e em outras; mas nunca o povo teve júbilo de contemplar um esplendor, uma animação, um triunfo igual ao que nos proporcionou o nosso ilustre correligionário[81] e amigo, o tenente-coronel Veiga, honra da classe a que pertence, e glória do partido a que se filiou...

— E no qual pretendo morrer — completou o tenente-coronel.

— Nem outra coisa era de esperar de V. Ex.ª — disse o orador mudando de voz para dar a estas palavras um tom de parênteses.

Apesar da declaração feita no princípio, de que era inútil acrescentar nada aos méritos do tenente-coronel, o intrépido orador falou cerca de vinte e cinco minutos com grande mágoa do padre Maciel, que namorava de longe um fofo e trêmulo pudim de pão, e do juiz municipal, que estava ansioso por ir fumar. A peroração[82] desse memorável discurso foi pouco mais ou menos assim:

---

[79] Com muita expressividade.
[80] Ileso; inalterado.
[81] Alguém que segue os mesmos princípios religiosos ou políticos.
[82] A última parte de um discurso; conclusão.

— Eu faltaria, portanto, aos meus deveres de amigo, de correligionário, de subordinado e de admirador, se não levantasse a voz nesta ocasião, e não vos dissesse em linguagem tosca, sim (sinais de desaprovação), mas sincera, os sentimentos que me tumultuam dentro do peito, o entusiasmo de que me sinto possuído, quando contemplo o venerando e ilustre tenente-coronel Veiga, e se vos não convidasse a beber comigo à saúde de S. Ex.ª

O auditório acompanhou com entusiasmo o brinde do major, ao qual respondeu o tenente-coronel com estas poucas, mas sentidas palavras:

— Os elogios que me acaba de fazer o distinto major Brás são verdadeiros favores de uma alma grande e generosa; não os mereço, senhores; devolvo-os intatos ao ilustre orador que me precedeu.

No meio da festa e da alegria que reinava, ninguém reparou nas atenções que Camilo prestava à bela filha do Dr. Matos. Ninguém, digo mal; Leandro Soares, que fora convidado ao jantar, e assistira a ele, não tirava os olhos do elegante rival e da sua formosa e esquiva dama.

Há de parecer milagre ao leitor a indiferença e até o ar alegre com que Soares via os ataques do adversário. Não é milagre; Soares também interrogava o olhar de Isabel e lia nele a indiferença, talvez o desdém, com que tratava o filho do comendador.

— Nem eu, nem ele — dizia consigo o pretendente.

Camilo estava apaixonado; no dia seguinte amanheceu pior; cada dia que passava aumentava a chama que o consumia. Paris e a princesa, tudo havia desaparecido do coração e da memória do rapaz. Um só ente, um lugar único mereciam agora as suas atenções: Isabel e Goiás.

A esquivança e os desdéns da moça não contribuíram pouco para esta transformação. Fazendo de si próprio melhor ideia que do rival, Camilo dizia consigo:

— Se ela não me dá atenção, muito menos deve importar-se com o filho do Soares. Mas por que razão se mostra comigo tão esquiva? Que motivo há para que eu seja derrotado como qualquer pretendente vulgar?

Nessas ocasiões, lembrava-se do desconhecido que lhe falara na igreja e das palavras que lhe dissera.

— Algum mistério haverá — dizia ele —; mas como descobri-lo?

Indagou das pessoas da cidade quem era o sujeito baixo, de olhos miúdos e vivos. Ninguém lho soube dizer. Parecia incrível que não chegasse a descobrir naquelas paragens um homem que naturalmente alguém devia conhecer; redobrou de esforços; ninguém sabia quem era o misterioso sujeito.

Entretanto, Camilo frequentava a fazenda do Dr. Matos e ali ia jantar algumas vezes. Era difícil falar a Isabel com a liberdade que permitem mais adiantados costumes; fazia entretanto o que podia para comunicar à bela moça os seus sentimentos. Isabel parecia cada vez mais estranha às comunicações do rapaz. Suas maneiras não eram positivamente desdenhosas, mas frias; dissera-se que ali dentro morava um coração de neve.

Ao amor desprezado veio juntar-se o orgulho ofendido, o despeito e a vergonha, e tudo isto, junto a uma epidemia que então reinava na comarca, deu com o nosso Camilo na cama, onde por agora o deixaremos, entregue aos médicos seus colegas.

## VI
### Revelação

Não há mistérios para um autor que sabe investigar todos os recantos do coração. Enquanto o povo de Santa Luzia faz mil conjeturas[83] a respeito da causa verdadeira da isenção que até agora tem mostrado a formosa Isabel, estou habilitado para dizer ao leitor impaciente que ela ama.

— E a quem ama? — pergunta vivamente o leitor.

Ama... uma parasita. Uma parasita? É verdade, uma parasita. Deve ser então uma flor muito linda — um milagre de frescura e de aroma. Não, senhor, é uma parasita muito feia, um cadáver de flor, seco, mirrado, uma flor que devia ter sido lindíssima há muito tempo, no pé, mas que hoje, na cestinha em que ela a traz, nenhum sentimento inspira, a não ser de curiosidade. Sim, porque é realmente curioso que uma moça de vinte anos, em toda a força das paixões, pareça indiferente aos homens que a cercam, e concentre todos os seus afetos nos restos descorados e secos de uma flor.

Ah! mas aquela foi colhida em circunstâncias especiais. Dera-se o caso alguns anos antes. Um moço da localidade gostava então muito de Isabel, porque era uma criança engraçada, e costumava chamá-la sua mulher, gracejo inocente que o tempo não sancionou. Isabel também gostava do rapaz a ponto de fazer nascer no espírito do pai da moça a seguinte ideia:

— Se daqui a alguns anos as coisas não mudarem por parte dela, e se ele vier a gostar seriamente da pequena, creio que os posso casar.

Isabel ignorava completamente esta ideia do pai, mas continuava a gostar do moço, o qual continua a achá-la uma criança interessantíssima.

Um dia, viu Isabel uma linda parasita azul, entre os galhos de uma árvore.

— Que bonita flor! — disse ela.

— Aposto que você a quer?

---

[83] Hipóteses; suposições.

— Queria, sim... — disse a menina, que, mesmo sem aprender, conhecia já esse falar oblíquo e disfarçado.

O moço despiu o paletó com a sem-cerimônia de quem trata com uma criança e trepou pela árvore acima. Isabel ficou embaixo ofegante e ansiosa pelo resultado. Não tardou que o complacente moço deitasse a mão à flor e delicadamente a colhesse.

— Apanhe! — disse ele de cima.

Isabel aproximou-se da árvore e recolheu a flor no regaço. Contente por ter satisfeito o desejo da menina, tratou o rapaz de descer, mas tão desastradamente o fez que no fim de dois minutos jazia no chão aos pés de Isabel. A menina deu um grito de angústia e pediu socorro; o rapaz procurou tranquilizá-la dizendo que nada era, e tentou levantar-se alegremente. Levantou-se com efeito, com a camisa salpicada de sangue; tinha ferido a cabeça.

A ferida foi declarada leve; dentro de poucos dias estava o valente moço completamente restabelecido.

A impressão que Isabel recebeu naquela ocasião foi profunda. Gostava até então do rapaz; daí em diante passou a adorá-lo. A flor que ele colhera veio naturalmente a secar; Isabel guardou-a como se fora uma relíquia; beijava-a todos os dias; e de certo tempo em diante até chorava sobre ela. Uma espécie de culto supersticioso prendia o coração da moça àquela mirrada parasita.

Não era ela, porém, tão mau coração que não ficasse vivamente impressionada quando soube da doença de Camilo. Fez indagar com assiduidade do estado do moço, e cinco dias depois foi com o pai visitá-lo à fazenda do comendador.

A simples visita da moça, se não curou o doente, deu em resultado consolá-lo e animá-lo; viçaram-lhe algumas esperanças, que já estavam mais secas e mirradas que a parasita cuja história acima narrei.

— Quem sabe se me não amará agora? — pensou ele.

Apenas ficou restabelecido, foi seu primeiro cuidado ir à fazenda do Dr. Matos; o comendador quis acompanhá-lo. Não o acharam em casa; estavam apenas a irmã e a filha. A irmã era uma pobre velha que, além desse achaque, tinha mais dois: era surda e gostava de política. A ocasião era boa; enquanto a tia de Isabel confiscava a pessoa e a atenção do comendador, Camilo teve tempo de dar um golpe decisivo e rápido, dirigindo à moça estas palavras:

— Agradeço-lhe a bondade que mostrou a meu respeito durante a minha moléstia. Essa mesma bondade anima-me a pedir-lhe uma coisa mais.

Isabel franziu a testa.

— Reviveu-me uma esperança há dias — continuou Camilo —, esperança que já estava morta. Será ilusão minha? Uma sua palavra, um gesto seu resolverá esta dúvida.

Isabel ergueu os ombros.

— Não compreendo — disse ela.

— Compreende — disse Camilo em tom amargo. — Mas eu serei mais franco, se o exige. Amo-a; disse-lho mil vezes; não fui atendido. Agora, porém...

Camilo concluiria de boa vontade este pequeno discurso, se tivesse diante de si a pessoa que ele desejava o ouvisse. Isabel, porém, não lhe deu tempo de chegar ao fim. Sem dizer palavra, sem fazer um gesto, atravessou a extensa varanda e foi sentar-se na outra extremidade onde a velha tia punha à prova os excelentes pulmões do comendador.

O desapontamento de Camilo estava além de toda a descrição. Pretextando um calor que não existia saiu para tomar ar, e ora vagaroso, ora apressado, conforme triunfava nele a irritação ou o desânimo, o mísero pretendente deixou-se ir sem destino. Construiu mil planos de vingança, ideou mil maneiras de ir lançar-se aos pés da moça, rememorou todos os fatos que se haviam dado com ela, e ao cabo de uma longa hora chegou à triste conclusão de que tudo estava perdido. Nesse momento, deu acordo de si: estava ao pé de um riacho que atravessa a fazenda do Dr. Matos. O lugar era agreste[84] e singularmente feito para a situação em que ele se achava. A uns duzentos passos, viu uma cabana, onde pareceu que alguém entoava uma cantiga do sertão.

Importuna coisa é a felicidade alheia quando somos vítima de algum infortúnio! Camilo sentiu-se ainda mais irritado, e ingenuamente perguntou a si mesmo se alguém podia ser feliz estando ele com o coração a sangrar de desespero. Daí a nada aparecia à porta da cabana um homem e saía na direção do riacho. Camilo estremeceu; pareceu-lhe reconhecer o misterioso que lhe falara no dia do Espírito Santo. Era a mesma estatura e o mesmo ar; aproximou-se rapidamente e parou a cinco passos de distância. O homem voltou o rosto: era ele!

Camilo correu ao desconhecido.

— Enfim! — disse ele.

O desconhecido sorriu-se complacentemente e apertou a mão que Camilo lhe oferecia.

— Quer descansar? — perguntou-lhe.

— Não — respondeu o médico. — Aqui mesmo, ou mais longe se lhe apraz, mas desde já, por favor, desejo que me explique as palavras que me disse outro dia na igreja.

---

[84] Selvagem.

Novo sorriso do desconhecido.

— Então? — disse Camilo vendo que o homem não respondia.

— Antes de mais nada, diga-me: gosta deveras da moça?

— Oh! muito!

— Jura que a faria feliz?

— Juro!

— Então ouça. O que vou contar a V. S.ª é verdade porque o soube por minha mulher, que foi mucama[85] de D. Isabel. É aquela que ali está.

Camilo olhou para a porta da cabana e viu uma mulatinha alta e elegante, que olhava para ele com curiosidade.

— Agora — continuou o desconhecido —, afastemo-nos um pouco para que ela nos não ouça, porque eu não desejo venha a saber-se de quem V. S.ª ouviu esta história.

Afastaram-se, com efeito, costeando o riacho. O desconhecido narrou então a Camilo toda a história da parasita, e o culto que até então a moça votava à flor já seca. Um leitor menos sagaz imagina que o namorado ouviu essa narração triste e abatido. Mas o leitor que souber ler adivinha logo que a confidência do desconhecido despertou na alma de Camilo os mais incríveis sobressaltos de alegria.

— Aqui está o que há — disse o desconhecido ao concluir —; creio que V. S.ª com isto pode saber em que terreno pisa.

— Oh! sim! sim! — disse Camilo. — Sou amado! sou amado!

Sabedor daquela novidade, ardia o médico por voltar a casa, donde saíra havia tanto tempo. Meteu a mão na algibeira, abriu a carteira e tirou uma nota de vinte mil-réis.

— O serviço que me acaba de prestar é imenso — disse ele —; não tem preço. Isto porém é apenas uma lembrança...

Dizendo estas palavras, estendeu-lhe a nota. O desconhecido riu-se desdenhosamente sem responder palavra. Depois, estendeu a mão à nota que Camilo lhe oferecia, e, com grande pasmo deste, atirou-a ao riacho. O fio d'água, que ia murmurando e saltando por cima das pedras, levou consigo o bilhete, de envolta com uma folha que o vento lhe levara também.

— Deste modo — disse o desconhecido —, nem o senhor fica devendo um obséquio,[86] nem eu recebo a paga dele. Não pense que tive tenção de servir a V. S.ª; não. Meu desejo é fazer feliz a filha do meu benfeitor. Sabia que ela

---

[85] Mucama era a escrava que cuidava de serviços caseiros e acompanha as senhoras da casa-grande.
[86] Favor.

gostava de um moço, e que esse moço era capaz de a fazer feliz; abri caminho para que ele chegasse até onde ela está. Isto não se paga; agradece-se, apenas.

Acabando de dizer estas palavras, o desconhecido voltou as costas ao médico, e dirigiu-se para a cabana. Camilo acompanhou com os olhos aquele homem rústico. Pouco tempo depois estava em casa de Isabel, onde já era esperado com alguma ansiedade. Isabel viu-o entrar alegre e radiante.

— Sei tudo — disse-lhe Camilo pouco antes de sair.

A moça olhou espantada para ele.

— Tudo? — repetiu ela.

— Sei que me ama, sei que esse amor nasceu há longos anos, quando era criança, e que ainda hoje...

Foi interrompido pelo comendador, que se aproximava. Isabel estava pálida e confusa; estimou a interrupção porque não saberia que responder.

No dia seguinte, escreveu-lhe Camilo uma extensa carta apaixonada, invocando o amor que ela conservara no coração, e pedindo-lhe que o fizesse feliz. Dois dias esperou Camilo a resposta da moça. Veio no terceiro dia. Era breve e seca. Confessava que o amara durante aquele longo tempo, e jurava não amar nunca a outro.

"Apenas isso", concluía Isabel. "Quanto a ser sua esposa, nunca. Eu quisera entregar a minha vida a quem tivesse um amor igual ao meu. O seu amor é de ontem; o meu é de nove anos; a diferença de idade é grande demais; não pode ser bom consórcio. Esqueça-se e adeus."

Dizer que esta carta não fez mais do que aumentar o amor de Camilo é escrever no papel aquilo que o leitor já adivinhou. O coração de Camilo só esperava uma confissão escrita da moça para transpor o limite que o separava da loucura. A carta transtornou-o completamente.

## VII
### Precipitam-se os acontecimentos

O comendador não perdera a ideia de meter o filho na política. Justamente nesse ano havia eleição; o comendador escreveu às principais influências da província para que o rapaz entrasse na respectiva assembleia.

Camilo teve notícia desta premeditação do pai; limitou-se a erguer os ombros, resolvido a não aceitar coisa nenhuma que não fosse a mão de Isabel. Em vão o pai, o padre Maciel, o tenente-coronel lhe mostravam um futuro esplêndido e todo semeado de altas posições. Uma só posição o contemplava: casar com a moça.

Não era fácil, decerto; a resolução de Isabel parecia inabalável.

— Ama-me, porém — dizia o rapaz consigo —; é meio caminho andado.

E como o seu amor era mais recente que o dela, compreendeu Camilo que o meio de ganhar a diferença da idade era mostrar que o tinha mais violento e capaz de maiores sacrifícios.

Não poupou manifestações de toda a sorte. Chuvas e temporais arrostou para ir vê-la todos os dias; fez-se escravo dos seus menores desejos. Se Isabel tivesse a curiosidade infantil de ver na mão a estrela d'alva, é muito provável que ele achasse meio de lha trazer.

Ao mesmo tempo, cessara de a importunar com epístolas ou palavras amorosas. A última que lhe disse foi:

— Esperarei!

Nesta esperança, andou ele muitas semanas, sem que a sua situação melhorasse sensivelmente.

Alguma leitora menos exigente há de achar singular a resolução de Isabel, ainda depois de saber que era amada. Também eu penso assim; mas não quero alterar o caráter da heroína, porque ela era tal qual a apresento nestas páginas. Entendia que ser amada casualmente, pela única razão de ter o moço voltado de Paris, enquanto ela gastara largos anos a lembrar-se dele e a viver unicamente dessa recordação, entendia, digo eu, que isto a humilhava, e porque era imensamente orgulhosa, resolvera não casar com ele nem com outro. Será absurdo; mas era assim.

Fatigado de assediar inutilmente o coração da moça e, por outro lado, convencido de que era necessário mostrar uma dessas paixões invencíveis a ver se a convencia e lhe quebrava a resolução, planeou Camilo um grande golpe.

Um dia de manhã, desapareceu da fazenda. A princípio, ninguém se abalou com a ausência do moço porque ele costumava dar longos passeios, quando porventura acordava mais cedo. A coisa, porém, começou a assustar à proporção que o tempo ia passando. Saíram emissários para todas as partes, e voltaram sem dar novas do rapaz.

O pai estava aterrado; a notícia do acontecimento correu por toda a parte em dez léguas ao redor. No fim de cinco dias de infrutíferas pesquisas, soube-se que um moço, com todos os sinais de Camilo, fora visto a meia légua da cidade, a cavalo. Ia só e triste. Um tropeiro asseverou depois ter visto um moço junto de uma ribanceira, parecendo sondar com o olhar que probabilidade de morte lhe traria uma queda.

O comendador entrou a oferecer grossas quantias a quem lhe desse notícia segura do filho. Todos os seus amigos despacharam gente a investigar as matas e os campos, e nesta inútil labutação correu uma semana.

Será necessário dizer a dor que sofreu a formosa Isabel quando lhe foram dar notícia do desaparecimento de Camilo? A primeira impressão foi aparentemente nenhuma; o rosto não revelou a tempestade que imediatamente rebentara no coração. Dez minutos depois, a tempestade subiu aos olhos e transbordou num verdadeiro mar de lágrimas.

Foi então que o pai teve conhecimento da paixão tão longo tempo incubada. Ao ver aquela explosão não duvidou que o amor da filha pudesse vir a ser-lhe funesto. Sua primeira ideia foi que o rapaz desaparecera para fugir a um enlace indispensável. Isabel tranquilizou-o dizendo que, pelo contrário, era ela quem se negara a aceitar o amor de Camilo.

— Fui eu que o matei! — exclamava a pobre moça.

O bom velho não compreendeu muito como é que uma moça apaixonada por um mancebo, e um mancebo apaixonado por uma moça, em vez de caminharem para o casamento, tratassem de se separar um do outro. Lembrou-se, de que o seu procedimento fora justamente o contrário, logo que travou o primeiro namoro.

No fim de uma semana foi o Dr. Matos procurado na sua fazenda pelo nosso já conhecido morador da cabana, que ali chegou ofegante e alegre.

— Está salvo! — disse ele.

— Salvo! — exclamaram o pai e a filha.

— É verdade — disse Miguel (era o nome do homem) —; fui encontrá-lo no fundo de uma ribanceira, quase sem vida, ontem de tarde.

— E por que não vieste dizer-nos?... — perguntou o velho.

— Porque era preciso cuidar dele em primeiro lugar. Quando voltou a si, quis ir outra vez tentar contra os seus dias; eu e minha mulher impedimo-lo de fazer tal. Está ainda um pouco fraco; por isso não veio comigo.

O rosto de Isabel estava radiante. Algumas lágrimas, poucas e silenciosas, ainda lhe correram dos olhos; mas eram já de alegria e não de mágoa.

Miguel saiu com a promessa de que o velho iria lá buscar o filho do comendador.

— Agora, Isabel — disse o pai, apenas ficou só com ela —, que pretendes fazer?

— O que me ordenar, meu pai!

— Eu só ordenarei o que te disser o coração. Que te diz ele?

— Diz...

— O quê?

— Que sim.

— É o que devia ter dito há muito tempo porque...

O velho estacou.

"Mas se a causa deste suicídio for outra?", pensou ele. "Indagarei tudo".

Comunicada a notícia ao comendador, não tardou que este se apresentasse em casa do Dr. Matos, onde pouco depois chegou Camilo. O mísero rapaz trazia escrita no rosto a dor de haver escapado à morte trágica que procurava; pelo menos, assim o disse muitas vezes em caminho, ao pai de Isabel.

— Mas a causa dessa resolução — perguntou-lhe o doutor.

— A causa... — balbuciou Camilo que espreitava a pergunta —; não ouso confessá-la...

— É vergonhosa? — perguntou o velho com um sorriso benévolo.

— Oh! não!...

— Mas que causa é?

— Perdoa-me, se eu lha disser?

— Por que não?

— Não, não ouso... — disse resolutamente Camilo.

— É inútil, porque eu já sei.

— Ah!

— E perdoo a causa, mas não lhe perdoo a resolução; o senhor fez uma coisa de criança.

— Mas ela despreza-me!

— Não... ama-o!

Camilo fez aqui um gesto de surpresa perfeitamente imitado, e acompanhou o velho até a casa, onde encontrou o pai, que não sabia se devia mostrar-se severo ou satisfeito.

Camilo compreendeu, logo ao entrar, o efeito que o seu desastre causara no coração de Isabel.

— Ora pois! — disse o pai da moça. — Agora que o ressuscitamos é preciso prendê-lo à vida com uma cadeia forte.

E, sem esperar a formalidade do costume nem atender às etiquetas normais da sociedade, o pai de Isabel deu ao comendador a novidade de que era indispensável casar os filhos. O comendador ainda não voltara a si da surpresa de ter encontrado o filho, quando ouviu esta notícia; e se toda a tribo dos Xavantes viesse cair em cima dele armada de arco e flecha não sentiria espanto maior. Olhou alternadamente para todos os circunstantes como se lhes pedisse a razão de um fato aliás mui natural. Afinal explicaram-lhe a paixão de Camilo e Isabel, causa única do suicídio meio executado pelo filho. O comendador aprovou a escolha do rapaz, e levou a sua galanteria a dizer que no caso dele teria feito o mesmo, se não contasse com a vontade da moça.

— Serei enfim digno do seu amor? — perguntou o médico a Isabel quando se achou só com ela.

— Oh! sim!... — disse ela. — Se morresse, eu morreria também!

Camilo apressou-se a dizer que a Providência velara por ele; e não se soube nunca o que é que ele chamava Providência.

Não tardou que o desenlace do episódio trágico fosse publicado na cidade e seus arredores.

Apenas Leandro Soares soube do casamento projetado entre Isabel e Camilo ficou literalmente fora de si. Mil projetos lhe acudiram à mente, cada qual mais sanguinário; em sua opinião eram dois pérfidos que o haviam traído; cumpria tirar uma solene desforra de ambos.

Nenhum déspota sonhou nunca mais terríveis suplícios do que os que Leandro Soares engendrou na sua escaldada imaginação. Dois dias e duas noites passou o pobre namorado em conjeturas estéreis. No terceiro dia resolveu ir simplesmente procurar o venturoso rival, lançar-lhe em rosto a sua vilania e assassiná-lo depois.

Muniu-se de uma faca e partiu.

Saía da fazenda o feliz noivo, descuidado da sorte que o esperava. Sua imaginação ideava agora uma vida cheia de bem-aventurança e deleites celestes; a imagem da moça dava a tudo o que o rodeava uma cor poética. Ia todo engolfado nestes devaneios, quando viu em frente de si o preterido rival. Esquecera-se dele no meio da sua felicidade; compreendeu o perigo e preparou-se para ele.

Leandro Soares, fiel ao programa que se havia imposto, desfiou um rosário de impropérios que o médico ouviu calado. Quando Soares acabou e ia dar à prática o ponto-final sanguinolento, Camilo respondeu:

— Atendi a tudo o que me disse; peço-lhe agora que me ouça. É verdade que vou casar com essa moça; mas também é verdade que ela o não ama. Qual é o nosso crime neste caso? Ora, ao passo que o senhor nutre a meu respeito sentimentos de ódio, eu pensava na sua felicidade.

— Ah! — disse Soares com ironia.

— É verdade. Disse comigo que um homem das suas aptidões não devia estar eternamente dedicado a servir de degraus aos outros; e então, como meu pai quer à força fazer-me deputado provincial, disse-lhe que aceitava o lugar para o dar ao senhor. Meu pai concordou; mas eu tive de vencer resistências políticas e ainda agora trato de quebrar algumas. Um homem que assim procede creio que lhe merece alguma estima — pelo menos não lhe merece tanto ódio.

Não creio que a língua humana possua palavras assaz enérgicas para pintar a indignação que se manifestou no rosto de Leandro Soares. O sangue subiu-lhe todo às faces, enquanto os olhos pareciam despedir chispas de fogo. Os lábios trêmulos como ensaiavam baixinho uma imprecação eloquente contra o feliz rival. Enfim, o pretendente infeliz rompeu nestes termos:

— A ação que o senhor praticou era já bastante infame; não precisava juntar-lhe o escárnio...

— O escárnio! — interrompeu Camilo.

— Que outro nome darei eu ao que me acaba de dizer? Grande estima, na verdade, é a sua, que depois de me roubar a maior, a única felicidade que eu podia ter, vem oferecer-me uma compensação política!

Camilo conseguiu explicar que não lhe oferecia nenhuma compensação; pensara naquilo por conhecer as tendências políticas de Soares e julgar que deste modo lhe seria agradável.

— Ao mesmo tempo — concluiu gravemente o noivo —, fui levado pela ideia de prestar um serviço à província. Creia que em nenhum caso, ainda que me devesse custar a vida, proporia coisa desvantajosa à província e ao país. Eu cuidava servir a ambos apresentando a sua candidatura, e pode crer que a minha opinião será a de todos.

— Mas o senhor falou de resistências... — disse Soares cravando no adversário um olhar inquisitorial.

— Resistências, não por oposição pessoal, mas por conveniências políticas — explicou Camilo. — Que vale isso? Tudo se desfaz com a razão e os verdadeiros princípios do partido que tem a honra de o possuir entre seus membros.

Leandro Soares não tirava os olhos de Camilo; nos lábios pairava-lhe agora um sorriso irônico e cheio de ameaças. Contemplou-o ainda alguns instantes sem dizer palavra, até que de novo rompeu o silêncio.

— Que faria o senhor no meu caso? — perguntou ele dando ao seu irônico sorriso um ar verdadeiramente lúgubre.

— Eu recusava — respondeu afoitamente Camilo.

— Ah!

— Sim, recusava porque não tenho vocação política. Não acontece o mesmo com o senhor, que a tem, e é por assim dizer o apoio do partido em toda comarca.

— Tenho essa convicção — disse Soares com orgulho.

— Não é o único: todos lhe fazem justiça.

Soares entrou a passear de um lado para outro. Esvoaçavam-lhe na mente terríveis inspirações, ou a humanidade reclamava alguma moderação no gênero de morte que daria ao rival? Decorreram cinco minutos. Ao cabo deles, Soares parou em frente de Camilo e *ex-abrupto*[87] lhe perguntou:

— Jura-me uma coisa?

---

[87] De súbito; sem preparação.

— O quê?

— Que a fará feliz?

— Já o jurei a mim mesmo; é o meu mais doce dever.

— Seria meu esse dever se a sorte se não houvesse pronunciado contra mim; não importa; estou disposto a tudo.

— Creia que eu sei avaliar o seu grande coração — disse Camilo estendendo-lhe a mão.

— Talvez. O que não sabe, o que não conhece, é a tempestade que me fica na alma, a dor imensa que me há de acompanhar até a morte. Amores destes vão até a sepultura.

Parou e sacudiu a cabeça, como para expelir uma ideia sinistra.

— Que pensamento é o seu? — perguntou Camilo vendo o gesto de Soares.

— Descanse — respondeu este —; não tenho projeto nenhum. Resignar-me-ei à sorte; e se aceito essa candidatura política que me oferece é unicamente para afogar nela a dor que me abafa o coração.

Não sei se este remédio eleitoral servirá para todos os casos de doença amorosa. No coração de Soares, produziu uma crise salutar, que se resolveu em favor do doente.

Os leitores adivinham bem que Camilo nada havia dito em favor de Soares; mas empenhou-se logo nesse sentido, e o pai com ele, e afinal conseguiu-se que Leandro Soares fosse incluído numa chapa e apresentado aos eleitores na próxima campanha. Os adversários do rapaz, sabedores das circunstâncias em que lhe foi oferecida a candidatura, não deixaram de dizer em todos os tons que ele vendera o direito de primogenitura por um prato de lentilhas.[88]

Havia já um ano que o filho do comendador estava casado, quando apareceu na sua fazenda um viajante francês. Levava cartas de recomendação de um dos seus professores de Paris. Camilo recebeu-o alegremente e pediu-lhe notícias da França, que ele ainda amava, dizia, como a sua pátria intelectual. O viajante disse-lhe muitas coisas, e sacou por fim da mala um maço de jornais.

Era o *Figaro*.

— O *Figaro!* — exclamou Camilo, lançando-se aos jornais.

Eram atrasados, mas eram parisienses. Lembravam-lhe a vida que ele tivera durante longos anos, e posto nenhum desejo sentisse de trocar por ela a vida atual, havia sempre uma natural curiosidade em despertar recordações de outro tempo.

---

[88] Alusão ao episódio narrado no livro bíblico de Gênesis, capítulo 25, versículos 20 a 33, nos quais Esaú vende sua primogenitura a seu irmão Jacó, em troca de um ensopado de cor vermelha que, em algumas traduções bíblicas, consideram um prato de lentilhas, por existirem lentilhas vermelhas. Na época bíblica, o filho que nascia primeiro tinha o direito de primogenitura, ou seja, era considerado o herdeiro universal dos bens de seu pai.

No quarto ou quinto número que abriu deparou-se-lhe uma notícia que ele leu com espanto.

Dizia assim:

Uma célebre Leontina Caveau, que se dizia viúva de um tal príncipe Alexis, súdito do czar, foi ontem recolhida à prisão. A bela dama (era bela!), não contente de iludir alguns moços incautos, alapardou-se[89] com todas as joias de uma vizinha, Mlle.[90] B... A roubada queixou-se a tempo de impedir a fuga da pretendida princesa.

Camilo acabava de ler pela quarta vez esta notícia, quando Isabel entrou na sala.

— Estás com saudades de Paris? — perguntou ela vendo-o tão atento a ler o jornal francês.

— Não — disse o marido, passando-lhe o braço à roda da cintura —; estava com saudade de ti.

---

[89] Escondeu-se.
[90] Abreviação do pronome de tratamento francês *mademoiselle*, o mesmo que "senhorita".

# As bodas de Luís Duarte

Na manhã de um sábado, 25 de abril, andava tudo em alvoroço em casa de José Lemos. Preparava-se o aparelho de jantar dos dias de festas, lavavam-se as escadas e os corredores, enchiam-se os leitões e os perus para serem assados no forno da padaria defronte. Tudo era movimento: alguma coisa grande ia acontecer nesse dia.

O arranjo da sala ficou a cargo de José Lemos. O respeitável dono da casa, trepado num banco, tratava de pregar à parede duas gravuras compradas na véspera em casa do Bernasconi;[1] uma representava a *Morte de Sardanapalo*;[2] outra, a *Execução de Maria Stuart*.[3] Houve alguma luta entre ele e a mulher a respeito da colocação da primeira gravura.

D. Beatriz achou que era indecente um grupo de homens abraçado com tantas mulheres. Além disso, não lhe pareciam próprios dois quadros fúnebres em dia de festa. José Lemos, que tinha sido membro de uma sociedade literária quando era rapaz, respondeu triunfantemente que os dois quadros eram históricos, e que a história está bem em todas as famílias. Podia acrescentar que nem todas as famílias estão bem na história, mas esse trocadilho era mais lúgubre que os quadros.

D. Beatriz, com as chaves na mão, mas sem a melena[4] desgrenhada do soneto de Tolentino,[5] andava literalmente da sala para a cozinha, dando ordens, apressando as escravas, tirando toalhas e guardanapos lavados e mandando

---

[1] O estabelecimento Bernasconi e Moncada era situado na rua do Ouvidor, 143, cidade do Rio de Janeiro. Usando o nome fantasia "Ao Espelho Fiel", anunciou regularmente no Almanaque Laemmert, nas décadas de 1850 e 1860, vendendo pinturas, desenhos, gravuras, litografias, espelhos, molduras, entre outros materiais e serviços.

[2] Sardanapalo, segundo Diodoro Sículo (c. 90-30 a.C.), supostamente foi o último rei da Assíria, que, na iminência de ser aprisionado, manda fazer uma fogueira no pátio do palácio e nela se jogou, junto com todas as suas mulheres e tesouros. O pintor francês Eugene Delacroix (1798-1863) pintou um quadro sobre o tema, em 1827.

[3] Maria Stuart, ou Maria I (1542-1587), foi a rainha da Escócia de 14 de dezembro de 1542 até sua abdicação em 24 de julho de 1567. Acusada de traição, Maria foi aprisionada durante dezoito anos e depois condenada por sua prima, Isabel I (1533-1603), rainha da Inglaterra, sendo decapitada em 1587.

[4] Porção de cabelos; mecha.

[5] Alusão ao poema "Sátira aos penteados altos" (1801), do poeta português Nicolau Tolentino de Almeida (1740-1811). No poema, uma mãe cobra sua filha pelo sumiço de um colchão e descobre que o colchão estava camuflado no arranjo de cabelo da filha. O objetivo do poema é satirizar os penteados muito altos, usados na moda da época. Os primeiros versos do poema são "Chaves na mão, melena desgrenhada, /Batendo o pé na casa, a mãe ordena /Que o furtado colchão, fofo e de pena, /A filha o ponha ali ou a criada."

fazer compras, em suma, ocupada nas mil coisas que estão a cargo de uma dona de casa, máxime[6] num dia de tanta magnitude.

De quando em quando, chegava D. Beatriz à escada que ia ter ao segundo andar, e gritava:

— Meninas, venham almoçar!

Mas parece que as meninas não tinham pressa, porque só depois das nove horas acudiram ao oitavo chamado da mãe, já disposta a subir ao quarto das pequenas, o que era verdadeiro sacrifício da parte de uma senhora tão gorda.

Eram duas moreninhas de truz as filhas do casal Lemos. Uma representava ter vinte anos, outra dezessete; ambas eram altas e um tanto refeitas.[7] A mais velha estava um pouco pálida; a outra, coradinha e alegre, desceu cantando não sei que romance de Alcazar,[8] então em moda. Parecia que das duas a mais feliz seria a que cantava; não era; a mais feliz era a outra que nesse dia devia ligar-se pelos laços matrimoniais ao jovem Luís Duarte, com quem nutrira longo e porfiado[9] namoro. Estava pálida por ter tido uma insônia terrível, doença de que então não padecera nunca. Há doenças assim.

Desceram as duas pequenas, tomaram a bênção à mãe, que lhes fez um rápido discurso de repreensão, e foram à sala para falar ao pai. José Lemos, que pela sétima vez trocava a posição dos quadros, consultou as filhas sobre se era melhor que a Stuart ficasse do lado do sofá ou do lado oposto. As meninas disseram que era melhor deixá-la onde estava, e esta opinião pôs termo às dúvidas de José Lemos, que deu por concluída a tarefa e foi almoçar.

Além de José Lemos, sua mulher D. Beatriz, Carlota (a noiva) e Luísa, estavam à mesa Rodrigo Lemos e o menino Antonico, filhos também do casal Lemos. Rodrigo tinha dezoito anos e Antonico seis; o Antonico era a miniatura do Rodrigo; distinguiam-se ambos por uma notável preguiça, e nisso eram perfeitamente irmãos. Rodrigo desde as oito horas da manhã gastou o tempo em duas coisas; ler os anúncios do jornal e ir à cozinha saber em que altura estava o almoço. Quanto ao Antonico, tinha comido às seis horas um bom prato de mingau, na forma do costume, e só se ocupou em dormir tranquilamente até que a mucama[10] o foi chamar.

---

[6] Principalmente.

[7] Fortes; nutridas.

[8] A palavra "romance" designa aqui um tipo de poema sentimental, que podia ser cantado. O teatro Alcazar Lyrique, inaugurado em 1859, situava-se na rua da Vala (hoje rua Uruguaiana), na cidade do Rio de Janeiro.

[9] Obstinado; perseverante.

[10] Nesse contexto, "mucama" era o termo usado para designar uma escrava que realizava serviços domésticos.

O almoço correu sem novidade. José Lemos era homem que comia calado; Rodrigo contou o enredo da comédia que vira na noite antecedente no Ginásio;[11] e não se falou em outra coisa durante o almoço. Quando este acabou, Rodrigo levantou-se para ir fumar; e José Lemos, encostando os braços na mesa, perguntou se o tempo ameaçava chuva. Efetivamente o céu estava sombrio, e a Tijuca não apresentava bom aspecto. Quando o Antonico ia levantar-se, impetrada[12] a licença, ouviu da mãe este aviso:

— Olha lá, Antonico, não faças logo ao jantar o que fazes sempre que há gente de fora.

— O que é que ele faz? — perguntou José Lemos.

— Fica envergonhado e mete o dedo no nariz. Só os meninos tolos é que fazem isso: eu não quero semelhante coisa.

O Antonico ficou envergonhado com a reprimenda e foi para a sala lavado em lágrimas. D. Beatriz correu logo atrás para acalentar o seu Benjamim,[13] e todos os mais se levantaram da mesa.

José Lemos indagou da mulher se não faltava nenhum convite, e depois de certificar-se que estavam convidados todos os que deviam assistir à festa, foi vestir-se para sair. Imediatamente foi incumbido de várias coisas: recomendar ao cabeleireiro que viesse cedo, comprar luvas para a mulher e as filhas, avisar de novo os carros, encomendar os sorvetes e os vinhos, e outras coisas mais em que poderia ser ajudado pelo jovem Rodrigo, se este homônimo do Cid[14] não tivesse ido dormir para *descansar o almoço*.

Apenas José Lemos pôs a sola dos sapatos em contato com as pedras da rua, D. Beatriz disse a sua filha Carlota que a acompanhasse à sala, e apenas ali chegaram ambas, proferiu a boa senhora o seguinte *speech*:[15]

— Minha filha, hoje termina a tua vida de solteira, e amanhã começa a tua vida de casada. Eu, que já passei pela mesma transformação, sei praticamente que o caráter de uma senhora casada traz consigo responsabilidades gravíssimas. Bom é que cada qual aprenda à sua custa; mas eu sigo nisto o exemplo de tua avó, que, na véspera da minha união com teu pai, expôs em linguagem clara e simples a significação do casamento e a alta responsabilidade dessa nova posição...

---

[11] O teatro Ginásio Dramático, inaugurado em 1855, situava-se na rua do Teatro, no Rio de Janeiro.
[12] Solicitada; pedida.
[13] Filho caçula.
[14] Rodrigo Díaz de Bivar, apelidado "o Cid" (1043-1099), um nobre guerreiro espanhol, foi representado como herói do Poema do Cid, livro de autoria anônima, um dos mais antigos da literatura castelhana.
[15] Tradução: discurso.

D. Beatriz estacou;[16] Carlota, que atribuiu o silêncio da mãe ao desejo de obter uma resposta, não achou melhor palavra do que um beijo amorosamente filial.

Entretanto, se a noiva de Luís Duarte tivesse espiado três dias antes pela fechadura do gabinete de seu pai, adivinharia que D. Beatriz recitava um discurso composto por José Lemos, e que o silêncio era simplesmente um eclipse de memória.

Melhor fora que D. Beatriz, como as outras mães, tirasse alguns conselhos do seu coração e da sua experiência. O amor materno é a melhor retórica deste mundo. Mas o Sr. José Lemos, que conservara desde a juventude um sestro[17] literário, achou que fazia mal expondo a cara-metade a alguns erros gramaticais numa ocasião tão solene.

Continuou D. Beatriz o seu discurso, que não foi longo, e terminou perguntando se realmente Carlota amava o noivo, e se aquele casamento não era, como podia acontecer, um resultado de despeito. A moça respondeu que amava o noivo tanto como a seus pais. A mãe acabou beijando a filha com ternura, não estudada na prosa de José Lemos.

Pelas duas horas da tarde voltou este, suando em bica,[18] mas satisfeito de si porque além de ter dado conta de todas as incumbências da mulher, relativas aos carros, cabeleireiro, etc., conseguiu que o tenente Porfírio fosse lá jantar, coisa que até então estava duvidosa.

O tenente Porfírio era o tipo do orador de sobremesa; possuía o entono,[19] a facilidade, a graça, todas as condições necessárias a esse mister.[20] A posse de tão belos talentos proporcionava ao tenente Porfírio alguns lucros de valor; raro domingo ou dia de festa jantava em casa. Convidava-se o tenente Porfírio com a condição tácita de fazer um discurso, como se convida um músico para tocar alguma coisa. O tenente Porfírio estava entre o creme e o café; e não se cuide que era acepipe gratuito; o bom homem, se bem falava, melhor comia. De maneira que, bem pesadas as coisas, o discurso valia o jantar.

Foi grande assunto de debate nos três dias anteriores ao dia das bodas,[21] se o jantar devia preceder a cerimônia ou vice-versa. O pai da noiva inclinava-se a que o casamento fosse celebrado depois do jantar, e nisto era apoiado pelo

---

[16] Parou subitamente.
[17] Hábito.
[18] Em abundância.
[19] Orgulho; vaidade.
[20] Profissão; trabalho.
[21] Casamento.

jovem Rodrigo, que, com uma sagacidade digna de estadista, percebeu que, no caso contrário, o jantar seria muito tarde. Prevaleceu entretanto a opinião de D. Beatriz, que achou esquisito ir para a igreja com a barriga cheia. Nenhuma razão teológica[22] ou disciplinar se opunha a isso, mas a esposa de José Lemos tinha opiniões especiais em assunto de igreja.

Venceu a sua opinião.

Pelas quatro horas começaram a chegar convidados.

Os primeiros foram os Vilelas, família composta de Justiniano Vilela, chefe de seção aposentado, D. Margarida, sua esposa, e D. Augusta, sobrinha de ambos.

A cabeça de Justiniano Vilela — se se pode chamar cabeça a uma jaca metida numa gravata de cinco voltas — era um exemplo da prodigalidade[23] da natureza quando quer fazer cabeças grandes. Afirmavam, porém, algumas pessoas que o talento não correspondia ao tamanho, posto que tivesse corrido algum tempo o boato contrário. Não sei de que talento falavam essas pessoas; e a palavra pode ter várias aplicações. O certo é que um talento teve Justiniano Vilela: foi a escolha da mulher, senhora que, apesar dos seus quarenta e seis anos bem puxados, ainda merecia, no entender de José Lemos, dez minutos de atenção.

Trajava Justiniano Vilela como é de uso em tais reuniões; e a única coisa verdadeiramente digna de nota eram os seus sapatos ingleses de apertar no peito do pé por meio de cordões. Ora, como o marido de D. Margarida tinha horror às calças compridas, aconteceu que apenas se sentou deixou patente a alvura de um fino e imaculado par de meias.

Além do ordenado com que foi aposentado, tinha Justiniano Vilela uma casa e dois molecotes,[24] e com isso ia vivendo menos mal. Não gostava de política; mas tinha opiniões assentadas a respeito dos negócios públicos. Jogava o solo[25] e o gamão[26] todos os dias, alternadamente; gabava as coisas do seu tempo; e tomava rapé[27] com o dedo polegar e o dedo médio.

Outros convidados foram chegando, mas em pequena quantidade porque à cerimônia e ao jantar só devia assistir um pequeno número de pessoas íntimas.

Às quatro horas e meia chegou o padrinho, Dr. Valença, e a madrinha, sua irmã viúva, D. Virgínia. José Lemos correu a abraçar o Dr. Valença;

---

[22] Religiosa.
[23] Abundância.
[24] Isto é, dois escravos jovens.
[25] Um jogo de cartas, muito praticado na sociedade do Rio de Janeiro naquela época.
[26] Um tipo de jogo de tabuleiro e dados.
[27] Pó de tabaco, usualmente inalado naquele tempo.

mas este, que era homem formalista e cerimonioso, repeliu brandamente o amigo, dizendo-lhe ao ouvido que naquele dia toda a gravidade era pouca. Depois, com uma serenidade que só ele possuía, entrou o Dr. Valença e foi cumprimentar a dona da casa e as outras senhoras.

Era ele homem de seus cinquenta anos, nem gordo nem magro, mas dotado de um largo peito e um largo abdome que lhe davam maior gravidade ao rosto e às maneiras. O abdome é a expressão mais positiva da gravidade humana; um homem magro tem necessariamente os movimentos rápidos; ao passo que para ser completamente grave precisa ter os movimentos tardos e medidos. Um homem verdadeiramente grave não pode gastar menos de dois minutos em tirar o lenço e assoar-se. O Dr. Valença gastava três quando estava com defluxo e quatro no estado normal. Era um homem gravíssimo.

Insisto neste ponto porque é a maior prova da inteligência do Dr. Valença. Compreendeu este advogado, logo que saiu da academia, que a primeira condição para merecer a consideração dos outros era ser grave; e indagando o que era gravidade, pareceu-lhe que não era nem o peso da reflexão, nem a seriedade do espírito, mas unicamente certo mistério do corpo, como lhe chama La Rochefoucauld;[28] o qual mistério, acrescentará o leitor, é como a bandeira dos neutros em tempo de guerra: salva do exame a carga que cobre.

Podia-se dar uma boa gratificação a quem descobrisse uma ruga na casaca do Dr. Valença. O colete tinha apenas três botões e abria-se até o pescoço em forma de coração. Um elegante claque[29] completava a *toilette*[30] do Dr. Valença. Não era ele bonito de feições no sentido afeminado que alguns dão à beleza masculina, mas não deixava de ter certa correção nas linhas do rosto, o qual se cobria de um véu de serenidade que lhe ficava a matar.

Depois da entrada dos padrinhos, José Lemos perguntou pelo noivo, e o Dr. Valença respondeu que não sabia dele. Eram já cinco horas. Os convidados, que cuidavam ter chegado tarde para a cerimônia, ficaram desagradavelmente surpreendidos com a demora, e Justiniano Vilela confessou ao ouvido da mulher que estava arrependido de não ter comido alguma coisa antes. Era justamente o que estava fazendo o jovem Rodrigo Lemos, desde que percebeu que o jantar viria lá para as sete horas.

---

[28] François VI, duque de La Rochefoucauld, príncipe de Marcillac (1613-1680), foi um notável escritor francês, autor de famosas máximas e memórias. A alusão se refere à Máxima 257, do livro *Reflexões ou sentenças e máximas morais*, de 1665: "La gravité est un mystère du corps inventé pour cacher les défauts de l'esprit", cuja tradução é "A gravidade é um mistério do corpo inventada para esconder as falhas da mente".
[29] Chapéu alto.
[30] Traje; vestes.

A irmã do Dr. Valença, de quem não falei detidamente por ser uma das figuras insignificantes que jamais produziu a raça de Eva,[31] apenas entrou, manifestou logo o desejo de ir ver a noiva, e D. Beatriz saiu com ela da sala, deixando plena liberdade ao marido, que encetava uma conversação com a interessante esposa do Sr. Vilela.

— Os noivos de hoje não se apressam — disse filosoficamente Justiniano. — Quando eu me casei fui o primeiro que apareceu em casa da noiva.

A esta observação, com toda a fibra do estômago implacável do ex-chefe de seção, o Dr. Valença respondeu dizendo:

— Compreendo a demora e a comoção de aparecer diante da noiva.

Todos sorriram ouvindo esta defesa do noivo ausente e a conversa tomou certa animação.

Justamente no momento em que Vilela discutia com o Dr. Valença as vantagens do tempo antigo sobre o tempo atual, e as moças conversavam entre si do último corte dos vestidos, entrou na sala a noiva, escoltada pela mãe e pela madrinha, vindo logo na retaguarda a interessante Luísa, acompanhada do jovem Antonico.

Eu não seria narrador exato nem de bom gosto se não dissesse que houve na sala um murmúrio de admiração.

Carlota estava efetivamente deslumbrante com o seu vestido branco, e a sua grinalda de flores de laranjeira, e o seu finíssimo véu, sem outra joia mais que os seus olhos negros, verdadeiros diamantes da melhor água.

José Lemos interrompeu a conversa em que estava com a esposa de Justiniano, e contemplou a filha. Foi a noiva apresentada aos convidados, e conduzida para o sofá, onde se sentou entre a madrinha e o padrinho. Este, pondo o claque em pé sobre a perna, e sobre o claque a mão apertada numa luva de três mil e quinhentos, disse à afilhada palavras de louvor que a moça ouviu corando e sorrindo, aliança amável de vaidade e modéstia.

Ouviram-se passos na escada, e já o Sr. José Lemos esperava ver entrar o futuro genro, quando assomou à porta o grupo dos irmãos Valadares.

Destes dois irmãos, o mais velho, que se chamava Calisto, era um homem amarelo, nariz aquilino,[32] cabelos castanhos e olhos redondos. Chama-se o mais moço Eduardo, e só se diferençava do irmão na cor, que era vermelha. Eram ambos empregados numa companhia, e estavam na flor dos quarenta para cima. Outra diferença havia: era que Eduardo cultivava a poesia quando as cifras lho permitiam, ao passo que o irmão era inimigo de tudo o que cheirava a literatura.

---

[31] Conforme o livro bíblico de Gênesis, 2:21-23 e 3:20, Eva foi a primeira mulher, criada a partir de uma das costelas de Adão.

[32] Recurvo como o bico de uma águia.

Passava o tempo, e nem o noivo, nem o tenente Porfírio davam sinais de si. O noivo era essencial para o casamento, e o tenente para o jantar. Eram cinco e meia quando apareceu finalmente Luís Duarte. Houve um *Gloria in excelsis Deo*[33] no interior de todos os convidados.

Luís Duarte apareceu à porta da sala, e daí mesmo fez uma cortesia geral, cheia de graça e tão cerimoniosa que o padrinho lha invejou. Era um rapaz de vinte e cinco anos, tez mui alva,[34] bigode louro e sem barba nenhuma. Trazia o cabelo apartado no centro da cabeça. Os lábios eram tão rubros que um dos Valadares disse ao ouvido do outro: "Parece que os tingiu". Em suma, Luís Duarte era uma figura capaz de agradar a uma moça de vinte anos, e eu não teria grande repugnância em chamar-lhe um Adônis,[35] se ele realmente o fosse. Mas não era. Dada a hora, saíram os noivos, os pais e os padrinhos, e foram à igreja, que ficava perto; os outros convidados ficaram em casa, fazendo as honras dela a menina Luísa e o jovem Rodrigo, a quem o pai foi chamar, e que apareceu logo trajado no rigor da moda.

— É um par de pombos — disse a Sra. D. Margarida Vilela, apenas saiu a comitiva.

— É verdade! — disseram em coro os dois irmãos Valadares e Justiniano Vilela.

A menina Luísa, que era alegre por natureza, alegrou a situação, conversando com as outras moças, uma das quais, a convite seu, foi tocar alguma coisa ao piano. Calisto Valadares suspeitava que houvesse uma omissão nas Escrituras, e vinha a ser que entre as pragas do Egito[36] devia ter figurado o piano. Imagine o leitor com que cara viu ele sair uma das moças do seu lugar e dirigir-se ao fatal instrumento. Soltou um longo suspiro e começou a contemplar as duas gravuras compradas na véspera.

— Que magnífico é isto! — exclamou ele diante do *Sardanapalo*, quadro que achava detestável.

— Foi papai quem escolheu — disse Rodrigo, e foi essa a primeira palavra que pronunciou desde que entrou na sala.

— Pois, senhor, tem bom gosto — continuou Calisto —; não sei se conhecem o assunto do quadro...

— O assunto é Sardanapalo — disse afoitamente Rodrigo.

---

[33] Citação em latim do antigo hino católico "Glória a Deus nas alturas".
[34] Pele muito branca.
[35] Conforme a mitologia grega, Adônis era um jovem de extraordinária beleza, que despertava o amor de deusas.
[36] Segundo o livro bíblico do Êxodo, capítulos 7 a 12, as pragas do Egito foram dez catástrofes que o Deus de Israel infligiu ao Egito para convencer o Faraó a libertar os hebreus da escravidão.

— Bem sei — retrucou Calisto, estimando que a conversa pegasse —; mas pergunto se...

Não pôde acabar; soaram os primeiros compassos.

Eduardo, que na sua qualidade de poeta devia amar a música, aproximou-se do piano e inclinou-se sobre ele na posição melancólica de um homem que conversa com as musas.[37] Quanto ao irmão, não tendo podido evitar a cascata de notas, foi sentar-se ao pé de Vilela, com quem travou conversa, começando por perguntar que horas eram no relógio dele. Era tocar na tecla mais preciosa do ex-chefe de seção.

— É já tarde — disse este com voz fraca —; olhe, seis horas.

— Não podem tardar muito.

— Eu sei! A cerimônia é longa, e talvez não achem o padre... Os casamentos deviam fazer-se em casa e de noite.

— É a minha opinião.

A moça terminou o que estava tocando; Calisto suspirou. Eduardo, que estava encostado ao piano, cumprimentou a executante com entusiasmo.

— Por que não toca mais alguma coisa? — disse ele.

— É verdade, Mariquinhas, toca alguma coisa da *Sonâmbula*[38] — disse Luísa obrigando a amiga a sentar-se.

— Sim! a *Son*...

Eduardo não pôde acabar; viu em frente os dois olhos repreensivos do irmão e fez uma careta. Interromper uma frase e fazer uma careta podia ser indício de um calo.[39] Todos assim pensaram, exceto Vilela, que, julgando os outros por si, ficou convencido de que algum grito agudo do estômago tinha interrompido a voz de Eduardo. E, como acontece às vezes, a dor despertou a própria, de maneira que o estômago de Vilela formulou um verdadeiro *ultimatum*,[40] ao qual o homem cedeu, aproveitando a intimidade que tinha na casa e indo ao interior sob pretexto de dar exercício às pernas.

Foi uma felicidade.

A mesa, que já tinha em cima de si alguns acepipes convidativos, apareceu como uma verdadeira fonte de Moisés[41] aos olhos do ex-chefe de seção. Dois

---

[37] Segundo a mitologia grega, as musas, filhas de Mnemósine e Zeus, eram divindades que se dedicavam às artes.

[38] A Sonâmbula (1831) é uma ópera de Vincenzo Bellini (1801-1835), com libreto de Felice Romani (1788-1865).

[39] Desentendimento; ressentimento.

[40] Tradução: ultimato. Na diplomacia e na guerra, ultimato é um aviso que antecede a realização de uma ação direta, como a militar, caso não sejam cumpridas exigências.

[41] De acordo com Bíblia, no livro de Números, 20:1-13, no meio do deserto, Moisés e Arão foram aconselhados por Deus a fazerem brotar água de uma rocha. Moisés bateu com o seu cajado duas vezes na rocha e, assim, fez surgir dela água para os hebreus.

pastelinhos e uma *croquette* foram os parlamentares que Vilela mandou ao estômago rebelado e com os quais aquela víscera se conformou.

No entanto, D. Mariquinhas fazia maravilhas ao piano. Eduardo, encostado à janela, parecia meditar um suicídio, ao passo que o irmão brincando com a corrente do relógio ouvia umas confidências de D. Margarida a respeito do mau serviço dos escravos. Quanto a Rodrigo, passeava de um lado para outro, dizendo de vez em quando em voz alta:

— Já tardam!

Eram seis horas e um quarto; nada de carros; algumas pessoas já estavam impacientes. Às seis e vinte minutos ouviu-se um rumor de rodas; Rodrigo correu à janela: era um tílburi.[42] Às seis e vinte e cinco minutos todos supuseram ouvir o rumor dos carros.

— É agora — exclamou uma voz.

Não era nada. Pareceu-lhes ouvir por um efeito (desculpem a audácia com que eu caso este substantivo a este adjetivo) por um efeito de *miragem auricular*.

Às seis horas e trinta e oito minutos apareceram os carros. Grande alvoroço na sala; as senhoras correram às janelas. Os homens olharam uns para os outros como conjurados que medem as suas forças para uma grande empresa. Toda a comitiva entrou. As escravas da casa, que espreitavam do corredor a entrada dos noivos, causaram uma verdadeira surpresa à sinhá-moça,[43] deitando-lhe sobre a cabeça um dilúvio de folhas de rosa. Cumprimentos e beijos, houve tudo quanto se faz em tais ocasiões.

O Sr. José Lemos estava contentíssimo, mas caiu-lhe água na fervura quando soube que o tenente Porfírio não tinha chegado.

— É preciso mandá-lo chamar.

— A esta hora! — murmurou Calisto Valadares.

— Sem o Porfírio não há festa completa — disse o Sr. José Lemos confidencialmente ao Dr. Valença.

— Papai — disse Rodrigo —, eu creio que ele não vem.

— É impossível!

— São quase sete horas.

— E o jantar já nos espera — acrescentou D. Beatriz.

O voto de D. Beatriz pesava muito no ânimo de José Lemos, por isso não insistiu. Não houve remédio senão sacrificar o tenente.

Mas o tenente era o homem das situações difíceis, o salvador dos lances arriscados. Mal acabava D. Beatriz de falar, e José Lemos de assentir

---

[42] Carruagem de duas rodas e dois assentos.
[43] Tratamento dado pelos escravos para a filha do senhor da casa.

mentalmente à opinião da mulher, ouviu-se na escada a voz do tenente Porfírio. O dono da casa soltou um suspiro de alívio e satisfação. Entrou na sala o longamente esperado conviva.

Pertencia o tenente a essa classe feliz de homens que não têm idade; uns lhe davam 30 anos, outros 35 e outros 40; alguns chegavam até os 45, e tanto esses como os outros podiam ter igualmente razão. A todas as hipóteses se prestavam a cara e as suíças castanhas do tenente. Era ele magro e de estatura meã;[44] vestia com certa graça e, comparado com um boneco, não havia grande diferença. A única coisa que destoava um pouco era o modo de pisar; o tenente Porfírio pisava para fora a tal ponto que, da ponta do pé esquerdo à ponta do pé direito, quase se podia traçar uma linha reta. Mas como tudo tem compensação, usava ele sapatos rasos de verniz, mostrando um fino par de meias de fio de Escócia mais lisas que a superfície de uma bola de bilhar.

Entrou com a graça que lhe era peculiar. Para cumprimentar os noivos arredondou o braço direito, pôs a mão atrás das costas segurando o chapéu, e curvou profundamente o busto, ficando em posição que fazia lembrar (de longe!) os antigos lampiões das nossas ruas.

Porfírio tinha sido tenente do exército, e dera baixa, com o que andou perfeitamente, porque entrou no comércio de trastes e já possuía algum pecúlio.[45] Não era bonito, mas algumas senhoras afirmavam que apesar disso era mais perigoso que uma lata de nitroglicerina.[46] Naturalmente não devia essa qualidade à graça da linguagem, pois falava sibilando muito a letra *s*; dizia sempre: Asss minhasss botasss...

Quando Porfírio acabou os cumprimentos, disse-lhe o dono da casa:

— Já sei que hoje temos coisa boa!

— Qual! — respondeu ele com uma modéstia exemplar. — Quem ousará levantar a voz diante de ilustrações?

Porfírio disse estas palavras pondo os quatro dedos da mão esquerda no bolso do colete, gesto que ele praticava por não saber onde havia de pôr aquele fatal braço, obstáculo dos atores novéis.[47]

— Mas por que veio tarde? — perguntou D. Beatriz.

— Condene-me, minha senhora, mas poupe-me a vergonha de explicar uma demora que não tem atenuante no código da amizade e da polidez.

José Lemos sorriu olhando para todos e como se destas palavras do tenente lhe resultasse alguma glória para ele. Mas Justiniano Vilela, que, apesar dos pastelinhos, sentia-se impelido para a mesa, exclamou velhacamente:

---

[44] Intermediária.
[45] Patrimônio; reserva em dinheiro.
[46] Um tipo de substância explosiva.
[47] Jovens; inexperientes.

— Felizmente chegou à hora de jantar!

— É verdade; vamos para a mesa — disse José Lemos dando o braço a D. Margarida e a D. Virgínia. Seguiram-se os mais em procissão.

Não há mais júbilo[48] nos peregrinos de Meca[49] do que houve nos convivas ao avistarem uma longa mesa, profusamente servida, alastrada de porcelanas e cristais, assados, doces e frutas. Sentaram-se em boa ordem. Durante alguns minutos houve aquele silêncio que precede a batalha, e só no fim dela começou a geral conversação.

— Quem diria há um ano, quando eu aqui apresentei o nosso Duarte, que ele seria hoje noivo desta interessante D. Carlota? — disse o Dr. Valença limpando os lábios com o guardanapo, e lançando um benévolo olhar para a noiva.

— É verdade! — disse D. Beatriz.

— Parece dedo da Providência[50] — opinou a mulher de Vilela.

— Parece, e é — disse D. Beatriz.

— Se é o dedo da Providência — acudiu o noivo —, agradeço aos céus o interesse que toma por mim.

Sorriu D. Carlota, e José Lemos achou o dito de bom gosto e digno de um genro.

— Providência ou acaso? — perguntou o tenente. — Eu sou mais pelo acaso.

— Vai mal — disse Vilela, que, pela primeira vez, levantara a cabeça do prato. — Isso que o senhor chama acaso não é senão a Providência. "O casamento e a mortalha no céu se talha."[51]

— Ah! o senhor acredita nos provérbios?

— É a sabedoria das nações — disse José Lemos.

— Não — insistiu o tenente Porfírio —, repare que, para cada provérbio afirmando uma coisa, há outro provérbio afirmando a coisa contrária. Os provérbios mentem. Eu creio que foi simplesmente um felicíssimo acaso, ou antes, uma lei de atração das almas que fez com que o Sr. Luís Duarte se aproximasse da interessante filha do nosso anfitrião.

José Lemos ignorava até aquela data que era anfitrião; mas considerou que da parte de Porfírio não podia vir coisa má. Agradeceu, sorrindo, o que

---

[48] Alegria.
[49] Todo muçulmano deve, pelo menos uma vez na vida, peregrinar até Meca, cidade natal do profeta Maomé, fundador da religião islâmica.
[50] Isto é, uma determinação da Providência Divina, vontade de Deus de conduzir os acontecimentos.
[51] Provérbio popular usado quando a pessoa tem um noivo com defeitos, mas somente consegue ver perfeições.

lhe pareceu um cumprimento, enquanto se servia da gelatina, que Justiniano Vilela dizia estar excelente.

As moças conversavam baixinho e sorrindo; os noivos estavam embebidos com a troca de palavras amorosas, ao passo que Rodrigo palitava os dentes com tal ruído que a mãe não pôde deixar de lhe lançar um desses olhares fulminantes que eram as suas melhores armas.

— Quer gelatina, Sr. Calisto? — perguntou José Lemos com a colher no ar.

— Um pouco — disse o homem de cara amarela.

— A gelatina é excelente! — disse pela terceira vez o marido de D. Margarida, e tão envergonhada ficou a mulher com estas palavras do homem que não pôde reter um gesto de desgosto.

— Meus senhores — disse o padrinho —, eu bebo aos noivos.

— Bravo! — disse uma voz.

— Só isso? — perguntou Rodrigo. — Deseja-se uma saúde historiada.

— Mamãe: eu quero gelatina! — disse o menino Antonico.

— Eu não sei fazer discursos; bebo simplesmente à saúde dos noivos.

Todos beberam à saúde dos noivos.

— Quero gelatina! — insistiu o filho de José Lemos.

D. Beatriz sentiu ímpetos de Medeia;[52] o respeito aos convidados impediu que ali houvesse uma cena grave. A boa senhora limitou-se a dizer a um dos serventes:

— Leva isto a nhonhô...[53]

O Antonico recebeu o prato, e entrou a comer como comem as crianças quando não têm vontade: levava uma colherada à boca e demorava-se tempo infinito rolando o conteúdo da colher entre a língua e o paladar, ao passo que a colher, empurrada por um lado, formava na bochecha direita uma pequena elevação. Ao mesmo tempo agitava o pequeno as pernas de maneira que batia alternadamente na cadeira e na mesa.

Enquanto se davam estes incidentes, em que ninguém realmente reparava, a conversa continuava seu caminho. O Dr. Valença discutia com uma senhora a excelência do vinho Xerez, e Eduardo Valadares recitava uma décima à moça que lhe ficava ao pé.

De repente levantou-se José Lemos.

— Sio! sio! sio! — gritaram todos, impondo silêncio.

José Lemos pegou num copo e disse aos circunstantes:

---

[52] Na tragédia *Medeia* (431 a.C.), do autor grego Eurípedes (480-406 a.C.), a personagem mata os filhos antes de fugir para Atenas, para vingar-se da infidelidade de seu marido, Jasão.
[53] Tratamento dado ao filho do senhor da casa pelos escravos.

— Não é, meus senhores, a vaidade de ser ouvido por tão notável assembleia que me obriga a falar. É um alto dever de cortesia, de amizade, de gratidão; um desses deveres que podem mais que todos os outros, dever santo, dever imortal.

A estas palavras a assembleia seria cruel se não aplaudisse. O aplauso não atrapalhou o orador, pela simples razão de que ele sabia o discurso de cor.

— Sim, senhores. Curvo-me a esse dever, que é para mim a lei mais santa e imperiosa. Eu bebo aos meus amigos, a estes sectários do coração, a estas vestais,[54] tanto masculinas como femininas, do puro fogo da amizade! Aos meus amigos! À amizade!

A falar verdade, o único homem que percebeu a nulidade do discurso de José Lemos foi o Dr. Valença, que aliás não era águia. Por isso mesmo levantou-se e fez um brinde aos talentos oratórios do anfitrião.

Seguiu-se a estes dois brindes o silêncio de uso, até que Rodrigo dirigindo-se ao tenente Porfírio perguntou-lhe se havia deixado a musa em casa.

— É verdade! Queremos ouvi-lo — disse uma senhora —, dizem que fala tão bem!

— Eu, minha senhora? — respondeu Porfírio com aquela modéstia de um homem que se supõe um S. João Boca de Ouro.[55]

Distribuiu-se o *champagne*; e o tenente Porfírio levantou-se. Vilela, que se achava um pouco distante, pôs a mão em forma de concha atrás da orelha direita, ao passo que Calisto fincando um olhar profundo sobre a toalha parecia estar contando os fios do tecido. José Lemos chamou a atenção da mulher, que nesse momento servia uma castanha gelada ao implacável Antonico; todos os mais estavam com os olhos no orador.

— Minhas senhoras! Meus senhores! — disse Porfírio. — Não irei esquadrinhar no âmago da história, essa mestra da vida, o que era o himeneu[56] nas priscas[57] eras da humanidade. Seria lançar a luva do escárnio às faces imaculadas desta brilhante reunião. Todos nós sabemos, senhoras e senhores, o que é o himeneu. O himeneu é a rosa, rainha dos vergéis,[58] abrindo as pétalas rubras, para amenizar os cardos,[59] os abrolhos,[60] os espinhos da vida...

---

[54] Na religião romana, vestal era uma virgem, sacerdotisa consagrada à deusa romana Vesta, encarregada de cuidar do fogo sagrado perpétuo de seu altar.
[55] São João Crisóstomo (c. 347-407) foi arcebispo de Constantinopla e um patrono do cristianismo. Ele ficou conhecido por sua excelente oratória e, por isso, recebeu o epíteto grego de "Chrysostomos", que significa "da boca de ouro".
[56] Casamento; núpcias.
[57] Remotas.
[58] Jardins.
[59] Um tipo de erva com caule e folhas espinhosas.
[60] Um tipo de erva com flores vermelhas com folhas espinescentes.

— Bravo!

— Bonito!

— Se o himeneu é isto que eu acabo de expor aos vossos sentidos auriculares, não é mister explicar o gáudio,[61] o fervor, os ímpetos de amor, as explosões de sentimento com que todos nós estamos à roda deste altar, celebrando a festa do nosso caro e prezadíssimo amigo.

José Lemos curvou a cabeça até tocar com a ponta do nariz numa pera que tinha diante de si, enquanto D. Beatriz, voltando-se para o Dr. Valença, que lhe ficava ao pé, dizia:

— Fala muito bem! Parece um dicionário!

José Porfírio continuou:

— Sinto, senhores, não ter um talento digno do assunto...

— Não apoiado! Está falando muito bem! — disseram muitas vozes em volta do orador.

— Agradeço a bondade de V. Ex.<u>as</u>; mas eu persisto na crença de que não tenho o talento capaz de arcar com um objeto de tanta magnitude.

— Não apoiado!

— V. Ex.<u>as</u> confundem-me — respondeu Porfírio curvando-se. — Não tenho esse talento; mas sobra-me boa vontade, aquela boa vontade com que os apóstolos plantaram no mundo a religião do Calvário,[62] e graças a este sentimento poderei resumir em duas palavras o brinde aos noivos. Senhores, duas flores nasceram em diverso canteiro, ambas pulcras,[63] ambas recendentes,[64] ambas cheias de vitalidade divina. Nasceram uma para outra; era o cravo e a rosa; a rosa vivia para o cravo, o cravo vivia para a rosa: veio uma brisa e comunicou os perfumes das duas flores, e as flores, conhecendo que se amavam, correram uma para a outra. A brisa apadrinhou essa união. A rosa e o cravo ali estão consorciados no amplexo[65] da simpatia: a brisa ali está honrando a nossa reunião.

Ninguém esperava pela brisa; a brisa era o Dr. Valença. Estrepitosos aplausos celebraram este discurso em que o Calvário andou unido ao cravo e à rosa. Porfírio sentou-se com a satisfação íntima de ter cumprido o seu dever.

O jantar chegava ao fim: eram oito horas e meia; vinham chegando alguns músicos para o baile. Todavia, ainda houve uma poesia de Eduardo Valadares e

---

[61] Alegria extremada.
[62] Referência aos apóstolos, discípulos de Cristo, que pregaram o cristianismo pelo mundo, conforme a narrativa bíblica dos Evangelhos. O Calvário foi o monte no qual Jesus Cristo foi crucificado.
[63] Belas; formosas.
[64] Perfumadas; aromáticas.
[65] Abraço.

alguns brindes a todos os presentes e a alguns ausentes. Ora, como os licores iam ajudando as musas, travou-se especial combate entre o tenente Porfírio e Justiniano Vilela, que, só depois de *animado*, pôde entrar na arena. Esgotados os assuntos, fez Porfírio um brinde ao exército e aos seus generais, e Vilela outro à união das províncias do império. Neste terreno os assuntos não podiam escassear. Quando todos se levantaram da mesa, lá ficaram os dois brindando calorosamente todas as ideias práticas e úteis deste mundo, e do outro.

Seguiu-se o baile, que foi animadíssimo e durou até as três horas da manhã.

Nenhum incidente perturbou essa festa. Quando muito podia citar-se um ato de mau gosto da parte de José Lemos, que, dançando com D. Margarida, ousou lamentar a sorte dessa pobre senhora cujo marido se entretinha a fazer saúdes em vez de ter a inapreciável ventura de estar ao lado dela. D. Margarida sorriu; mas o incidente não foi adiante.

Às duas horas retirou-se o Dr. Valença com a família, sem que durante a noite, e apesar da familiaridade da reunião, perdesse um átomo sequer da gravidade habitual. Calisto Valadares esquivou-se na ocasião em que a filha mais moça de D. Beatriz ia cantar ao piano. Os mais foram-se retirando a pouco e pouco.

Quando a festa acabou de todo, ainda os dois últimos abencerragens[66] do copo e da mesa lá estavam levantando brindes de todo o tamanho. O último brinde de Vilela foi ao progresso do mundo por meio do café e do algodão, e o de Porfírio ao estabelecimento da paz universal.

Mas o verdadeiro brinde dessa festa memorável foi um pequerrucho que viu a luz em janeiro do ano seguinte, o qual perpetuará a dinastia dos Lemos, se não morrer na crise da dentição.

---

[66] Relativo à linhagem dos abencerrages, tribo moura que dominou a cidade de Granada, exterminada pelos muçulmanos, no final do século XV. Por extensão, em sentido figurado, significa os "últimos combatentes", ou os "derradeiros defensores" de uma causa.

# Ernesto de tal

## I

Aquele moço que ali está parado na rua Nova do Conde esquina do Campo da Aclamação, às dez horas da noite, não é nenhum ladrão, não é sequer um filósofo. Tem um ar misterioso, é verdade; de quando em quando leva a mão ao peito, bate uma palmada na coxa, ou atira fora um charuto apenas encetado.[1] Filósofo já se vê que não era. Ratoneiro[2] também não; se algum sujeito acerta de passar pelo mesmo lado, o vulto afasta-se cauteloso, como se tivesse medo de ser conhecido.

De dez em dez minutos, sobe a rua até o lugar em que ela faz ângulo com a rua do Areal, torna a descer dez minutos depois, para de novo subir e descer, descer e subir, sem outro resultado mais que aumentar cinco por cento a cólera que lhe murmura no coração.

Quem o visse fazer estas subidas e descidas, bater na perna, acender e apagar charutos, e não tivesse outra explicação, suporia plausivelmente que o homem estava doido ou perto disso. Não, senhor; Ernesto de tal (não estou autorizado para dizer o nome todo) anda simplesmente apaixonado por uma moça que mora naquela rua; está colérico porque ainda não conseguiu receber resposta da carta que lhe mandou nessa manhã.

Convém dizer que dois dias antes tinha havido um pequeno arrufo.[3] Ernesto quebrara o protesto de namorado que lhe fizera, de nunca mais escrever-lhe, mandando nessa manhã uma epístola[4] de quatro laudas[5] incendiárias, com muitos sinais admirativos e várias liberdades de pontuação. A carta foi, mas a resposta não veio.

De cada vez que o nosso namorado operava a descida ou a subida da rua, parava defronte de uma casa assobradada, onde se dançava ao som de um piano. Era ali que morava a dama dos seus pensamentos. Mas parava debalde;[6] nem ela aparecia à janela, nem a carta lhe chegava às mãos.

Ernesto mordia então os beiços para não soltar um grito de desespero e ia desafogar os seus furores[7] na próxima esquina.

---

[1] Iniciado; principiado.
[2] Gatuno; larápio.
[3] Pequeno desentendimento; mágoa.
[4] Carta.
[5] Páginas.
[6] Inutilmente.
[7] Violências.

— Mas que explicação tem isto — dizia ele consigo mesmo —, por que razão não me atira ela o papel de cima da janela? Não tem que ver; está toda entregue à dança, talvez ao namoro, não se lembra que eu estou aqui na rua, quando podia estar lá...

Neste ponto calou-se o namorado e, em vez do gesto de desespero que devia fazer, soltou apenas um longo e magoado suspiro. A explicação deste suspiro, inverossímil num homem que está rebentando de cólera, é um tanto delicada para se dizer em letra redonda. Mas vá lá; ou não se há de contar nada, ou se há de dizer tudo.

Ernesto dava-se em casa do Sr. Vieira, tio de Rosina, que é o nome da namorada. Lá costumava ir com frequência, e lá mesmo é que se arrufou[8] com ela dois dias antes deste sábado de outubro de 1850, em que se passa o acontecimento que estou narrando. Ora, por que razão não figura Ernesto entre os cavalheiros que estão dançando ou tomando chá? Na véspera de tarde, o Sr. Vieira, encontrando-se com Ernesto, participou-lhe que dava no dia seguinte uma pequena partida[9] para solenizar não sei que acontecimento da família.

— Resolvi isto hoje de manhã — concluiu ele —; convidei pouca gente, mas espero que a festa esteja brilhante. Ia mandar-lhe agora um convite; mas creio que me dispensa?...

— Sem dúvida — apressou-se a dizer Ernesto, esfregando as mãos de contente.

— Não falte!

— Não senhor!

— Ah! esquecia-me avisá-lo de uma coisa — disse Vieira, que já havia dado alguns passos —; como vai o subdelegado, que além disso é comendador, eu desejava que todos os meus convidados aparecessem de casaca. Sacrifique-se à casaca, sim?

— Com muito gosto — respondeu o outro, ficando pálido como um defunto.

Pálido, por quê? Leitor, por mais ridícula e lastimosa que te pareça esta declaração, não hesito em dizer-te que o nosso Ernesto não possuía uma só casaca nova nem velha. A exigência de Vieira era absurda, mas não havia fugir-lhe; ou não ir, ou ir de casaca. Cumpria sair a todo o custo desta gravíssima situação. Três alvitres[10] se apresentaram ao espírito do atribulado moço:

---

[8] Zangou-se; Irritou-se.
[9] Pequena festa; sarau.
[10] Hipóteses; soluções.

encomendar, por qualquer preço, uma casaca para a noite seguinte; comprá-la a crédito; pedi-la a um amigo.

Os dois primeiros alvitres foram desprezados por impraticáveis; Ernesto não tinha dinheiro, nem crédito tão alto. Restava o terceiro. Fez Ernesto uma lista dos amigos e casacas prováveis, meteu-a na algibeira e saiu em busca do velocino.[11]

A desgraça, porém, que o perseguia fez com que o primeiro amigo tivesse de ir no dia seguinte a um casamento e o segundo a um baile; o terceiro tinha a casaca rota, o quarto tinha a casaca emprestada, o quinto não emprestava a casaca, o sexto não tinha casaca. Recorreu ainda a mais dois amigos suplementares; mas um partira na véspera para Iguaçu e o outro estava destacado na fortaleza de S. João, como alferes da Guarda Nacional.

Imagine-se o desespero de Ernesto; mas admire-se também a requintada crueldade com que o destino tratava a este moço, que, ao voltar para casa, encontrou três enterros, dois dos quais com muitos carros, cujos ocupantes iam todos de casaca. Era mister curvar a cabeça à fatalidade; Ernesto não insistiu. Mas como tomara a peito reconciliar-se com Rosina, escreveu-lhe a carta de que falei acima e mandou-a levar pelo moleque da casa, dizendo-lhe que à noite lhe desse a resposta na esquina do Campo. Já sabemos que tal resposta não veio. Ernesto não compreendia a causa do silêncio; muitos arrufos tivera com a moça, mas nenhum deles resistia à primeira carta nem durava mais de quarenta e oito horas.

Desenganado enfim de que a resposta viesse naquela noite, Ernesto dirigiu-se para casa com o desespero no coração. Morava na rua da Misericórdia. Quando lá chegou estava cansado e abatido. Nem por isso dormiu logo. Despiu-se precipitadamente. Esteve a ponto de rasgar o colete, cuja fivela teimava em prender-se a um botão da calça. Atirou com as botinas sobre um aparador e quase esmigalhou uma das jarras. Deu cerca de sete ou oito murros na mesa; fumou dois charutos, descompôs o destino, a moça, a si mesmo, até que sobre a madrugada pôde conciliar o sono.

Enquanto ele dorme, indaguemos a causa do silêncio da namorada.

---

[11] Velocino ou velo é a pele de carneiro, recoberta com lã. A alusão é feita ao episódio mítico do velocino de ouro. Na mitologia grega, o herói Jasão, líder dos argonautas, recupera o velocino de ouro com a ajuda de Medeia.

## II

Veja o leitor aquela moça que ali está, sentada num sofá, entre duas damas da mesma idade, conversando baixinho com elas, e requebrando de quando em quando os olhos. É Rosina. Os olhos de Rosina não enganam ninguém, exceto os namorados. Os olhos dela são espertinhos e caçadores e, com um certo movimento que ela lhes dá, ficam ainda mais caçadores e espertinhos. É galante[12] e graciosa; se o não fora, não se deixaria prender por ela o nosso infeliz Ernesto, que era rapaz de apurado gosto. Alta não era, mas baixinha, viva, travessa. Tinha bastante afetação nos modos e no falar, mas Ernesto, a quem um amigo notara isso mesmo, declarou que não gostava de moscas mortas.

— Eu, nem de moscas vivas — acudiu o amigo encantado por ter apanhado no ar este trocadilho.

Trocadilho de 1850.

Não veste com luxo porque o tio não é rico, mas ainda assim está garrida[13] e elegante. Na cabeça, tem por enfeite apenas dois laços de fita azul.

— Ah! se aquelas fitas me quisessem enforcar! — dizia um gamenho[14] de bigode preto e cabelo partido ao meio.

— Se aquelas fitas me quisessem levar ao céu! — dizia outro de suíças castanhas e orelhas pequeninas.

Desejos ambiciosos os destes dois rapazes — ambiciosos e vãos, porque ela, se alguém lhe prende a atenção, é um moço de bigode louro e nariz comprido que está agora conversando com o subdelegado. Para ele é que Rosina dirige de quando em quando os olhos, com disfarce é verdade, não tanto porém que o não percebam as duas moças que estão ao pé dela.

— Namoro ferrado![15] — dizia uma delas à outra, fazendo um sinal de cabeça para o lado do moço de nariz comprido.

— Ora, Justina?

— Calúnias! — acudiu a outra moça.

— Cala-te, Amélia!

— Você quer enganar a gente? — insistia Justina. — Tire o cavalo da chuva! Lá está ele olhando... Parece que nem ouve o comendador. Pobre comendador! Para pau de cabeleira está grosso demais.

---

[12] Elegante.
[13] Bem-vestida; enfeitada.
[14] Janota; homem que se veste com apuro.
[15] Aqui, a expressão "namoro ferrado" significa uma "paquera difícil", "atrapalhada".

— Olha, se você não se cala eu vou-me embora — disse Rosina, fingindo-se enfadada.

— Pois vá!

— Coitado do Ernesto! — suspirou Amélia do outro lado.

— Olhe que titia pode ouvir — observou Rosina olhando de esguelha para uma velha gorda que, assentada ao pé do sofá, referia a uma comadre as diversas peripécias da última moléstia do marido.

— Mas por que não veio o Ernesto? — perguntou Justina.

— Mandou dizer a papai que tinha um trabalho urgente.

— Quem sabe se algum namoro também? — insinuou Justina.

— Não é capaz! — acudiu Rosina.

— Bravo! Que confiança!

— Que amor!

— Que certeza!

— Que defensora!

— Não é capaz — repetiu a moça —; o Ernesto não é capaz de namorar outra; estou certa disso... O Ernesto é um...

Engoliu o resto.

— Um quê? — perguntou Amélia.

— Um quê? — perguntou Justina.

Nesse momento, tocou-se uma valsa, e o rapaz de nariz comprido, a quem o subdelegado deixara para ir conversar com Vieira, aproximou-se do sofá e pediu a Rosina a honra de lhe dar aquela valsa. A moça abaixou os olhos com singular modéstia, murmurou algumas palavras que ninguém ouviu, levantou-se e foi valsar. Justina e Amélia chegaram-se então uma para a outra e comentaram o procedimento de Rosina e a sua maneira de valsar sem graça. Mas como ambas eram amigas de Rosina, não foram estas censuras feitas em tom ofensivo, mas com brandura, como os amigos devem censurar os amigos ausentes.

E não tinham muita razão as duas amigas. Rosina valsava com graça e podia pedir meças[16] a quem soubesse aquele gênero de dança. Agora, quanto ao namoro, pode ser que tivessem razão, e tinham efetivamente; a maneira como ela olhava e falava ao rapaz do nariz comprido despertava suspeitas no espírito mais desprevenido a seu respeito.

Acabada a valsa, passearam um pouco e foram depois para o vão de uma janela. Era então uma hora, e já o desgraçado Ernesto palmilhava na direção da rua da Misericórdia.

---

[16] A expressão "pedir meça", no texto, significa "julgar-se superior a todos em um assunto".

— Eu passarei amanhã às seis horas da tarde.
— Às seis horas, não! — disse Rosina.
Era a hora em que Ernesto costumava ir lá.
— Então às cinco...
— Às cinco?... Sim, às cinco — concordou a moça.

O rapaz do nariz comprido agradeceu com um sorriso esta ratificação do seu tratado amoroso, e proferiu algumas palavras que a moça ouviu derretida e envergonhada, entre vaidosa e modesta. O que ele dizia era que Rosina não só era a flor do baile, mas também a flor da rua do Conde, e não só a flor da rua do Conde, mas também a flor da cidade inteira.

Isto era o que lhe dissera muitas vezes Ernesto; o rapaz do nariz comprido, entretanto, tinha uma maneira particular de elogiar uma moça. A graça, por exemplo, com que ele metia o dedo polegar da mão esquerda no bolso esquerdo do colete, brincando depois com os outros dedos como se tocasse piano, era de todo ponto inimitável; nem havia ninguém, pelo menos naquelas imediações, que tivesse mais elegância na maneira de arquear os braços, de concertar os cabelos, ou simplesmente de oferecer uma xícara de chá.

Tais foram os dotes que venceram o coração inconstante da graciosa Rosina. Só esses? Não. A simples circunstância de não ter Ernesto a interessante vestidura que ornava o corpo e realçava as graças do seu afortunado rival pode já dar algumas luzes ao leitor de boa-fé. Rosina ignorava sem dúvida a situação precária de Ernesto a respeito da casaca; mas sabia que ele ocupava um emprego somenos[17] no arsenal de guerra, ao passo que o rapaz do nariz comprido tinha um bom lugar numa casa comercial.

Uma moça que professasse ideias filosóficas a respeito do amor e do casamento diria que os impulsos do coração estavam antes de tudo. Rosina não era inteiramente avessa aos impulsos do coração e à filosofia do amor, mas tinha ambição de figurar alguma coisa, morria por vestidos novos e espetáculos frequentes, gostava enfim de viver à luz pública. Tudo isso podia dar-lhe, com o tempo, o rapaz do nariz comprido, que ela antevia já na direção da casa em que trabalhava; o Ernesto, porém, era difícil que passasse do lugar que tinha no arsenal, e em todo o caso não subiria muito nem depressa.

Pesados os merecimentos de um e de outro, quem perdia era o mísero Ernesto.

Rosina conhecia o novo candidato desde algumas semanas, mas só naquela noite tivera ocasião de o tratar de perto, de consolidar, digamos assim, a sua situação. As relações, até então puramente telegráficas, passaram a ser verbais;

---

[17] Inferior; de pouca importância.

e se o leitor gosta de um estilo arrebicado e gongórico,[18] dir-lhe-ei que tantos foram os telegramas trocados durante a noite entre eles, que os Estados vizinhos, receosos de perder uma aliança provável, chamaram às armas a milícia dos agrados, mandaram sair a armada dos requebros, assestaram a artilharia dos olhos ternos, dos lenços na boca, e das expressões suavíssimas; mas toda essa leva de broquéis[19] nenhum resultado deu porque a formosa Rosina, ao menos naquela noite, achava-se entregue a um só pensamento.

Quando acabou o baile, e Rosina entrou na sua alcova,[20] viu um papelinho dobrado no toucador.[21]

— Que é isto? — disse ela.

Abriu: era a resposta à carta de Ernesto que ela se esquecera de mandar. Se alguém a tivesse lido? Não; não era natural. Dobrou a cartinha com muito cuidado, fechou-a com obreia,[22] guardou-a numa gavetinha, dizendo consigo:

— É preciso mandá-la amanhã de manhã.

## III

— Um palerma — é o que Rosina queria dizer quando defendeu a fidelidade de Ernesto, maliciosamente atacada pelas duas amigas.

Havia apenas três meses que Ernesto namorava a sobrinha de Vieira, que se carteava com ela, que protestavam um ao outro eterna fidelidade, e nesse curto espaço de tempo tinha já descoberto cinco ou seis mouros na costa.[23] Nessas ocasiões fervia-lhe a cólera, e era capaz de deitar tudo abaixo. Mas a boa menina, com a sua varinha mágica, trazia o rapaz a bom caminho, escrevendo-lhe duas linhas ou dizendo-lhe quatro palavras de fogo. Ernesto confessava que tinha visto mal, e que ela era excessivamente misericordiosa para com ele.

— Merecia bem que eu o não amasse mais — observava Rosina com gracioso enfado.

— Oh, não!

— Para que há de inventar essas coisas?

---

[18] Estilo muito rebuscado, com muitas figuras de linguagem.
[19] Escudos; armas.
[20] Pequeno quarto para dormir.
[21] Penteadeira.
[22] Uma folha de espessura fina, feita com massa de farinha de trigo, usada para selar cartas.
[23] A expressão "mouros na costa" remete à invasão muçulmana na Península Ibérica, durante a Idade Média. Portanto, significa "invasores", "adversários".

— Eu não invento... disseram-me.
— Pois fez mal em acreditar.
— Fiz mal, sim... você é um anjo do céu!

Rosina perdoava-lhe a calúnia, e as coisas continuavam como dantes.

Um amigo a quem Ernesto confiava todas as suas alegrias e mágoas, a quem tomava por conselheiro e que era seu companheiro de casa, muitas vezes lhe dizia:

— Olha, Ernesto, eu creio que estás perdendo teu trabalho.
— Como assim?
— Ela não gosta de ti.
— Impossível!
— Tu és apenas um passatempo.
— Enganas-te; ama-me.
— Mas ama também a outros muitos.
— Jorge!
— Em suma...
— Nem mais uma palavra!
— É uma namoradeira — concluía o amigo tranquilamente.

Ouvindo esse peremptório[24] juízo do amigo, Ernesto despedia um olhar longo e profundo, capaz de paralisar todos os movimentos conhecidos da mecânica; como porém o rosto do amigo não revelasse a menor impressão de temor ou arrependimento, Ernesto recolhia o olhar — mais cordato[25] neste ponto que o senador D. Manuel,[26] a quem o visconde de Jequitinhonha[27] dizia um dia no senado que recolhesse um riso, e continuava a rir — e tudo acabava em boa e santa paz.

Tal era a confiança de Ernesto na flor da rua do Conde. Se ela lhe dissesse um dia que tinha na algibeira do vestido uma das torres da Candelária,[28] não é certo, mas é muito provável que Ernesto lhe aceitasse a notícia.

Desta vez porém o arrufo era sério. Ernesto vira positivamente a moça receber uma cartinha, às furtadelas, da mão de uma espécie de primo que frequentava a casa de Vieira. Seus olhos faiscaram de raiva quando viram alvejar a misteriosa epístola nas mãos da moça. Fez um gesto de ameaça ao rapaz, lançou um olhar de desprezo à moça, e saiu. Depois escreveu a carta

---

[24] Decisivo, definitivo.
[25] Sensato; prudente.
[26] Manuel de Assis Mascarenhas (1805-1867) foi um diplomata e político brasileiro.
[27] Francisco Jê Acaiaba de Montezuma (1794-1870) foi um jurista e político brasileiro, que defendia o fim do tráfico negreiro.
[28] A Igreja de Nossa Senhora da Candelária, localizada no centro do Rio de Janeiro, foi construída entre 1609 e 1811.

de que temos notícia, e foi esperar a resposta na esquina da rua. Que resposta, se ele vira o gesto de Rosina? Leitor ingênuo, ele queria uma resposta que lhe demonstrasse não ter visto coisa alguma, uma resposta que o fizesse olhar para si mesmo com desprezo e nojo. Não achava possível semelhante explicação, mas no fundo d'alma era isso o que ele queria.

A resposta veio no dia seguinte. O rapaz que morava com ele foi acordá-lo às oito horas da manhã, para lhe entregar uma cartinha de Rosina.

Ernesto deu um salto na cama, assentou-se, abriu a epístola, e leu-a rapidamente. Um ar de celeste bem-aventurança revelou ao companheiro de Ernesto o conteúdo da carta.

— Tudo está sanado — disse Ernesto fechando a carta e descendo da cama —; ela explicou tudo, eu tinha visto mal.

— Ah! — disse Jorge, olhando com lástima para o amigo —; então que diz ela?

Ernesto não respondeu imediatamente; abriu a carta outra vez, leu-a para si, tornou a fechá-la, olhou para o teto, para as chinelas, para o companheiro, e só depois desta série de gestos indicativos da profunda abstração do seu espírito é que respondeu a Jorge, dizendo:

— Ela explica tudo; a carta que eu pensei ser de amores era um bilhete do primo pedindo algum dinheiro ao tio. Diz que eu sou muito mau em obrigá-la a falar nestas fraquezas de família, e conclui jurando que me ama como nunca seria capaz de amar ninguém. Lê.

Jorge recebeu a carta e leu, enquanto Ernesto passeava de um para outro lado, gesticulando e monossilabando[29] consigo mesmo, como se redigisse mentalmente um ato de contrição.

— Então? Que tal? — disse ele quando Jorge lhe entregou a carta.

— Tens razão, tudo se explica — respondeu Jorge.

Ernesto foi nessa mesma tarde à rua do Conde. Ela recebeu-o com um sorriso logo de longe. Na primeira ocasião que tiveram, tudo ficou explicado, declarando-se Ernesto compungido[30] por haver suspeitado de Rosina, e levando a moça a sua generosidade ao ponto de lhe ceder um beijo, ao lusco-fusco,[31] antes que a criada viesse acender as velas de *spermaceti*[32] dos aparadores.

Agora tem a palavra o leitor para interpelar-me a respeito das intenções desta moça, que, preferindo a posição do rapaz do nariz comprido, ainda se

---

[29] Pronunciando palavras monossílabas.
[30] Arrependido.
[31] Sombra.
[32] Um tipo de mistura de substâncias gordurosas, extraídas de óleos de origens vegetal e animal.

carteava com Ernesto, e lhe dava todas as demonstrações de uma preferência que não existia.

As intenções de Rosina, leitor curioso, eram perfeitamente conjugais. Queria casar, e casar o melhor que pudesse. Para este fim aceitava a homenagem de todos os seus pretendentes, escolhendo lá consigo o que melhor correspondesse aos seus desejos, mas ainda assim sem desanimar os outros, porque o melhor deles podia falhar, e havia para ela uma coisa pior que casar mal, que era não casar absolutamente.

Esse era o programa da moça. Junte a isso que era naturalmente loureira,[33] que gostava de trazer ao pé de si uma chusma[34] de pretendentes, muitos dos quais é preciso saber que não pretendiam casar, e namoravam por passatempo, o que revelava da parte desses cavalheiros uma incurável vadiação de espírito.

Quem não tem cão, caça com gato, diz o provérbio. Ernesto era pois, moral e conjugalmente falando, o gato possível de Rosina, uma espécie de *pis-aller*[35] — como dizem os franceses — que convinha ter à mão.

## IV

O moço do nariz comprido não pertencia ao número dos namorados de arribação;[36] seus intentos eram estritamente conjugais. Tinha vinte e seis anos, era laborioso, benquisto, econômico, singelo e sincero, um verdadeiro filho de Minas. Podia fazer a felicidade de uma moça.

A moça, pela sua parte, soubera insinuar-se tanto no espírito dele que por pouco lhe fez perder o emprego. Um dia, chegando-se o patrão à escrivaninha em que ele trabalhava, viu um papelinho debaixo do tinteiro, e leu a palavra amor, duas ou três vezes repetida. Uma que fosse bastava para fazê-lo subir às nuvens. O Sr. Gomes Arruda contraiu as sobrancelhas, concentrou as ideias, e improvisou uma alocução extensa e ameaçadora, em que o mísero guarda-livros só percebeu a expressão *olho da rua*.

Olho da rua é uma expressão grave. O guarda-livros meditou nela, reconheceu a justiça do patrão, e tratou de emendar-se dos descuidos, não do amor. O amor ia-se enraizando nele cada vez mais; era a primeira paixão séria que o rapaz sentia, acrescendo que ele acertara logo de dar com uma mestra no ofício.

---

[33] Mulher agradável; sedutora.
[34] Multidão.
[35] Tapa-buraco; substituto temporário.
[36] Isto é, namorados temporários.

"Isto assim não pode continuar", pensava o rapaz do nariz comprido, coçando o queixo e caminhando uma noite para casa, "o melhor é casar-me logo de uma vez. Com o que me dão lá em casa, o produto de alguma escrita por fora, creio que poderei ocorrer às despesas; o resto pertence a Deus."

Não tardou que Ernesto desconfiasse das intenções do rapaz do nariz comprido. Uma vez chegou a surpreender um olhar da moça e do rival. Enfadou-se, e na primeira ocasião que teve interpelou a namorada a respeito daquela circunstância equívoca.

— Confesse! — dizia ele.

— Oh! meu Deus! — exclamou a moça. — Você de tudo desconfia. Olhei para ele, sim, é verdade, mas olhei por sua causa.

— Por minha causa? — perguntou Ernesto com um tom gelado de ironia.

— Sim, examinava-lhe a gravata, que é muito bonita, para dar uma a você no dia de Ano-Bom. Agora que me obrigou a descobrir tudo, veja se me lembra outro mimo porque esse já não serve.

Ernesto caiu em si; recordou que efetivamente havia no olhar da moça uma tal ou qual intenção dadival,[37] se me permitem este adjetivo obsoleto; toda a sua cólera se converteu num sorriso amável e contrito, e o arrufo não foi adiante.

Dias depois, era um domingo, estando ele e ela na sala, e um filho de Vieira à janela, foram os dois namorados interrompidos pelo pequeno, que descera, gritando:

— Aí vem ele, aí vem ele!

— Ele quem? — disse Ernesto sentindo esmigalhar-se-lhe o coração.

Chegou à janela: era o rival.

Apareceu a tempo a tia de Rosina; uma tempestade iminente já pairava na fronte afogueada de Ernesto.

Pouco depois entrou na sala o rapaz do nariz comprido, que, ao ver Ernesto, pareceu sorrir maliciosamente. Ernesto encordoou.[38] Seus olhares, se fossem punhais, teriam cometido dois assassinatos naquele instante. Conteve-se, porém, para melhor observar os dois. Rosina não parecia prestar ao outro atenção de caráter especial; tratava-o com polidez apenas. Isto aquietou um pouco o ânimo revolto do Ernesto, que, ao cabo de uma hora, estava restituído à sua usual bem-aventurança.

Não reparou porém nos olhares desconfiados que o rapaz do nariz comprido lhe lançava de quando em quando. O sorriso malicioso desaparecera dos lábios do guarda-livros. A suspeita entrara-lhe no espírito ao ver a maneira

---

[37] Referente à dádiva, presente.
[38] Ficou aborrecido; zangou-se.

indiferente, ou quase, com que o tratava Rosina, posto tratasse de igual modo ao outro pretendente.

"Será seriamente um rival?", pensava o rapaz do nariz comprido.

Na primeira ocasião em que pôde trocar duas palavras com a namorada, sem testemunhas, o que foi logo no dia seguinte, manifestou a desconfiança que lhe escurecera o espírito até ali tão cor-de-rosa. Rosina soltou uma risada — uma dessas risadas que levam a convicção ao fundo d'alma —, a tal ponto que o rapaz do nariz comprido julgou de sua dignidade não insistir na absurda suspeita.

— Já lhe disse; ele bem vontade tem de que eu o namore, mas perde o tempo: eu só tenho uma cara e um coração.

— Oh! Rosina, tu és um anjo!

— Quem dera!

— Um anjo, sim — insistiu o rapaz do nariz comprido —; e creio que posso chamar-te brevemente minha esposa.

Os olhos da moça faiscaram de contentamento.

— Sim — continuou o namorado —; daqui a dois meses estaremos casados...

— Ah!

— Se todavia...

Rosina empalideceu.

— Todavia — repetiu ela.

— Se todavia, o Sr. Vieira consentir...

— Por que não? — disse a moça tranquilizando-se do susto que tivera. — Ele deseja a minha felicidade; e o casamento contigo é a minha felicidade maior. Ainda quando porém se oponha aos impulsos do meu coração, basta que eu queira para que os nossos desejos se realizem. Mas descansa; meu tio não porá obstáculos.

O rapaz do nariz comprido ficou ainda a olhar para a moça alguns minutos sem dizer palavra; admirava duas coisas: a força d'alma de Rosina e o amor que ela lhe dedicava. Quem rompeu o silêncio foi ela.

— Mas então daqui a dois meses?

— Só se a sorte me for adversa.

— E poderá sê-la?

— Quem sabe? — respondeu o rapaz do nariz comprido com um suspiro de dúvida.

Logo depois desta perspectiva de felicidade, a concha em que se pesavam as esperanças de Ernesto começou a subir um pouco. Ele via que Rosina efetivamente parecia ir diminuindo as cartas, e nas poucas que já então recebia dela a paixão era menos intensa, a frase estudada, acanhada e fria. Quando estavam juntos havia menos intimidade expansiva; a presença dele parecia constrangê-la. Ernesto entrou seriamente a crer que a batalha estava perdida. Infelizmente a tática deste namorado era perguntar à própria moça se eram fundadas as suspeitas dele, ao que ela respondia vivamente que não, e isto bastava a restituir-lhe a paz do espírito. Não era longa nem profunda a quietação; o laconismo[39] epistolar de Rosina, a frieza de seus modos, a presença do outro, tudo isso sombreava singularmente o espírito de Ernesto. Mas tão depressa caía no abismo do desespero, como ascendia às regiões da celeste bem-aventurança — mostrando assim o que a natureza queria que ele fosse — alma inconsistente e passiva — levada, como a folha, ao sabor de todos os ventos.

Entretanto, era difícil que a verdade não se lhe metesse pelos olhos. Um dia reparou que, além da suspeitosa afetuosidade de Rosina, havia da parte do tio certas atenções características para com o rival. Não se enganava; conquanto o novo pretendente ainda não houvesse pedido formalmente a mão da moça, era quase certo para o Sr. Vieira que nele se preparava novo sobrinho, e acertando de ser este um homem do comércio, não podia haver, na opinião do tio, mais feliz escolha.

Desisto de pintar os desesperos, os terrores, as imprecações[40] de Ernesto no dia em que a certeza da derrota mais funda e de raiz se lhe cravou no coração. Já então lhe não bastou a negativa de Rosina, que aliás lhe pareceu frouxa, e efetivamente o era. O triste moço chegou a desconfiar que a amada e o rival estariam de acordo para mofar[41] dele.

Como por via de regra, é da nossa miserável condição que o amor-próprio domine o simples amor, apenas aquela suspeita lhe pareceu provável, apoderou-se dele uma feroz indignação, e duvido que nenhum quinto ato de melodrama ostente maior soma de sangue derramado do que ele verteu na fantasia. Na fantasia, apenas, compassiva leitora, não só porque ele era incapaz de fazer mal a um seu semelhante, mas sobretudo porque repugnava à sua natureza achar uma resolução qualquer. Por esse motivo, depois de muito e longo cogitar, confiou todos os seus pesares e suspeitas ao companheiro de casa e pediu-lhe um conselho; Jorge deu-lhe dois.

— Minha opinião — disse Jorge — é que não te importes com ela e vás trabalhar, que é coisa mais séria.

— Nunca!

— Nunca trabalhar?

— Não; nunca esquecê-la.

— Bem — disse Jorge descalçando a bota do pé esquerdo —, nesse caso vai ter com esse sujeito de quem desconfias e entende-te com ele.

---

[39] Maneira de se expressar por poucas palavras.
[40] Maldições.
[41] Zombar.

— Aceito! — exclamou Ernesto. — É o melhor. Mas — continuou ele depois de refletir um instante — e se ele não for meu rival, que hei de fazer? Como descobrir se há outro?

— Nesse caso — disse Jorge estendendo-se filosoficamente na marquesa —, nesse caso o meu conselho é que tu, ele e ela vão todos para o diabo que os carregue.

Ernesto cerrou os ouvidos à blasfêmia, vestiu-se e saiu.

## V

Apenas saiu à rua, embicou Ernesto para a casa onde trabalhava o rapaz do nariz comprido, resolvido a explicar-se de uma vez com ele. Hesitou alguma coisa, é verdade, e esteve a pique de arrepiar carreira;[42] mas a crise era tão violenta que triunfou da frouxidão de ânimo, e vinte minutos depois chegava ele ao seu destino. Não entrou no escritório do rival. Pôs-se a passear de um lado para outro, à espera que ele saísse, o que se verificou daí a três quartos de hora, três enfadonhos e mortais quartos de hora.

Ernesto aproximou-se casualmente do rival; cumprimentaram-se com um sorriso acanhado e amarelo, e ficaram alguns segundos a olhar um para o outro. Já o guarda-livros ia tirando o chapéu e despedindo-se, quando Ernesto lhe perguntou:

— Vai hoje à rua do Conde?

— Talvez.

— A que horas?

— Não sei ainda. Por quê?

— Iríamos juntos. Eu vou às oito.

O rapaz do nariz comprido não respondeu.

— Para que lado vai agora? — perguntou Ernesto depois de algum silêncio.

— Vou ao Passeio Público, se o senhor lá não for — respondeu resolutamente o rival.

Ernesto empalideceu.

— Quer assim fugir de mim?

— Sim, senhor.

— Pois eu não; desejo até que haja uma explicação entre nós. Espere... não me volte as costas. Saiba que eu também sou atrevido, menos de língua ainda que de mão. Vamos, dê-me o braço e caminhemos ao Passeio Público.

---

[42] Isto é, a ponto de iniciar uma corrida.

O rapaz do nariz comprido teve ímpetos de atracar-se com o rival e experimentar-lhe as forças, mas estavam numa rua comercial; todo o seu futuro voaria pelos ares. Preferiu dar-lhe as costas e seguir caminho. Executava já este plano, quando Ernesto lhe gritou:

— Venha cá, namorado sem-ventura!

O pobre rapaz voltou-se rapidamente.

— Que diz o senhor? — perguntou ele.

— Namorado sem-ventura — repetiu Ernesto, cravando os olhos no rosto do rival a ver se lhe descobria uma confissão qualquer.

— É singular — replicou o rapaz do nariz comprido —, é singular que o senhor me chame namorado sem-ventura, quando ninguém ignora a triste figura que tem feito para obter as boas graças de uma moça que é minha...

— Sua!

— Minha!

— Nossa, direi eu...

— Senhor!

O rapaz do nariz comprido engatilhou um soco; a segurança e tranquilidade com que Ernesto olhava para ele mudaram-lhe o curso das ideias. Falara ele verdade? Essa moça, que tanto amor lhe jurava, com quem meditava casar dentro de pouco tempo, mas de quem alguma vez desconfiara, teria dado efetivamente àquele homem o direito de a chamar sua? Esta simples interrogação perturbou o espírito do rapaz, que esteve cerca de dois minutos a olhar mudamente para Ernesto, e este a olhar mudamente para ele.

— O que o senhor disse agora é muito grave; preciso de uma explicação.

— Peço-lhe explicação igual — respondeu Ernesto.

— Vamos ao Passeio Público.

Seguiram caminho, a princípio silenciosos, não só porque a situação os acanhava naturalmente, mas também porque cada um deles receava ouvir uma cruel revelação. A conversa começou por monossílabos e frases truncadas, mas foi a pouco e pouco fazendo-se natural e correta. Tudo quanto os leitores sabem de um e outro foi ali exposto por ambos e por ambos ouvido entre abatimento e cólera.

— Se tudo quanto o senhor diz é a expressão da verdade — observou o rapaz do nariz comprido descendo a rua das Marrecas —, a conclusão é que fomos enganados...

— Vilmente enganados — emendou Ernesto.

— Pela minha parte — tornou o primeiro —, recebo com isto um grande golpe porque eu amava-a muito, e pretendia fazê-la minha esposa, o que sucederia breve. A minha boa fortuna fez com que o senhor me avisasse a tempo...

— Talvez me censurem o passo que dei, mas o resultado que vamos colher justifica tudo. Nem por isso creia que padeço menos... eu amava loucamente aquela moça!

Ernesto proferiu estas palavras tão de dentro que elas repercutiram no coração do rival e ambos ficaram algum tempo calados, a devorar consigo a dor e a humilhação. Ernesto rompeu o silêncio soltando um magoadíssimo suspiro, na ocasião em que entravam no Passeio. Só o guarda pôde ouvi-lo; o rapaz do nariz comprido ia revolvendo no espírito uma dúvida.

"Devo eu condenar tão ligeiramente aquela moça?", perguntou ele a si mesmo; "e não será este sujeito um pretendente vencido que, por semelhante meio, quer obter a minha neutralidade?"

O rosto de Ernesto não parecia dar razão à conjetura do rival; todavia, como o lance era grave e cumpria não ir por aparências, o rapaz do nariz comprido abriu de novo o capítulo das revelações, no que foi acompanhado pelo rival. Todas elas iam concordando entre si; os incidentes e os gestos que um relembrava tinham eco na memória do outro. O que porém decidiu tudo foi a apresentação de uma carta que cada um deles tinha casualmente no bolso. O texto de ambas mostrava que eram recentes; a expressão de ternura não era a mesma nas duas epístolas porque Rosina, como sabemos, ia afrouxando o tom em relação a Ernesto; mas era quanto bastava para dar ao rapaz do nariz comprido o golpe de misericórdia.

— Desprezemo-la — disse este, quando acabou de ler a carta do rival.

— Só isso? — perguntou Ernesto. — O simples desprezo será bastante?

— Que vingança tiraríamos dela? — objetou o rapaz do nariz comprido. — Ainda que alguma fosse possível, não seria digna de nós...

Calou-se; mas tocado de uma súbita ideia exclamou:

— Ah! lembra-me um meio.

— Qual?

— Mandemos-lhe uma carta de rompimento, mas uma carta de igual teor.

A ideia sorriu logo ao espírito de Ernesto, que parecia ainda mais humilhado que o outro, e ambos foram dali redigir a carta fatal.

No dia seguinte, logo depois do almoço, estava Rosina em casa, muito sossegada, longe de esperar o golpe, e até forjando planos de futuro, que assentavam todos no rapaz do nariz comprido, quando o moleque lhe apareceu com duas cartas.

— Nhanhã Rosina — disse ele —, esta carta é de sinhô Ernesto, e esta...

— Que é isso? — disse a moça. — Os dois...

— Não — explicou o moleque —; um estava na esquina de cima, outro na esquina de baixo.

E fazendo tinir no bolso alguns cobres que os dois rivais lhe haviam dado, o moleque deixou a senhora moça ler à vontade as duas missivas. A primeira que abriu foi a de Ernesto. Dizia assim:

Senhora! Hoje que tenho a certeza da sua perfídia, certeza que já nada me pode arrancar do espírito, tomo a liberdade de lhe dizer que está livre e eu, reabilitado. Basta de humilhações! Pude dar-lhe crédito enquanto lhe era possível enganar-me. Agora... adeus para sempre!

Rosina levantou os ombros ao ler esta carta. Abriu rapidamente a do rapaz do nariz comprido, e leu: "*Senhora! Hoje que tenho a certeza da sua perfídia, certeza que já nada me pode...*"

Daqui para diante foi crescendo a surpresa. Ambos se despediam; ambos por igual teor. Logo, tinham descoberto tudo um ao outro. Não havia meio de reparar nada; tudo estava perdido!

Rosina não costumava chorar. Esfregava às vezes os olhos, para os fazer vermelhos, quando havia necessidade de mostrar a um namorado que se ressentia de alguma coisa. Desta vez porém chorou deveras; não de mágoa, mas de raiva. Triunfavam ambos os rivais; ambos lhe fugiam, e lhe davam de comum acordo o último golpe. Não havia resistir; entrou-lhe na alma o desespero. Por desgraça não havia no horizonte a mais ligeira vela. O primo a quem aludimos num dos capítulos anteriores andava com ideias a respeito de outra moça, e ideias já conjugais. Ela mesma descuidara o seu sistema durante os últimos trinta dias deixando sem resposta alguns olhares interrogadores. Estava pois abandonada de Deus e dos homens.

Não; ainda lhe restava um recurso.

## VI

Um mês depois daquele fatal desastre, estando Ernesto em casa a conversar com o companheiro e mais dois amigos, um dos quais era o rapaz do nariz comprido, ouviu bater palmas. Foi à escada; era o moleque da rua Nova do Conde.

— Que me queres? — disse ele com ar severo, suspeitando que o moleque viesse pedir-lhe dinheiro.

— Venho trazer isto — disse o moleque baixinho.

E tirou do bolso uma carta que entregou a Ernesto.

A primeira ideia de Ernesto foi recusar a carta e pôr o moleque a pontapés pela escada abaixo; mas o coração disse-lhe uma coisa, como ele mesmo confessou depois. Estendeu a mão, recebeu a carta, abriu-a e leu.

Dizia assim:

Ainda uma vez curvo-me às tuas injustiças. Estou cansada de chorar. Não posso mais viver debaixo da ação de uma calúnia. Vem ou eu morro!

Ernesto esfregou os olhos; não podia crer no que acabava de ler. Seria um novo ardil,[43] ou a expressão da verdade? Ardil podia ser, mas Ernesto atentou bem e pareceu-lhe ver o sinal de uma lágrima. Evidentemente a moça chorara. Mas se chorara é porque padecia, e nesse caso...
Nestas e noutras reflexões gastou Ernesto cerca de oito a dez minutos. Não sabia que resolvesse. Acudir ao chamado de Rosina era esquecer a perfídia[44] com que ela se houve amando a outro em cujas mãos vira até uma carta sua. Mas não ir podia ser contribuir para a morte de uma criatura que ainda quando não tivesse sido amada por ele, merecia os seus sentimentos de humanidade.
— Diga que lá irei logo — respondeu enfim Ernesto.
Quando voltou para a sala trazia o rosto mudado. Os amigos repararam na mudança e procuraram descobrir-lhe a causa.
— Algum credor — dizia um.
— Não lhe trouxeram dinheiro — acrescentava outro.
— Namoro novo — opinava o companheiro de casa.
— É tudo isso talvez — respondeu Ernesto com um modo que queria ser alegre.
De tarde preparou-se Ernesto e dirigiu-se para a rua Nova do Conde. Dez ou doze vezes parou resolvido a voltar, mas um minuto de reflexão tirava-lhe os escrúpulos e o rapaz prosseguia em seu caminho.
— Há mistério nisto tudo — dizia ele consigo e relendo a carta de Rosina. É certo que ele me revelou tudo, e até me leu cartas; nisto não há que duvidar. Rosina é culpada; enganou-me; namorava a outro, dizendo-me que só me amava a mim. Mas por que esta carta? Se ela amava ao outro, por que lhe não escreve? Investiguemos tudo isto.
A última hesitação do digno rapaz foi ao entrar na rua Nova do Conde; seu espírito vacilou dessa vez mais que nunca. Dez minutos gastou em passinhos ora para trás, ora para diante, sem assentar numa coisa definitiva. Afinal deitou o coração à larga e seguiu afoitamente a senda que o destino parecia indicar-lhe.
Quando chegou à casa de Vieira, estava Rosina na sala com a tia. A moça teve um movimento de alegria; mas, tanto quanto Ernesto pôde examinar-lhe as feições, a alegria não foi tal que pudesse disfarçar-lhe os sulcos das lágrimas.

---

[43] Armadilha; cilada.
[44] Deslealdade.

O que é certo é que um véu de melancolia parecia envolver os olhos travessos da bela Rosina. Nem já eram travessos; estavam desmaiados ou mortos.

— Oh! Ali está a inocência! — disse Ernesto consigo.

Ao mesmo tempo, envergonhado por esta opinião tão benevolente, e lembrando-se das revelações do rapaz do nariz comprido, Ernesto assumiu um ar severo e grave, menos de namorado que de juiz, menos de juiz que de algoz.

Rosina cravou os olhos no chão.

A tia da moça perguntou a Ernesto as causas da sua ausência tão prolongada. Ernesto alegou muito trabalho e alguma doença, as primeiras desculpas que ocorrem a todo o homem que não tem desculpa. Trocadas mais algumas palavras, saiu a tia da sala para ir dar umas ordens, tendo já ordenado disfarçadamente ao Juquinha que ficasse na sala. Juquinha porém trepou a uma cadeira e pôs-se à janela; os dois tiveram tempo para explicações.

A situação era esquerda, mas não se podia perder tempo. Bem o compreendeu Rosina, que rompeu logo nestas palavras:

— Não tem remorsos?

— De quê? — perguntou Ernesto espantado.

— Do que me fez?

— Eu?

— Sim, abandonando-me sem uma explicação. A causa adivinho eu qual é; alguma nova suspeita, ou antes alguma calúnia...

— Nem calúnia, nem suspeita — disse Ernesto depois de um momento de silêncio —; mas só verdade.

Rosina sufocou um grito; seus lábios pálidos e trêmulos quiseram murmurar alguma coisa, mas não puderam; dos olhos rebentaram-lhe duas grossas lágrimas. Ernesto não podia vê-la chorar; por mais cheio de razões que estivesse, em vendo lágrimas, curvava-se logo e pedia-lhe perdão. Desta vez porém era impossível que tão depressa voltasse ao antigo estado. As revelações do rival estavam ainda frescas na memória.

Curvou-se, entretanto, para a moça e pediu-lhe que não chorasse.

— Que não chore! — disse ela com voz lacrimosa. — Pede-me que não chore quando eu vejo fugir-me a felicidade das mãos, sem ao menos merecer a sua estima, porque o senhor despreza-me; sem ao menos saber o que é essa calúnia para desmenti-la ou desmascará-la...

— É capaz disso? — perguntou Ernesto com fogo. — É capaz de confundir a calúnia?

— Sou — disse ela com um magnífico gesto de dignidade. Ernesto expôs em resumo a conversa que tivera com o rapaz do nariz comprido, e concluiu dizendo que vira uma carta dela. Rosina ouviu calada a narração; tinha o peito ofegante; sentia-se a comoção que a dominava. Quando ele acabou, soltou uma torrente de lágrimas.

— Meu Deus! — disse baixinho Ernesto —, podem ouvi-la.

— Não importa — exclamou a moça —; estou disposta a tudo...

— Diga-me, pode negar o que lhe acabo de contar?

— Tudo não, alguma coisa é verdade — respondeu ela com voz triste.

— Ah!

— A promessa de casamento é mentira; não houve mais que duas cartas, duas apenas, e isso... por sua culpa...

— Por minha culpa! — exclamou Ernesto tão assombrado como se acabasse de ver um dos castiçais a dançar.

— Sim — repetiu ela —, por sua culpa. Não se lembra? Tinha-se arrufado uma vez comigo, e eu... foi uma loucura... para metê-lo em brios, para vingar-me... que loucura!... correspondi ao namoro daquele indivíduo sem educação... foi demência minha, bem vejo... Mas que quer? Eu estava despeitada...[45]

A alma de Ernesto ficou fortemente abalada com esta exposição que a moça lhe fazia dos acontecimentos. Era claro para ele que Rosina negaria tudo, se o seu procedimento tivesse alguma intenção má; a carta, diria que era imitação da sua letra. Mas não; ela confessava tudo com a mais nobre e rude singeleza deste mundo; somente — e nisto estava a chave da situação — a moça explicava a que impulsos de despeito cedera, mostrando assim, se podemos comparar o coração a um pastel, debaixo do invólucro da leviandade a nata do amor.

Decorreram alguns segundos de silêncio, em que a moça tinha os olhos pregados no chão, na mais triste e melancólica atitude que jamais teve uma donzela arrependida.

— Mas não viu que esse ato de loucura podia causar a minha morte? — disse Ernesto.

Rosina estremeceu ouvindo estas palavras que Ernesto lhe disse com a voz mais doce dos seus antigos dias; levantou os olhos para ele e tornou a pousá-los no chão.

— Se eu tivesse refletido nisso — observou ela —, não faria nada do que fiz.

— Tem razão — ia dizendo Ernesto, mas levado de um mau espírito de vingança entendeu que a leviandade da moça devia ser punida com alguns minutos mais de dúvida e recriminação.

A moça ouviu ainda muitas coisas que lhe disse Ernesto, e a todas respondeu com um ar tão contrito e palavras tão repassadas de amargura que o nosso namorado sentiu quase rebentarem-lhe as lágrimas dos olhos. Os

---

[45] Zangada; magoada.

de Rosina estavam já mais tranquilos, e a limpidez começava a tomar o lugar da sombra melancólica. A situação era quase a mesma de algumas semanas antes; faltava só consolidá-la com o tempo. Entretanto, disse Rosina:

— Não pense que lhe peço mais do que me cumpre. Meu procedimento alguma punição há de ter e eu estou perfeitamente resignada.[46] Pedi-lhe que viesse a fim de me explicar o seu silêncio; pela minha parte expliquei-lhe o meu desvario.[47] Não posso ambicionar mais...

— Não pode?...

— Não. Meu fim era não desmerecer a sua estima.

— E por que não o meu amor? — perguntou Ernesto. — Parece-lhe que o coração possa apagar de repente, e por simples esforço de vontade, a chama de que viveu longos dias?

— Oh! isso é impossível! — respondeu a moça. — E pela minha parte sei o que vou padecer...

— Demais — disse Ernesto —, o culpado de tudo fui eu, francamente o confesso. Ambos nós temos que perdoar um ao outro; perdoo-lhe a leviandade; perdoa-me o fatal arrufo?

Rosina, a menos de ter um coração de bronze, não podia deixar de conceder o perdão que o namorado lhe pedia. Foi recíproca a generosidade. Como na volta do filho pródigo,[48] as duas almas festejaram aquela renascença de felicidade, e amaram-se com mais força que nunca.

Três meses depois, dia por dia, foi celebrado na igreja de Sant'Ana, que era então no Campo da Aclamação, o consórcio dos dois namorados. A noiva estava radiante de ventura; o noivo parecia respirar os ares do paraíso celeste. O tio de Rosina deu um sarau a que compareceram os amigos de Ernesto, exceto o rapaz do nariz comprido.

Não quer isto dizer que a amizade dos dois viesse a esfriar. Pelo contrário, o rival de Ernesto revelou certa magnanimidade,[49] apertando ainda mais os laços que o prendiam desde a singular circunstância que os aproximou. Houve mais; dois anos depois do casamento de Ernesto, vemos os dois associados num armarinho, reinando entre ambos a mais serena intimidade. O rapaz do nariz comprido é padrinho de um filho de Ernesto.

— Por que não te casas? — perguntava Ernesto às vezes ao seu sócio, amigo e compadre.

— Nada, meu amigo — responde o outro —, eu já agora morro solteiro.

---

[46] Conformada.
[47] Loucura; delírio.
[48] Alusão ao episódio bíblico da parábola do filho pródigo, narrada por Jesus, no Evangelho de Lucas, 15:11-32.
[49] Generosidade; grandeza.

# O relógio de ouro

Agora contarei a história do relógio de ouro. Era um grande cronômetro, inteiramente novo, preso a uma elegante cadeia. Luís Negreiros tinha muita razão em ficar boquiaberto quando viu o relógio em casa, um relógio que não era dele, nem podia ser de sua mulher. Seria ilusão dos seus olhos? Não era; o relógio ali estava sobre uma mesa da alcova,[1] a olhar para ele, talvez tão espantado como ele, do lugar e da situação.

Clarinha não estava na alcova quando Luís Negreiros ali entrou. Deixou-se ficar na sala, a folhear um romance, sem corresponder muito nem pouco ao ósculo[2] com que o marido a cumprimentou logo à entrada. Era uma bonita moça esta Clarinha, ainda que um tanto pálida, ou por isso mesmo. Era pequena e delgada;[3] de longe parecia uma criança; de perto, quem lhe examinasse os olhos veria bem que era mulher como poucas. Estava molemente reclinada no sofá, com o livro aberto e, os olhos no livro, os olhos apenas, porque o pensamento, não tenho certeza se estava no livro, se em outra parte. Em todo caso parecia alheia ao marido e ao relógio.

Luís Negreiros lançou mão do relógio com uma expressão que eu não me atrevo a descrever. Nem o relógio, nem a corrente eram dele; também não eram de pessoas suas conhecidas. Tratava-se de uma charada. Luís Negreiros gostava de charadas, e passava por ser decifrador intrépido; mas gostava de charadas nas folhinhas ou nos jornais. Charadas palpáveis ou cronométricas, e sobretudo sem conceito, não as apreciava Luís Negreiros.

Por este motivo, e outros que são óbvios, compreenderá o leitor que o esposo de Clarinha se atirasse sobre uma cadeira, puxasse raivosamente os cabelos, batesse com o pé no chão, e lançasse o relógio e a corrente para cima da mesa. Terminada esta primeira manifestação de furor, Luís Negreiros pegou de novo nos fatais objetos, e de novo os examinou. Ficou na mesma. Cruzou os braços durante algum tempo e refletiu sobre o caso, interrogou todas as suas recordações, e concluiu no fim de tudo que, sem uma explicação de Clarinha, qualquer procedimento fora baldado[4] ou precipitado.

Foi ter com ela.

---

[1] Pequeno quarto de dormir.
[2] Beijo com o qual os cristãos costumam se cumprimentar.
[3] Magra; esbelta.
[4] Fracassado; inútil.

Clarinha acabava justamente de ler uma página e voltava a folha com ar indiferente e tranquilo de quem não pensa em decifrar charadas de cronômetro. Luís Negreiros encarou-a; seus olhos pareciam dois reluzentes punhais.

— Que tens? — perguntou a moça com a voz doce e meiga que toda a gente concordava em lhe achar.

Luís negreiros não respondeu a interrogação da mulher; olhou algum tempo para ela; depois deu duas voltas na sala, passando a mão pelos cabelos, por modo que a moça de novo lhe perguntou:

— Que tens?

Luís Negreiros parou defronte dela.

— Que é isto? — disse ele, tirando do bolso o fatal relógio e apresentando-lho diante dos olhos. — Que é isto? — repetiu ele com voz de trovão.

Clarinha mordeu os beiços e não respondeu. Luís Negreiros esteve algum tempo com o relógio na mão e os olhos na mulher, a qual tinha os seus olhos no livro. O silêncio era profundo. Luís Negreiros foi o primeiro que o rompeu, atirando estrepitosamente[5] o relógio ao chão, e dizendo em seguida à esposa:

— Vamos, de quem é aquele relógio?

Clarinha ergueu lentamente os olhos para ele, abaixou-os depois, e murmurou:

— Não sei.

Luís Negreiros fez um gesto como de quem queria esganá-la; conteve-se. A mulher levantou-se, apanhou o relógio e pô-lo sobre uma mesa pequena. Não se pôde sofrear[6] Luís Negreiros. Caminhou para ela, e segurando-lhe nos pulsos com força, lhe disse:

— Não me responderás, demônio? Não me explicarás esse enigma?

Clarinha fez um gesto de dor, e Luís Negreiros imediatamente lhe soltou os pulsos, que estavam arrochados. Noutras circunstâncias é provável que Luís Negreiros lhe caísse aos pés e pedisse perdão de a haver machucado. Naquele momento, nem se lembrou disso; deixou-a no meio da sala e entrou a passear de novo, sempre agitado, parando de quando em quando, como se meditasse algum desfecho trágico.

Clarinha saiu da sala.

Pouco depois veio um escravo dizer que o jantar estava na mesa.

— Onde está a senhora?

— Não sei, não senhor.

---

[5] Com estrépito; algazarra; ruído estrondoso.
[6] Conter-se; manter a calma.

Luís Negreiros foi procurar a mulher; achou-a numa saleta de costura, sentada numa cadeira baixa, com a cabeça nas mãos a soluçar. Ao ruído que ele fez na ocasião de fechar a porta atrás de si, Clarinha levantou a cabeça, e Luís Negreiros pôde ver-lhe as faces úmidas de lágrimas. Esta situação foi ainda pior para ele que a da sala. Luís Negreiros não podia ver chorar uma mulher, sobretudo a dele. Ia enxugar-lhe as lágrimas com um beijo, mas reprimiu o gesto, e caminhou frio para ela; puxou uma cadeira e sentou-se em frente a Clarinha.

— Estou tranquilo, como vês — disse ele —; responde-me ao que te perguntei com a franqueza que sempre usaste comigo. Eu não te acuso nem suspeito nada de ti. Quisera simplesmente saber como foi parar ali aquele relógio. Foi teu pai que o esqueceu cá?

— Não.

— Mas então?

— Oh! não me perguntes nada! — exclamou Clarinha. — Ignoro como esse relógio se acha ali... Não sei de quem é... deixa-me.

— É demais! — urrou Luís Negreiros, levantando-se e atirando a cadeira ao chão.

Clarinha estremeceu, e deixou-se ficar aonde estava. A situação tornava-se cada vez mais grave. Luís Negreiros passeava cada vez mais agitado, revolvendo os olhos nas órbitas, e parecendo prestes a atirar-se sobre a infeliz esposa. Esta, com os cotovelos no regaço[7] e a cabeça nas mãos, tinha os olhos encravados na parede. Correu assim cerca de um quarto de hora. Luís Negreiros ia de novo interrogar a esposa, quando ouviu a voz do sogro, que subia as escadas gritando:

— Ó "seu" Luís! Ó "seu" malandrim!

— Aí vem teu pai! — disse Luís Negreiros. — Logo me pagarás.

Saiu da sala de costura e foi receber o sogro, que já estava no meio da sala, fazendo viravoltas com o chapéu de sol,[8] com grande risco das jarras e do candelabro.

— Vocês estavam dormindo? — perguntou o Sr. Meireles tirando o chapéu e limpando a testa com um grande lenço encarnado.[9]

— Não, senhor, estávamos conversando...

— Conversando?... — repetiu Meireles.

E acrescentou consigo:

---

[7] Colo; parte do corpo entre a cintura e os joelhos.
[8] Guarda-sol; guarda-chuva.
[9] Vermelho.

— Estavam de arrufos...[10] é o que há de ser.

— Vamos justamente jantar — disse Luís Negreiros —, janta conosco?

— Não vim cá para outra coisa — acudiu Meireles —; janto hoje e amanhã também. Não me convidaste, mas é o mesmo.

— Não o convidei?...

— Sim, não fazes anos amanhã?

— Ah! é verdade...

Não havia razão aparente para que, depois destas palavras ditas com um tom lúgubre,[11] Luís negreiros repetisse, mas desta vez com um tom descomunalmente alegre:

— Ah! é verdade!...

Meireles, que já ia pôr o chapéu num cabide do corredor, voltou-se para o genro, em cujo rosto leu a mais franca, súbita e inexplicável alegria.

— Está maluco! — disse baixinho Meireles.

—Vamos jantar — bradou o genro, indo logo para dentro, enquanto Meireles, seguindo pelo corredor, ia ter à sala de jantar.

Luís Negreiros foi ter com a mulher na sala de costura, e achou-a de pé, compondo os cabelos diante de um espelho:

— Obrigado — disse.

A moça olhou para ele admirada.

— Obrigado — repetiu Luís Negreiros —, obrigado e perdoa-me.

Dizendo isto, procurou Luís Negreiros abraçá-la; mas a moça, com um gesto nobre, repeliu o afago e foi para a sala de jantar.

— Tem razão! — murmurou Luís Negreiros.

Daí a pouco achavam-se todos três à mesa do jantar e foi servida a sopa, que Meireles achou, como era natural, de gelo. Ia já fazer um discurso a respeito da incúria[12] dos criados, quando Luís Negreiros confessou que toda a culpa era dele porque o jantar estava há muito na mesa. A declaração apenas mudou o assunto do discurso, que versou então sobre a terrível coisa que era um jantar requentado — *qui ne valut jamais rien*.[13]

Meireles era um homem alegre, pilhérico,[14] talvez frívolo[15] demais para a idade, mas em todo o caso interessante pessoa. Luís Negreiros gostava

---

[10] Zangas; pequenas mágoas.
[11] Fúnebre; muito triste.
[12] Desleixo; falta de cuidado.
[13] Tradução: "Que nunca valeu nada". A frase é uma citação do poema "*Le Lutrin*" (1683), do poeta francês Nicolas Boileau-Despréaux (1636-1711). No poema, lê-se: "*Reprenez vos esprits, et souvenez-vous bien / Qu'un dîner réchauffé ne valut jamais rien.*" Tradução: "Reanimem-se e lembrem-se de que um jantar requentado nunca valeu nada."
[14] Espirituoso; que diz piadas.
[15] Superficial; leviano.

muito dele, e via correspondida essa afeição de parente e amigo, tanto mais sincera quanto que Meireles só tarde e de má vontade lhe dera a filha. Durou o namoro cerca de quatro anos, gastando o pai de Clarinha mais de dois em meditar e resolver o assunto do casamento. Afinal deu a sua decisão, levado antes das lágrimas da filha que dos predicados do genro, dizia ele.

A causa da longa hesitação eram os costumes poucos austeros[16] de Luís Negreiros, não os que ele tinha durante o namoro, mas os que tivera antes e os que poderia vir a ter depois. Meireles confessava ingenuamente que fora marido pouco exemplar, e achava que por isso mesmo devia dar à filha melhor esposo do que ele. Luís Negreiros desmentiu as apreensões do sogro; o leão impetuoso dos outros dias tornou-se um pacato cordeiro. A amizade nasceu franca entre o sogro e o genro, e Clarinha passou a ser uma das mais invejadas moças da cidade.

E era tanto maior o mérito de Luís Negreiros quanto que não lhe faltavam tentações. O diabo metia-se às vezes na pele de um amigo e ia convidá-lo a uma recordação dos antigos tempos. Mas Luís Negreiros dizia que se recolhera a bom porto e não queria arriscar-se outra vez às tormentas do alto-mar.

Clarinha amava ternamente o marido e era a mais dócil e afável criatura que por aqueles tempos respirava o ar fluminense. Nunca entre ambos se dera o menor arrufo; a limpidez do céu conjugal era sempre a mesma e parecia vir a ser duradoura. Que mau destino lhe soprou ali a primeira nuvem?

Durante o jantar Clarinha não disse palavra — ou poucas dissera, ainda assim as mais breves e em tom seco.

"Estão de arrufo, não há dúvida", pensou Meireles ao ver a pertinaz[17] mudez da filha. "Ou a arrufada é só ela, porque ele pareceu-me lépido".[18]

Luís Negreiros efetivamente desfazia-se todo em agrados, mimos e cortesias com a mulher, que nem sequer olhava em cheio para ele. O marido já dava o sogro a todos os diabos, desejoso de ficar a sós com a esposa, para a explicação que reconciliaria os ânimos. Clarinha parecia não desejá-lo; comeu pouco e duas ou três vezes soltou-se-lhe do peito um suspiro.

Já se vê que o jantar, por maiores que fossem os esforços, não podia ser como nos outros dias. Meireles sobretudo achava-se acanhado. Não era que receasse algum grande acontecimento em casa; sua ideia é que sem arrufos não se aprecia a felicidade, como sem tempestade não se aprecia o bom tempo. Contudo, a tristeza da filha sempre lhe punha água na fervura.

---

[16] Sério, rigorosos.
[17] Persistente.
[18] Alegre.

Quando veio o café, Meireles propôs que fossem todos três ao teatro; Luís Negreiros aceitou a ideia com entusiasmo. Clarinha recusou secamente.

— Não te entendo hoje, Clarinha — disse o pai com um modo impaciente. — Teu marido está alegre e tu pareces-me abatida e preocupada. Que tens?

Clarinha não respondeu; Luís Negreiros, sem saber o que havia de dizer, tomou a resolução de fazer bolinhas de miolo de pão. Meireles levantou os ombros.

— Vocês lá se entendem — disse ele. — Se amanhã, apesar de ser o dia que é, vocês estiverem do mesmo modo, prometo-lhes que nem a sombra me verão.

— Oh! há de vir — ia dizendo Luís Negreiros, mas foi interrompido pela mulher que desatou a chorar.

O jantar acabou assim triste e aborrecido, Meireles pediu ao genro que lhe explicasse o que aquilo era, e este prometeu que lhe diria tudo na ocasião oportuna.

Pouco depois saía o pai de Clarinha protestando de novo que, se no dia seguinte os achasse do mesmo modo, nunca mais voltaria a casa deles, e que, se havia coisa pior que um jantar frio ou requentado, era um jantar mal digerido. Este axioma[19] valia o de Boileau, mas ninguém lhe prestou atenção.[20]

Clarinha fora para o quarto; o marido, apenas se despediu do sogro, foi ter com ela. Achou-a sentada na cama, com a cabeça sobre uma almofada, e soluçando. Luís Negreiros ajoelhou-se diante dela e pegou-lhe numa das mãos.

— Clarinha — disse ele —, perdoa-me tudo. Já tenho a explicação do relógio; se teu pai não me fala em vir jantar amanhã, eu não era capaz de adivinhar que o relógio era um presente de anos que tu me fazias.

Não me atrevo a descrever o soberbo[21] gesto de indignação com que a moça se pôs de pé quando ouviu estas palavras do marido. Luís Negreiros olhou para ela sem compreender nada. A moça não disse uma nem duas; saiu do quarto e deixou o infeliz consorte mais admirado que nunca.

— Mas que enigma é este? — perguntava a si mesmo Luís Negreiros. — Se não era um mimo de anos, que explicação pode ter o tal relógio?

A situação era a mesma que antes do jantar. Luís Negreiros assentou de descobrir tudo naquela noite. Achou, entretanto, que era conveniente refletir maduramente no caso e assentar numa resolução que fosse decisiva. Com este propósito recolheu-se ao seu gabinete, e ali recordou tudo o que se havia passado desde que chegara a casa. Pesou friamente todas as razões, todos os incidentes, e buscou reproduzir na memória a expressão do rosto da moça, em

---

[19] Provérbio; ditado.
[20] Nova alusão ao verso citado de Nicolas Boileau-Despréaux: "Reanimem-se e lembrem-se de que um jantar requentado nunca valeu nada", retirado do poema "*Le Lutrin*".
[21] Orgulhoso; sublime.

toda aquela tarde. O gesto de indignação e a repulsa quando ele a foi abraçar na sala de costura eram a favor dela; mas o movimento com que mordera os lábios no momento em que ele lhe apresentou o relógio, as lágrimas que lhe rebentaram à mesa, e mais que tudo o silêncio que ela conservava a respeito da procedência do fatal objeto, tudo isso falava contra a moça.

Luís Negreiros, depois de muito cogitar, inclinou-se à mais triste e deplorável das hipóteses. Uma ideia má começou a enterrar-se-lhe no espírito, à maneira de verruma,[22] e tão fundo penetrou, que se apoderou dele em poucos instantes. Luís Negreiros era homem assomado[23] quando a ocasião o pedia. Proferiu duas ou três ameaças, saiu do gabinete e foi ter com a mulher.

Clarinha recolhera-se de novo ao quarto. A porta estava apenas cerrada. Eram nove horas da noite. Uma pequena lamparina alumiava escassamente o aposento. A moça estava outra vez assentada na cama, mas já não chorava; tinha os olhos fitos no chão. Nem os levantou quando sentiu entrar o marido.

Houve um momento de silêncio.

Luís Negreiros foi o primeiro que falou.

— Clarinha — disse ele —, este momento é solene. Respondes-me ao que te pergunto desde esta tarde?

A moça não respondeu.

— Reflete bem, Clarinha — continuou o marido. — Podes arriscar a tua vida.

A moça levantou os ombros.

Uma nuvem passou pelos olhos de Luís Negreiros. O infeliz marido lançou as mãos ao colo da esposa e rugiu:

— Responde, demônio, ou morres!

Clarinha soltou um grito.

— Espera! — disse ela.

Luís Negreiros recuou.

— Mata-me — disse ela —, mas lê isto primeiro. Quando esta carta foi ao teu escritório já te não achou lá; foi o que o portador me disse.

Luís Negreiros recebeu a carta, chegou-se à lamparina e leu estupefato estas linhas:

"Meu nhonhô. Sei que amanhã fazes anos; mando-te esta lembrança. — Tua *Iaiá*".[24]

Assim acabou a história do relógio de ouro.

---

[22] Broca.
[23] Colérico; raivoso.
[24] O termo "nhonhô", forma alterada de "senhor", era usado pelos escravos para tratar o senhor da casa-grande. O termo "Iaiá", também por vezes "sinhá", era a forma de tratamento para "senhora", usada pelos escravos. No contexto do conto, os termos significam, mais apropriadamente, uma grande intimidade, numa linguagem usada por namorados.

# 3

# De *Papéis avulsos*
(1882)

# Teoria do medalhão[1]

## DIÁLOGO

— Estás com sono?
— Não, senhor.
— Nem eu; conversemos um pouco. Abre a janela. Que horas são?
— Onze.
— Saiu o último conviva do nosso modesto jantar. Com que, meu peralta, chegaste aos teus vinte e um anos. Há vinte e um anos, no dia 5 de agosto de 1854, vinhas tu à luz, um pirralho de nada, e estás homem, longos bigodes, alguns namoros...
— Papai...
— Não te ponhas com denguices, e falemos como dois amigos sérios. Fecha aquela porta; vou dizer-te coisas importantes. Senta-te e conversemos. Vinte e um anos, algumas apólices, um diploma, podes entrar no parlamento, na magistratura, na imprensa, na lavoura, na indústria, no comércio, nas letras ou nas artes. Há infinitas carreiras diante de ti. Vinte e um anos, meu rapaz, formam apenas a primeira sílaba do nosso destino. Os mesmos Pitt[2] e Napoleão,[3] apesar de precoces, não foram tudo aos vinte e um anos. Mas, qualquer que seja a profissão da tua escolha, o meu desejo é que te faças grande e ilustre, ou pelo menos notável, que te levantes acima da obscuridade comum. A vida, Janjão, é uma enorme loteria; os prêmios são poucos, os malogrados inúmeros, e com os suspiros de uma geração é que se amassam as esperanças de outra. Isto é a vida; não há planger,[4] nem imprecar,[5] mas

---

[1] Pessoa de fama; indivíduo importante. Contudo, o termo pode ser entendido também em sentido pejorativo, caracterizando alguém que alcançou a fama ou recebeu destaque social, sem merecimento.

[2] Pitt é um sobrenome britânico que pode se referir a um de dois grandes estadistas britânicos: William Pitt, primeiro Conde de Chatham (1708-1788), e William Pitt, o Novo (1759-1806).

[3] O personagem pode estar se referindo a Napoleão Bonaparte (1769-1821), que, depois de muitas vitórias militares, fez-se coroar imperador dos franceses, como Napoleão I, ou pode estar se referindo a Napoleão III, Louis-Napoléon Bonaparte (1808-1873), sobrinho de Napoleão I.

[4] Lastimar; derramar lágrimas.

[5] Praguejar; pedir a Deus males, ou bens.

aceitar as coisas integralmente, com seus ônus[6] e percalços,[7] glórias e desdouros,[8] e ir por diante.

— Sim, senhor.

— Entretanto, assim como é de boa economia guardar um pão para a velhice, assim também é de boa prática social acautelar um ofício para a hipótese de que os outros falhem, ou não indenizem suficientemente o esforço da nossa ambição. É isto o que te aconselho hoje, dia da tua maioridade.

— Creia que lhe agradeço; mas que ofício, não me dirá?

— Nenhum me parece mais útil e cabido que o de medalhão. Ser medalhão foi o sonho da minha mocidade; faltaram-me, porém, as instruções de um pai, e acabo como vês, sem outra consolação e relevo moral, além das esperanças que deposito em ti. Ouve-me bem, meu querido filho, ouve-me e entende. És moço, tens naturalmente o ardor, a exuberância, os improvisos da idade; não os rejeites, mas modera-os de modo que aos quarenta e cinco anos possas entrar francamente no regime[9] do aprumo[10] e do compasso.[11] O sábio que disse: "a gravidade é um mistério do corpo"[12] definiu a compostura do medalhão. Não confundas essa gravidade com aquela outra que, embora resida no aspecto, é um puro reflexo ou emanação do espírito; essa é do corpo, tão somente do corpo, um sinal da natureza ou um jeito da vida. Quanto à idade de quarenta e cinco anos...

— É verdade, por que quarenta e cinco anos?

— Não é, como podes supor, um limite arbitrário, filho do puro capricho; é a data normal do fenômeno. Geralmente, o verdadeiro medalhão começa a manifestar-se entre os quarenta e cinco e cinquenta anos, conquanto alguns exemplos se deem entre os cinquenta e cinco e os sessenta; mas estes são raros. Há os também de quarenta anos, e outros mais precoces, de trinta e cinco e de trinta; não são, todavia, vulgares. Não falo dos de vinte e cinco anos: esse madrugar é privilégio do gênio.

— Entendo.

— Venhamos ao principal. Uma vez entrado na carreira, deves pôr todo o cuidado nas ideias que houveres de nutrir para uso alheio e próprio. O melhor

---

[6] Dever; encargo; obrigação desagradável.
[7] No caso, significa um ganho, vantagem que se obtém de maneira inesperada.
[8] Desonra; descrédito.
[9] Forma de conduzir a vida, exercendo uma determinada atividade.
[10] Portar-se com elegância e orgulho.
[11] Movimentar-se de modo lento e regular.
[12] François VI, duque de La Rochefoucauld, príncipe de Marcillac (1613-1680), foi um notável escritor francês, autor de famosas máximas e memórias. A alusão se refere à Máxima 257, do livro *Reflexões ou sentenças e máximas morais*, de 1665: "A gravidade é um mistério do corpo inventado para esconder os defeitos do espírito".

será não as ter absolutamente; coisa que entenderás bem, imaginando, por exemplo, um ator defraudado do uso de um braço. Ele pode, por um milagre de artifício, dissimular[13] o defeito aos olhos da plateia: mas era muito melhor dispor dos dois.[14] O mesmo se dá com as ideias; pode-se, com violência, abafá-las, escondê-las até à morte; mas nem essa habilidade é comum, nem tão constante esforço conviria ao exercício da vida.

— Mas quem lhe diz que eu...

— Tu, meu filho, se me não engano, pareces dotado da perfeita inópia[15] mental, conveniente ao uso deste nobre ofício. Não me refiro tanto à fidelidade com que repetes numa sala as opiniões ouvidas numa esquina, e vice-versa, porque esse fato, posto indique certa carência de ideias, ainda assim pode não passar de uma traição da memória. Não; refiro-me ao gesto correto e perfilado com que usas expender[16] francamente as tuas simpatias ou antipatias acerca do corte de um colete, das dimensões de um chapéu, do ranger ou calar das botas novas. Eis aí um sintoma eloquente, eis aí uma esperança. No entanto, podendo acontecer que, com a idade, venhas a ser afligido[17] de algumas ideias próprias, urge aparelhar fortemente o espírito. As ideias são de sua natureza espontâneas e súbitas; por mais que as sofreemos, elas irrompem e precipitam-se. Daí a certeza com que o vulgo,[18] cujo faro é extremamente delicado, distingue o medalhão completo do medalhão incompleto.

— Creio que assim seja; mas um tal obstáculo é invencível.

— Não é; há um meio; é lançar mão de um regime debilitante, ler compêndios[19] de retórica, ouvir certos discursos, etc. O voltarete, o dominó e o *whist*[20] são remédios aprovados. O *whist* tem até a rara vantagem de acostumar ao silêncio, que é a forma mais acentuada da circunspecção.[21] Não digo o mesmo da natação, da equitação e da ginástica, embora elas façam repousar o cérebro; mas por isso mesmo que o fazem repousar, restituem-lhe as forças e a atividade perdidas. O bilhar é excelente.

— Como assim, se também é um exercício corporal?

---

[13] Disfarçar; tornar pouco perceptível.
[14] Ou seja, deixar de usar os dois braços, disfarçando para que se não perceba essa falta de uso.
[15] Pobreza; falta.
[16] Expor ou explicar de maneira detalhada.
[17] Torturado; angustiado.
[18] Povo; plebe.
[19] Resumos; anotações simplificadas.
[20] Voltarete e *whist* eram jogos de cartas. Com o dominó, gamão, xadrez, dentre outros, esses jogos eram praticados comumente nas reuniões e eventos sociais no Brasil nos séculos XVIII e XIX, especialmente na corte.
[21] Precaução; prudência no falar e no agir.

— Não digo que não, mas há coisas em que a observação desmente a teoria. Se te aconselho excepcionalmente o bilhar é porque as estatísticas mais escrupulosas mostram que três quartas partes dos habituados do taco partilham as opiniões do mesmo taco. O passeio nas ruas, mormente nas de recreio e parada, é utilíssimo, com a condição de não andares desacompanhado, porque a solidão é oficina de ideias, e o espírito deixado a si mesmo, embora no meio da multidão, pode adquirir uma tal ou qual atividade.

— Mas se eu não tiver à mão um amigo apto e disposto a ir comigo?

— Não faz mal; tens o valente recurso de mesclar-te aos pasmatórios,[22] em que toda a poeira da solidão se dissipa. As livrarias, ou por causa da atmosfera do lugar, ou por qualquer outra razão que me escapa, não são propícias ao nosso fim; e, não obstante, há grande conveniência em entrar por elas, de quando em quando, não digo às ocultas, mas às escâncaras. Podes resolver a dificuldade de um modo simples: vai ali falar do boato do dia, da anedota da semana, de um contrabando, de uma calúnia, de um cometa, de qualquer coisa, quando não prefiras interrogar diretamente os leitores habituais das belas crônicas de Mazade;[23] setenta e cinco por cento desses estimáveis cavalheiros repetir-te-ão as mesmas opiniões, e uma tal monotonia é grandemente saudável. Com este regime, durante oito, dez, dezoito meses — suponhamos dois anos —, reduzes o intelecto, por mais pródigo que seja, à sobriedade, à disciplina, ao equilíbrio comum. Não trato do vocabulário, porque ele está subentendido no uso das ideias; há de ser naturalmente simples, tíbio,[24] apoucado, sem notas vermelhas,[25] sem cores de clarim...[26]

— Isto é o diabo! Não poder adornar o estilo,[27] de quando em quando...

— Podes, podes empregar umas quantas figuras expressivas, a hidra de Lerna,[28] por exemplo, a cabeça de Medusa,[29] o tonel das Danaides,[30] as asas de

---

[22] Locais públicos frequentados por pessoas desocupadas.
[23] Louis Charles Jean Robert de Mazade (1820-1893, Paris) foi um historiador francês, jornalista e editor político da célebre *Revista dos dois mundos*.
[24] Sem força; fraco.
[25] Marcações em livros para estudo de vocabulário.
[26] Cores claras.
[27] Escrever ou falar de modo enfeitado, com figuras de linguagem.
[28] Na mitologia grega, a hidra de Lerna era um monstro com corpo de dragão e várias cabeças de serpente; ao cortar-se uma de suas cabeças, nasciam outras duas em seu lugar.
[29] Na mitologia grega, Medusa era um monstro, uma das três Górgonas. Segundo o mito, qualquer um que olhasse diretamente para ela era transformado em pedra.
[30] De acordo com a mitologia grega, as Danaides assassinaram os seus esposos e, por isso, foram punidas, no Hades, a lavarem seus pecados, enchendo eternamente com água uma vasilha com furos, por onde a água deixava-se sair.

Ícaro,³¹ e outras, que românticos, clássicos e realistas empregam sem desar,³² quando precisam delas. Sentenças latinas, ditos históricos, versos célebres, brocardos³³ jurídicos, máximas, é de bom aviso trazê-los contigo para os discursos de sobremesa, de felicitação, ou de agradecimento. *Caveant consules*³⁴ é um excelente fecho de artigo político; o mesmo direi do *Si vis pacem para bellum*.³⁵ Alguns costumam renovar o sabor de uma citação intercalando-a numa frase nova, original e bela, mas não te aconselho esse artifício: seria desnaturar-lhe as graças³⁶ vetustas.³⁷ Melhor do que tudo isso, porém, que afinal não passa de mero adorno, são as frases feitas, as locuções convencionais, as fórmulas consagradas pelos anos, incrustadas na memória individual e pública. Essas fórmulas têm a vantagem de não obrigar os outros a um esforço inútil. Não as relaciono agora, mas fá-lo-ei por escrito. De resto, o mesmo ofício³⁸ te irá ensinando os elementos dessa arte difícil de pensar o pensado. Quanto à utilidade de um tal sistema, basta figurar uma hipótese. Faz-se uma lei, executa-se, não produz efeito, subsiste³⁹ o mal. Eis aí uma questão que pode aguçar as curiosidades vadias, dar ensejo a um inquérito pedantesco,⁴⁰ a uma coleta fastidiosa⁴¹ de documentos e observações, análise das causas prováveis, causas certas, causas possíveis, um estudo infinito das aptidões do sujeito reformado, da natureza do mal, da manipulação do remédio, das circunstâncias da aplicação; matéria, enfim, para todo um andaime⁴² de palavras, conceitos, e desvarios. Tu poupas aos teus semelhantes todo esse imenso aranzel,⁴³ tu dizes simplesmente: Antes das leis, reformemos os costumes! — E esta frase sintética, transparente, límpida, tirada ao pecúlio comum,⁴⁴ resolve mais depressa o problema, entra pelos espíritos como um jorro súbito de sol.

---

³¹ De acordo com a mitologia grega, Ícaro era o filho de Dédalo. Ele tentou escapar do Labirinto do Minotauro, voando com um par de asas de cera de mel de abelha e penas de pássaros. Porém, ao se aproximar demais do Sol, a cera de suas asas derreteu e a queda resultou em sua morte nas águas do mar Egeu.
³² Deselegância; descrédito.
³³ Provérbio, máxima ou aforismo jurídico.
³⁴ Expressão latina que significa "Acautelem-se os cônsules", usada para alertar autoridades a tomarem medidas corretas em situações adversas ou perigosas.
³⁵ Expressão latina que significa "Se queres a paz, prepara a guerra", usada no sentido de aconselhar uma nação para que procure fortalecer-se a fim de evitar uma agressão eventual.
³⁶ Dizeres engraçados.
³⁷ Antigas; velhas.
³⁸ Trabalho; emprego.
³⁹ Conserva-se; permanece.
⁴⁰ Próprio de pedante, isto é, de alguém que se exibe, demonstrando conhecimentos que não possui.
⁴¹ Maçante; aborrecida; cansativa.
⁴² Caminho estreito sobre muros de fortalezas.
⁴³ Discurso cheio de detalhes supérfluos, repleto de palavras desnecessárias e incômodo.
⁴⁴ Coleção de notas, textos, apontamentos usuais, referentes a um assunto qualquer.

— Vejo por aí que vosmecê condena toda e qualquer aplicação de processos modernos.

— Entendamo-nos. Condeno a aplicação, louvo a denominação. O mesmo direi de toda a recente terminologia científica; deves decorá-la. Conquanto o rasgo peculiar[45] do medalhão seja uma certa atitude de deus Térmíno,[46] e as ciências sejam obra do movimento humano, como tens de ser medalhão mais tarde, convém tomar as armas do teu tempo. E de duas uma: ou elas estarão usadas e divulgadas daqui a trinta anos, ou conservar-se-ão novas; no primeiro caso, pertencem-te de foro próprio; no segundo, podes ter a coquetice[47] de as trazer, para mostrar que também és pintor.[48] De oitiva,[49] com o tempo, irás sabendo a que leis, casos e fenômenos responde toda essa terminologia;[50] porque o método de interrogar os próprios mestres e oficiais da ciência, nos seus livros, estudos e memórias, além de tedioso e cansativo, traz o perigo de inocular ideias novas, e é radicalmente falso. Acresce que no dia em que viesses a assenhorear-te do espírito daquelas leis e fórmulas, serias provavelmente levado a empregá-las com tal ou qual comedimento, como a costureira — esperta e afreguesada —, que, segundo um poeta clássico,

> Quanto mais pano tem, mais poupa o corte,
> Menos monte alardeia de retalhos;[51]

e este fenômeno, tratando-se de um medalhão, é que não seria científico.

— Upa, que a profissão é difícil!

— E ainda não chegamos ao cabo.[52]

— Vamos a ele.

---

[45] Manifestação extraordinária de um traço característico.

[46] Na mitologia latina, Terminus era o deus protetor das fronteiras. Em Roma, pedras que demarcavam os limites da cidade representavam o local sagrado desse deus. Ele também era representado por um busto. Esse deus, portanto, tinha a atitude de ficar parado, observando os limites da cidade.

[47] No texto, significa qualidade ou procedimento de coquete, pessoa leviana, inconstante, que procura agradar alguém.

[48] Isto é, alguém que narra ou descreve com precisão.

[49] Por ouvir dizer.

[50] Conjunto de palavras ou termos específicos de uma área ou ciência.

[51] O trecho citado são dois versos do poema "Carta ao senhor F*** J*** M*** de B***", do poeta português Francisco Manuel do Nascimento (1734-1819), que adotou o nome árcade de Filinto Elísio. Os versos citados fazem parte do seguinte período: "Quanto mais ferramenta tem o Mestre / Mais fáceis, mais sutis perfaz as obras: / Quanto mais pano tem, mais poupa o corte, / Menos monte alardeia de retalhos / A afreguesada, esperta Costureira."

[52] Fim, término.

— Não te falei ainda dos benefícios da publicidade. A publicidade é uma dona loureira[53] e senhoril,[54] que tu deves requestar[55] à força de pequenos mimos, confeitos, almofadinhas, coisas miúdas, que antes exprimem a constância do afeto do que o atrevimento e a ambição. Que D. Quixote solicite os favores dela mediante ações heroicas ou custosas, é um sestro próprio desse ilustre lunático.[56] O verdadeiro medalhão tem outra política. Longe de inventar um *Tratado científico da criação dos carneiros*, compra um carneiro e dá-o aos amigos sob a forma de um jantar, cuja notícia não pode ser indiferente aos seus concidadãos. Uma notícia traz outra; cinco, dez, vinte vezes põe o teu nome ante os olhos do mundo. Comissões ou deputações para felicitar um agraciado, um benemérito, um forasteiro, têm singulares merecimentos, e assim as irmandades e associações diversas, sejam mitológicas, cinegéticas[57] ou coreográficas.[58] Os sucessos de certa ordem, embora de pouca monta,[59] podem ser trazidos a lume,[60] contanto que ponham em relevo a tua pessoa. Explico-me. Se caíres de um carro, sem outro dano, além do susto, é útil mandá-lo dizer aos quatro ventos, não pelo fato em si, que é insignificante, mas pelo efeito de recordar um nome caro às afeições gerais. Percebeste?

— Percebi.

— Essa é publicidade constante, barata, fácil, de todos os dias; mas há outra. Qualquer que seja a teoria das artes, é fora de dúvida que o sentimento da família, a amizade pessoal e a estima pública instigam à reprodução das feições de um homem amado ou benemérito. Nada obsta a que sejas objeto de uma tal distinção, principalmente se a sagacidade dos amigos não achar em ti repugnância. Em semelhante caso, não só as regras da mais vulgar polidez mandam aceitar o retrato ou o busto, como seria desazado[61] impedir que os amigos o expusessem em qualquer casa pública. Dessa maneira o nome fica ligado à pessoa; os que houverem lido o teu recente discurso (suponhamos) na sessão inaugural da União dos Cabeleireiros, reconhecerão na compostura das feições o autor dessa obra grave, em que a "alavanca do progresso" e o "suor do trabalho" vencem as "fauces[62] hiantes"[63] da miséria. No caso de que

---

[53] Mulher que procura agradar; coquete; meretriz.
[54] Nobre; majestosa.
[55] Galantear; cortejar; pedir com insistência.
[56] Personagem protagonista do romance *O engenhoso fidalgo Dom Quixote de la Mancha*, escrito por Miguel de Cervantes Saavedra (1547-1616).
[57] Referente a sociedades de caça, especialmente com o auxílio de cães.
[58] Relativo a associações que praticam a dança.
[59] Isto é, de pouco valor.
[60] Tornar notório, público.
[61] Impróprio; sem cabimento.
[62] Gargantas; goelas.
[63] Famintas; esfomeadas.

uma comissão te leve a casa o retrato, deves agradecer-lhe o obséquio[64] com um discurso cheio de gratidão e um copo d'água: é uso antigo, razoável e honesto. Convidarás então os melhores amigos, os parentes e, se for possível, uma ou duas pessoas de representação. Mais. Se esse dia é um de glória ou regozijo, não vejo que possas, decentemente, recusar um lugar à mesa aos *reporters*[65] dos jornais. Em todo caso, se as obrigações desses cidadãos os retiverem noutra parte, podes ajudá-los de certa maneira, redigindo tu mesmo a notícia da festa; e, dado que por um tal ou qual escrúpulo, aliás desculpável, não queiras com a própria mão anexar ao teu nome os qualificativos dignos dele, incumbe[66] a notícia a algum amigo ou parente.

— Digo-lhe que o que vosmecê me ensina não é nada fácil.

— Nem eu te digo outra coisa. É difícil, come tempo, muito tempo, leva anos, paciência, trabalho, e felizes os que chegam a entrar na terra prometida![67] Os que lá não penetram, engole-os a obscuridade. Mas os que triunfam! E tu triunfarás, crê-me. Verás cair as muralhas de Jericó ao som das trompas sagradas.[68] Só então poderás dizer que estás fixado. Começa nesse dia a tua fase de ornamento indispensável, de figura obrigada, de rótulo. Acabou-se a necessidade de farejar ocasiões, comissões, irmandades; elas virão ter contigo, com o seu ar pesadão e cru de substantivos desadjetivados, e tu serás o adjetivo dessas orações opacas, o *odorífero* das flores, o *anilado* dos céus, o *prestimoso* dos cidadãos, o *noticioso* e *suculento* dos relatórios. E ser isso é o principal, porque o adjetivo é a alma do idioma, a sua porção idealista e metafísica.[69] O substantivo é a realidade nua e crua, é o naturalismo do vocabulário.

— E parece-lhe que todo esse ofício é apenas um sobressalente para os *deficits*[70] da vida?

— Decerto;[71] não fica excluída nenhuma outra atividade.

— Nem política?

— Nem política. Toda a questão é não infringir as regras e obrigações capitais. Podes pertencer a qualquer partido, liberal ou conservador, republicano ou

---

[64] Favor; serviço.

[65] *Reporter* é palavra de origem inglesa, hoje aportuguesada como "repórter", plural "repórteres".

[66] Dar ou tomar encargo; delegar responsabilidade de uma tarefa a outro.

[67] Alusão ao relato bíblico narrado no livro de Êxodo, capítulo 33, que trata da terra prometida aos hebreus.

[68] Referência ao episódio bíblico das muralhas e das trombetas, narrado em Josué, capítulo 6. Segundo o relato bíblico, por ordem de Deus, Josué lidera o povo a dar voltas em torno da cidade de Jericó, tocando trombetas. Ao realizarem a sétima volta, as muralhas da cidade caem, libertando o povo dos inimigos que haviam dominado a cidade.

[69] Realidade que transcende a materialidade das coisas; algo que está além do mundo material.

[70] Faltas; deficiências.

[71] Certamente; com certeza.

ultramontano, com a cláusula única de não ligar nenhuma ideia especial a esses vocábulos, e reconhecer-lhe somente a utilidade do *scibboleth* bíblico.[72]

— Se for ao parlamento, posso ocupar a tribuna?

— Podes e deves; é um modo de convocar a atenção pública. Quanto à matéria dos discursos, tens à escolha: — ou os negócios miúdos, ou a metafísica política, mas prefere a metafísica. Os negócios miúdos, força é confessá-lo, não desdizem daquela chateza de bom-tom, própria de um medalhão acabado; mas, se puderes, adota a metafísica; é mais fácil e mais atraente. Supõe que desejas saber por que motivo a 7ª companhia de infantaria foi transferida de Uruguaiana para Canguçu;[73] serás ouvido tão somente pelo ministro da guerra, que te explicará em dez minutos as razões desse ato. Não assim a metafísica. Um discurso de metafísica política apaixona naturalmente os partidos e o público, chama os apartes e as respostas. E depois não obriga a pensar e descobrir. Nesse ramo dos conhecimentos humanos tudo está achado, formulado, rotulado, encaixotado; é só prover os alforjes[74] da memória. Em todo caso, não transcendas nunca os limites de uma invejável vulgaridade.

— Farei o que puder. Nenhuma imaginação?

— Nenhuma; antes faze correr o boato de que um tal dom é ínfimo.

— Nenhuma filosofia?

— Entendamo-nos: no papel e na língua alguma, na realidade nada. "Filosofia da história",[75] por exemplo, é uma locução que deves empregar com frequência, mas proíbo-te que chegues a outras conclusões que não sejam as já achadas por outros. Foge a tudo que possa cheirar a reflexão, originalidade, etc., etc.

— Também ao riso?

— Como ao riso?

— Ficar sério, muito sério...

— Conforme. Tens um gênio folgazão,[76] prazenteiro, não hás de sofreá-lo nem eliminá-lo; podes brincar e rir alguma vez. Medalhão não quer dizer

---

[72] No livro bíblico de Juízes, 12:6, a palavra hebraica *scibboleth*, que significa "espiga", foi usada para diferenciar os gileaditas dos inimigos efraimitas, que, por não conseguirem pronunciá-la devidamente, foram degolados.

[73] O personagem se refere, no contexto de publicação do texto, a duas cidades importantes na história da Guerra do Paraguai (1865-1870).

[74] Espécie de saco, que se divide em duas partes e se coloca no ombro, de modo que o peso fica dividido.

[75] Referência ao título do último livro de Georg Wilhelm Friedrich Hegel (1770-1831), *Lições sobre a filosofia da história do mundo* (1830). No Brasil, a expressão "Filosofia da história" foi banalizada entre os círculos intelectuais do século XIX, que a empregavam em seus discursos sem entendê-la.

[76] Brincalhão; divertido.

melancólico. Um grave pode ter seus momentos de expansão alegre. Somente — e este ponto é melindroso...

— Diga...

— Somente não deves empregar a ironia,[77] esse movimento ao canto da boca, cheio de mistérios, inventado por algum grego da decadência, contraído por Luciano,[78] transmitido a Swift[79] e Voltaire,[80] feição própria dos cépticos e desabusados. Não. Usa antes a chalaça,[81] a nossa boa chalaça amiga, gorducha, redonda, franca, sem biocos,[82] nem véus, que se mete pela cara dos outros, estala como uma palmada, faz pular o sangue nas veias, e arrebentar de riso os suspensórios. Usa a chalaça. Que é isto?

— Meia-noite.

— Meia-noite? Entras nos teus vinte e dois anos, meu peralta; estás definitivamente maior. Vamos dormir, que é tarde. Rumina bem o que te disse, meu filho. Guardadas as proporções, a conversa desta noite vale o *Príncipe* de Machiavelli.[83] Vamos dormir.

---

[77] Figura de linguagem por meio da qual se diz o contrário do que se quer expressar.
[78] Luciano de Samósata (c. 125 d.C.-181 d.C.) foi um retórico sírio, autor de diversos diálogos satíricos.
[79] Jonathan Swift (1667-1745) foi um escritor anglo-irlandês, autor de *As viagens de Gulliver* (1726).
[80] François-Marie Arouet, mais conhecido pelo pseudônimo de Voltaire (1694-1778), foi um escritor, ensaísta e filósofo francês.
[81] Dito zombeteiro; gracejo de mau gosto.
[82] Tipo de echarpe usado para cobrir a cabeça.
[83] Alusão à obra *O príncipe* (1532), de Nicolau Maquiavel (1469-1527), filósofo, historiador, poeta, diplomata e músico florentino.

# D. Benedita

(UM RETRATO)

I

A coisa mais árdua do mundo, depois do ofício de governar, seria dizer a idade exata de D. Benedita. Uns davam-lhe quarenta anos, outros quarenta e cinco, alguns trinta e seis. Um corretor de fundos descia aos vinte e nove; mas esta opinião, eivada de intenções ocultas, carecia daquele cunho de sinceridade que todos gostamos de achar nos conceitos humanos. Nem eu a cito, senão para dizer, desde logo, que D. Benedita foi sempre um padrão de bons costumes. A astúcia do corretor não fez mais do que indigná-la, embora momentaneamente; digo momentaneamente. Quanto às outras conjecturas,[1] oscilando entre os trinta e seis e os quarenta e cinco, não desdiziam das feições de D. Benedita, que eram maduramente graves e juvenilmente graciosas. Mas, se alguma coisa admira, é que houvesse suposições neste negócio, quando bastava interrogá-la para saber a verdade verdadeira.

D. Benedita fez quarenta e dois anos no domingo dezenove de setembro de 1869. São seis horas da tarde; a mesa da família está ladeada de parentes e amigos, em número de vinte ou vinte e cinco pessoas. Muitas dessas estiveram no jantar de 1868, no de 1867 e no de 1866, e ouviram sempre aludir francamente à idade da dona da casa. Além disso, veem-se ali, à mesa, uma moça e um rapaz, seus filhos; este é, decerto, no tamanho e nas maneiras, um tanto menino; mas a moça, Eulália, contando dezoito anos, parece ter vinte e um, tal é a severidade dos modos e das feições.

A alegria dos convivas, a excelência do jantar, certas negociações matrimoniais incumbidas ao cônego Roxo, aqui presente, e das quais se falará mais abaixo, as boas qualidades da dona da casa, tudo isso dá à festa um caráter íntimo e feliz. O cônego levanta-se para trinchar o peru. D. Benedita acatava esse uso nacional das casas modestas de confiar o peru a um dos convivas, em vez de o fazer retalhar fora da mesa por mãos servis, e o cônego era o pianista daquelas ocasiões solenes. Ninguém conhecia melhor a anatomia do animal, nem sabia operar com mais presteza. Talvez — e este fenômeno fica para os entendidos —, talvez a circunstância do canonicato[2] aumentasse ao trinchante, no espírito dos convivas, uma certa soma de prestígio, que

---

[1] Hipóteses; suposições.
[2] Ofício ou dignidade de cônego.

ele não teria, por exemplo, se fosse um simples estudante de matemáticas, ou um amanuense[3] de secretaria. Mas, por outro lado, um estudante ou um amanuense, sem a lição do longo uso, poderia dispor da arte consumada do cônego? É outra questão importante.

Venhamos, porém, aos demais convivas, que estão parados, conversando; reina o burburinho próprio dos estômagos meio regalados, o riso da natureza que caminha para a repleção;[4] é um instante de repouso.

D. Benedita fala, como as suas visitas, mas não fala para todas, senão para uma, que está sentada ao pé dela. Essa é uma senhora gorda, simpática, muito risonha, mãe de um bacharel de vinte e dois anos, o Leandrinho, que está sentado defronte delas. D. Benedita não se contenta de falar à senhora gorda, tem uma das mãos desta entre as suas; e não se contenta de lhe ter presa a mão, fita-lhe uns olhos namorados, vivamente namorados. Não os fita, note-se bem, de um modo persistente e longo, mas inquieto, miúdo, repetido, instantâneo. Em todo caso, há muita ternura naquele gesto; e, dado que não a houvesse, não se perderia nada, porque D. Benedita repete com a boca a D. Maria dos Anjos tudo o que com os olhos lhe tem dito: — que está encantada, que considera uma fortuna conhecê-la, que é muito simpática, muito digna, que traz o coração nos olhos, etc., etc., etc. Uma de suas amigas diz-lhe, rindo, que está com ciúmes.

— Que arrebente! — responde ela, rindo também.

E voltando-se para a outra:

— Não acha? Ninguém deve meter-se com a nossa vida.

E aí tornavam as finezas, os encarecimentos, os risos, as ofertas, mais isto, mais aquilo — um projeto de passeio, outro de teatro, e promessas de muitas visitas, tudo com tamanha expansão e calor, que a outra palpitava de alegria e reconhecimento.

O peru está comido. D. Maria dos Anjos faz um sinal ao filho; este levanta-se e pede que o acompanhem em um brinde:

— Meus senhores, é preciso desmentir esta máxima dos franceses: — *les absents ont tort*.[5] Bebamos a alguém que está longe, muito longe, no espaço, mas perto, muito perto, no coração de sua digna esposa: — bebamos ao ilustre desembargador Proença.

A assembleia não correspondeu vivamente ao brinde; e para compreendê-lo basta ver o rosto triste da dona da casa. Os parentes e os mais íntimos disseram baixinho entre si que o Leandrinho fora estouvado;[6] enfim, bebeu-se, mas sem

---

[3] Escrevente, secretário ou funcionário de repartição pública que faz cópias de documentos.
[4] Estado de quem está repleto; cheio.
[5] Provérbio francês, cuja tradução é "os ausentes estão sempre errados".
[6] Imprudente; leviano.

estrépito;[7] ao que parece, para não avivar a dor de D. Benedita. Vã precaução! D. Benedita, não podendo conter-se, deixou rebentarem-lhe as lágrimas, levantou-se da mesa, retirou-se da sala. D. Maria dos Anjos acompanhou-a. Sucedeu um silêncio mortal entre os convivas. Eulália pediu a todos que continuassem, que a mãe voltava já.

— Mamãe é muito sensível — disse ela —, e a ideia de que papai está longe de nós...

O Leandrinho, consternado, pediu desculpa a Eulália. Um sujeito, ao lado dele, explicou-lhe que D. Benedita não podia ouvir falar do marido sem receber um golpe no coração — e chorar logo; ao que o Leandrinho acudiu dizendo que sabia da tristeza dela, mas estava longe de supor que o seu brinde tivesse tão mau efeito.

— Pois era a coisa mais natural — explicou o sujeito —, porque ela morre pelo marido.

— O cônego — acudiu Leandrinho — disse-me que ele foi para o Pará há uns dois anos...

— Dois anos e meio; foi nomeado desembargador pelo ministério Zacarias.[8] Ele queria a relação de São Paulo, ou da Bahia; mas não pôde ser e aceitou a do Pará.[9]

— Não voltou mais?

— Não voltou.

— D. Benedita naturalmente tem medo de embarcar...

— Creio que não. Já foi uma vez à Europa. Se bem me lembro, ela ficou para arranjar alguns negócios de família; mas foi ficando, ficando, e agora...

— Mas era muito melhor ter ido em vez de padecer assim... Conhece o marido?

— Conheço; um homem muito distinto, e ainda moço, forte; não terá mais de quarenta e cinco anos. Alto, barbado, bonito. Aqui há tempos disse-se que ele não teimava com a mulher, porque estava lá de amores com uma viúva.

— Ah!

— E houve até quem viesse contá-lo a ela mesma. Imagine como a pobre senhora ficou! Chorou uma noite inteira, no dia seguinte não quis almoçar, e deu todas as ordens para seguir no primeiro vapor.

---

[7] Barulho; ostentação.
[8] Zacarias de Góis e Vasconcelos (1815-1877) foi um político brasileiro, membro do Partido Liberal, e chefiou o governo em 1861, 1864 e de 1866 a 1868.
[9] Na época, cada "relação" correspondia a uma divisão administrativa da Justiça, um Tribunal de Relação do Império.

— Mas não foi?

— Não foi; desfez a viagem daí a três dias.

D. Benedita voltou nesse momento, pelo braço de D. Maria dos Anjos. Trazia um sorriso envergonhado; pediu desculpa da interrupção, e sentou-se com a recente amiga ao lado, agradecendo os cuidados que lhe deu, pegando-lhe outra vez na mão.

— Vejo que me quer bem — disse ela.

— A senhora merece — disse D. Maria dos Anjos.

— Mereço? — inquiriu ela entre desvanecida e modesta.

E declarou que não, que a outra é que era boa, um anjo, um verdadeiro anjo; palavra que ela sublinhou com o mesmo olhar namorado, não persistente e longo, mas inquieto e repetido. O cônego, pela sua parte, com o fim de apagar a lembrança do incidente, procurou generalizar a conversa, dando-lhe por assunto a eleição do melhor doce. Os pareceres divergiram muito. Uns acharam que era o de coco, outros o de caju, alguns o de laranja, etc. Um dos convivas, o Leandrinho, autor do brinde, dizia com os olhos — não com a boca —, e dizia-o de um modo astucioso, que o melhor doce eram as faces de Eulália, um doce moreno, corado; dito que a mãe dele interiormente aprovava, e que a mãe dela não podia ver, tão entregue estava à contemplação da recente amiga. Um anjo, um verdadeiro anjo!

## II

D. Benedita levantou-se, no dia seguinte, com a ideia de escrever uma carta ao marido, uma longa carta em que lhe narrasse a festa da véspera, nomeasse os convivas e os pratos, descrevesse a recepção noturna, e, principalmente, desse notícia das novas relações com D. Maria dos Anjos. A mala fechava-se às duas horas da tarde, D. Benedita acordara às nove, e, não morando longe (morava no Campo da Aclamação), um escravo levaria a carta ao correio muito a tempo. Demais, chovia; D. Benedita arredou a cortina da janela, deu com os vidros molhados; era uma chuvinha teimosa, o céu estava todo brochado de uma cor pardo-escura, malhada de grossas nuvens negras. Ao longe, viu flutuar e voar o pano que cobria o balaio que uma preta levava à cabeça: concluiu que ventava. Magnífico dia para não sair, e, portanto, escrever uma carta, duas cartas, todas as cartas de uma esposa ao marido ausente. Ninguém viria tentá-la.

Enquanto ela compõe os babadinhos e rendas do roupão branco, um roupão de cambraia que o desembargador lhe dera em 1862, no mesmo dia aniversário, 19 de setembro, convido a leitora a observar-lhe as feições. Vê que não lhe dou Vênus;[10] também não lhe dou Medusa. Ao contrário de Medusa, nota-se-lhe o alisado simples do cabelo, preso sobre a nuca. Os olhos são vulgares,[11] mas têm uma expressão bonachã.[12] A boca é daquelas que, ainda não sorrindo, são risonhas, e tem esta outra particularidade, que é uma boca sem remorsos nem saudades: podia dizer sem desejos, mas eu só digo o que quero, e só quero falar das saudades e dos remorsos. Toda essa cabeça, que não entusiasma, nem repele, assenta sobre um corpo antes alto do que baixo, e não magro nem gordo, mas fornido[13] na proporção da estatura. Para que falar-lhe das mãos? Há de admirá-las logo, ao travar da pena e do papel, com os dedos afilados e vadios, dois deles ornados de cinco ou seis anéis.

Creio que é bastante ver o modo por que ela compõe as rendas e os babadinhos do roupão para compreender que é uma senhora pichosa,[14] amiga do arranjo das coisas e de si mesma. Noto que rasgou agora o babadinho do punho esquerdo, mas é porque, sendo também impaciente, não podia mais "com a vida deste diabo". Essa foi a sua expressão, acompanhada logo de um "Deus me perdoe!" que inteiramente lhe extraiu o veneno. Não digo que ela bateu com o pé, mas adivinha-se, por ser um gesto natural de algumas senhoras irritadas. Em todo caso, a cólera durou pouco mais de meio minuto. D. Benedita foi à caixinha de costura para dar um ponto no rasgão, e contentou-se com um alfinete. O alfinete caiu no chão, ela abaixou-se a apanhá-lo. Tinha outros, é verdade, muitos outros, mas não achava prudente deixar alfinetes no chão. Abaixando-se, aconteceu-lhe ver a ponta da chinela, na qual pareceu-lhe descobrir um sinal branco; sentou-se na cadeira que tinha perto, tirou a chinela, e viu o que era: era um roidinho de barata. Outra raiva de D. Benedita, porque a chinela era muito galante, e fora-lhe dada por uma amiga do ano passado. Um anjo, um verdadeiro anjo! D. Benedita fitou os olhos irritados no sinal branco; felizmente a expressão bonachã deles não era tão bonachã que se deixasse eliminar de todo por outras expressões menos passivas, e retomou o seu lugar. D. Benedita entrou a virar e revirar a chinela, e a passá-la de uma para outra mão, a princípio com amor, logo depois maquinalmente, até que as mãos pararam de todo, a chinela caiu no regaço, e D. Benedita ficou a olhar para o ar, parada, fixa. Nisto o relógio da sala de jantar, começou a bater horas. D. Benedita, logo às primeiras duas, estremeceu:

---

[10] Na mitologia romana, Vênus era a deusa do Amor e da Beleza.
[11] Isto é, comuns.
[12] Extremamente bondosa e espontânea.
[13] Forte; robusto.
[14] Adjetivo que significa "demasiadamente apurado, que busca tudo com extrema perfeição e não admite defeitos".

— Jesus! Dez horas!

E, rápida, calçou a chinela, consertou depressa o punho do roupão, e dirigiu-se à escrivaninha, para começar a carta. Escreveu, com efeito, a data, e um: — "Meu ingrato marido"; enfim, mal traçara estas linhas: — "Você lembrou-se ontem de mim? Eu...", quando Eulália lhe bateu à porta, bradando:

— Mamãe, mamãe, são horas de almoçar.

D. Benedita abriu a porta, Eulália beijou-lhe a mão, depois levantou as suas ao céu:

— Meu Deus! Que dorminhoca!

— O almoço está pronto?

— Há que séculos!

— Mas eu tinha dito que hoje o almoço era mais tarde...[15] Estava escrevendo a teu pai.

Olhou alguns instantes para a filha, como desejosa de lhe dizer alguma coisa grave, ao menos difícil, tal era a expressão indecisa e séria dos olhos. Mas não chegou a dizer nada; a filha repetiu que o almoço estava na mesa, pegou-lhe do braço e levou-a.

Deixemo-las almoçar à vontade; descansemos nessa outra sala, a de visitas, sem aliás inventariar os móveis dela, como o não fizemos em nenhuma outra sala ou quarto. Não é que eles não prestem, ou sejam de mau gosto; ao contrário, são bons. Mas a impressão geral que se recebe é esquisita, como se ao trastejar[16] daquela casa houvesse presidido um plano truncado,[17] ou uma sucessão de planos truncados. Mãe, filha e filho almoçaram. Deixemos o filho, que nos não importa, um pirralho de doze anos, que parece ter oito, tão mofino[18] é ele. Eulália interessa-nos, não só pelo que vimos de relance no capítulo passado, como porque, ouvindo a mãe falar em D. Maria dos Anjos e no Leandrinho, ficou muito séria e, talvez, um pouco amuada.[19] D. Benedita percebeu que o assunto não era aprazível à filha, e recuou da conversa, como alguém que desanda uma rua para evitar um importuno; recuou e ergueu-se; a filha veio com ela para a sala de visitas.

Eram onze horas menos um quarto. D. Benedita conversou com a filha até depois do meio-dia, para ter tempo de descansar o almoço e escrever a carta. Sabem que a mala fecha às duas horas. De fato, alguns minutos, poucos, depois do meio-dia, D. Benedita disse à filha que fosse estudar piano, porque

---

[15] Na época, o almoço era uma refeição matinal.
[16] Mobiliar; cuidar dos móveis.
[17] Incompleto; inacabado.
[18] Desafortunado; adoentado.
[19] Mal-humorada; aborrecida.

ela ia acabar a carta. Saiu da sala; Eulália foi à janela, relanceou a vista pelo Campo, e, se lhes disser que com uma pontazinha de tristeza nos olhos, podem crer que é a pura verdade. Não era, todavia, a tristeza dos débeis ou dos indecisos; era a tristeza dos resolutos,[20] a quem dói de antemão um ato pela mortificação que há de trazer a outros, e que, não obstante, juram a si mesmos praticá-lo, e praticam. Convenho que nem todas essas particularidades podiam estar nos olhos de Eulália, mas por isso mesmo é que as histórias são contadas por alguém, que se incumbe de preencher as lacunas e divulgar o escondido. Que era uma tristeza máscula, era — e que daí a pouco os olhos sorriam de um sinal de esperança, também não é mentira.

— Isto acaba — murmurou ela, vindo para dentro.

Justamente nessa ocasião parava um carro à porta, apeava-se uma senhora, ouvia-se a campainha da escada, descia um moleque a abrir a cancela, e subia as escadas D. Maria dos Anjos. D. Benedita, quando lhe disseram quem era, largou a pena, alvoroçada; vestiu-se à pressa, calçou-se, e foi à sala.

— Com este tempo! — exclamou. — Ah! isto é que é querer bem à gente!

— Vim sem esperar pela sua visita, só para mostrar que não gosto de cerimônias, e que entre nós deve haver a maior liberdade.

Vieram os cumprimentos de estilo, as palavrinhas doces, os afagos da véspera. D. Benedita não se fartava de dizer que a visita naquele dia era uma grande fineza, uma prova de verdadeira amizade; mas queria outra, acrescentou daí a um instante, que D. Maria dos Anjos ficasse para jantar. Esta desculpou-se alegando que tinha de ir a outras partes; demais, essa era a prova que lhe pedia — a de ir jantar à casa dela primeiro. D. Benedita não hesitou, prometeu que sim, naquela mesma semana.

— Estava agora mesmo escrevendo o seu nome — continuou.

— Sim?

— Estou escrevendo a meu marido, e falo da senhora. Não lhe repito o que escrevi, mas imagine que falei muito mal da senhora, que era antipática, insuportável, maçante, aborrecida... Imagine!

— Imagino, imagino. Pode acrescentar que, apesar de ser tudo isso, e mais alguma coisa, apresento-lhe os meus respeitos.

— Como ela tem graça para dizer as coisas! — comentou D. Benedita olhando para a filha.

Eulália sorriu sem convicção. Sentada na cadeira fronteira à mãe, ao pé da outra ponta do sofá em que estava D. Maria dos Anjos, Eulália dava à

---

[20] Determinados; decididos.

conversação das duas a soma de atenção que a cortesia lhe impunha, e nada mais. Chegava a parecer aborrecida; cada sorriso que lhe abria a boca era de um amarelo pálido, um sorriso de favor. Uma das tranças — era de manhã, trazia o cabelo em duas tranças caídas pelas costas abaixo —, uma delas servia-lhe de pretexto a alhear-se de quando em quando, porque puxava-a para a frente e contava-lhe os fios de cabelo — ou parecia contá-los. Assim o creu D. Maria dos Anjos, quando lhe lançou uma ou duas vezes os olhos, curiosa, desconfiada. D. Benedita é que não via nada; via a amiga, a feiticeira, como lhe chamou duas ou três vezes — "feiticeira como ela só".

— Já!

D. Maria dos Anjos explicou que tinha de ir a outras visitas; mas foi obrigada a ficar ainda alguns minutos, a pedido da amiga. Como trouxesse um mantelete[21] de renda preta, muito elegante, D. Benedita disse que tinha um igual, e mandou buscá-lo. Tudo demoras. Mas a mãe do Leandrinho estava tão contente! D. Benedita enchia-lhe o coração; achava nela todas as qualidades que melhor se ajustavam à sua alma e aos seus costumes, ternura, confiança, entusiasmo, simplicidade, uma familiaridade cordial e pronta. Veio o mantelete; vieram oferecimentos de alguma coisa, um doce, um licor, um refresco;

D. Maria dos Anjos não aceitou nada mais do que um beijo e a promessa de que iriam jantar com ela naquela semana.

— Quinta-feira — disse D. Benedita.
— Palavra?
— Palavra.
— Que quer que lhe faça se não for? Há de ser um castigo bem forte.
— Bem forte? Não me fale mais.

D. Maria dos Anjos beijou com muita ternura a amiga; depois abraçou e beijou também a Eulália, mas a efusão era muito menor de parte a parte. Uma e outra mediam-se, estudavam-se, começavam a compreender-se. D. Benedita levou a amiga até o patamar da escada, depois foi à janela para vê-la entrar no carro; a amiga, depois de entrar no carro, pôs a cabeça de fora, olhou para cima, e disse-lhe adeus, com a mão.

— Não falte, ouviu?
— Quinta-feira.

Eulália já não estava na sala; D. Benedita correu a acabar a carta. Era tarde: não relatara o jantar da véspera, nem já agora podia fazê-lo. Resumiu tudo; encareceu muito as novas relações; enfim, escreveu estas palavras:

---

[21] Tipo de capa usada para cobrir e proteger o vestido.

"O cônego Roxo falou-me em casar Eulália com o filho de D. Maria dos Anjos; é um moço formado em Direito este ano; é conservador, e espera uma promotoria, agora, se o Itaboraí[22] não deixar o ministério. Eu acho que o casamento é o melhor possível. O Dr. Leandrinho (é o nome dele) é muito bem-educado; fez um brinde a você, cheio de palavras tão bonitas, que eu chorei. Eu não sei se Eulália quererá ou não; desconfio de outro sujeito que outro dia esteve conosco nas Laranjeiras. Mas você que pensa? Devo limitar-me a aconselhá-la, ou impor-lhe a nossa vontade? Eu acho que devo usar um pouco da minha autoridade; mas não quero fazer nada sem que você me diga. O melhor seria se você viesse cá".

Acabou e fechou a carta; Eulália entrou nessa ocasião, ela deu-lha para mandar, sem demora, ao correio; e a filha saiu com a carta sem saber que tratava dela e do seu futuro. D. Benedita deixou-se cair no sofá, cansada, exausta. A carta era muito comprida apesar de não dizer tudo; e era-lhe tão enfadonho[23] escrever cartas compridas!

## III

Era-lhe tão enfadonho escrever cartas compridas! Esta palavra, fecho do capítulo passado, explica a longa prostração[24] de D. Benedita. Meia hora depois de cair no sofá, ergueu-se um pouco, e percorreu o gabinete com os olhos, como procurando alguma coisa. Essa coisa era um livro. Achou o livro, e podia dizer achou os livros, pois nada menos de três estavam ali, dois abertos, um marcado em certa página, todos em cadeiras. Eram três romances que D. Benedita lia ao mesmo tempo. Um deles, note-se, custou-lhe não pouco trabalho. Deram-lhe notícia na rua, perto de casa, com muitos elogios; chegara da Europa na véspera. D. Benedita ficou tão entusiasmada, que apesar de ser longe e tarde, arrepiou caminho e foi ela mesma comprá-lo, correndo nada menos de três livrarias. Voltou ansiosa, namorada do livro, tão namorada que abriu as folhas, jantando, e leu os cinco primeiros capítulos naquela mesma noite. Sendo preciso dormir, dormiu; no dia seguinte não pôde continuar, depois esqueceu-o. Agora, porém, passados oito dias, querendo ler alguma coisa, aconteceu-lhe justamente achá-lo à mão.

— Ah!

---

[22] Joaquim José Rodrigues Torres, o Visconde de Itaboraí (1802-1872), político brasileiro, chefiou o governo em 1852 e em 1868. Era membro do Partido Conservador.
[23] Maçante; que aborrece.
[24] Abatimento; fraqueza.

E ei-la que torna ao sofá, que abre o livro com amor, que mergulha o espírito, os olhos e o coração na leitura tão desastradamente interrompida. D. Benedita ama os romances, é natural; e adora os romances bonitos, é naturalíssimo. Não admira que esqueça tudo para ler este; tudo, até a lição de piano da filha, cujo professor chegou e saiu, sem que ela fosse à sala. Eulália despediu-se do professor; depois foi ao gabinete, abriu a porta, caminhou pé ante pé até o sofá, e acordou a mãe com um beijo.

— Dorminhoca!
— Ainda chove?
— Não, senhora; agora parou.
— A carta foi?
— Foi; mandei o José a toda a pressa. Aposto que mamãe esqueceu-se de dar lembranças a papai? Pois olhe, eu não me esqueço nunca.

D. Benedita bocejou. Já não pensava na carta; pensava no colete que encomendara à Charavel,[25] um colete de barbatanas mais moles do que o último. Não gostava de barbatanas duras; tinha o corpo mui sensível. Eulália falou ainda algum tempo do pai, mas calou-se logo, e vendo no chão o livro aberto, o famoso romance, apanhou-o, fechou-o, pô-lo em cima da mesa. Nesse momento vieram trazer uma carta a D. Benedita; era do cônego Roxo, que mandava perguntar se estavam em casa naquele dia, porque iria ao enterro dos ossos.[26]

— Pois não! — bradou D. Benedita. — Estamos em casa, venha, pode vir.

Eulália escreveu o bilhetinho de resposta. Daí a três quartos de hora fazia o cônego a sua entrada na sala de D. Benedita. Era um bom homem o cônego, velho amigo daquela casa, na qual, além de trinchar o peru nos dias solenes, como vimos, exercia o papel de conselheiro, e exercia-o com lealdade e amor. Eulália, principalmente, merecia-lhe muito; vira-a pequena, galante, travessa, amiga dele, e criou-lhe uma afeição paternal, tão paternal que tomara a peito casá-la bem, e nenhum noivo melhor do que o Leandrinho, pensava o cônego. Naquele dia, a ideia de ir jantar com elas era antes um pretexto; o cônego queria tratar o negócio diretamente com a filha do desembargador. Eulália, ou porque adivinhasse isso mesmo, ou porque a pessoa do cônego lhe lembrasse o Leandrinho, ficou logo preocupada, aborrecida.

---

[25] Madame Henriette Charavel era uma modista, isto é, profissional que desenhava e confeccionava roupas femininas. Ela era especialista em fabricar coletes e seu ateliê de costura para senhoras situava-se na rua de São José, 76, sobrado, de acordo com o *Almanaque Laemmert* de 1867.

[26] "Enterro dos ossos" é uma expressão popular que significa o dia seguinte após uma festa, quando se consome as sobras de comidas e bebidas.

Mas preocupada ou aborrecida não quer dizer triste ou desconsolada. Era resoluta, tinha têmpera,[27] podia resistir, e resistiu, declarando ao cônego, quando ele naquela noite lhe falou do Leandrinho, que absolutamente não queria casar.

— Palavra de moça bonita?
— Palavra de moça feia.
— Mas por quê?
— Porque não quero.
— E se mamãe quiser?
— Não quero eu.
— Mau! Isso não é bonito, Eulália.

Eulália deixou-se estar. O cônego ainda tornou ao assunto, louvou as qualidades do candidato, as esperanças da família, as vantagens do casamento; ela ouvia tudo, sem contestar nada. Mas, quando o cônego formulava de um modo direto a questão, a resposta invariável era esta:

— Já disse tudo.
— Não quer?
— Não.

O desconsolo do bom cônego era profundo e sincero. Queria casá-la bem, e não achava melhor noivo. Chegou a interrogá-la discretamente, sobre se tinha alguma preferência em outra parte. Mas Eulália, não menos discretamente, respondia que não, que não tinha nada; não queria nada; não queria casar. Ele creu que era assim, mas receou também que não fosse assim; faltava-lhe o trato suficiente das mulheres para ler através de uma negativa. Quando referiu tudo a D. Benedita, esta ficou assombrada com os termos da recusa; mas tornou logo a si, e declarou ao padre que a filha não tinha vontade, faria o que ela quisesse, e ela queria o casamento.

— Já agora nem espero resposta do pai — concluiu —; declaro-lhe que ela há de casar. Quinta-feira vou jantar com D. Maria dos Anjos, e combinaremos as coisas.

— Devo dizer-lhe — ponderou o cônego — que D. Maria dos Anjos não deseja que se faça nada à força.

— Qual força! Não é preciso força.

O cônego refletiu um instante.

— Em todo caso, não violentaremos qualquer outra afeição que ela possa ter — disse ele.

D. Benedita não respondeu nada; mas consigo, no mais fundo de si mesma, jurou que, houvesse o que houvesse, acontecesse o que acontecesse, a filha

---

[27] Princípios; retidão moral.

seria nora de D. Maria dos Anjos. E ainda consigo, depois de sair o cônego:
— Tinha que ver! Um tico de gente, com fumaças de governar a casa!

A quinta-feira raiou. Eulália — o tico de gente — levantou-se fresca, lépida,[28] loquaz, com todas as janelas da alma abertas ao sopro azul da manhã. A mãe acordou ouvindo um trecho italiano, cheio de melodia; era ela que cantava, alegre, sem afetação, com a indiferença das aves que cantam para si ou para os seus, e não para o poeta, que as ouve e traduz na língua imortal dos homens. D. Benedita afagara muito a ideia de a ver abatida, carrancuda, e gastara uma certa soma de imaginação em compor os seus modos, delinear os seus atos, ostentar energia e força. E nada! Em vez de uma filha rebelde, uma criatura gárrula[29] e submissa. Era começar mal o dia; era sair aparelhada para destruir uma fortaleza, e dar com uma cidade aberta, pacífica, hospedeira, que lhe pedia o favor de entrar e partir o pão da alegria e da concórdia. Era começar o dia muito mal.

A segunda causa de tédio de D. Benedita foi um ameaço de enxaqueca, às três horas da tarde; um ameaço, ou uma suspeita de possibilidade de ameaço. Chegou a transferir a visita, mas a filha ponderou que talvez a visita lhe fizesse bem, e em todo caso, era tarde para deixar de ir. D. Benedita não teve remédio, aceitou o reparo. Ao espelho, penteando-se, esteve quase a dizer que definitivamente ficava; chegou a insinuá-lo à filha.

— Mamãe veja que D. Maria dos Anjos conta com a senhora — disse-lhe Eulália.

— Pois sim — redarguiu a mãe —, mas não prometi ir doente.

Enfim, vestiu-se, calçou as luvas, deu as últimas ordens; e devia doer-lhe muito a cabeça, porque os modos eram arrebatados,[30] uns modos de pessoa constrangida ao que não quer. A filha animava-a muito, lembrava-lhe o vidrinho dos sais, instava que saíssem, descrevia a ansiedade de D. Maria dos Anjos, consultava de dois em dois minutos o pequenino relógio, que trazia na cintura, etc. Uma amofinação,[31] realmente.

— O que tu estás é me amofinando — disse-lhe a mãe.

E saiu, saiu exasperada,[32] com uma grande vontade de esganar a filha, dizendo consigo que a pior coisa do mundo era ter filhas. Os filhos ainda vá: criam-se, fazem carreira por si; mas as filhas!

Felizmente, o jantar de D. Maria dos Anjos aquietou-a; e não digo que a enchesse de grande satisfação, porque não foi assim. Os modos de D. Benedita

---

[28] Alegre; ligeira.
[29] Tagarela; que fala e canta.
[30] Irritados; geniosos.
[31] Aborrecimento; incômodo.
[32] Exaltada; irritada.

não eram os do costume; eram frios, secos, ou quase secos; ela, porém, explicou de si mesma a diferença, noticiando o ameaço da enxaqueca, notícia mais triste do que alegre, e que, aliás, alegrou a alma de D. Maria dos Anjos, por esta razão fina e profunda: antes a frieza da amiga fosse originada na doença do que na quebra do afeto. Demais, a doença não era grave. E que fosse grave! Não houve naquele dia mãos presas, olhos nos olhos, manjares comidos entre carícias mútuas; não houve nada do jantar de domingo. Um jantar apenas conversado; não alegre, conversado; foi o mais que alcançou o cônego. Amável cônego! As disposições de Eulália, naquele dia, cumularam-no de esperanças; o riso que brincava nela, a maneira expansiva da conversa, a docilidade com que se prestava a tudo, a tocar, a cantar, e o rosto afável, meigo, com que ouvia e falava ao Leandrinho, tudo isso foi para a alma do cônego uma renovação de esperanças. Logo hoje é que D. Benedita estava doente! Realmente, era caiporismo.[33]

D. Benedita reanimou-se um pouco, à noite, depois do jantar. Conversou mais, discutiu um projeto de passeio ao Jardim Botânico, chegou mesmo a propor que fosse logo no dia seguinte; mas Eulália advertiu que era prudente esperar um ou dois dias até que os efeitos da enxaqueca desaparecessem de todo; e o olhar que mereceu à mãe, em troca do conselho, tinha a ponta aguda de um punhal. Mas a filha não tinha medo dos olhos maternos. De noite, ao despentear-se, recapitulando o dia, Eulália repetiu consigo a palavra que lhe ouvimos, dias antes, à janela:

— Isto acaba.

E, satisfeita de si, antes de dormir, puxou uma certa gaveta, tirou uma caixinha, abriu-a, aventou um cartão de alguns centímetros de altura — um retrato. Não era retrato de mulher, não só por ter bigodes, como por estar fardado; era, quando muito, um oficial de marinha. Se bonito ou feio, é matéria de opinião. Eulália achava-o bonito; a prova é que o beijou, não digo uma vez, mas três. Depois mirou-o, com saudade, tornou a fechá-lo e guardá-lo.

Que fazias tu, mãe cautelosa e ríspida, que não vinhas arrancar às mãos e à boca da filha um veneno tão sutil e mortal? D. Benedita, à janela, olhava a noite, entre as estrelas e os lampiões de gás, com a imaginação vagabunda, inquieta, roída de saudade e desejos. O dia tinha-lhe saído mal, desde manhã. D. Benedita confessava, naquela doce intimidade da alma consigo mesma, que o jantar de D. Maria dos Anjos não prestara para nada, e que a própria amiga não estava provavelmente nos seus dias de costume. Tinha saudades, não sabia bem de que, e desejos, que ignorava. De quando em

---

[33] Azar.

quando, bocejava ao modo preguiçoso e arrastado dos que caem de sono; mas se alguma coisa tinha era fastio[34] — fastio, impaciência, curiosidade. D. Benedita cogitou seriamente em ir ter com o marido; e tão depressa a ideia do marido lhe penetrou no cérebro, como se lhe apertou o coração de saudades e remorsos, e o sangue pulou-lhe num tal ímpeto de ir ver o desembargador que, se o paquete[35] do Norte estivesse na esquina da rua e as malas prontas, ela embarcaria logo e logo. Não importa; o paquete devia estar prestes a sair, oito ou dez dias; era o tempo de arranjar as malas. Iria por três meses somente, não era preciso levar muita coisa. Ei-la que se consola da grande cidade fluminense, da similitude dos dias, da escassez das coisas, da persistência das caras, da mesma fixidez das modas, que era um dos seus árduos problemas: — por que é que as modas hão de durar mais de quinze dias?

— Vou, não há que ver, vou ao Pará — disse ela a meia-voz.

Com efeito, no dia seguinte, logo de manhã, comunicou a resolução à filha, que a recebeu sem abalo. Mandou ver as malas que tinha, achou que era preciso mais uma, calculou o tamanho, e determinou comprá-la. Eulália, por uma inspiração súbita:

— Mas, mamãe, nós não vamos por três meses?

— Três... ou dois.

— Pois, então, não vale a pena. As duas malas chegam.

— Não chegam.

— Bem; se não chegarem, pode-se comprar na véspera. E mamãe mesmo escolhe; é melhor que mandar esta gente que não sabe nada.

D. Benedita achou a reflexão judiciosa, e guardou o dinheiro. A filha sorriu para dentro. Talvez repetisse consigo a famosa palavra da janela: — Isto acaba. A mãe foi cuidar dos arranjos, escolha de roupa, lista das coisas que precisava comprar, um presente para o marido, etc. Ah! que alegria que ele ia ter! Depois do meio-dia saíram para fazer encomendas, visitas, comprar as passagens, quatro passagens; levavam uma escrava consigo. Eulália ainda tentou arredá-la da ideia, propondo a transferência da viagem; mas D. Benedita declarou peremptoriamente[36] que não. No escritório da Companhia de Paquetes disseram-lhe que o do Norte saía na sexta-feira da outra semana. Ela pediu as quatro passagens; abriu a carteirinha, tirou uma nota, depois duas, refletiu um instante.

— Basta vir na véspera, não?

— Basta, mas pode não achar mais.

---

[34] Enfado; tédio.
[35] Navio mercante a vapor para mercadorias e passageiros.
[36] Terminantemente; decisivamente.

— Bem; o senhor guarde os bilhetes: eu mando buscar.
— O seu nome?
— O nome? O melhor é não tomar o nome; nós viremos três dias antes de sair o vapor. Naturalmente ainda haverá bilhetes.
— Pode ser.
— Há de haver.

Na rua, Eulália observou que era melhor ter comprado logo os bilhetes; e, sabendo-se que ela não desejava ir para o Norte nem para o Sul, salvo na fragata em que embarcasse o original do retrato da véspera, há de supor-se que a reflexão da moça era profundamente maquiavélica. Não digo que não. D. Benedita, entretanto, noticiou a viagem aos amigos e conhecidos, nenhum dos quais a ouviu espantado. Um chegou a perguntar-lhe se, enfim, daquela vez era certo. D. Maria dos Anjos, que sabia da viagem pelo cônego, se alguma coisa a assombrou, quando a amiga se despediu dela, foram as atitudes geladas, o olhar fixo no chão, o silêncio, a indiferença. Uma visita de dez minutos apenas, durante os quais D. Benedita disse quatro palavras no princípio: — Vamos para o Norte. E duas no fim: — Passe bem. E os beijos? Dois tristes beijos de pessoa morta.

## IV

A viagem não se fez por um motivo supersticioso. D. Benedita, no domingo à noite, advertiu que o paquete seguia na sexta-feira, e achou que o dia era mau. Iriam no outro paquete. Não foram no outro; mas desta vez os motivos escapam inteiramente ao alcance do olhar humano, e o melhor alvitre[37] em tais casos é não teimar com o impenetrável. A verdade é que D. Benedita não foi, mas iria no terceiro paquete, a não ser um incidente que lhe trocou os planos.

Tinha a filha inventado uma festa e uma amizade nova. A nova amizade era uma família do Andaraí; a festa não se sabe a que propósito foi, mas deve ter sido esplêndida, porque D. Benedita ainda falava dela três dias depois. Três dias! Realmente, era demais. Quanto à família, era impossível ser mais amável; ao menos, a impressão que deixou na alma de D. Benedita foi intensíssima. Uso este superlativo, porque ela mesma o empregou: é um documento humano.

— Aquela gente? Oh! deixou-me uma impressão intensíssima.

---

[37] Conselho; sugestão.

E toca a andar para Andaraí, namorada de D. Petronilha, esposa do conselheiro Beltrão, e de uma irmã dela, D. Maricota, que ia casar com um oficial de marinha, irmão de outro oficial de marinha, cujos bigodes, olhos, cara, porte, cabelos, são os mesmos do retrato que o leitor entreviu há tempos na gavetinha de Eulália. A irmã casada tinha trinta e dois anos, e uma seriedade, umas maneiras tão bonitas que deixaram encantada a esposa do desembargador. Quanto à irmã solteira, era uma flor, uma flor de cera, outra expressão de D. Benedita, que não altero com receio de entibiar[38] a verdade.

Um dos pontos mais obscuros desta curiosa história é a pressa com que as relações se travaram, e os acontecimentos se sucederam. Por exemplo, uma das pessoas que estiveram em Andaraí, com D. Benedita, foi o oficial de marinha retratado no cartão particular de Eulália, primeiro-tenente Mascarenhas, que o conselheiro Beltrão proclamou futuro almirante. Vede, porém, a perfídia do oficial: vinha fardado; e D. Benedita, que amava os espetáculos novos, achou-o tão distinto, tão bonito, entre os outros moços à paisana, que o preferiu a todos, e lho disse. O oficial agradeceu comovido. Ela ofereceu-lhe a casa; ele pediu-lhe licença para fazer uma visita.

— Uma visita? Vá jantar conosco.

Mascarenhas fez uma cortesia de aquiescência.[39]

— Olhe — disse D. Benedita —, vá amanhã.

Mascarenhas foi, e foi mais cedo. D. Benedita falou-lhe da vida do mar; ele pediu-lhe a filha em casamento. D. Benedita ficou sem voz, pasmada. Lembrou-se, é verdade, que desconfiara dele, um dia, nas Laranjeiras; mas a suspeita acabara. Agora não os vira conversar nem olhar uma só vez. Em casamento! Mas seria mesmo em casamento? Não podia ser outra coisa; a atitude séria, respeitosa, implorativa do rapaz dizia bem que se tratava de um casamento. Que sonho! Convidar um amigo, e abrir a porta a um genro: era o cúmulo do inesperado. Mas o sonho era bonito; o oficial de marinha era um galhardo[40] rapaz, forte, elegante, simpático, metia toda a gente no coração, e principalmente parecia adorá-la, a ela, D. Benedita. Que magnífico sonho! D. Benedita voltou do pasmo, e respondeu que sim, que Eulália era sua. Mascarenhas pegou-lhe na mão e beijou-a filialmente.

— Mas o desembargador? — disse ele.

— O desembargador concordará comigo.

Tudo andou assim depressa. Certidões passadas, banhos corridos, marcou-se o dia do casamento; seria vinte e quatro horas depois de recebida a resposta

---

[38] Enfraquecer; afrouxar.
[39] Que consente; aceita.
[40] Esforçado; gentil.

do desembargador. Que alegria a da boa mãe! Que atividade no preparo do enxoval, no plano e nas encomendas da festa, na escolha dos convidados, etc.! Ela ia de um lado para outro, ora a pé, ora de carro, fizesse chuva ou sol. Não se detinha no mesmo objeto muito tempo; a semana do enxoval não era a do preparo da festa, nem a das visitas; alternava as coisas, voltava atrás, com certa confusão, é verdade. Mas aí estava a filha para suprir as faltas, corrigir os defeitos, cercear as demasias, tudo com a sua habilidade natural. Ao contrário de todos os noivos, este não as importunava; não jantava todos os dias com elas, segundo lhe pedia a dona da casa; jantava aos domingos, e visitava-as uma vez por semana. Matava as saudades por meio de cartas, que eram contínuas, longas e secretas, como no tempo do namoro. D. Benedita não podia explicar uma tal esquivança, quando ela morria por ele; e então vingava-se da esquisitice, morrendo ainda mais, e dizendo dele por toda parte as mais belas coisas do mundo.

— Uma pérola! uma pérola!
— E um bonito rapaz — acrescentavam.
— Não é? De truz.[41]

A mesma coisa repetia ao marido nas cartas que lhe mandava, antes e depois de receber a resposta da primeira. A resposta veio; o desembargador deu o seu consentimento, acrescentando que lhe doía muito não poder vir assistir às bodas, por achar-se um tanto adoentado; mas abençoava de longe os filhos, e pedia o retrato do genro.

Cumpriu-se o acordo à risca. Vinte e quatro horas depois de recebida a resposta do Pará efetuou-se o casamento, que foi uma festa admirável, esplêndida, no dizer de D. Benedita, quando a contou a algumas amigas. Oficiou o cônego Roxo e claro é que D. Maria dos Anjos não esteve presente, e menos ainda o filho. Ela esperou, note-se, até à última hora um bilhete de participação, um convite, uma visita, embora se abstivesse de comparecer; mas não recebeu nada. Estava atônita, revolvia a memória a ver se descobria alguma inadvertência sua que pudesse explicar a frieza das relações; não achando nada, supôs alguma intriga. E supôs mal, pois foi um simples esquecimento. D. Benedita, no dia do consórcio, de manhã, teve ideia de que D. Maria dos Anjos não recebera participação.[42]

— Eulália, parece que não mandamos participação a D. Maria dos Anjos? — disse ela à filha, almoçando.

— Não sei; mamãe é quem se incumbiu dos convites.

---

[41] Isto é, de qualidade.
[42] Um convite.

— Parece que não — confirmou D. Benedita. — João, dá cá mais açúcar.

O copeiro deu-lhe o açúcar; ela, mexendo o chá, lembrou-se do carro que iria buscar o cônego e reiterou uma ordem da véspera.

Mas a fortuna é caprichosa. Quinze dias depois do casamento, chegou a notícia do óbito do desembargador. Não descrevo a dor de D. Benedita; foi dilacerante e sincera. Os noivos, que devaneavam na Tijuca, vieram ter com ela; D. Bendita chorou todas as lágrimas de uma esposa austera e fidelíssima. Depois da missa do sétimo dia, consultou a filha e o genro acerca da ideia de ir ao Pará, erigir um túmulo ao marido, e beijar a terra em que ele repousava. Mascarenhas trocou um olhar com a mulher; depois disse à sogra que era melhor irem juntos, porque ele devia seguir para o Norte daí a três meses em comissão do governo. D. Benedita recalcitrou[43] um pouco, mas aceitou o prazo, dando desde logo todas as ordens necessárias à construção do túmulo. O túmulo fez-se; mas a comissão não veio, e D. Benedita não pôde ir.

Cinco meses depois, deu-se um pequeno incidente na família. D. Benedita mandara construir uma casa no caminho da Tijuca, e o genro, com o pretexto de uma interrupção na obra, propôs acabá-la. D. Benedita consentiu, e o ato era tanto mais honroso para ela, quanto que o genro começava a parecer-lhe insuportável com a sua excessiva disciplina, com as suas teimas, impertinências, etc. Verdadeiramente, não havia teimas; nesse particular, o genro de D. Benedita contava tanto com a sinceridade da sogra que nunca teimava; deixava que ela própria se desmentisse dias depois. Mas pode ser que isto mesmo a mortificasse. Felizmente, o governo lembrou-se de o mandar ao Sul; Eulália, grávida, ficou com a mãe.

Foi por esse tempo que um negociante, viúvo, teve ideia de cortejar D. Benedita. O primeiro ano da viuvez estava passado. D. Benedita acolheu a ideia com muita simpatia, embora sem alvoroço. Defendia-se consigo; alegava a idade e os estudos do filho, que em breve estaria a caminho de São Paulo, deixando-a só, sozinha no mundo. O casamento seria uma consolação, uma companhia. E consigo, na rua ou em casa, nas horas disponíveis, aprimorava o plano com todos os floreios da imaginação vivaz e súbita; era uma vida nova, pois desde muito, antes mesmo da morte do marido, pode-se dizer que era viúva. O negociante gozava do melhor conceito: a escolha era excelente.

Não casou. O genro tornou do Sul, a filha deu à luz um menino robusto e lindo, que foi a paixão da avó durante os primeiros meses. Depois, o genro, a filha e o neto foram para o Norte. D. Benedita achou-se só e triste; o filho não

---

[43] Resistiu.

bastava aos seus afetos. A ideia de viajar tornou a rutilar-lhe[44] na mente, mas como um fósforo, que se apaga logo. Viajar sozinha era cansar e aborrecer-se ao mesmo tempo; achou melhor ficar.

Uma companhia lírica,[45] adventícia,[46] sacudiu-lhe o torpor,[47] e restituiu-a à sociedade. A sociedade incutiu-lhe outra vez a ideia do casamento, e apontou-lhe logo um pretendente, desta vez um advogado, também viúvo.

— Casarei? Não casarei?

Uma noite, volvendo D. Benedita este problema, à janela da casa de Botafogo, para onde se mudara desde alguns meses, viu um singular espetáculo. Primeiramente uma claridade opaca, espécie de luz coada por um vidro fosco, vestia o espaço da enseada, fronteiro à janela. Nesse quadro apareceu-lhe uma figura vaga e transparente, trajada de névoas, toucada de reflexos, sem contornos definidos, porque morriam todos no ar. A figura veio até ao peitoril da janela de D. Benedita; e de um gesto sonolento, com uma voz de criança, disse-lhe estas palavras sem sentido:

— Casa... não casarás... se casas... casarás... não casarás... e casas... casando...

D. Benedita ficou aterrada, sem poder mexer-se; mas ainda teve a força de perguntar à figura quem era. A figura achou um princípio de riso, mas perdeu-o logo; depois respondeu que era a fada que presidira ao nascimento de D. Benedita: Meu nome é Veleidade,[48] concluiu; e, como um suspiro, dispersou-se na noite e no silêncio.

---

[44] Brilhar; resplandecer.
[45] Poética; agradável.
[46] Inesperada; imprevista.
[47] Mal-estar; indiferença.
[48] Vontade inútil; capricho.

# O segredo do bonzo[1]

## Capítulo inédito de Fernão Mendes Pinto[2]

Atrás deixei narrado o que se passou nesta cidade Fuchéu, capital do reino de Bungo,[3] com o padre-mestre Francisco, e de como el-rei se houve com o Fucarandono e outros bonzos, que tiveram por acertado disputar ao padre as primazias da nossa santa religião. Agora direi de uma doutrina não menos curiosa que saudável ao espírito, e digna de ser divulgada a todas as repúblicas da cristandade.

Um dia, andando a passeio com Diogo Meireles, nesta mesma cidade Fuchéu, naquele ano de 1552, sucedeu deparar-se-nos ajuntamento de povo, à esquina de uma rua, em torno a um homem da terra, que discorria com grande abundância de gestos e vozes. O povo, segundo o esmo mais baixo, seria passante de cem pessoas, varões[4] somente, e todos embasbacados. Diogo Meireles, que melhor conhecia a língua da terra, pois ali estivera muitos meses, quando andou com bandeira de veniaga[5] (agora ocupava-se no exercício da medicina, que estudara convenientemente, e em que era exímio), ia-me repetindo pelo nosso idioma o que ouvia ao orador, e que em resumo era o seguinte: — Que ele não queria outra coisa mais do que afirmar a origem dos grilos, os quais procediam do ar e das folhas de coqueiro, na conjunção da lua nova; que este descobrimento, impossível a quem não fosse, como ele, matemático, físico e filósofo, era fruto de dilatados anos de aplicação, experiência e estudo, trabalhos e até perigos de vida; mas enfim, estava feito, e todo redundava em glória do reino de Bungo, e especialmente da cidade Fuchéu, cujo filho era; e, se por ter aventado tão sublime verdade, fosse necessário aceitar a morte, ele a aceitaria ali mesmo, tão certo era que a ciência valia mais do que a vida e seus deleites.

---

[1] Termo usado no Japão e na China para designar um sacerdote budista.
[2] Fernão Mendes Pinto (1509-1583) foi um escritor e explorador português. Em suas aventuras, viajou para a Índia, Myanmar, Tailândia, Arquipélago da Sonda, Ilhas Molucas, China e Japão.
[3] Fuchéu, de acordo com o relato de Fernão Mendes Pinto, era a capital da antiga província de Bungo, localizada na ilha de Kyushu, Japão.
[4] Indivíduos do sexo masculino.
[5] Ou seja, como vendedor; caixeiro-viajante.

A multidão, tanto que ele acabou, levantou um tumulto de aclamações, que esteve a ponto de ensurdecer-nos, e alçou nos braços o homem, bradando: Patimau, Patimau, viva Patimau, que descobriu a origem dos grilos! E todos se foram com ele ao alpendre[6] de um mercador, onde lhe deram refrescos e lhe fizeram muitas saudações e reverências, à maneira deste gentio,[7] que é em extremo obsequioso[8] e cortesão.

Desandando o caminho, vínhamos nós, Diogo Meireles e eu, falando do singular achado da origem dos grilos, quando, a pouca distância daquele alpendre, obra de seis credos,[9] não mais, achamos outra multidão de gente, em outra esquina, escutando a outro homem. Ficamos espantados com a semelhança do caso, e Diogo Meireles, visto que também este falava apressado, repetiu-me na mesma maneira o teor da oração. E dizia este outro, com grande admiração e aplauso da gente que o cercava, que enfim descobrira o princípio da vida futura, quando a terra houvesse de ser inteiramente destruída, e era nada menos que uma certa gota de sangue de vaca; daí provinha a excelência da vaca para habitação das almas humanas, e o ardor com que esse distinto animal era procurado por muitos homens à hora de morrer; descobrimento que ele podia afirmar com fé e verdade, por ser obra de experiências repetidas e profunda cogitação, não desejando nem pedindo outro galardão[10] mais que dar glória ao reino de Bungo e receber dele a estimação que os bons filhos merecem. O povo, que escutara esta fala com muita veneração, fez o mesmo alarido e levou o homem ao dito alpendre, com a diferença que o trepou a uma charola;[11] ali chegando, foi regalado com obséquios iguais aos que faziam a Patimau, não havendo nenhuma distinção entre eles, nem outra competência nos banqueteadores, que não fosse a de dar graças a ambos os banqueteados.

Ficamos sem saber nada daquilo, porque nem nos parecia casual a semelhança exata dos dois encontros, nem racional ou crível a origem dos grilos, dada por Patimau, ou o princípio da vida futura, descoberto por Languru, que assim se chamava o outro. Sucedeu, porém, costearmos a casa de um certo Titané, alparqueiro,[12] o qual correu a falar a Diogo Meireles, de quem era amigo. E, feitos os cumprimentos, em que o alparqueiro chamou as mais

---

[6] Varanda; cobertura.
[7] O termo "gentio" era usado na época da colonização para se referir a um estrangeiro pertencente a um povo que não era civilizado de acordo com os padrões europeus, nem seguia a religião católica.
[8] Prestativo; polido.
[9] Oração católica que se inicia com as palavras "Creio em Deus Pai"; tempo que se gasta em rezar essa oração; pouco tempo; alguns instantes.
[10] Recompensa; reconhecimento.
[11] Nicho para alocar santos em uma construção.
[12] Aquele que fabrica ou vende alpercatas, ou seja, sandálias.

galantes coisas a Diogo Meireles, tais como ouro da verdade e sol do pensamento, contou-lhe este o que víramos e ouvíramos pouco antes. Ao que Titané acudiu com grande alvoroço: — Pode ser que eles andem cumprindo uma nova doutrina, dizem que inventada por um bonzo de muito saber, morador em umas casas pegadas ao monte Coral.[13] — E porque ficássemos cobiçosos de ter alguma notícia da doutrina, consentiu Titané em ir conosco no dia seguinte às casas do bonzo, e acrescentou: — Dizem que ele não a confia a nenhuma pessoa, senão às que de coração se quiserem filiar a ela; e, sendo assim, podemos simular que o queremos unicamente com o fim de a ouvir; e se for boa, chegaremos a praticá-la à nossa vontade.

No dia seguinte, ao modo concertado, fomos às casas do dito bonzo, por nome Pomada,[14] um ancião de cento e oito anos, muito lido e sabido nas letras divinas e humanas, e grandemente aceito a toda aquela gentilidade,[15] e por isso mesmo malvisto de outros bonzos, que se finavam de puro ciúme. E tendo ouvido o dito bonzo a Titané quem éramos e o que queríamos, iniciou-nos primeiro com várias cerimônias e bugiarias[16] necessárias à recepção da doutrina, e só depois dela é que alçou a voz para confiá-la e explicá-la.

— Haveis de entender — começou ele — que a virtude e o saber têm duas existências paralelas, uma no sujeito que as possui, outra no espírito dos que o ouvem ou contemplam. Se puserdes as mais sublimes virtudes e os mais profundos conhecimentos em um sujeito solitário, remoto de todo contato com outros homens, é como se eles não existissem. Os frutos de uma laranjeira, se ninguém os gostar, valem tanto como as urzes[17] e plantas bravias, e, se ninguém os vir, não valem nada; ou, por outras palavras mais energéticas, não há espetáculo sem espectador. Um dia, estando a cuidar nestas coisas, considerei que, para o fim de alumiar um pouco o entendimento, tinha consumido os meus longos anos, e, aliás, nada chegaria a valer sem a existência de outros homens que me vissem e honrassem; então cogitei se não haveria um modo de obter o mesmo efeito, poupando tais trabalhos, e esse dia posso agora dizer que foi o da regeneração dos homens, pois me deu a doutrina salvadora.

---

[13] Há muitas montanhas na região da antiga província de Bungo, atual prefeitura de Oita, Japão.
[14] Na época de publicação do conto, o termo "pomada" era uma expressão usada para designar fraude, engano, mentira; Assim, um "pomadista" era um charlatão, por vezes, um mercador ambulante de substâncias reputadas por milagrosas, com o objetivo de enganar seu público.
[15] Isto é, gente pagã; povo não civilizado.
[16] Fazer danças e gestos como o de um bugio; macaquices.
[17] Arbustos.

Neste ponto, afiamos os ouvidos e ficamos pendurados da boca do bonzo, o qual, como lhe dissesse Diogo Meireles que a língua da terra me não era familiar, ia falando com grande pausa, porque eu nada perdesse. E continuou dizendo:

— Mal podeis adivinhar o que me deu ideia da nova doutrina; foi nada menos que a pedra da lua, essa insigne[18] pedra tão luminosa que, posta no cabeço de uma montanha ou no píncaro[19] de uma torre, dá claridade a uma campina inteira, ainda a mais dilatada. Uma tal pedra, com tais quilates de luz, não existiu nunca, e ninguém jamais a viu; mas muita gente crê que existe e mais de um dirá que a viu com os seus próprios olhos. Considerei o caso, e entendi que, se uma coisa pode existir na opinião, sem existir na realidade, e existir na realidade, sem existir na opinião, a conclusão é que das duas existências paralelas a única necessária é a da opinião, não a da realidade, que é apenas conveniente. Tão depressa fiz este achado especulativo, como dei graças a Deus do favor especial, e determinei-me a verificá-lo por experiências; o que alcancei, em mais de um caso, que não relato, por vos não tomar o tempo. Para compreender a eficácia do meu sistema, basta advertir que os grilos não podem nascer do ar e das folhas de coqueiro, na conjunção da lua nova, e, por outro lado, o princípio da vida futura não está em uma certa gota de sangue de vaca; mas Patimau e Languru, varões astutos, com tal arte souberam meter estas duas ideias no ânimo da multidão, que hoje desfrutam a nomeada de grandes físicos e maiores filósofos, e têm consigo pessoas capazes de dar a vida por eles.

Não sabíamos em que maneira déssemos ao bonzo as mostras do nosso vivo contentamento e admiração. Ele interrogou-nos ainda algum tempo, compridamente, acerca da doutrina e dos fundamentos dela, e, depois de reconhecer que a entendíamos, incitou-nos a praticá-la, a divulgá-la cautelosamente, não porque houvesse nada contrário às leis divinas ou humanas, mas porque a má compreensão dela podia daná-la e perdê-la em seus primeiros passos; enfim, despediu-se de nós com a certeza (são palavras suas) de que abalávamos dali com a verdadeira alma de pomadistas; denominação esta que, por se derivar do nome dele, lhe era em extremo agradável.

Com efeito, antes de cair a tarde, tínhamos os três combinado em pôr por obra uma ideia tão judiciosa quão lucrativa, pois não é só lucro o que se pode haver em moeda, senão também o que traz consideração e louvor, que é outra e melhor espécie de moeda, conquanto não dê para comprar damascos ou

---

[18] Notável; ilustre.
[19] Cume; ponto mais elevado de um monte.

chaparias de ouro. Combinamos, pois, à guisa de experiência, meter cada um de nós, no ânimo da cidade Fuchéu, uma certa convicção, mediante a qual houvéssemos os mesmos benefícios que desfrutavam Patimau e Languru; mas, tão certo é que o homem não olvida o seu interesse, entendeu Titané que lhe cumpria lucrar de duas maneiras, cobrando da experiência ambas as moedas, isto é, vendendo também as suas alparcas; ao que nos não opusemos, por nos parecer que nada tinha isso com o essencial da doutrina.

Consistiu a experiência de Titané em uma coisa que não sei como diga para que a entendam. Usam neste reino Bungo, e em outros destas remotas partes, um papel feito de casca de canela moída e goma, obra mui prima, que eles talham depois em pedaços de dois palmos de comprimento, e meio de largura, nos quais desenham com vivas e variadas cores, e pela língua do país, as notícias da semana, políticas, religiosas, mercantis e outras, as novas leis do reino, os nomes das fustas,[20] lancharas,[21] balões[22] e toda a casta de barcos que navegam estes mares, ou em guerra, que a há frequente, ou de veniaga. E digo as notícias da semana, porque as ditas folhas são feitas de oito em oito dias, em grande cópia, e distribuídas ao gentio da terra, a troco de uma espórtula,[23] que cada um dá de bom grado para ter as notícias primeiro que os demais moradores. Ora, o nosso Titané não quis melhor esquina que este papel, chamado pela nossa língua *Vida e claridade das coisas mundanas e celestes*, título expressivo, ainda que um tanto derramado. E, pois, fez inserir no dito papel que acabavam de chegar notícias frescas de toda a costa de Malabar[24] e da China, conforme as quais não havia outro cuidado que não fossem as famosas alparcas dele Titané; que estas alparcas eram chamadas as primeiras do mundo, por serem mui sólidas e graciosas; que nada menos de vinte e dois mandarins iam requerer ao imperador para que, em vista do esplendor das famosas alparcas de Titané, as primeiras do universo, fosse criado o título honorífico de "alparca do Estado", para recompensa dos que se distinguissem em qualquer disciplina do entendimento; que eram grossíssimas as encomendas feitas de todas as partes, às quais ele Titané ia acudir, menos por amor ao lucro do que pela glória que dali provinha à nação; não recuando, todavia, do propósito em que estava e ficava de dar de graça aos pobres do reino umas cinquenta corjas[25] das ditas alparcas, conforme já fizera declarar a el-rei e o repetia agora; enfim, que apesar da primazia no fabrico

---

[20] Embarcação indiana, comprida e de fundo raso.
[21] Grande embarcação que os malaios usavam na guerra.
[22] Um tipo de embarcação oriental.
[23] Esmola; donativo.
[24] A costa do Malabar é um trecho de litoral no sudoeste da Índia.
[25] Quantidade de vinte objetos do mesmo tipo.

das alparcas assim reconhecida em toda a terra, ele sabia os deveres da moderação, e nunca se julgaria mais do que um obreiro diligente e amigo da glória do reino de Bungo.

A leitura desta notícia comoveu naturalmente a toda a cidade Fuchéu, não se falando em outra coisa durante toda aquela semana. As alparcas de Titané, apenas estimadas, começaram de ser buscadas com muita curiosidade e ardor, e ainda mais nas semanas seguintes, pois não deixou ele de entreter a cidade, durante algum tempo, com muitas e extraordinárias anedotas acerca da sua mercadoria. E dizia-nos com muita graça:

— Vede que obedeço ao principal da nossa doutrina, pois não estou persuadido da superioridade das tais alparcas, antes as tenho por obra vulgar, mas fi-lo crer ao povo, que as vem comprar agora, pelo preço que lhe taxo.

— Não me parece — atalhei — que tenhais cumprido a doutrina em seu rigor e substância, pois não nos cabe inculcar aos outros uma opinião que não temos, e sim a opinião de uma qualidade que não possuímos; este é, ao certo, o essencial dela.

Dito isto, assentaram os dois que era a minha vez de tentar a experiência, o que imediatamente fiz; mas deixo de a relatar em todas as suas partes, por não demorar a narração da experiência de Diogo Meireles, que foi a mais decisiva das três, e a melhor prova desta deliciosa invenção do bonzo. Direi somente que, por algumas luzes que tinha de música e charamela,[26] em que aliás era mediano, lembrou-me congregar os principais de Fuchéu para que me ouvissem tanger o instrumento; os quais vieram, escutaram e foram-se repetindo que nunca antes tinham ouvido coisa tão extraordinária. E confesso que alcancei um tal resultado com o só recurso dos ademanes,[27] da graça em arquear os braços para tomar a charamela, que me foi trazida em uma bandeja de prata, da rigidez do busto, da unção com que alcei os olhos ao ar, e do desdém[28] e ufania[29] com que os baixei à mesma assembleia, a qual neste ponto rompeu em um tal concerto de vozes e exclamações de entusiasmo, que quase me persuadiu do meu merecimento.

Mas, como digo, a mais engenhosa de todas as nossas experiências foi a de Diogo Meireles. Lavrava então na cidade uma singular doença, que consistia em fazer inchar os narizes, tanto e tanto, que tomavam metade e mais da cara ao paciente, e não só a punham horrenda, senão que era molesto carregar tamanho peso. Conquanto os físicos da terra propusessem extrair os narizes

---

[26] Um tipo de instrumento medieval de sopro.
[27] Gestos; sinais.
[28] Desprezo; indiferença.
[29] Prazer; orgulho.

inchados, para alívio e melhoria dos enfermos, nenhum destes consentia em prestar-se ao curativo, preferindo o excesso à lacuna, e tendo por mais aborrecível que nenhuma outra coisa a ausência daquele órgão. Neste apertado lance, mais de um recorria à morte voluntária, como um remédio, e a tristeza era muita em toda a cidade Fuchéu. Diogo Meireles, que desde algum tempo praticava a medicina, segundo ficou dito atrás, estudou a moléstia e reconheceu que não havia perigo em desnarigar os doentes, antes era vantajoso por lhes levar o mal, sem trazer fealdade,[30] pois tanto valia um nariz disforme e pesado como nenhum; não alcançou, todavia, persuadir os infelizes ao sacrifício. Então ocorreu-lhe uma graciosa invenção. Assim foi que, reunindo muitos físicos, filósofos, bonzos, autoridades e povo, comunicou-lhes que tinha um segredo para eliminar o órgão; e esse segredo era nada menos que substituir o nariz achacado por um nariz são, mas de pura natureza metafísica, isto é, inacessível aos sentidos humanos, e contudo tão verdadeiro ou ainda mais do que o cortado; cura esta praticada por ele em várias partes, e muito aceita aos físicos de Malabar. O assombro da assembleia foi imenso, e não menor a incredulidade de alguns, não digo de todos, sendo que a maioria não sabia que acreditasse, pois se lhe repugnava a metafísica[31] do nariz, cedia entretanto à energia das palavras de Diogo Meireles, ao tom alto e convencido com que ele expôs e definiu o seu remédio. Foi então que alguns filósofos, ali presentes, um tanto envergonhados do saber de Diogo Meireles, não quiseram ficar-lhe atrás, e declararam que havia bons fundamentos para uma tal invenção, visto não ser o homem todo outra coisa mais do que um produto da idealidade transcendental; donde resultava que podia trazer, com toda a verossimilhança, um nariz metafísico, e juravam ao povo que o efeito era o mesmo.

A assembleia aclamou a Diogo Meireles; e os doentes começaram de buscá-lo, em tanta cópia, que ele não tinha mãos a medir. Diogo Meireles desnarigava-os com muitíssima arte; depois estendia delicadamente os dedos a uma caixa, onde fingia ter os narizes substitutos, colhia um e aplicava-o ao lugar vazio. Os enfermos, assim curados e supridos, olhavam uns para os outros, e não viam nada no lugar do órgão cortado; mas, certos e certíssimos de que ali estava o órgão substituto, e que este era inacessível aos sentidos humanos, não se davam por defraudados, e tornavam aos seus ofícios. Nenhuma outra prova quero da eficácia da doutrina e do fruto dessa experiência, senão o fato de que todos os desnarigados de Diogo Meireles continuaram a prover-se dos mesmos lenços de assoar. O que tudo deixo relatado para a glória do bonzo e benefício do mundo.

---

[30] Feiura.
[31] Sistema filosófico dedicado a entender a dimensão existencial, religiosa ou suprassensível da realidade.

# O anel de Polícrates[1]

A

Lá vai o Xavier.

Z

Conhece o Xavier?

A

Há que anos! Era um nababo,[2] rico, podre de rico, mas pródigo...[3]

Z

Que rico? Que pródigo?

A

Rico e pródigo, digo-lhe eu. Bebia pérolas diluídas em néctar. Comia línguas de rouxinol. Nunca usou papel mata-borrão, por achá-lo vulgar e mercantil; empregava areia nas cartas, mas uma certa areia feita de pó de diamante. E mulheres! Nem toda a pompa de Salomão[4] pode dar ideia do que era o Xavier nesse particular. Tinha um serralho:[5] a linha grega, a tez romana, a exuberância turca, todas as perfeições de uma raça, todas as prendas de um clima, tudo era admitido no harém do Xavier. Um dia enamorou-se loucamente de uma senhora de alto coturno,[6] e enviou-lhe de mimo três estrelas do Cruzeiro,[7] que então contava sete, e não pense que o portador foi aí qualquer pé-rapado. Não, senhor. O portador foi um dos arcanjos de Milton,[8] que o

---

[1] Polícrates (574-515 a.C.) foi rei da Ilha de Samos. Tinha muito orgulho de um anel de esmeralda, feito pelo inventor grego Teodoro de Samos, e o usava em todas as ocasiões.
[2] Príncipe ou governador de província na Índia muçulmana, entre os séculos XVI e XIX.
[3] Esbanjador; gastador.
[4] Salomão (c. 990 - 931 a.C.), terceiro rei de Israel, é o autor do livro bíblico Cântico dos cânticos. Ficou famoso por sua sabedoria e riqueza, e por ter construído o Templo de Jerusalém.
[5] Espaço de um palácio otomano maometano destinado às mulheres do imperador; harém.
[6] Isto é, de alta importância social.
[7] Alusão à constelação do Cruzeiro do Sul.
[8] Alusão a um personagem do livro *Paraíso perdido* (1664), do poeta inglês John Milton (1608-1674).

Xavier chamou na ocasião em que ele cortava o azul para levar a admiração dos homens ao seu velho pai inglês. Era assim o Xavier. Capeava os cigarros com um papel de cristal, obra finíssima, e, para acendê-los, trazia consigo uma caixinha de raios do sol. As colchas da cama eram nuvens purpúreas, e assim também a esteira que forrava o sofá de repouso, a poltrona da secretária e a rede. Sabe quem lhe fazia o café, de manhã? A Aurora, com aqueles mesmos dedos cor-de-rosa, que Homero lhe pôs.[9] Pobre Xavier! Tudo o que o capricho e a riqueza podem dar, o raro, o esquisito, o maravilhoso, o indescritível, o inimaginável, tudo teve e devia ter, porque era um galhardo[10] rapaz, e um bom coração. Ah! Fortuna, Fortuna![11] Onde estão agora as pérolas, os diamantes, as estrelas, as nuvens purpúreas? Tudo perdeu, tudo deixou ir por água abaixo; o néctar virou zurrapa,[12] os coxins[13] são a pedra dura da rua, não manda estrelas às senhoras, nem tem arcanjos às suas ordens...

Z

Você está enganado. O Xavier? Esse Xavier há de ser outro. O Xavier nababo! Mas o Xavier que ali vai nunca teve mais de duzentos mil-réis mensais; é um homem poupado, sóbrio, deita-se com as galinhas, acorda com os galos, e não escreve cartas a namoradas, porque não as tem. Se alguma expede aos amigos é pelo correio. Não é mendigo, nunca foi nababo.

A

Creio; esse é o Xavier exterior. Mas nem só de pão vive o homem.[14] Você fala de Marta, eu falo-lhe de Maria;[15] falo do Xavier especulativo...

Z

Ah! — Mas, ainda assim, não acho explicação; não me consta nada dele. Que livro, que poema, que quadro...

---

[9] Na mitologia romana, Aurora era a deusa do amanhecer; Homero foi, supostamente, um poeta épico que viveu na Grécia antiga, por volta do século IX e VIII a.C.
[10] Esforçado; gentil.
[11] Fortuna era a deusa romana da sorte, boa ou má.
[12] Vinho de qualidade inferior e de sabor desagradável.
[13] Assentos; almofadas.
[14] A frase é citação dos Evangelhos de Lucas 4:4 e Mateus 4:4.
[15] Trata-se de um provérbio popular, que opõe Marta e Maria, irmãs de Lázaro, que tinham temperamentos opostos, conforme o relato dos Evangelhos de Lucas 10:38-41 e João 11:1-39.

A

Desde quando o conhece?

Z

Há uns quinze anos.

A

Upa! Conheço-o há muito mais tempo, desde que ele estreou na rua do Ouvidor, em pleno marquês de Paraná.[16] Era um endiabrado, um derramado, planeava todas as coisas possíveis, e até contrárias, um livro, um discurso, um medicamento, um jornal, um poema, um romance, uma história, um libelo político,[17] uma viagem à Europa, outra ao sertão de Minas, outra à lua, em certo balão que inventara, uma candidatura política, e arqueologia, e filosofia, e teatro, etc., etc., etc. Era um saco de espantos. Quem conversava com ele sentia vertigens. Imagine uma cachoeira de ideias e imagens, qual mais original, qual mais bela, às vezes extravagante, às vezes sublime. Note que ele tinha a convicção dos seus mesmos inventos. Um dia, por exemplo, acordou com o plano de arrasar o morro do Castelo,[18] a troco das riquezas que os jesuítas ali deixaram,[19] segundo o povo crê. Calculou-as logo em mil contos, inventariou-as com muito cuidado, separou o que era moeda, mil contos, do que eram obras de arte e pedrarias; descreveu minuciosamente os objetos, deu-me dois tocheiros de ouro...

Z

Realmente...

---

[16] Honório Hermeto Carneiro Leão (1891-1856), o marquês de Paraná, pertencia ao Partido Conservador. Chefiou o "Ministério da Conciliação", em 1853.

[17] Um texto cujo gênero se caracteriza por ser curto, no qual se faz alguma acusação ou escrito difamatório.

[18] O Morro do Castelo situava-se na região central da cidade do Rio de Janeiro. Ele foi destruído em uma reforma urbanística, em 1922.

[19] Após a fundação da cidade do Rio de Janeiro, os Jesuítas se estabeleceram no Morro do Castelo. Segundo uma lenda local, antes de deixarem o lugar, os padres haviam deixado escondido no morro um tesouro.

A

Ah! impagável! Quer saber de outra? Tinha lido as cartas do cônego Benigno, e resolveu ir logo ao sertão da Bahia, procurar a cidade misteriosa.[20] Expôs-me o plano, descreveu-me a arquitetura provável da cidade, os templos, os palácios, gênero etrusco, os ritos, os vasos, as roupas, os costumes...

Z

Era então doido?

A

Originalão apenas. Odeio os carneiros de Panúrgio, dizia ele, citando Rabelais:[21] *Comme vous sçavez estre du mouton le naturel, tousjours suivre le premier, quelque part qu'il aille.*[22] Comparava a trivialidade[23] a uma mesa redonda de hospedaria,[24] e jurava que antes comer um mau bife em mesa separada.

Z

Entretanto, gostava da sociedade.

A

Gostava da sociedade, mas não amava os sócios. Um amigo nosso, o Pires, fez-lhe um dia esse reparo; e sabe o que é que ele respondeu? Respondeu com um

---

[20] O cônego Benigno José de Carvalho e Cunha (1789-1849) foi professor e poliglota. Seu nome está relacionado ao mito da "cidade perdida da Bahia", visto que ele realizou expedições em busca de uma suposta cidade perdida na região.

[21] Carneiros de Panúrgio: expressão usada para representar a mentalidade gregária de um povo, ou seja, a mentalidade de seguir os outros. Na obra *Pantagruel* (1532), do escritor francês François Rabelais (c. 1494-1553), Panúrgio era um homem falante e simpático, mas pobre. Ele foi injuriado pelo personagem Dindenaut, vendedor de carneiros. Para se vingar, comprou os carneiros mais bonitos e os jogou no mar. Os demais carneiros seguiram cegamente os primeiros e se lançaram nas águas. Dindenaut e seus ajudantes, na tentativa de salvar os carneiros, também se afogaram.

[22] Tradução do francês antigo: "Como sabeis ser natural ao carneiro sempre seguir o primeiro, em qualquer lugar aonde ele vá".

[23] Aquilo que é corriqueiro; vulgaridade.

[24] Na época, uma das refeições do dia era servida coletivamente em hotéis e restaurantes, em uma mesa redonda grande.

apólogo,²⁵ em que cada sócio figurava ser uma cuia d'água, e a sociedade uma banheira. — Ora, eu não posso lavar-me em cuias d'água, foi a sua conclusão.

Z

Nada modesto. Que lhe disse o Pires?

A

O Pires achou o apólogo tão bonito que o meteu numa comédia, daí a tempos. Engraçado é que o Xavier ouviu o apólogo no teatro, e aplaudiu-o muito, com entusiasmo; esquecera-se da paternidade; mas a voz do sangue... Isto leva-me à explicação da atual miséria do Xavier.

Z

É verdade, não sei como se possa explicar que um nababo...

A

Explica-se facilmente. Ele espalhava ideias à direita e à esquerda, como o céu chove, por uma necessidade física, e ainda por duas razões. A primeira é que era impaciente, não sofria a gestação indispensável à obra escrita. A segunda é que varria com os olhos uma linha tão vasta de coisas, que mal poderia fixar-se em qualquer delas. Se não tivesse o verbo fluente, morreria de congestão mental; a palavra era um derivativo.²⁶ As páginas que então falava, os capítulos que lhe borbotavam da boca, só precisavam de uma arte de os imprimir no ar, e depois no papel, para serem páginas e capítulos excelentes, alguns admiráveis. Nem tudo era límpido; mas a porção límpida superava a porção turva, como a vigília de Homero paga os seus cochilos.²⁷ Espalhava tudo, ao acaso, às mãos cheias, sem ver onde as sementes iam cair; algumas pegavam logo...

---

²⁵ Gênero textual composto de narrativa em prosa ou em verso, geralmente com diálogos e uma lição moral, cujos personagens são seres inanimados.
²⁶ Atividade que desvia a mente de preocupações.
²⁷ Homero era um poeta épico, que teria vivido entre os séculos IX e VIII a.C., a quem foi atribuída a autoria da *Ilíada* e da *Odisseia*. A alusão é feita ao escritor latino Quinto Horácio Flaco (65-8 a.C.), que em sua *Arte poética* (c.10-8 a.C.) declara: "... a passo que fico indignado quando cochila o grande Homero. / Mas, em trabalho de longa duração, permite-se o sono".

Z

Como a das cuias.

A

Como a das cuias. Mas o semeador tinha a paixão das coisas belas, e, uma vez que a árvore fosse pomposa e verde, não lhe perguntava nunca pela semente sua mãe. Viveu assim longos anos, despendendo à toa, sem cálculo, sem fruto, de noite e de dia, na rua e em casa, um verdadeiro pródigo. Com tal regime, que era a ausência de regime, não admira que ficasse pobre e miserável. Meu amigo, a imaginação e o espírito têm limites; a não ser a famosa botelha dos saltimbancos[28] e a credulidade dos homens, nada conheço inesgotável debaixo do sol.[29] O Xavier não só perdeu as ideias que tinha, mas até exauriu a faculdade de as criar; ficou o que sabemos. Que moeda rara se lhe vê hoje nas mãos? Que sestércio de Horácio?[30] Que dracma de Péricles?[31] Nada. Gasta o seu lugar-comum, rafado das mãos dos outros, come à mesa redonda, fez-se trivial, chocho...

Z

Cuia, enfim.

A

Justamente: cuia.

Z

Pois muito me conta. Não sabia nada disso. Fico inteirado; adeus.

---

[28] O personagem parece se referir a um truque de mágica clássico, o da "garrafa inesgotável", realizado por mágicos, muito popular entre os séculos XVII e XIX.
[29] Alusão a Eclesiastes 1:9: "de modo que nada há de novo debaixo do sol".
[30] O poeta Quinto Horácio Flaco viveu em Roma, local cuja moeda era o sestércio.
[31] Péricles (c. 495-429 a.C.) foi um estadista e orador da Grécia antiga. A moeda das cidades-estados gregas era a dracma, nome que foi usado até o ano de 2002, quando a Grécia moderna adota o euro.

A

Vai a negócio?

Z

Vou a um negócio.

A

Dá-me dez minutos?

Z

Dou-lhe quinze.

A

Quero referir-lhe a passagem mais interessante da vida do Xavier. Aceite o meu braço, e vamos andando. Vai para a praça? Vamos juntos. Um caso interessantíssimo. Foi ali por 1869 ou 70, não me recordo; ele mesmo é que me contou. Tinha perdido tudo; trazia o cérebro gasto, chupado, estéril, sem a sombra de um conceito, de uma imagem, nada. Basta dizer que um dia chamou rosa a uma senhora — "uma bonita rosa"; falava do luar saudoso, do sacerdócio da imprensa, dos jantares opíparos,[32] sem acrescentar ao menos um relevo qualquer a toda essa chaparia de algibebe.[33] Começara a ficar hipocondríaco;[34] e, um dia, estando à janela, triste, desabusado das coisas, vendo-se chegado a nada, aconteceu passar na rua um taful[35] a cavalo. De repente, o cavalo corcoveou, e o taful veio quase ao chão; mas sustentou-se, e meteu as esporas e o chicote no animal; este empina-se, ele teima; muita gente parada na rua e nas portas; no fim de minutos de luta, o cavalo cedeu e continuou a marcha. Os espectadores não se fartaram de admirar o garbo,[36] a coragem, o sangue-frio, a arte do cavaleiro. Então o Xavier, consigo, imaginou que talvez

---

[32] Magnificente; suntuoso; esplêndido.
[33] Vendedor ambulante de roupas baratas.
[34] Alguém que sofre de hipocondria, distúrbio psicológico caracterizado por compulsões e manias em relação ao seu próprio estado de saúde.
[35] Um homem alegre que se veste de forma exagerada, espalhafatosa.
[36] Elegância; porte imponente.

o cavaleiro não tivesse ânimo nenhum; não quis cair diante de gente, e isso lhe deu a força de domar o cavalo. E daí veio uma ideia: comparou a vida a um cavalo xucro[37] ou manhoso; e acrescentou sentenciosamente: Quem não for cavaleiro, que o pareça. Realmente, não era uma ideia extraordinária; mas a penúria do Xavier tocara a tal extremo, que esse cristal pareceu-lhe um diamante. Ele repetiu-a dez ou doze vezes, formulou-a de vários modos, ora na ordem natural, pondo primeiro a definição, depois o complemento; ora dando-lhe a marcha inversa, trocando palavras, medindo-as, etc.; e tão alegre, tão alegre como casa de pobre em dia de peru. De noite, sonhou que efetivamente montava um cavalo manhoso, que este pinoteava com ele e o sacudia a um brejo. Acordou triste; a manhã, que era de domingo e chuvosa, ainda mais o entristeceu; meteu-se a ler e a cismar. Então lembrou-se... Conhece o caso do anel de Polícrates?

Z

Francamente, não.

A

Nem eu; mas aqui vai o que me disse o Xavier. Polícrates governava a ilha de Samos. Era o rei mais feliz da terra; tão feliz, que começou a recear alguma viravolta da Fortuna, e, para aplacá-la antecipadamente, determinou fazer um grande sacrifício: deitar ao mar o anel precioso que, segundo alguns, lhe servia de sinete.[38] Assim fez; mas a Fortuna andava tão apostada em cumulá-lo de obséquios,[39] que o anel foi engolido por um peixe, o peixe pescado e mandado para a cozinha do rei, que assim voltou à posse do anel. Não afirmo nada a respeito desta anedota; foi ele quem me contou, citando Plínio,[40] citando...

Z

Não ponha mais na carta. O Xavier naturalmente comparou a vida, não a um cavalo, mas...

---

[37] Não domado; sem treino.
[38] Anel ou utensílio com algum sinal, usado para lacrar envelopes e outros papéis com cera.
[39] Favores; agrados.
[40] A história narrada do anel de Polícrates consta na obra *História natural* (77 d.C.), do autor romano Caio Plínio Segundo (c. 23-79 d.C.), mais conhecido como Plínio, o Velho (livro 33, capítulo 6).

A

Nada disso. Não é capaz de adivinhar o plano estrambótico[41] do pobre-diabo. Experimentemos a fortuna, disse ele; vejamos se a minha ideia, lançada ao mar, pode tornar ao meu poder, como o anel de Polícrates, no bucho de algum peixe, ou se o meu caiporismo será tal, que nunca mais lhe ponha a mão.

Z

Ora essa!

A

Não é estrambótico? Polícrates experimentara a felicidade; o Xavier quis tentar o caiporismo; intenções diversas, ação idêntica. Saiu de casa, encontrou um amigo, travou conversa, escolheu assunto, e acabou dizendo o que era a vida, um cavalo xucro ou manhoso, e quem não for cavaleiro que o pareça. Dita assim, esta frase era talvez fria; por isso o Xavier teve o cuidado de descrever primeiro a sua tristeza, o desconsolo dos anos, o malogro dos esforços, ou antes os efeitos da imprevidência, e quando o peixe ficou de boca aberta, digo, quando a comoção do amigo chegou ao cume, foi que ele lhe atirou o anel, e fugiu a meter-se em casa. Isto que lhe conto é natural, crê-se, não é impossível; mas agora começa a juntar-se à realidade uma alta dose de imaginação. Seja o que for, repito o que ele me disse. Cerca de três semanas depois, o Xavier jantava pacificamente no Leão de Ouro ou no Globo, não me lembro bem, e ouviu de outra mesa a mesma frase sua, talvez com a troca de um adjetivo. "Meu pobre anel", disse ele, "eis-te enfim no peixe de Polícrates". Mas a ideia bateu as asas e voou, sem que ele pudesse guardá-la na memória. Resignou-se. Dias depois, foi convidado a um baile: era um antigo companheiro dos tempos de rapaz, que celebrava a sua recente distinção nobiliária. O Xavier aceitou o convite, e foi ao baile, e ainda bem que foi, porque entre o sorvete e o chá ouviu de um grupo de pessoas que louvavam a carreira do barão, a sua vida próspera, rígida, modelo, ouviu comparar o barão a um cavaleiro emérito. Pasmo dos ouvintes, porque o barão não montava a cavalo. Mas o panegirista[42] explicou que a vida não é mais do que um cavalo xucro ou manhoso, sobre o

---

[41] Diferente; excêntrico.
[42] Alguém que faz elogios, homenagens.

qual ou se há de ser cavaleiro ou parecê-lo, e o barão era-o excelente. "Entra, meu querido anel", disse o Xavier, "entra no dedo de Polícrates". Mas de novo a ideia bateu as asas, sem querer ouvi-lo. Dias depois...

Z

Adivinho o resto: uma série de encontros e fugas do mesmo gênero.

A

Justo.

Z

Mas, enfim, apanhou-o um dia.

A

Um dia só, e foi então que me contou o caso digno de memória. Tão contente que ele estava nesse dia! Jurou-me que ia escrever, a propósito disto, um conto fantástico, à maneira de Edgar Poe,[43] uma página fulgurante, pontuada de mistérios — são as suas próprias expressões —; e pediu-me que o fosse ver no dia seguinte. Fui; o anel fugira-lhe outra vez. "Meu caro A", disse-me ele, com um sorriso fino e sarcástico; "tens em mim o Polícrates do caiporismo; nomeio-te meu ministro honorário e gratuito". Daí em diante foi sempre a mesma coisa. Quando ele supunha pôr a mão em cima da ideia, ela batia as asas, plás, plás, plás, e perdia-se no ar, como as figuras de um sonho. Outro peixe a engolia e trazia, e sempre o mesmo desenlace. Mas dos casos que ele me contou naquele dia, quero dizer-lhe três...

Z

Não posso; lá se vão os quinze minutos.

---

[43] Edgar Allan Poe (1809-1849) foi um escritor de contos, poeta, editor e crítico literário americano.

A

Conto-lhe só três. Um dia, o Xavier chegou a crer que podia enfim agarrar a fugitiva, e fincá-la perpetuamente no cérebro. Abriu um jornal de oposição, e leu estupefato estas palavras: "O ministério parece ignorar que a política é, como a vida, um cavalo xucro ou manhoso, e, não podendo ser bom cavaleiro, porque nunca o foi, devia ao menos parecer que o é". — "Ah! enfim!", exclamou o Xavier, "cá estás engastado no bucho do peixe, já me não podes fugir". Mas, em vão! A ideia fugia-lhe, sem deixar outro vestígio mais do que uma confusa reminiscência. Sombrio, desesperado, começou a andar, a andar, até que a noite caiu; passando por um teatro, entrou; muita gente, muitas luzes, muita alegria; o coração aquietou-se-lhe. Cúmulo de benefícios; era uma comédia do Pires, uma comédia nova. Sentou-se ao pé do autor, aplaudiu a obra com entusiasmo, com sincero amor de artista e de irmão. No segundo ato, cena VIII, estremeceu. "D. Eugênia", diz o galã a uma senhora, "o cavalo pode ser comparado à vida, que é também um cavalo xucro ou manhoso; quem não for bom cavaleiro, deve cuidar de parecer que o é". O autor, com o olhar tímido, espiava no rosto do Xavier o efeito daquela reflexão, enquanto o Xavier repetia a mesma súplica das outras vezes: "Meu querido anel...".

Z

*Et nunc et semper...*[44] Venha o último encontro, que são horas.

A

O último foi o primeiro. Já lhe disse que o Xavier transmitira a ideia a um amigo. Uma semana depois da comédia cai o amigo doente, com tal gravidade que em quatro dias estava à morte. O Xavier corre a vê-lo; e o infeliz ainda o pôde conhecer, estender-lhe a mão fria e trêmula, cravar-lhe um longo olhar baço da última hora, e, com a voz sumida, eco do sepulcro, soluçar-lhe: "Cá vou, meu caro Xavier, o cavalo xucro ou manhoso da vida deitou-me ao chão: se fui mau cavaleiro, não sei; mas forcejei por parecê-lo bom". Não se ria; ele contou-me isto com lágrimas. Contou-me também que a ideia ainda esvoaçou alguns minutos sobre o cadáver, faiscando as belas asas de cristal, que ele cria ser diamante; depois estalou um risinho de escárnio, ingrato e

---

[44] Tradução do latim: "E agora e sempre...". A citação é parte do final da oração curta Glória ao Pai, em latim.

parricida,[45] e fugiu como das outras vezes, metendo-se no cérebro de alguns sujeitos, amigos da casa, que ali estavam, transidos[46] de dor, e recolheram com saudade esse pio[47] legado do defunto. Adeus.

---

[45] Aquele que mata o pai.
[46] Dominados; repletos.
[47] Piedoso; caridoso.

# A Sereníssima República[1]

(Conferência do cônego Vargas)

Meus senhores,

Antes de comunicar-vos uma descoberta, que reputo de algum lustre[2] para o nosso país, deixai que vos agradeça a prontidão com que acudistes ao meu chamado. Sei que um interesse superior vos trouxe aqui; mas não ignoro também — e fora ingratidão ignorá-lo — que um pouco de simpatia pessoal se mistura à vossa legítima curiosidade científica. Oxalá[3] possa eu corresponder a ambas.

Minha descoberta não é recente; data do fim do ano de 1876. Não a divulguei então — e, a não ser o *Globo*, interessante diário desta capital,[4] não a divulgaria ainda agora — por uma razão que achará fácil entrada no vosso espírito. Esta obra de que venho falar-vos carece de retoques últimos, de verificações e experiências complementares. Mas o *Globo* noticiou que um sábio inglês descobriu a linguagem fônica dos insetos, e cita o estudo feito com as moscas. Escrevi logo para a Europa e aguardo as respostas com ansiedade. Sendo certo, porém, que pela navegação aérea, invento do padre Bartolomeu,[5] é glorificado o nome estrangeiro, enquanto o do nosso patrício[6] mal se pode dizer lembrado dos seus naturais, determinei evitar a sorte do insigne[7] Voador, vindo a esta tribuna, proclamar alto e bom som, à face do universo, que muito antes daquele sábio, e fora das ilhas britânicas, um modesto naturalista descobriu coisa idêntica, e fez com ela obra superior.

Senhores, vou assombrar-vos, como teria assombrado a Aristóteles,[8] se lhe perguntasse: Credes que se possa dar um regime[9] social às aranhas?

---

[1] A Sereníssima República de Veneza foi uma cidade-estado que existiu de forma independente na Península Itálica desde meados do século IX até o ano de 1797, quando foi conquistada por Napoleão Bonaparte. Depois passou a integrar o Reino de Itália (1861-1946) e, modernamente, a República Italiana.

[2] Sabedoria; conhecimento intelectual.

[3] Queira Deus; tomara.

[4] O jornal *Globo* foi fundado por Quintino Bocaiuva (1836-1912) e circulou no Rio de Janeiro, entre 1874 e 1883.

[5] Bartolomeu de Gusmão (1685-1724) foi padre e professor de Ciências Matemáticas na Universidade de Coimbra. Ficou conhecido por ser inventor de uma suposta máquina de voar.

[6] Conterrâneo; que se origina da mesma terra.

[7] Notável; ilustre.

[8] Aristóteles (384-322 a.C.) foi um filósofo grego, aluno de Platão e professor de Alexandre, o Grande.

[9] Governo; conjunto de leis e regras.

Aristóteles responderia negativamente, com vós todos, porque é impossível crer que jamais se chegasse a organizar socialmente esse articulado arisco, solitário, apenas disposto ao trabalho, e dificilmente ao amor. Pois bem, esse impossível fi-lo eu.

Ouço um riso, no meio do sussurro de curiosidade. Senhores, cumpre vencer os preconceitos. A aranha parece-vos inferior, justamente porque não a conheceis. Amais o cão, prezais o gato e a galinha, e não advertis que a aranha não pula nem ladra como o cão, não mia como o gato, não cacareja como a galinha, não zune nem morde como o mosquito, não nos leva o sangue e o sono como a pulga. Todos esses bichos são o modelo acabado da vadiação e do parasitismo. A mesma formiga, tão gabada por certas qualidades boas, dá no nosso açúcar e nas nossas plantações, e funda a sua propriedade roubando a alheia. A aranha, senhores, não nos aflige nem defrauda; apanha as moscas, nossas inimigas, fia, tece, trabalha e morre. Que melhor exemplo de paciência, de ordem, de previsão, de respeito e de humanidade? Quanto aos seus talentos, não há duas opiniões. Desde Plínio[10] até Darwin,[11] os naturalistas do mundo inteiro formam um só coro de admiração em torno desse bichinho, cuja maravilhosa teia a vassoura inconsciente do vosso criado destrói em menos de um minuto. Eu repetiria agora esses juízos, se me sobrasse tempo; a matéria, porém, excede o prazo, sou constrangido a abreviá-la. Tenho-os aqui, não todos, mas quase todos; tenho, entre eles, esta excelente monografia de Büchner, que com tanta sutileza estudou a vida psíquica dos animais.[12] Citando Darwin e Büchner, é claro que me restrinjo à homenagem cabida a dois sábios de primeira ordem, sem de nenhum modo absolver (e as minhas vestes o proclamam) as teorias gratuitas e errôneas do materialismo.[13]

Sim, senhores, descobri uma espécie araneida que dispõe do uso da fala; coligi[14] alguns, depois muitos dos novos articulados, e organizei-os socialmente. O primeiro exemplar dessa aranha maravilhosa apareceu-me no dia 15 de dezembro de 1876. Era tão vasta, tão colorida, dorso rubro, com listras azuis, transversais, tão rápida nos movimentos, e às vezes tão alegre, que de

---

[10] Caio Plínio Segundo (c. 23-79 d.C.), mais conhecido como Plínio, o Velho, foi um escritor romano, autor da obra *História Natural* (77 d.C.).

[11] Charles Robert Darwin (1809-1882) foi um biólogo naturalista britânico, que desenvolveu, junto com Alfred Russel Wallace (1823-1913), a Teoria da Seleção Natural.

[12] O alemão Ludwig Büchner (1824-1899) foi médico e filósofo, autor de diversas obras. Dentre elas, escreveu *A vida psíquica dos animais* (1880).

[13] Doutrina filosófica, seguida por diversos pensadores, que relaciona a constituição da materialidade física com a suposição de que o homem tem como finalidade a busca por aquilo que lhe for melhor aprazível.

[14] Reuni; juntei.

todo me cativou a atenção. No dia seguinte vieram mais três, e as quatro tomaram posse de um recanto de minha chácara. Estudei-as longamente; achei-as admiráveis. Nada, porém, se pode comparar ao pasmo que me causou a descoberta do idioma araneida, uma língua, senhores, nada menos que uma língua rica e variada, com a sua estrutura sintáxica, os seus verbos, conjugações, declinações, casos latinos e formas onomatopaicas, uma língua que estou gramaticando para uso das academias, como o fiz sumariamente para meu próprio uso. E fi-lo, notai bem, vencendo dificuldades aspérrimas[15] com uma paciência extraordinária. Vinte vezes desanimei; mas o amor da ciência dava-me forças para arremeter a um trabalho que, hoje declaro, não chegaria a ser feito duas vezes na vida do mesmo homem.

Guardo para outro recinto a descrição técnica do meu arácnide, e a análise da língua. O objeto desta conferência é, como disse, ressalvar os direitos da ciência brasileira, por meio de um protesto em tempo; e, isto feito, dizer-vos a parte em que reputo a minha obra superior à do sábio de Inglaterra. Devo demonstrá-lo, e para este ponto chamo a vossa atenção.

Dentro de um mês tinha comigo vinte aranhas; no mês seguinte cinquenta e cinco; em março de 1877 contava quatrocentas e noventa. Duas forças serviram principalmente à empresa de as congregar: o emprego da língua delas, desde que pude discerni-la um pouco, e o sentimento de terror que lhes infundi. A minha estatura, as vestes talares, o uso do mesmo idioma, fizeram-lhes crer que era eu o deus das aranhas, e desde então adoraram-me. E vede o benefício desta ilusão. Como as acompanhasse com muita atenção e miudeza, lançando em um livro as observações que fazia, cuidaram que o livro era o registro dos seus pecados, e fortaleceram-se ainda mais na prática das virtudes. A flauta também foi um grande auxiliar. Como sabeis, ou deveis saber, elas são doidas por música.

Não bastava associá-las; era preciso dar-lhes um governo idôneo.[16] Hesitei na escolha; muitos dos atuais pareciam-me bons, alguns excelentes, mas todos tinham contra si o existirem. Explico-me. Uma forma vigente de governo ficava exposta a comparações que poderiam amesquinhá-la. Era-me preciso ou achar uma forma nova, ou restaurar alguma outra abandonada. Naturalmente adotei o segundo alvitre,[17] e nada me pareceu mais acertado do que uma república, à maneira de Veneza, o mesmo molde, e até o mesmo epíteto.[18]

---

[15] Muito ásperas; árduas.
[16] Adequado; próprio.
[17] Hipótese; opção.
[18] Expressão de valor adjetivo que nomeia. No caso, o epíteto da república de Veneza era "Sereníssima".

Obsoleto, sem nenhuma analogia, em suas feições gerais, com qualquer outro governo vivo, cabia-lhe ainda a vantagem de um mecanismo complicado — o que era meter à prova as aptidões políticas da jovem sociedade.

Outro motivo determinou a minha escolha. Entre os diferentes modos eleitorais da antiga Veneza, figurava o do saco e bolas, iniciação dos filhos da nobreza no serviço do Estado. Metiam-se as bolas com os nomes dos candidatos no saco, e extraía-se anualmente um certo número, ficando os eleitos desde logo aptos para as carreiras públicas. Este sistema fará rir aos doutores do sufrágio;[19] a mim não. Ele exclui os desvarios da paixão, os desazos da inépcia, o congresso da corrupção e da cobiça. Mas não foi só por isso que o aceitei; tratando-se de um povo tão exímio[20] na fiação de suas teias, o uso do saco eleitoral era de fácil adaptação, quase uma planta indígena.

A proposta foi aceita. Sereníssima República pareceu-lhes um título magnífico, roçagante,[21] expansivo, próprio a engrandecer a obra popular.

Não direi, senhores, que a obra chegou à perfeição, nem que lá chegue tão cedo. Os meus pupilos[22] não são os solários de Campanela[23] ou os utopistas de Morus;[24] formam um povo recente, que não pode trepar de um salto ao cume das nações seculares. Nem o tempo é operário que ceda a outro a lima ou o alvião;[25] ele fará mais e melhor do que as teorias do papel, válidas no papel e mancas na prática. O que posso afirmar-vos é que, não obstante as incertezas da idade, eles caminham, dispondo de algumas virtudes, que presumo essenciais à duração de um Estado. Uma delas, como já disse, é a perseverança, uma longa paciência de Penélope,[26] segundo vou mostrar-vos.

Com efeito, desde que compreenderam que no ato eleitoral estava a base da vida pública, trataram de o exercer com a maior atenção. O fabrico do

---

[19] Processo de eleição por votos.
[20] Perfeito; excelente.
[21] Que produz ruído ao ser arrastado.
[22] Alunos; discípulos.
[23] Giovanni Domenico Campanella (1568-1639) foi um frade dominicano e filósofo italiano. Em sua obra *A cidade do sol* (1623), inventou uma sociedade ideal.
[24] Sir Thomas More (1478-1535), conhecido em língua portuguesa como Thomas Morus, foi um advogado e filósofo inglês, autor da obra *Utopia* (1516), na qual inventa um sistema político ideal em uma nação insular imaginária.
[25] Ferramenta para cavar a terra e arrancar pedras do chão.
[26] Personagem da *Odisseia*, poema atribuído a Homero, poeta grego que teria vivido entre os séculos IX e VIII a.C. Penélope era a esposa do rei Ulisses, da ilha de Ítaca. Enquanto o marido não retornava para seu reino, após o término da Guerra de Troia, Penélope, para ganhar tempo e não ter de seguir a lei, escolhendo um novo marido, solicita que os pretendentes respeitassem o seu luto, enquanto tecia uma mortalha, espécie de manto mortuário, para o rei. Enquanto ela trabalhava durante o dia, desmanchava o tecido à noite, para que a tarefa nunca fosse completada.

saco foi uma obra nacional. Era um saco de cinco polegadas de altura e três de largura, tecido com os melhores fios, obra sólida e espessa. Para compô-lo foram aclamadas dez damas principais, que receberam o título de mães da república, além de outros privilégios e foros. Uma obra-prima, podeis crê-lo. O processo eleitoral é simples. As bolas recebem os nomes dos candidatos, que provarem certas condições, e são escritas por um oficial público, denominado "das inscrições". No dia da eleição, as bolas são metidas no saco e tiradas pelo oficial das extrações, até perfazer o número dos elegendos. Isto que era um simples processo inicial na antiga Veneza, serve aqui ao provimento de todos os cargos.

A eleição fez-se a princípio com muita regularidade; mas, logo depois, um dos legisladores declarou que ela fora viciada, por terem entrado no saco duas bolas com o nome do mesmo candidato. A assembleia verificou a exatidão da denúncia, e decretou que o saco, até ali de três polegadas de largura, tivesse agora duas; limitando-se a capacidade do saco, restringia-se o espaço à fraude, era o mesmo que suprimi-la. Aconteceu, porém, que na eleição seguinte um candidato deixou de ser inscrito na competente bola, não se sabe se por descuido ou intenção do oficial público. Este declarou que não se lembrava de ter visto o ilustre candidato, mas acrescentou nobremente que não era impossível que ele lhe tivesse dado o nome; neste caso não houve exclusão, mas distração. A assembleia, diante de um fenômeno psicológico inelutável, como é a distração, não pôde castigar o oficial; mas, considerando que a estreiteza do saco podia dar lugar a exclusões odiosas, revogou a lei anterior e restaurou as três polegadas.

Nesse ínterim,[27] senhores, faleceu o primeiro magistrado, e três cidadãos apresentaram-se candidatos ao posto, mas só dois importantes, Hazeroth e Magog, os próprios chefes do partido retilíneo e do partido curvilíneo. Devo explicar-vos estas denominações. Como eles são principalmente geômetras, é a geometria que os divide em política. Uns entendem que a aranha deve fazer as teias com fios retos, é o partido retilíneo; outros pensam, ao contrário, que as teias devem ser trabalhadas com fios curvos — é o partido curvilíneo. Há ainda um terceiro partido, misto e central, com este postulado: as teias devem ser urdidas de fios retos e fios curvos; é o partido reto-curvilíneo; e finalmente, uma quarta divisão política, o partido antirreto-curvilíneo, que faz tábua rasa de todos os princípios litigantes, e propõe o uso de umas teias urdidas de ar, obra transparente e leve, em que não há linhas de espécie alguma. Como a geometria apenas poderia dividi-los, sem chegar a apaixoná-los, adotaram

---

[27] Intervalo de tempo entre dois acontecimentos.

uma simbólica. Para uns, a linha reta exprime os bons sentimentos, a justiça, a probidade, a inteireza, a constância, etc., ao passo que os sentimentos ruins ou inferiores, como a bajulação, a fraude, a deslealdade, a perfídia, são perfeitamente curvos. Os adversários respondem que não, que a linha curva é a da virtude e do saber, porque é a expressão da modéstia e da humildade; ao contrário, a ignorância, a presunção, a toleima,[28] a parlapatice,[29] são retas, duramente retas. O terceiro partido, menos anguloso, menos exclusivista, desbastou a exageração de uns e outros, combinou os contrastes, e proclamou a simultaneidade das linhas como a exata cópia do mundo físico e moral. O quarto limita-se a negar tudo.

Nem Hazeroth nem Magog foram eleitos. As suas bolas saíram do saco, é verdade, mas foram inutilizadas, a do primeiro por faltar a primeira letra do nome, a do segundo por lhe faltar a última. O nome restante e triunfante era o de um argentário[30] ambicioso, político obscuro, que subiu logo à poltrona ducal, com espanto geral da república. Mas os vencidos não se contentaram de dormir sobre os louros[31] do vencedor; requereram uma devassa.[32] A devassa mostrou que o oficial das inscrições intencionalmente viciara a ortografia de seus nomes. O oficial confessou o defeito e a intenção; mas explicou-os dizendo que se tratava de uma simples elipse;[33] delito, se o era, puramente literário. Não sendo possível perseguir ninguém por defeitos de ortografia ou figuras de retórica, pareceu acertado rever a lei. Nesse mesmo dia ficou decretado que o saco seria feito de um tecido de malhas, através das quais as bolas pudessem ser lidas pelo público, e, *ipso facto*,[34] pelos mesmos candidatos, que assim teriam tempo de corrigir as inscrições.

Infelizmente, senhores, o comentário da lei é a eterna malícia. A mesma porta aberta à lealdade serviu à astúcia de um certo Nabiga, que se conchavou com o oficial das extrações, para haver um lugar na assembleia. A vaga era uma, os candidatos três; o oficial extraiu as bolas com os olhos no cúmplice, que só deixou de abanar negativamente a cabeça quando a bola pegada foi a sua. Não era preciso mais para condenar a ideia das malhas. A assembleia, com exemplar paciência, restaurou o tecido espesso do regime anterior; mas, para evitar outras elipses, decretou a validação das bolas cuja inscrição

---

[28] Tolice; estupidez.
[29] Qualidade de quem age por enganações e mentiras.
[30] Rico; milionário.
[31] Triunfos; glórias.
[32] Apuração minuciosa mediante pesquisa e verificação; investigação detalhada.
[33] Omissão; supressão.
[34] Expressão latina que significa "por consequência"

estivesse incorreta, uma vez que cinco pessoas jurassem ser o nome inscrito o próprio nome do candidato.

Este novo estatuto deu lugar a um caso novo e imprevisto, como ides ver. Tratou-se de eleger um coletor de espórtulas,[35] funcionário encarregado de cobrar as rendas públicas, sob a forma de espórtulas voluntárias. Eram candidatos, entre outros, um certo Caneca e um certo Nebraska. A bola extraída foi a de Nebraska. Estava errada, é certo, por lhe faltar a última letra; mas, cinco testemunhas juraram, nos termos da lei, que o eleito era o próprio e único Nebraska da república. Tudo parecia findo, quando o candidato Caneca requereu provar que a bola extraída não trazia o nome de Nebraska, mas o dele. O juiz de paz deferiu ao peticionário.[36] Veio então um grande filólogo — talvez o primeiro da república, além de bom metafísico, e não vulgar matemático —, o qual provou a coisa nestes termos:

— Em primeiro lugar — disse ele —, deveis notar que não é fortuita a ausência da última letra do nome Nebraska. Por que motivo foi ele inscrito incompletamente? Não se pode dizer que por fadiga ou amor da brevidade, pois só falta a última letra, um simples *a*. Carência de espaço? Também não; vede: há ainda espaço para duas ou três sílabas. Logo, a falta é intencional, e a intenção não pode ser outra senão chamar a atenção do leitor para a letra *k*, última escrita, desamparada, solteira, sem sentido. Ora, por um efeito mental, que nenhuma lei destruiu, a letra reproduz-se no cérebro de dois modos, a forma gráfica e a forma sônica: *k* e *ca*. O defeito, pois, no nome escrito, chamando os olhos para a letra final, incrusta desde logo no cérebro esta primeira sílaba: *Ca*. Isto posto, o movimento natural do espírito é ler o nome todo; volta-se ao princípio, à inicial *ne*, do nome *Nebrask*. — *Cané*. — Resta a sílaba do meio, *bras*, cuja redução a esta outra sílaba *ca*, última do nome Caneca, é a coisa mais demonstrável do mundo. E, todavia, não a demonstrarei, visto faltar-vos o preparo necessário ao entendimento da significação espiritual ou filosófica da sílaba, suas origens e efeitos, fases, modificações, consequências lógicas e sintáxicas, dedutivas ou indutivas, simbólicas e outras. Mas, suposta a demonstração, aí fica a última prova, evidente, clara, da minha afirmação primeira pela anexação da sílaba *ca* às duas *Cane*, dando este nome Caneca.

A lei emendou-se, senhores, ficando abolida a faculdade da prova testemunhal e interpretativa dos textos, e introduzindo-se uma inovação, o corte simultâneo de meia polegada na altura e outra meia na largura do saco. Esta

---

[35] Na antiga Roma, espórtula era uma cesta usada para distribuir, ou coletar, donativos e dinheiro.
[36] Isto é, aceitou o requerimento.

emenda não evitou um pequeno abuso na eleição dos alcaides,[37] e o saco foi restituído às dimensões primitivas, dando-se-lhe, todavia, a forma triangular. Compreendeis que esta forma trazia consigo uma consequência: ficavam muitas bolas no fundo. Daí a mudança para a forma cilíndrica; mais tarde deu-se-lhe o aspecto de uma ampulheta, cujo inconveniente se reconheceu ser igual ao triângulo, e então adotou-se a forma de um crescente, etc. Muitos abusos, descuidos e lacunas tendem a desaparecer, e o restante terá igual destino, não inteiramente, decerto, pois a perfeição não é deste mundo, mas na medida e nos termos do conselho de um dos mais circunspectos[38] cidadãos da minha república, Erasmus,[39] cujo último discurso sinto não poder dar-vos integralmente. Encarregado de notificar a última resolução legislativa às dez damas, incumbidas de urdir o saco eleitoral, Erasmus contou-lhes a fábula de Penélope, que fazia e desfazia a famosa teia, à espera do esposo Ulisses.

— Vós sois a Penélope da nossa república — disse ele ao terminar —; tendes a mesma castidade, paciência e talentos. Refazei o saco, amigas minhas, refazei o saco, até que Ulisses, cansado de dar às pernas, venha tomar entre nós o lugar que lhe cabe. Ulisses é a Sapiência.

---

[37] Governadores.
[38] Prudentes, reservados.
[39] O nome é uma alusão a Desiderius Erasmus Roterodamus (1469-1536), ou, simplesmente, Erasmo de Roterdã, teólogo e escritor holandês, cuja obra mais famosa é *Elogio da loucura* (1509).

# O espelho

## ESBOÇO DE UMA NOVA TEORIA DA ALMA HUMANA

Quatro ou cinco cavalheiros debatiam, uma noite, várias questões de alta transcendência,[1] sem que a disparidade dos votos trouxesse a menor alteração aos espíritos. A casa ficava no morro de Santa Teresa,[2] a sala era pequena, alumiada a velas, cuja luz fundia-se misteriosamente com o luar que vinha de fora. Entre a cidade, com as suas agitações e aventuras, e o céu, em que as estrelas pestanejavam, através de uma atmosfera límpida e sossegada, estavam os nossos quatro ou cinco investigadores de coisas metafísicas,[3] resolvendo amigavelmente os mais árduos problemas do universo.

Por que quatro ou cinco? Rigorosamente eram quatro os que falavam; mas, além deles, havia na sala um quinto personagem, calado, pensando, cochilando, cuja espórtula[4] no debate não passava de um ou outro resmungo de aprovação. Esse homem tinha a mesma idade dos companheiros, entre quarenta e cinquenta anos, era provinciano,[5] capitalista, inteligente, não sem instrução, e, ao que parece, astuto e cáustico.[6] Não discutia nunca; e defendia-se da abstenção com um paradoxo,[7] dizendo que a discussão era a forma polida do instinto batalhador, que jaz no homem, como uma herança bestial; e acrescentava que os serafins e os querubins[8] não controvertiam[9] nada, e, aliás, eram a perfeição espiritual e eterna. Como desse esta mesma resposta naquela noite, contestou-lha um dos presentes, e desafiou-o a demonstrar o que dizia, se era capaz. Jacobina (assim se chamava ele) refletiu um instante, e respondeu:

— Pensando bem, talvez o senhor tenha razão.

---

[1] De grande importância; de magnitude.
[2] Localidade na região central da cidade do Rio de Janeiro.
[3] Assuntos que buscam uma compreensão profunda para além da realidade material.
[4] Na antiga Roma, espórtula era uma cesta usada para distribuir, ou coletar, donativos e dinheiro; no texto aqui significa, por modo figurado, "participação".
[5] Com maneira de ser própria de uma província; conservador, atrasado.
[6] Alguém mordaz, capaz de expressar-se de modo sarcástico.
[7] Figura de linguagem que consiste em afirmar e negar, ao mesmo tempo, algum tema.
[8] Serafins e querubins são classes de anjos, descritos na Bíblia.
[9] Discordavam.

Vai senão quando, no meio da noite, sucedeu que este casmurro[10] usou da palavra, e não dois ou três minutos, mas trinta ou quarenta. A conversa, em seus meandros, veio a cair na natureza da alma, ponto que dividiu radicalmente os quatro amigos. Cada cabeça, cada sentença; não só o acordo, mas a mesma discussão, tornou-se difícil, senão impossível, pela multiplicidade de questões que se deduziram do tronco principal, e um pouco, talvez, pela inconsistência dos pareceres. Um dos argumentadores pediu ao Jacobina alguma opinião — uma conjectura, ao menos.

— Nem conjectura, nem opinião — redarguiu ele —: uma ou outra pode dar lugar a dissentimento, e, como sabem, eu não discuto. Mas, se querem ouvir-me calados, posso contar-lhes um caso de minha vida, em que ressalta a mais clara demonstração acerca da matéria de que se trata. Em primeiro lugar, não há uma só alma, há duas...

— Duas?

— Nada menos de duas almas. Cada criatura humana traz duas almas consigo: uma que olha de dentro para fora, outra que olha de fora para dentro... Espantem-se à vontade; podem ficar de boca aberta, dar de ombros, tudo; não admito réplica. Se me replicarem, acabo o charuto e vou dormir. A alma exterior pode ser um espírito, um fluido, um homem, muitos homens, um objeto, uma operação. Há casos, por exemplo, em que um simples botão de camisa é a alma exterior de uma pessoa; e assim também a polca,[11] o voltarete,[12] um livro, uma máquina, um par de botas, uma cavatina,[13] um tambor, etc. Está claro que o ofício dessa segunda alma é transmitir a vida, como a primeira; as duas completam o homem, que é, metafisicamente falando, uma laranja. Quem perde uma das metades, perde naturalmente metade da existência; e casos há, não raros, em que a perda da alma exterior implica a da existência inteira. Shylock,[14] por exemplo. A alma exterior daquele judeu eram os seus ducados; perdê-los equivalia a morrer. "Nunca mais verei o meu ouro", diz ele a Tubal; "*é um punhal que me enterras no coração*".[15] Vejam bem esta frase: a perda dos ducados, alma exterior, era a morte para ele. Agora, é preciso saber que a alma exterior não é sempre a mesma...

---

[10] Indivíduo calado; introvertido.

[11] Um tipo de música e de dança, em compasso binário, popular na sociedade da corte do Rio de Janeiro.

[12] Um jogo de carteado muito praticado na época.

[13] Pequena ária para uma solista, isto é, parte de uma ópera musicada para uma cantora lírica.

[14] Personagem da comédia de William Shakespeare (1564-1616) *O mercador de Veneza* (1600).

[15] Citação do ato III da cena I de *O mercador de Veneza*, de Shakespeare.

— Não?

— Não, senhor; muda de natureza e de estado. Não aludo a certas almas absorventes, como a pátria, com a qual disse o Camões que morria,[16] e o poder, que foi a alma exterior de César[17] e de Cromwell.[18] São almas energéticas e exclusivas; mas há outras, embora enérgicas, de natureza mudável. Há cavalheiros, por exemplo, cuja alma exterior, nos primeiros anos, foi um chocalho ou um cavalinho de pau, e mais tarde uma provedoria de irmandade, suponhamos. Pela minha parte, conheço uma senhora — na verdade, gentilíssima — que muda de alma exterior cinco, seis vezes por ano. Durante a estação lírica é a ópera; cessando a estação, a alma exterior substitui-se por outra: um concerto, um baile do Cassino,[19] a rua do Ouvidor, Petrópolis...[20]

— Perdão; essa senhora quem é?

— Essa senhora é parenta do diabo, e tem o mesmo nome: chama-se Legião...[21] E assim outros muitos casos. Eu mesmo tenho experimentado dessas trocas. Não as relato, porque iria longe; restrinjo-me ao episódio de que lhes falei. Um episódio dos meus vinte e cinco anos...

Os quatro companheiros, ansiosos de ouvir o caso prometido, esqueceram a controvérsia. Santa curiosidade! Tu não és só a alma da civilização, és também o pomo da concórdia, fruta divina, de outro sabor que não aquele pomo da mitologia.[22] A sala, até há pouco ruidosa de física e metafísica, é agora um mar

---

[16] Alusão ao poema *Camões* (1825), de Almeida Garrett (1799-1854), no qual associa a morte do célebre poeta Camões à morte da "Pátria".

[17] Caio Júlio César (100-44 a.C.) foi um líder militar e ditador romano.

[18] Oliver Cromwell (1599-1658) foi um militar e líder político inglês.

[19] O Cassino Fluminense foi um clube elegante, local de encontro da elite carioca.

[20] Cidade do estado do Rio de Janeiro na qual a família imperial e a corte costumavam passar o verão.

[21] Alusão ao episódio bíblico narrado em Marcos 5:9 e Lucas 8:30, no qual um homem possuído responde quando Jesus lhe pergunta o seu nome "O meu nome é Legião, porque somos muitos."

[22] Referência à narrativa do pomo de ouro, contada em vários fragmentos de poemas gregos. Zeus promove um banquete em celebração do casamento de Peleu e Tétis. Éris, a deusa da discórdia, não é convidada para a festa. Para se vingar do desapreço de Zeus, Éris lança entre as deusas o pomo de ouro, com a inscrição *kalisti*, que significa "à mais bela". Hera, Atena e Afrodite reivindicam o pomo, solicitando a Zeus que julgue qual das três deusas é a mais bela. Zeus declara que o julgamento cabe ao mortal Páris. As três deusas vão ao encontro de Páris e cada uma lhe oferece uma recompensa no caso de ser a escolhida. Hera oferece os reinos da Ásia e da Europa, que o tornariam o maior rei de todos; Atena oferece habilidades de luta e sabedoria, que o tornariam o maior herói de todos os tempos; Afrodite oferece o amor da mais bela mulher do mundo, Helena, esposa do Rei Menelau. Páris escolhe Afrodite como a mais bela e torna-se o maior amante que já existiu, raptando Helena. Segundo a lenda, essa escolha causa a Guerra de Troia.

morto; todos os olhos estão no Jacobina, que concerta a ponta do charuto, recolhendo as memórias. Eis aqui como ele começou a narração:

— Tinha vinte e cinco anos, era pobre, e acabava de ser nomeado alferes[23] da guarda nacional.[24] Não imaginam o acontecimento que isto foi em nossa casa. Minha mãe ficou tão orgulhosa! Tão contente! Chamava-me o seu alferes. Primos e tios, foi tudo uma alegria sincera e pura. Na vila, note-se bem, houve alguns despeitados; choro e ranger de dentes, como na Escritura;[25] e o motivo não foi outro senão que o posto tinha muitos candidatos e que estes perderam. Suponho também que uma parte do desgosto foi inteiramente gratuita: nasceu da simples distinção. Lembra-me de alguns rapazes, que se davam comigo, e passaram a olhar-me de revés, durante algum tempo. Em compensação, tive muitas pessoas que ficaram satisfeitas com a nomeação; e a prova é que todo o fardamento me foi dado por amigos... Vai então uma das minhas tias, D. Marcolina, viúva do capitão Peçanha, que morava a muitas léguas da vila, num sítio escuso[26] e solitário, desejou ver-me, e pediu que fosse ter com ela e levasse a farda. Fui, acompanhado de um pajem, que daí a dias tornou à vila, porque a tia Marcolina, apenas me pilhou[27] no sítio, escreveu a minha mãe dizendo que não me soltava antes de um mês, pelo menos. E abraçava-me! Chamava-me também o seu alferes. Achava-me um rapagão bonito. Como era um tanto patusca,[28] chegou a confessar que tinha inveja da moça que houvesse de ser minha mulher. Jurava que em toda a província não havia outro que me pusesse o pé adiante. E sempre alferes; era alferes para cá, alferes para lá, alferes a toda hora. Eu pedia-lhe que me chamasse Joãozinho, como dantes; e ela abanava a cabeça, bradando que não, que era o "senhor alferes". Um cunhado dela, irmão do finado Peçanha, que ali morava, não me chamava de outra maneira. Era o "senhor alferes", não por gracejo, mas a sério, e à vista dos escravos, que naturalmente foram pelo mesmo caminho. Na mesa tinha eu o melhor lugar, e era o primeiro servido. Não imaginam. Se lhes disser que o entusiasmo da tia Marcolina chegou ao ponto de mandar pôr no meu quarto um grande espelho, obra rica e magnífica, que destoava

---

[23] Na época, alferes era uma patente de oficial situada logo abaixo de tenente.
[24] A Guarda Nacional foi estabelecida no período regencial. Era conhecida pelos uniformes pomposos.
[25] Citação de uma expressão que aparece várias vezes na Bíblia, como em Mateus 8:12 e em Lucas 13:28.
[26] Escondido, oculto.
[27] Encontrou; surpreendeu.
[28] Que gostava de brincadeiras, de diversão.

do resto da casa, cuja mobília era modesta e simples... Era um espelho que lhe dera a madrinha, e que esta herdara da mãe, que o comprara a uma das fidalgas vindas em 1808 com a corte de D. João VI.[29] Não sei o que havia nisso de verdade; era a tradição. O espelho estava naturalmente muito velho; mas via-se-lhe ainda o ouro, comido em parte pelo tempo, uns delfins[30] esculpidos nos ângulos superiores da moldura, uns enfeites de madrepérola e outros caprichos do artista. Tudo velho, mas bom...

— Espelho grande?

— Grande. E foi, como digo, uma enorme fineza, porque o espelho estava na sala; era a melhor peça da casa. Mas não houve forças que a demovessem do propósito; respondia que não fazia falta, que era só por algumas semanas, e finalmente que o "senhor alferes" merecia muito mais. O certo é que todas essas coisas, carinhos, atenções, obséquios, fizeram em mim uma transformação, que o natural sentimento da mocidade ajudou e completou. Imaginam, creio eu?

— Não.

— O alferes eliminou o homem. Durante alguns dias as duas naturezas equilibraram-se; mas não tardou que a primitiva cedesse à outra; ficou-me uma parte mínima de humanidade. Aconteceu então que a alma exterior, que era dantes o sol, o ar, o campo, os olhos das moças, mudou de natureza, e passou a ser a cortesia e os rapapés[31] da casa, tudo o que me falava do posto, nada do que me falava do homem. A única parte do cidadão que ficou comigo foi aquela que entendia com o exercício da patente; a outra dispersou-se no ar e no passado. Custa-lhes acreditar, não?

— Custa-me até entender — respondeu um dos ouvintes.

— Vai entender. Os fatos explicarão melhor os sentimentos; os fatos são tudo. A melhor definição do amor não vale um beijo de moça namorada; e, se bem me lembro, um filósofo antigo demonstrou o movimento andando.[32] Vamos aos fatos. Vamos ver como, ao tempo em que a consciência do homem se obliterava,[33] a do alferes tornava-se viva e intensa. As dores humanas, as

---

[29] Em 1808, D. João VI chegou ao Brasil e tornou a cidade do Rio de Janeiro a sede do Império Português.
[30] Golfinhos.
[31] Cumprimentos exagerados.
[32] Alusão à história de Diógenes de Sinope (412-323 a.C.), que, segundo a tradição, teria refutado a tese de que o movimento era algo inexistente, formulada por Zenão de Eleia (c. 490-430 a.C.), simplesmente caminhando de um lado para outro.
[33] Apagava; desaparecia.

alegrias humanas, se eram só isso, mal obtinham de mim uma compaixão apática[34] ou um sorriso de favor. No fim de três semanas, era outro, totalmente outro. Era exclusivamente alferes. Ora, um dia recebeu a tia Marcolina uma notícia grave: uma de suas filhas, casada com um lavrador residente dali a cinco léguas,[35] estava mal e à morte. Adeus, sobrinho! Adeus, alferes! Era mãe extremosa, armou logo uma viagem, pediu ao cunhado que fosse com ela, e a mim que tomasse conta do sítio. Creio que, se não fosse a aflição, disporia o contrário; deixaria o cunhado, e iria comigo. Mas o certo é que fiquei só, com os poucos escravos da casa. Confesso-lhes que desde logo senti uma grande opressão, alguma coisa semelhante ao efeito de quatro paredes de um cárcere, subitamente levantadas em torno de mim. Era a alma exterior que se reduzia; estava agora limitada a alguns espíritos boçais.[36] O alferes continuava a dominar em mim, embora a vida fosse menos intensa, e a consciência mais débil. Os escravos punham uma nota de humildade nas suas cortesias, que de certa maneira compensava a afeição dos parentes e a intimidade doméstica interrompida. Notei mesmo, naquela noite, que eles redobravam de respeito, de alegria, de protestos. Nhô[37] alferes de minuto a minuto. Nhô alferes é muito bonito; nhô alferes há de ser coronel; nhô alferes há de casar com moça bonita, filha de general; um concerto de louvores e profecias, que me deixou extático. Ah! pérfidos![38] Mal podia eu suspeitar a intenção secreta dos malvados.

— Matá-lo?

— Antes assim fosse.

— Coisa pior?

— Ouçam-me. Na manhã seguinte achei-me só. Os velhacos,[39] seduzidos por outros, ou de movimento próprio, tinham resolvido fugir durante a noite; e assim fizeram. Achei-me só, sem mais ninguém, entre quatro paredes, diante do terreiro deserto e da roça abandonada. Nenhum fôlego humano. Corri a casa toda, a senzala,[40] tudo, nada, ninguém, um molequinho que fosse. Galos e galinhas tão somente, um par de mulas, que filosofavam a vida, sacudindo as

---

[34] Indiferente; insensível.
[35] Medida de distância que equivale a aproximadamente 6,6 km.
[36] Na época da escravidão, boçal era o escravo negro recém-chegado da África, que ainda não sabia falar português; por extensão, significa, de modo pejorativo, pessoa com pouca inteligência, muito rude.
[37] Forma como os escravos se dirigiam aos brancos, sobretudo ao senhor da casa-grande.
[38] Desleais; traidores.
[39] Enganadores.
[40] Alojamento no qual se abrigavam os escravos.

moscas, e três bois. Os mesmos cães foram levados pelos escravos. Nenhum ente humano. Parece-lhes que isto era melhor do que ter morrido? Era pior. Não por medo; juro-lhes que não tinha medo; era um pouco atrevidinho, tanto que não senti nada, durante as primeiras horas. Fiquei triste por causa do dano causado à tia Marcolina; fiquei também um pouco perplexo,[41] não sabendo se devia ir ter com ela, para lhe dar a triste notícia, ou ficar tomando conta da casa. Adotei o segundo alvitre,[42] para não desamparar a casa, e porque, se a minha prima enferma estava mal, eu ia somente aumentar a dor da mãe, sem remédio nenhum; finalmente, esperei que o irmão do tio Peçanha voltasse naquele dia ou no outro, visto que tinham saído havia já trinta e seis horas. Mas a manhã passou sem vestígio dele; e à tarde comecei a sentir uma sensação como de pessoa que houvesse perdido toda a ação nervosa, e não tivesse consciência da ação muscular. O irmão do tio Peçanha não voltou nesse dia, nem no outro, nem em toda aquela semana. Minha solidão tomou proporções enormes. Nunca os dias foram mais compridos, nunca o sol abrasou a terra com uma obstinação mais cansativa. As horas batiam de século a século, no velho relógio da sala, cuja pêndula, *tic-tac, tic-tac*, feria-me a alma interior, como um piparote[43] contínuo da eternidade. Quando, muitos anos depois, li uma poesia americana, creio que de Longfellow,[44] e topei com este famoso estribilho: *Never, for ever! — For ever, never!*[45] confesso-lhes que tive um calafrio: recordei-me daqueles dias medonhos. Era justamente assim que fazia o relógio da tia Marcolina: — *Never, for ever! — For ever, never!* Não eram golpes de pêndula, era um diálogo do abismo, um cochicho do nada. E então de noite! Não que a noite fosse mais silenciosa. O silêncio era o mesmo que de dia. Mas a noite era a sombra, era a solidão ainda mais estreita ou mais larga. *Tic-tac, tic-tac.* Ninguém nas salas, na varanda, nos corredores, no terreiro, ninguém em parte nenhuma... Riem-se?

— Sim, parece que tinha um pouco de medo.

— Oh! Fora bom se eu pudesse ter medo! Viveria. Mas o característico daquela situação é que eu nem sequer podia ter medo, isto é, o medo vulgarmente entendido. Tinha uma sensação inexplicável. Era como um

---

[41] Indeciso.
[42] Proposta; conselho.
[43] Gesto de soltar o dedo com força, após tensionado, para dar uma pequena pancada em alguém.
[44] Henry Wadsworth Longfellow (1807-1882) foi um poeta estadunidense.
[45] Alusão ao poema "*The Old Clock on the Stairs*," de Longfellow. No poema, as expressões se encontram na ordem inversa à citada no conto: "*Forever – never! Never – forever!*", cuja tradução é "Sempre – nunca! Nunca – sempre!".

defunto andando, um sonâmbulo, um boneco mecânico. Dormindo, era outra coisa. O sono dava-me alívio, não pela razão comum de ser irmão da morte, mas por outra. Acho que posso explicar assim esse fenômeno: — o sono, eliminando a necessidade de uma alma exterior, deixava atuar a alma interior. Nos sonhos, fardava-me, orgulhosamente, no meio da família e dos amigos, que me elogiavam o garbo,[46] que me chamavam alferes; vinha um amigo de nossa casa, e prometia-me o posto de tenente, outro o de capitão ou major; e tudo isso fazia-me viver. Mas quando acordava, dia claro, esvaía-se, com o sono, a consciência do meu ser novo e único — porque a alma interior perdia a ação exclusiva, e ficava dependente da outra, que teimava em não tornar... Não tornava. Eu saía fora, a um lado e outro, a ver se descobria algum sinal de regresso. *Soeur Anne, soeur Anne, ne vois-tu rien venir?*[47] Nada, coisa nenhuma; tal qual como na lenda francesa. Nada mais do que a poeira da estrada e o capinzal dos morros. Voltava para casa, nervoso, desesperado, estirava-me no canapé da sala. *Tic-tac, tic-tac.* Levantava-me, passeava, tamborilava nos vidros das janelas, assobiava. Em certa ocasião lembrei-me de escrever alguma coisa, um artigo político, um romance, uma ode; não escolhi nada definitivamente; sentei-me e tracei no papel algumas palavras e frases soltas, para intercalar no estilo. Mas o estilo, como a tia Marcolina, deixava-se estar. *Soeur Anne, soeur Anne...* Coisa nenhuma. Quando muito via negrejar a tinta e alvejar o papel.

— Mas não comia?

— Comia mal, frutas, farinha, conservas, algumas raízes tostadas ao fogo, mas suportaria tudo alegremente, se não fora a terrível situação moral em que me achava. Recitava versos, discursos, trechos latinos, liras de Gonzaga,[48] oitavas de Camões, décimas, uma antologia[49] em trinta volumes. Às vezes fazia ginástica; outras dava beliscões nas pernas; mas o efeito era só uma sensação física de dor ou de cansaço, e mais nada. Tudo silêncio, um silêncio vasto, enorme, infinito, apenas sublinhado pelo eterno *tic-tac* da pêndula. *Tic-tac, tic-tac...*

— Na verdade, era de enlouquecer.

---

[46] Elegância.
[47] Tradução: "Irmã Anne, irmã Anne, você vê algo vindo?". A citação é parte do conto "Barba Azul" (1697), de Charles Perrault (1628-1703), escritor e poeta francês.
[48] Tomás António Gonzaga (1744-1810), advogado, poeta e ativista político português, participante do movimento da Inconfidência Mineira.
[49] Coleção de textos.

— Vão ouvir coisa pior. Convém dizer-lhes que, desde que ficara só, não olhara uma só vez para o espelho. Não era abstenção[50] deliberada, não tinha motivo; era um impulso inconsciente, um receio de achar-me um e dois, ao mesmo tempo, naquela casa solitária; e se tal explicação é verdadeira, nada prova melhor a contradição humana, porque no fim de oito dias, deu-me na veneta olhar para o espelho com o fim justamente de achar-me dois. Olhei e recuei. O próprio vidro parecia conjurado com o resto do universo; não me estampou a figura nítida e inteira, mas vaga, esfumada, difusa, sombra de sombra. A realidade das leis físicas não permite negar que o espelho reproduziu-me textualmente, com os mesmos contornos e feições; assim devia ter sido. Mas tal não foi a minha sensação. Então tive medo; atribuí o fenômeno à excitação nervosa em que andava; receei ficar mais tempo, e enlouquecer. — Vou-me embora — disse comigo. E levantei o braço com gesto de mau humor, e ao mesmo tempo de decisão, olhando para o vidro; o gesto lá estava, mas disperso, esgaçado, mutilado... Entrei a vestir-me, murmurando comigo, tossindo sem tosse, sacudindo a roupa com estrépito,[51] afligindo-me a frio com os botões, para dizer alguma coisa. De quando em quando, olhava furtivamente para o espelho; a imagem era a mesma difusão de linhas, a mesma decomposição de contornos... Continuei a vestir-me. Subitamente, por uma inspiração inexplicável, por um impulso sem cálculo, lembrou-me... Se forem capazes de adivinhar qual foi a minha ideia...

— Diga.

— Estava a olhar para o vidro, com uma persistência de desesperado, contemplando as próprias feições derramadas e inacabadas, uma nuvem de linhas soltas, informes, quando tive o pensamento... Não, não são capazes de adivinhar.

— Mas, diga, diga.

— Lembrou-me vestir a farda de alferes. Vesti-a, aprontei-me de todo; e, como estava defronte do espelho, levantei os olhos, e... não lhes digo nada: o vidro reproduziu então a figura integral; nenhuma linha de menos, nenhum contorno diverso; era eu mesmo, o alferes, que achava, enfim, a alma exterior. Essa alma ausente com a dona do sítio, dispersa e fugida com os escravos, ei-la recolhida no espelho. Imaginai um homem que, pouco a pouco, emerge de um letargo,[52] abre os olhos sem ver, depois começa a ver, distingue as pessoas

---

[50] Recusa voluntária.
[51] Ruidosamente.
[52] Sono profundo.

dos objetos, mas não conhece individualmente uns nem outros; enfim, sabe que este é Fulano, aquele é Sicrano; aqui está uma cadeira, ali um sofá. Tudo volta ao que era antes do sono. Assim foi comigo. Olhava para o espelho, ia de um lado para outro, recuava, gesticulava, sorria, e o vidro exprimia tudo. Não era mais um autômato,[53] era um ente animado. Daí em diante, fui outro. Cada dia, a uma certa hora, vestia-me de alferes, e sentava-me diante do espelho, lendo, olhando, meditando; no fim de duas, três horas, despia-me outra vez. Com este regime[54] pude atravessar mais seis dias de solidão, sem os sentir...

Quando os outros voltaram a si, o narrador tinha descido as escadas.

---

[53] Máquina; indivíduo que faz as coisas de modo inconsciente.
[54] Costume; hábito.

# Verba testamentária

"...Item, é minha última vontade que o caixão em que o meu corpo houver de ser enterrado seja fabricado em casa de Joaquim Soares, à rua da Alfândega. Desejo que ele tenha conhecimento desta disposição, que também será pública. Joaquim Soares não me conhece; mas é digno da distinção, por ser dos nossos melhores artistas, e um dos homens mais honrados da nossa terra..."

Cumpriu-se à risca esta verba testamentária. Joaquim Soares fez o caixão em que foi metido o corpo do pobre Nicolau B. de C.; fabricou-o ele mesmo, *con amore*;[1] e, no fim, por um movimento cordial, pediu licença para não receber nenhuma remuneração. Estava pago; o favor do defunto era em si mesmo um prêmio insigne.[2] Só desejava uma coisa: a cópia autêntica da verba. Deram-lha; ele mandou-a encaixilhar e pendurar de um prego, na loja. Os outros fabricantes de caixões, passado o assombro, clamaram que o testamento era um despropósito. Felizmente — e esta é uma das vantagens do estado social —, felizmente, todas as demais classes acharam que aquela mão, saindo do abismo para abençoar a obra de um operário modesto, praticara uma ação rara e magnânima. Era em 1855; a população estava mais conchegada; não se falou de outra coisa. O nome do Nicolau reboou por muitos dias na imprensa da corte,[3] donde passou à das províncias. Mas a vida universal é tão variada, os sucessos acumulam-se em tanta multidão, e com tal presteza, e, finalmente, a memória dos homens é tão frágil, que um dia chegou em que a ação de Nicolau mergulhou de todo no olvido.[4]

Não venho restaurá-la. Esquecer é uma necessidade. A vida é uma lousa, em que o destino, para escrever um novo caso, precisa apagar o caso escrito. Obra de lápis e esponja. Não, não venho restaurá-la. Há milhares de ações tão bonitas, ou ainda mais bonitas do que a do Nicolau, e comidas do esquecimento. Venho dizer que a verba testamentária não é um efeito sem causa; venho mostrar uma das maiores curiosidades mórbidas[5] deste século.

Sim, leitor amado, vamos entrar em plena patologia.[6] Esse menino que aí vês, nos fins do século passado (em 1855, quando morreu, tinha o Nicolau

---

[1] Tradução: "Com amor".
[2] Notável.
[3] O termo "corte" era usado para designar a cidade do Rio de Janeiro, capital do Império Brasileiro na época.
[4] Esquecimento.
[5] Relativo à doença; enfermidade.
[6] Especialidade médica que estuda os efeitos das doenças.

sessenta e oito anos), esse menino não é um produto são, não é um organismo perfeito. Ao contrário, desde os mais tenros anos, manifestou por atos reiterados que há nele algum vício interior, alguma falha orgânica. Não se pode explicar de outro modo a obstinação com que ele corre a destruir os brinquedos dos outros meninos, não digo os que são iguais aos dele, ou ainda inferiores, mas os que são melhores ou mais ricos. Menos ainda se compreende que, nos casos em que o brinquedo é único, ou somente raro, o jovem Nicolau console a vítima com dois ou três pontapés; nunca menos de um. Tudo isso é obscuro. Culpa do pai não pode ser. O pai era um honrado negociante ou comissário (a maior parte das pessoas a que aqui se dá o nome de comerciantes, dizia o marquês de Lavradio,[7] nada são que uns simples comissários), que viveu com certo luzimento, no último quartel do século, homem ríspido, austero, que admoestava[8] o filho, e, sendo necessário, castigava-o. Mas nem admoestações, nem castigos, valiam nada. O impulso interior do Nicolau era mais eficaz do que todos os bastões paternos; e, uma ou duas vezes por semana, o pequeno reincidia no mesmo delito. Os desgostos da família eram profundos. Deu-se mesmo um caso, que, por suas gravíssimas consequências, merece ser contado.

    O vice-rei, que era então o conde de Resende,[9] andava preocupado com a necessidade de construir um cais na Praia de D. Manuel. Isto, que seria hoje um simples episódio municipal, era naquele tempo, atentas as proporções escassas da cidade, uma empresa importante. Mas o vice-rei não tinha recursos; o cofre público mal podia acudir às urgências ordinárias. Homem de estado, e provavelmente filósofo, engendrou um expediente não menos suave que profícuo: distribuir, a troco de donativos pecuniários, postos de capitão, tenente e alferes. Divulgada a resolução, entendeu o pai do Nicolau que era ocasião de figurar, sem perigo, na galeria militar do século, ao mesmo tempo que desmentia uma doutrina bramânica. Com efeito, está nas leis de Manu, que dos braços de Brahma nasceram os guerreiros, e do ventre os agricultores e comerciantes;[10] o pai do Nicolau, adquirindo o despacho de capitão, corrigia esse ponto da anatomia gentílica.[11] Outro comerciante, que com ele competia em tudo, embora familiares e amigos, apenas teve notícia

---

    [7] Dom Luís de Almeida Soares e Portugal (1729-1790), vice-rei do Brasil entre 1769 e 1778.
    [8] Aconselhava; advertia.
    [9] José Luís de Castro (1744-1819), o segundo Conde de Resende. Foi vice-rei do Brasil entre 1790 e 1801.
    [10] As leis de Manu são uma coletânea de leis hindus, escritas entre o século II a.C. e o II d.C. O narrador se refere a duas divindades da religião hinduísta: Manu, termo coletivo, que são os criadores da humanidade; e Brahma, deus que representa a força criativa.
    [11] Referente ao nascimento; origem.

do despacho, foi também levar a sua pedra ao cais.¹² Desgraçadamente, o despeito de ter ficado atrás alguns dias, sugeriu-lhe um arbítrio de mau gosto e, no nosso caso, funesto; foi assim que ele pediu ao vice-rei outro posto de oficial do cais (tal era o nome dado aos agraciados por aquele motivo) para um filho de sete anos. O vice-rei hesitou; mas o pretendente, além de duplicar o donativo, meteu grandes empenhos, e o menino saiu nomeado alferes. Tudo correu em segredo; o pai de Nicolau só teve notícia do caso no domingo próximo, na igreja do Carmo, ao ver os dois, pai e filho, vindo o menino com uma fardinha, que, por galanteria, lhe meteram no corpo. Nicolau, que também ali estava, fez-se lívido;¹³ depois, num ímpeto, atirou-se sobre o jovem alferes e rasgou-lhe a farda, antes que os pais pudessem acudir. Um escândalo. O rebuliço do povo, a indignação dos devotos, as queixas do agredido, interromperam por alguns instantes as cerimônias eclesiásticas. Os pais trocaram algumas palavras acerbas, fora, no adro, e ficaram brigados para todo o sempre.

— Este rapaz há ser a nossa desgraça! — bradava o pai de Nicolau, em casa, depois do episódio.

Nicolau apanhou então muita pancada, curtiu muita dor, chorou, soluçou; mas de emenda coisa nenhuma. Os brinquedos dos outros meninos não ficaram menos expostos. O mesmo passou a acontecer às roupas. Os meninos mais ricos do bairro não saíam fora senão com as mais modestas vestimentas caseiras, único modo de escapar às unhas de Nicolau. Com o andar do tempo, estendeu ele a aversão às próprias caras, quando eram bonitas, ou tidas como tais. A rua em que ele residia contava um sem-número de caras quebradas, arranhadas, conspurcadas.¹⁴ As coisas chegaram a tal ponto, que o pai resolveu trancá-lo em casa durante uns três ou quatro meses. Foi um paliativo,¹⁵ e, como tal, excelente. Enquanto durou a reclusão, Nicolau mostrou-se nada menos que angélico; fora daquele sestro¹⁶ mórbido, era meigo, dócil, obediente, amigo da família, pontual nas rezas. No fim dos quatros meses, o pai soltou-o; era tempo de o meter com um professor de leitura e gramática.

— Deixe-o comigo — disse o professor —; deixe-o comigo, e com esta (apontava para a palmatória)... Com esta, é duvidoso que ele tenha vontade de maltratar os companheiros. Frívolo!¹⁷ Três vezes frívolo professor! Sim,

---

¹² Na época, a construção geral de um cais era de pedras, razão pela qual a expressão "levar sua pedra ao cais" significa "levar sua contribuição".
¹³ Muito pálido; cor esverdeada ou azulada gerada por algo doença ou contusão.
¹⁴ Ferida; infeccionada.
¹⁵ Ação para acalmar temporariamente.
¹⁶ Mania; hábito.
¹⁷ Leviano.

não há dúvida, que ele conseguiu poupar os meninos bonitos e as roupas vistosas, castigando as primeiras investidas do pobre Nicolau; mas em que é que este sarou da moléstia? Ao contrário, obrigado a conter-se, a engolir o impulso, padecia dobrado, fazia-se mais lívido, com reflexo de verde-bronze; em certos casos, era compelido a voltar os olhos ou fechá-los, para não arrebentar, dizia ele. Por outro lado, se deixou de perseguir os mais graciosos ou melhor adornados,[18] não perdoou aos que se mostravam mais adiantados no estudo; espancava-os, tirava-lhes os livros, e lançava-os fora, nas praias ou no mangue. Rixas, sangue, ódios, tais eram os frutos da vida, para ele, além das dores cruéis que padecia, e que a família teimava em não entender. Se acrescentarmos que ele não pôde estudar nada seguidamente, mas a trancos, e mal, como os vagabundos comem, nada fixo, nada metódico, teremos visto algumas das dolorosas consequências do fato mórbido, oculto e desconhecido. O pai, que sonhava para o filho a Universidade, vendo-se obrigado a estrangular mais essa ilusão, esteve prestes a amaldiçoá-lo; foi a mãe que o salvou.

Saiu um século, entrou outro, sem desaparecer a lesão do Nicolau. Morreu-lhe o pai em 1807 e a mãe em 1809; a irmã casou com um médico holandês, treze meses depois. Nicolau passou a viver só. Tinha vinte e três anos; era um dos petimetres[19] da cidade, mas um singular petimetre, que não podia encarar nenhum outro, ou fosse mais gentil de feições, ou portador de algum colete especial, sem padecer uma dor violenta, tão violenta, que o obrigava às vezes a trincar o beiço até deitar sangue. Tinha ocasiões de cambalear; outras de escorrer-lhe pelo canto da boca um fio quase imperceptível de espuma. E o resto não era menos cruel. Nicolau ficava então ríspido; em casa achava tudo mau, tudo incômodo, tudo nauseabundo;[20] feria a cabeça aos escravos[21] com os pratos, que iam partir-se também, e perseguia os cães, a pontapés; não sossegava dez minutos, não comia, ou comia mal. Enfim dormia; e ainda bem que dormia. O sono reparava tudo. Acordava lhano[22] e meigo, alma de patriarca, beijando os cães entre as orelhas, deixando-se lamber por eles, dando-lhes do melhor que tinha, chamando aos escravos as coisas mais familiares e ternas. E tudo, cães e escravos, esqueciam as pancadas da véspera, e acudiam às vozes dele obedientes, namorados, como se este fosse o verdadeiro senhor, e não o outro.

---

[18] Enfeitados; bem-vestidos.
[19] Alguém que se veste com muito apuro; afetado nos modos.
[20] Nauseante; repugnante.
[21] Na época, estava em vigor o regimento escravocrata no Brasil.
[22] Fraco; amável.

Um dia, estando ele em casa da irmã, perguntou-lhe esta por que motivo não adotava uma carreira qualquer, alguma coisa em que se ocupasse, e...

— Tens razão, vou ver — disse ele.

Interveio o cunhado e opinou por um emprego na diplomacia. O cunhado principiava a desconfiar de alguma doença e supunha que a mudança de clima bastava a restabelecê-lo. Nicolau arranjou uma carta de apresentação, e foi ter com o ministro de estrangeiros. Achou-o rodeado de alguns oficiais da secretaria, prestes a ir ao paço, levar a notícia da segunda queda de Napoleão,[23] notícia que chegara alguns minutos antes. A figura do ministro, as circunstâncias do momento, as reverências dos oficiais, tudo isso deu um tal rebate ao coração do Nicolau, que ele não pôde encarar o ministro. Teimou, seis ou oito vezes, em levantar os olhos, e da única em que o conseguiu fizeram-se-lhe tão vesgos, que não via ninguém, ou só uma sombra, um vulto, que lhe doía nas pupilas ao mesmo tempo que a face ia ficando verde. Nicolau recuou, estendeu a mão trêmula ao reposteiro,[24] e fugiu.

— Não quero ser nada! — disse ele à irmã, chegando a casa. — Fico com vocês e os meus amigos.

Os amigos eram os rapazes mais antipáticos da cidade, vulgares e ínfimos. Nicolau escolhera-os de propósito. Viver segregado dos principais era para ele um grande sacrifício; mas, como teria de padecer muito mais vivendo com eles, tragava a situação. Isto prova que ele tinha um certo conhecimento empírico[25] do mal e do paliativo. A verdade é que, com esses companheiros, desapareciam todas as perturbações fisiológicas do Nicolau. Ele fitava-os sem lividez, sem olhos vesgos, sem cambalear, sem nada. Além disso, não só eles lhe poupavam a natural irritabilidade, como porfiavam[26] em tornar-lhe a vida, senão deliciosa, tranquila; e para isso, diziam-lhe as maiores finezas do mundo, em atitudes cativas, ou com uma certa familiaridade inferior. Nicolau amava em geral as naturezas subalternas, como os doentes amam a droga que lhes restitui a saúde; acariciava-as paternalmente, dava-lhes o louvor abundante e cordial, emprestava-lhes dinheiro, distribuía-lhes mimos, abria-lhes a alma...

---

[23] Napoleão Bonaparte (1769-1821), depois de governar a França pela segunda vez, é derrotado em Waterloo, em 1815, sendo exilado na ilha de Santa Helena.

[24] Um tipo de cortina que serve para cobrir ou simular uma porta, geralmente em palácios e grandes construções.

[25] Prático; feito por experiência.

[26] Discutir; disputar.

Veio o grito do Ipiranga;[27] Nicolau meteu-se na política. Em 1823 vamos achá-lo na Constituinte.[28] Não há que dizer ao modo por que ele cumpriu os deveres do cargo. Íntegro, desinteressado, patriota, não exercia de graça essas virtudes públicas, mas à custa de muita tempestade moral. Pode-se dizer, metaforicamente, que a frequência da Câmara custava-lhe sangue precioso. Não era só porque os debates lhe pareciam insuportáveis, mas também porque lhe era difícil encarar certos homens, especialmente em certos dias. Montezuma,[29] por exemplo, parecia-lhe balofo, Vergueiro,[30] maçudo, os Andradas,[31] execráveis.[32] Cada discurso, não só dos principais oradores, mas dos secundários, era para o Nicolau verdadeiro suplício. E, não obstante, firme, pontual. Nunca a votação o achou ausente; nunca o nome dele soou sem eco pela augusta sala. Qualquer que fosse o seu desespero, sabia conter-se e pôr a ideia da pátria acima do alívio próprio. Talvez aplaudisse *in petto*[33] o decreto da dissolução.[34] Não afirmo; mas há bons fundamentos para crer que o Nicolau, apesar das mostras exteriores, gostou de ver dissolvida a Assembleia. E se essa conjectura[35] é verdadeira, não menos o será esta outra: — que a deportação de alguns dos chefes constituintes, declarados inimigos públicos, veio aguar-lhe aquele prazer. Nicolau, que padecera com os discursos deles, não menos padeceu com o exílio, posto lhes desse um certo relevo. Se ele também fosse exilado!

— Você podia casar, mano — disse-lhe a irmã.

— Não tenho noiva.

— Arranjo-lhe uma. Valeu?

---

[27] Alusão à Proclamação da Independência do Brasil, em 7 de setembro de 1822, pelo príncipe D. Pedro I (1798-1834).

[28] A primeira constituição brasileira foi a Constituição Política do Império do Brasil, elaborada por um conselho nomeado por D. Pedro I, publicada em 1824.

[29] Francisco Gomes Brandão, visconde de Jequitinhonha (1794-1870), foi um constituinte e senador do Império que, depois da Independência, adotou o nome de Francisco Gê Acaiaba de Montezuma, ficando mais conhecido como Conselheiro Montezuma.

[30] Nicolau Pereira Campos Vergueiro (1778-1859) foi um constituinte, senador e ministro do Império do Brasil.

[31] Os três irmãos Andradas foram constituintes em 1823: José Bonifácio de Andrada e Silva (1763-1838), considerado o Patriarca da Independência; Antônio Carlos Ribeiro de Andrada Machado e Silva (1773-1845); e Martim Francisco Ribeiro de Andrada (1775-1844).

[32] Abomináveis; insuportáveis.

[33] Secretamente.

[34] A Assembleia Constituinte, eleita em 1823, foi dissolvida em decreto de 12 de novembro do mesmo ano pelo imperador D. Pedro I, que mandou o exército invadir o plenário da Câmara. Em 1824, o próprio imperador concedeu a primeira constituição do Brasil.

[35] Hipótese; suposição.

Era um plano do marido. Na opinião deste, a moléstia do Nicolau estava descoberta; era um verme do baço, que se nutria da dor do paciente, isto é, de uma secreção especial, produzida pela vista de alguns fatos, situações ou pessoas. A questão era matar o verme; mas, não conhecendo nenhuma substância química própria a destruí-lo, restava o recurso de obstar à secreção, cuja ausência daria igual resultado. Portanto, urgia casar o Nicolau, com alguma moça bonita e prendada, separá-lo do povoado, metê-lo em alguma fazenda, para onde levaria a melhor baixela, os melhores trastes, os mais reles amigos, etc.

— Todas as manhãs — continuou ele — receberá o Nicolau um jornal que vou mandar imprimir com o único fim de lhe dizer as coisas mais agradáveis do mundo, e dizê-las nominalmente recordando os seus modestos, mas profícuos trabalhos da Constituinte, e atribuindo-lhe muitas aventuras namoradas, agudezas de espírito, rasgos de coragem. Já falei ao almirante holandês para consentir que, de quando em quando, vá ter com Nicolau algum dos nossos oficiais dizer-lhe que não podia voltar para a Haia[36] sem a honra de contemplar um cidadão tão eminente e simpático, em quem se reúnem qualidades raras, e, de ordinário, dispersas. Você, se puder alcançar de alguma modista, a Gudin,[37] por exemplo, que ponha o nome de Nicolau em um chapéu ou mantelete,[38] ajudará muito a cura de seu mano. Cartas amorosas anônimas, enviadas pelo correio, são um recurso eficaz... Mas comecemos pelo princípio, que é casá-lo.

Nunca um plano foi mais conscienciosamente executado. A noiva escolhida era a mais esbelta, ou uma das mais esbeltas da capital. Casou-os o próprio bispo. Recolhido à fazenda, foram com ele somente alguns de seus mais triviais amigos; fez-se o jornal, mandaram-se as cartas, peitaram-se as visitas. Durante três meses tudo caminhou às mil maravilhas. Mas a natureza, apostada em lograr[39] o homem, mostrou ainda desta vez que ela possui segredos inopináveis.[40] Um dos meios de agradar ao Nicolau era elogiar a beleza, a elegância e as virtudes da mulher; mas a moléstia caminhara, e o que parecia remédio excelente foi simples agravação do mal. Nicolau, ao fim de certo tempo, achava ociosos e excessivos tantos elogios à mulher, e bastava isto a impacientá-lo, e a impaciência a produzir-lhe a fatal secreção. Parece

---

[36] Cidade da Holanda.
[37] Madame Hortense Gudin era modista e tinha um ateliê de costura na cidade do Rio de Janeiro.
[38] Um tipo de capa usada para cobrir os vestidos.
[39] Enganar; iludir.
[40] Imprevistos.

mesmo que chegou ao ponto de não poder encará-la muito tempo, e a encará-la mal; vieram algumas rixas, que seriam o princípio de uma separação, se ela não morresse daí a pouco. A dor do Nicolau foi profunda e verdadeira; mas a cura interrompeu-se logo, porque ele desceu ao Rio de Janeiro, onde o vamos achar, tempo depois, entre os revolucionários de 1831.[41]

Conquanto pareça temerário dizer as causas que levaram o Nicolau para o Campo da Aclamação, na noite de 6 para 7 de abril, penso que não estará longe da verdade quem supuser que — foi o raciocínio de um ateniense célebre e anônimo. Tanto os que diziam bem, como os que diziam mal do imperador, tinham enchido as medidas ao Nicolau. Esse homem, que inspirava entusiasmos e ódios, cujo nome era repetido onde quer que o Nicolau estivesse, na rua, no teatro, nas casas alheias, tornou-se uma verdadeira perseguição mórbida, daí o fervor com que ele meteu a mão no movimento de 1831. A abdicação foi um alívio.[42] Verdade é que a Regência o achou dentro de pouco tempo entre os seus adversários; e há quem afirme que ele se filiou ao partido caramuru ou restaurador,[43] posto não ficasse prova do ato. O que é certo é que a vida pública do Nicolau cessou com a Maioridade.[44]

A doença apoderara-se definitivamente do organismo. Nicolau ia, a pouco e pouco, recuando na solidão. Não podia fazer certas visitas, frequentar certas casas. O teatro mal chegava a distraí-lo. Era tão melindroso o estado dos seus órgãos auditivos, que o ruído dos aplausos causava-lhe dores atrozes. O entusiasmo da população fluminense para com a famosa Candiani[45] e a Mereia,[46] mas a Candiani principalmente, cujo carro puxaram alguns braços humanos, obséquio[47] tanto mais insigne[48] quanto que o não fariam ao próprio

---

[41] Em 5 de abril de 1831, Dom Pedro I (1798-1834) dissolveu o gabinete do Partido Liberal, que tinha assumido o poder desde 19 de março. Como reação, uma grande multidão se reuniu no Campo da Aclamação, hoje Campo de Santana, centro do Rio de Janeiro, na tarde do dia 6 de abril, exigindo a restauração do antigo gabinete.

[42] No dia 7 de Abril de 1831, um forte movimento de oposição levou o Imperador Dom Pedro I à abdicação.

[43] O Partido Restaurador, também conhecido como Partido Caramuru, foi criado em 1831, e formado por comerciantes portugueses, burocratas e militares, que pretendiam o regresso do imperador Dom Pedro I para o Brasil.

[44] A Declaração da Maioridade de D. Pedro II (1825-1891), com apenas 14 anos de idade, ocorreu em 23 de julho de 1840, com o apoio do parlamento brasileiro, colocando fim ao período regencial.

[45] Carlotta Augusta Angeolina Candiani (1820-1890) foi uma cantora lírica e atriz italiana que veio para o Brasil em 1843 e se apresentou com grande sucesso nos palcos do Rio de Janeiro.

[46] Carolina Merea, cantora e compositora lírica italiana, apresentou-se em várias cidades da América do Sul no século XIX.

[47] Favor; agrado.

[48] Ilustre.

Platão,[49] esse entusiasmo foi uma das maiores mortificações do Nicolau. Ele chegou ao ponto de não ir mais ao teatro, de achar a Candiani insuportável, e preferir a *Norma*[50] dos realejos[51] à da prima-dona. Não era por exageração de patriota que ele gostava de ouvir o João Caetano,[52] nos primeiros tempos; mas afinal deixou-o também, e quase que inteiramente os teatros.

— Está perdido! — pensou o cunhado. — Se pudéssemos dar-lhe um baço novo...

Como pensar em semelhante absurdo? Estava naturalmente perdido. Já não bastavam os recreios domésticos. As tarefas literárias a que se deu, versos de família, glosas a prêmio e odes políticas, não duraram muito tempo, e pode ser até que lhe dobrassem o mal. De fato, um dia, pareceu-lhe que essa ocupação era a coisa mais ridícula do mundo, e os aplausos ao Gonçalves Dias,[53] por exemplo, deram-lhe ideia de um povo trivial e de mau gosto. Esse sentimento literário, fruto de uma lesão orgânica, reagiu sobre a mesma lesão, ao ponto de produzir graves crises, que o tiveram algum tempo na cama. O cunhado aproveitou o momento para desterrar-lhe da casa todos os livros de certo porte.

Explica-se menos o desalinho com que daí a meses começou a vestir-se. Educado com hábitos de elegância, era antigo freguês de um dos principais alfaiates da corte, o Plum, não passando um só dia em que não fosse pentear-se ao Desmarais e Gérard, *coiffeurs de la cour*, à rua do Ouvidor.[54] Parece que achou enfatuada esta denominação de cabeleireiros do paço, e castigou-os indo pentear-se a um barbeiro ínfimo. Quanto ao motivo que o levou a trocar de traje, repito que é inteiramente obscuro, e a não haver sugestão da idade, é inexplicável. A despedida do cozinheiro é outro enigma. Nicolau, por insinuação do cunhado, que o queria distrair, dava dois jantares por semana; e os convivas eram unânimes em achar que o cozinheiro dele primava sobre todos os da capital. Realmente os pratos eram bons, alguns ótimos, mas o elogio era um tanto enfático, excessivo, para o fim justamente de ser agradável

---

[49] Platão (c. 428-347 a.C.) foi um filósofo da Grécia antiga, autor de diversos diálogos filosóficos e fundador da Academia de Atenas.

[50] Alusão à ópera *Norma*, de Vincenzo Salvatore Carmelo Francesco Bellini (1801-1835), famoso compositor italiano.

[51] Instrumento mecânico movido à manivela; em uso informal, significa pessoa ou instrumento desafinado.

[52] João Caetano dos Santos (1808-1863) foi um ator de teatro brasileiro.

[53] Antônio Gonçalves Dias (1823-1864) foi um poeta, advogado e jornalista brasileiro, autor do famoso poema nacionalista "Canção do exílio" (1846).

[54] A loja Desmarais, na rua do Ouvidor, nas primeiras décadas do século XIX, pertencia aos irmãos Desmarais. Era uma loja elegante de perfumaria e barbearia. A qualificação "*coiffeurs de la cour*" significa "cabeleireiros da corte".

ao Nicolau, e assim aconteceu algum tempo. Como entender, porém, que um domingo, acabado o jantar, que fora magnífico, despedisse ele um varão tão insigne, causa indireta de alguns dos seus mais deleitosos momentos na terra? Mistério impenetrável.

— Era um ladrão! — foi a resposta que ele deu ao cunhado.

Nem os esforços deste nem os da irmã e dos amigos, nem os bens, nada melhorou o nosso triste Nicolau. A secreção do baço tornou-se perene, e o verme reproduziu-se aos milhões, teoria que não sei se é verdadeira, mas enfim era a do cunhado. Os últimos anos foram crudelíssimos. Quase se pode jurar que ele viveu então continuamente verde, irritado, olhos vesgos, padecendo consigo ainda muito mais do que fazia padecer aos outros. A menor ou maior coisa triturava-lhe os nervos: um bom discurso, um artista hábil, uma sege,[55] uma gravata, um soneto, um dito, um sonho interessante, tudo dava de si uma crise.

Quis ele deixar-se morrer? Assim se poderia supor, ao ver a impossibilidade com que rejeitou os remédios dos principais médicos da corte; foi necessário recorrer à simulação, e dá-los, enfim, como receitados por um ignorantão do tempo. Mas era tarde. A morte levou-o ao cabo de duas semanas.

— Joaquim Soares? — bradou atônito o cunhado, ao saber da verba testamentária do defunto, ordenando que o caixão fosse fabricado por aquele industrial. — Mas os caixões desse sujeito não prestam para nada, e...

— Paciência! — interrompeu a mulher. — A vontade do mano há de cumprir-se.

---

[55] Carruagem fechada, de duas rodas.

# 4

# De *Histórias sem data*
(1884)

# A igreja do diabo

## Capítulo I

**De uma ideia mirífica[1]**

Conta um velho manuscrito beneditino[2] que o Diabo, em certo dia, teve a ideia de fundar uma igreja. Embora os seus lucros fossem contínuos e grandes, sentia-se humilhado com o papel avulso que exercia desde séculos, sem organização, sem regras, sem cânones, sem ritual, sem nada. Vivia, por assim dizer, dos remanescentes[3] divinos, dos descuidos e obséquios[4] humanos. Nada fixo, nada regular. Por que não teria ele a sua igreja? Uma igreja do Diabo era o meio eficaz de combater as outras religiões, e destruí-las de uma vez.

— Vá, pois, uma igreja — concluiu ele. — Escritura[5] contra Escritura, breviário[6] contra breviário. Terei a minha missa, com vinho e pão à farta,[7] as minhas prédicas,[8] bulas,[9] novenas[10] e todo o demais aparelho eclesiástico.[11] O meu credo[12] será o núcleo universal dos espíritos, a minha igreja, uma tenda de Abraão.[13] E depois, enquanto as outras religiões se combatem e se dividem, a minha igreja será única; não acharei diante de mim nem Maomé,[14] nem Lutero.[15] Há muitos modos de afirmar; há só um de negar tudo.

---

[1] Maravilhosa; extraordinária.
[2] Pertencente à Ordem de São Bento, uma importante congregação religiosa católica.
[3] Sobras; restos.
[4] Favores; serviços.
[5] Escritos sagrados, tais como os livros que compõem a Bíblia.
[6] Livro que registra os deveres que os sacerdotes devem realizar diariamente.
[7] Referência ao rito do pão e do vinho, integrante da celebração na missa católica.
[8] Sermões; discursos religiosos.
[9] Escritos solenes emitidos por um papa, com ordens, orientações, recomendações etc.
[10] Uma série de orações que são realizadas durante nove dias.
[11] Relativo à instituição da Igreja.
[12] O termo "credo" é latino e significa "creio". É o título da prece católica, considerada ato de fé, cujo primeira frase é "Creio em Deus Pai todo-poderoso, criador do céu e da terra".
[13] Abraão é um personagem bíblico, considerado o primeiro dos patriarcas hebreus. A citação se refere ao episódio ocorrido em Gênesis 15:5, no qual Deus, numa visão, leva Abraão para fora de sua tenda, depois pede a ele que conte as estrelas. Por fim, Deus declara que a descendência de Abraão será de igual número. Abraão deu início à prática religiosa monoteísta que originou, posteriormente, o Judaísmo, o Cristianismo e o Islamismo.
[14] Maomé, ou Mohammad (c. 571-632) foi um líder religioso, político e militar árabe. Segundo a religião islâmica, Maomé é o último profeta enviado por Deus para guiar a humanidade.
[15] Martinho Lutero (1483-1546) foi um monge católico e professor de teologia alemão, que se tornou um dos mais importantes líderes da Reforma Protestante e fundador da Igreja Luterana.

Dizendo isto, o Diabo sacudiu a cabeça e estendeu os braços, com um gesto magnífico e varonil.[16] Em seguida, lembrou-se de ir ter com Deus para comunicar-lhe a ideia, e desafiá-lo; levantou os olhos, acesos de ódio, ásperos de vingança, e disse consigo: "Vamos, é tempo." E rápido, batendo as asas, com tal estrondo que abalou todas as províncias do abismo, arrancou da sombra para o infinito azul.

## Capítulo II

### Entre Deus e o Diabo

Deus recolhia um ancião, quando o Diabo chegou ao céu. Os serafins[17] que engrinaldavam[18] o recém-chegado detiveram-se logo, e o Diabo deixou-se estar à entrada com os olhos no Senhor.

— Que me queres tu? — perguntou este.

— Não venho pelo vosso servo Fausto[19] — respondeu o Diabo rindo —, mas por todos os Faustos do século e dos séculos.

— Explica-te.

— Senhor, a explicação é fácil; mas permiti que vos diga: recolhei primeiro esse bom velho; dai-lhe o melhor lugar, mandai que as mais afinadas cítaras[20] e alaúdes[21] o recebam com os mais divinos coros...

— Sabes o que ele fez? — perguntou o Senhor, com os olhos cheios de doçura.

— Não, mas provavelmente é dos últimos que virão ter convosco. Não tarda muito que o céu fique semelhante a uma casa vazia, por causa do preço, que é alto. Vou edificar uma hospedaria barata; em duas palavras, vou fundar uma igreja. Estou cansado da minha desorganização, do meu reinado casual e adventício.[22] É tempo de obter a vitória final e completa. E então vim dizer-vos isto, com lealdade, para que me não acuseis de dissimulação... Boa ideia, não vos parece?

— Vieste dizê-la, não legitimá-la — advertiu o Senhor.

---

[16] Viril.
[17] Espíritos celestes da primeira hierarquia de anjos, na Bíblia.
[18] Coroavam; enfeitavam.
[19] Fausto é um personagem de uma lenda popular alemã, que teria feito um pacto com o Diabo e, depois, ao final da vida, consegue enganá-lo, alcançando a salvação. A história se tornou mundialmente conhecida pela obra dramática *Fausto* (1808 — parte I; 1832 — parte II), de Johann Wolfgang von Goethe (1749-1832), autor alemão do período romântico.
[20] Instrumento musical de cordas, derivado da lira.
[21] Instrumento musical de cordas, com caixa de ressonância, de origem árabe.
[22] Imprevisto; inesperado.

— Tendes razão — acudiu o Diabo —, mas o amor-próprio gosta de ouvir o aplauso dos mestres. Verdade é que neste caso seria o aplauso de um mestre vencido, e uma tal exigência... Senhor, desço à terra; vou lançar a minha pedra fundamental.[23]

— Vai.

— Quereis que venha anunciar-vos o remate[24] da obra?

— Não é preciso; basta que me digas desde já por que motivo, cansado há tanto da tua desorganização, só agora pensaste em fundar uma igreja?

O Diabo sorriu com certo ar de escárnio[25] e triunfo. Tinha alguma ideia cruel no espírito, algum reparo picante no alforje[26] da memória, qualquer coisa que, nesse breve instante da eternidade, o fazia crer superior ao próprio Deus. Mas recolheu o riso, e disse:

— Só agora concluí uma observação, começada desde alguns séculos, e é que as virtudes, filhas do céu, são em grande número comparáveis a rainhas, cujo manto de veludo rematasse em franjas de algodão. Ora, eu proponho-me a puxá-las por essa franja, e trazê-las todas para a minha igreja; atrás delas virão as de seda pura...

— Velho retórico![27] — murmurou o Senhor.

— Olhai bem. Muitos corpos que ajoelham aos vossos pés, nos templos do mundo, trazem as anquinhas[28] da sala e da rua, os rostos tingem-se do mesmo pó, os lenços cheiram aos mesmos cheiros, as pupilas centelham de curiosidade e devoção entre o livro santo e o bigode do pecado. Vede o ardor — a indiferença, ao menos — com que esse cavalheiro põe em letras públicas os benefícios que liberalmente espalha, ou sejam roupas ou botas, ou moedas, ou quaisquer dessas matérias necessárias à vida... Mas não quero parecer que me detenho em coisas miúdas; não falo, por exemplo, da placidez com que este juiz de irmandade, nas procissões, carrega piedosamente ao peito o vosso amor e uma comenda... Vou a negócios mais altos...

Nisto os serafins agitaram as asas pesadas de fastio e sono. Miguel[29] e Gabriel[30] fitaram no Senhor um olhar de súplica. Deus interrompeu o Diabo.

---

[23] Primeira pedra que inicia uma construção.
[24] Conclusão.
[25] Deboche.
[26] Um tipo de saco duplo, com bolsas nas extremidades e um vazio no meio, dividindo o peso, de modo que pode ser carregado nos ombros, ou usado no transporte de carga em cavalos.
[27] Alguém que pratica a retórica, a arte de argumentar.
[28] Armação de arame ou almofadas, usada na época em vestes femininas, com a finalidade de realçar os quadris ou dar mais roda às saias.
[29] São Miguel Arcanjo seria, segundo a Bíblia, em Apocalipse 12:7-9, o líder do exército de anjos de Deus.
[30] Na Bíblia, o anjo São Gabriel é um mensageiro de Deus e aparece em diversas passagens importantes, inclusive como anunciador da chegada de Jesus para a Virgem Maria, conforme narrado em Lucas 1:26-38.

— Tu és vulgar, que é o pior que pode acontecer a um espírito da tua espécie — replicou-lhe o Senhor. — Tudo o que dizes ou digas está dito e redito pelos moralistas do mundo. É assunto gasto; e se não tens força, nem originalidade para renovar um assunto gasto, melhor é que te cales e te retires. Olha; todas as minhas legiões mostram no rosto os sinais vivos do tédio que lhes dás. Esse mesmo anciao parece enjoado; e sabes tu o que ele fez?

— Já vos disse que não.

— Depois de uma vida honesta, teve uma morte sublime. Colhido em um naufrágio, ia salvar-se numa tábua; mas viu um casal de noivos, na flor da vida, que se debatiam já com a morte; deu-lhes a tábua de salvação e mergulhou na eternidade. Nenhum público: a água e o céu por cima. Onde achas aí a franja de algodão?

— Senhor, eu sou, como sabeis, o espírito que nega.

— Negas esta morte?

— Nego tudo. A misantropia[31] pode tomar aspecto de caridade; deixar a vida aos outros, para um misantropo, é realmente aborrecê-los...

— Retórico e subtil! — exclamou o Senhor. — Vai, vai, funda a tua igreja; chama todas as virtudes, recolhe todas as franjas, convoca todos os homens... Mas vai! Vai!

Debalde o Diabo tentou proferir alguma coisa mais. Deus impusera-lhe silêncio; os serafins, a um sinal divino, encheram o céu com as harmonias de seus cânticos. O Diabo sentiu, de repente, que se achava no ar; dobrou as asas, e, como um raio, caiu na terra.

## Capítulo III

### A boa-nova aos homens

Uma vez na terra, o Diabo não perdeu um minuto. Deu-se pressa em enfiar a cogula[32] beneditina, como hábito de boa fama, e entrou a espalhar uma doutrina nova e extraordinária, com uma voz que reboava nas entranhas do século. Ele prometia aos seus discípulos e fiéis as delícias da terra, todas as glórias, os deleites mais íntimos. Confessava que era o Diabo; mas confessava-o para retificar a noção que os homens tinham dele e desmentir as histórias que a seu respeito contavam as velhas beatas.

---

[31] Ódio pela humanidade.
[32] Um tipo de túnica, veste sacerdotal usada por um padre.

— Sim, sou o Diabo — repetia ele —; não o Diabo das noites sulfúreas,[33] dos contos soníferos, terror das crianças, mas o Diabo verdadeiro e único, o próprio gênio da natureza, a que se deu aquele nome para arredá-lo do coração dos homens. Vede-me gentil e airoso.[34] Sou o vosso verdadeiro pai. Vamos lá: tomai daquele nome, inventado para meu desdouro, fazei dele um troféu e um lábaro,[35] e eu vos darei tudo, tudo, tudo, tudo, tudo, tudo...

Era assim que falava, a princípio, para excitar o entusiasmo, espertar os indiferentes, congregar, em suma, as multidões ao pé de si. E elas vieram; e logo que vieram, o Diabo passou a definir a doutrina. A doutrina era a que podia ser na boca de um espírito de negação. Isso quanto à substância, porque, acerca da forma, era umas vezes subtil, outras, cínica e deslavada.

Clamava ele que as virtudes aceitas deviam ser substituídas por outras, que eram as naturais e legítimas. A soberba, a luxúria, a preguiça foram reabilitadas, e assim também a avareza, que declarou não ser mais do que a mãe da economia, com a diferença que a mãe era robusta, e a filha, uma esgalgada.[36] A ira tinha a melhor defesa na existência de Homero; sem o furor de Aquiles, não haveria a *Ilíada*: "Musa, canta a cólera de Aquiles, filho de Peleu"...[37] O mesmo disse da gula, que produziu as melhores páginas de Rabelais,[38] e muitos bons versos do *Hissope*;[39] virtude tão superior, que ninguém se lembra das batalhas de Lúculo, mas das suas ceias;[40] foi a gula que realmente o fez imortal. Mas, ainda pondo de lado essas razões de ordem literária ou histórica, para só mostrar o valor intrínseco[41] daquela virtude, quem negaria que era muito melhor sentir na boca e no ventre os bons manjares, em grande cópia, do que os maus bocados, ou a saliva do jejum? Pela sua parte o Diabo prometia

---

[33] Relativas ao enxofre, substância tóxica, de odor desagradável.
[34] Delicado; agradável.
[35] Bandeira; estandarte.
[36] Alguém que vive caindo de doença, ou fraqueza.
[37] Aquiles é o protagonista do poema épico *Ilíada* (c. séc. VIII a.C.), atribuído ao poeta grego Homero (c. séc. XIX-VIII a.C.). O verso citado é o primeiro do poema, no qual se apresenta o assunto, a ira de Aquiles, e faz-se um apelo à Musa Calíope, divindade grega inspiradora da poesia épica.
[38] François Rabelais (1494-1553) foi um escritor francês da época do Renascimento, autor de *Pantagruel* (1532) e *Gargântua* (1534), obras cômicas, nas quais os personagens principais são gigantes, caracterizados por imensas dimensões, obscenidade e gulas enormes, desmedidas.
[39] Alusão ao poema herói-cômico *O Hissope* (1802), do autor português António Diniz da Cruz e Silva (1731-1799). No poema, faz-se uma crítica a abusos praticados em razão de uma disputa cerimonial entre o bispo de Elvas e o deão (chefe) da mesma localidade.
[40] Lúcio Licínio Lúculo (118-56 a.C.) foi um militar e político da República Romana (509-27 a.C.), eleito cônsul em 74 a.C. Foi conhecido por participar de diversas guerras e por ser um homem extravagante, que ostentava um luxo desmedido.
[41] Essencial; próprio.

substituir a vinha do Senhor, expressão metafórica, pela vinha do Diabo, locução direta e verdadeira, pois não faltaria nunca aos seus com o fruto das mais belas cepas[42] do mundo. Quanto à inveja, pregou friamente que era a virtude principal, origem de prosperidades infinitas; virtude preciosa, que chegava a suprir todas as outras, e ao próprio talento.

As turbas[43] corriam atrás dele entusiasmadas. O Diabo incutia-lhes, a grandes golpes de eloquência, toda a nova ordem de coisas, trocando a noção delas, fazendo amar as perversas e detestar as sãs.

Nada mais curioso, por exemplo, do que a definição que ele dava da fraude. Chamava-lhe o braço esquerdo do homem; o braço direito era a força; e concluía: "Muitos homens são canhotos, eis tudo". Ora, ele não exigia que todos fossem canhotos; não era exclusivista. Que uns fossem canhotos, outros, destros; aceitava a todos, menos os que não fossem nada. A demonstração, porém, mais rigorosa e profunda foi a da venalidade.[44] Um casuísta[45] do tempo chegou a confessar que era um monumento de lógica. A venalidade, disse o Diabo, era o exercício de um direito superior a todos os direitos. Se tu podes vender a tua casa, o teu boi, o teu sapato, o teu chapéu, coisas que são tuas por uma razão jurídica e legal, mas que, em todo caso, estão fora de ti, como é que não podes vender a tua opinião, o teu voto, a tua palavra, a tua fé, coisas que são mais do que tuas, porque são a tua própria consciência, isto é, tu mesmo? Negá-lo é cair no absurdo e no contraditório. Pois não há mulheres que vendem os cabelos? Não pode um homem vender uma parte do seu sangue para transfundi-lo a outro homem anêmico? E o sangue e os cabelos, partes físicas, terão um privilégio que se nega ao caráter, à porção moral do homem? Demonstrando assim o princípio, o Diabo não se demorou em expor as vantagens de ordem temporal ou pecuniária;[46] depois, mostrou ainda que, à vista do preconceito social, conviria dissimular o exercício de um direito tão legítimo, o que era exercer ao mesmo tempo a venalidade e a hipocrisia, isto é, merecer duplicadamente.

E descia, e subia, examinava tudo, retificava tudo. Está claro que combateu o perdão das injúrias e outras máximas de brandura e cordialidade. Não proibiu formalmente a calúnia gratuita, mas induziu a exercê-la mediante

---

[42] Videiras; árvores que frutificam uvas.
[43] Multidões.
[44] Condição daquilo ou qualidade que pode ser vendido; qualidade de quem aceita receber vantagens indevidas.
[45] Alguém que pratica casuísmo, isto é, discursos com argumentos fundamentados em raciocínios enganosos, ou falsos.
[46] Relativo à pecúnia, isto é, dinheiro.

retribuição, ou pecuniária, ou de outra espécie; nos casos, porém, em que ela fosse uma expansão imperiosa da força imaginativa, e nada mais, proibia receber nenhum salário, pois equivalia a fazer pagar a transpiração. Todas as formas de respeito foram condenadas por ele, como elementos possíveis de um certo decoro social e pessoal; salva, todavia, a única exceção do interesse. Mas essa mesma exceção foi logo eliminada, pela consideração de que o interesse, convertendo o respeito em simples adulação, era este o sentimento aplicado e não aquele.

Para rematar a obra, entendeu o Diabo que lhe cumpria cortar por toda a solidariedade humana. Com efeito, o amor do próximo era um obstáculo grave à nova instituição. Ele mostrou que essa regra era uma simples invenção de parasitas e negociantes insolváveis;[47] não se devia dar ao próximo senão indiferença; em alguns casos, ódio ou desprezo. Chegou mesmo à demonstração de que a noção de próximo era errada, e citava esta frase de um padre de Nápoles, aquele fino e letrado Galiani, que escrevia a uma das marquesas do Antigo Regime:[48] "Leve a breca o próximo! Não há próximo!".[49] A única hipótese em que ele permitia amar ao próximo era quando se tratasse de amar as damas alheias, porque essa espécie de amor tinha a particularidade de não ser outra coisa mais do que o amor do indivíduo a si mesmo. E como alguns discípulos achassem que uma tal explicação, por metafísica,[50] escapava à compreensão das turbas, o Diabo recorreu a um apólogo:[51] "Cem pessoas tomam ações de um banco, para as operações comuns; mas cada acionista não cuida realmente senão nos seus dividendos: é o que acontece aos adúlteros". Este apólogo foi incluído no livro da sabedoria.

---

[47] Inadimplentes; aqueles que não têm como pagar o que devem.

[48] Na França, o Antigo Regime era o governo aristocrático, anterior à Revolução Francesa (1789).

[49] Ferdinando Galiani (1728-1787), conhecido como abade Galiani, foi um economista italiano do Iluminismo. O trecho citado é de uma carta datada de 2 de janeiro de 1773, de Galiani à escritora francesa Louise Florence Pétronille d'Épinay (1726-1783), publicada em *Correspondance Inedite de L'Abbe Ferdinand Galiani* (1818).

[50] Qualquer sistema filosófico que investiga o aspecto ontológico ou teológico da realidade, isto é, aquilo que existe para além da realidade que pode ser percebida pelos sentidos.

[51] Narrativa curta com personagens inanimados ou animais, com uma lição moral.

## Capítulo IV

**Franjas e franjas**

A previsão do Diabo verificou-se. Todas as virtudes cuja capa de veludo acabava em franja de algodão, uma vez puxadas pela franja, deitavam a capa às urtigas[52] e vinham alistar-se na igreja nova. Atrás foram chegando as outras, e o tempo abençoou a instituição. A igreja fundara-se; a doutrina propagava-se; não havia uma região do globo que não a conhecesse, uma língua que não a traduzisse, uma raça que não a amasse. O Diabo alçou brados de triunfo.

Um dia, porém, longos anos depois, notou o Diabo que muitos dos seus fiéis, às escondidas, praticavam as antigas virtudes. Não as praticavam todas, nem integralmente, mas algumas, por partes, e, como digo, às ocultas. Certos glutões[53] recolhiam-se a comer frugalmente[54] três ou quatro vezes por ano, justamente em dias de preceito católico; muitos avaros davam esmolas, à noite, ou nas ruas mal povoadas; vários dilapidadores do erário[55] restituíam-lhe pequenas quantias; os fraudulentos falavam, uma ou outra vez, com o coração nas mãos, mas com o mesmo rosto dissimulado, para fazer crer que estavam embaçando os outros.

A descoberta assombrou o Diabo. Meteu-se a conhecer mais diretamente o mal, e viu que lavrava muito. Alguns casos eram até incompreensíveis, como o de um droguista do Levante,[56] que envenenara longamente uma geração inteira, e, com o produto das drogas, socorria os filhos das vítimas. No Cairo[57] achou um perfeito ladrão de camelos, que tapava a cara para ir às mesquitas. O Diabo deu com ele à entrada de uma, lançou-lhe em rosto o procedimento; ele negou, dizendo que ia ali roubar o camelo de um *drogman*;[58] roubou-o, com efeito, à vista do Diabo, e foi dá-lo de presente a um *muezim*,[59] que rezou por ele a Alá.[60] O manuscrito beneditino cita muitas outras descobertas

---

[52] Expressão que significa "libertar-se de amarras", entregar-se a costumes libertinos, de prazeres desenfreados.
[53] Alguém que come em excesso.
[54] De modo moderado.
[55] Recursos financeiros públicos.
[56] "Levante" é um termo geográfico impreciso, usado para designar uma vasta região do Oriente Médio.
[57] Capital do Egito.
[58] No Oriente Médio, a palavra *drogman* é usada para nomear um intérprete, ou guia.
[59] No mundo islâmico, *muezim* é o termo usado para designar o homem encarregado de subir a um minarete, uma espécie de torre alta de uma mesquita, com a finalidade de chamar os fiéis para as orações.
[60] Na religião islâmica, Alá é o Deus único.

extraordinárias, entre elas esta, que desorientou completamente o Diabo. Um dos seus melhores apóstolos era um calabrês,[61] varão de cinquenta anos, insigne falsificador de documentos, que possuía uma bela casa na campanha romana, telas, estátuas, biblioteca, etc. Era a fraude em pessoa; chegava a meter-se na cama para não confessar que estava são. Pois esse homem, não só não furtava ao jogo, como ainda dava gratificações aos criados. Tendo angariado[62] a amizade de um cônego, ia todas as semanas confessar-se com ele, numa capela solitária; e, conquanto não lhe desvendasse nenhuma das suas ações secretas, benzia-se duas vezes, ao ajoelhar-se, e ao levantar-se. O Diabo mal pôde crer tamanha aleivosia. Mas não havia que duvidar; o caso era verdadeiro.

Não se deteve um instante. O pasmo não lhe deu tempo de refletir, comparar e concluir do espetáculo presente alguma coisa análoga ao passado. Voou de novo ao céu, trêmulo de raiva, ansioso de conhecer a causa secreta de tão singular fenômeno. Deus ouviu-o com infinita complacência;[63] não o interrompeu, não o repreendeu, não triunfou, sequer, daquela agonia satânica. Pôs os olhos nele, e disse-lhe:

— Que queres tu, meu pobre Diabo? As capas de algodão têm agora franjas de seda, como as de veludo tiveram franjas de algodão. Que queres tu? É a eterna contradição humana.

---

[61] Natural da Calábria, região sul da Itália.
[62] Conquistado.
[63] Com gentileza; com disposição.

# Cantiga de esponsais[1]

Imagine a leitora que está em 1813, na igreja do Carmo,[2] ouvindo uma daquelas boas festas antigas, que eram todo o recreio público e toda a arte musical. Sabem o que é uma missa cantada; podem imaginar o que seria uma missa cantada daqueles anos remotos. Não lhe chamo a atenção para os padres e os sacristães, nem para o sermão, nem para os olhos das moças cariocas, que já eram bonitos nesse tempo, nem para as mantilhas[3] das senhoras graves, os calções, as cabeleiras, as sanefas,[4] as luzes, os incensos, nada. Não falo sequer da orquestra, que é excelente; limito-me a mostrar-lhes uma cabeça branca, a cabeça desse velho que rege a orquestra, com alma e devoção.

Chama-se Romão Pires; terá sessenta anos, não menos, nasceu no Valongo,[5] ou por esses lados. É bom músico e bom homem; todos os músicos gostam dele. Mestre Romão é o nome familiar; e dizer familiar e público era a mesma coisa em tal matéria e naquele tempo. "Quem rege a missa é mestre Romão" — equivalia a esta outra forma de anúncio, anos depois: "Entra em cena o ator João Caetano";[6] ou então: "O ator Martinho[7] cantará uma de suas melhores árias". Era o tempero certo, o chamariz delicado e popular. Mestre Romão rege a festa! Quem não conhecia mestre Romão, com o seu ar circunspecto, olhos no chão, riso triste, e passo demorado? Tudo isso desaparecia à frente da orquestra; então a vida derramava-se por todo o corpo e todos os gestos do mestre; o olhar acendia-se, o riso iluminava-se: era outro. Não que a missa fosse dele; esta, por exemplo, que ele rege agora no Carmo é de José Maurício;[8] mas ele rege-a com o mesmo amor que empregaria se a missa fosse sua.

---

[1] Relativo a esposos, noivos.
[2] A igreja de Nossa Senhora do Monte do Carmo, localizada na região central da cidade do Rio de Janeiro, foi construída entre 1755 e 1770, mas suas torres foram concluídas apenas entre 1847 e 1850.
[3] Echarpes; véus.
[4] Tira de tecido que se coloca na parte superior de cortinas.
[5] O Cais do Valongo situava-se na região portuária do município do Rio de Janeiro. Era um porto destinado ao tráfico negreiro. Centenas de milhares de pessoas chegaram ao Brasil por meio desse cais. Na época da narrativa, estava em vigor o regime escravocrata no Brasil. A área foi aterrada em 1843. Contudo, depois de 168 anos soterrado, em 2011, o Cais do Valongo foi novamente localizado.
[6] João Caetano dos Santos (1808-1863) foi um famoso ator de teatro brasileiro.
[7] Martinho Correia Vasques (1822-1890) foi um importante ator brasileiro.
[8] José Maurício Nunes Garcia (1767-1839) foi um padre e famoso músico brasileiro.

Acabou a festa; é como se acabasse um clarão intenso, e deixasse o rosto apenas alumiado da luz ordinária. Ei-lo que desce do coro, apoiado na bengala; vai à sacristia beijar a mão aos padres e aceita um lugar à mesa do jantar. Tudo isso indiferente e calado. Jantou, saiu, caminhou para a rua da Mãe dos Homens, onde reside, com um preto velho,[9] pai José, que é a sua verdadeira mãe, e que neste momento conversa com uma vizinha.

— Mestre Romão lá vem, pai José — disse a vizinha.

— Eh! Eh! Adeus, sinhá,[10] até logo.

Pai José deu um salto, entrou em casa, e esperou o senhor, que daí a pouco entrava com o mesmo ar do costume. A casa não era rica naturalmente; nem alegre. Não tinha o menor vestígio de mulher, velha ou moça, nem passarinhos que cantassem, nem flores, nem cores vivas ou jucundas.[11] Casa sombria e nua. O mais alegre era um cravo,[12] onde o mestre Romão tocava algumas vezes, estudando. Sobre uma cadeira, ao pé, alguns papéis de música; nenhuma dele...

Ah! Se mestre Romão pudesse, seria um grande compositor. Parece que há duas sortes de vocação, as que têm língua e as que a não têm. As primeiras realizam-se; as últimas representam uma luta constante e estéril entre o impulso interior e a ausência de um modo de comunicação com os homens. Romão era destas. Tinha a vocação íntima da música; trazia dentro de si muitas óperas e missas, um mundo de harmonias novas e originais, que não alcançava exprimir e pôr no papel. Esta era a causa única da tristeza de mestre Romão. Naturalmente o vulgo[13] não atinava[14] com ela; uns diziam isto, outros, aquilo: doença, falta de dinheiro, algum desgosto antigo; mas a verdade é esta: a causa da melancolia de mestre Romão era não poder compor, não possuir o meio de traduzir o que sentia. Não é que não rabiscasse muito papel e não interrogasse o cravo, durante horas; mas tudo lhe saía informe, sem ideia nem harmonia. Nos últimos tempos tinha até vergonha da vizinhança, e não tentava mais nada.

E, entretanto, se pudesse, acabaria ao menos uma certa peça, um canto esponsalício, começado três dias depois de casado, em 1779. A mulher, que tinha então vinte e um anos, e morreu com vinte e três, não era muito bonita, nem pouco, mas extremamente simpática, e amava-o tanto como ele a ela.

---

[9] Na época da história, o termo "preto" era usado para designar, genericamente, um escravo.
[10] "Sinhá", ou "Iaiá", era o tratamento dado pelos escravos às senhoras.
[11] Alegres.
[12] Instrumento musical de teclas e cordas, antecessor do piano.
[13] As pessoas comuns; povo.
[14] Percebia.

Três dias depois de casado, mestre Romão sentiu em si alguma coisa parecida com inspiração. Ideou então o canto esponsalício, e quis compô-lo; mas a inspiração não pôde sair. Como um pássaro que acaba de ser preso, e forceja por transpor as paredes da gaiola, abaixo, acima, impaciente, aterrado, assim batia a inspiração do nosso músico, encerrada nele sem poder sair, sem achar uma porta, nada. Algumas notas chegaram a ligar-se; ele escreveu-as; obra de uma folha de papel, não mais. Teimou no dia seguinte, dez dias depois, vinte vezes durante o tempo de casado. Quando a mulher morreu, ele releu essas primeiras notas conjugais, e ficou ainda mais triste, por não ter podido fixar no papel a sensação da felicidade extinta.

— Pai José — disse ele ao entrar —, sinto-me hoje adoentado.

— Sinhô[15] comeu alguma coisa que fez mal...

— Não; já de manhã não estava bom. Vai à botica...[16]

O boticário mandou alguma coisa, que ele tomou à noite; no dia seguinte mestre Romão não se sentia melhor. É preciso dizer que ele padecia do coração: moléstia grave e crônica. Pai José ficou aterrado, quando viu que o incômodo não cedera ao remédio, nem ao repouso, e quis chamar o médico.

— Para quê? — disse o mestre. — Isto passa.

O dia não acabou pior; e a noite, suportou-a ele bem, não assim o preto, que mal pôde dormir duas horas. A vizinhança, apenas soube do incômodo, não quis outro motivo de palestra; os que entretinham relações com o mestre foram visitá-lo. E diziam-lhe que não era nada, que eram macacoas[17] do tempo; um acrescentava graciosamente que era manha, para fugir aos capotes[18] que o boticário lhe dava no gamão,[19] outro, que eram amores. Mestre Romão sorria, mas consigo mesmo dizia que era o final.

"Está acabado", pensava ele.

Um dia de manhã, cinco depois da festa, o médico achou-o realmente mal; e foi isso o que ele lhe viu na fisionomia por trás das palavras enganadoras:

— Isto não é nada; é preciso não pensar em músicas...

Em músicas! Justamente esta palavra do médico deu ao mestre um pensamento. Logo que ficou só, com o escravo, abriu a gaveta onde guardava desde 1779 o canto esponsalício começado. Releu essas notas arrancadas a custo, e não concluídas. E então teve uma ideia singular: rematar[20] a obra agora,

---

[15] "Sinhô", ou "Ioiô", era o tratamento dado pelos escravos aos senhores.
[16] Farmácia.
[17] Doenças; indisposições.
[18] Vitória em um jogo por larga vantagem de pontos.
[19] Jogo de tabuleiro que usa dados, cujo objetivo é fazer avançar as peças sobre diversas casas.
[20] Terminar.

fosse como fosse; qualquer coisa servia, uma vez que deixasse um pouco de alma na terra.

— Quem sabe? Em 1880, talvez se toque isto, e se conte que um mestre Romão...

O princípio do canto rematava em um certo *lá*; este *lá*, que lhe caía bem no lugar, era a nota derradeiramente escrita. Mestre Romão ordenou que lhe levassem o cravo para a sala do fundo, que dava para o quintal: era-lhe preciso ar. Pela janela viu na janela dos fundos de outra casa dois casadinhos de oito dias, debruçados, com os braços por cima dos ombros, e duas mãos presas. Mestre Romão sorriu com tristeza.

— Aqueles chegam — disse ele —, eu saio. Comporei ao menos este canto que eles poderão tocar...

Sentou-se ao cravo; reproduziu as notas e chegou ao *lá*...

— *Lá... lá... lá...*

Nada, não passava adiante. E contudo, ele sabia música como gente.

— *Lá, dó... lá, mi... lá, si, dó, ré... ré... ré...*

Impossível! Nenhuma inspiração. Não exigia uma peça profundamente original, mas enfim alguma coisa, que não fosse de outro e se ligasse ao pensamento começado. Voltava ao princípio, repetia as notas, buscava reaver um retalho da sensação extinta, lembrava-se da mulher, dos primeiros tempos. Para completar a ilusão, deitava os olhos pela janela para o lado dos casadinhos. Estes continuavam ali, com as mãos presas e os braços passados nos ombros um do outro; a diferença é que se miravam agora, em vez de olhar para baixo. Mestre Romão, ofegante da moléstia e de impaciência, tornava ao cravo; mas a vista do casal não lhe supriria a inspiração, e as notas seguintes não soavam.

— *Lá... lá... lá...*

Desesperado, deixou o cravo, pegou do papel escrito e rasgou-o. Nesse momento, a moça, embebida no olhar do marido, começou a cantarolar à toa, inconscientemente, uma coisa nunca antes cantada nem sabida, na qual coisa um certo *lá* trazia após si uma linda frase musical, justamente a que mestre Romão procurara durante anos sem achar nunca. O mestre ouviu-a com tristeza, abanou a cabeça, e à noite expirou.

# Galeria póstuma

I

Não, não se descreve a consternação[1] que produziu em todo o Engenho Velho,[2] e particularmente no coração dos amigos, a morte de Joaquim Fidélis. Nada mais inesperado. Era robusto, tinha saúde de ferro, e ainda na véspera fora a um baile, onde todos o viram conversador e alegre. Chegou a dançar, a pedido de uma sexagenária, viúva de um amigo dele, que lhe tomou do braço, e lhe disse:

— Venha cá, venha cá, vamos mostrar a estes criançolas como é que os velhos são capazes de desbancar tudo.

Joaquim Fidélis protestou sorrindo; mas obedeceu e dançou. Eram duas horas quando saiu, embrulhando os seus sessenta anos numa capa grossa — estávamos em junho de 1879 —, metendo a calva na carapuça, acendendo um charuto, e entrando lepidamente[3] no carro.

No carro é possível que cochilasse; mas, em casa, malgrado a hora e o grande peso das pálpebras, ainda foi à secretária, abriu uma gaveta, tirou um de muitos folhetos manuscritos e escreveu durante três ou quatro minutos umas dez ou onze linhas. As últimas palavras eram estas: "Em suma, baile chinfrim; uma velha gaiteira[4] obrigou-me a dançar uma quadrilha; à porta um crioulo[5] pediu-me as festas.[6] Chinfrim!". Guardou o folheto, despiu-se, meteu-se na cama, dormiu e morreu.

Sim, a notícia consternou a todo o bairro. Tão amado que ele era, com os modos bonitos que tinha, sabendo conversar com toda a gente, instruído com os instruídos, ignorante com os ignorantes, rapaz com os rapazes, e até moça com as moças. E depois, muito serviçal, pronto a escrever cartas, a falar a amigos, a concertar brigas, a emprestar dinheiro. Em casa dele reuniam-se à noite alguns íntimos da vizinhança, e às vezes de outros bairros; jogavam

---

[1] Comoção; grande tristeza.
[2] Engenho Velho é um bairro da cidade do Rio de Janeiro.
[3] Alegremente; ligeiramente.
[4] Festeira; assanhada.
[5] Na época do conto, estava em voga a escravidão no Brasil; o termo "crioulo" era usado nesse contexto para se referir a um escravo nascido no Brasil.
[6] "Festa" aqui significa "presente".

o voltarete ou o *whist*,[7] falavam de política. Joaquim Fidélis tinha sido deputado até à dissolução da Câmara pelo Marquês de Olinda,[8] em 1863. Não conseguindo ser reeleito, abandonou a vida pública. Era conservador, nome que a muito custo admitiu, por lhe parecer galicismo[9] político. Saquarema[10] é o que ele gostava de ser chamado. Mas abriu mão de tudo; parece até que nos últimos tempos desligou-se do próprio partido, e afinal da mesma opinião. Há razões para crer que, de certa data em diante, foi um profundo cético,[11] e nada mais.

Era rico e letrado. Formara-se em Direito no ano de 1842. Agora não fazia nada e lia muito. Não tinha mulheres em casa. Viúvo desde a primeira invasão da febre amarela,[12] recusou contrair segundas núpcias, com grande mágoa de três ou quatro damas, que nutriram essa esperança durante algum tempo. Uma delas chegou a prorrogar perfidamente os seus belos cachos de 1845 até meados do segundo neto; outra, mais moça e também viúva, pensou retê-lo com algumas concessões, tão generosas quão irreparáveis. "Minha querida Leocádia", dizia ele nas ocasiões em que ela insinuava a solução conjugal, "por que não continuaremos assim mesmo? O mistério é o encanto da vida". Morava com um sobrinho, o Benjamim, filho de uma irmã, órfão desde tenra idade. Joaquim Fidélis deu-lhe educação e fê-lo estudar, até obter diploma de bacharel em ciências jurídicas, no ano de 1877.

Benjamim ficou atordoado. Não podia acabar de crer na morte do tio. Correu ao quarto, achou o cadáver na cama, frio, olhos abertos, e um leve arregaço irônico ao canto esquerdo da boca.[13] Chorou muito e muito. Não perdia um simples parente, mas um pai, um pai terno, dedicado, um coração único. Benjamim enxugou, enfim, as lágrimas; e, porque lhe fizesse mal ver os olhos abertos do morto, e principalmente o lábio arregaçado, consertou-lhe ambas as coisas. A morte recebeu assim a expressão trágica; mas a originalidade da máscara perdeu-se.

---

[7] Voltarete e *whist* eram jogos de cartas praticados comumente nas reuniões e eventos sociais em Portugal e no Brasil, nos séculos XVIII e XIX, especialmente na corte.
[8] Pedro de Araújo Lima (1793-1870), o marquês de Olinda, foi um político brasileiro.
[9] Tipo de palavra, modo de falar ou de escrever, emprestado da língua francesa.
[10] Designação que se dava ao partido conservador e aos seus membros, durante o Império do Brasil.
[11] Adepto do ceticismo, atitude filosófica segundo a qual não se deve confiar nem acreditar em nada.
[12] O primeiro surto de febre amarela na cidade do Rio de Janeiro ocorreu entre dezembro de 1849 e setembro de 1850.
[13] Sorriso de reprimenda; censura. Algumas doenças, como o tétano, podem fazer contrair a musculatura facial, causando a impressão de um sorriso. Esse tipo de expressão facial é chamado de "riso sardônico".

— Não me digam isto! — bradava daí a pouco um dos vizinhos, Diogo Vilares, ao receber notícia do caso.

Diogo Vilares era um dos cinco principais familiares de Joaquim Fidélis. Devia-lhe o emprego que exercia desde 1857. Veio ele; vieram os outros quatro, logo depois, um a um, estupefatos, incrédulos. Primeiro, chegou o Elias Xavier, que alcançara por intermédio do finado, segundo se dizia, uma comenda;[14] depois entrou o João Brás, deputado que foi, no regime das suplências, eleito com o influxo do Joaquim Fidélis. Vieram, enfim, o Fragoso e o Galdino, que lhe não deviam diplomas, comendas nem empregos, mas outros favores. Ao Galdino adiantou ele alguns poucos capitais, e ao Fragoso arranjou-lhe um bom casamento... E morto! Morto para todo o sempre! De redor da cama, fitavam o rosto sereno e recordavam a última festa, a do outro domingo, tão íntima, tão expansiva! E, mais perto ainda, a noite da antevéspera, em que o voltarete do costume foi até às onze horas.

— Amanhã não venham — disse-lhes o Joaquim Fidélis —; vou ao baile do Carvalhinho.

— E depois?...

— Depois de amanhã, cá estou.

E, à saída, deu-lhes ainda um maço de excelentes charutos, segundo fazia às vezes, com um acréscimo de doces secos para os pequenos, e duas ou três pilhérias[15] finas... Tudo esvaído! Tudo disperso! Tudo acabado!

Ao enterro acudiram muitas pessoas gradas, dois senadores, um ex-ministro, titulares, capitalistas, advogados, comerciantes, médicos; mas as argolas do caixão foram seguras pelos cinco familiares e o Benjamim. Nenhum deles quis ceder a ninguém esse último obséquio, considerando que era um dever cordial e intransferível. O adeus do cemitério foi proferido pelo João Brás, um adeus tocante, com algum excesso de estilo para um caso tão urgente, mas, enfim, desculpável. Deitada a pá de terra, cada um se foi arredando da cova, menos os seis, que assistiram ao trabalho posterior e indiferente dos coveiros. Não arredaram pé antes de ver cheia a cova até acima, e depositadas sobre ela as coroas fúnebres.

---

[14] Condecoração religiosa ou militar.
[15] Piadas; anedotas.

## II

A missa do sétimo dia reuniu-os na igreja. Acabada a missa, os cinco amigos acompanharam à casa o sobrinho do morto. Benjamim convidou-os a almoçar.

— Espero que os amigos do tio Joaquim serão também meus amigos — disse ele.

Entraram, almoçaram. Ao almoço falaram do morto; cada um contou uma anedota, um dito; eram unânimes no louvor e nas saudades. No fim do almoço, como tivessem pedido uma lembrança do finado, passaram ao gabinete, e escolheram à vontade, este uma caneta velha, aquele uma caixa de óculos, um folheto, um retalho qualquer íntimo. Benjamim sentia-se consolado. Comunicou-lhes que pretendia conservar o gabinete tal qual estava. Nem a secretária abrira ainda. Abriu-a então, e, com eles, inventariou o conteúdo de algumas gavetas. Cartas, papéis soltos, programas de concertos, menus de grandes jantares, tudo ali estava de mistura e confusão. Entre outras coisas acharam alguns cadernos manuscritos, numerados e datados.

— Um diário! — disse Benjamim.

Com efeito, era um diário das impressões do finado, espécie de memórias secretas, confidências do homem a si mesmo. Grande foi a comoção dos amigos; lê-lo era ainda conversar com ele. Tão reto caráter! Tão discreto espírito! Benjamim começou a leitura; mas a voz embargou-se-lhe[16] depressa, e João Brás continuou-a.

O interesse do escrito adormeceu a dor do óbito. Era um livro digno do prelo.[17] Muita observação política e social, muita reflexão filosófica, anedotas de homens públicos, do Feijó, do Vasconcelos, outras puramente galantes, nomes de senhoras, o da Leocádia, entre outros; um repertório de fatos e comentários. Cada um admirava o talento do finado, as graças do estilo, o interesse da matéria. Uns opinavam pela impressão tipográfica; Benjamim dizia que sim, com a condição de excluir alguma coisa, ou inconveniente ou demasiado particular. E continuavam a ler, saltando pedaços e páginas, até que bateu meio-dia. Levantaram-se todos; Diogo Vilares ia já chegar à repartição fora de horas; João Brás e Elias tinham onde estar juntos. Galdino seguia para a loja. O Fragoso precisava mudar a roupa preta, e acompanhar a mulher à rua do Ouvidor. Concordaram em nova reunião para prosseguir na leitura.

---

[16] Isto é, conteve-se a sua voz, por emoção.
[17] Prensa usada para a impressão de livros e jornais. A expressão "digno do prelo", portanto, significa algo que merece ser publicado.

Certas particularidades tinham-lhes dado uma comichão de escândalo, e as comichões coçam-se: é o que eles queriam fazer, lendo.

— Até amanhã — disseram.

— Até amanhã.

Uma vez só, Benjamim continuou a ler o manuscrito. Entre outras coisas, admirou o retrato da viúva Leocádia, obra-prima de paciência e semelhança, embora a data coincidisse com a dos amores. Era prova de uma rara isenção de espírito. De resto, o finado era exímio nos retratos.[18] Desde 1873 ou 1874, os cadernos vinham cheios deles, uns de vivos, outros de mortos, alguns de homens públicos, Paula Sousa, Aureliano, Olinda, etc.[19] Eram curtos e substanciais, às vezes três ou quatro rasgos firmes, com tal fidelidade e perfeição, que a figura parecia fotografada. Benjamim ia lendo; de repente deu com o Diogo Vilares. E leu estas poucas linhas:

Diogo Vilares. — Tenho-me referido muitas vezes a este amigo, e fá-lo-ei algumas outras mais, se ele me não matar de tédio, coisa em que o reputo profissional. Pediu-me há anos que lhe arranjasse um emprego, e arranjei-lho. Não me avisou da moeda em que me pagaria. Que singular gratidão! Chegou ao excesso de compor um soneto e publicá-lo. Falava-me do obséquio a cada passo, dava-me grandes nomes; enfim, acabou. Mais tarde relacionamo-nos intimamente. Conheci-o então ainda melhor. *C'est le genre ennuyeux.*[20] Não é mau parceiro de voltarete. Dizem-me que não deve nada a ninguém. Bom pai de família. Estúpido e crédulo. Com intervalo de quatro dias, já lhe ouvi dizer de um ministério que era excelente e detestável: — diferença dos interlocutores. Ri muito e mal. Toda a gente, quando o vê pela primeira vez, começa por supô-lo um varão grave; no segundo dia dá-lhe piparotes. A razão é a figura, ou, mais particularmente, as bochechas, que lhe emprestam um certo ar superior.

A primeira sensação do Benjamim foi a do perigo evitado. Se o Diogo Vilares estivesse ali? Releu o retrato e mal podia crer; mas não havia como negá-lo, era o próprio nome do Diogo Vilares, era a mesma letra do tio. E não era o único dos familiares; folheou o manuscrito e deu com o Elias:

---

[18] Habilidoso para descrever por escrito as pessoas.
[19] Francisco de Paula Sousa e Melo (1791-1851) foi um político brasileiro; Aureliano Coutinho (1800-1855), Visconde de Sepetiba, foi ministro de Estado e senador; Pedro de Araújo Lima (1793-1870), Marquês de Olinda, foi ministro de Estado e regente.
[20] "É do gênero entediante", em francês. A citação é um fragmento de uma frase de Voltaire (1694-1778), escrita no prólogo da peça *O filho pródigo* (1736): "Todos os gêneros são bons, exceto aqueles do tipo entediante".

Elias Xavier. — Este Elias é um espírito subalterno, destinado a servir alguém, e a servir com desvanecimento,[21] como os cocheiros de casa elegante. Vulgarmente trata as minhas visitas íntimas com alguma arrogância e desdém: política de lacaio[22] ambicioso. Desde as primeiras semanas, compreendi que ele queria fazer-se meu privado; e não menos compreendi que, no dia que realmente o fosse, punha os outros no meio da rua. Há ocasiões em que me chama a um vão da janela para falar-me secretamente do sol e da chuva. O fim claro é incutir nos outros a suspeita de que há entre nós coisas particulares, e alcança isso mesmo, porque todos lhe rasgam muitas cortesias. É inteligente, risonho e fino. Conversa muito bem. Não conheço compreensão mais rápida. Não é poltrão[23] nem maldizente. Só fala mal de alguém por interesse; faltando-lhe interesse, cala-se; e a maledicência[24] legítima é gratuita. Dedicado e insinuante. Não tem ideias, é verdade; mas há esta grande diferença entre ele e o Diogo Vilares: o Diogo repete pronta e boçalmente[25] as que ouve, ao passo que o Elias sabe fazê-las suas e plantá-las oportunamente na conversação. Um caso de 1865 caracteriza bem a astúcia deste homem. Tendo dado alguns libertos para a guerra do Paraguai, ia receber uma comenda. Não precisava de mim; mas veio pedir a minha intercessão, duas ou três vezes, com um ar consternado e súplice. Falei ao ministro, que me disse: "O Elias já sabe que o decreto está lavrado; falta só a assinatura do imperador". Compreendi então que era um estratagema para poder confessar-me essa obrigação. Bom parceiro de voltarete; um pouco brigão, mas entendido.

— Ora o tio Joaquim! — exclamou Benjamim levantando-se. E depois de alguns instantes, reflexionou consigo: — Estou lendo um coração, livro inédito. Conhecia a edição pública, revista e expurgada. Este é o texto primitivo e interior, a lição exata e autêntica. Mas quem imaginaria nunca... Ora o tio Joaquim!

E, tornando a sentar-se, releu também o retrato do Elias, com vagar, meditando as feições. Posto lhe faltasse observação, para avaliar a verdade do escrito, achou que em muitas partes, ao menos, o retrato era semelhante. Cotejava[26] essas notas iconográficas, tão cruas, tão secas, com as maneiras ordinais e graciosas do tio, e sentia-se tomado de um certo terror e mal-estar.

---

[21] Sentimento de orgulho; vaidade.
[22] Criado; no texto, é usado em sentido pejorativo, para dizer que se trata de um homem sem dignidade, que é capaz de submeter-se a humilhações para receber alguma vantagem.
[23] Medroso; covarde.
[24] Costume de falar mal dos outros; difamação.
[25] Na época do conto, o termo "boçal" era dado ao escravo negro recém-chegado da África e que, por isso, não sabia falar a língua portuguesa; quando muito, repetia as palavras dos outros. Na forma adverbial usada nesse conto, forma uma expressão ofensiva.
[26] Comparava; analisava.

Ele, por exemplo, que teria dito dele o finado? Com esta ideia, folheou ainda o manuscrito, passou por alto algumas damas, alguns homens públicos, deu com o Fragoso — um esboço curto e curtíssimo —, logo depois o Galdino, e quatro páginas adiante o João Brás. Justamente o primeiro levara dele uma caneta, pouco antes, talvez a mesma com que o finado o retratara. Curto era o esboço, e dizia assim:

Fragoso. — Honesto, maneiras açucaradas e bonito. Não me custou casá-lo; vive muito bem com a mulher. Sei que me tem uma extraordinária adoração — quase tanta como a si mesmo. Conversação vulgar, polida e chocha.

Galdino Madeira. — O melhor coração do mundo e um caráter sem mácula; mas as qualidades do espírito destroem as outras. Emprestei-lhe algum dinheiro, por motivo da família, e porque me não fazia falta. Há no cérebro dele um certo furo, por onde o espírito escorrega e cai no vácuo. Não reflete três minutos seguidos. Vive principalmente de imagens, de frases translatas.[27] Os "dentes da calúnia" e outras expressões, surradas como colchões de hospedaria, são os seus encantos. Mortifica-se facilmente no jogo, e, uma vez mortificado, faz timbre em perder, e em mostrar que é de propósito. Não despede os maus caixeiros.[28] Se não tivesse guarda-livros, é duvidoso que somasse os quebrados. Um subdelegado, meu amigo, que lhe deveu algum dinheiro, durante dois anos, dizia-me com muita graça que o Galdino quando o via na rua, em vez de lhe pedir a dívida, pedia-lhe notícias do ministério.

João Brás. — Nem tolo nem bronco. Muito atencioso, embora sem maneiras. Não pode ver passar um carro de ministro; fica pálido e vira os olhos. Creio que é ambicioso; mas na idade em que está, sem carreira, a ambição vai-se-lhe convertendo em inveja. Durante os dois anos em que serviu de deputado, desempenhou honradamente o cargo: trabalhou muito, e fez alguns discursos bons, não brilhantes, mas sólidos, cheios de fatos e refletidos. A prova de que lhe ficou um resíduo de ambição é o ardor com que anda à cata de alguns cargos honoríficos ou proeminentes; há alguns meses consentiu em ser juiz de uma irmandade de São José, e segundo me dizem, desempenha o cargo com um zelo exemplar. Creio que é ateu, mas não afirmo. Ri pouco e discretamente. A vida é pura e severa, mas o caráter tem uma ou duas cordas fraudulentas, a que só faltou a mão do artista; nas coisas mínimas, mente com facilidade.

Benjamim, estupefato, deu enfim consigo mesmo. — "Este meu sobrinho", dizia o manuscrito, "tem vinte e quatro anos de idade, um projeto de reforma

---

[27] Frases copiadas; frases feitas.
[28] Empregados; balconistas.

judiciária, muito cabelo, e ama-me. Eu não o amo menos. Discreto, leal e bom — bom até à credulidade.[29] Tão firme nas afeições como versátil nos pareceres. Superficial, amigo de novidades, amando no direito o vocabulário e as fórmulas".

Quis reler, e não pôde; essas poucas linhas davam-lhe a sensação de um espelho. Levantou-se, foi à janela, mirou a chácara e tornou dentro para contemplar outra vez as suas feições. Contemplou-as; eram poucas, falhas, mas não pareciam caluniosas. Se ali estivesse um público, é provável que a mortificação do rapaz fosse menor, porque a necessidade de dissipar a impressão moral dos outros dar-lhe-ia a força necessária para reagir contra o escrito; mas, a sós, consigo, teve de suportá-lo sem contraste. Então considerou se o tio não teria composto essas páginas nas horas de mau humor; comparou-as a outras em que a frase era menos áspera, mas não cogitou se ali a brandura vinha ou não de molde.

Para confirmar a conjectura, recordou as maneiras usuais do finado, as horas de intimidade e riso, a sós com ele, ou de palestra com os demais familiares. Evocou a figura do tio, com o olhar espirituoso e meigo, e a pilhéria grave; em lugar dessa, tão cândida e simpática, a que lhe apareceu foi a do tio morto, estendido na cama, com os olhos abertos, o lábio arregaçado. Sacudiu-a do espírito, mas a imagem ficou. Não podendo rejeitá-la, Benjamim tentou mentalmente fechar-lhe os olhos e consertar-lhe a boca; mas tão depressa o fazia, a pálpebra tornava a levantar-se, e a ironia arregaçava o beiço. Já não era o homem, era o autor do manuscrito.

Benjamim jantou mal e dormiu mal. No dia seguinte, à tarde, apresentaram-se os cinco familiares para ouvir a leitura. Chegaram sôfregos,[30] ansiosos; fizeram-lhe muitas perguntas; pediram-lhe com instância para ver o manuscrito. Mas Benjamim tergiversava,[31] dizia isto e aquilo, inventava pretextos; por mal de pecados, apareceu-lhe na sala, por trás deles, a eterna boca do defunto, e esta circunstância fê-lo ainda mais acanhado. Chegou a mostrar-se frio, para ficar só, e ver se com eles desaparecia a visão. Assim se passaram trinta a quarenta minutos. Os cinco olharam enfim uns para os outros, e deliberaram sair; despediram-se cerimoniosamente, e foram conversando, para suas casas:

— Que diferença do tio! Que abismo! A herança enfunou-o![32] Deixá-lo! Ah! Joaquim Fidélis! Ah! Joaquim Fidélis!

---

[29] Tendência em acreditar em tudo que se ouve de outro.
[30] Impacientes; desejosos por saber de algo.
[31] Mudava de assunto; procurava dizer outras coisas.
[32] Encheu-o de orgulho; tornou-o mal-humorado.

# Uma senhora

Nunca encontro esta senhora que me não lembre a profecia de uma lagartixa ao poeta Heine, subindo os Apeninos: "Dia virá em que as pedras serão plantas, as plantas, animais, os animais, homens e os homens, deuses".[1] E dá-me vontade de dizer-lhe: — A senhora, D. Camila, amou tanto a mocidade e a beleza, que atrasou o seu relógio, a fim de ver se podia fixar esses dois minutos de cristal. Não se desconsole, D. Camila. No dia da lagartixa, a senhora será Hebe, deusa da juventude;[2] a senhora nos dará a beber o néctar da perenidade com as suas mãos eternamente moças.

A primeira vez que a vi, tinha ela trinta e seis anos, posto só parecesse trinta e dois, e não passasse da casa dos vinte e nove. Casa é um modo de dizer. Não há castelo mais vasto do que a vivenda destes bons amigos, nem tratamento mais obsequioso[3] do que o que eles sabem dar às suas hóspedes. Cada vez que D. Camila queria ir-se embora, eles pediam-lhe muito que ficasse, e ela ficava. Vinham então novos folguedos,[4] cavalhadas,[5] música, dança, uma sucessão de coisas belas, inventadas com o único fim de impedir que esta senhora seguisse o seu caminho.

— Mamãe, mamãe — dizia-lhe a filha crescendo —, vamos embora, não podemos ficar aqui toda a vida.

Dona Camila olhava para ela mortificada, depois sorria, dava-lhe um beijo e mandava-a brincar com as outras crianças. Que outras crianças? Ernestina estava então entre quatorze e quinze anos, era muito espigada,[6] muito quieta, com uns modos naturais de senhora. Provavelmente não se divertiria com as meninas de oito e nove anos; não importa, uma vez que deixasse a mãe tranquila, podia alegrar-se ou enfadar-se. Mas, ai triste! Há um limite para tudo, mesmo para os vinte e nove anos. Dona Camila resolveu, enfim, despedir-se desses dignos anfitriões, e fê-lo ralada de saudades. Eles ainda instaram[7]

---

[1] Christian Johann Heinrich Heine (1797-1856) foi um poeta alemão do período romântico. A citação foi retirada da obra *A cidade de Lucca* (1831), com uma alteração do texto: "As pedras se tornarão plantas, as plantas se tornarão animais, os animais se tornarão homens, e os homens se tornarão deuses".
[2] Na mitologia grega, Hebe é a deusa da juventude.
[3] Atencioso.
[4] Danças dramáticas.
[5] Encenações teatrais que representam torneios medievais de jogos com cavalos.
[6] Que se esticou como uma espiga; crescida.
[7] Insistiram.

por uns cinco ou seis meses de quebra; a bela dama respondeu-lhes que era impossível e, trepando no alazão do tempo, foi alojar-se na casa dos trinta.

Ela era, porém, daquela casta de mulheres que riem do sol e dos almanaques. Cor de leite, fresca, inalterável, deixava às outras o trabalho de envelhecer. Só queria o de existir. Cabelo negro, olhos castanhos e cálidos. Tinha as espáduas[8] e o colo feitos de encomenda para os vestidos decotados, e assim também os braços, que eu não digo que eram os da Vênus de Milo,[9] para evitar uma vulgaridade, mas provavelmente não eram outros. Dona Camila sabia disto; sabia que era bonita, não só porque lho dizia o olhar sorrateiro das outras damas, como por um certo instinto que a beleza possui, como o talento e o gênio. Resta dizer que era casada, que o marido era ruivo, e que os dois amavam-se como noivos; finalmente, que era honesta. Não o era, note-se bem, por temperamento, mas por princípio, por amor ao marido, e creio que um pouco por orgulho.

Nenhum defeito, pois, exceto o de retardar os anos; mas é isso um defeito? Há, não me lembra em que página da Escritura, naturalmente nos Profetas, uma comparação dos dias com as águas de um rio que não voltam mais.[10] Dona Camila queria fazer uma represa para seu uso. No tumulto desta marcha contínua entre o nascimento e a morte, ela apegava-se à ilusão da estabilidade. Só se lhe podia exigir que não fosse ridícula, e não o era. Dir-me-á o leitor que a beleza vive de si mesma, e que a preocupação do calendário mostra que esta senhora vivia principalmente com os olhos na opinião. É verdade; mas como quer que vivam as mulheres do nosso tempo?

Dona Camila entrou na casa dos trinta e não lhe custou passar adiante. Evidentemente o terror era uma superstição. Duas ou três amigas íntimas, nutridas de aritmética, continuavam a dizer que ela perdera a conta dos anos. Não advertiam que a natureza era cúmplice no erro, e que, aos quarenta anos (verdadeiros), D. Camila trazia um ar de trinta e poucos. Restava um recurso: espiar-lhe o primeiro cabelo branco, um fiozinho de nada, mas branco. Em vão espiavam; o demônio do cabelo parecia cada vez mais negro.

Nisto enganavam-se. O fio branco estava ali; era a filha de D. Camila que entrava nos dezenove anos, e, por mal de pecados, bonita. Dona Camila prolongou, quanto pôde, os vestidos adolescentes da filha, conservou-a no colégio até tarde, fez tudo para proclamá-la criança. A natureza, porém, que

---

[8] Ombros.

[9] A Vênus de Milo é uma estátua da Grécia antiga, feita por volta do século II a.C., pertencente ao museu do Louvre, de Paris. Encontrada na ilha grega de Milos, trata-se de uma representação da deusa grega da beleza e do Amor, Vênus. A obra é atribuída ao escultor grego Alexandre de Antioquia, de quem pouco se sabe.

[10] Não há, nas escrituras bíblicas, uma passagem que faça essa referência.

não é só imoral, mas também ilógica, enquanto sofreava os anos de uma, afrouxava a rédea aos da outra, e Ernestina, moça feita, entrou radiante no primeiro baile. Foi uma revelação. Dona Camila adorava a filha; saboreou-lhe a glória a tragos demorados. No fundo do copo achou a gota amarga e fez uma careta. Chegou a pensar na abdicação;[11] mas um grande pródigo[12] de frases feitas disse-lhe que ela parecia a irmã mais velha da filha, e o projeto desfez-se. Foi dessa noite em diante que D. Camila entrou a dizer a todos que casara muito criança.

Um dia, poucos meses depois, apontou no horizonte o primeiro namorado. Dona Camila pensara vagamente nessa calamidade, sem encará-la, sem aparelhar-se para a defesa. Quando menos esperava, achou um pretendente à porta. Interrogou a filha; descobriu-lhe um alvoroço indefinível, a inclinação dos vinte anos, e ficou prostrada.[13] Casá-la era o menos; mas, se os seres são como as águas da Escritura, que não voltam mais, é porque atrás deles vêm outros, como atrás das águas, outras águas; e para definir essas ondas sucessivas é que os homens inventaram este nome de netos. Dona Camila viu iminente o primeiro neto, e determinou adiá-lo. Está claro que não formulou a resolução, como não formulara a ideia do perigo. A alma entende-se a si mesma; uma sensação vale um raciocínio. As que ela teve foram rápidas, obscuras, no mais íntimo do seu ser, donde não as extraiu para não ser obrigada a encará-las.

— Mas que é que você acha de mau no Ribeiro? — perguntou-lhe o marido, uma noite, à janela.

Dona Camila levantou os ombros.

— Acho-lhe o nariz torto — disse.

— Mau! Você está nervosa; falemos de outra coisa — respondeu o marido. E, depois de olhar uns dois minutos para a rua, cantarolando na garganta, tornou ao Ribeiro, que achava um genro aceitável, e se lhe pedisse Ernestina, entendia que deviam ceder-lha. Era inteligente e educado. Era também o herdeiro provável de uma tia de Cantagalo. E depois, tinha um coração de ouro. Contavam-se dele coisas muito bonitas. Na academia, por exemplo... Dona Camila ouviu o resto, batendo com a ponta do pé no chão e rufando[14] com os dedos a sonata da impaciência; mas, quando o marido lhe disse que o Ribeiro esperava um despacho do ministro de estrangeiros, um lugar para os Estados Unidos, não pôde ter-se e cortou-lhe a palavra:

---

[11] Renúncia; aceitação dos seus sofrimentos.
[12] Gastador; esbanjador.
[13] Cansada; desanimada.
[14] Agitar; tremular.

— O quê? Separar-me de minha filha? Não, senhor.

Em que dose entrara neste grito o amor materno e o sentimento pessoal é um problema difícil de resolver, principalmente agora, longe dos acontecimentos e das pessoas. Suponhamos que em partes iguais. A verdade é que o marido não soube que inventar para defender o ministro de estrangeiros, as necessidades diplomáticas, a fatalidade do matrimônio, e, não achando que inventar, foi dormir. Dois dias depois veio a nomeação. No terceiro dia, a moça declarou ao namorado que não a pedisse ao pai, porque não queria separar-se da família. Era o mesmo que dizer: prefiro a família ao senhor. É verdade que tinha a voz trêmula e sumida, e um ar de profunda consternação; mas o Ribeiro viu tão somente a rejeição, e embarcou. Assim acabou a primeira aventura.

Dona Camila padeceu com o desgosto da filha; mas consolou-se depressa. Não faltam noivos, refletiu ela. Para consolar a filha, levou-a a passear a toda parte. Eram ambas bonitas, e Ernestina tinha a frescura dos anos; mas a beleza da mãe era mais perfeita, e apesar dos anos superava a da filha. Não vamos ao ponto de crer que o sentimento da superioridade é que animava D. Camila a prolongar e repetir os passeios. Não: o amor materno, só por si, explica tudo. Mas concedamos que animasse um pouco. Que mal há nisso? Que mal há em que um bravo coronel defenda nobremente a pátria e as suas dragonas?[15] Nem por isso acaba o amor da pátria e o amor das mães.

Meses depois despontou a orelha de um segundo namorado. Desta vez era um viúvo, advogado, vinte e sete anos. Ernestina não sentiu por ele a mesma emoção que o outro lhe dera; limitou-se a aceitá-lo. Dona Camila farejou depressa a nova candidatura. Não podia alegar nada contra ele; tinha o nariz reto como a consciência, e profunda aversão à vida diplomática. Mas haveria outros defeitos, devia haver outros. Dona Camila buscou-os com alma; indagou de suas relações, hábitos, passado. Conseguiu achar umas coisinhas miúdas, tão somente a unha da imperfeição humana, alternativas de humor, ausência de graças intelectuais, e, finalmente, um grande excesso de amor-próprio. Foi neste ponto que a bela dama o apanhou. Começou a levantar vagarosamente a muralha do silêncio; lançou primeiro a camada das pausas, mais ou menos longas, depois as frases curtas, depois os monossílabos, as distrações, as absorções, os olhares complacentes, os ouvidos resignados, os bocejos fingidos por trás da ventarola.[16] Ele não entendeu logo; mas, quando reparou que os enfados da mãe coincidiam com as ausências da filha, achou

---

[15] Dragona é um tipo de ombreira usada como enfeite em fardas militares.
[16] Leque.

que era ali demais e retirou-se. Se fosse homem de luta, tinha saltado a muralha; mas era orgulhoso e fraco. Dona Camila deu graças aos deuses.

Houve um trimestre de respiro. Depois apareceram alguns namoricos de uma noite, insetos efêmeros, que não deixaram história. Dona Camila compreendeu que eles tinham de multiplicar-se, até vir algum decisivo que a obrigasse a ceder; mas ao menos, dizia ela a si mesma, queria um genro que trouxesse à filha a mesma felicidade que o marido lhe deu. E, uma vez, ou para robustecer este decreto da vontade, ou por outro motivo, repetiu o conceito em voz alta, embora só ela pudesse ouvi-lo. Tu, psicólogo subtil, podes imaginar que ela queria convencer-se a si mesma; eu prefiro contar o que lhe aconteceu em 186...

Era de manhã. Dona Camila estava ao espelho, a janela aberta, a chácara verde e sonora de cigarras e passarinhos. Ela sentia em si a harmonia que a ligava às coisas externas. Só a beleza intelectual é independente e superior. A beleza física é irmã da paisagem. Dona Camila saboreava essa fraternidade íntima, secreta, um sentimento de identidade, uma recordação da vida anterior no mesmo útero divino. Nenhuma lembrança desagradável, nenhuma ocorrência vinha turvar essa expansão misteriosa. Ao contrário, tudo parecia embebê-la de eternidade, e os quarenta e dois anos em que ia não lhe pesavam mais do que outras tantas folhas de rosa. Olhava para fora, olhava para o espelho. De repente, como se lhe surdisse uma cobra, recuou aterrada. Tinha visto, sobre a fonte esquerda, um cabelinho branco. Ainda cuidou que fosse do marido; mas reconheceu depressa que não, que era dela mesma, um telegrama da velhice, que aí vinha a marchas forçadas. O primeiro sentimento foi de prostração.

Dona Camila sentiu faltar-lhe tudo, tudo, viu-se encanecida[17] e acabada no fim de uma semana.

— Mamãe, mamãe — bradou Ernestina entrando na saleta. — Está aqui o camarote que papai mandou.

Dona Camila teve um sobressalto de pudor, e instintivamente voltou para a filha o lado que não tinha o fio branco. Nunca a achou tão graciosa e lépida. Fitou-a com saudade. Fitou-a também com inveja, e, para abafar este sentimento mau, pegou no bilhete do camarote. Era para aquela mesma noite. Uma ideia expele outra; D. Camila anteviu-se no meio das luzes e das gentes, e depressa levantou o coração. Ficando só, tornou a olhar para o espelho, e corajosamente arrancou o cabelinho branco, e deitou-o à chácara.

---

[17] Lentamente embranquecida.

*Out, damned spot! Out!*[18] Mais feliz do que a outra lady Macbeth, viu assim desaparecer a nódoa no ar, porque, no ânimo dela, a velhice era um remorso, e a fealdade,[19] um crime. Sai, maldita mancha! Sai!

Mas, se os remorsos voltam, por que não hão de voltar os cabelos brancos? Um mês depois, D. Camila descobriu outro, insinuado na bela e farta madeixa negra, e amputou-o sem piedade. Cinco ou seis semanas depois, outro. Este terceiro coincidiu com um terceiro candidato à mão da filha, e ambos acharam D. Camila numa hora de prostração. A beleza, que lhe suprira a mocidade, parecia-lhe prestes a ir também, como uma pomba sai em busca da outra. Os dias precipitavam-se. Crianças que ela vira ao colo, ou de carrinho empuxado pelas amas, dançavam agora nos bailes. Os que eram homens fumavam; as mulheres cantavam ao piano. Algumas destas apresentavam-lhe os seus *babies*,[20] gorduchos, uma segunda geração que mamava, à espera de ir bailar também, cantar ou fumar, apresentar outros *babies* a outras pessoas, e assim por diante.

Dona Camila, apenas tergiversou[21] um pouco, acabou cedendo. Que remédio, senão aceitar um genro? Mas, como um velho costume não se perde de um dia para outro, D. Camila viu paralelamente, naquela festa do coração, um cenário e grande cenário. Preparou-se galhardamente,[22] e o efeito correspondeu ao esforço. Na igreja, no meio de outras damas; na sala, sentada no sofá (o estofo que forrava este móvel, assim como o papel da parede, foram sempre escuros para fazer sobressair a tez[23] de D. Camila), vestida a capricho, sem o requinte da extrema juventude, mas também sem a rigidez matronal, um meio-termo apenas, destinado a pôr em relevo as suas graças outoniças,[24] risonha, e feliz, enfim, a recente sogra colheu os melhores sufrágios. Era certo que ainda lhe pendia dos ombros um retalho de púrpura.

Púrpura supõe dinastia.[25] Dinastia exige netos. Restava que o Senhor abençoasse a união, e ele abençoou-a, no ano seguinte. Dona Camila acostumara-se à ideia; mas era tão penoso abdicar, que ela aguardava o neto com amor e repugnância. Esse importuno embrião, curioso da vida e

---

[18] Tradução: "Sai, maldita mancha! Sai!". Essa frase foi retirada do ato V, cena I, da peça *Macbeth* (1605), de William Shakespeare (1564-1616). A fala é da personagem lady Macbeth, que imagina ter as mãos manchadas de sangue.
[19] Qualidade daquilo que é feio.
[20] Bebês.
[21] Conversar de modo evasivo, por meio de rodeios.
[22] Elegantemente; luxuosamente.
[23] Pele.
[24] Outonais; diz-se de alguém que está na meia-idade, entre 40 e 55 anos.
[25] Série de reis ou soberanos.

pretensioso, era necessário na terra? Evidentemente, não; mas apareceu um dia, com as flores de setembro. Durante a crise, D. Camila só teve de pensar na filha; depois da crise, pensou na filha e no neto. Só dias depois é que pôde pensar em si mesma. Enfim, avó. Não havia duvidar; era avó. Nem as feições que eram ainda concertadas, nem os cabelos, que eram pretos (salvo meia dúzia de fios escondidos), podiam por si sós denunciar a realidade; mas a realidade existia; ela era, enfim, avó.

Quis recolher-se; e para ter o neto mais perto de si, chamou a filha para casa. Mas a casa não era um mosteiro, e as ruas e os jornais com os seus mil rumores acordavam nela os ecos de outro tempo. Dona Camila rasgou o ato de abdicação e tornou ao tumulto.

Um dia, encontrei-a ao lado de uma preta,[26] que levava ao colo uma criança de cinco a seis meses. Dona Camila segurava na mão o chapelinho de sol aberto para cobrir a criança. Encontrei-a oito dias depois, com a mesma criança, a mesma preta e o mesmo chapéu de sol. Vinte dias depois, e trinta dias mais tarde, tornei a vê-la, entrando para o *bond*,[27] com a preta e a criança. — Você já deu de mamar? dizia ela à preta. Olhe o sol. Não vá cair. Não aperte muito o menino. Acordou? Não mexa com ele. Cubra a carinha, etc., etc.

Era o neto. Ela, porém, ia tão apertadinha, tão cuidadosa da criança, tão a miúdo, tão sem outra senhora, que antes parecia mãe do que avó; e muita gente pensava que era mãe. Que tal fosse a intenção de D. Camila, não o juro eu ("Não jurarás", Mat. V, 34).[28] Tão somente digo que nenhuma outra mãe seria mais desvelada[29] do que D. Camila com o neto; atribuírem-lhe um simples filho era a coisa mais verossímil do mundo.

---

[26] Na época, estava em vigor o regime escravocrata no Brasil. O termo "preto" era usado, genericamente, para designar um escravo.

[27] Bonde, um veículo de tração animal ou a eletricidade, usado como transporte público.

[28] A passagem bíblica, que se lê em Mateus 5:34, é: "Mas eu lhes digo: Não jurem de forma alguma: nem pelo céu, porque é o trono de Deus".

[29] Cuidadosa; vigilante.

# Noite de almirante

Deolindo Venta-Grande (era uma alcunha[1] de bordo) saiu do Arsenal de Marinha e enfiou pela rua de Bragança. Batiam três horas da tarde. Era a fina flor dos marujos e, demais, levava um grande ar de felicidade nos olhos. A corveta[2] dele voltou de uma longa viagem de instrução, e Deolindo veio à terra tão depressa alcançou licença. Os companheiros disseram-lhe, rindo:

— Ah! Venta-Grande! Que noite de almirante vai você passar! Ceia, viola e os braços de Genoveva. Colozinho de Genoveva...

Deolindo sorriu. Era assim mesmo, uma noite de almirante, como eles dizem, uma dessas grandes noites de almirante que o esperava em terra. Começara a paixão três meses antes de sair a corveta. Chamava-se Genoveva, caboclinha de vinte anos, esperta, olho negro e atrevido. Encontraram-se em casa de terceiro e ficaram morrendo um pelo outro, a tal ponto que estiveram prestes a dar uma cabeçada, ele deixaria o serviço e ela o acompanharia para a vila mais recôndita[3] do interior.

A velha Inácia, que morava com ela, dissuadiu-os disso; Deolindo não teve remédio senão seguir em viagem de instrução. Eram oito ou dez meses de ausência. Como fiança[4] recíproca,[5] entenderam dever fazer um juramento de fidelidade.

— Juro por Deus que está no céu. E você?
— Eu também.
— Diz direito.
— Juro por Deus que está no céu; a luz me falte na hora da morte.

Estava celebrado o contrato. Não havia descrer da sinceridade de ambos; ela chorava doidamente, ele mordia o beiço para dissimular. Afinal separaram-se, Genoveva foi ver sair a corveta e voltou para casa com um tal aperto no coração que parecia que "lhe ia dar uma coisa". Não lhe deu nada, felizmente; os dias foram passando, as semanas, os meses, dez meses, ao cabo dos quais, a corveta tornou e Deolindo com ela.

Lá vai ele agora, pela rua de Bragança, Prainha e Saúde, até ao princípio da Gamboa,[6] onde mora Genoveva. A casa é uma rotulazinha[7] escura, portal

---

[1] Apelido.
[2] Um tipo de navio de guerra a vela e com canhões.
[3] Oculta; retirada.
[4] Garantia.
[5] Mútuo; algo que se alterna entre duas pessoas.
[6] Bairro na Zona Central da cidade do Rio de Janeiro.
[7] Rótula: Construção feita com ripas de madeira.

rachado do sol, passando o Cemitério dos Ingleses; lá deve estar Genoveva, debruçada à janela, esperando por ele. Deolindo prepara uma palavra que lhe diga. Já formulou esta: "Jurei e cumpri", mas procura outra melhor. Ao mesmo tempo lembra as mulheres que viu por esse mundo de Cristo, italianas, marselhesas ou turcas, muitas delas bonitas, ou que lhe pareciam tais. Concorda que nem todas seriam para os beiços dele, mas algumas eram, e nem por isso fez caso de nenhuma. Só pensava em Genoveva. A mesma casinha dela, tão pequenina, e a mobília de pé quebrado, tudo velho e pouco, isso mesmo lhe lembrava diante dos palácios de outras terras. Foi à custa de muita economia que comprou em Trieste[8] um par de brincos, que leva agora no bolso com algumas bugigangas. E ela, que lhe guardaria? Pode ser que um lenço marcado com o nome dele e uma âncora na ponta, porque ela sabia marcar muito bem. Nisto chegou à Gamboa, passou o cemitério e deu com a casa fechada. Bateu, falou-lhe uma voz conhecida, a da velha Inácia, que veio abrir-lhe a porta com grandes exclamações de prazer. Deolindo, impaciente, perguntou por Genoveva.

— Não me fale nessa maluca — arremeteu a velha. — Estou bem satisfeita com o conselho que lhe dei. Olhe lá se fugisse. Estava agora como o lindo amor.

— Mas que foi? Que foi?

A velha disse-lhe que descansasse, que não era nada, uma dessas coisas que aparecem na vida; não valia a pena zangar-se. Genoveva andava com a cabeça virada...

— Mas virada por quê?

— Está com um mascate,[9] José Diogo. Conheceu José Diogo, mascate de fazendas? Está com ele. Não imagina a paixão que eles têm um pelo outro. Ela então anda maluca. Foi o motivo da nossa briga. José Diogo não me saía da porta; eram conversas e mais conversas, até que eu um dia disse que não queria a minha casa difamada. Ah! Meu pai do céu! Foi um dia de juízo. Genoveva investiu para mim com uns olhos deste tamanho, dizendo que nunca difamou ninguém e não precisava de esmolas. Que esmolas, Genoveva? O que digo é que não quero esses cochichos à porta, desde as ave-marias...[10] Dois dias depois estava mudada e brigada comigo.

— Onde mora ela?

---

[8] Cidade litorânea do nordeste da Itália, no mar Adriático.
[9] Vendedor ambulante.
[10] A expressão "desde as ave-marias" indica o início da noite, por volta das dezoito horas, quando muitas igrejas badalavam seus sinos para convocar os fiéis para a reza da ave-maria.

— Na praia Formosa, antes de chegar à pedreira, uma rótula pintada de novo.

Deolindo não quis ouvir mais nada. A velha Inácia, um tanto arrependida, ainda lhe deu avisos de prudência, mas ele não os escutou e foi andando. Deixo de notar o que pensou em todo o caminho; não pensou nada. As ideias marinhavam-lhe no cérebro, como em hora de temporal, no meio de uma confusão de ventos e apitos. Entre elas rutilou[11] a faca de bordo, ensanguentada e vingadora. Tinha passado a Gamboa, o saco do Alferes, entrara na praia Formosa.[12] Não sabia o número da casa, mas era perto da pedreira, pintada de novo, e com auxílio da vizinhança poderia achá-la. Não contou com o acaso que pegou de Genoveva e fê-la sentar à janela, cosendo,[13] no momento em que Deolindo ia passando. Ele conheceu-a e parou; ela, vendo o vulto de um homem, levantou os olhos e deu com o marujo.

— Que é isso? — exclamou espantada. — Quando chegou? Entre, seu Deolindo.

E, levantando-se, abriu a rótula e fê-lo entrar. Qualquer outro homem ficaria alvoroçado de esperanças, tão francas eram as maneiras da rapariga; podia ser que a velha se enganasse ou mentisse; podia ser mesmo que a cantiga do mascate estivesse acabada. Tudo isso lhe passou pela cabeça, sem a forma precisa do raciocínio ou da reflexão, mas em tumulto e rápido. Genoveva deixou a porta aberta, fê-lo sentar-se, pediu-lhe notícias da viagem e achou-o mais gordo; nenhuma comoção nem intimidade. Deolindo perdeu a última esperança. Em falta de faca, bastavam-lhe as mãos para estrangular Genoveva, que era um pedacinho de gente, e durante os primeiros minutos não pensou em outra coisa.

— Sei tudo — disse ele.
— Quem lhe contou?

Deolindo levantou os ombros.

— Fosse quem fosse — tornou ela —, disseram-lhe que eu gostava muito de um moço?
— Disseram.
— Disseram a verdade.

Deolindo chegou a ter um ímpeto; ela fê-lo parar só com a ação dos olhos. Em seguida disse que, se lhe abrira a porta, é porque contava que era homem de juízo. Contou-lhe então tudo, as saudades que curtira, as propostas do

---

[11] Brilhou.
[12] Gamboa, saco do Alferes e praia Formosa eram localidades na zona portuária da cidade do Rio de Janeiro. Atualmente, ainda existe litoral no bairro da Gamboa, mas o saco do Alferes e a praia Formosa foram aterrados.
[13] Costurando.

mascate, as suas recusas, até que um dia, sem saber como, amanhecera gostando dele.

— Pode crer que pensei muito e muito em você. Sinhá Inácia que lhe diga se não chorei muito... Mas o coração mudou... Mudou... Conto-lhe tudo isto, como se estivesse diante do padre — concluiu sorrindo.

Não sorria de escárnio. A expressão das palavras é que era uma mescla de candura[14] e cinismo, de insolência e simplicidade, que desisto de definir melhor. Creio até que insolência e cinismo são mal aplicados. Genoveva não se defendia de um erro ou de um perjúrio;[15] não se defendia de nada; faltava-lhe o padrão moral das ações. O que dizia, em resumo, é que era melhor não ter mudado, dava-se bem com a afeição do Deolindo, a prova é que quis fugir com ele; mas, uma vez que o mascate venceu o marujo, a razão era do mascate, e cumpria declará-lo. Que vos parece? O pobre marujo citava o juramento de despedida, como uma obrigação eterna, diante da qual consentira em não fugir e embarcar: "Juro por Deus que está no céu; a luz me falte na hora da morte". Se embarcou, foi porque ela lhe jurou isso. Com essas palavras é que andou, viajou, esperou e tornou; foram elas que lhe deram a força de viver. Juro por Deus que está no céu; a luz me falte na hora da morte...

— Pois, sim, Deolindo, era verdade. Quando jurei, era verdade. Tanto era verdade que eu queria fugir com você para o sertão. Só Deus sabe se era verdade! Mas vieram outras coisas... Veio este moço e eu comecei a gostar dele...

— Mas a gente jura é para isso mesmo; é para não gostar de mais ninguém...

— Deixa disso, Deolindo. Então você só se lembrou de mim? Deixa de partes...

— A que horas volta José Diogo?

— Não volta hoje.

— Não?

— Não volta; está lá para os lados de Guaratiba[16] com a caixa; deve voltar sexta-feira ou sábado... E por que é que você quer saber? Que mal lhe fez ele?

Pode ser que qualquer outra mulher tivesse igual palavra; poucas lhe dariam uma expressão tão cândida, não de propósito, mas involuntariamente. Vede que estamos aqui muito próximos da natureza. Que mal lhe fez ele? Que mal lhe fez esta pedra que caiu de cima? Qualquer mestre de física lhe explicaria a queda das pedras. Deolindo declarou, com um gesto de desespero,

---

[14] Inocência.
[15] Falso testemunho.
[16] Bairro na Zona Oeste da cidade do Rio de Janeiro.

que queria matá-lo. Genoveva olhou para ele com desprezo, sorriu de leve e deu um muxoxo;[17] e, como ele lhe falasse de ingratidão e perjúrio, não pôde disfarçar o pasmo. Que perjúrio? Que ingratidão? Já lhe tinha dito e repetia que quando jurou era verdade. Nossa Senhora, que ali estava, em cima da cômoda, sabia se era verdade ou não. Era assim que lhe pagava o que padeceu? E ele, que tanto enchia a boca de fidelidade, tinha-se lembrado dela por onde andou?

A resposta dele foi meter a mão no bolso e tirar o pacote que lhe trazia. Ela abriu-o, aventou as bugigangas, uma por uma, e por fim deu com os brincos. Não eram nem poderiam ser ricos; eram mesmo de mau gosto, mas faziam uma vista de todos os diabos. Genoveva pegou deles, contente, deslumbrada, mirou-os por um lado e outro, perto e longe dos olhos, e afinal enfiou-os nas orelhas; depois foi ao espelho de pataca,[18] suspenso na parede, entre a janela e a rótula, para ver o efeito que lhe faziam. Recuou, aproximou-se, voltou a cabeça da direita para a esquerda e da esquerda para a direita.

— Sim, senhor, muito bonito — disse ela, fazendo uma grande mesura de agradecimento. — Onde é que comprou?

Creio que ele não respondeu nada, nem teria tempo para isso, porque ela disparou mais duas ou três perguntas, uma atrás da outra, tão confusa estava de receber um mimo a troco de um esquecimento. Confusão de cinco ou quatro minutos; pode ser que dois. Não tardou que tirasse os brincos, e os contemplasse e pusesse na caixinha em cima da mesa redonda que estava no meio da sala. Ele pela sua parte começou a crer que, assim como a perdeu, estando ausente, assim o outro, ausente, podia também perdê-la; e, provavelmente, ela não lhe jurara nada.

— Brincando, brincando, é noite — disse Genoveva.

Com efeito, a noite ia caindo rapidamente. Já não podiam ver o Hospital dos Lázaros e mal distinguiam a ilha dos Melões; as mesmas lanchas e canoas, postas em seco, defronte da casa, confundiram-se com a terra e o lodo da praia. Genoveva acendeu uma vela. Depois foi sentar-se na soleira da porta e pediu-lhe que contasse alguma coisa das terras por onde andara. Deolindo recusou a princípio; disse que se ia embora, levantou-se e deu alguns passos na sala. Mas o demônio da esperança mordia e babujava[19] o coração do pobre-diabo, e ele voltou a sentar-se, para dizer duas ou três anedotas de bordo. Genoveva escutava com atenção. Interrompidos por uma mulher

---

[17] Estalo que se dá com língua nos lábios.
[18] Pataca era uma moeda antiga, de pouco valor.
[19] Tratar sem respeito; desonrar.

da vizinhança, que ali veio, Genoveva fê-la sentar-se também para ouvir "as bonitas histórias que o Sr. Deolindo estava contando". Não houve outra apresentação. A grande dama que prolonga a vigília para concluir a leitura de um livro ou de um capítulo não vive mais intimamente a vida dos personagens do que a antiga amante do marujo vivia as cenas que ele ia contando, tão livremente interessada e presa, como se entre ambos não houvesse mais que uma narração de episódios. Que importa à grande dama o autor do livro? Que importava a esta rapariga o contador dos episódios?

A esperança, entretanto, começava a desampará-lo e ele levantou-se definitivamente para sair. Genoveva não quis deixá-lo sair antes que a amiga visse os brincos, e foi mostrar-lhos com grandes encarecimentos. A outra ficou encantada, elogiou-os muito, perguntou se os comprara em França e pediu a Genoveva que os pusesse.

— Realmente, são muito bonitos.

Quero crer que o próprio marujo concordou com essa opinião. Gostou de os ver, achou que pareciam feitos para ela e, durante alguns segundos, saboreou o prazer exclusivo e superfino de haver dado um bom presente; mas foram só alguns segundos.

Como ele se despedisse, Genoveva acompanhou-o até à porta para lhe agradecer ainda uma vez o mimo, e provavelmente dizer-lhe algumas coisas meigas e inúteis. A amiga, que deixara ficar na sala, apenas lhe ouviu esta palavra: "Deixa disso, Deolindo"; e esta outra do marinheiro: "Você verá". Não pôde ouvir o resto, que não passou de um sussurro.

Deolindo seguiu, praia fora, cabisbaixo e lento, não já o rapaz impetuoso da tarde, mas com um ar velho e triste, ou, para usar outra metáfora de marujo, como um homem "que vai do meio caminho para terra". Genoveva entrou logo depois, alegre e barulhenta. Contou à outra a anedota dos seus amores marítimos, gabou[20] muito o gênio do Deolindo e os seus bonitos modos; a amiga declarou achá-lo grandemente simpático.

— Muito bom rapaz — insistiu Genoveva. — Sabe o que ele me disse agora?

— Que foi?

— Que vai matar-se.

— Jesus!

— Qual o quê! Não se mata, não. Deolindo é assim mesmo; diz as coisas, mas não faz. Você verá que não se mata. Coitado, são ciúmes. Mas os brincos são muito engraçados.

---

[20] Celebrou; elogiou.

— Eu aqui ainda não vi destes.

— Nem eu — concordou Genoveva, examinando-os à luz. Depois guardou-os e convidou a outra a coser. — Vamos coser um bocadinho, quero acabar o meu corpinho azul...

A verdade é que o marinheiro não se matou. No dia seguinte, alguns dos companheiros bateram-lhe no ombro, cumprimentando-o pela noite de almirante, e pediram-lhe notícias de Genoveva, se estava mais bonita, se chorara muito na ausência, etc. Ele respondia a tudo com um sorriso satisfeito e discreto, um sorriso de pessoa que viveu uma grande noite. Parece que teve vergonha da realidade e preferiu mentir.

# Manuscrito de um sacristão[1]

## I

Ao dar com o padre Teófilo falando a uma senhora, ambos sentadinhos no banco da igreja, e a igreja deserta, confesso que fiquei espantado. Note-se que conversavam em voz tão baixa e discreta, que eu, por mais que afiasse o ouvido e me demorasse a apagar as velas do altar, não podia apanhar nada, nada, nada. Não tive remédio senão adivinhar alguma coisa. Que eu sou um sacristão filósofo. Ninguém me julgue pela sobrepeliz[2] rota e amarrotada nem pelo uso clandestino das galhetas.[3] Sou um filósofo sacristão. Tive estudos eclesiásticos,[4] que interrompi por causa de uma doença e que inteiramente deixei por outro motivo, uma paixão violenta, que me trouxe à miséria. Como o seminário deixa sempre um certo vinco, fiz-me sacristão aos trinta anos, para ganhar a vida. Venhamos, porém, ao nosso padre e à nossa dama.

## II

Antes de ir adiante, direi que eram primos. Soube depois que eram primos, nascidos em Vassouras. Os pais dela mudaram-se para a corte, tendo Eulália (é o seu nome) sete anos. Teófilo veio depois. Na família era uso antigo que um dos rapazes fosse padre. Vivia ainda na Bahia um tio dele, cônego.[5] Cabendo-lhe nesta geração envergar a batina, veio para o seminário de São José, no ano de mil oitocentos e cinquenta e tantos, e foi aí que o conheci. Compreende-se o sentimento de discrição que me leva a deixar a data no ar.

## III

No seminário, dizia-nos o lente[6] de retórica:

---

[1] Empregado que auxilia o padre na missa e na manutenção de uma igreja.
[2] Espécie de capa branca, que os padres e sacristãos usam sobre a batina.
[3] Vasos que contêm o vinho e a água, usados na missa.
[4] Relativos à igreja e os seus ritos.
[5] Religioso que trabalha na administração de uma igreja ou catedral.
[6] Professor de nível secundário ou superior.

— A teologia é a cabeça do gênero humano, o latim, a perna esquerda, e a retórica, a perna direita.

Justamente da perna direita é que o Teófilo coxeava. Sabia muito as outras coisas: teologia, filosofia, latim, história sagrada; mas a retórica é que lhe não entrava no cérebro. Ele, para desculpar-se, dizia que a palavra divina não precisava de adornos. Tinha então vinte ou vinte e dois anos de idade, e era lindo como São João.

Já nesse tempo era um místico; achava em todas as coisas uma significação recôndita.[7] A vida era uma eterna missa, em que o mundo servia de altar, a alma, de sacerdote, e o corpo, de acólito;[8] nada respondia à realidade exterior. Vivia ansioso de tomar ordens para sair a pregar grandes coisas, espertar as almas, chamar os corações à Igreja, e renovar o gênero humano. Entre todos os apóstolos, amava principalmente São Paulo.

Não sei se o leitor é da minha opinião; eu cuido que se pode avaliar um homem pelas suas simpatias históricas; tu serás mais ou menos da família dos personagens que amares deveras. Aplico assim aquela lei de Helvetius:[9] "O grau de espírito que nos deleita dá a medida exata do grau de espírito que possuímos".[10] No nosso caso, ao menos, a regra não falhou. Teófilo amava São Paulo, adorava-o, estudava-o dia e noite, parecia viver daquele converso que ia de cidade em cidade, à custa de um ofício mecânico, espalhando a boa nova aos homens. Nem tinha somente esse modelo, tinha mais dois: Hildebrando[11] e Loiola.[12] Daqui podeis concluir que nasceu com a fibra da peleja e do apostolado. Era um faminto de ideal e criação, olhando todas as coisas correntes por cima da cabeça do século. Na opinião de um cônego, que lá ia ao seminário, o amor dos dois modelos últimos temperava o que pudesse haver perigoso em relação ao primeiro.

— Não vá o senhor cair no excesso e no exclusivo — disse-lhe um dia com brandura —; não pareça que, exaltando somente a Paulo, intenta diminuir

---

[7] Oculta.
[8] Na Igreja Católica, ministro que acompanha a missa e auxilia na celebração dos ritos.
[9] Claude Adrien Helvetius (1715-1771) foi um filósofo e moralista francês.
[10] A frase é citada da obra *De l'esprit*, ou, em tradução livre, *Sobre o espírito* (1758), de Helvetius, p. 117: "*Le degré d'esprit nécessaire pour nous plaire, est une mesure assez exacte du degré d'esprit que nous avons*". Tradução: "O grau do espírito necessário para nos agradar é a medida muito exata do grau de espírito que temos".
[11] Idebrando Aldobrandeschi de Soana (c. 1020-1085) tornou-se o papa São Gregório VII (1073-1085).
[12] Santo Inácio de Loiola, nascido Íñigo López (1491-1556) no País Basco, foi o fundador da Companhia de Jesus, uma ordem religiosa católica.

Pedro. A Igreja, que os comemora ao lado um do outro, meteu-os ambos no Credo;[13] mas veneremos Paulo e obedeçamos a Pedro. *Super hanc petram...*[14]

Os seminaristas gostavam do Teófilo, principalmente três, um Vasconcelos, um Soares e um Veloso, todos excelentes retóricos. Eram também bons rapazes, alegres por natureza, graves por necessidade e ambiciosos. Vasconcelos jurava que seria bispo; Soares contentava-se com algum grande cargo; Veloso cobiçava as meias roxas de cônego e um púlpito.[15] Teófilo tentou repartir com eles o pão místico dos seus sonhos, mas reconheceu depressa que era manjar leve ou pesado demais, e passou a devorá-lo sozinho. Até aqui o padre; vamos agora à dama.

## IV

Agora a dama. No momento em que os vi falar baixinho na igreja, Eulália contava trinta e oito anos de idade. Juro-lhes que era ainda bonita. Não era pobre; os pais deixaram-lhe alguma coisa. Nem casada; recusou cinco ou seis pretendentes.

Este ponto nunca foi entendido pelas amigas. Nenhuma delas era capaz de repelir um noivo. Creio até que não pediam outra coisa, quando rezavam antes de entrar na cama, e ao domingo, à missa, no momento de levantar a Deus. Por que é que Eulália recusava-os todos? Vou dizer desde já o que soube depois. Supuseram-lhe, a princípio, um simples desdém — nariz torcido, dizia uma delas; mas, no fim da terceira recusa, inclinaram-se a crer que havia namoro encoberto, e esta explicação prevaleceu. A própria mãe de Eulália não aceitou outra. Não lhe importaram as primeiras recusas; mas, repetindo-se, ela começou a assustar-se. Um dia, voltando de um casamento, perguntou à filha, no carro em que vinham, se não se lembrava que tinha de ficar só.

— Ficar só?

— Sim, um dia hei de morrer. Por ora tudo são flores; cá estou para governar a casa; e você é só ler, cismar, tocar e brincar; mas eu tenho de morrer, Eulália, e você tem de ficar só...

---

[13] O termo "credo" é latino e significa "creio". É o título da prece católica, considerada ato de fé, cujo primeira frase é "Creio em Deus Pai todo-poderoso, criador do céu e da terra". Contudo, Pedro e Paulo não são citados no "Credo" e, sim, no "*Confiteor*", oração católica, em latim.

[14] "Sobre esta pedra...": Alusão ao Evangelho de Mateus 16:18, em latim: "*Tu es Petrus et super hanc petram aedificabo Ecclesiam meam et portae inferi non praevalebunt adversum eam*". A tradução é: "Pois também eu te digo que tu és Pedro, e sobre esta pedra edificarei a minha igreja, e as portas do inferno não prevalecerão contra ela".

[15] Lugar alto; tribuna de onde se fala na igreja.

Eulália apertou-lhe muito a mão, sem poder dizer palavra. Nunca pensara na morte da mãe; perdê-la era perder metade de si mesma. Na expansão de momento, a mãe atreveu-se a perguntar-lhe se amava alguém e não era correspondida. Eulália respondeu que não. Não simpatizara com os candidatos. A boa velha abanou a cabeça; falou dos vinte e sete anos da filha, procurou aterrá-la com os trinta, disse-lhe que, se nem todos os noivos a mereciam igualmente, alguns eram dignos de ser aceitos, e que importava a falta de amor? O amor conjugal podia ser assim mesmo; podia nascer depois, como um fruto da convivência. Conhecera pessoas que se casaram por simples interesse de família e acabaram amando-se muito. Esperar uma grande paixão para casar era arriscar-se a morrer esperando.

— Pois sim, mamãe, deixe estar...

E, reclinando a cabeça, fechou um pouco os olhos para espiar alguém, para ver o namorado encoberto, que não era só encoberto, mas também e principalmente impalpável. Concordo que isto agora é obscuro; não tenho dúvida em dizer que entramos em pleno sonho.

Eulália era uma esquisita, para usarmos a linguagem da mãe, ou romanesca, para empregarmos a definição das amigas. Tinha, em verdade, uma singular organização. Saiu ao pai. O pai nascera com o amor do enigmático, do arriscado e do obscuro; morreu quando aparelhava uma expedição para ir à Bahia descobrir a "cidade abandonada".[16] Eulália recebeu essa herança moral, modificada ou agravada pela natureza feminil. Nela dominava principalmente a contemplação. Era na cabeça que ela descobria as cidades abandonadas. Tinha os olhos dispostos de maneira que não podiam apanhar integralmente os contornos da vida. Começou idealizando as coisas, e, se não acabou negando-as, é certo que o sentimento da realidade esgarçou-se-lhe[17] até chegar à transparência fina em que o tecido parece confundir-se com o ar.

Aos dezoito anos, recusou o primeiro casamento. A razão é que esperava outro, um marido extraordinário, que ela viu e conversou, em sonho ou alucinação, a mais radiosa figura do universo, a mais sublime e rara, uma criatura em que não havia falha ou quebra, verdadeira gramática sem irregularidades, pura língua sem solecismos.[18]

---

[16] "A cidade perdida da Bahia" é um mito arqueológico descrito no manuscrito "Relação histórica de uma oculta, e grande povoação antiquíssima sem moradores, que se descobriu no ano de 1753", documento descoberto em 1839 por Manuel Ferreira Lagos e publicado na *Revista do Instituto Histórico e Geográfico Brasileiro*. Hoje o documento é conhecido como Manuscrito 512, pertencente à Biblioteca Nacional do Rio de Janeiro.

[17] Desfiou-se.

[18] Erros gramaticais.

Perdão, interrompe-me uma senhora, esse noivo não é obra exclusiva de Eulália, é o marido de todas as virgens de dezessete anos. Perdão, digo-lhe eu, há uma diferença entre Eulália e as outras, é que as outras trocam finalmente o original esperado por uma cópia gravada, antes ou depois da letra, e às vezes por uma simples fotografia ou litografia,[19] ao passo que Eulália continuou a esperar o painel autêntico. Vinham as gravuras, vinham as litografias, algumas muito bem acabadas, obra de artista e grande artista, mas para ela traziam o defeito de ser cópias. Tinha fome e sede de originalidade. A vida comum parecia-lhe uma cópia eterna. As pessoas do seu conhecimento caprichavam em repetir as ideias umas das outras, com iguais palavras, e às vezes sem diferente inflexão, à semelhança do vestuário que usavam, e que era do mesmo gosto e feitio. Se ela visse alvejar na rua um turbante mourisco[20] ou flutuar um penacho, pode ser que perdoasse o resto; mas nada, coisa nenhuma, uma constante uniformidade de ideias e coletes. Não era outro o pecado mortal das coisas. Mas, como tinha a faculdade de viver tudo o que sonhava, continuou a esperar uma vida nova e um marido único.

Enquanto esperava, as outras iam casando. Assim perdeu ela as três principais amigas: Júlia Costinha, Josefa e Mariana. Viu-as todas casadas, viu-as mães, a princípio de um filho, depois de dois, de quatro e de cinco. Visitava-as, assistia ao viver delas, sereno e alegre, medíocre, vulgar, sem sonhos nem quedas, mais ou menos feliz. Assim se passaram os anos; assim chegou aos trinta, aos trinta e três, aos trinta e cinco, e finalmente aos trinta e oito em que a vemos na igreja, conversando com o padre Teófilo.

## V

Naquele dia mandara dizer uma missa por alma da mãe, que morrera um ano antes. Não convidou ninguém: foi ouvi-la sozinha. Ouviu-a, rezou, depois sentou-se no banco.

Eu, depois de ajudar à missa, voltei para a sacristia, e vi ali o padre Teófilo, que viera da roça duas semanas antes e andava à cata de alguma missa para comer. Parece que ele ouviu do outro sacristão ou do mesmo padre oficiante o nome da pessoa sufragada;[21] viu que era o da tia e correu à igreja, onde ainda achou a prima no banco. Sentou-se ao pé dela, esquecido do lugar e das posições, e falaram naturalmente de si mesmos. Não se viam desde longos anos.

---

[19] Um tipo de gravura feita por um método de prensa sobre papel numa placa.
[20] No texto, mesmo que árabe.
[21] Rezada; celebrada em missa.

Teófilo visitara-as logo depois de ordenado padre; mas saiu para o interior e nunca mais soube delas, nem elas, dele.

Já disse que não pude ouvir nada. Estiveram assim perto de meia hora. O coadjutor[22] veio espiar, deu com eles e ficou justamente escandalizado. A notícia do caso chegou, dois dias depois, ao bispo. Teófilo recebeu uma advertência amiga, subiu à Conceição[23] e explicou tudo: era uma prima, a quem não via desde muito. O padre coadjutor, quando soube da explicação, exclamou com muito critério que o ser parente não lhe trocava o sexo nem supria o escândalo.

Entretanto, como eu tinha sido companheiro do Teófilo no seminário e gostava dele, defendi-o com muito calor e fiz chegar o meu testemunho ao palácio da Conceição. Ele ficou-me grato por isso, e daí veio a intimidade de nossas relações. Como os dois primos podiam ver-se em casa, Teófilo passou a visitá-la, e ela, a recebê-lo com muito prazer. No fim de oito dias, recebeu-me também; ao cabo de duas semanas era eu um dos seus familiares.

Dois patrícios que se encontram em plaga[24] estrangeira e podem finalmente trocar as palavras mamadas na infância não sentem maior alvoroço do que estes dois primos, que eram mais que primos: moralmente eram gêmeos. Ele contou-lhe a vida e, como os acontecimentos acarretassem os sentimentos, ela olhou para dentro da alma do primo e achou que era a sua mesma alma e que, em substância, a vida de ambos era a mesma. A diferença é que uma esperou quieta o que o outro andou buscando por montes e vales; no mais, igual equívoco, igual conflito com a realidade, idêntico diálogo de árabe e japonês.

— Tudo o que me cerca é trivial e chocho — dizia-lhe ele.

Com efeito, gastara o aço da mocidade em divulgar uma concepção que ninguém lhe entendeu. Enquanto os três amigos mais chegados do seminário passavam adiante, trabalhando e servindo, afinados pela nota do século, Veloso cônego e pregador, Soares com uma grande vigararia, Vasconcelos a caminho de bispar, ele Teófilo era o mesmo apóstolo e místico dos primeiros anos, em plena aurora cristã e metafísica. Vivia miseravelmente, costeando a fome, pão magro e batina surrada; tinha instantes e horas de tristeza e de abatimento: confessou-os à prima...

— Também o senhor? — perguntou ela.

---

[22] Cooperador; sacerdote nomeado para substituir ou ajudar outro.

[23] O palácio episcopal da Conceição era a antiga residência dos bispos do Rio de Janeiro e era localizado no morro da Conceição, zona portuária da cidade.

[24] País; lugar.

E as suas mãos apertaram-se com energia: entendiam-se. Não tendo achado um astro na loja de um relojoeiro, a culpa era do relojoeiro; tal era a lógica de ambos. Olharam-se com a simpatia de náufragos — náufragos e não desenganados, porque não o eram. Crusoé, na ilha deserta, inventa e trabalha;[25] eles não; lançados à ilha, estendiam os olhos para o mar ilimitado, esperando a águia que viria buscá-los com as suas grandes asas abertas. Uma era a eterna noiva sem noivo, outro o eterno profeta sem Israel; ambos punidos e obstinados.

Já disse que Eulália era ainda bonita. Resta dizer que o padre Teófilo, com quarenta e dois anos, tinha os cabelos grisalhos e as feições cansadas; as mãos não possuíam nem a maciez nem o aroma da sacristia, eram magras e calosas e cheiravam ao mato. Os olhos é que conservavam o fogo antigo, era por ali que a mocidade interior falava cá para fora, e força é dizer que eles valiam só por si todo o resto.

As visitas amiudaram-se.[26] Afinal íamos passar ali as tardes e as noites e jantar aos domingos. A convivência produziu dois efeitos, e até três. O primeiro foi que os dois primos, frequentando-se, deram força e vida um ao outro; relevem-me esta expressão familiar: — fizeram um piquenique de ilusões. O segundo é que Eulália, cansada de esperar um noivo humano, volveu os olhos para o noivo divino e, assim como ao primo viera a ambição de São Paulo,[27] veio-lhe a ela a de Santa Teresa.[28] O terceiro efeito é o que o leitor já adivinhou.

Já adivinhou. O terceiro foi o caminho de Damasco[29] — um caminho às avessas, porque a voz não baixou do céu, mas subiu da terra; não chamava a pregar Deus, mas a pregar o homem. Sem metáfora, amavam-se. Outra diferença é que a vocação aqui não foi súbita como em relação ao apóstolo das gentes; foi vagarosa, muito vagarosa, cochichada, insinuada, bafejada pelas asas da pomba mística.

---

[25] Alusão ao romance *Robinson Crusoé* (1719), do escritor inglês Daniel Defoe (1660-1731).
[26] Tornaram-se frequentes.
[27] São Paulo, (c. 5-67 d.C.) foi um dos mais importantes escritores do início do cristianismo, cujas obras compõem boa parte do Novo Testamento.
[28] Santa Teresa de Ávila (1515-1582), nascida Teresa Sánchez de Cepeda y Ahumada, foi uma freira carmelita, mística e doutora da igreja.
[29] Segundo a narração bíblica, São Paulo, antes conhecido como Paulo de Tarso, dedicava-se a perseguir os cristãos, porém, no caminho de Damasco, tem uma visão de Jesus Cristo e fica cego. Sua visão foi reestabelecida três dias depois por Ananias, sob a ordem do Senhor. Ananias também batiza Paulo. Então este começa a pregar o cristianismo, conforme narrado em Atos 9:1-20.

Note-se que a fama precedeu ao amor. Sussurrava-se desde muito que as visitas do padre eram menos de confessor que de pecador. Era mentira; eu juro que era mentira. Via-os, acompanhava-os, estudava esses dois temperamentos tão espirituais, tão cheios de si mesmos, que nem sabiam da fama, nem cogitavam no perigo da aparência. Um dia vi-lhes os primeiros sinais do amor. Será o que quiserem, uma paixão quarentona, rosa outoniça[30] e pálida, mas era, existia, crescia, ia tomá-los inteiramente. Pensei em avisar o padre, não por mim, mas por ele mesmo; mas era difícil, e talvez perigoso. Demais, eu era e sou gastrônomo e psicólogo; avisá-lo era botar fora uma fina matéria de estudo e perder os jantares dominicais. A psicologia, ao menos, merecia um sacrifício: calei-me.

Calei-me à toa. O que eu não quis dizer, publicou-o o coração de ambos. Se o leitor me leu de corrida, conclui por si mesmo a anedota, conjugando os dois primos; mas, se me leu devagar, adivinha o que sucedeu. Os dois místicos recuaram; não tiveram horror um do outro nem de si mesmos, porque essa sensação estava excluída de ambos, mas recuaram, agitados de medo e de desejo.

— Volto para a roça — disse-me o padre.
— Mas por quê?
— Volto para a roça.

Voltou para a roça e nunca mais cá veio. Ela, é claro que tinha achado o marido que esperava, mas saiu-lhe tão impossível como a vida que sonhou. Eu, gastrônomo e psicólogo, continuei a ir jantar com Eulália aos domingos. Considero que alguma coisa deve subsistir debaixo do sol, ou o amor ou o jantar, se é certo, como quer Schiller,[31] que o amor e a fome governam este mundo.[32]

---

[30] Referente ao outono; tardia.
[31] Johann Christoph Friedrich von Schiller (1759-1805) foi um poeta e filósofo alemão.
[32] A referência se dá aos últimos versos do poema "Os sábios do mundo", escrito entre 1775 e 1805.

5

# De *Várias histórias*
(1896)

# A cartomante

Hamlet observa a Horácio que há mais coisas no céu e na terra do que sonha a nossa filosofia.[1] Era a mesma explicação que dava a bela Rita ao moço Camilo, numa sexta-feira de novembro de 1869, quando este ria dela, por ter ido na véspera consultar uma cartomante; a diferença é que o fazia por outras palavras.

— Ria, ria. Os homens são assim; não acreditam em nada. Pois saiba que fui, e que ela adivinhou o motivo da consulta, antes mesmo que eu lhe dissesse o que era. Apenas começou a botar as cartas, disse-me: "A senhora gosta de uma pessoa...". Confessei que sim, e então ela continuou a botar as cartas, combinou-as, e no fim declarou-me que eu tinha medo de que você me esquecesse, mas que não era verdade...

— Errou! — interrompeu Camilo, rindo.

— Não diga isso, Camilo. Se você soubesse como eu tenho andado, por sua causa. Você sabe; já lhe disse. Não ria de mim, não ria...

Camilo pegou-lhe nas mãos, e olhou para ela sério e fixo. Jurou que lhe queria muito, que os seus sustos pareciam de criança; em todo o caso, quando tivesse algum receio, a melhor cartomante era ele mesmo. Depois, repreendeu-a; disse-lhe que era imprudente andar por essas casas. Vilela podia sabê-lo, e depois...

— Qual saber! Tive muita cautela, ao entrar na casa.

— Onde é a casa?

— Aqui perto, na rua da Guarda Velha; não passava ninguém nessa ocasião. Descansa; eu não sou maluca.

Camilo riu outra vez:

— Tu crês deveras nessas coisas? — perguntou-lhe.

Foi então que ela, sem saber que traduzia Hamlet em vulgar, disse-lhe que havia muita coisa misteriosa e verdadeira neste mundo. Se ele não acreditava, paciência; mas o certo é que a cartomante adivinhara tudo. Que mais? A prova é que ela agora estava tranquila e satisfeita.

---

[1] Citação do ato 1, cena 5, da peça *The Tragedie of Hamlet, Prince of Denmarke* (1601), abreviada simplesmente como *Hamlet*, do escritor inglês William Shakespeare (1564-1616): "*There are more things in heaven and earth, Horatio, than are dreamt of in your philosophy*". Tradução: "Há mais coisas no céu e na terra, Horácio, do que você sonha com sua filosofia".

Cuido que ele ia falar, mas reprimiu-se. Não queria arrancar-lhe as ilusões. Também ele, em criança, e ainda depois, foi supersticioso, teve um arsenal inteiro de crendices, que a mãe lhe incutiu e que aos vinte anos desapareceram. No dia em que deixou cair toda essa vegetação parasita, e ficou só o tronco da religião, ele, como tivesse recebido da mãe ambos os ensinos, envolveu-os na mesma dúvida, e logo depois em uma só negação total. Camilo não acreditava em nada. Por quê? Não poderia dizê-lo, não possuía um só argumento; limitava-se a negar tudo. E digo mal, porque negar é ainda afirmar, e ele não formulava a incredulidade; diante do mistério, contentou-se em levantar os ombros, e foi andando.

Separaram-se contentes, ele ainda mais que ela. Rita estava certa de ser amada; Camilo, não só o estava, mas via-a estremecer e arriscar-se por ele, correr às cartomantes, e, por mais que a repreendesse, não podia deixar de sentir-se lisonjeado. A casa do encontro era na antiga rua dos Barbonos, onde morava uma comprovinciana[2] de Rita. Esta desceu pela rua das Mangueiras, na direção de Botafogo, onde residia; Camilo desceu pela da Guarda Velha, olhando de passagem para a casa da cartomante.

Vilela, Camilo e Rita, três nomes, uma aventura e nenhuma explicação das origens. Vamos a ela. Os dois primeiros eram amigos de infância. Vilela seguiu a carreira de magistrado. Camilo entrou no funcionalismo, contra a vontade do pai, que queria vê-lo médico; mas o pai morreu, e Camilo preferiu não ser nada, até que a mãe lhe arranjou um emprego público. No princípio de 1869, voltou Vilela da província, onde casara com uma dama formosa e tonta; abandonou a magistratura e veio abrir banca de advogado. Camilo arranjou-lhe casa para os lados de Botafogo, e foi a bordo recebê-lo.

— É o senhor? — exclamou Rita, estendendo-lhe a mão. — Não imagina como meu marido é seu amigo; falava sempre do senhor.

Camilo e Vilela olharam-se com ternura. Eram amigos deveras. Depois, Camilo confessou de si para si que a mulher do Vilela não desmentia as cartas do marido. Realmente, era graciosa e viva nos gestos, olhos cálidos,[3] boca fina e interrogativa. Era um pouco mais velha que ambos: contava trinta anos, Vilela vinte e nove e Camilo vinte e seis. Entretanto, o porte grave de Vilela fazia-o parecer mais velho que a mulher, enquanto Camilo era um ingênuo na vida moral e prática. Faltava-lhe tanto a ação do tempo, como os óculos de cristal, que a natureza põe no berço de alguns para adiantar os anos. Nem experiência, nem intuição.

---

[2] Conterrânea.
[3] Tinha um olhar intenso.

Uniram-se os três. Convivência trouxe intimidade. Pouco depois morreu a mãe de Camilo, e nesse desastre, que o foi, os dois mostraram-se grandes amigos dele. Vilela cuidou do enterro, dos sufrágios[4] e do inventário, Rita tratou especialmente do coração, e ninguém o faria melhor.

Como daí chegaram ao amor, não o soube ele nunca. A verdade é que gostava de passar as horas ao lado dela; era a sua enfermeira moral, quase uma irmã, mas principalmente era mulher e bonita. *Odor di femina:*[5] eis o que ele aspirava nela, e em volta dela, para incorporá-lo em si próprio. Liam os mesmos livros, iam juntos a teatros e passeios. Camilo ensinou-lhe as damas e o xadrez e jogavam às noites — ela mal —; ele, para lhe ser agradável, pouco menos mal. Até aí as coisas. Agora a ação da pessoa, os olhos teimosos de Rita, que procuravam muita vez os dele, que os consultavam antes de o fazer ao marido, as mãos frias, as atitudes insólitas.[6] Um dia, fazendo ele anos, recebeu de Vilela uma rica bengala de presente, e de Rita apenas um cartão com um vulgar cumprimento a lápis, e foi então que ele pôde ler no próprio coração; não conseguia arrancar os olhos do bilhetinho. Palavras vulgares; mas há vulgaridades sublimes, ou, pelo menos, deleitosas.[7] A velha caleça[8] de praça, em que pela primeira vez passeaste com a mulher amada, fechadinhos ambos, vale o carro de Apolo.[9] Assim é o homem, assim são as coisas que o cercam.

Camilo quis sinceramente fugir, mas já não pôde. Rita, como uma serpente, foi-se acercando dele, envolveu-o todo, fez-lhe estalar os ossos num espasmo, e pingou-lhe o veneno na boca. Ele ficou atordoado e subjugado. Vexame, sustos, remorsos, desejos, tudo sentiu de mistura; mas a batalha foi curta e a vitória delirante. Adeus, escrúpulos! Não tardou que o sapato se acomodasse ao pé, e aí foram ambos, estrada fora, braços dados, pisando folgadamente por cima de ervas e pedregulhos, sem padecer nada mais que algumas saudades, quando estavam ausentes um do outro. A confiança e estima de Vilela continuavam a ser as mesmas.

Um dia, porém, recebeu Camilo uma carta anônima, que lhe chamava imoral e pérfido,[10] e dizia que a aventura era sabida de todos. Camilo teve

---

[4] Orações pela alma de um morto.
[5] "Cheiro de mulher." Expressão italiana citada na ópera *Don Giovanni*, de Wolfgang Amadeus Mozart (1756-1791), com libreto de Lorenzo da Ponte (1749-1838).
[6] Incomuns.
[7] Agradáveis.
[8] Um tipo de carruagem de quatro rodas e dois assentos.
[9] Na mitologia grega, Apolo era o deus da música, poesia, artes, medicina, sol e conhecimento. Usava o sol como sua carruagem, trazendo todos os dias a Aurora, sua irmã.
[10] Desleal; traidor.

medo, e, para desviar as suspeitas, começou a rarear as visitas à casa de Vilela. Este notou-lhe as ausências. Camilo respondeu que o motivo era uma paixão frívola[11] de rapaz. Candura[12] gerou astúcia. As ausências prolongaram-se, e as visitas cessaram inteiramente. Pode ser que entrasse também nisso um pouco de amor-próprio, uma intenção de diminuir os obséquios do marido para tornar menos dura a aleivosia[13] do ato.

Foi por esse tempo que Rita, desconfiada e medrosa, correu à cartomante para consultá-la sobre a verdadeira causa do procedimento de Camilo. Vimos que a cartomante restituiu-lhe a confiança, e que o rapaz repreendeu-a por ter feito o que fez. Correram ainda algumas semanas. Camilo recebeu mais duas ou três cartas anônimas tão apaixonadas, que não podiam ser advertência da virtude, mas despeito[14] de algum pretendente; tal foi a opinião de Rita, que, por outras palavras mal compostas, formulou este pensamento: — a virtude é preguiçosa e avara, não gasta tempo nem papel; só o interesse é ativo e pródigo.

Nem por isso Camilo ficou mais sossegado; temia que o anônimo fosse ter com Vilela, e a catástrofe viria então sem remédio. Rita concordou que era possível.

— Bem — disse ela —; eu levo os sobrescritos[15] para comparar a letra com as das cartas que lá aparecerem; se alguma for igual, guardo-a e rasgo-a...

Nenhuma apareceu; mas daí a algum tempo Vilela começou a mostrar-se sombrio, falando pouco, como desconfiado. Rita deu-se pressa em dizê-lo ao outro, e sobre isso deliberaram.[16] A opinião dela é que Camilo devia tornar à casa deles, tatear[17] o marido, e pode ser até que lhe ouvisse a confidência de algum negócio particular. Camilo divergia; aparecer depois de tantos meses era confirmar a suspeita ou denúncia. Mais valia acautelarem-se, sacrificando-se por algumas semanas. Combinaram os meios de se corresponderem, em caso de necessidade, e separaram-se com lágrimas.

No dia seguinte, estando na repartição, recebeu Camilo este bilhete de Vilela: "Vem já, já, à nossa casa; preciso falar-te sem demora". Era mais de meio-dia. Camilo saiu logo; na rua, advertiu[18] que teria sido mais natural

---

[11] Inútil; sem importância.
[12] Inocência.
[13] Deslealdade; injúria.
[14] Ressentimento; ofensa.
[15] Nomes e endereços escritos em um envelope.
[16] Realizaram reflexões.
[17] Sondar; pesquisar.
[18] Concluiu; percebeu.

chamá-lo ao escritório; por que em casa? Tudo indicava matéria especial, e a letra, fosse realidade ou ilusão, afigurou-se-lhe trêmula. Ele combinou todas essas coisas com a notícia da véspera.

— Vem já, já, à nossa casa; preciso falar-te sem demora — repetia ele com os olhos no papel.

Imaginariamente, viu a ponta da orelha de um drama, Rita subjugada[19] e lacrimosa, Vilela indignado, pegando da pena e escrevendo o bilhete, certo de que ele acudiria,[20] e esperando-o para matá-lo. Camilo estremeceu, tinha medo: depois sorriu amarelo, e em todo caso repugnava-lhe a ideia de recuar, e foi andando. De caminho, lembrou-se de ir a casa; podia achar algum recado de Rita, que lhe explicasse tudo. Não achou nada, nem ninguém. Voltou à rua, e a ideia de estarem descobertos parecia-lhe cada vez mais verossímil; era natural uma denúncia anônima, até da própria pessoa que o ameaçara antes; podia ser que Vilela conhecesse agora tudo. A mesma suspensão das suas visitas, sem motivo aparente, apenas com um pretexto fútil, viria confirmar o resto.

Camilo ia andando inquieto e nervoso. Não relia o bilhete, mas as palavras estavam decoradas, diante dos olhos, fixas; ou então — o que era ainda pior — eram-lhe murmuradas ao ouvido, com a própria voz de Vilela. "Vem já, já, à nossa casa; preciso falar-te sem demora." Ditas assim, pela voz do outro, tinham um tom de mistério e ameaça. Vem, já, já, para quê? Era perto de uma hora da tarde. A comoção crescia de minuto a minuto. Tanto imaginou o que se iria passar, que chegou a crê-lo e vê-lo. Positivamente, tinha medo. Entrou a cogitar em ir armado, considerando que, se nada houvesse, nada perdia, e a precaução era útil. Logo depois rejeitava a ideia, vexado de si mesmo, e seguia, picando o passo, na direção do largo da Carioca, para entrar num tílburi.[21] Chegou, entrou e mandou seguir a trote largo.[22]

"Quanto antes, melhor", pensou ele; "não posso estar assim..."

Mas o mesmo trote do cavalo veio agravar-lhe a comoção. O tempo voava, e ele não tardaria a entestar com o perigo. Quase no fim da rua da Guarda Velha, o tílburi teve de parar; a rua estava atravancada com uma carroça, que caíra. Camilo, em si mesmo, estimou o obstáculo, e esperou. No fim de cinco minutos, reparou que ao lado, à esquerda, ao pé do tílburi, ficava

---

[19] Dominada.
[20] Compareceria; atenderia.
[21] Carruagem de duas rodas e dois assentos.
[22] Com um trote de grandes passadas; rápido.

a casa da cartomante, a quem Rita consultara uma vez, e nunca ele desejou tanto crer na lição das cartas. Olhou, viu as janelas fechadas, quando todas as outras estavam abertas e pejadas[23] de curiosos do incidente da rua. Dir-se-ia a morada do indiferente Destino.[24]

Camilo reclinou-se no tílburi, para não ver nada. A agitação dele era grande, extraordinária, e do fundo das camadas morais emergiam alguns fantasmas de outro tempo, as velhas crenças, as superstições antigas. O cocheiro propôs-lhe voltar à primeira travessa, e ir por outro caminho; ele respondeu que não, que esperasse. E inclinava-se para fitar a casa... Depois fez um gesto incrédulo: era a ideia de ouvir a cartomante, que lhe passava ao longe, muito longe, com vastas asas cinzentas; desapareceu, reapareceu, e tornou a esvair-se no cérebro; mas daí a pouco moveu outra vez as asas, mais perto, fazendo uns giros concêntricos... Na rua, gritavam os homens, safando a carroça:

— Anda! agora! empurra! vá! vá!

Daí a pouco estaria removido o obstáculo. Camilo fechava os olhos, pensava em outras coisas; mas a voz do marido sussurrava-lhe às orelhas as palavras da carta: "Vem já, já...". E ele via as contorções do drama e tremia. A casa olhava para ele. As pernas queriam descer e entrar... Camilo achou-se diante de um longo véu opaco... pensou rapidamente no inexplicável de tantas coisas. A voz da mãe repetia-lhe uma porção de casos extraordinários; e a mesma frase do príncipe da Dinamarca reboava-lhe dentro: "Há mais coisas no céu e na terra do que sonha a filosofia...". Que perdia ele, se...?

Deu por si na calçada, ao pé da porta; disse ao cocheiro que esperasse, e rápido enfiou pelo corredor, e subiu a escada. A luz era pouca, os degraus comidos dos pés, o corrimão pegajoso; mas ele não viu nem sentiu nada. Trepou e bateu. Não aparecendo ninguém, teve ideia de descer; mas era tarde, a curiosidade fustigava-lhe o sangue, as fontes latejavam-lhe; ele tornou a bater uma, duas, três pancadas. Veio uma mulher; era a cartomante. Camilo disse que ia consultá-la, ela fê-lo entrar. Dali subiram ao sótão, por uma escada ainda pior que a primeira e mais escura. Em cima, havia uma salinha, mal alumiada por uma janela, que dava para o telhado dos fundos. Velhos trastes, paredes sombrias, um ar de pobreza, que antes aumentava do que destruía o prestígio.

A cartomante fê-lo sentar diante da mesa, e sentou-se do lado oposto, com as costas para a janela, de maneira que a pouca luz de fora batia em cheio no

---

[23] Cheias.
[24] Grafada com inicial maiúscula, a palavra "Destino" aqui é uma personificação.

rosto de Camilo. Abriu uma gaveta e tirou um baralho de cartas compridas e enxovalhadas.[25] Enquanto as baralhava, rapidamente, olhava para ele, não de rosto, mas por baixo dos olhos. Era uma mulher de quarenta anos, italiana, morena e magra, com grandes olhos sonsos[26] e agudos. Voltou três cartas sobre a mesa, e disse-lhe:

— Vejamos primeiro o que é que o traz aqui. O senhor tem um grande susto...

Camilo, maravilhado, fez um gesto afirmativo.

— E quer saber — continuou ela — se lhe acontecerá alguma coisa ou não...

— A mim e a ela — explicou vivamente ele.

A cartomante não sorriu; disse-lhe só que esperasse. Rápido pegou outra vez das cartas e baralhou-as, com os longos dedos finos, de unhas descuradas; baralhou-as bem, transpôs os maços, uma, duas, três vezes; depois começou a estendê-las. Camilo tinha os olhos nela, curioso e ansioso.

— As cartas dizem-me...

Camilo inclinou-se para beber uma a uma as palavras. Então ela declarou-lhe que não tivesse medo de nada. Nada aconteceria nem a um nem a outro; ele, o terceiro, ignorava tudo. Não obstante,[27] era indispensável muita cautela; ferviam invejas e despeitos. Falou-lhe do amor que os ligava, da beleza de Rita... Camilo estava deslumbrado. A cartomante acabou, recolheu as cartas e fechou-as na gaveta.

— A senhora restituiu-me a paz ao espírito — disse ele estendendo a mão por cima da mesa e apertando a da cartomante.

Esta levantou-se, rindo.

— Vá — disse ela —; vá, *ragazzo innamorato*...[28]

E de pé, com o dedo indicador, tocou-lhe na testa. Camilo estremeceu, como se fosse a mão da própria sibila,[29] e levantou-se também. A cartomante foi à cômoda, sobre a qual estava um prato com passas, tirou um cacho destas, começou a despencá-las e comê-las, mostrando duas fileiras de dentes que desmentiam as unhas. Nessa mesma ação comum, a mulher tinha um ar particular. Camilo, ansioso por sair, não sabia como pagasse; ignorava o preço.

— Passas custam dinheiro — disse ele afinal, tirando a carteira. — Quantas quer mandar buscar?

---

[25] Sujas; muito desgastadas.
[26] Fingidos.
[27] Apesar disso.
[28] Tradução do italiano: "rapaz apaixonado".
[29] Na mitologia greco-romana, sibila era uma mulher a quem era atribuído o dom da profecia.

— Pergunte ao seu coração — respondeu ela.

Camilo tirou uma nota de dez mil-réis, e deu-lha. Os olhos da cartomante fuzilaram.[30] O preço usual era dois mil-réis.

— Vejo bem que o senhor gosta muito dela... E faz bem; ela gosta muito do senhor. Vá, vá, tranquilo. Olhe a escada, é escura; ponha o chapéu...

A cartomante tinha já guardado a nota na algibeira,[31] e descia com ele, falando, com um leve sotaque. Camilo despediu-se dela embaixo, e desceu a escada que levava à rua, enquanto a cartomante, alegre com a paga, tornava acima, cantarolando uma barcarola.[32] Camilo achou o tílburi esperando; a rua estava livre. Entrou e seguiu a trote largo.

Tudo lhe parecia agora melhor, as outras coisas traziam outro aspecto, o céu estava límpido e as caras joviais. Chegou a rir dos seus receios, que chamou pueris;[33] recordou os termos da carta de Vilela e reconheceu que eram íntimos e familiares. Onde é que ele lhe descobrira a ameaça? Advertiu também que eram urgentes, e que fizera mal em demorar-se tanto; podia ser algum negócio grave e gravíssimo.

— Vamos, vamos depressa — repetia ele ao cocheiro.

E consigo, para explicar a demora ao amigo, engenhou qualquer coisa; parece que formou também o plano de aproveitar o incidente para tornar à antiga assiduidade...[34] De volta com os planos, reboavam-lhe na alma as palavras da cartomante. Em verdade, ela adivinhara o objeto da consulta, o estado dele, a existência de um terceiro; por que não adivinharia o resto? O presente que se ignora vale o futuro. Era assim, lentas e contínuas, que as velhas crenças do rapaz iam tornando ao de cima, e o mistério empolgava-o com as unhas de ferro. Às vezes queria rir, e ria de si mesmo, algo vexado; mas a mulher, as cartas, as palavras secas e afirmativas, a exortação:[35] — Vá, vá, *ragazzo innamorato*; e no fim, ao longe, a barcarola da despedida, lenta e graciosa, tais eram os elementos recentes, que formavam, com os antigos, uma fé nova e vivaz.

A verdade é que o coração ia alegre e impaciente, pensando nas horas felizes de outrora[36] e nas que haviam de vir. Ao passar pela Glória,[37] Camilo

---

[30] Brilharam intensamente; relampejaram.
[31] Pequena bolsa, separada da roupa, que as mulheres trazem presa à cintura.
[32] Canção de gondoleiros venezianos, cujo verso procura representar o som dos remos batendo na água.
[33] Infantis; ingênuos.
[34] Regularidade.
[35] Encorajamento; conselho.
[36] Antigamente.
[37] Glória é um bairro da cidade do Rio de Janeiro.

olhou para o mar, estendeu os olhos para fora, até onde a água e o céu dão um abraço infinito, e teve assim uma sensação do futuro, longo, longo, interminável.

Daí a pouco chegou à casa de Vilela. Apeou-se,[38] empurrou a porta de ferro do jardim e entrou. A casa estava silenciosa. Subiu os seis degraus de pedra, e mal teve tempo de bater, a porta abriu-se, e apareceu-lhe Vilela.

— Desculpa, não pude vir mais cedo; que há?

Vilela não lhe respondeu; tinha as feições decompostas; fez-lhe sinal, e foram para uma saleta interior. Entrando, Camilo não pôde sufocar um grito de terror: — ao fundo, sobre o canapé,[39] estava Rita morta e ensanguentada. Vilela pegou-o pela gola, e, com dois tiros de revólver, estirou-o morto no chão.

---

[38] Desceu da carruagem.
[39] Espécie de sofá com encosto e braços.

# Entre santos

Quando eu era capelão[1] de S. Francisco de Paula[2] (contava um padre velho) aconteceu-me uma aventura extraordinária.

Morava ao pé da igreja, e recolhi-me tarde, uma noite. Nunca me recolhi tarde que não fosse ver primeiro se as portas do templo estavam bem fechadas. Achei-as bem fechadas, mas lobriguei[3] luz por baixo delas. Corri assustado à procura da ronda;[4] não a achei, tornei atrás e fiquei no adro,[5] sem saber que fizesse. A luz, sem ser muito intensa, era-o demais para ladrões; além disso notei que era fixa e igual, não andava de um lado para outro, como seria a das velas ou lanternas de pessoas que estivessem roubando. O mistério arrastou-me; fui à casa buscar as chaves da sacristia[6] (o sacristão tinha ido passar a noite em Niterói[7]), benzi-me primeiro, abri a porta e entrei. O corredor estava escuro. Levava comigo uma lanterna e caminhava devagarinho, calando o mais que podia o rumor dos sapatos. A primeira e a segunda porta que comunicam com a igreja estavam fechadas; mas via-se a mesma luz e, porventura, mais intensa que do lado da rua. Fui andando, até que dei com a terceira porta aberta. Pus a um canto a lanterna, com o meu lenço por cima, para que me não vissem de dentro, e aproximei-me a espiar o que era.

Detive-me logo. Com efeito, só então adverti[8] que viera inteiramente desarmado e que ia correr grande risco aparecendo na igreja sem mais defesa que as duas mãos. Correram ainda alguns minutos. Na igreja a luz era a mesma, igual e geral, e de uma cor de leite que não tinha a luz das velas. Ouvi também vozes, que ainda mais me atrapalharam, não cochichadas nem confusas, mas regulares, claras e tranquilas, à maneira de conversação. Não pude entender logo o que diziam. No meio disto, assaltou-me uma ideia que me fez recuar. Como naquele tempo os cadáveres eram sepultados nas igrejas, imaginei que a conversação podia ser de defuntos. Recuei espavorido, e só

---

[1] Sacerdote católico responsável por uma capela.
[2] A igreja de São Francisco de Paula, construída entre 1759 e 1801, localiza-se no centro da cidade do Rio de Janeiro.
[3] Enxergar com dificuldade na escuridão; entrever.
[4] Patrulha; grupo de pessoas que vigiam um lugar.
[5] Pátio externo descoberto, situado em frente a uma igreja.
[6] Pequena casa, ou sala, anexa a uma igreja, onde se guardam os objetos que se usam em uma missa ou culto.
[7] Município da região metropolitana do estado do Rio de Janeiro.
[8] Percebi; notei.

passado algum tempo é que pude reagir e chegar outra vez à porta, dizendo a mim mesmo que semelhante ideia era um disparate. A realidade ia dar-me coisa mais assombrosa que um diálogo de mortos. Encomendei-me a Deus, benzi-me outra vez e fui andando, sorrateiramente, encostadinho à parede, até entrar. Vi então uma coisa extraordinária.

Dois dos três santos do outro lado, S. José[9] e S. Miguel[10] (à direita de quem entra na igreja pela porta da frente), tinham descido dos nichos e estavam sentados nos seus altares. As dimensões não eram as das próprias imagens, mas de homens. Falavam para o lado de cá, onde estão os altares de S. João Batista[11] e S. Francisco de Sales.[12] Não posso descrever o que senti. Durante algum tempo, que não chego a calcular, fiquei sem ir para diante nem para trás, arrepiado e trêmulo. Com certeza, andei beirando o abismo da loucura, e não caí nele por misericórdia divina. Que perdi a consciência de mim mesmo e de toda outra realidade que não fosse aquela, tão nova e tão única, posso afirmá-lo; só assim se explica a temeridade com que, dali a algum tempo, entrei mais pela igreja, a fim de olhar também para o lado oposto. Vi aí a mesma coisa: S. Francisco de Sales e S. João, descidos dos nichos, sentados nos altares e falando com os outros santos.

Tinha sido tal a minha estupefação que eles continuaram a falar, creio eu, sem que eu sequer ouvisse o rumor das vozes. Pouco a pouco, adquiri a percepção delas e pude compreender que não tinham interrompido a conversação; distingui-as, ouvi claramente as palavras, mas não pude colher desde logo o sentido. Um dos santos, indo para o lado do altar-mor, fez-me voltar a cabeça, e vi então que S. Francisco de Paula, o orago[13] da igreja, fizera a mesma coisa que os outros e falava para eles, como eles falavam entre si. As vozes não subiam do tom médio e, contudo, ouviam-se bem, como se as ondas sonoras tivessem recebido um poder maior de transmissão. Mas, se tudo isso era espantoso, não menos o era a luz, que não vinha de parte nenhuma, porque os lustres e castiçais estavam todos apagados; era como um luar, que ali penetrasse, sem que os olhos pudessem ver a lua; comparação tanto mais exata quanto que, se fosse realmente luar, teria deixado alguns lugares escuros, como ali acontecia, e foi num desses recantos que me refugiei.

---

[9] São José, ou José de Nazaré, foi, de acordo com os Evangelhos, cônjuge da Virgem Maria e pai adotivo de Jesus Cristo.
[10] São Miguel, ou São Miguel Arcanjo, é um dos anjos mensageiros, na Bíblia.
[11] São João Batista, de acordo com os Evangelhos, foi um pregador na Judeia e na Galileia, na época de Herodes, e batizou Jesus Cristo.
[12] São Francisco de Sales (1567-1622) foi um sacerdote francês, que depois assumiu o bispado de Genebra.
[13] Santo a quem se dedica uma igreja.

Já então procedia automaticamente. A vida que vivi durante esse tempo todo não se pareceu com a outra vida anterior e posterior. Basta considerar que, diante de tão estranho espetáculo, fiquei absolutamente sem medo; perdi a reflexão, apenas sabia ouvir e contemplar.

Compreendi, no fim de alguns instantes, que eles inventariavam e comentavam as orações e implorações daquele dia. Cada um notava alguma coisa. Todos eles, terríveis psicólogos, tinham penetrado a alma e a vida dos fiéis, e desfibravam os sentimentos de cada um, como os anatomistas escalpelam[14] um cadáver. S. João Batista e S. Francisco de Paula, duros ascetas,[15] mostravam-se às vezes enfadados[16] e absolutos. Não era assim S. Francisco de Sales; esse ouvia ou contava as coisas com a mesma indulgência[17] que presidira ao seu famoso livro da *Introdução à vida devota*.[18]

Era assim, segundo o temperamento de cada um, que eles iam narrando e comentando. Tinham já contado casos de fé sincera e castiça,[19] outros de indiferença, dissimulação e versatilidade; os dois ascetas estavam a mais e mais anojados, mas S. Francisco de Sales recordava-lhes o texto da Escritura: muitos são os chamados e poucos os escolhidos,[20] significando assim que nem todos os que ali iam à igreja levavam o coração puro. S. João abanava a cabeça.

— Francisco de Sales, digo-te que vou criando um sentimento singular em santo: começo a descrer dos homens.

— Exageras tudo, João Batista — atalhou o santo bispo —, não exageremos nada. Olha — ainda hoje aconteceu aqui uma coisa que me fez sorrir, e pode ser, entretanto, que te indignasse. Os homens não são piores do que eram em outros séculos; descontemos o que há neles ruim, e ficará muita coisa boa. Crê isto e hás de sorrir ouvindo o meu caso.

— Eu?

— Tu, João Batista, e tu também, Francisco de Paula, e todos vós haveis de sorrir comigo: e, pela minha parte, posso fazê-lo, pois já intercedi e alcancei do Senhor aquilo mesmo que me veio pedir esta pessoa.

— Que pessoa?

— Uma pessoa mais interessante que o teu escrivão, José, e que o teu lojista, Miguel...

---

[14] Dissecar; examinar com profundidade.
[15] Devotos dedicados a orações, privações e mortificações.
[16] Entediados.
[17] Misericórdia.
[18] *Filoteia ou Introdução à vida devota* (1609) é um livro de São Francisco de Sales (1567-1622), sacerdote francês.
[19] Pura; sincera.
[20] Referência ao Evangelho de Mateus, 22:14: "Porque muitos são chamados, mas poucos escolhidos".

— Pode ser — atalhou[21] S. José —, mas não há de ser mais interessante que a adúltera que aqui veio hoje prostrar-se a meus pés. Vinha pedir-me que lhe limpasse o coração da lepra da luxúria. Brigara ontem mesmo com o namorado, que a injuriou torpemente,[22] e passou a noite em lágrimas. De manhã, determinou abandoná-lo e veio buscar aqui a força precisa para sair das garras do demônio. Começou rezando bem, cordialmente; mas pouco a pouco vi que o pensamento a ia deixando para remontar aos primeiros deleites. As palavras, paralelamente, iam ficando sem vida. Já a oração era morna, depois fria, depois inconsciente; os lábios, afeitos à reza, iam rezando; mas a alma, que eu espiava cá de cima, essa já não estava aqui, estava com o outro. Afinal persignou-se,[23] levantou-se e saiu sem pedir nada.

— Melhor é o meu caso.

— Melhor que isto? — perguntou S. José curioso.

— Muito melhor — respondeu S. Francisco de Sales —, e não é triste como o dessa pobre alma ferida do mal da terra, que a graça do Senhor ainda pode salvar. E por que não salvará também a esta outra? Lá vai o que é.

Calaram-se todos, inclinaram-se os bustos,[24] atentos, esperando. Aqui fiquei com medo; lembrou-me que eles, que veem tudo o que se passa no interior da gente, como se fôssemos de vidro, pensamentos recônditos, intenções torcidas, ódios secretos, bem podiam ter-me lido já algum pecado ou gérmen[25] de pecado. Mas não tive tempo de refletir muito; S. Francisco de Sales começou a falar.

— Tem cinquenta anos o meu homem — disse ele —; a mulher está de cama, doente de uma erisipela[26] na perna esquerda. Há cinco dias vive aflito porque o mal agrava-se e a ciência não responde pela cura. Vede, porém, até onde pode ir um preconceito público. Ninguém acredita na dor do Sales (ele tem o meu nome), ninguém acredita que ele ame outra coisa que não seja dinheiro, e logo que houve notícia da sua aflição desabou em todo o bairro um aguaceiro de motes[27] e dichotes;[28] nem faltou quem acreditasse que ele gemia antecipadamente pelos gastos da sepultura.

— Bem podia ser que sim — ponderou S. João.

---

[21] Interrompeu.
[22] Repulsivamente; de modo indecente.
[23] Benzer-se, fazendo com o polegar três vezes o sinal da cruz: na testa, na boca e no peito.
[24] Estátuas que representam a cabeça e o tronco de um santo ou personalidade.
[25] Origem; semente.
[26] Doença infecciosa causada por bactérias.
[27] Ditos; sentenças.
[28] Chistes; gracejos; piadas.

— Mas não era. Que ele é usurário[29] e avaro[30] não o nego; usurário, como a vida, e avaro, como a morte. Ninguém extraiu nunca tão implacavelmente da algibeira[31] dos outros o ouro, a prata, o papel e o cobre; ninguém os amuou[32] com mais zelo e prontidão. Moeda que lhe cai na mão dificilmente torna a sair; e tudo o que lhe sobra das casas mora dentro de um armário de ferro, fechado a sete chaves. Abre-o às vezes, por horas mortas, contempla o dinheiro alguns minutos, e fecha-o outra vez depressa; mas nessas noites não dorme, ou dorme mal. Não tem filhos. A vida que leva é sórdida,[33] come para não morrer, pouco e ruim. A família compõe-se da mulher e de uma preta escrava, comprada com outra, há muitos anos, e às escondidas, por serem de contrabando. Dizem até que nem as pagou, porque o vendedor faleceu logo sem deixar nada escrito. A outra preta morreu há pouco tempo; e aqui vereis se este homem tem ou não o gênio da economia; Sales libertou o cadáver...

E o santo bispo calou-se para saborear o espanto dos outros.

— O cadáver?

— Sim, o cadáver. Fez enterrar a escrava como pessoa livre e miserável, para não acudir[34] às despesas da sepultura. Pouco embora, era alguma coisa. E para ele não há pouco; com pingos d'água é que se alagam as ruas. Nenhum desejo de representação, nenhum gosto nobiliário; tudo isso custa dinheiro, e ele diz que o dinheiro não lhe cai do céu. Pouca sociedade, nenhuma recreação de família. Ouve e conta anedotas da vida alheia, que é regalo[35] gratuito.

— Compreende-se a incredulidade pública — ponderou[36] S. Miguel.

— Não digo que não, porque o mundo não vai além da superfície das coisas. O mundo não vê que, além de caseira eminente, educada por ele, e sua confidente de mais de vinte anos, a mulher deste Sales é amada deveras pelo marido. Não te espantes, Miguel; naquele muro aspérrimo[37] brotou uma flor descorada e sem cheiro, mas flor. A botânica sentimental tem dessas anomalias. Sales ama a esposa; está abatido e desvairado com a ideia de a perder. Hoje de manhã, muito cedo, não tendo dormido mais de duas horas, entrou a cogitar no desastre próximo. Desesperando da terra, voltou-se para Deus; pensou em nós, e especialmente em mim que sou o santo do seu nome. Só um

---

[29] Alguém que pratica usura; agiota.
[30] Avarento; dedicado a acumular dinheiro.
[31] Bolso interno da roupa; pequena bolsa para guardar dinheiro.
[32] Importunar; insistir.
[33] Miserável; repugnante.
[34] Assumir.
[35] Prazer; agrado.
[36] Refletiu.
[37] Muito áspero; árido.

milagre podia salvá-la; determinou vir aqui. Mora perto, e veio correndo. Quando entrou trazia o olhar brilhante e esperançado; podia ser a luz da fé, mas era outra coisa muito particular, que vou dizer. Aqui peço-vos que redobreis de atenção.

Vi os bustos inclinarem-se ainda mais; eu próprio não pude esquivar-me ao movimento e dei um passo para diante. A narração do santo foi tão longa e miúda,[38] a análise tão complicada, que não as ponho aqui integralmente, mas em substância.[39]

— Quando pensou em vir pedir-me que intercedesse pela vida da esposa, Sales teve uma ideia específica de usurário, a de prometer-me uma perna de cera. Não foi o crente, que simboliza desta maneira a lembrança do benefício; foi o usurário que pensou em forçar a graça divina pela expectação[40] do lucro. E não foi só a usura que falou, mas também a avareza; porque em verdade, dispondo-se à promessa, mostrava ele querer deveras a vida da mulher — intuição de avaro —; despender é documentar: só se quer de coração aquilo que se paga a dinheiro, disse-lho a consciência pela mesma boca escura. Sabeis que pensamentos tais não se formulam como outros, nascem das entranhas do caráter e ficam na penumbra da consciência. Mas eu li tudo nele logo que aqui entrou alvoroçado, com o olhar fúlgido[41] de esperança; li tudo e esperei que acabasse de benzer-se e rezar.

— Ao menos, tem alguma religião — ponderou S. José.

— Alguma tem, mas vaga e econômica. Não entrou nunca em irmandades e ordens terceiras, porque nelas se rouba o que pertence ao Senhor; é o que ele diz para conciliar a devoção com a algibeira. Mas não se pode ter tudo; é certo que ele teme a Deus e crê na doutrina.

— Bem, ajoelhou-se e rezou.

— Rezou. Enquanto rezava, via eu a pobre alma, que padecia deveras, conquanto a esperança começasse a trocar-se em certeza intuitiva. Deus tinha de salvar a doente, por força, graças à minha intervenção, e eu ia interceder; é o que ele pensava, enquanto os lábios repetiam as palavras da oração. Acabando a oração, ficou Sales algum tempo olhando, com as mãos postas; afinal falou a boca do homem, falou para confessar a dor, para jurar que nenhuma outra mão, além da do Senhor, podia atalhar[42] o golpe. A mulher ia morrer... ia morrer... ia morrer... E repetia a palavra, sem sair dela. A mulher

---

[38] Detalhada.
[39] Em forma resumida; breve.
[40] Expectativa.
[41] Brilhante.
[42] Impedir.

ia morrer. Não passava adiante. Prestes a formular o pedido e a promessa não achava palavras idôneas,[43] nem aproximativas, nem sequer dúbias, não achava nada, tão longo era o descostume de dar alguma coisa. Afinal saiu o pedido; a mulher ia morrer, ele rogava-me que a salvasse, que pedisse por ela ao Senhor. A promessa, porém, é que não acabava de sair. No momento em que a boca ia articular a primeira palavra, a garra da avareza mordia-lhe as entranhas e não deixava sair nada. Que a salvasse... que intercedesse por ela...

No ar, diante dos olhos, recortava-se-lhe a perna de cera, e logo a moeda que ela havia de custar. A perna desapareceu, mas ficou a moeda, redonda, luzidia, amarela, ouro puro, completamente ouro, melhor que o dos castiçais[44] do meu altar, apenas dourados. Para onde quer que virasse os olhos, via a moeda, girando, girando, girando. E os olhos a apalpavam, de longe, e transmitiam-lhe a sensação fria do metal e até a do relevo do cunho. Era ela mesma, velha amiga de longos anos, companheira do dia e da noite, era ela que ali estava no ar, girando, às tontas; era ela que descia do teto, ou subia do chão, ou rolava no altar, indo da Epístola ao Evangelho, ou tilintava nos pingentes do lustre.

Agora a súplica dos olhos e a melancolia deles eram mais intensas e puramente voluntárias. Vi-os alongarem-se para mim, cheios de contrição, de humilhação, de desamparo; e a boca ia dizendo algumas coisas soltas — Deus —, os anjos do Senhor, — as bentas chagas, — palavras lacrimosas e trêmulas, como para pintar por elas a sinceridade da fé e a imensidade da dor. Só a promessa da perna é que não saía. Às vezes, a alma, como pessoa que recolhe as forças, a fim de saltar um valo,[45] fitava longamente a morte da mulher e rebolcava-se[46] no desespero que ela lhe havia de trazer; mas, à beira do valo, quando ia a dar o salto, recuava. A moeda emergia dele e a promessa ficava no coração do homem.

O tempo ia passando. A alucinação crescia, porque a moeda, acelerando e multiplicando os saltos, multiplicava-se a si mesma e parecia uma infinidade delas; e o conflito era cada vez mais trágico. De repente, o receio de que a mulher podia estar expirando gelou o sangue ao pobre homem e ele quis precipitar-se. Podia estar expirando... Pedia-me que intercedesse por ela, que a salvasse...

---

[43] Adequadas.
[44] Utensílio para colocar velas.
[45] Trincheira; parapeito.
[46] Lançar-se; rolar.

Aqui o demônio da avareza sugeria-lhe uma transação nova, uma troca de espécie, dizendo-lhe que o valor da oração era superfino e muito mais excelso[47] que o das obras terrenas. E o Sales, curvo, contrito, com as mãos postas, o olhar submisso, desamparado, resignado, pedia-me que lhe salvasse a mulher. Que lhe salvasse a mulher, e prometia-me trezentos — não menos —, trezentos padre-nossos e trezentas ave-marias. E repetia enfático: trezentos, trezentas, trezentos... Foi subindo, chegou a quinhentos, a mil padre-nossos e mil ave-marias. Não via esta soma escrita por letras do alfabeto, mas em algarismos, como se ficasse assim mais viva, mais exata, e a obrigação maior, e maior também a sedução. Mil padre-nossos, mil ave-marias. E voltaram as palavras lacrimosas e trêmulas, as bentas chagas, os anjos do Senhor... 1.000 — 1.000 — 1.000. Os quatro algarismos foram crescendo tanto, que encheram a igreja de alto a baixo, e com eles crescia o esforço do homem, e a confiança também; a palavra saía-lhe mais rápida, impetuosa, já falada, mil, mil, mil, mil... Vamos lá, podeis rir à vontade — concluiu S. Francisco de Sales.

E os outros santos riram efetivamente, não daquele grande riso descomposto dos deuses de Homero,[48] quando viram o coxo Vulcano[49] servir à mesa, mas de um riso modesto, tranquilo, beato e católico.[50]

Depois, não pude ouvir mais nada. Caí redondamente no chão. Quando dei por mim era dia claro... Corri a abrir todas as portas e janelas da igreja e da sacristia, para deixar entrar o sol, inimigo dos maus sonhos.

---

[47] Sublime.
[48] Homero (aprox. séc. IX-VIII a.C.) foi um poeta da Grécia antiga, a quem é atribuída a autoria dos poemas épicos *Ilíada* e *Odisseia*.
[49] Na mitologia romana, Vulcano é o deus do fogo, chamado também de Hefesto, na mitologia grega.
[50] A gargalhada dos deuses, ao verem o andar coxo de Hefesto (Vulcano), é narrada no Canto I da *Ilíada*.

# Uns braços

Inácio estremeceu, ouvindo os gritos do solicitador,[1] recebeu o prato que este lhe apresentava e tratou de comer, debaixo de uma trovoada de nomes, malandro, cabeça de vento, estúpido, maluco.

— Onde anda que nunca ouve o que lhe digo? Hei de contar tudo a seu pai, para que lhe sacuda a preguiça do corpo com uma boa vara de marmelo, ou um pau; sim, ainda pode apanhar, não pense que não. Estúpido! maluco!

— Olhe que lá fora é isto mesmo que você vê aqui — continuou, voltando-se para D. Severina, senhora que vivia com ele maritalmente, há anos. — Confunde-me os papéis todos, erra as casas, vai a um escrivão em vez de ir a outro, troca os advogados: é o diabo! É o tal sono pesado e contínuo. De manhã é o que se vê; primeiro que acorde é preciso quebrar-lhe os ossos... Deixe; amanhã hei de acordá-lo a pau de vassoura!

D. Severina tocou-lhe no pé, como pedindo que acabasse. Borges espeitorou[2] ainda alguns impropérios, e ficou em paz com Deus e os homens.

Não digo que ficou em paz com os meninos, porque o nosso Inácio não era propriamente menino. Tinha quinze anos feitos e bem feitos. Cabeça inculta, mas bela, olhos de rapaz que sonha, que adivinha, que indaga, que quer saber e não acaba de saber nada. Tudo isso posto sobre um corpo não destituído de graça, ainda que malvestido. O pai é barbeiro na Cidade Nova, e pô-lo de agente, escrevente, ou que quer que era, do solicitador Borges, com esperança de vê-lo no foro, porque lhe parecia que os procuradores de causas ganhavam muito. Passava-se isto na rua da Lapa, em 1870.

Durante alguns minutos não se ouviu mais que o tinir dos talheres e o ruído da mastigação. Borges abarrotava-se de alface e vaca; interrompia-se para virgular a oração com um golpe de vinho e continuava logo calado.

Inácio ia comendo devagarinho, não ousando levantar os olhos do prato, nem para colocá-los onde eles estavam no momento em que o terrível Borges o descompôs. Verdade é que seria agora muito arriscado. Nunca ele pôs os olhos nos braços de D. Severina que se não esquecesse de si e de tudo.

Também a culpa era antes de D. Severina em trazê-los assim nus, constantemente. Usava mangas curtas em todos os vestidos de casa, meio palmo abaixo do ombro; dali em diante ficavam-lhe os braços à mostra. Na verdade,

---

[1] Procurador que, sem ser diplomado, exerce a função de advogado.
[2] O mesmo que "expectorou": lançar para fora com escarro; pronunciar com raiva.

eram belos e cheios, em harmonia com a dona, que era antes grossa que fina, e não perdiam a cor nem a maciez por viverem ao ar; mas é justo explicar que ela os não trazia assim por faceira,[3] senão porque já gastara todos os vestidos de mangas compridas. De pé, era muito vistosa;[4] andando, tinha meneios engraçados; ele, entretanto, quase que só a via à mesa, onde, além dos braços, mal poderia mirar-lhe o busto. Não se pode dizer que era bonita; mas também não era feia. Nenhum adorno; o próprio penteado consta de mui pouco, alisou os cabelos, apanhou-os, atou-os e fixou-os no alto da cabeça com o pente de tartaruga que a mãe lhe deixou. Ao pescoço, um lenço escuro; nas orelhas, nada. Tudo isso com vinte e sete anos floridos e sólidos.

Acabaram de jantar. Borges, vindo o café, tirou quatro charutos da algibeira, comparou-os, apertou-os entre os dedos, escolheu um e guardou os restantes. Aceso o charuto, fincou os cotovelos na mesa e falou a D. Severina de trinta mil coisas que não interessavam nada ao nosso Inácio; mas enquanto falava, não o descompunha e ele podia devanear[5] à larga.

Inácio demorou o café o mais que pôde. Entre um e outro gole, alisava a toalha, arrancava dos dedos pedacinhos de pele imaginários, ou passava os olhos pelos quadros da sala de jantar, que eram dois, um S. Pedro e um S. João,[6] registros trazidos de festas encaixilhados em casa. Vá que disfarçasse com S. João, cuja cabeça moça alegra as imaginações católicas; mas com o austero S. Pedro era demais. A única defesa do moço Inácio é que ele não via nem um nem outro; passava os olhos por ali como por nada. Via só os braços de D. Severina — ou porque sorrateiramente olhasse para eles, ou porque andasse com eles impressos na memória.

— Homem, você não acaba mais? — bradou de repente o solicitador.

Não havia remédio; Inácio bebeu a última gota, já fria, e retirou-se, como de costume, para o seu quarto, nos fundos da casa. Entrando, fez um gesto de zanga e desespero e foi depois encostar-se a uma das duas janelas que davam para o mar. Cinco minutos depois, a vista das águas próximas e das montanhas ao longe restituía-lhe o sentimento confuso, vago, inquieto, que lhe doía e fazia bem, alguma coisa que deve sentir a planta, quando abotoa a primeira flor. Tinha vontade de ir embora e de ficar. Havia cinco semanas que ali morava, e a vida era sempre a mesma, sair de manhã com o Borges, andar por audiências e cartórios, correndo, levando papéis ao selo, ao distribuidor, aos escrivães, aos oficiais de justiça. Voltava à tarde, jantava e recolhia-se ao

---

[3] Exibida.
[4] Agradável de olhar.
[5] Sonhar; fantasiar.
[6] Nos Evangelhos, São Pedro e São João eram apóstolos de Jesus Cristo.

quarto, até a hora da ceia; ceava e ia dormir. Borges não lhe dava intimidade na família, que se compunha apenas de D. Severina, nem Inácio a via mais de três vezes por dia, durante as refeições. Cinco semanas de solidão, de trabalho sem gosto, longe da mãe e das irmãs; cinco semanas de silêncio, porque ele só falava uma ou outra vez na rua; em casa, nada.

"Deixe estar — pensou ele um dia —, fujo daqui e não volto mais."

Não foi; sentiu-se agarrado e acorrentado pelos braços de D. Severina. Nunca vira outros tão bonitos e tão frescos. A educação que tivera não lhe permitia encará-los logo abertamente, parece até que a princípio afastava os olhos, vexado. Encarou-os pouco a pouco, ao ver que eles não tinham outras mangas, e assim os foi descobrindo, mirando e amando. No fim de três semanas eram eles, moralmente falando, as suas tendas de repouso. Aguentava toda a trabalheira de fora, toda a melancolia da solidão e do silêncio, toda a grosseria do patrão, pela única paga de ver, três vezes por dia, o famoso par de braços.

Naquele dia, enquanto a noite ia caindo e Inácio estirava-se na rede (não tinha ali outra cama), D. Severina, na sala da frente, recapitulava o episódio do jantar e, pela primeira vez, desconfiou alguma coisa. Rejeitou a ideia logo, uma criança! Mas há ideias que são da família das moscas teimosas: por mais que a gente as sacuda, elas tornam e pousam. Criança? Tinha quinze anos; e ela advertiu que entre o nariz e a boca do rapaz havia um princípio de rascunho de buço. Que admira que começasse a amar? E não era ela bonita? Esta outra ideia não foi rejeitada, antes afagada e beijada. E recordou então os modos dele, os esquecimentos, as distrações, e mais um incidente, e mais outro, tudo eram sintomas, e concluiu que sim.

— Que é que você tem? disse-lhe o solicitador, estirado no canapé,[7] ao cabo de alguns minutos de pausa.

— Não tenho nada.

— Nada? Parece que cá em casa anda tudo dormindo! Deixem estar, que eu sei de um bom remédio para tirar o sono aos dorminhocos...

E foi por ali, no mesmo tom zangado, fuzilando ameaças, mas realmente incapaz de as cumprir, pois era antes grosseiro que mau. D. Severina interrompia-o que não, que era engano, não estava dormindo, estava pensando na comadre Fortunata. Não a visitavam desde o Natal; por que não iriam lá uma daquelas noites? Borges redarguia que andava cansado, trabalhava como um negro,[8] não estava para visitas de parola;[9] e descompôs a comadre,

---

[7] Espécie de sofá, com encosto e braços.

[8] A expressão "trabalhar como um negro" era comum na época do conto, quando ainda vigorava o regime escravocrata no Brasil. Observa-se que o pensamento é atribuído ao personagem, e não ao narrador.

[9] Conversa inútil, sem importância.

descompôs o compadre, descompôs o afilhado, que não ia ao colégio, com dez anos! Ele, Borges, com dez anos, já sabia ler, escrever e contar, não muito bem, é certo, mas sabia. Dez anos! Havia de ter um bonito fim: — vadio, e o côvado[10] e meio nas costas. A tarimba[11] é que viria ensiná-lo.

D. Severina apaziguava-o com desculpas, a pobreza da comadre, o caiporismo[12] do compadre, e fazia-lhe carinhos, a medo, que eles podiam irritá-lo mais. A noite caíra de todo; ela ouviu o *tlic* do lampião do gás da rua, que acabavam de acender, e viu o clarão dele nas janelas da casa fronteira. Borges, cansado do dia, pois era realmente um trabalhador de primeira ordem, foi fechando os olhos e pegando no sono, e deixou-a só na sala, às escuras, consigo e com a descoberta que acaba de fazer.

Tudo parecia dizer à dama que era verdade; mas essa verdade, desfeita a impressão do assombro, trouxe-lhe uma complicação moral, que ela só conheceu pelos efeitos, não achando meio de discernir o que era. Não podia entender-se nem equilibrar-se, chegou a pensar em dizer tudo ao solicitador, e ele que mandasse embora o fedelho. Mas que era tudo? Aqui estacou: realmente, não havia mais que suposição, coincidência e possivelmente ilusão. Não, não, ilusão não era. E logo recolhia os indícios vagos, as atitudes do mocinho, o acanhamento, as distrações, para rejeitar a ideia de estar enganada. Daí a pouco (capciosa[13] natureza!), refletindo que seria mau acusá-lo sem fundamento, admitiu que se iludisse, para o único fim de observá-lo melhor e averiguar bem a realidade das coisas.

Já nessa noite, D. Severina mirava por baixo dos olhos os gestos de Inácio; não chegou a achar nada, porque o tempo do chá era curto e o rapazinho não tirou os olhos da xícara. No dia seguinte pôde observar melhor, e nos outros otimamente. Percebeu que sim, que era amada e temida, amor adolescente e virgem, retido pelos liames[14] sociais e por um sentimento de inferioridade que o impedia de reconhecer-se a si mesmo. D. Severina compreendeu que não havia recear nenhum desacato, e concluiu que o melhor era não dizer nada ao solicitador; poupava-lhe um desgosto, e outro à pobre criança. Já se persuadia bem que ele era criança, e assentou de o tratar tão secamente como até ali, ou ainda mais. E assim fez; Inácio começou a sentir que ela fugia com

---

[10] Côvado era uma antiga medida equivalente a 66 cm. A expressão "côvado e meio" era usada para descrever a primeira farda militar. Assim, significa, no conto, que o rapaz já tinha alcançado estatura suficiente para o serviço militar.

[11] Vida de soldado.

[12] Qualidade de quem é azarado.

[13] Que engana; manhosa.

[14] Ligações; vínculos.

os olhos, ou falava áspero, quase tanto como o próprio Borges. De outras vezes, é verdade que o tom da voz saía brando e até meigo, muito meigo; assim como o olhar geralmente esquivo,[15] tanto errava por outras partes, que, para descansar, vinha pousar na cabeça dele; mas tudo isso era curto.

— Vou-me embora — repetia ele na rua como nos primeiros dias.

Chegava à casa e não se ia embora. Os braços de D. Severina fechavam-lhe um parêntesis no meio do longo e fastidioso período da vida que levava, e essa oração intercalada trazia uma ideia original e profunda, inventada pelo céu unicamente para ele. Deixava-se estar e ia andando. Afinal, porém, teve de sair, e para nunca mais; eis aqui como e por quê.

D. Severina tratava-o desde alguns dias com benignidade. A rudeza da voz parecia acabada, e havia mais do que brandura, havia desvelo[16] e carinho. Um dia recomendava-lhe que não apanhasse ar, outro que não bebesse água fria depois do café quente, conselhos, lembranças, cuidados de amiga e mãe, que lhe lançaram na alma ainda maior inquietação e confusão. Inácio chegou ao extremo de confiança de rir um dia à mesa, coisa que jamais fizera; e o solicitador não o tratou mal dessa vez, porque era ele que contava um caso engraçado, e ninguém pune a outro pelo aplauso que recebe. Foi então que D. Severina viu que a boca do mocinho, graciosa estando calada, não o era menos quando ria.

A agitação de Inácio ia crescendo, sem que ele pudesse acalmar-se nem entender-se. Não estava bem em parte nenhuma. Acordava de noite, pensando em D. Severina. Na rua, trocava de esquinas, errava as portas, muito mais que dantes, e não via mulher, ao longe ou ao perto, que lha não trouxesse à memória. Ao entrar no corredor da casa, voltando do trabalho, sentia sempre algum alvoroço, às vezes grande, quando dava com ela no topo da escada, olhando através das grades de pau da cancela, como tendo acudido a ver quem era.

Um domingo — nunca ele esqueceu esse domingo —, estava só no quarto, à janela, virado para o mar, que lhe falava a mesma linguagem obscura e nova de D. Severina. Divertia-se em olhar para as gaivotas, que faziam grandes giros no ar, ou pairavam em cima d'água, ou avoaçavam somente. O dia estava lindíssimo. Não era só um domingo cristão; era um imenso domingo universal.

Inácio passava-os todos ali no quarto ou à janela, ou relendo um dos três folhetos que trouxera consigo, contos de outros tempos, comprados a tostão,[17]

---

[15] Que evita o contato.
[16] Muito cuidado.
[17] Moeda de níquel equivalente a cem réis. Por extensão de sentido, coisa de pouco valor.

debaixo do passadiço[18] do Largo do Paço. Eram duas horas da tarde. Estava cansado, dormira mal à noite, depois de haver andado muito na véspera; estirou-se na rede, pegou em um dos folhetos, a *Princesa Magalona*,[19] e começou a ler. Nunca pôde entender por que é que todas as heroínas dessas velhas histórias tinham a mesma cara e talhe[20] de D. Severina, mas a verdade é que os tinham. Ao cabo de meia hora, deixou cair o folheto e pôs os olhos na parede, donde, cinco minutos depois, viu sair a dama dos seus cuidados. O natural era que se espantasse; mas não se espantou. Embora com as pálpebras cerradas, viu-a desprender-se de todo, parar, sorrir e andar para a rede. Era ela mesma; eram os seus mesmos braços.

É certo, porém, que D. Severina tanto não podia sair da parede, dado que houvesse ali porta ou rasgão, que estava justamente na sala da frente ouvindo os passos do solicitador, que descia as escadas. Ouviu-o descer; foi à janela vê-lo sair e só se recolheu quando ele se perdeu ao longe, no caminho da rua das Mangueiras. Então entrou e foi sentar-se no canapé. Parecia fora do natural, inquieta, quase maluca; levantando-se, foi pegar na jarra que estava em cima do aparador e deixou-a no mesmo lugar; depois caminhou até à porta, deteve-se e voltou, ao que parece, sem plano. Sentou-se outra vez, cinco ou dez minutos. De repente, lembrou-se que Inácio comera pouco ao almoço e tinha o ar abatido, e advertiu que podia estar doente; podia ser até que estivesse muito mal.

Saiu da sala, atravessou rasgadamente o corredor e foi até o quarto do mocinho, cuja porta achou escancarada. D. Severina parou, espiou, deu com ele na rede, dormindo, com o braço para fora e o folheto caído no chão. A cabeça inclinava-se um pouco do lado da porta, deixando ver os olhos fechados, os cabelos revoltos e um grande ar de riso e de beatitude.

D. Severina sentiu bater-lhe o coração com veemência e recuou. Sonhara de noite com ele; pode ser que ele estivesse sonhando com ela. Desde madrugada que a figura do mocinho andava-lhe diante dos olhos como uma tentação diabólica. Recuou ainda, depois voltou, olhou dois, três, cinco minutos, ou mais. Parece que o sono dava à adolescência de Inácio uma expressão mais acentuada, quase feminina, quase pueril. "Uma criança!", disse

---

[18] Passagem; corredor.
[19] Trata-se de uma obra anônima, de origem medieval, cujo título completo é: "História verdadeira da princesa Magalona, filha d'El-Rei de Nápoles, e do nobre, e valoroso cavalheiro Pierres, Pedro de Provença, e dos muitos trabalhos, e adversidades, que passaram, sendo sempre constantes na fé, e virtudes, e como depois reinaram, e acabaram a sua vida virtuosamente no serviço de Deus".
[20] Porte; aspecto físico.

ela a si mesma, naquela língua sem palavras que todos trazemos conosco. E essa ideia abateu-lhe o alvoroço do sangue e dissipou-lhe em parte a turvação dos sentidos.

"Uma criança!"

E mirou-o lentamente, fartou-se de vê-lo, com a cabeça inclinada, o braço caído; mas, ao mesmo tempo que o achava criança, achava-o bonito, muito mais bonito que acordado, e uma dessas ideias corrigia ou corrompia a outra. De repente estremeceu e recuou assustada: ouvira um ruído ao pé, na saleta do engomado;[21] foi ver, era um gato que deitara uma tigela ao chão. Voltando devagarinho a espiá-lo, viu que dormia profundamente. Tinha o sono duro a criança! O rumor que a abalara tanto não o fez sequer mudar de posição. E ela continuou a vê-lo dormir — dormir e talvez sonhar.

Que não possamos ver os sonhos uns dos outros! D. Severina ter-se-ia visto a si mesma na imaginação do rapaz; ter-se-ia visto diante da rede, risonha e parada; depois inclinar-se, pegar-lhe nas mãos, levá-las ao peito, cruzando ali os braços, os famosos braços. Inácio, namorado deles, ainda assim ouvia as palavras dela, que eram lindas, cálidas,[22] principalmente novas, ou, pelo menos, pertenciam a algum idioma que ele não conhecia, posto que o entendesse. Duas, três e quatro vezes a figura esvaía-se, para tornar logo, vindo do mar ou de outra parte, entre gaivotas, ou atravessando o corredor, com toda a graça robusta de que era capaz. E tornando, inclinava-se, pegava-lhe outra vez das mãos e cruzava ao peito os braços, até que, inclinando-se, ainda mais, muito mais, abrochou[23] os lábios e deixou-lhe um beijo na boca.

Aqui o sonho coincidiu com a realidade, e as mesmas bocas uniram-se na imaginação e fora dela. A diferença é que a visão não recuou, e a pessoa real tão depressa cumprira o gesto, como fugiu até à porta, vexada e medrosa. Dali passou à sala da frente, aturdida[24] do que fizera, sem olhar fixamente para nada. Afiava o ouvido, ia até o fim do corredor, a ver se escutava algum rumor que lhe dissesse que ele acordara, e só depois de muito tempo é que o medo foi passando. Na verdade, a criança tinha o sono duro; nada lhe abria os olhos, nem os fracassos contíguos[25] nem os beijos de verdade. Mas, se o medo foi passando, o vexame ficou e cresceu. D. Severina não acabava de crer que fizesse aquilo; parece que embrulhara os seus desejos na ideia de que era uma criança namorada que ali estava sem consciência nem imputação;

---

[21] Pequena sala para passar ferro nas roupas.
[22] Ardentes.
[23] Fechou; apertou.
[24] Desnorteada; tonta.
[25] Próximos; vizinhos.

e, meia mãe, meia amiga, inclinara-se e beijara-o. Fosse como fosse, estava confusa, irritada, aborrecida, mal consigo e mal com ele. O medo de que ele podia estar fingindo que dormia apontou-lhe na alma e deu-lhe um calafrio.

Mas a verdade é que dormiu ainda muito, e só acordou para jantar. Sentou-se à mesa lépido.[26] Conquanto achasse D. Severina calada e severa e o solicitador tão ríspido como nos outros dias, nem a rispidez de um, nem a severidade da outra podiam dissipar-lhe a visão graciosa que ainda trazia consigo, ou amortecer-lhe a sensação do beijo. Não reparou que D. Severina tinha um xale que lhe cobria os braços; reparou depois, na segunda-feira, e na terça-feira, também, e até sábado, que foi o dia em que Borges mandou dizer ao pai que não podia ficar com ele; e não o fez zangado, porque o tratou relativamente bem e ainda lhe disse à saída:

— Quando precisar de mim para alguma coisa, procure-me.

— Sim, senhor. A Sra. D. Severina...

— Está lá para o quarto, com muita dor de cabeça. Venha amanhã ou depois despedir-se dela.

Inácio saiu sem entender nada. Não entendia a despedida, nem a completa mudança de D. Severina, em relação a ele, nem o xale, nem nada. Estava tão bem! Falava-lhe com tanta amizade! Como é que de repente... Tanto pensou que acabou supondo de sua parte algum olhar indiscreto, alguma distração que a ofendera; não era outra coisa; e daqui a cara fechada e o xale que cobria os braços tão bonitos... Não importa; levava consigo o sabor do sonho. E através dos anos, por meio de outros amores, mais efetivos e longos, nenhuma sensação achou nunca igual à daquele domingo, na rua da Lapa, quando ele tinha quinze anos. Ele mesmo exclama às vezes, sem saber que se engana:

— E foi um sonho! Um simples sonho!

---

[26] Alegre; ligeiro.

# Um homem célebre

— Ah! o senhor é que é o Pestana? — perguntou Sinhazinha Mota, fazendo um largo gesto admirativo. E logo depois, corrigindo a familiaridade: — Desculpe meu modo, mas... é mesmo o senhor?

Vexado, aborrecido, Pestana respondeu que sim, que era ele. Vinha do piano, enxugando a testa com o lenço, e ia a chegar à janela, quando a moça o fez parar. Não era baile; apenas um sarau íntimo, pouca gente, vinte pessoas ao todo, que tinham ido jantar com a viúva Camargo, rua do Areal, naquele dia dos anos dela, cinco de novembro de 1875... Boa e patusca[1] viúva! Amava o riso e a folga, apesar dos sessenta anos em que entrava, e foi a última vez que folgou e riu, pois faleceu nos primeiros dias de 1876. Boa e patusca viúva! Com que alma e diligência arranjou ali umas danças, logo depois do jantar, pedindo ao Pestana que tocasse uma quadrilha! Nem foi preciso acabar o pedido; Pestana curvou-se gentilmente, e correu ao piano. Finda a quadrilha, mal teriam descansado uns dez minutos, a viúva correu novamente ao Pestana para um obséquio mui particular.

— Diga, minha senhora.

— É que nos toque agora aquela sua polca[2] *Não bula comigo, nhonhô*.

Pestana fez uma careta, mas dissimulou depressa, inclinou-se calado, sem gentileza, e foi para o piano, sem entusiasmo. Ouvidos os primeiros compassos, derramou-se pela sala uma alegria nova, os cavalheiros correram às damas, e os pares entraram a saracotear[3] a polca da moda. Da moda; tinha sido publicada vinte dias antes, e já não havia recanto da cidade em que não fosse conhecida. Ia chegando à consagração do assobio e da cantarola[4] noturna.

Sinhazinha Mota estava longe de supor que aquele Pestana que ela vira à mesa de jantar e depois ao piano, metido numa sobrecasaca cor de rapé,[5] cabelo negro, longo e cacheado, olhos cuidosos,[6] queixo rapado, era o mesmo

---

[1] Brincalhona; divertida.
[2] Música originária do Reino da Boêmia, antigo país da Europa Central, cujo território se situa, atualmente, entre Alemanha, Polônia e República Tcheca. A polca é caracterizada por um compasso binário, simples, geralmente com acompanhamento de dança, muito popular no Brasil do século XIX.
[3] Dançar com agilidade.
[4] Cantoria fora do tom.
[5] Pó obtido das folhas de tabaco, usado para provocar espirros.
[6] Cuidadosos.

Pestana compositor; foi uma amiga que lho disse quando o viu vir do piano, acabada a polca. Daí a pergunta admirativa. Vimos que ele respondeu aborrecido e vexado. Nem assim as duas moças lhe pouparam finezas, tais e tantas, que a mais modesta vaidade se contentaria de as ouvir; ele recebeu-as cada vez mais enfadado, até que, alegando dor de cabeça, pediu licença para sair. Nem elas, nem a dona da casa, ninguém logrou[7] retê-lo. Ofereceram-lhe remédios caseiros, algum repouso, não aceitou nada, teimou em sair e saiu.

Rua fora, caminhou depressa, com medo de que ainda o chamassem; só afrouxou depois que dobrou a esquina da Rua Formosa. Mas aí mesmo esperava-o a sua grande polca festiva. De uma casa modesta, à direita, a poucos metros de distância, saíam as notas da composição do dia, sopradas em clarineta. Dançava-se. Pestana parou alguns instantes, pensou em arrepiar caminho, mas dispôs-se a andar, estugou[8] o passo, atravessou a rua, e seguiu pelo lado oposto ao da casa do baile. As notas foram-se perdendo, ao longe, e o nosso homem entrou na rua do Aterrado, onde morava. Já perto de casa viu vir dois homens: um deles, passando rentezinho com o Pestana, começou a assobiar a mesma polca, rijamente, com brio,[9] e o outro pegou a tempo na música, e aí foram os dois abaixo, ruidosos e alegres, enquanto o autor da peça, desesperado, corria a meter-se em casa.

Em casa, respirou. Casa velha, escada velha, um preto velho que o servia,[10] e que veio saber se ele queria cear.

— Não quero nada — bradou o Pestana —; faça-me café e vá dormir.

Despiu-se, enfiou uma camisola, e foi para a sala dos fundos. Quando o preto acendeu o gás da sala, Pestana sorriu e, dentro d'alma, cumprimentou uns dez retratos que pendiam da parede. Um só era a óleo, o de um padre, que o educara, que lhe ensinara latim e música, e que, segundo os ociosos, era o próprio pai do Pestana. Certo é que lhe deixou em herança aquela casa velha, e os velhos trastes,[11] ainda do tempo de Pedro I.[12] Compusera alguns motetes[13] o padre, era doido por música, sacra ou profana, cujo gosto incutiu no moço, ou também lhe transmitiu no sangue, se é que tinham razão as bocas vadias, coisa de que se não ocupa a minha história, como ides ver.

---

[7] Conseguiu.
[8] Caminhou rapidamente, alargando o passo.
[9] Com energia; vivacidade.
[10] Na época do conto, estava em vigor no Brasil o regime escravocrata.
[11] Móveis.
[12] D. Pedro I (1798-1834) foi o primeiro imperador do Brasil, entre 1822 e 1831.
[13] Comentários; ditos breves.

Os demais retratos eram de compositores clássicos, Cimarosa,[14] Mozart,[15] Beethoven,[16] Gluck,[17] Bach,[18] Schumann,[19] e ainda uns três, alguns gravados, outros litografados, todos mal encaixilhados e de diferente tamanho, mas postos ali como santos de uma igreja. O piano era o altar; o evangelho da noite lá estava aberto: era uma sonata[20] de Beethoven.

Veio o café; Pestana engoliu a primeira xícara, e sentou-se ao piano. Olhou para o retrato de Beethoven, e começou a executar a sonata, sem saber de si, desvairado ou absorto,[21] mas com grande perfeição. Repetiu a peça; depois parou alguns instantes, levantou-se e foi a uma das janelas. Tornou ao piano; era a vez de Mozart, pegou de um trecho, e executou-o do mesmo modo, com a alma alhures.[22] Haydn[23] levou-o à meia-noite e à segunda xícara de café.

Entre meia-noite e uma hora, Pestana pouco mais fez que estar à janela e olhar para as estrelas, entrar e olhar para os retratos. De quando em quando ia ao piano, e, de pé, dava uns golpes soltos no teclado, como se procurasse algum pensamento; mas o pensamento não aparecia e ele voltava a encostar-se à janela. As estrelas pareciam-lhe outras tantas notas musicais fixadas no céu à espera de alguém que as fosse descolar; tempo viria em que o céu tinha de ficar vazio, mas então a terra seria uma constelação de partituras.[24] Nenhuma imagem, desvario ou reflexão trazia uma lembrança qualquer de Sinhazinha Mota, que entretanto, a essa mesma hora, adormecia pensando nele, famoso autor de tantas polcas amadas. Talvez a ideia conjugal tirou à moça alguns momentos de sono. Que tinha? Ela ia em vinte anos, ele em trinta, boa conta. A moça dormia ao som da polca, ouvida de cor, enquanto o autor desta não cuidava nem da polca nem da moça, mas das velhas obras

---

[14] Domenico Cimarosa (1749-1801) foi um compositor italiano, autor de várias óperas.

[15] Wolfgang Amadeus Mozart (1756-1791) foi um músico austríaco, compositor de inúmeras obras clássicas.

[16] Ludwig van Beethoven (1770-1827) foi um compositor alemão, autor de famosas sinfonias, sonatas, concertos, dentre outras obras.

[17] Christoph Willibald Gluck (1714-1787) foi um compositor alemão de óperas do período clássico.

[18] Johann Sebastian Bach (1685-1750) foi um músico e compositor alemão, autor de diversas composições para corda, piano, cravo, órgão e flauta.

[19] Robert Alexander Schumann (1810-1856) foi um compositor alemão, autor de vários concertos e de músicas de câmara, dentre outras obras.

[20] Um tipo de música clássica, composto geralmente para ser tocado por apenas um instrumento.

[21] Absorvido; enlevado.

[22] Em outro lugar; alheio.

[23] Franz Joseph Haydn (1732-1809) foi um compositor austríaco do período clássico, autor de muitas sonatas.

[24] Folhas de papel com notações musicais.

clássicas, interrogando o céu e a noite, rogando aos anjos, em último caso ao diabo. Por que não faria ele uma só que fosse daquelas páginas imortais?

Às vezes, como que ia surgir das profundezas do inconsciente uma aurora de ideia; ele corria ao piano, para aventá-la[25] inteira, traduzi-la, em sons, mas era em vão; a ideia esvaía-se. Outras vezes, sentado ao piano, deixava os dedos correrem, à ventura, a ver se as fantasias brotavam deles, como dos de Mozart; mas nada, nada, a inspiração não vinha, a imaginação deixava-se estar dormindo. Se acaso uma ideia aparecia, definida e bela, era eco apenas de alguma peça alheia, que a memória repetia, e que ele supunha inventar. Então, irritado, erguia-se, jurava abandonar a arte, ir plantar café ou puxar carroça; mas daí a dez minutos, ei-lo outra vez, com os olhos em Mozart, a imitá-lo ao piano.

Duas, três, quatro horas. Depois das quatro foi dormir; estava cansado, desanimado, morto; tinha que dar lições no dia seguinte. Pouco dormiu; acordou às sete horas. Vestiu-se e almoçou.

— Meu senhor quer a bengala ou o chapéu de sol?[26] — perguntou o preto, segundo as ordens que tinha, porque as distrações do senhor eram frequentes.

— A bengala.
— Mas parece que hoje chove.
— Chove — repetiu Pestana maquinalmente.
— Parece que sim, senhor, o céu está meio escuro.

Pestana olhava para o preto, vago, preocupado. De repente:
— Espera aí.

Correu à sala dos retratos, abriu o piano, sentou-se e espalmou as mãos no teclado. Começou a tocar alguma coisa própria, uma inspiração real e pronta, uma polca, uma polca buliçosa,[27] como dizem os anúncios. Nenhuma repulsa da parte do compositor; os dedos iam arrancando as notas, ligando-as, meneando-as; dir-se-ia que a musa[28] compunha e bailava a um tempo. Pestana esquecera as discípulas, esquecera o preto, que o esperava com a bengala e o guarda-chuva, esquecera até os retratos que pendiam gravemente da parede. Compunha só, teclando ou escrevendo, sem os vãos esforços da véspera, sem exasperação,[29] sem nada pedir ao céu, sem interrogar os olhos de Mozart. Nenhum tédio. Vida, graça, novidade, escorriam-lhe da alma como de uma fonte perene.

---

[25] Expô-las.
[26] O mesmo que guarda-sol; guarda-chuva.
[27] Agitada; travessa.
[28] Na mitologia grega, as musas eram as filhas de Zeus e Mnemósine e responsáveis por inspirar os artistas em suas composições.
[29] Irritação.

Em pouco tempo estava a polca feita. Corrigiu ainda alguns pontos, quando voltou para jantar: mas já a cantarolava, andando, na rua. Gostou dela; na composição recente e inédita circulava o sangue da paternidade e da vocação. Dois dias depois, foi levá-la ao editor das outras polcas suas, que andariam já por umas trinta. O editor achou-a linda.

— Vai fazer grande efeito.

Veio a questão do título. Pestana, quando compôs a primeira polca, em 1871, quis dar-lhe um título poético, escolheu este: *Pingos de Sol*. O editor abanou a cabeça, e disse-lhe que os títulos deviam ser, já de si, destinados à popularidade — ou por alusão a algum sucesso do dia, ou pela graça das palavras —; indicou-lhe dois: *A Lei de 28 de setembro*,[30] ou *Candongas não fazem festa*.[31]

— Mas que quer dizer *Candongas não fazem festa*? — perguntou o autor.

— Não quer dizer nada, mas populariza-se logo. Pestana, ainda donzel[32] inédito, recusou qualquer das denominações e guardou a polca; mas não tardou que compusesse outra, e a comichão[33] da publicidade levou-o a imprimir as duas, com os títulos que ao editor parecessem mais atraentes ou apropriados. Assim se regulou pelo tempo adiante.

Agora, quando Pestana entregou a nova polca, e passaram ao título, o editor acudiu que trazia um, desde muitos dias, para a primeira obra que ele lhe apresentasse, título de espavento,[34] longo e meneado.[35] Era este: *Senhora dona, guarde o seu balaio*.[36]

— E para a vez seguinte — acrescentou — já trago outro de cor. Exposta à venda, esgotou-se logo a primeira edição.

A fama do compositor bastava à procura; mas a obra em si mesma era adequada ao gênero, original, convidava a dançá-la e decorava-se depressa. Em oito dias, estava célebre.[37] Pestana, durante os primeiros, andou deveras namorado da composição, gostava de a cantarolar baixinho, detinha-se na rua, para ouvi-la tocar em alguma casa, e zangava-se quando não a tocavam bem. Desde logo, as orquestras de teatro a executaram, e ele lá foi a um deles. Não desgostou também de a ouvir assobiada, uma noite, por um vulto que descia a rua do Aterrado.

---

[30] A Lei de 28 de setembro de 1871, conhecida como Lei do Ventre Livre, declarava livres "os filhos de mulher escrava que nascerem desde a data desta lei".
[31] Candongas são ações ardilosas, trapaças.
[32] Jovem nobre e inexperiente.
[33] Coceira; tentação.
[34] Espanto; susto.
[35] Astucioso.
[36] Cesto grande feito de palha.
[37] Famoso; ilustre.

Essa lua de mel durou apenas um quarto de lua.[38] Como das outras vezes, e mais depressa ainda, os velhos mestres retratados o fizeram sangrar de remorsos. Vexado e enfastiado, Pestana arremeteu contra aquela que o viera consolar tantas vezes, musa de olhos marotos[39] e gestos arredondados, fácil e graciosa. E aí voltaram as náuseas de si mesmo, o ódio a quem lhe pedia a nova polca da moda, e juntamente o esforço de compor alguma coisa ao sabor clássico, uma página que fosse, uma só, mas tal que pudesse ser encadernada entre Bach e Schumann. Vão estudo, inútil esforço. Mergulhava naquele Jordão sem sair batizado.[40] Noites e noites, gastou-as assim, confiado e teimoso, certo de que a vontade era tudo, e que, uma vez que abrisse mão da música fácil...

— As polcas que vão para o inferno fazer dançar o diabo — disse ele um dia, de madrugada, ao deitar-se.

Mas as polcas não quiseram ir tão fundo. Vinham à casa de Pestana, à própria sala dos retratos, irrompiam tão prontas, que ele não tinha mais que o tempo de as compor, imprimi-las depois, gostá-las alguns dias, aborrecê-las, e tornar às velhas fontes, donde lhe não manava nada. Nessa alternativa viveu até casar, e depois de casar.

— Casar com quem? — perguntou Sinhazinha Mota ao tio escrivão que lhe deu aquela notícia.

— Vai casar com uma viúva.

— Velha?

— Vinte e sete anos.

— Bonita?

— Não, nem feia, assim, assim. Ouvi dizer que ele se enamorou dela, porque a ouviu cantar na última festa de S. Francisco de Paula.[41] Mas ouvi também que ela possui outra prenda, que não é rara, mas vale menos: está tísica.[42]

Os escrivães não deviam ter espírito — mau espírito, quero dizer. A sobrinha deste sentiu no fim um pingo de bálsamo, que lhe curou a dentadinha da inveja. Era tudo verdade. Pestana casou daí a dias com uma viúva de vinte e sete anos, boa cantora e tísica. Recebeu-a como a esposa espiritual do seu gênio. O celibato[43] era, sem dúvida, a causa da esterilidade e do transvio,[44]

---

[38] Período de uma das fases da lua, isto é, entre sete e oito dias.
[39] Travessos.
[40] Alusão ao episódio bíblico do batismo de Jesus Cristo por João Batista, no rio Jordão, narrado no Novo Testamento.
[41] A igreja de São Francisco de Paula, construída entre 1759 e 1801, localiza-se no centro da cidade do Rio de Janeiro.
[42] Tuberculosa; acometida de uma doença debilitante.
[43] Condição de pessoa solteira, ou de quem se abstém de relações sexuais.
[44] Afastamento de um dever.

dizia ele consigo; artisticamente considerava-se um arruador[45] de horas mortas; tinha as polcas por aventuras de petimetres.[46] Agora, sim, é que ia engendrar uma família de obras sérias, profundas, inspiradas e trabalhadas.

Essa esperança abotoou desde as primeiras horas do amor, e desabrochou à primeira aurora do casamento. Maria, balbuciou a alma dele, dá-me o que não achei na solidão das noites, nem no tumulto dos dias.

Desde logo, para comemorar o consórcio, teve ideia de compor um noturno.[47] Chamar-lhe-ia *Ave, Maria*.[48] A felicidade como que lhe trouxe um princípio de inspiração; não querendo dizer nada à mulher, antes de pronto, trabalhava às escondidas; coisa difícil, porque Maria, que amava igualmente a arte, vinha tocar com ele, ou ouvi-lo somente, horas e horas, na sala dos retratos. Chegaram a fazer alguns concertos semanais, com três artistas, amigos do Pestana. Um domingo, porém, não se pôde ter o marido, e chamou a mulher para tocar um trecho do noturno; não lhe disse o que era nem de quem era. De repente, parando, interrogou-a com os olhos.

— Acaba — disse Maria —; não é Chopin?[49]

Pestana empalideceu, fitou os olhos no ar, repetiu um ou dois trechos e ergueu-se. Maria assentou-se ao piano e, depois de algum esforço de memória, executou a peça de Chopin. A ideia, o motivo eram os mesmos; Pestana achara-os em algum daqueles becos escuros da memória, velha cidade de traições. Triste, desesperado, saiu de casa, e dirigiu-se para o lado da ponte, caminho de S. Cristóvão.

— Para que lutar? — dizia ele. Vou com as polcas... Viva a polca!

Homens que passavam por ele, e ouviam isto, ficavam olhando, como para um doido. E ele ia andando, alucinado, mortificado, eterna peteca entre a ambição e a vocação... Passou o velho matadouro; ao chegar à porteira da estrada de ferro, teve ideia de ir pelo trilho acima e esperar o primeiro trem que viesse e o esmagasse. O guarda fê-lo recuar. Voltou a si e tornou à casa.

Poucos dias depois — uma clara e fresca manhã de maio de 1876 —, eram seis horas, Pestana sentiu nos dedos um frêmito[50] particular e conhecido. Ergueu-se devagarinho, para não acordar Maria, que tossira toda a noite, e agora dormia profundamente. Foi para a sala dos retratos, abriu o piano, e, o mais surdamente que pôde, extraiu uma polca. Fê-la publicar com um

---

[45] Alguém que passeia pelas ruas; rueiro.
[46] Peraltas.
[47] Composição vocal, ou para piano, com um tema triste, melancólico.
[48] Referência à oração católica ave-maria.
[49] Frédéric François Chopin (1810-1849) foi um pianista polonês-francês do período romântico.
[50] Estremecimento.

pseudônimo; nos dois meses seguintes compôs e publicou mais duas. Maria não soube nada; ia tossindo e morrendo, até que expirou,[51] uma noite, nos braços do marido, apavorado e desesperado.

Era noite de Natal. A dor do Pestana teve um acréscimo, porque na vizinhança havia um baile, em que se tocaram várias de suas melhores polcas. Já o baile era duro de sofrer; as suas composições davam-lhe um ar de ironia e perversidade. Ele sentia a cadência dos passos, adivinhava os movimentos, porventura lúbricos,[52] a que obrigava alguma daquelas composições: tudo isso ao pé do cadáver pálido, um molho de ossos, estendido na cama... Todas as horas da noite passaram assim, vagarosas ou rápidas, úmidas de lágrimas e de suor, de águas-da-colônia[53] e de Labarraque,[54] saltando sem parar, como ao som da polca de um grande Pestana invisível.

Enterrada a mulher, o viúvo teve uma única preocupação: deixar a música, depois de compor um réquiem,[55] que faria executar no primeiro aniversário da morte de Maria. Escolheria outro emprego, escrevente, carteiro, mascate, qualquer coisa que lhe fizesse esquecer a arte assassina e surda.

Começou a obra; empregou tudo, arrojo, paciência, meditação, e até os caprichos do acaso, como fizera outrora, imitando Mozart. Releu e estudou o Réquiem deste autor. Passaram-se semanas e meses. A obra, célere[56] a princípio, afrouxou o andar. Pestana tinha altos e baixos. Ora achava-a incompleta, não lhe sentia a alma sacra, nem ideia, nem inspiração, nem método; ora elevava-se-lhe o coração e trabalhava com vigor. Oito meses, nove, dez, onze, e o réquiem não estava concluído. Redobrou de esforços; esqueceu lições e amizades. Tinha refeito muitas vezes a obra; mas agora queria concluí-la, fosse como fosse. Quinze dias, oito, cinco... A aurora[57] do aniversário veio achá-lo trabalhando.

Contentou-se da missa rezada e simples, para ele só. Não se pode dizer se todas as lágrimas, que lhe vieram sorrateiramente aos olhos, foram do marido, ou se algumas eram do compositor. Certo é que nunca mais tornou ao réquiem.

---

[51] Faleceu.
[52] Escorregadios; lisos.
[53] Preparação de álcool e essências perfumadas.
[54] Antoine Germain Labarraque (1777-1850), químico e farmacêutico francês, encontrou e formulou as propriedades desodorizantes e desinfetantes da solução de Hipoclorito de sódio que, diluída, passou a ser comercializada, com o rótulo de "água de Labarraque".
[55] Composição musical para missa dos mortos.
[56] Rápida; veloz.
[57] Véspera.

"Para quê?", dizia ele a si mesmo.

Correu ainda um ano. No princípio de 1878, apareceu-lhe o editor.

— Lá vão dois anos — disse este — que nos não dá um ar da sua graça. Toda a gente pergunta se o senhor perdeu o talento. Que tem feito?

— Nada.

— Bem sei o golpe que o feriu; mas lá vão dois anos. Venho propor-lhe um contrato: vinte polcas durante doze meses; o preço antigo, e uma porcentagem maior na venda. Depois, acabado o ano, podemos renovar.

Pestana assentiu com um gesto. Poucas lições tinha, vendera a casa para saldar dívidas, e as necessidades iam comendo o resto, que era assaz[58] escasso. Aceitou o contrato.

— Mas a primeira polca há de ser já — explicou o editor. — É urgente. Viu a carta do Imperador[59] ao Caxias?[60] Os liberais foram chamados ao poder; vão fazer a reforma eleitoral.[61] A polca há de chamar-se: *Bravos à eleição direta!* Não é política; é um bom título de ocasião.

Pestana compôs a primeira obra do contrato. Apesar do longo tempo de silêncio, não perdera a originalidade nem a inspiração. Trazia a mesma nota genial. As outras polcas vieram vindo, regularmente. Conservara os retratos e os repertórios; mas fugia de gastar todas as noites ao piano, para não cair em novas tentativas. Já agora pedia uma entrada de graça, sempre que havia alguma boa ópera ou concerto de artista, ia, metia-se a um canto, gozando aquela porção de coisas que nunca lhe haviam de brotar do cérebro. Uma ou outra vez, ao tornar para casa, cheio de música, despertava nele o maestro inédito; então, sentava-se ao piano, e, sem ideia, tirava algumas notas, até que ia dormir, vinte ou trinta minutos depois.

Assim foram passando os anos, até 1885. A fama do Pestana dera-lhe definitivamente o primeiro lugar entre os compositores de polcas; mas o primeiro lugar da aldeia não contentava a este César,[62] que continuava a preferir-lhe, não o segundo, mas o centésimo em Roma. Tinha ainda as alternativas de outro tempo, acerca de suas composições; a diferença é que

---

[58] Muito.
[59] D. Pedro II (1825-1891), que reinou no Império do Brasil de 1840 a 1889.
[60] Luís Alves de Lima e Silva (1803-1880), o duque de Caxias, presidiu o gabinete Conservador, entre 1875 e 1878, e foi destituído em janeiro de 1878 pelo imperador D. Pedro II.
[61] A partir de janeiro de 1878, João Lins Vieira Cansanção (1810-1907), visconde de Sinimbu, passa a ser presidente do Conselho de Ministros, formando o gabinete Liberal, com o objetivo de estabelecer eleições diretas para a Câmara dos Deputados. Esse objetivo somente foi alcançado, contudo, no gabinete Saraiva, em 1881.
[62] "César" era o título imperial dado ao ditador da República Romana (509-27 a.C.), derivado do nome do Imperador Caio Júlio César (100-44 a.C.).

eram menos violentas. Nem entusiasmo nas primeiras horas, nem horror depois da primeira semana; algum prazer e certo fastio.[63]

Naquele ano, apanhou uma febre de nada, que em poucos dias cresceu, até virar perniciosa.[64] Já estava em perigo, quando lhe apareceu o editor, que não sabia da doença, e ia dar-lhe notícia da subida dos conservadores,[65] e pedir-lhe uma polca de ocasião. O enfermeiro, pobre clarineta[66] de teatro, referiu-lhe o estado do Pestana, de modo que o editor entendeu calar-se. O doente é que instou[67] para que lhe dissesse o que era; o editor obedeceu.

— Mas há de ser quando estiver bom de todo — concluiu.

— Logo que a febre decline um pouco — disse o Pestana.

Seguiu-se uma pausa de alguns segundos. O clarineta foi pé ante pé preparar o remédio; o editor levantou-se e despediu-se.

— Adeus.

— Olhe — disse o Pestana —, como é provável que eu morra por estes dias, faço-lhe logo duas polcas; a outra servirá para quando subirem os liberais.[68]

Foi a única pilhéria[69] que disse em toda a vida, e era tempo, porque expirou na madrugada seguinte, às quatro horas e cinco minutos, bem com os homens e mal consigo mesmo.

---

[63] Tédio.
[64] Malária.
[65] Trata-se do gabinete Conservador presidido por João Maurício Wanderley (1815-1889), barão de Cotegipe.
[66] Alguém que toca clarinete, instrumento de sopro simples.
[67] Insistiu.
[68] Durante o Segundo Reinado (1840-1889), os liberais e os conservadores alternavam-se no poder.
[69] Piada.

# A causa secreta

Garcia, em pé, mirava e estalava as unhas; Fortunato, na cadeira de balanço, olhava para o teto; Maria Luísa, perto da janela, concluía um trabalho de agulha. Havia já cinco minutos que nenhum deles dizia nada. Tinham falado do dia, que estivera excelente, — de Catumbi,[1] onde morava o casal Fortunato, e de uma casa de saúde, que adiante se explicará. Como os três personagens aqui presentes estão agora mortos e enterrados, tempo é de contar a história sem rebuço.[2]

Tinham falado também de outra coisa, além daquelas três, coisa tão feia e grave que não lhes deixou muito gosto para tratar do dia, do bairro e da casa de saúde. Toda a conversação a este respeito foi constrangida. Agora mesmo, os dedos de Maria Luísa parecem ainda trêmulos, ao passo que há no rosto de Garcia uma expressão de severidade, que lhe não é habitual. Em verdade, o que se passou foi de tal natureza, que para fazê-lo entender, é preciso remontar a origem da situação.

Garcia tinha-se formado em medicina, no ano anterior, 1861. No de 1860, estando ainda na Escola,[3] encontrou-se com Fortunato, pela primeira vez, à porta da Santa Casa;[4] entrava, quando o outro saía. Fez-lhe impressão a figura; mas, ainda assim, tê-la-ia esquecido, se não fosse o segundo encontro, poucos dias depois. Morava na rua de D. Manuel. Uma de suas raras distrações era ir ao Teatro de S. Januário,[5] que ficava perto, entre essa rua e a praia; ia uma ou duas vezes por mês, e nunca achava acima de quarenta pessoas. Só os mais intrépidos[6] ousavam estender os passos até aquele recanto da cidade. Uma noite, estando nas cadeiras, apareceu ali Fortunato, e sentou-se ao pé dele.

A peça era um dramalhão,[7] cosido a facadas, ouriçado[8] de imprecações[9] e remorsos; mas Fortunato ouviu-a com singular interesse. Nos lances

---

[1] Bairro da Zona Central do município do Rio de Janeiro.
[2] Disfarce; ocultamento.
[3] A Escola de Medicina do Rio de Janeiro, fundada em 1808, funcionava no Hospital Militar do Morro do Castelo.
[4] Referência à Santa Casa da Misericórdia do Rio de Janeiro, situada na rua de Santa Luzia.
[5] O Teatro de São Januário era situado na rua Dom Manuel, centro da cidade do Rio de janeiro.
[6] Corajosos; arrojados.
[7] Peça teatral melodramática, isto é, com enredo complicado e repleto de reviravoltas e emoções exageradas.
[8] Agitado.
[9] Maldições.

dolorosos, a atenção dele redobrava, os olhos iam avidamente de um personagem a outro, a tal ponto que o estudante suspeitou haver na peça reminiscências[10] pessoais do vizinho. No fim do drama, veio uma farsa;[11] mas Fortunato não esperou por ela e saiu; Garcia saiu atrás dele. Fortunato foi pelo Beco do Cotovelo, rua de S. José, até o largo da Carioca. Ia devagar, cabisbaixo, parando às vezes, para dar uma bengalada em algum cão que dormia; o cão ficava ganindo e ele ia andando. No largo da Carioca entrou num tílburi,[12] e seguiu para os lados da praça da Constituição. Garcia voltou para casa sem saber mais nada.

Decorreram algumas semanas. Uma noite, eram nove horas, estava em casa, quando ouviu rumor de vozes na escada; desceu logo do sótão, onde morava, ao primeiro andar, onde vivia um empregado do Arsenal de Guerra.[13] Era este, que alguns homens conduziam, escada acima, ensanguentado. O preto que o servia[14] acudiu a abrir a porta; o homem gemia, as vozes eram confusas, a luz pouca. Deposto o ferido na cama, Garcia disse que era preciso chamar um médico.

— Já aí vem um — acudiu alguém.

Garcia olhou: era o próprio homem da Santa Casa e do teatro. Imaginou que seria parente ou amigo do ferido; mas rejeitou a suposição, desde que lhe ouvira perguntar se este tinha família ou pessoa próxima. Disse-lhe o preto que não, e ele assumiu a direção do serviço, pediu às pessoas estranhas que se retirassem, pagou aos carregadores, e deu as primeiras ordens. Sabendo que o Garcia era vizinho e estudante de medicina, pediu-lhe que ficasse para ajudar o médico. Em seguida contou o que se passara.

— Foi uma malta[15] de capoeiras.[16] Eu vinha do quartel de Moura, onde fui visitar um primo, quando ouvi um barulho muito grande, e logo depois um ajuntamento. Parece que eles feriram também a um sujeito que passava, e que entrou por um daqueles becos; mas eu só vi a este senhor, que atravessava a rua no momento em que um dos capoeiras, roçando por ele, meteu-lhe o punhal. Não caiu logo; disse onde morava, e, como era a dois passos, achei melhor trazê-lo.

---

[10] Lembranças.
[11] Pequena peça teatral de cunho cômico.
[12] Pequena carruagem de duas rodas e dois assentos, puxada por um único animal, que era alugada como transporte na época da narrativa.
[13] O Arsenal de Guerra da Corte, na época, era localizado entre as praias de Piaçaba e de Santa Luzia, na "Ponta do Calabouço", local que depois é aterrado, na década de 1920, abrigando atualmente o Museu Histórico Nacional.
[14] Na época da história, estava em vigor no Brasil o regime escravocrata.
[15] Grupo; bando.
[16] Assaltantes negros, que viviam escondidos em matagais.

— Conhecia-o antes? — perguntou Garcia.

— Não, nunca o vi. Quem é?

— É um bom homem, empregado no Arsenal de Guerra. Chama-se Gouveia.

— Não sei quem é.

Médico e subdelegado vieram daí a pouco, fez-se o curativo, e tomaram-se as informações. O desconhecido declarou chamar-se Fortunato Gomes da Silveira, ser capitalista, solteiro, morador em Catumbi. A ferida foi reconhecida grave. Durante o curativo, ajudado pelo estudante, Fortunato serviu de criado, segurando a bacia, a vela, os panos, sem perturbar nada, olhando friamente para o ferido, que gemia muito. No fim, entendeu-se particularmente com o médico, acompanhou-o até o patamar da escada, e reiterou ao subdelegado a declaração de estar pronto a auxiliar as pesquisas da polícia. Os dois saíram, ele e o estudante ficaram no quarto.

Garcia estava atônito.[17] Olhou para ele, viu-o sentar-se tranquilamente, estirar as pernas, meter as mãos nas algibeiras das calças, e fitar os olhos no ferido. Os olhos eram claros, cor de chumbo, moviam-se devagar, e tinham a expressão dura, seca e fria. Cara magra e pálida, uma tira estreita de barba, por baixo do queixo, e de uma têmpora a outra, curta, ruiva e rara. Teria quarenta anos. De quando em quando, voltava-se para o estudante, e perguntava alguma coisa acerca do ferido; mas tornava logo a olhar para ele, enquanto o rapaz lhe dava a resposta. A sensação que o estudante recebia era de repulsa[18] ao mesmo tempo que de curiosidade; não podia negar que estava assistindo a um ato de rara dedicação, e se era desinteressado como parecia, não havia mais que aceitar o coração humano como um poço de mistérios.

Fortunato saiu pouco antes de uma hora; voltou nos dias seguintes, mas a cura fez-se depressa, e, antes de concluída, desapareceu sem dizer ao obsequiado[19] onde morava. Foi o estudante que lhe deu as indicações do nome, rua e número.

— Vou agradecer-lhe a esmola que me fez, logo que possa sair — disse o convalescente.

Correu a Catumbi daí a seis dias. Fortunato recebeu-o constrangido, ouviu impaciente as palavras de agradecimento, deu-lhe uma resposta enfastiada[20] e acabou batendo com as borlas[21] do chambre[22] no joelho. Gouveia, defronte

---

[17] Espantado.
[18] Oposição.
[19] Alguém que recebe auxílio, ajuda. No caso, o paciente.
[20] Aborrecido; tedioso.
[21] Adorno; enfeite.
[22] Roupão.

dele, sentado e calado, alisava o chapéu com os dedos, levantando os olhos de quando em quando, sem achar mais nada que dizer. No fim de dez minutos, pediu licença para sair, e saiu.

— Cuidado com os capoeiras! — disse-lhe o dono da casa, rindo-se.

O pobre-diabo saiu de lá mortificado, humilhado, mastigando a custo o desdém, forcejando por esquecê-lo, explicá-lo ou perdoá-lo, para que no coração só ficasse a memória do benefício; mas o esforço era vão. O ressentimento, hóspede novo e exclusivo, entrou e pôs fora o benefício, de tal modo que o desgraçado não teve mais que trepar à cabeça e refugiar-se ali como uma simples ideia. Foi assim que o próprio benfeitor insinuou a este homem o sentimento da ingratidão.

Tudo isso assombrou o Garcia. Este moço possuía, em gérmen,[23] a faculdade de decifrar os homens, de decompor os caracteres, tinha o amor da análise, e sentia o regalo,[24] que dizia ser supremo, de penetrar muitas camadas morais, até apalpar o segredo de um organismo. Picado de curiosidade, lembrou-se de ir ter com o homem de Catumbi, mas advertiu que nem recebera dele o oferecimento formal da casa. Quando menos, era-lhe preciso um pretexto, e não achou nenhum.

Tempos depois, estando já formado, e morando na rua de Matacavalos, perto da do Conde, encontrou Fortunato em uma gôndola,[25] encontrou-o ainda outras vezes, e a frequência trouxe a familiaridade. Um dia Fortunato convidou-o a ir visitá-lo ali perto, em Catumbi.

— Sabe que estou casado?
— Não sabia.
— Casei-me há quatro meses, podia dizer quatro dias. Vá jantar conosco domingo.
— Domingo?
— Não esteja forjando desculpas; não admito desculpas. Vá domingo.

Garcia foi lá domingo. Fortunato deu-lhe um bom jantar, bons charutos e boa palestra, em companhia da senhora, que era interessante. A figura dele não mudara; os olhos eram as mesmas chapas de estanho, duras e frias; as outras feições não eram mais atraentes que dantes. Os obséquios, porém, se não resgatavam a natureza, davam alguma compensação, e não era pouco. Maria Luísa é que possuía ambos os feitiços, pessoa e modos. Era esbelta, airosa,[26] olhos meigos e submissos; tinha vinte e cinco anos e parecia não

---

[23] Origem; princípio.
[24] Agrado; prazer.
[25] No caso, era um antigo veículo urbano, puxado por tração animal.
[26] Elegante.

passar de dezenove. Garcia, à segunda vez que lá foi, percebeu que entre eles havia alguma dissonância de caracteres, pouca ou nenhuma afinidade moral, e da parte da mulher para com o marido uns modos que transcendiam o respeito e confinavam na resignação[27] e no temor. Um dia, estando os três juntos, perguntou Garcia a Maria Luísa se tivera notícia das circunstâncias em que ele conhecera o marido.

— Não — respondeu a moça.
— Vai ouvir uma ação bonita.
— Não vale a pena — interrompeu Fortunato.
— A senhora vai ver se vale a pena — insistiu o médico.

Contou o caso da rua de D. Manuel. A moça ouviu-o espantada. Insensivelmente estendeu a mão e apertou o pulso ao marido, risonha e agradecida, como se acabasse de descobrir-lhe o coração. Fortunato sacudia os ombros, mas não ouvia com indiferença. No fim contou ele próprio a visita que o ferido lhe fez, com todos os pormenores da figura, dos gestos, das palavras atadas, dos silêncios, em suma, um estúrdio.[28] E ria muito ao contá-la. Não era o riso da dobrez.[29] A dobrez é evasiva e oblíqua; o riso dele era jovial e franco.

"Singular homem!", pensou Garcia.

Maria Luísa ficou desconsolada com a zombaria do marido; mas o médico restituiu-lhe a satisfação anterior, voltando a referir a dedicação deste e as suas raras qualidades de enfermeiro; tão bom enfermeiro, concluiu ele, que, se algum dia fundar uma casa de saúde, irei convidá-lo.

— Valeu? — perguntou Fortunato.
— Valeu o quê?
— Vamos fundar uma casa de saúde?
— Não valeu nada; estou brincando.
— Podia-se fazer alguma coisa; e para o senhor, que começa a clínica, acho que seria bem bom. Tenho justamente uma casa que vai vagar, e serve.

Garcia recusou nesse e no dia seguinte; mas a ideia tinha-se metido na cabeça ao outro, e não foi possível recuar mais. Na verdade, era uma boa estreia para ele, e podia vir a ser um bom negócio para ambos. Aceitou finalmente, daí a dias, e foi uma desilusão para Maria Luísa. Criatura nervosa e frágil, padecia só com a ideia de que o marido tivesse de viver em contato com enfermidades humanas, mas não ousou opor-se-lhe, e curvou a cabeça. O plano fez-se e cumpriu-se depressa. Verdade é que Fortunato não curou de mais nada, nem então, nem depois. Aberta a casa, foi ele o próprio admi-

---

[27] Submissão.
[28] Estranheza; inconveniente.
[29] Fingimento; hipocrisia.

nistrador e chefe de enfermeiros, examinava tudo, ordenava tudo, compras e caldos, drogas e contas.

Garcia pôde então observar que a dedicação ao ferido da rua de D. Manuel não era um caso fortuito, mas assentava na própria natureza deste homem. Via-o servir como nenhum dos fâmulos.[30] Não recuava diante de nada, não conhecia moléstia aflitiva ou repelente, e estava sempre pronto para tudo, a qualquer hora do dia ou da noite. Toda a gente pasmava e aplaudia. Fortunato estudava, acompanhava as operações, e nenhum outro curava os cáusticos.[31]

— Tenho muita fé nos cáusticos — dizia ele.

A comunhão dos interesses apertou os laços da intimidade. Garcia tornou-se familiar na casa; ali jantava quase todos os dias, ali observava a pessoa e a vida de Maria Luísa, cuja solidão moral era evidente. E a solidão como que lhe duplicava o encanto. Garcia começou a sentir que alguma coisa o agitava, quando ela aparecia, quando falava, quando trabalhava, calada, ao canto da janela, ou tocava ao piano umas músicas tristes. Manso e manso, entrou-lhe o amor no coração. Quando deu por ele, quis expeli-lo, para que entre ele e Fortunato não houvesse outro laço que o da amizade; mas não pôde. Pôde apenas trancá-lo; Maria Luísa compreendeu ambas as coisas, a afeição e o silêncio, mas não se deu por achada.

No começo de outubro deu-se um incidente que desvendou ainda mais aos olhos do médico a situação da moça. Fortunato metera-se a estudar anatomia e fisiologia, e ocupava-se nas horas vagas em rasgar e envenenar gatos e cães. Como os guinchos[32] dos animais atordoavam os doentes, mudou o laboratório para casa, e a mulher, compleição nervosa, teve de os sofrer. Um dia, porém, não podendo mais, foi ter com o médico e pediu-lhe que, como coisa sua, alcançasse do marido a cessação de tais experiências.

— Mas a senhora mesma...

Maria Luísa acudiu, sorrindo:

— Ele naturalmente achará que sou criança. O que eu queria é que o senhor, como médico, lhe dissesse que isso me faz mal; e creia que faz...

Garcia alcançou prontamente que o outro acabasse tais estudos. Se os foi fazer em outra parte, ninguém o soube, mas pode ser que sim. Maria Luísa agradeceu ao médico, tanto por ela como pelos animais, que não podia ver padecer. Tossia de quando em quando; Garcia perguntou-lhe se tinha alguma coisa, ela respondeu que nada.

— Deixe ver o pulso.

---

[30] Empregados.
[31] Enfermos com infecções na pele.
[32] Sons agudos produzidos por animais.

— Não tenho nada.

Não deu o pulso, e retirou-se. Garcia ficou apreensivo. Cuidava, ao contrário, que ela podia ter alguma causa, que era preciso observá-la e avisar o marido em tempo.

Dois dias depois — exatamente o dia em que os vemos agora —, Garcia foi lá jantar. Na sala disseram-lhe que Fortunato estava no gabinete, e ele caminhou para ali; ia chegando à porta, no momento em que Maria Luísa saía aflita.

— Que é? — perguntou-lhe.

— O rato! O rato! exclamou a moça sufocada e afastando-se.

Garcia lembrou-se que, na véspera, ouvira ao Fortunato queixar-se de um rato, que lhe levara um papel importante; mas estava longe de esperar o que viu. Viu Fortunato sentado à mesa, que havia no centro do gabinete, e sobre a qual pusera um prato com espírito de vinho.[33] O líquido flamejava. Entre o polegar e o índice[34] da mão esquerda segurava um barbante, de cuja ponta pendia o rato atado pela cauda. Na direita tinha uma tesoura. No momento em que o Garcia entrou, Fortunato cortava ao rato uma das patas; em seguida desceu o infeliz até a chama, rápido, para não matá-lo, e dispôs-se a fazer o mesmo à terceira, pois já lhe havia cortado a primeira. Garcia estacou horrorizado.

— Mate-o logo! — disse-lhe.

— Já vai.

E com um sorriso único, reflexo de alma satisfeita, alguma coisa que traduzia a delícia íntima das sensações supremas, Fortunato cortou a terceira pata ao rato, e fez pela terceira vez o mesmo movimento até a chama. O miserável estorcia-se, guinchando, ensanguentado, chamuscado, e não acabava de morrer. Garcia desviou os olhos, depois voltou-os novamente, e estendeu a mão para impedir que o suplício continuasse, mas não chegou a fazê-lo, porque o diabo do homem impunha medo, com toda aquela serenidade radiosa da fisionomia. Faltava cortar a última pata; Fortunato cortou-a muito devagar, acompanhando a tesoura com os olhos; a pata caiu, e ele ficou olhando para o rato meio cadáver. Ao descê-lo pela quarta vez, até a chama, deu ainda mais rapidez ao gesto, para salvar, se pudesse, alguns farrapos de vida.

Garcia, defronte, conseguia dominar a repugnância do espetáculo para fixar a cara do homem. Nem raiva, nem ódio; tão somente um vasto prazer, quieto e profundo, como daria a outro a audição de uma bela sonata[35] ou

---

[33] Álcool obtido pela destilação de vinho.
[34] Dedo indicador.
[35] Composição musical clássica para instrumentos de teclado.

a vista de uma estátua divina, alguma coisa parecida com a pura sensação estética. Pareceu-lhe, e era verdade, que Fortunato havia-o inteiramente esquecido. Isto posto, não estaria fingindo, e devia ser aquilo mesmo. A chama ia morrendo, o rato podia ser que tivesse ainda um resíduo de vida, sombra de sombra; Fortunato aproveitou-o para cortar-lhe o focinho e pela última vez chegar a carne ao fogo. Afinal deixou cair o cadáver no prato, e arredou de si toda essa mistura de chamusco e sangue.

Ao levantar-se deu com o médico e teve um sobressalto.

Então, mostrou-se enraivecido contra o animal, que lhe comera o papel; mas a cólera evidentemente era fingida.

"Castiga sem raiva", pensou o médico, "pela necessidade de achar uma sensação de prazer, que só a dor alheia lhe pode dar: é o segredo deste homem."

Fortunato encareceu a importância do papel, a perda que lhe trazia, perda de tempo, é certo, mas o tempo agora era-lhe preciosíssimo. Garcia ouvia só, sem dizer nada, nem lhe dar crédito. Relembrava os atos dele, graves e leves, achava a mesma explicação para todos. Era a mesma troca das teclas da sensibilidade, um diletantismo[36] *sui generis*,[37] uma redução de Calígula.[38]

Quando Maria Luísa voltou ao gabinete, daí a pouco, o marido foi ter com ela, rindo, pegou-lhe nas mãos e falou-lhe mansamente:

— Fracalhona!

E voltando-se para o médico:

— Há de crer que quase desmaiou?

Maria Luísa defendeu-se a medo, disse que era nervosa e mulher; depois foi sentar-se à janela com as suas lãs e agulhas, e os dedos ainda trêmulos, tal qual a vimos no começo desta história. Hão de lembrar-se que, depois de terem falado de outras coisas, ficaram calados os três, o marido sentado e olhando para o teto, o médico estalando as unhas. Pouco depois foram jantar; mas o jantar não foi alegre. Maria Luísa cismava e tossia; o médico indagava de si mesmo se ela não estaria exposta a algum excesso na companhia de tal homem. Era apenas possível; mas o amor trocou-lhe a possibilidade em certeza; tremeu por ela e cuidou de os vigiar.

---

[36] Qualidade de quem é diletante, isto é, de quem pratica uma arte ou ofício por prazer, sem fins lucrativos.

[37] Único; singular.

[38] Caio Júlio César Augusto Germânico (12-41 d.C.), também conhecido como Calígula, foi um imperador romano que ficou conhecido, por relatos de historiadores antigos, como um tirano que se comportava com extrema perversidade, esbanjamento, insanidade, violência e depravação sexual, em grande prejuízo material e moral para Roma e seus cidadãos.

Ela tossia, tossia, e não se passou muito tempo que a moléstia não tirasse a máscara. Era a tísica,[39] velha dama insaciável, que chupa a vida toda, até deixar um bagaço de ossos. Fortunato recebeu a notícia como um golpe; amava deveras a mulher, a seu modo, estava acostumado com ela, custava-lhe perdê-la. Não poupou esforços, médicos, remédios, ares, todos os recursos e todos os paliativos. Mas foi tudo vão. A doença era mortal.

Nos últimos dias, em presença dos tormentos supremos da moça, a índole do marido subjugou qualquer outra afeição. Não a deixou mais; fitou o olho baço[40] e frio naquela decomposição lenta e dolorosa da vida, bebeu uma a uma as aflições da bela criatura, agora magra e transparente, devorada de febre e minada de morte. Egoísmo aspérrimo,[41] faminto de sensações, não lhe perdoou um só minuto de agonia, nem lhos pagou com uma só lágrima, pública ou íntima. Só quando ela expirou, é que ele ficou aturdido.[42] Voltando a si, viu que estava outra vez só.

De noite, indo repousar numa parenta de Maria Luísa, que a ajudara a morrer, ficaram na sala Fortunato e Garcia, velando o cadáver, ambos pensativos; mas o próprio marido estava fatigado, o médico disse-lhe que repousasse um pouco.

— Vá descansar, passe pelo sono uma hora ou duas: eu irei depois.

Fortunato saiu, foi deitar-se no sofá da saleta contígua, e adormeceu logo. Vinte minutos depois acordou, quis dormir outra vez, cochilou alguns minutos, até que se levantou e voltou à sala. Caminhava nas pontas dos pés para não acordar a parenta, que dormia perto. Chegando à porta, estacou assombrado.

Garcia tinha-se chegado ao cadáver, levantara o lenço e contemplara por alguns instantes as feições defuntas. Depois, como se a morte espiritualizasse tudo, inclinou-se e beijou-a na testa. Foi nesse momento que Fortunato chegou à porta. Estacou assombrado; não podia ser o beijo da amizade, podia ser o epílogo[43] de um livro adúltero. Não tinha ciúmes, note-se; a natureza compô-lo de maneira que lhe não deu ciúmes nem inveja, mas dera-lhe vaidade, que não é menos cativa ao ressentimento. Olhou assombrado, mordendo os beiços.

Entretanto, Garcia inclinou-se ainda para beijar outra vez o cadáver, mas então não pôde mais. O beijo rebentou em soluços, e os olhos não puderam conter as lágrimas, que vieram em borbotões,[44] lágrimas de amor calado, e irremediável desespero. Fortunato, à porta, onde ficara, saboreou tranquilo essa explosão de dor moral que foi longa, muito longa, deliciosamente longa.

---

[39] Tuberculose.
[40] Embaçado.
[41] Muito áspero; desagradável.
[42] Tonto; perturbado.
[43] Capítulo final; conclusão.
[44] Lágrimas volumosas.

# Trio em lá menor

I
*Adagio cantabile*[1]

Maria Regina acompanhou a avó até o quarto, despediu-se e recolheu-se ao seu. A mucama[2] que a servia, apesar da familiaridade que existia entre elas, não pôde arrancar-lhe uma palavra, e saiu, meia hora depois, dizendo que Nhanhã[3] estava muito séria. Logo que ficou só, Maria Regina sentou-se ao pé da cama, com as pernas estendidas, os pés cruzados, pensando.

A verdade pede que diga que esta moça pensava amorosamente em dois homens ao mesmo tempo. Um de vinte e sete anos, Maciel, outro de cinquenta, Miranda. Convenho que é abominável, mas não posso alterar a feição das coisas, não posso negar que se os dois homens estão namorados dela, ela não o está menos de ambos. Uma esquisita, em suma; ou, para falar como as suas amigas de colégio, uma desmiolada. Ninguém lhe nega coração excelente e claro espírito; mas a imaginação é que é o mal, uma imaginação adusta[4] e cobiçosa, insaciável principalmente, avessa à realidade, sobrepondo às coisas da vida outras de si mesmas; daí curiosidades irremediáveis.

A visita dos dois homens (que a namoravam de pouco) durou cerca de uma hora. Maria Regina conversou alegremente com eles, e tocou ao piano uma peça clássica, uma sonata,[5] que fez a avó cochilar um pouco. No fim discutiram música. Miranda disse coisas pertinentes acerca da música moderna e antiga; a avó tinha a religião de Bellini[6] e da *Norma*,[7] e falou das toadas do seu tempo, agradáveis, saudosas e principalmente claras. A neta ia com as opiniões do Miranda; Maciel concordou polidamente com todos.

---

[1] Expressão italiana do vocabulário musical, aplicada em partituras (notações musicais), para indicar a realização de parte da obra musical em modo "devagar, com estilo cantante".

[2] Mucama era uma escrava doméstica, que auxiliava os senhores dentro de casa.

[3] Nhanhã era o tratamento dado pelos escravos às meninas, filhas dos senhores da casa-grande.

[4] Fervente; acalorada.

[5] Um tipo de música clássica, composto geralmente para ser tocado por apenas um instrumento.

[6] Vincenzo Salvatore Carmelo Francesco Bellini (1801-1835) foi um compositor italiano de óperas.

[7] *Norma* (1831) é uma ópera trágica de Vincenzo Bellini, com libreto de Felice Romani (1788-1865).

Ao pé da cama, Maria Regina reconstruía agora tudo isso, a visita, a conversação, a música, o debate, os modos de ser de um e de outro, as palavras do Miranda e os belos olhos do Maciel. Eram onze horas, a única luz do quarto era a lamparina, tudo convidava ao sonho e ao devaneio. Maria Regina, à força de recompor a noite, viu ali dois homens ao pé dela, ouviu-os, e conversou com eles durante uma porção de minutos, trinta ou quarenta, ao som da mesma sonata tocada por ela: *lá, lá, lá...*

## II
### *Allegro ma non troppo*[8]

No dia seguinte a avó e a neta foram visitar uma amiga na Tijuca. Na volta a carruagem derribou um menino que atravessava a rua, correndo. Uma pessoa que viu isto atirou-se aos cavalos e, com perigo de si própria, conseguiu detê-los e salvar a criança, que apenas ficou ferida e desmaiada. Gente, tumulto, a mãe do pequeno acudiu em lágrimas. Maria Regina desceu do carro e acompanhou o ferido até à casa da mãe, que era ali ao pé.

Quem conhece a técnica do destino adivinha logo que a pessoa que salvou o pequeno foi um dos dois homens da outra noite; foi o Maciel. Feito o primeiro curativo, o Maciel acompanhou a moça até à carruagem e aceitou o lugar que a avó lhe ofereceu até à cidade. Estavam no Engenho Velho.[9] Na carruagem é que Maria Regina viu que o rapaz trazia a mão ensanguentada. A avó inquiria a miúdo[10] se o pequeno estava muito mal, se escaparia; Maciel disse-lhe que os ferimentos eram leves. Depois contou o acidente: estava parado, na calçada, esperando que passasse um tílburi, quando viu o pequeno atravessar a rua por diante dos cavalos; compreendeu o perigo, e tratou de conjurá-lo, ou diminuí-lo.

— Mas está ferido — disse a velha.

— Coisa de nada.

— Está, está — acudiu a moça —; podia ter-se curado também.

— Não é nada — teimou ele —; foi um arranhão, enxugo isto com o lenço.

---

[8] Expressão italiana do vocabulário musical, usada para indicar que parte da música deve ser executada de forma mais rápida, "alegre", mas não muito, sem exagero.
[9] Bairro na Zona Norte da cidade do Rio de Janeiro.
[10] Repetidas vezes.

Não teve tempo de tirar o lenço; Maria Regina ofereceu-lhe o seu. Maciel, comovido, pegou nele; mas hesitou em maculá-lo.[11] Vá, vá, dizia-lhe ela; e vendo-o acanhado, tirou-lho e enxugou-lhe, ela mesma, o sangue da mão.

A mão era bonita, tão bonita como o dono; mas parece que ele estava menos preocupado com a ferida da mão que com o amarrotado dos punhos. Conversando, olhava para eles disfarçadamente e escondia-os. Maria Regina não via nada, via-o a ele, via-lhe principalmente a ação que acabava de praticar, e que lhe punha uma auréola.[12] Compreendeu que a natureza generosa saltara por cima dos hábitos pausados e elegantes do moço, para arrancar à morte uma criança que ele nem conhecia. Falaram do assunto até à porta da casa delas; Maciel recusou, agradecendo, a carruagem que elas lhe ofereciam, e despediu-se até à noite.

— Até à noite! — repetiu Maria Regina.

Esperou-o ansiosa. Ele chegou, por volta de oito horas, trazendo uma fita preta enrolada na mão, e pediu desculpa de vir assim; mas disseram-lhe que era bom por alguma coisa e obedeceu.

— Mas está melhor!

— Estou bom, não foi nada.

— Venha, venha — disse-lhe a avó, do outro lado da sala. — Sente-se aqui ao pé de mim: o senhor é um herói.

Maciel ouvia sorrindo. Tinha passado o ímpeto[13] generoso, começava a receber os dividendos[14] do sacrifício. O maior deles era a admiração de Maria Regina, tão ingênua e tamanha, que esquecia a avó e a sala. Maciel sentara-se ao lado da velha, Maria Regina defronte de ambos. Enquanto a avó, restabelecida do susto, contava as comoções que padecera, a princípio sem saber de nada, depois imaginando que a criança teria morrido, os dois olhavam um para o outro, discretamente, e afinal esquecidamente. Maria Regina perguntava a si mesma onde acharia melhor noivo. A avó, que não era míope, achou a contemplação excessiva, e falou de outra coisa; pediu ao Maciel algumas notícias de sociedade.

---

[11] Manchá-lo.
[12] Anel luminoso, em pinturas e outras obras artísticas, representado pouco acima da cabeça, para indicar a santidade de um personagem.
[13] Impulso.
[14] Lucros.

## III
### *Allegro appassionato*[15]

Maciel era homem, como ele mesmo dizia em francês, *très répandu*;[16] sacou da algibeira, uma porção de novidades miúdas e interessantes. A maior de todas foi a de estar desfeito o casamento de certa viúva.

— Não me diga isso! — exclamou a avó. — E ela?

— Parece que foi ela mesma que o desfez: o certo é que esteve anteontem no baile, dançou e conversou com muita animação. Oh! abaixo da notícia, o que fez mais sensação em mim foi o colar que ela levava, magnífico...

— Com uma cruz de brilhantes? — perguntou a velha. — Conheço; é muito bonito.

— Não, não é esse.

Maciel conhecia o da cruz, que ela levara à casa de um Mascarenhas; não era esse. Este outro ainda há poucos dias estava na loja do Resende,[17] uma coisa linda. E descreveu-o todo, número, disposição e facetado das pedras; concluiu dizendo que foi a joia da noite.

— Para tanto luxo era melhor casar — ponderou maliciosamente a avó.

— Concordo que a fortuna dela não dá para isso. Ora, espere! Vou amanhã ao Resende, por curiosidade, saber o preço por que o vendeu. Não foi barato, não podia ser barato.

— Mas por que é que se desfez o casamento?

— Não pude saber; mas tenho de jantar sábado com o Venancinho Correia, e ele conta-me tudo. Sabe que ainda é parente dela? Bom rapaz; está inteiramente brigado com o barão...

A avó não sabia da briga; Maciel contou-lha de princípio a fim, com todas as suas causas e agravantes. A última gota no cálix foi um dito à mesa de jogo, uma alusão ao defeito do Venancinho, que era canhoto. Contaram-lhe isto, e ele rompeu inteiramente as relações com o barão. O bonito é que os parceiros do barão acusaram-se uns aos outros de terem ido contar as palavras deste. Maciel declarou que era regra sua não repetir o que ouvia à mesa do jogo, porque é lugar em que há certa franqueza.

Depois fez a estatística da rua do Ouvidor, na véspera, entre uma e quatro horas da tarde. Conhecia os nomes das fazendas[18] e todas as cores modernas.

---

[15] Expressão italiana usada para indicar que aquela parte da música deve ser executada de forma bem rápida, apaixonada.

[16] Tradução: "Muito difundido", isto é, indivíduo associativo, com muitas relações socias.

[17] A loja do joalheiro Luís de Resende ficava na antiga rua dos Ourives, centro da cidade do Rio de Janeiro.

[18] Tecidos.

Citou as principais *toilettes*[19] do dia. A primeira foi a de Mme.[20] Pena Maia, baiana distinta, *très pschutt*.[21] A segunda foi a de Mlle.[22] Pedrosa, filha de um desembargador de S. Paulo, *adorable*.[23] E apontou mais três, comparou depois as cinco, deduziu e concluiu. Às vezes esquecia-se e falava francês; pode mesmo ser que não fosse esquecimento, mas propósito; conhecia bem a língua, exprimia-se com facilidade e formulara um dia este axioma[24] etnológico[25] — que há parisienses em toda a parte. De caminho, explicou um problema de voltarete.[26]

— A senhora tem cinco trunfos de espadilha e manilha,[27] tem rei e dama de copas...

Maria Regina ia descambando[28] da admiração no fastio:[29] agarrava-se aqui e ali, contemplava a figura moça do Maciel, recordava a bela ação daquele dia, mas ia sempre escorregando; o fastio não tardava a absorvê-la. Não havia remédio. Então recorreu a um singular expediente. Tratou de combinar os dois homens, o presente com o ausente, olhando para um, e escutando o outro de memória; recurso violento e doloroso, mas tão eficaz, que ela pôde contemplar por algum tempo uma criatura perfeita e única.

Nisto apareceu o outro, o próprio Miranda. Os dois homens cumprimentaram-se friamente; Maciel demorou-se ainda uns dez minutos e saiu.

Miranda ficou. Era alto e seco, fisionomia dura e gelada. Tinha o rosto cansado, os cinquenta anos confessavam-se tais, nos cabelos grisalhos, nas rugas e na pele. Só os olhos continham alguma coisa menos caduca. Eram pequenos, e escondiam-se por baixo da vasta arcada do sobrolho;[30] mas lá, ao fundo, quando não estavam pensativos centelhavam de mocidade. A avó perguntou-lhe, logo que Maciel saiu, se já tinha notícia do acidente do Engenho Velho, e contou-lho com grandes encarecimentos, mas o outro ouvia tudo sem admiração nem inveja.

---

[19] Roupas.
[20] Abreviação de "*Madame*", pronome de tratamento francês que significa "senhora".
[21] Muito admirável.
[22] Abreviação de "Mademoiselle", pronome de tratamento francês que significa "senhorita".
[23] Adorável.
[24] Sentença; frase de efeito.
[25] Referente à etnologia, ciência que estuda povos e culturas.
[26] Um tipo de jogo de cartas, muito praticado nas reuniões sociais no Rio de Janeiro do século XIX.
[27] No voltarete, espadilha é o ás de espadas; manilha é o sete de ouros e de copas, e o dois de paus e de espadas.
[28] Despencando.
[29] Aborrecimento; tédio.
[30] Sobrancelhas.

— Não acha sublime? — perguntou ela, no fim.

— Acho que ele salvou talvez a vida a um desalmado que algum dia, sem o conhecer, pode meter-lhe uma faca na barriga.

— Oh! — protestou a avó.

— Ou mesmo conhecendo — emendou ele.

— Não seja mau — acudiu Maria Regina —; o senhor era bem capaz de fazer o mesmo, se ali estivesse.

Miranda sorriu de um modo sardônico.[31] O riso acentuou-lhe a dureza da fisionomia. Egoísta e mau, este Miranda primava por um lado único: espiritualmente, era completo. Maria Regina achava nele o tradutor maravilhoso e fiel de uma porção de ideias que lutavam dentro dela, vagamente, sem forma ou expressão. Era engenhoso e fino e até profundo, tudo sem pedantice,[32] e sem meter-se por matos cerrados, antes quase sempre na planície das conversações ordinárias; tão certo é que as coisas valem pelas ideias que nos sugerem. Tinham ambos os mesmos gostos artísticos. Miranda estudara direito para obedecer ao pai; a sua vocação era a música.

A avó, prevendo a sonata, aparelhou a alma para alguns cochilos. Demais, não podia admitir tal homem no coração; achava-o aborrecido e antipático. Calou-se no fim de alguns minutos. A sonata veio, no meio de uma conversação que Maria Regina achou deleitosa, e não veio senão porque ele lhe pediu que tocasse; ele ficaria de bom grado a ouvi-la.

— Vovó — disse ela —, agora há de ter paciência...

Miranda aproximou-se do piano. Ao pé das arandelas,[33] a cabeça dele mostrava toda a fadiga dos anos, ao passo que a expressão da fisionomia era muito mais de pedra e fel.[34] Maria Regina notou a graduação, e tocava sem olhar para ele; difícil coisa, porque, se ele falava, as palavras entravam-lhe tanto pela alma, que a moça insensivelmente levantava os olhos, e dava logo com um velho ruim. Então é que se lembrava do Maciel, dos seus anos em flor, da fisionomia franca, meiga e boa, e afinal da ação daquele dia. Comparação tão cruel para o Miranda, como fora para o Maciel o cotejo[35] dos seus espíritos. E a moça recorreu ao mesmo expediente.[36] Completou um pelo outro; escutava a este com o pensamento naquele; e a música ia ajudando a ficção, indecisa a princípio, mas logo viva e acabada. Assim Titânia, ouvindo

---

[31] Riso doentio; irônico.
[32] Qualidade de quem é pedante, de quem exibe conhecimentos que não possui ou domina.
[33] Um tipo de acessório que se colocava junto a um castiçal (suporte) para recolher os pingos das velas.
[34] Substância amarga.
[35] Comparação.
[36] Resolução; procedimento.

namorada a cantiga do tecelão, admirava-lhe as belas formas, sem advertir que a cabeça era de burro.³⁷

## IV
### *Menuetto*³⁸

Dez, vinte, trinta dias passaram depois daquela noite, e ainda mais vinte, e depois mais trinta. Não há cronologia certa, melhor é ficar no vago. A situação era a mesma. Era a mesma insuficiência individual dos dois homens, e o mesmo complemento ideal por parte dela; daí um terceiro homem, que ela não conhecia.

Maciel e Miranda desconfiavam um do outro, detestavam-se a mais e mais, e padeciam muito, Miranda principalmente, que era paixão da última hora. Afinal acabaram aborrecendo a moça. Esta viu-os ir pouco a pouco. A esperança ainda os fez relapsos,³⁹ mas tudo morre, até a esperança, e eles saíram para nunca mais. As noites foram passando, passando... Maria Regina compreendeu que estava acabado.

A noite em que se persuadiu bem disto foi uma das mais belas daquele ano, clara, fresca, luminosa. Não havia lua; mas nossa amiga aborrecia a lua, — não se sabe bem por quê, ou porque brilha de empréstimo, ou porque toda a gente a admira, e pode ser que por ambas as razões. Era uma das suas esquisitices. Agora outra.

Tinha lido de manhã, em uma notícia de jornal, que há estrelas duplas, que nos parecem um só astro. Em vez de ir dormir, encostou-se à janela do quarto, olhando para o céu, a ver se descobria alguma delas; baldado⁴⁰ esforço. Não a descobrindo no céu, procurou-a em si mesma, fechou os olhos para imaginar o fenômeno; astronomia fácil e barata, mas não sem risco. O pior que ela tem é pôr os astros ao alcance da mão; por modo que, se a pessoa abre os olhos e eles continuam a fulgurar⁴¹ lá em cima, grande é o desconsolo e certa a blasfêmia. Foi o que sucedeu aqui. Maria Regina viu dentro de si a estrela dupla e única. Separadas, valiam bastante; juntas, davam um astro

---

³⁷ Alusão à comédia *Sonho de uma noite de verão* (1593), de William Shakespeare (1564-1616). Nessa peça, Titânia é uma personagem que se apaixona, sob efeito de magia, pelo tecelão Bottom, que havia sido transformado num burro por um duende.
³⁸ Termo musical que designa uma forma de dança clássica de tom alegre. Quando usado nas partituras de músicas instrumentais, indica geralmente um andamento elegante e gracioso.
³⁹ Relaxados; desleixados.
⁴⁰ Inútil.
⁴¹ Brilhar.

esplêndido. E ela queria o astro esplêndido. Quando abriu os olhos e viu que o firmamento ficava tão alto, concluiu que a criação era um livro falho e incorreto, e desesperou.

No muro da chácara viu então uma coisa parecida com dois olhos de gato. A princípio teve medo, mas advertiu logo que não era mais que a reprodução externa dos dois astros que ela vira em si mesma e que tinham ficado impressos na retina. A retina desta moça fazia refletir cá fora todas as suas imaginações. Refrescando o vento, recolheu-se, fechou a janela e meteu-se na cama.

Não dormiu logo, por causa de duas rodelas de opala que estavam incrustadas na parede; percebendo que era ainda uma ilusão, fechou os olhos e dormiu. Sonhou que morria, que a alma dela, levada aos ares, voava na direção de uma bela estrela dupla. O astro desdobrou-se, e ela voou para uma das duas porções; não achou ali a sensação primitiva e despenhou-se para outra; igual resultado, igual regresso, e ei-la a andar de uma para outra das duas estrelas separadas. Então uma voz surgiu do abismo, com palavras que ela não entendeu:

— É a tua pena, alma curiosa de perfeição; a tua pena é oscilar por toda a eternidade entre dois astros incompletos, ao som desta velha sonata do absoluto: *lá, lá, lá...*

# Conto de escola

A escola era na rua do Costa, um sobradinho de grade de pau. O ano era de 1840. Naquele dia — uma segunda-feira, do mês de maio — deixei-me estar alguns instantes na rua da Princesa a ver onde iria brincar amanhã. Hesitava entre o Morro de S. Diogo e o Campo de Sant'Ana, que não era então esse parque atual, construção de *gentleman*,[1] mas um espaço rústico, mais ou menos infinito, alastrado de lavadeiras, capim e burros soltos. Morro ou campo? Tal era o problema. De repente disse comigo que o melhor era a escola. E guiei para a escola. Aqui vai a razão.

Na semana anterior tinha feito dois suetos,[2] e, descoberto o caso, recebi o pagamento das mãos de meu pai, que me deu uma sova de vara de marmeleiro.[3] As sovas de meu pai doíam por muito tempo. Era um velho empregado do Arsenal de Guerra, ríspido e intolerante. Sonhava para mim uma grande posição comercial, e tinha ânsia de me ver com os elementos mercantis, ler, escrever e contar, para me meter de caixeiro.[4] Citava-me nomes de capitalistas que tinham começado ao balcão. Ora, foi a lembrança do último castigo que me levou naquela manhã para o colégio. Não era um menino de virtudes.

Subi a escada com cautela, para não ser ouvido do mestre, e cheguei a tempo; ele entrou na sala três ou quatro minutos depois. Entrou com o andar manso do costume, em chinelas de cordovão,[5] com a jaqueta de brim lavada e desbotada, calça branca e tesa[6] e grande colarinho caído. Chamava-se Policarpo e tinha perto de cinquenta anos ou mais. Uma vez sentado, extraiu da jaqueta a boceta de rapé[7] e o lenço vermelho, pô-los na gaveta; depois relanceou os olhos pela sala. Os meninos, que se conservaram de pé durante a entrada dele, tornaram a sentar-se. Tudo estava em ordem; começaram os trabalhos.

— Seu Pilar, eu preciso falar com você — disse-me baixinho o filho do mestre.

---

[1] Cavalheiro; pessoa nobre.
[2] Não comparecimentos às aulas.
[3] Pequena árvore de frutos amarelos.
[4] Balconista.
[5] Couro.
[6] Esticada.
[7] Pequena caixa com rapé, um tipo de pó de tabaco, usado para provocar espirros. Na época do conto, inalar rapé era um hábito comum.

Chamava-se Raimundo este pequeno, e era mole, aplicado, inteligência tarda. Raimundo gastava duas horas em reter aquilo que a outros levava apenas trinta ou cinquenta minutos; vencia com o tempo o que não podia fazer logo com o cérebro. Reunia a isso um grande medo ao pai. Era uma criança fina, pálida, cara doente; raramente estava alegre. Entrava na escola depois do pai e retirava-se antes. O mestre era mais severo com ele do que conosco.

— O que é que você quer?

— Logo — respondeu ele com voz trêmula.

Começou a lição de escrita. Custa-me dizer que eu era dos mais adiantados da escola; mas era. Não digo também que era dos mais inteligentes, por um escrúpulo fácil de entender e de excelente efeito no estilo, mas não tenho outra convicção. Note-se que não era pálido nem mofino:[8] tinha boas cores e músculos de ferro. Na lição de escrita, por exemplo, acabava sempre antes de todos, mas deixava-me estar a recortar narizes no papel ou na tábua, ocupação sem nobreza nem espiritualidade, mas em todo caso ingênua. Naquele dia foi a mesma coisa; tão depressa acabei, como entrei a reproduzir o nariz do mestre, dando-lhe cinco ou seis atitudes diferentes, das quais recordo a interrogativa, a admirativa, a dubitativa e a cogitativa. Não lhes punha esses nomes, pobre estudante de primeiras letras que era; mas, instintivamente, dava-lhes essas expressões. Os outros foram acabando; não tive remédio senão acabar também, entregar a escrita, e voltar para o meu lugar.

Com franqueza, estava arrependido de ter vindo. Agora que ficava preso, ardia por andar lá fora, e recapitulava o campo e o morro, pensava nos outros meninos vadios, o Chico Telha, o Américo, o Carlos das Escadinhas, a fina flor do bairro e do gênero humano. Para cúmulo de desespero, vi através das vidraças da escola, no claro azul do céu, por cima do Morro do Livramento, um papagaio de papel, alto e largo, preso de uma corda imensa, que bojava[9] no ar, uma coisa soberba.[10] E eu na escola, sentado, pernas unidas, com o livro de leitura e a gramática nos joelhos.

— Fui um bobo em vir, disse eu ao Raimundo.

— Não diga isso, murmurou ele.

Olhei para ele; estava mais pálido. Então lembrou-me outra vez que queria pedir-me alguma coisa, e perguntei-lhe o que era. Raimundo estremeceu de novo, e, rápido, disse-me que esperasse um pouco; era uma coisa particular.

---

[8] Infeliz; covarde.
[9] Planava.
[10] Impressionante.

— Seu Pilar... — murmurou ele daí a alguns minutos.
— Que é?
— Você...
— Você quê?

Ele deitou os olhos ao pai, e depois a alguns outros meninos. Um destes, o Curvelo, olhava para ele, desconfiado, e o Raimundo, notando-me essa circunstância, pediu alguns minutos mais de espera. Confesso que começava a arder de curiosidade. Olhei para o Curvelo, e vi que parecia atento; podia ser uma simples curiosidade vaga, natural indiscrição; mas podia ser também alguma coisa entre eles. Esse Curvelo era um pouco levado do diabo. Tinha onze anos, era mais velho que nós.

Que me quereria o Raimundo? Continuei inquieto, remexendo-me muito, falando-lhe baixo, com instância, que me dissesse o que era, que ninguém cuidava dele nem de mim. Ou então, de tarde...

— De tarde, não, interrompeu-me ele; não pode ser de tarde.
— Então agora...
— Papai está olhando.

Na verdade, o mestre fitava-nos. Como era mais severo para o filho, buscava-o muitas vezes com os olhos, para trazê-lo mais aperreado.[11] Mas nós também éramos finos; metemos o nariz no livro, e continuamos a ler. Afinal cansou e tomou as folhas do dia, três ou quatro, que ele lia devagar, mastigando as ideias e as paixões. Não esqueçam que estávamos então no fim da Regência,[12] e que era grande a agitação pública. Policarpo tinha decerto algum partido, mas nunca pude averiguar esse ponto. O pior que ele podia ter, para nós, era a palmatória.[13] E essa lá estava, pendurada do portal da janela, à direita, com os seus cinco olhos do diabo. Era só levantar a mão, despendurá-la e brandi-la, com a força do costume, que não era pouca. E daí, pode ser que alguma vez as paixões políticas dominassem nele a ponto de poupar-nos uma ou outra correção. Naquele dia, ao menos, pareceu-me que lia as folhas com muito interesse; levantava os olhos de quando em quando, ou tomava uma pitada, mas tornava logo aos jornais, e lia a valer.

No fim de algum tempo — dez ou doze minutos — Raimundo meteu a mão no bolso das calças e olhou para mim.

— Sabe o que tenho aqui?

---

[11] Reprimido; oprimido.
[12] Na história brasileira, a Regência (1831-1840) foi o período entre a abdicação de D. Pedro I (1798-1834) e a declaração de maioridade de D. Pedro II (1825-1891), quando o Império do Brasil foi governado por regentes.
[13] Peça de madeira, com cinco furos e cabo, feita para bater na mão, usada como castigo.

— Não.
— Uma pratinha que mamãe me deu.
— Hoje?
— Não, no outro dia, quando fiz anos...
— Pratinha de verdade?
— De verdade.

Tirou-a vagarosamente, e mostrou-me de longe. Era uma moeda do tempo do rei,[14] cuido que doze vinténs ou dois tostões, não me lembra; mas era uma moeda, e tão moeda que me fez pular o sangue no coração. Raimundo revolveu[15] em mim o olhar pálido; depois perguntou-me se a queria para mim. Respondi-lhe que estava caçoando, mas ele jurou que não.

— Mas então você fica sem ela?
— Mamãe depois me arranja outra. Ela tem muitas que vovô lhe deixou, numa caixinha; algumas são de ouro. Você quer esta?

Minha resposta foi estender-lhe a mão disfarçadamente, depois de olhar para a mesa do mestre. Raimundo recuou a mão dele e deu à boca um gesto amarelo, que queria sorrir. Em seguida propôs-me um negócio, uma troca de serviços; ele me daria a moeda, eu lhe explicaria um ponto da lição de sintaxe. Não conseguira reter nada do livro, e estava com medo do pai. E concluía a proposta esfregando a pratinha nos joelhos...

Tive uma sensação esquisita. Não é que eu possuísse da virtude uma ideia antes própria de homem; não é também que não fosse fácil em empregar uma ou outra mentira de criança. Sabíamos ambos enganar ao mestre. A novidade estava nos termos da proposta, na troca de lição e dinheiro, compra franca, positiva, toma lá, dá cá; tal foi a causa da sensação. Fiquei a olhar para ele, à toa, sem poder dizer nada.

Compreende-se que o ponto da lição era difícil, e que o Raimundo, não o tendo aprendido, recorria a um meio que lhe pareceu útil para escapar ao castigo do pai. Se me tem pedido a coisa por favor, alcançá-la-ia do mesmo modo, como de outras vezes; mas parece que era a lembrança das outras vezes, o medo de achar a minha vontade frouxa ou cansada, e não aprender como queria — e pode ser mesmo que em alguma ocasião lhe tivesse ensinado mal —, parece que tal foi a causa da proposta. O pobre-diabo contava com o favor, — mas queria assegurar-lhe a eficácia, e daí recorreu à moeda que a mãe lhe dera e que ele guardava como relíquia ou brinquedo; pegou dela e veio esfregá-la nos joelhos, à minha vista, como uma tentação... Realmente,

---

[14] Isto é, moeda do tempo do reinado de D. Pedro I, entre 1822 e 1831.
[15] Examinou minuciosamente.

era bonita, fina, branca, muito branca; e para mim, que só trazia cobre no bolso, quando trazia alguma coisa, um cobre feio, grosso, azinhavrado...[16]

Não queria recebê-la, e custava-me recusá-la. Olhei para o mestre, que continuava a ler, com tal interesse, que lhe pingava o rapé do nariz. — Ande, tome, dizia-me baixinho o filho. E a pratinha fuzilava-lhe entre os dedos, como se fora diamante... Em verdade, se o mestre não visse nada, que mal havia? E ele não podia ver nada, estava agarrado aos jornais lendo com fogo, com indignação...

— Tome, tome...

Relanceei os olhos pela sala, e dei com os do Curvelo em nós; disse ao Raimundo que esperasse. Pareceu-me que o outro nos observava, então dissimulei; mas daí a pouco, deitei-lhe outra vez o olho, e — tanto se ilude a vontade! — não lhe vi mais nada. Então cobrei ânimo.

— Dê cá...

Raimundo deu-me a pratinha, sorrateiramente; eu meti-a na algibeira das calças, com um alvoroço que não posso definir. Cá estava ela comigo, pegadinha à perna. Restava prestar o serviço, ensinar a lição, e não me demorei em fazê-lo, nem o fiz mal, ao menos conscientemente; passava-lhe a explicação em um retalho de papel que ele recebeu com cautela e cheio de atenção. Sentia-se que despendia um esforço cinco ou seis vezes maior para aprender um nada; mas contanto que ele escapasse ao castigo, tudo iria bem.

De repente, olhei para o Curvelo e estremeci; tinha os olhos em nós, com um riso que me pareceu mau. Disfarcei; mas daí a pouco, voltando-me outra vez para ele, achei-o do mesmo modo, com o mesmo ar, acrescendo que entrava a remexer-se no banco, impaciente. Sorri para ele e ele não sorriu; ao contrário, franziu a testa, o que lhe deu um aspecto ameaçador. O coração bateu-me muito.

— Precisamos muito cuidado — disse eu ao Raimundo.

— Diga-me isto só — murmurou ele.

Fiz-lhe sinal que se calasse; mas ele instava, e a moeda, cá no bolso, lembrava-me o contrato feito. Ensinei-lhe o que era, disfarçando muito; depois, tornei a olhar para o Curvelo, que me pareceu ainda mais inquieto, e o riso, dantes mau, estava agora pior. Não é preciso dizer que também eu ficara em brasas, ansioso que a aula acabasse; mas nem o relógio andava como das outras vezes, nem o mestre fazia caso da escola; este lia os jornais, artigo por artigo, pontuando-os com exclamações, com gestos de ombros,

---

[16] Coberto de azinhavre, camada de cor verde que se forma na corrosão do cobre.

com uma ou duas pancadinhas na mesa. E lá fora, no céu azul, por cima do morro, o mesmo eterno papagaio, guinando a um lado e outro, como se me chamasse a ir ter com ele. Imaginei-me ali com os livros e a pedra embaixo da mangueira, e a pratinha no bolso das calças, que eu não daria a ninguém, nem que me serrassem; guardá-la-ia em casa, dizendo a mamãe que a tinha achado na rua. Para que me não fugisse, ia-a apalpando, roçando-lhe os dedos pelo cunho, quase lendo pelo tato a inscrição, com uma grande vontade de espiá-la.

— Oh! seu Pilar! — bradou o mestre com voz de trovão.

Estremeci como se acordasse de um sonho, e levantei-me às pressas. Dei com o mestre, olhando para mim, cara fechada, jornais dispersos, e ao pé da mesa, em pé, o Curvelo. Pareceu-me adivinhar tudo.

— Venha cá! — bradou o mestre.

Fui e parei diante dele. Ele enterrou-me pela consciência dentro um par de olhos pontudos; depois chamou o filho. Toda a escola tinha parado; ninguém mais lia, ninguém fazia um só movimento. Eu, conquanto não tirasse os olhos do mestre, sentia no ar a curiosidade e o pavor de todos.

— Então o senhor recebe dinheiro para ensinar as lições aos outros? — disse-me o Policarpo.

— Eu...

— Dê cá a moeda que este seu colega lhe deu! — clamou.

Não obedeci logo, mas não pude negar nada. Continuei a tremer muito. Policarpo bradou de novo que lhe desse a moeda, e eu não resisti mais, meti a mão no bolso, vagarosamente, saquei-a e entreguei-lha. Ele examinou-a de um e outro lado, bufando de raiva; depois estendeu o braço e atirou-a à rua. E então disse-nos uma porção de coisas duras, que tanto o filho como eu acabávamos de praticar uma ação feia, indigna, baixa, uma vilania, e para emenda e exemplo íamos ser castigados. Aqui pegou da palmatória.

— Perdão, seu mestre... — solucei eu.

— Não há perdão! Dê cá a mão! dê cá! vamos! sem-vergonha! dê cá a mão!

— Mas, seu mestre...

— Olhe que é pior!

Estendi-lhe a mão direita, depois a esquerda, e fui recebendo os bolos[17] uns por cima dos outros, até completar doze, que me deixaram as palmas vermelhas e inchadas. Chegou a vez do filho, e foi a mesma coisa; não lhe poupou nada, dois, quatro, oito, doze bolos. Acabou, pregou-nos outro sermão. Chamou-nos sem-vergonhas, desaforados, e jurou que, se repetíssemos o

---

[17] Golpes; pancadas.

negócio, apanharíamos tal castigo que nos havia de lembrar para todo o sempre. E exclamava: Porcalhões! tratantes! faltos de brio!

Eu por mim, tinha a cara no chão. Não ousava fitar ninguém, sentia todos os olhos em nós. Recolhi-me ao banco, soluçando, fustigado pelos impropérios do mestre. Na sala arquejava o terror; posso dizer que naquele dia ninguém faria igual negócio. Creio que o próprio Curvelo enfiara de medo. Não olhei logo para ele, cá dentro de mim jurava quebrar-lhe a cara, na rua, logo que saíssemos, tão certo como três e dois serem cinco.

Daí a algum tempo olhei para ele; ele também olhava para mim, mas desviou a cara, e penso que empalideceu. Compôs-se e entrou a ler em voz alta; estava com medo. Começou a variar de atitude, agitando-se à toa, coçando os joelhos, o nariz. Pode ser até que se arrependesse de nos ter denunciado; e na verdade, por que denunciar-nos? Em que é que lhe tirávamos alguma coisa?

"Tu me pagas! tão duro como osso!", dizia eu comigo. Veio a hora de sair, e saímos; ele foi adiante, apressado, e eu não queria brigar ali mesmo, na rua do Costa, perto do colégio; havia de ser na Rua Larga de S. Joaquim. Quando, porém, cheguei à esquina, já o não vi; provavelmente escondera-se em algum corredor ou loja; entrei numa botica, espiei em outras casas, perguntei por ele a algumas pessoas, ninguém me deu notícia. De tarde faltou à escola.

Em casa não contei nada, é claro; mas para explicar as mãos inchadas, menti a minha mãe, disse-lhe que não tinha sabido a lição. Dormi nessa noite, mandando ao diabo os dois meninos, tanto o da denúncia como o da moeda. E sonhei com a moeda; sonhei que, ao tornar à escola, no dia seguinte, dera com ela na rua, e a apanhara, sem medo nem escrúpulos...

De manhã, acordei cedo. A ideia de ir procurar a moeda fez-me vestir depressa. O dia estava esplêndido, um dia de maio, sol magnífico, ar brando, sem contar as calças novas que minha mãe me deu, por sinal que eram amarelas. Tudo isso, e a pratinha... Saí de casa, como se fosse trepar ao trono de Jerusalém.[18] Piquei o passo para que ninguém chegasse antes de mim à escola; ainda assim não andei tão depressa que amarrotasse as calças. Não, que elas eram bonitas! Mirava-as, fugia aos encontros, ao lixo da rua...

Na rua encontrei uma companhia do batalhão de fuzileiros, tambor à frente, rufando. Não podia ouvir isto quieto. Os soldados vinham batendo o pé rápido, igual, direita, esquerda, ao som do rufo; vinham, passaram por mim, e foram andando. Eu senti uma comichão nos pés, e tive ímpeto de ir

---

[18] Alusão à extraordinária riqueza e grandeza do trono de Salomão (c. 990-931 a.C.), rei de Israel (c. 966-931 a. C.), conforme narrado em 1 Reis 10:18-20.

atrás deles. Já lhes disse: o dia estava lindo, e depois o tambor... Olhei para um e outro lado; afinal, não sei como foi, entrei a marchar também ao som do rufo, creio que cantarolando alguma coisa: *Rato na casaca*...[19] Não fui à escola, acompanhei os fuzileiros, depois enfiei pela Saúde,[20] e acabei a manhã na Praia da Gamboa. Voltei para casa com as calças enxovalhadas, sem pratinha no bolso nem ressentimento na alma. E contudo a pratinha era bonita e foram eles, Raimundo e Curvelo, que me deram o primeiro conhecimento, um da corrupção, outro da delação; mas o diabo do tambor...

---

[19] A expressão "Rato na casaca, camundongo no chapéu!" era um verso de uma cantiga popular para se referir à marcha de soldados, como se vê no capítulo V, parte I, do romance *O tronco do ipê* (1871), de José de Alencar (1829-1877).
[20] Bairro da zona portuária da cidade do Rio de Janeiro.

# Um apólogo[1]

Era uma vez uma agulha, que disse a um novelo de linha:
— Por que está você com esse ar, toda cheia de si, toda enrolada, para fingir que vale alguma coisa neste mundo?
— Deixe-me, senhora.
— Que a deixe? Que a deixe, por quê? Porque lhe digo que está com um ar insuportável? Repito que sim, e falarei sempre que me der na cabeça.
— Que cabeça, senhora? A senhora não é alfinete, é agulha. Agulha não tem cabeça. Que lhe importa o meu ar? Cada qual tem o ar que Deus lhe deu. Importe-se com a sua vida e deixe a dos outros.
— Mas você é orgulhosa.
— Decerto que sou.
— Mas por quê?
— É boa! Porque coso.[2] Então os vestidos e enfeites de nossa ama, quem é que os cose, senão eu?
— Você? Esta agora é melhor. Você é que os cose? Você ignora que quem os cose sou eu, e muito eu?
— Você fura o pano, nada mais; eu é que coso, prendo um pedaço ao outro, dou feição aos babados...
— Sim, mas que vale isso? Eu é que furo o pano, vou adiante, puxando por você, que vem atrás, obedecendo ao que eu faço e mando...
— Também os batedores vão adiante do imperador.
— Você imperador?
— Não digo isso. Mas a verdade é que você faz um papel subalterno, indo adiante; vai só mostrando o caminho, vai fazendo o trabalho obscuro e ínfimo. Eu é que prendo, ligo, ajunto...
Estavam nisto, quando a costureira chegou à casa da baronesa. Não sei se disse que isto se passava em casa de uma baronesa, que tinha a modista ao pé de si, para não andar atrás dela. Chegou a costureira, pegou do pano, pegou da agulha, pegou da linha, enfiou a linha na agulha, e entrou a coser. Uma e outra iam andando orgulhosas, pelo pano adiante, que era a melhor das sedas, entre os dedos da costureira, ágeis como os galgos de Diana[3] — para dar a isto uma cor poética. E dizia a agulha:

---

[1] Narrativa curta, com lição moral, cujos personagens são objetos ou animais.
[2] Primeira pessoa do presente verbo "coser"; costurar.
[3] Segundo a mitologia romana, Diana é a deusa da caça e da natureza. Em algumas representações, ela aparece na companhia de cães; "galgos" são cães velozes.

— Então, senhora linha, ainda teima no que dizia há pouco? Não repara que esta distinta costureira só se importa comigo; eu é que vou aqui entre os dedos dela, unidinha a eles, furando abaixo e acima...

A linha não respondia nada; ia andando. Buraco aberto pela agulha era logo enchido por ela, silenciosa e ativa, como quem sabe o que faz, e não está para ouvir palavras loucas. A agulha, vendo que ela não lhe dava resposta, calou-se também, e foi andando. E era tudo silêncio na saleta de costura; não se ouvia mais que o *plic-plic-plic-plic* da agulha no pano. Caindo o sol, a costureira dobrou a costura, para o dia seguinte; continuou ainda nesse e no outro, até que no quarto acabou a obra, e ficou esperando o baile.

Veio a noite do baile, e a baronesa vestiu-se. A costureira, que a ajudou a vestir-se, levava a agulha espetada no corpinho, para dar algum ponto necessário. E enquanto compunha o vestido da bela dama, e puxava a um lado ou outro, arregaçava daqui ou dali, alisando, abotoando, acolchetando,[4] a linha, para mofar[5] da agulha, perguntou-lhe:

— Ora, agora, diga-me, quem é que vai ao baile, no corpo da baronesa, fazendo parte do vestido e da elegância? Quem é que vai dançar com ministros e diplomatas, enquanto você volta para a caixinha da costureira, antes de ir para o balaio[6] das mucamas?[7] Vamos, diga lá.

Parece que a agulha não disse nada; mas um alfinete, de cabeça grande e não menor experiência, murmurou à pobre agulha: — Anda, aprende, tola. Cansas-te em abrir caminho para ela e ela é que vai gozar da vida, enquanto aí ficas na caixinha de costura. Faze como eu, que não abro caminho para ninguém. Onde me espetam, fico.

Contei esta história a um professor de melancolia, que me disse, abanando a cabeça: — Também eu tenho servido de agulha a muita linha ordinária!

---

[4] Prendendo; unindo.
[5] Zombar.
[6] Um tipo de cesto grande, feito de palha.
[7] Na época, "mucama" designava uma escrava, geralmente jovem, que realizava serviços domésticos.

6

# De *Páginas recolhidas*

(1899)

# O caso da vara

Damião fugiu do seminário às onze horas da manhã de uma sexta-feira de agosto. Não sei bem o ano; foi antes de 1850. Passados alguns minutos parou vexado; não contava com o efeito que produzia nos olhos da outra gente aquele seminarista que ia espantado, medroso, fugitivo. Desconhecia as ruas, andava e desandava; finalmente parou. Para onde iria? Para casa, não; lá estava o pai, que o devolveria ao seminário, depois de um bom castigo. Não assentara no ponto de refúgio, porque a saída estava determinada para mais tarde; uma circunstância fortuita a apressou. Para onde iria? Lembrou-se do padrinho, João Carneiro, mas o padrinho era um moleirão sem vontade, que por si só não faria coisa útil. Foi ele que o levou ao seminário e o apresentou ao reitor:

— Trago-lhe o grande homem que há de ser — disse ele ao reitor.

— Venha — acudiu este —, venha o grande homem, contanto que seja também humilde e bom. A verdadeira grandeza é chã.[1] Moço...

Tal foi a entrada. Pouco tempo depois fugiu o rapaz ao seminário. Aqui o vemos agora na rua, espantado, incerto, sem atinar com refúgio nem conselho; percorreu de memória as casas de parentes e amigos, sem se fixar em nenhuma. De repente, exclamou:

— Vou pegar-me com Sinhá[2] Rita! Ela manda chamar meu padrinho, diz-lhe que quer que eu saia do seminário... Talvez assim...

Sinhá Rita era uma viúva, querida de João Carneiro; Damião tinha umas ideias vagas dessa situação e tratou de a aproveitar. Onde morava? Estava tão atordoado, que só daí a alguns minutos é que lhe acudiu a casa; era no largo do Capim.

— Santo nome de Jesus! Que é isto? — bradou Sinhá Rita, sentando-se na marquesa,[3] onde estava reclinada.

Damião acabava de entrar espavorido;[4] no momento de chegar à casa, vira passar um padre, e deu um empurrão à porta, que por fortuna não estava fechada a chave nem ferrolho. Depois de entrar espiou pela rótula,[5] a ver o padre. Este não deu por ele e ia andando.

— Mas que é isto, Sr. Damião? — bradou novamente a dona da casa, que só agora o conhecera. — Que vem fazer aqui?

---

[1] Serena; simples.
[2] O termo "sinhá" era usado geralmente por escravos para se dirigir à senhora da casa grande. Na época do conto, estava em vigor o regime escravocrata no Brasil.
[3] Um tipo de sofá sem encosto.
[4] Aterrorizado; amedrontado.
[5] Uma grade feita de ripas de madeira.

Damião, trêmulo, mal podendo falar, disse que não tivesse medo, não era nada; ia explicar tudo.

— Descanse, e explique-se.

— Já lhe digo; não pratiquei nenhum crime, isso juro; mas espere.

Sinhá Rita olhava para ele espantada, e todas as crias,[6] de casa, e de fora, que estavam sentadas em volta da sala, diante das suas almofadas de renda, todas fizeram parar os bilros[7] e as mãos. Sinhá Rita vivia principalmente de ensinar a fazer renda, crivo[8] e bordado. Enquanto o rapaz tomava fôlego, ordenou às pequenas que trabalhassem, e esperou. Afinal, Damião contou tudo, o desgosto que lhe dava o seminário; estava certo de que não podia ser bom padre; falou com paixão, pediu-lhe que o salvasse.

— Como assim? Não posso nada.

— Pode, querendo.

— Não — replicou ela abanando a cabeça —; não me meto em negócios de sua família, que mal conheço; e então seu pai, que dizem que é zangado!

Damião viu-se perdido. Ajoelhou-se-lhe aos pés, beijou-lhe as mãos, desesperado.

— Pode muito, Sinhá Rita; peço-lhe pelo amor de Deus, pelo que a senhora tiver de mais sagrado, por alma de seu marido, salve-me da morte, porque eu mato-me, se voltar para aquela casa.

Sinhá Rita, lisonjeada com as súplicas do moço, tentou chamá-lo a outros sentimentos. A vida de padre era santa e bonita, disse-lhe ela; o tempo lhe mostraria que era melhor vencer as repugnâncias e um dia... Não, nada, nunca, redarguia Damião, abanando a cabeça e beijando-lhe as mãos; e repetia que era a sua morte. Sinhá Rita hesitou ainda muito tempo; afinal perguntou-lhe por que não ia ter com o padrinho.

— Meu padrinho? Esse é ainda pior que papai; não me atende, duvido que atenda a ninguém...

— Não atende? — interrompeu Sinhá Rita, ferida em seus brios.[9] — Ora, eu lhe mostro se atende ou não...

Chamou um moleque[10] e bradou-lhe que fosse à casa do Sr. João Carneiro chamá-lo, já e já; e se não estivesse em casa, perguntasse onde podia ser encontrado, e corresse a dizer-lhe que precisava muito de lhe falar imediatamente.

---

[6] Criados; empregados.
[7] Peça de madeira usada para fazer rendas em uma almofada.
[8] Um tipo de bordado que se faz pela remoção de fios de um tecido.
[9] Dignidade; amor-próprio.
[10] O termo "moleque" era usado para se referir a um jovem escravo, que geralmente executava pequenos serviços, como dar recados e levar mensagens.

— Anda, moleque.

Damião suspirou alto e triste. Ela, para mascarar a autoridade com que dera aquelas ordens, explicou ao moço que o Sr. João Carneiro fora amigo do marido e arranjara-lhe algumas crias para ensinar. Depois, como ele continuasse triste, encostado a um portal, puxou-lhe o nariz, rindo:

— Ande lá, seu padreco, descanse, que tudo se há de arranjar.

Sinhá Rita tinha quarenta anos na certidão de batismo, e vinte e sete nos olhos. Era apessoada, viva, patusca,[11] amiga de rir; mas, quando convinha, brava como diabo. Quis alegrar o rapaz, e, apesar da situação, não lhe custou muito. Dentro de pouco, ambos eles riam, ela contava-lhe anedotas, e pedia-lhe outras, que ele referia com singular graça. Uma destas, estúrdia,[12] obrigada a trejeitos,[13] fez rir a uma das crias de Sinhá Rita, que esquecera o trabalho, para mirar e escutar o moço. Sinhá Rita pegou de uma vara que estava ao pé da marquesa, e ameaçou-a:

— Lucrécia, olha a vara!

A pequena abaixou a cabeça, aparando o golpe, mas o golpe não veio. Era uma advertência; se à noitinha a tarefa não estivesse pronta, Lucrécia receberia o castigo do costume. Damião olhou para a pequena; era uma negrinha, magricela, um frangalho de nada, com uma cicatriz na testa e uma queimadura na mão esquerda. Contava onze anos. Damião reparou que tossia, mas para dentro, surdamente, a fim de não interromper a conversação. Teve pena da negrinha, e resolveu apadrinhá-la, se não acabasse a tarefa. Sinhá Rita não lhe negaria o perdão... Demais, ela rira por achar-lhe graça; a culpa era sua, se há culpa em ter chiste.[14]

Nisto, chegou João Carneiro. Empalideceu quando viu ali o afilhado, e olhou para Sinhá Rita, que não gastou tempo com preâmbulos.[15] Disse-lhe que era preciso tirar o moço do seminário, que ele não tinha vocação para a vida eclesiástica, e antes um padre de menos que um padre ruim. Cá fora também se podia amar e servir a Nosso Senhor. João Carneiro, assombrado, não achou que replicar durante os primeiros minutos; afinal, abriu a boca e repreendeu o afilhado por ter vindo incomodar "pessoas estranhas", e em seguida afirmou que o castigaria.

---

[11] Extravagante; brincalhona.
[12] Insensata; leviana.
[13] Gestos cômicos de imitação.
[14] Piada.
[15] Preliminares.

— Qual castigar, qual nada! — interrompeu Sinhá Rita. — Castigar por quê? Vá, vá falar a seu compadre.

— Não afianço nada, não creio que seja possível...

— Há de ser possível, afianço eu. Se o senhor quiser — continuou ela com certo tom insinuativo —, tudo se há de arranjar. Peça-lhe muito, que ele cede. Ande, Senhor João Carneiro, seu afilhado não volta para o seminário; digo-lhe que não volta...

— Mas, minha senhora...

— Vá, vá.

João Carneiro não se animava a sair, nem podia ficar. Estava entre um puxar de forças opostas. Não lhe importava, em suma, que o rapaz acabasse clérigo,[16] advogado ou médico, ou outra qualquer coisa, vadio que fosse; mas o pior é que lhe cometiam uma luta ingente[17] com os sentimentos mais íntimos do compadre, sem certeza do resultado; e, se este fosse negativo, outra luta com Sinhá Rita, cuja última palavra era ameaçadora: "digo-lhe que ele não volta". Tinha de haver por força um escândalo. João Carneiro estava com a pupila desvairada, a pálpebra trêmula, o peito ofegante. Os olhares que deitava a Sinhá Rita eram de súplica, mesclados de um tênue raio de censura. Por que lhe não pedia outra coisa? Por que lhe não ordenava que fosse a pé, debaixo de chuva, à Tijuca, ou Jacarepaguá? Mas logo persuadir ao compadre que mudasse a carreira do filho... Conhecia o velho; era capaz de lhe quebrar uma jarra na cara. Ah! Se o rapaz caísse ali, de repente, apoplético,[18] morto! Era uma solução — cruel, é certo, mas definitiva.

— Então? — insistiu Sinhá Rita.

Ele fez-lhe um gesto de mão que esperasse. Coçava a barba, procurando um recurso. Deus do céu! Um decreto do papa dissolvendo a Igreja, ou, pelo menos, extinguindo os seminários, faria acabar tudo em bem. João Carneiro voltaria para casa e ia jogar os três-setes.[19] Imaginai que o barbeiro de Napoleão[20] era encarregado de comandar a Batalha de Austerlitz...[21] Mas a

---

[16] Padre.
[17] Enorme.
[18] "Apoplético" é a qualidade de quem sofre "apoplexia", termo que se usava na época para designar um acidente vascular cerebral.
[19] Um tipo de jogo de cartas de origem italiana.
[20] Napoleão Bonaparte (1769-1821) foi um líder político e militar francês. Com o nome de Napoleão I, foi imperador dos franceses, entre 18 de maio de 1804 e 6 de abril de 1814, e entre 20 de março e 22 de junho de 1815.
[21] A Batalha de Austerlitz, também conhecida como a Batalha dos Três Imperadores, foi uma batalha que resultou numa das maiores vitórias de Napoleão Bonaparte, derrotando os exércitos austríaco e russo, no dia 2 de dezembro de 1805.

Igreja continuava, os seminários continuavam, o afilhado continuava, cosido[22] à parede, olhos baixos, esperando, sem solução apoplética.

— Vá, vá — disse Sinhá Rita dando-lhe o chapéu e a bengala.

Não teve remédio. O barbeiro meteu a navalha no estojo, travou da espada e saiu à campanha. Damião respirou; exteriormente deixou-se estar na mesma, olhos fincados no chão, acabrunhado. Sinhá Rita puxou-lhe desta vez o queixo.

— Ande jantar, deixe-se de melancolias.

— A senhora crê que ele alcance alguma coisa?

— Há de alcançar tudo — redarguiu Sinhá Rita cheia de si. — Ande, que a sopa está esfriando.

Apesar do gênio galhofeiro de Sinhá Rita e do seu próprio espírito leve, Damião esteve menos alegre ao jantar[23] que na primeira parte do dia. Não fiava do caráter mole do padrinho. Contudo, jantou bem; e, para o fim, voltou às pilhérias[24] da manhã. À sobremesa, ouviu um rumor de gente na sala, e perguntou se o vinham prender.

— Hão de ser as moças.

Levantaram-se e passaram à sala. As moças eram cinco vizinhas que iam todas as tardes tomar café com Sinhá Rita, e ali ficavam até o cair da noite.

As discípulas, findo o jantar delas, tornaram às almofadas do trabalho. Sinhá Rita presidia a todo esse mulherio de casa e de fora. O sussurro dos bilros e o palavrear das moças eram ecos tão mundanos, tão alheios à teologia e ao latim, que o rapaz deixou-se ir por eles e esqueceu o resto. Durante os primeiros minutos, ainda houve da parte das vizinhas certo acanhamento; mas passou depressa. Uma delas cantou uma modinha, ao som da guitarra,[25] tangida por Sinhá Rita, e a tarde foi passando depressa. Antes do fim, Sinhá Rita pediu a Damião que contasse certa anedota que lhe agradara muito. Era a tal que fizera rir Lucrécia.

— Ande, senhor Damião, não se faça de rogado,[26] que as moças querem ir embora. Vocês vão gostar muito.

Damião não teve remédio senão obedecer. Malgrado o anúncio e a expectação, que serviam a diminuir o chiste[27] e o efeito, a anedota acabou entre

---

[22] Unido.
[23] Na época, o jantar era uma refeição servida ao final da manhã, equivalente ao almoço atual. A refeição noturna era a ceia.
[24] Piadas; anedotas.
[25] Na época, o termo "guitarra" era mais propriamente um tipo de violão.
[26] Fazer-se desentendido; fingir não estar disposto a fazer algo.
[27] Gracejo; dito espirituoso.

risadas das moças. Damião, contente de si, não esqueceu Lucrécia e olhou para ela, a ver se rira também. Viu-a com a cabeça metida na almofada para acabar a tarefa. Não ria; ou teria rido para dentro, como tossia.

Saíram as vizinhas, e a tarde caiu de todo. A alma de Damião foi-se fazendo tenebrosa, antes da noite. Que estaria acontecendo? De instante a instante, ia espiar pela rótula, e voltava cada vez mais desanimado. Nem sombra do padrinho. Com certeza, o pai fê-lo calar, mandou chamar dois negros, foi à polícia pedir um pedestre, e aí vinha pegá-lo à força e levá-lo ao seminário. Damião perguntou a Sinhá Rita se a casa não teria saída pelos fundos; correu ao quintal, e calculou que podia saltar o muro. Quis ainda saber se haveria modo de fugir para a rua da Vala, ou se era melhor falar a algum vizinho que fizesse o favor de o receber. O pior era a batina; se Sinhá Rita lhe pudesse arranjar um rodaque,[28] uma sobrecasaca velha... Sinhá Rita dispunha justamente de um rodaque, lembrança ou esquecimento de João Carneiro.

— Tenho um rodaque do meu defunto — disse ela, rindo —; mas para que está com esses sustos? Tudo se há de arranjar, descanse.

Afinal, à boca da noite, apareceu um escravo do padrinho, com uma carta para Sinhá Rita. O negócio ainda não estava composto; o pai ficou furioso e quis quebrar tudo; bradou que não, senhor, que o peralta havia de ir para o seminário, ou então metia-o no Aljube[29] ou na presiganga.[30] João Carneiro lutou muito para conseguir que o compadre não resolvesse logo, que dormisse a noite, e meditasse bem se era conveniente dar à religião um sujeito tão rebelde e vicioso. Explicava na carta que falou assim para melhor ganhar a causa. Não a tinha por ganha; mas no dia seguinte lá iria ver o homem, e teimar de novo. Concluía dizendo que o moço fosse para a casa dele.

Damião acabou de ler a carta e olhou para Sinhá Rita. "Não tenho outra tábua de salvação", pensou ele. Sinhá Rita mandou vir um tinteiro de chifre, e na meia folha da própria carta escreveu esta resposta: "Joãozinho, ou você salva o moço, ou nunca mais nos vemos". Fechou a carta com obreia,[31] e deu-a ao escravo, para que a levasse depressa. Voltou a reanimar o seminarista, que estava outra vez no capuz da humildade e da consternação.[32] Disse-lhe que sossegasse, que aquele negócio era agora dela.

— Hão de ver para quanto presto! Não, que eu não sou de brincadeiras!

---

[28] Casaco.
[29] Um tipo de prisão subterrânea que existia em mosteiros.
[30] Uma parte da embarcação que serve de cadeia para os marujos.
[31] Uma folha fina, feita de massa de farinha de trigo, usada para selar cartas.
[32] Grande tristeza.

Era a hora de recolher os trabalhos. Sinhá Rita examinou-os; todas as discípulas tinham concluído a tarefa. Só Lucrécia estava ainda à almofada, meneando os bilros, já sem ver; Sinhá Rita chegou-se a ela, viu que a tarefa não estava acabada, ficou furiosa, e agarrou-a por uma orelha.

— Ah! Malandra!

— Nhanhã,[33] nhanhã! Pelo amor de Deus! Por Nossa Senhora que está no céu.

— Malandra! Nossa Senhora não protege vadias!

Lucrécia fez um esforço, soltou-se das mãos da senhora, e fugiu para dentro; a senhora foi atrás e agarrou-a.

— Anda cá!

— Minha senhora, me perdoe! — tossia a negrinha.

— Não perdoo, não. Onde está a vara?

E tornaram ambas à sala, uma presa pela orelha, debatendo-se, chorando e pedindo; a outra dizendo que não, que a havia de castigar.

— Onde está a vara?

A vara estava à cabeceira da marquesa, do outro lado da sala. Sinhá Rita, não querendo soltar a pequena, bradou ao seminarista:

— Sr. Damião, dê-me aquela vara, faz favor?

Damião ficou frio... Cruel instante! Uma nuvem passou-lhe pelos olhos. Sim, tinha jurado apadrinhar a pequena, que, por causa dele, atrasara o trabalho...

— Dê-me a vara, Sr. Damião!

Damião chegou a caminhar na direção da marquesa. A negrinha pediu-lhe então por tudo o que houvesse mais sagrado, pela mãe, pelo pai, por Nosso Senhor...

— Me acuda, meu sinhô moço!

Sinhá Rita, com a cara em fogo e os olhos esbugalhados, instava pela vara, sem largar a negrinha, agora presa de um acesso de tosse. Damião sentiu-se compungido;[34] mas ele precisava tanto sair do seminário! Chegou à marquesa, pegou na vara e entregou-a a Sinhá Rita.

---

[33] "Nhanhã" ou "iaiá" era o mesmo que "sinhá", termos usados pelos escravos para se dirigir a uma senhora.

[34] Arrependido; sensibilizado.

# Missa do galo

Nunca pude entender a conversação que tive com uma senhora, há muitos anos, contava eu dezessete, ela, trinta. Era noite de Natal. Havendo ajustado com um vizinho irmos à missa do galo,[1] preferi não dormir; combinei que eu iria acordá-lo à meia-noite.

A casa em que eu estava hospedado era a do escrivão Meneses, que fora casado, em primeiras núpcias, com uma de minhas primas. A segunda mulher, Conceição, e a mãe desta acolheram-me bem, quando vim de Mangaratiba[2] para o Rio de Janeiro, meses antes, a estudar preparatórios. Vivia tranquilo, naquela casa assobradada da rua do Senado, com os meus livros, poucas relações, alguns passeios. A família era pequena, o escrivão, a mulher, a sogra e duas escravas. Costumes velhos. Às dez horas da noite toda a gente estava nos quartos; às dez e meia a casa dormia. Nunca tinha ido ao teatro, e mais de uma vez, ouvindo dizer ao Meneses que ia ao teatro, pedi-lhe que me levasse consigo. Nessas ocasiões, a sogra fazia uma careta, e as escravas riam à socapa;[3] ele não respondia, vestia-se, saía e só tornava na manhã seguinte. Mais tarde é que eu soube que o teatro era um eufemismo[4] em ação. Meneses trazia amores com uma senhora, separada do marido, e dormia fora de casa uma vez por semana. Conceição padecera, a princípio, com a existência da comborça;[5] mas, afinal, resignara-se, acostumara-se, e acabou achando que era muito direito.

Boa Conceição! Chamavam-lhe "a santa", e fazia jus ao título, tão facilmente suportava os esquecimentos do marido. Em verdade, era um temperamento moderado, sem extremos, nem grandes lágrimas, nem grandes risos. No capítulo de que trato, dava para maometana;[6] aceitaria um harém,[7] com as aparências salvas. Deus me perdoe, se a julgo mal. Tudo nela era atenuado

---

[1] Na igreja católica, a missa do galo é a missa celebrada na véspera de Natal, que se inicia geralmente na meia-noite do dia 24 para o dia 25 de dezembro.

[2] Município do estado do Rio de Janeiro.

[3] De maneira disfarçada; de forma dissimulada.

[4] Figura de linguagem que consiste na atenuação, ou amenização de uma palavra, por exemplo, dizer "descansou" em lugar de "morreu".

[5] Amante.

[6] Seguidora da doutrina do islamismo. Na religião islâmica, o casamento pode ser poligâmico e o homem pode ter até quatro esposas, desde que tenha condições de sustentá-las.

[7] Um harém é um lugar onde se hospedam as esposas de um sultão, um príncipe mulçumano.

e passivo. O próprio rosto era mediano, nem bonito nem feio. Era o que chamamos uma pessoa simpática. Não dizia mal de ninguém, perdoava tudo. Não sabia odiar; pode ser até que não soubesse amar.

Naquela noite de Natal foi o escrivão ao teatro. Era pelos anos de 1861 ou 1862. Eu já devia estar em Mangaratiba, em férias; mas fiquei até o Natal para ver "a missa do galo na corte". A família recolheu-se à hora do costume; eu meti-me na sala da frente, vestido e pronto. Dali passaria ao corredor da entrada e sairia sem acordar ninguém. Tinha três chaves a porta; uma estava com o escrivão, eu levaria outra, a terceira ficava em casa.

— Mas, Sr. Nogueira, que fará você todo esse tempo? — perguntou-me a mãe de Conceição.

— Leio, D. Inácia.

Tinha comigo um romance, *Os três mosqueteiros*,[8] velha tradução creio do *Jornal do Comércio*.[9] Sentei-me à mesa que havia no centro da sala, e à luz de um candeeiro de querosene, enquanto a casa dormia, trepei ainda uma vez ao cavalo magro de D'Artagnan[10] e fui-me às aventuras. Dentro em pouco estava completamente ébrio[11] de Dumas. Os minutos voavam, ao contrário do que costumam fazer, quando são de espera; ouvi bater onze horas, mas quase sem dar por elas, um acaso. Entretanto, um pequeno rumor que ouvi dentro veio acordar-me da leitura. Eram uns passos no corredor que ia da sala de visitas à de jantar; levantei a cabeça; logo depois vi assomar à porta da sala o vulto de Conceição.

— Ainda não foi? — perguntou ela.

— Não fui; parece que ainda não é meia-noite.

— Que paciência!

Conceição entrou na sala, arrastando as chinelinhas da alcova.[12] Vestia um roupão branco, mal apanhado na cintura. Sendo magra, tinha um ar de visão romântica, não disparatada com o meu livro de aventuras. Fechei o livro; ela foi sentar-se na cadeira que ficava defronte de mim, perto do canapé.[13] Como eu lhe perguntasse se a havia acordado, sem querer, fazendo barulho, respondeu com presteza:

---

[8] *Os três mosqueteiros* (1844) é um romance histórico, escrito pelo francês Alexandre Dumas, pai (1802-1870).

[9] O *Jornal do Comércio* foi fundado em 1827, na cidade do Rio de Janeiro, e circulou até o ano de 2016.

[10] Charles de Batz-Castelmore, conde de Artagnan (c. 1611-1673), foi um militar francês, tendo servido ao rei Luís XIV como capitão dos Mosqueteiros da Guarda. Tornou-se mais conhecido como personagem do romance *Os três mosqueteiros*, de Alexandre Dumas, pai.

[11] Bêbado.

[12] Pequeno quarto de dormir.

[13] Um tipo de sofá.

— Não! Qual! Acordei por acordar.

Fitei-a um pouco e duvidei da afirmativa. Os olhos não eram de pessoa que acabasse de dormir; pareciam não ter ainda pegado no sono. Essa observação, porém, que valeria alguma coisa em outro espírito, depressa a botei fora, sem advertir que talvez não dormisse justamente por minha causa, e mentisse para me não afligir ou aborrecer. Já disse que ela era boa, muito boa.

— Mas a hora já há de estar próxima — disse eu.

— Que paciência a sua de esperar acordado, enquanto o vizinho dorme! E esperar sozinho! Não tem medo de almas do outro mundo? Eu cuidei que se assustasse quando me viu.

— Quando ouvi os passos estranhei; mas a senhora apareceu logo.

— Que é que estava lendo? Não diga, já sei, é o romance dos Mosqueteiros.

— Justamente: é muito bonito.

— Gosta de romances?

— Gosto.

— Já leu a *Moreninha*?[14]

— Do Dr. Macedo? Tenho lá em Mangaratiba.

— Eu gosto muito de romances, mas leio pouco, por falta de tempo. Que romances é que você tem lido?

Comecei a dizer-lhe os nomes de alguns. Conceição ouvia-me com a cabeça reclinada no espaldar,[15] enfiando os olhos por entre as pálpebras meio cerradas, sem os tirar de mim. De vez em quando passava a língua pelos beiços, para umedecê-los. Quando acabei de falar, não me disse nada; ficamos assim alguns segundos. Em seguida, vi-a endireitar a cabeça, cruzar os dedos e sobre eles pousar o queixo, tendo os cotovelos nos braços da cadeira, tudo sem desviar de mim os grandes olhos espertos.

"Talvez esteja aborrecida", pensei eu.

E logo alto:

— Dona Conceição, creio que vão sendo horas, e eu...

— Não, não, ainda é cedo. Vi agora mesmo o relógio, são onze e meia. Tem tempo. Você, perdendo a noite, é capaz de não dormir de dia?

— Já tenho feito isso.

— Eu, não; perdendo uma noite, no outro dia estou que não posso, e, meia hora que seja, hei de passar pelo sono. Mas também estou ficando velha.

— Que velha o quê, D. Conceição?

---

[14] *A moreninha* (1844) é um romance do médico, jornalista e escritor brasileiro Joaquim Manuel de Macedo (1820-1882).

[15] Parte da cadeira ou do sofá onde se apoiam as costas.

Tal foi o calor da minha palavra que a fez sorrir. De costume tinha os gestos demorados e as atitudes tranquilas; agora, porém, ergueu-se rapidamente, passou para o outro lado da sala e deu alguns passos, entre a janela da rua e a porta do gabinete do marido. Assim, com o desalinho[16] honesto que trazia, dava-me uma impressão singular. Magra embora, tinha não sei que balanço no andar, como quem lhe custa levar o corpo; essa feição nunca me pareceu tão distinta como naquela noite. Parava algumas vezes, examinando um trecho de cortina ou concertando a posição de algum objeto no aparador; afinal deteve-se, ante mim, com a mesa de permeio. Estreito era o círculo das suas ideias; tornou ao espanto de me ver esperar acordado; eu repeti-lhe o que ela sabia, isto é, que nunca ouvira missa do galo na corte,[17] e não queria perdê-la.

— É a mesma missa da roça; todas as missas se parecem.

— Acredito; mas aqui há de haver mais luxo e mais gente também. Olhe, a semana santa na corte é mais bonita que na roça. São João não digo, nem Santo Antônio...

Pouco a pouco, tinha-se inclinado; fincara os cotovelos no mármore da mesa e metera o rosto entre as mãos espalmadas. Não estando abotoadas, as mangas caíram naturalmente, e eu vi-lhe metade dos braços, muito claros, e menos magros do que se poderiam supor. A vista não era nova para mim, posto também não fosse comum; naquele momento, porém, a impressão que tive foi grande. As veias eram tão azuis, que, apesar da pouca claridade, podia contá-las do meu lugar. A presença de Conceição espertara-me ainda mais que o livro. Continuei a dizer o que pensava das festas da roça e da cidade, e de outras coisas que me iam vindo à boca. Falava emendando os assuntos, sem saber por quê, variando deles ou tornando aos primeiros, e rindo para fazê-la sorrir e ver-lhe os dentes que luziam de brancos, todos iguaizinhos. Os olhos dela não eram bem negros, mas escuros; o nariz, seco e longo, um tantinho curvo, dava-lhe ao rosto um ar interrogativo. Quando eu alteava um pouco a voz, ela reprimia-me:

— Mais baixo! Mamãe pode acordar.

E não saía daquela posição, que me enchia de gosto, tão perto ficavam as nossas caras. Realmente, não era preciso falar alto para ser ouvido; cochichávamos os dois, eu mais que ela, porque falava mais; ela, às vezes, ficava

---

[16] Descuido.
[17] Na época, o termo "corte" era usado para se referir à cidade do Rio de Janeiro, capital do Império do Brasil.

séria, muito séria, com a testa um pouco franzida. Afinal, cansou; trocou de atitude e de lugar. Deu volta à mesa e veio sentar-se do meu lado, no canapé. Voltei-me, e pude ver, a furto, o bico das chinelas; mas foi só o tempo que ela gastou em sentar-se, o roupão era comprido e cobriu-as logo. Recordo-me que eram pretas. Conceição disse baixinho:

— Mamãe está longe, mas tem o sono muito leve; se acordasse agora, coitada, tão cedo não pegava no sono.

— Eu também sou assim.

— O quê? — perguntou ela inclinando o corpo, para ouvir melhor.

Fui sentar-me na cadeira que ficava ao lado do canapé e repeti a palavra. Riu-se da coincidência; também ela tinha o sono leve; éramos três sonos leves.

— Há ocasiões em que sou como mamãe; acordando, custa-me dormir outra vez, rolo na cama, à toa, levanto-me, acendo vela, passeio, torno a deitar-me e nada.

— Foi o que lhe aconteceu hoje.

— Não, não — atalhou ela.

Não entendi a negativa; ela pode ser que também não a entendesse. Pegou das pontas do cinto e bateu com elas sobre os joelhos, isto é, o joelho direito, porque acabava de cruzar as pernas. Depois referiu uma história de sonhos, e afirmou-me que só tivera um pesadelo, em criança. Quis saber se eu os tinha. A conversa reatou-se assim lentamente, longamente, sem que eu desse pela hora nem pela missa. Quando eu acabava uma narração ou uma explicação, ela inventava outra pergunta ou outra matéria, e eu pegava novamente na palavra. De quando em quando, reprimia-me:

— Mais baixo, mais baixo...

Havia também umas pausas. Duas outras vezes, pareceu-me que a via dormir; mas os olhos, cerrados por um instante, abriam-se logo sem sono nem fadiga, como se ela os houvesse fechado para ver melhor. Uma dessas vezes creio que deu por mim embebido na sua pessoa, e lembra-me que os tornou a fechar, não sei se apressada ou vagarosamente. Há impressões dessa noite que me aparecem truncadas ou confusas. Contradigo-me, atrapalho-me. Uma das que ainda tenho frescas é que, em certa ocasião, ela, que era apenas simpática, ficou linda, ficou lindíssima. Estava de pé, os braços cruzados; eu, em respeito a ela, quis levantar-me; não consentiu, pôs uma das mãos no meu ombro, e obrigou-me a estar sentado. Cuidei que ia dizer alguma coisa; mas estremeceu, como se tivesse um arrepio de frio, voltou as costas e foi sentar-se na cadeira, onde me achara lendo. Dali relanceou a vista pelo espelho, que ficava por cima do canapé, falou de duas gravuras que pendiam da parede.

— Estes quadros estão ficando velhos. Já pedi a Chiquinho para comprar outros.

Chiquinho era o marido. Os quadros falavam do principal negócio deste homem. Um representava "Cleópatra";[18] não me recordo o assunto do outro, mas eram mulheres. Vulgares ambos; naquele tempo não me pareciam feios.

— São bonitos — disse eu.

— Bonitos são; mas estão manchados. E depois, francamente, eu preferia duas imagens, duas santas. Estas são mais próprias para sala de rapaz ou de barbeiro.

— De barbeiro? A senhora nunca foi a casa de barbeiro.

— Mas imagino que os fregueses, enquanto esperam, falam de moças e namoros, e naturalmente o dono da casa alegra a vista deles com figuras bonitas. Em casa de família é que não acho próprio. É o que eu penso; mas eu penso muita coisa assim esquisita. Seja o que for, não gosto dos quadros. Eu tenho uma Nossa Senhora da Conceição,[19] minha madrinha, muito bonita; mas é de escultura, não se pode pôr na parede, nem eu quero. Está no meu oratório.

A ideia do oratório trouxe-me a da missa, lembrou-me que podia ser tarde e quis dizê-lo. Penso que cheguei a abrir a boca, mas logo a fechei para ouvir o que ela contava, com doçura, com graça, com tal moleza que trazia preguiça à minha alma e fazia esquecer a missa e a igreja. Falava das suas devoções de menina e moça. Em seguida referia umas anedotas de baile, uns casos de passeio, reminiscências de Paquetá,[20] tudo de mistura, quase sem interrupção. Quando cansou do passado, falou do presente, dos negócios da casa, das canseiras de família, que lhe diziam ser muitas, antes de casar, mas não eram nada. Não me contou, mas eu sabia que casara aos vinte e sete anos.

Já agora não trocava de lugar, como a princípio, e quase não saíra da mesma atitude. Não tinha os grandes olhos compridos, e entrou a olhar à toa para as paredes.

— Precisamos mudar o papel da sala — disse daí a pouco, como se falasse consigo.

Concordei, para dizer alguma coisa, para sair da espécie de sono magnético, ou o que quer que era que me tolhia a língua e os sentidos. Queria e não queria acabar a conversação; fazia esforço para arredar os olhos dela, e arredava-os por um sentimento de respeito; mas a ideia de parecer que era aborrecimento, quando não era, levava-me os olhos outra vez para Conceição. A conversa ia morrendo. Na rua, o silêncio era completo.

---

[18] Cleópatra VII Filópator (69-30 a.C.) foi a última rainha do Egito da dinastia ptolemaica.
[19] Nossa Senhora da Conceição Aparecida é uma das representações da Virgem Maria, mãe de Jesus Cristo, de acordo com a Bíblia.
[20] Paquetá é uma ilha da baía de Guanabara e um dos bairros do estado do Rio de Janeiro.

Chegamos a ficar por algum tempo — não posso dizer quanto — inteiramente calados. O rumor único e escasso era um roer de camundongo no gabinete, que me acordou daquela espécie de sonolência; quis falar dele, mas não achei modo. Conceição parecia estar devaneando. Subitamente, ouvi uma pancada na janela, do lado de fora, e uma voz que bradava: "Missa do galo! Missa do galo!".

— Aí está o companheiro — disse ela levantando-se. — Tem graça; você é que ficou de ir acordá-lo, ele é que vem acordar você. Vá, que hão de ser horas; adeus.

— Já serão horas? — perguntei.

— Naturalmente

— Missa do galo! — repetiram de fora, batendo.

— Vá, vá, não se faça esperar. A culpa foi minha. Adeus; até amanhã.

E com o mesmo balanço do corpo, Conceição enfiou pelo corredor dentro, pisando mansinho. Saí à rua e achei o vizinho que esperava. Guiamos dali para a igreja. Durante a missa, a figura de Conceição interpôs-se mais de uma vez, entre mim e o padre; fique isto à conta dos meus dezessete anos. Na manhã seguinte, ao almoço, falei da missa do galo e da gente que estava na igreja sem excitar a curiosidade de Conceição. Durante o dia, achei-a como sempre, natural, benigna, sem nada que fizesse lembrar a conversação da véspera. Pelo Ano-Bom[21] fui para Mangaratiba. Quando tornei ao Rio de Janeiro, em março, o escrivão tinha morrido de apoplexia. Conceição morava no Engenho Novo,[22] mas nem a visitei nem a encontrei. Ouvi mais tarde que casara com o escrevente juramentado do marido.

---

[21] Ano-Novo.
[22] Bairro da Zona Norte do município do Rio de janeiro.

# O sermão do Diabo

Nem sempre respondo por papéis velhos; mas aqui está um que parece autêntico; e, se o não é, vale pelo texto, que é substancial.[1] É um pedaço do evangelho do Diabo, justamente um sermão da montanha, à maneira de São Mateus.[2] Não se apavorem as almas católicas. Já Santo Agostinho[3] dizia que "a igreja do Diabo imita a igreja de Deus".[4] Daí a semelhança entre os dois evangelhos. Lá vai o do Diabo:

"1º E vendo o Diabo a grande multidão de povo, subiu a um monte, por nome Corcovado,[5] e, depois de se ter sentado, vieram a ele os seus discípulos.

"2º E ele, abrindo a boca, ensinou dizendo as palavras seguintes.

"3º Bem-aventurados aqueles que embaçam, porque eles não serão embaçados.

"4º Bem-aventurados os afoitos, porque eles possuirão a terra.

"5º Bem-aventurados os limpos das algibeiras, porque eles andarão mais leves.

"6º Bem-aventurados os que nascem finos, porque eles morrerão grossos.

"7º Bem-aventurados sois, quando vos injuriarem e disserem todo o mal, por meu respeito.

"8º Folgai e exultai, porque o vosso galardão é copioso na terra.

"9º Vós sois o sal do *money market*.[6] E se o sal perder a força, com que outra coisa se há de salgar?

"10º Vós sois a luz do mundo. Não se põe uma vela acesa debaixo de um chapéu, pois assim se perdem o chapéu e a vela.

"11º Não julgueis que vim destruir as obras imperfeitas, mas refazer as desfeitas.

---

[1] Que contém muitos ensinamentos; com muito conteúdo.
[2] O Sermão da Montanha foi pregado por Jesus Cristo, conforme o Evangelho de Mateus, cap. 5 a 7; e no Evangelho de Lucas, ao longo do livro.
[3] Santo Agostinho foi um dos mais importantes teólogos e filósofos do cristianismo, autor de *Confissões* (398 d.C.) e *Cidade de Deus* (426 d.C.).
[4] A citação não pode ser localizada na obra de Santo Agostinho. Talvez o narrador se refira à questão 63, artigo 3, da *Suma Teológica* (1273), obra de São Tomás de Aquino (1225-1274). Esse artigo é intitulado "O diabo desejou ser como Deus?".
[5] Corcovado é um morro na cidade do Rio de Janeiro, com 709 metros de altura, no Parque Nacional da Tijuca. Atualmente abriga em seu topo a estátua do Cristo Redentor.
[6] Mercado financeiro.

"12º Não acrediteis em sociedades arrebentadas. Em verdade vos digo que todas se consertam, e se não for com remendo da mesma cor, será com remendo de outra cor.

"13º Ouvistes que foi dito aos homens: Amai-vos uns aos outros. Pois eu digo-vos: Comei-vos uns aos outros; melhor é comer que ser comido; o lombo alheio é muito mais nutritivo que o próprio.

"14º Também foi dito aos homens: Não matareis a vosso irmão, nem a vosso inimigo, para que não sejais castigados. Eu digo-vos que não é preciso matar a vosso irmão para ganhardes o reino da terra; basta arrancar-lhe a última camisa.

"15º Assim, se estiveres fazendo as tuas contas, e te lembrar que teu irmão anda meio desconfiado de ti, interrompe as contas, sai de casa, vai ao encontro de teu irmão na rua, restitui-lhe a confiança, e tira-lhe o que ele ainda levar consigo.

"16º Igualmente ouvistes que foi dito aos homens: Não jurareis falso, mas cumpri ao Senhor os teus juramentos.

"17º Eu, porém, vos digo que não jureis nunca a verdade, porque a verdade nua e crua, além de indecente, é dura de roer; mas jurai sempre e a propósito de tudo, porque os homens foram feitos para crer antes nos que juram falso, do que nos que não juram nada. Se disseres que o sol acabou, todos acenderão velas.

"18º Não façais as vossas obras diante de pessoas que possam ir contá-lo à polícia.

"19º Quando, pois, quiserdes tapar um buraco, entendei-vos com algum sujeito hábil, que faça treze de cinco e cinco.

"20º Não queirais guardar para vós tesouros na terra, onde a ferrugem e a traça os consomem, e donde os ladrões os tiram e levam.

"21º Mas remetei os vossos tesouros para algum banco de Londres, onde nem a ferrugem, nem a traça os consomem, nem os ladrões os roubam, e onde ireis vê-los no dia do juízo.

"22º Não vos fieis uns nos outros. Em verdade vos digo, que cada um de vós é capaz de comer o seu vizinho, e boa cara não quer dizer bom negócio.

"23º Vendei gato por lebre, e concessões ordinárias por excelentes, a fim de que a terra se não despovoe das lebres, nem as más concessões pereçam nas vossas mãos.

"24º Não queirais julgar para que não sejais julgados; não examineis os papéis do próximo para que ele não examine os vossos, e não resulte irem os dois para a cadeia, quando é melhor não ir nenhum.

"25º Não tenhais medo às assembleias de acionistas, e afagai-as de preferência às simples comissões, porque as comissões amam a vanglória e as assembleias as boas palavras.

"26º As porcentagens são as primeiras flores do capital; cortai-as logo, para que as outras flores brotem mais viçosas e lindas.

"27º Não deis conta das contas passadas, porque passadas são as contas contadas, e perpétuas as contas que se não contam.

"28º Deixai falar os acionistas prognósticos;[7] uma vez aliviados, assinam de boa vontade.

"29º Podeis excepcionalmente amar a um homem que vos arranjou um bom negócio; mas não até o ponto de o não deixar com as cartas na mão, se jogardes juntos.

"30º Todo aquele que ouve estas minhas palavras, e as observa, será comparado ao homem sábio, que edificou sobre a rocha e resistiu aos ventos; ao contrário do homem sem consideração, que edificou sobre a areia, e fica a ver navios..."

Aqui acaba o manuscrito que me foi trazido pelo próprio Diabo, ou alguém por ele; mas eu creio que era o próprio. Alto, magro, barbícula[8] ao queixo, ar de Mefistófeles.[9] Fiz-lhe uma cruz com os dedos e ele sumiu-se. Apesar de tudo, não respondo pelo papel, nem pelas doutrinas, nem pelos erros de cópia.

---

[7] Pretensiosos.
[8] Pequena barba.
[9] Mefistófeles é um personagem da Idade Média, conhecido como uma das encarnações do mal. Ele aparece na obra *Fausto* (Parte I:1806; Parte II:1832), do escritor alemão Johann Wolfgang von Goethe (1749-1832).

# A cena do cemitério

Não mistureis alhos com bugalhos; é o melhor conselho que posso dar às pessoas que leem de noite na cama. A noite passada, por infringir essa regra, tive um pesadelo horrível. Escutai; não perdereis os cinco minutos de audiência.

Foi o caso que, como não tinha acabado de ler os jornais de manhã, fi-lo à noite. Pouco já havia que ler, três notícias e a cotação da praça. Notícias da manhã, lidas à noite, produzem sempre o efeito de modas velhas, donde concluo que o melhor encanto das gazetas está na hora em que aparecem. A cotação da praça, conquanto tivesse a mesma feição, não a li com igual indiferença, em razão das recordações que trazia do ano terrível (1890-91).[1] Gastei mais tempo a lê-la e relê-la. Afinal pus os jornais de lado, e, não sendo tarde, peguei de um livro, que acertou de ser Shakespeare.[2] O drama era *Hamlet*.[3] A página, aberta ao acaso, era a cena do cemitério, ato V. Não há que dizer ao livro nem à página; mas essa mistura de poesia e cotação de praça, de gente morta e dinheiro vivo, não podia gerar nada bom; eram alhos com bugalhos.

Sucedeu o que era de esperar; tive um pesadelo. A princípio, não pude dormir; voltava-me de um lado para outro, vendo as figuras de Hamlet e de Horácio, os coveiros e as caveiras,[4] ouvindo a balada e a conversação. A muito custo, peguei no sono. Antes não pegasse! Sonhei que era Hamlet; trazia a mesma capa negra, as meias, o gibão[5] e os calções da mesma cor. Tinha a própria alma do príncipe da Dinamarca. Até aí nada houve que me assustasse. Também não me aterrou ver, ao pé de mim, vestido de Horácio, o meu fiel criado José. Achei natural; ele não o achou menos. Saímos de casa para o cemitério; atravessamos uma rua que nos pareceu ser a Primeiro de Março e entramos em um espaço que era metade cemitério, metade sala. Nos sonhos há confusões dessas, imaginações duplas ou incompletas, mistura de coisas opostas, dilacerações, desdobramentos inexplicáveis; mas, enfim, como eu era Hamlet e ele Horácio, tudo aquilo devia ser cemitério. Tanto era que ouvimos logo a um dos coveiros esta estrofe:

---

[1] Em 1890 é fundada a Bolsa de Valores de São Paulo, que passa a coexistir com a Bolsa de Valores do Rio de Janeiro; porém, em 1891, devido a grande especulação monetária, ocorre uma grave crise econômica, que ficou conhecida como a Crise do Encilhamento.
[2] William Shakespeare (1564-1616) é um famoso autor inglês de peças teatrais.
[3] A tragédia *Hamlet, príncipe da Dinamarca* (1599-1601), geralmente abreviada como *Hamlet*, é uma das mais famosas obras de William Shakespeare.
[4] Personagens da peça *Hamlet*.
[5] Espécie de casaco curto.

> Era um título novinho,
> Valia mais de oitocentos;
> Agora que está velhinho
> Não chega a valer duzentos.

Entramos e escutamos. Como na tragédia, deixamos que os coveiros falassem entre si, enquanto faziam a cova de Ofélia.[6] Mas os coveiros eram ao mesmo tempo corretores, e tratavam de ossos e papéis. A um deles ouvia bradar que tinha trinta ações da Companhia Promotora das Batatas Econômicas. Respondeu-lhe outro que dava cinco mil-réis por elas. Achei pouco dinheiro e disse isto mesmo a Horácio, que me respondeu, pela boca de José: "Meu senhor, as batatas desta companhia foram prósperas enquanto os portadores dos títulos não as foram plantar. A economia da nobre instituição consistia justamente em não plantar o precioso tubérculo; uma vez que o plantassem era indício certo da decadência e da morte".

Não entendi bem; mas os coveiros, fazendo saltar caveiras do solo, iam dizendo graças e apregoando títulos. Falavam de bancos, do Banco Único, do Banco Eterno, do Banco dos Bancos, e os respectivos títulos eram vendidos ou não, segundo oferecessem por eles sete tostões ou duas patacas.[7] Não eram bem títulos nem bem caveiras; eram as duas coisas juntas, uma fusão de aspectos, letras com buracos de olhos, dentes por assinaturas. Demos mais alguns passos, até que eles nos viram. Não se admiraram; foram indo com o trabalho de cavar e vender. — Cem da Companhia Balsâmica! — Três mil-réis. — São suas. — Vinte e cinco da Companhia Salvadora! — Mil-réis! — Dois mil-réis — Dois mil e cem! — E duzentos! — E quinhentos! — São suas.

Cheguei-me a um, ia a falar-lhe, quando fui interrompido pelo próprio homem: "—Pronto Alívio! meus senhores! Dez do Banco Pronto Alívio! Não dão nada, meus senhores? Pronto Alívio! senhores... Quanto dão? Dois tostões? Oh! não! não! valem mais! Pronto Alívio! Pronto Alívio!". O homem calou-se afinal, não sem ouvir de outro coveiro que, como alívio, o banco não podia ter sido mais pronto. Faziam trocadilhos, como os coveiros de Shakespeare. Um deles, ouvindo apregoar sete ações do Banco Pontual, disse que tal banco foi realmente pontual até o dia em que passou do ponto à reticência. Como espírito, não era grande coisa; daí a chuva de tíbias que

---

[6] Ofélia é uma personagem de Hamlet. É uma jovem da alta nobreza da Dinamarca, noiva do príncipe Hamlet.
[7] Tostões e patacas eram subdivisões da unidade monetária na época, o real, com plural réis. Na época do conto, tostão era uma moeda de 80 réis; vintém era a moeda de vinte réis; e pataca era uma moeda de 320 réis.

caiu em cima do autor. Foi uma cena lúgubre[8] e alegre ao mesmo tempo. Os coveiros riam, as caveiras riam, as árvores, torcendo-se aos ventos da Dinamarca, pareciam torcer-se de riso, e as covas abertas riam, à espera que fossem chorar sobre elas.

Surdiram muitas outras caveiras ou títulos. Da Companhia Exploradora de Além-Túmulo apareceram cinquenta e quatro, que se venderam a dez réis. O fim desta companhia era comprar para cada acionista um lote de trinta metros quadrados no Paraíso. Os primeiros títulos, em março de 1891, subiram a conto de réis; mas se nada há seguro neste mundo conhecido, pode havê-lo no incognoscível?[9] Esta dúvida entrou no espírito do caixa da companhia, que aproveitou a passagem de um paquete transatlântico,[10] para ir consultar um teólogo[11] europeu, levando consigo tudo o que havia mais cognoscível[12] entre os valores. Foi um coveiro que me contou este antecedente da companhia. Eis aqui, porém, surdiu uma voz do fundo da cova, que estavam abrindo. Uma debênture! uma debênture![13]

Era já outra coisa. Era uma debênture. Cheguei-me ao coveiro, e perguntei que era que estava dizendo. Repetiu o nome do título. Uma debênture? — Uma debênture. Deixe ver, amigo. E, pegando nela, como Hamlet, exclamei, cheio de melancolia:

— *Alas, poor Yorick*![14] Eu o conheci, Horácio. Era um título magnífico. Estes buracos de olhos foram algarismos de brilhantes, safiras e opalas. Aqui, onde foi nariz, havia um promontório de marfim velho lavrado; eram de nácar[15] estas faces, os dentes de ouro, as orelhas de granada e safira. Desta boca saíam as mais sublimes promessas em estilo alevantado e nobre. Onde estão agora as belas palavras de outro tempo? Prosa eloquente e fecunda, onde param os longos períodos, as frases galantes, a arte com que fazias ver a gente cavalos soberbos com ferraduras de prata e arreios de ouro? Onde os carros de cristal, as almofadas de cetim? Diz-me cá, Horácio.

— Meu senhor...

---

[8] Sinistra; fúnebre.
[9] Algo que é impossível conhecer.
[10] Navio a vapor, usado como transporte.
[11] Estudioso de teologia, isto é, a ciência das religiões.
[12] Conhecido.
[13] Título de crédito ao portador que representa uma dívida, garantida pelos bens do emissor.
[14] Tradução: "Ai!, pobre Yorick". Citação da frase de Hamlet na cena I, quinto ato, da peça de Shakespeare. Yorick era o bobo da corte, cuja caveira é desenterrada pelo coveiro no cemitério.
[15] Madrepérola.

— Crês que uma letra de Sócrates[16] esteja hoje no mesmo estado que este papel?

— Seguramente.

— Assim que, uma promessa de dívida do nobre Sócrates não será hoje mais que uma debênture escangalhada?

— A mesma coisa.

— Até onde podemos descer, Horácio! Uma letra de Sócrates pode vir a ter os mais tristes empregos deste mundo; limpar os sapatos, por exemplo. Talvez ainda valha menos que esta debênture.

— Saberá Vossa Senhoria que eu não dava nada por ela.

— Nada? Pobre Sócrates! Mas espera, calemo-nos, aí vem um enterro.

Era o enterro de Ofélia. Aqui o pesadelo foi-se tornando cada vez mais aflitivo. Vi os padres, o rei e a rainha, o séquito, o caixão. Tudo se me fez turvo e confuso. Vi a rainha deitar flores sobre a defunta. Quando o jovem Laertes[17] saltou dentro da cova, saltei também; ali dentro atracamo-nos, esbofeteamo-nos. Eu suava, eu matava, eu sangrava, eu gritava...

— Acorde, patrão! acorde!

---

[16] Sócrates (c. 469-399 a.C.) foi um filósofo na Grécia Antiga.
[17] Na peça *Hamlet*, Laertes é o irmão de Ofélia.

7

# De *Relíquias de casa velha*

(1906)

# Pai contra mãe

A escravidão levou consigo ofícios e aparelhos, como terá sucedido a outras instituições sociais.[1] Não cito alguns aparelhos senão por se ligarem a certo ofício. Um deles era o ferro ao pescoço, outro o ferro ao pé; havia também a máscara de folha de flandres.[2] A máscara fazia perder o vício da embriaguez aos escravos, por lhes tapar a boca. Tinha só três buracos, dois para ver, um para respirar, e era fechada atrás da cabeça por um cadeado. Com o vício de beber, perdiam a tentação de furtar, porque geralmente era dos vinténs[3] do senhor que eles tiravam com que matar a sede, e aí ficavam dois pecados extintos, e a sobriedade e a honestidade, certas. Era grotesca tal máscara, mas a ordem social e humana nem sempre se alcança sem o grotesco, e alguma vez o cruel. Os funileiros as tinham penduradas, à venda, na porta das lojas. Mas não cuidemos de máscaras.

O ferro ao pescoço era aplicado aos escravos fujões. Imaginai uma coleira grossa, com a haste grossa também, à direita ou à esquerda, até ao alto da cabeça e fechada atrás com chave. Pesava, naturalmente, mas era menos castigo que sinal. Escravo que fugia assim, onde quer que andasse, mostrava um reincidente, e com pouco era pegado.

Há meio século, os escravos fugiam com frequência. Eram muitos, e nem todos gostavam da escravidão. Sucedia ocasionalmente apanharem pancada, e nem todos gostavam de apanhar pancada. Grande parte era apenas repreendida; havia alguém de casa que servia de padrinho, e o mesmo dono não era mau; além disso, o sentimento da propriedade moderava a ação, porque dinheiro também dói. A fuga repetia-se, entretanto. Casos houve, ainda que raros, em que o escravo de contrabando, apenas comprado no Valongo,[4] deitava a correr, sem conhecer as ruas da cidade. Dos que seguiam para casa, não raro, apenas ladinos,[5] pediam ao senhor que lhes marcasse aluguel, e iam ganhá-lo fora, quitandando.[6]

---

[1] O regime escravocrata no Brasil foi abolido em 13 de maio de 1888 com a Lei Imperial n. 3.353, que ficou conhecida como a Lei Áurea.
[2] A folha de flandres era uma chapa metálica, formada da liga de ferro, aço e estanho.
[3] Antiga moeda, no valor de vinte réis, unidade monetária da época.
[4] O cais do Valongo era um entreposto de chegada e venda de escravos, na zona portuária da cidade do Rio de Janeiro.
[5] Um escravo aculturado, que se ajustou aos costumes locais.
[6] Exercer o ofício de quitandeiro, de vendedor ambulante.

Quem perdia um escravo por fuga dava algum dinheiro a quem lho levasse. Punha anúncios nas folhas públicas, com os sinais do fugido, o nome, a roupa, o defeito físico, se o tinha, o bairro por onde andava e a quantia de gratificação. Quando não vinha a quantia, vinha promessa: "gratificar-se-á generosamente", ou "receberá uma boa gratificação". Muita vez o anúncio trazia em cima ou ao lado uma vinheta,[7] figura de preto, descalço, correndo, vara ao ombro, e na ponta uma trouxa. Protestava-se com todo o rigor da lei contra quem o acoutasse.[8]

Ora, pegar escravos fugidos era um ofício do tempo. Não seria nobre, mas por ser instrumento da força com que se mantêm a lei e a propriedade, trazia esta outra nobreza implícita das ações reivindicadoras. Ninguém se metia em tal ofício por desfastio[9] ou estudo; a pobreza, a necessidade de uma achega,[10] a inaptidão para outros trabalhos, o acaso, e alguma vez o gosto de servir também, ainda que por outra via, davam o impulso ao homem que se sentia bastante rijo para pôr ordem à desordem.

Cândido Neves — em família, Candinho — é a pessoa a quem se liga a história de uma fuga, cedeu à pobreza, quando adquiriu o ofício de pegar escravos fugidos. Tinha um defeito grave esse homem, não aguentava emprego nem ofício, carecia de estabilidade; é o que ele chamava caiporismo.[11] Começou por querer aprender tipografia, mas viu cedo que era preciso algum tempo para compor bem, e ainda assim talvez não ganhasse o bastante; foi o que ele disse a si mesmo. O comércio chamou-lhe a atenção, era carreira boa. Com algum esforço entrou de caixeiro[12] para um armarinho. A obrigação, porém, de atender e servir a todos feria-o na corda do orgulho, e ao cabo de cinco ou seis semanas estava na rua por sua vontade. Fiel de cartório, contínuo de uma repartição anexa ao Ministério do Império, carteiro e outros empregos foram deixados pouco depois de obtidos.

Quando veio a paixão da moça Clara, não tinha ele mais que dívidas, ainda que poucas, porque morava com um primo, entalhador de ofício. Depois de várias tentativas para obter emprego, resolveu adotar o ofício do primo, de que aliás já tomara algumas lições. Não lhe custou apanhar outras, mas, querendo aprender depressa, aprendeu mal. Não fazia obras finas nem complicadas, apenas garras para sofás e relevos comuns para cadeiras. Queria ter em que trabalhar quando casasse, e o casamento não se demorou muito.

---

[7] Pequeno desenho com o qual se ornava um texto.
[8] Acolhesse; oferecesse proteção.
[9] Apenas por divertimento; por passatempo.
[10] Rendimento; lucro.
[11] Condição de quem é azarado ou infeliz em suas realizações.
[12] Balconista.

Contava trinta anos, Clara, vinte e dois. Ela era órfã, morava com uma tia, Mônica, e cosia[13] com ela. Não cosia tanto que não namorasse o seu pouco, mas os namorados apenas queriam matar o tempo; não tinham outro empenho. Passavam às tardes, olhavam muito para ela, ela, para eles, até que a noite a fazia recolher para a costura. O que ela notava é que nenhum deles lhe deixava saudades nem lhe acendia desejos. Talvez nem soubesse o nome de muitos. Queria casar, naturalmente. Era, como lhe dizia a tia, um pescar de caniço,[14] a ver se o peixe pegava, mas o peixe passava de longe; algum que parasse, era só para andar à roda da isca, mirá-la, cheirá-la, deixá-la e ir a outras.

O amor traz sobrescritos. Quando a moça viu Cândido Neves, sentiu que era este o possível marido, o marido verdadeiro e único. O encontro deu-se em um baile; tal foi — para lembrar o primeiro ofício do namorado — tal foi a página inicial daquele livro, que tinha de sair mal composto e pior brochado.[15] O casamento fez-se onze meses depois, e foi a mais bela festa das relações dos noivos. Amigas de Clara, menos por amizade que por inveja, tentaram arredá-la do passo que ia dar. Não negavam a gentileza do noivo, nem o amor que lhe tinha, nem ainda algumas virtudes; diziam que era dado em demasia a patuscadas.[16]

— Pois ainda bem — replicava a noiva —; ao menos, não caso com defunto.

— Não, defunto não; mas é que...

Não diziam o que era. Tia Mônica, depois do casamento, na casa pobre onde eles se foram abrigar, falou-lhes uma vez nos filhos possíveis. Eles queriam um, um só, embora viesse agravar a necessidade.

— Vocês, se tiverem um filho, morrem de fome — disse a tia à sobrinha.

— Nossa Senhora nos dará de comer — acudiu Clara.

Tia Mônica devia ter-lhes feito a advertência, ou ameaça, quando ele lhe foi pedir a mão da moça; mas também ela era amiga de patuscadas, e o casamento seria uma festa, como foi.

A alegria era comum aos três. O casal ria a propósito de tudo. Os mesmos nomes eram objeto de trocados, Clara, Neves, Cândido; não davam que comer, mas davam que rir, e o riso digeria-se sem esforço. Ela cosia agora mais, ele saía a empreitadas de uma coisa e outra; não tinha emprego certo.

Nem por isso abriam mão do filho. O filho é que, não sabendo daquele desejo específico, deixava-se estar escondido na eternidade. Um dia, porém,

---

[13] Costurava.
[14] Um tipo de cana fina e comprida.
[15] Capa mole de livro.
[16] Folias; farras.

deu sinal de si a criança; varão ou fêmea, era o fruto abençoado que viria trazer ao casal a suspirada ventura. Tia Mônica ficou desorientada, Cândido e Clara riram dos seus sustos.

— Deus nos há de ajudar, titia — insistia a futura mãe.

A notícia correu de vizinha a vizinha. Não houve mais que espreitar a aurora[17] do dia grande. A esposa trabalhava agora com mais vontade, e assim era preciso, uma vez que, além das costuras pagas, tinha de ir fazendo com retalhos o enxoval da criança. À força de pensar nela, vivia já com ela, media-lhe fraldas, cosia-lhe camisas. A porção era escassa, os intervalos, longos. Tia Mônica ajudava, é certo, ainda que de má vontade.

— Vocês verão a triste vida — suspirava ela.

— Mas as outras crianças não nascem também? — perguntou Clara.

— Nascem, e acham sempre alguma coisa certa que comer, ainda que pouco...

— Certa como?

— Certa, um emprego, um ofício, uma ocupação, mas em que é que o pai dessa infeliz criatura que aí vem gasta o tempo?

Cândido Neves, logo que soube daquela advertência, foi ter com a tia, não áspero, mas muito menos manso que de costume, e lhe perguntou se já algum dia deixara de comer.

— A senhora ainda não jejuou senão pela semana santa, e isso mesmo quando não quer jantar comigo. Nunca deixamos de ter o nosso bacalhau...

— Bem sei, mas somos três.

— Seremos quatro.

— Não é a mesma coisa.

— Que quer então que eu faça, além do que faço?

— Alguma coisa mais certa. Veja o marceneiro da esquina, o homem do armarinho, o tipógrafo que casou sábado, todos têm um emprego certo... Não fique zangado; não digo que você seja vadio, mas a ocupação que escolheu é vaga. Você passa semanas sem vintém.

— Sim, mas lá vem uma noite que compensa tudo, até de sobra. Deus não me abandona, e preto fugido sabe que comigo não brinca; quase nenhum resiste, muitos entregam-se logo.

Tinha glória nisto, falava da esperança como de capital seguro. Daí a pouco ria, e fazia rir à tia, que era naturalmente alegre, e previa uma patuscada no batizado.

Cândido Neves perdera já o ofício de entalhador, como abrira mão de outros muitos, melhores ou piores. Pegar escravos fugidos trouxe-lhe um

---

[17] Véspera.

encanto novo. Não obrigava a estar longas horas sentado. Só exigia força, olho vivo, paciência, coragem e um pedaço de corda. Cândido Neves lia os anúncios, copiava-os, metia-os no bolso e saía às pesquisas. Tinha boa memória. Fixados os sinais e os costumes de um escravo fugido, gastava pouco tempo em achá-lo, segurá-lo, amarrá-lo e levá-lo. A força era muita, a agilidade também. Mais de uma vez, a uma esquina, conversando de coisas remotas, via passar um escravo como os outros, e descobria logo que ia fugido, quem era, o nome, o dono, a casa deste e a gratificação; interrompia a conversa e ia atrás do vicioso. Não o apanhava logo, espreitava lugar azado, e de um salto tinha a gratificação nas mãos. Nem sempre saía sem sangue, as unhas e os dentes do outro trabalhavam, mas geralmente ele os vencia sem o menor arranhão.

Um dia os lucros entraram a escassear. Os escravos fugidos não vinham já, como dantes, meter-se nas mãos de Cândido Neves. Havia mãos novas e hábeis. Como o negócio crescesse, mais de um desempregado pegou em si e numa corda, foi aos jornais, copiou anúncios e deitou-se à caçada. No próprio bairro havia mais de um competidor. Quer dizer que as dívidas de Cândido Neves começaram de subir, sem aqueles pagamentos prontos ou quase prontos dos primeiros tempos. A vida fez-se difícil e dura. Comia-se fiado e mal; comia-se tarde. O senhorio mandava pelos aluguéis.

Clara não tinha sequer tempo de remendar a roupa ao marido, tanta era a necessidade de coser para fora. Tia Mônica ajudava a sobrinha, naturalmente. Quando ele chegava à tarde, via-se-lhe pela cara que não trazia vintém. Jantava e saía outra vez, à cata de algum fugido. Já lhe sucedia, ainda que raro, enganar-se de pessoa, e pegar em escravo fiel que ia a serviço de seu senhor; tal era a cegueira da necessidade. Certa vez capturou um preto livre; desfez-se em desculpas, mas recebeu grande soma de murros que lhe deram os parentes do homem.

— É o que lhe faltava! — exclamou tia Mônica, ao vê-lo entrar, e depois de ouvir narrar o equívoco e suas consequências. — Deixe-se disso, Candinho; procure outra vida, outro emprego.

Cândido quisera efetivamente fazer outra coisa, não pela razão do conselho, mas por simples gosto de trocar de ofício; seria um modo de mudar de pele ou de pessoa. O pior é que não achava à mão negócio que aprendesse depressa.

A natureza ia andando, o feto crescia, até fazer-se pesado à mãe, antes de nascer. Chegou o oitavo mês, mês de angústias e necessidades, menos ainda que o nono, cuja narração dispenso também. Melhor é dizer somente os seus efeitos. Não podiam ser mais amargos.

— Não, tia Mônica! — bradou Candinho, recusando um conselho que me custa escrever, quanto mais ao pai ouvi-lo. — Isso nunca!

Foi na última semana do derradeiro mês que a tia Mônica deu ao casal o conselho de levar a criança que nascesse à Roda dos enjeitados.[18] Em verdade, não podia haver palavra mais dura de tolerar a dois jovens pais que espreitavam a criança, para beijá-la, guardá-la, vê-la rir, crescer, engordar, pular... Enjeitar quê? Enjeitar como? Candinho arregalou os olhos para a tia, e acabou dando um murro na mesa de jantar. A mesa, que era velha e desconjuntada, esteve quase a se desfazer inteiramente. Clara interveio.

— Titia não fala por mal, Candinho.

— Por mal? — replicou tia Mônica. — Por mal ou por bem, seja o que for, digo que é o melhor que vocês podem fazer. Vocês devem tudo; a carne e o feijão vão faltando. Se não aparecer algum dinheiro, como é que a família há de aumentar? E depois, há tempo; mais tarde, quando o senhor tiver a vida mais segura, os filhos que vierem serão recebidos com o mesmo cuidado que este ou maior. Este será bem criado, sem lhe faltar nada. Pois então a Roda é alguma praia ou monturo?[19] Lá não se mata ninguém, ninguém morre à toa, enquanto que aqui é certo morrer, se viver à míngua. Enfim...

Tia Mônica terminou a frase com um gesto de ombros, deu as costas e foi meter-se na alcova.[20] Tinha já insinuado aquela solução, mas era a primeira vez que o fazia com tal franqueza e calor — crueldade, se preferes. Clara estendeu a mão ao marido, como a amparar-lhe o ânimo; Cândido Neves fez uma careta, e chamou maluca à tia, em voz baixa. A ternura dos dois foi interrompida por alguém que batia à porta da rua.

— Quem é? — perguntou o marido.

— Sou eu.

Era o dono da casa, credor de três meses de aluguel, que vinha em pessoa ameaçar o inquilino. Este quis que ele entrasse.

— Não é preciso...

— Faça favor.

O credor entrou e recusou sentar-se; deitou os olhos à mobília para ver se daria algo à penhora; achou que pouco. Vinha receber os aluguéis vencidos, não podia esperar mais; se dentro de cinco dias não fosse pago, pô-lo-ia na rua. Não havia trabalhado para regalo[21] dos outros. Ao vê-lo, ninguém diria que era proprietário; mas a palavra supria o que faltava ao gesto, e o pobre

---

[18] A roda dos expostos ou roda dos enjeitados era um mecanismo usado para abandonar crianças recém-nascidas e entregá-las às instituições de caridade da época. O termo "enjeitar" é o mesmo que "recusar", "rejeitar".

[19] Lugar repugnante, onde se deposita lixo.

[20] Pequeno quarto de dormir.

[21] Descanso; repouso.

Cândido Neves preferiu calar a retorquir.[22] Fez uma inclinação de promessa e súplica ao mesmo tempo. O dono da casa não cedeu mais.

— Cinco dias ou rua! — repetiu, metendo a mão no ferrolho da porta e saindo.

Candinho saiu por outro lado. Nesses lances não chegava nunca ao desespero, contava com algum empréstimo, não sabia como nem onde, mas contava. Demais, recorreu aos anúncios. Achou vários, alguns já velhos, mas em vão os buscava desde muito. Gastou algumas horas sem proveito, e tornou para casa. Ao fim de quatro dias, não achou recursos; lançou mão de empenhos, foi a pessoas amigas do proprietário, não alcançando mais que a ordem de mudança.

A situação era aguda. Não achavam casa, nem contavam com pessoa que lhes emprestasse alguma; era ir para a rua. Não contavam com a tia. Tia Mônica teve arte de alcançar aposento para os três em casa de uma senhora velha e rica, que lhe prometeu emprestar os quartos baixos da casa, ao fundo da cocheira, para os lados de um pátio. Teve ainda a arte maior de não dizer nada aos dois, para que Cândido Neves, no desespero da crise, começasse por enjeitar o filho e acabasse alcançando algum meio seguro e regular de obter dinheiro; emendar a vida, em suma. Ouvia as queixas de Clara, sem as repetir, é certo, mas sem as consolar. No dia em que fossem obrigados a deixar a casa, fá-los-ia espantar com a notícia do obséquio e iriam dormir melhor do que cuidassem.

Assim sucedeu. Postos fora da casa, passaram ao aposento de favor, e dois dias depois nasceu a criança. A alegria do pai foi enorme, e a tristeza também. Tia Mônica insistiu em dar a criança à Roda.

— Se você não a quer levar, deixe isso comigo; eu vou à rua dos Barbonos.

Cândido Neves pediu que não, que esperasse, que ele mesmo a levaria. Notai que era um menino, e que ambos os pais desejavam justamente este sexo. Mal lhe deram algum leite; mas, como chovesse à noite, assentou o pai levá-lo à Roda na noite seguinte.

Naquela reviu todas as suas notas de escravos fugidos. As gratificações pela maior parte eram promessas; algumas traziam a soma escrita e escassa. Uma, porém, subia a cem mil-réis. Tratava-se de uma mulata; vinham indicações de gesto e de vestido. Cândido Neves andara a pesquisá-la sem melhor fortuna, e abrira mão do negócio; imaginou que algum amante da escrava a houvesse recolhido. Agora, porém, a vista nova da quantia e a necessidade dela animaram

---

[22] Argumentar.

Cândido Neves a fazer um grande esforço derradeiro. Saiu de manhã a ver e indagar pela rua e largo da Carioca, rua do Parto e da Ajuda, onde ela parecia andar, segundo o anúncio. Não a achou; apenas um farmacêutico da rua da Ajuda se lembrava de ter vendido uma onça[23] de qualquer droga, três dias antes, à pessoa que tinha os sinais indicados. Cândido Neves parecia falar como dono da escrava, e agradeceu cortesmente a notícia. Não foi mais feliz com outros fugidos de gratificação incerta ou barata.

Voltou para a triste casa que lhe haviam emprestado. Tia Mônica arranjara de si mesma a dieta para a recente mãe, e tinha já o menino para ser levado à Roda. O pai, não obstante[24] o acordo feito, mal pôde esconder a dor do espetáculo. Não quis comer o que tia Mônica lhe guardara; não tinha fome, disse, e era verdade. Cogitou mil modos de ficar com o filho; nenhum prestava. Não podia esquecer o próprio albergue em que vivia. Consultou a mulher, que se mostrou resignada.[25] Tia Mônica pintara-lhe a criação do menino; seria maior miséria, podendo suceder que o filho achasse a morte sem recurso. Cândido Neves foi obrigado a cumprir a promessa; pediu à mulher que desse ao filho o resto do leite que ele beberia da mãe. Assim se fez; o pequeno adormeceu, o pai pegou dele, e saiu na direção da rua dos Barbonos.

Que pensasse mais de uma vez em voltar para casa com ele, é certo; não menos certo é que o agasalhava muito, que o beijava, que lhe cobria o rosto para preservá-lo do sereno. Ao entrar na rua da Guarda Velha, Cândido Neves começou a afrouxar o passo.

— Hei de entregá-lo o mais tarde que puder — murmurou ele.

Mas não sendo a rua infinita ou sequer longa, viria a acabá-la; foi então que lhe ocorreu entrar por um dos becos que ligavam aquela à rua da Ajuda. Chegou ao fim do beco e, indo a dobrar à direita, na direção do largo da Ajuda, viu do lado oposto um vulto de mulher; era a mulata fugida. Não dou aqui a comoção de Cândido Neves por não podê-lo fazer com a intensidade real. Um adjetivo basta; digamos enorme. Descendo a mulher, desceu ele também; a poucos passos estava a farmácia onde obtivera a informação, que referi acima. Entrou, achou o farmacêutico, pediu-lhe a fineza de guardar a criança por um instante; viria buscá-la sem falta.

— Mas...

Cândido Neves não lhe deu tempo de dizer nada; saiu rápido, atravessou a rua, até ao ponto em que pudesse pegar a mulher sem dar alarma. No extremo

---

[23] Antiga unidade de medida, equivalente a 28 gramas.
[24] Apesar de.
[25] Conformada.

da rua, quando ela ia a descer a de São José, Cândido Neves aproximou-se dela. Era a mesma, era a mulata fujona.

— Arminda! — bradou, conforme a nomeava o anúncio.

Arminda voltou-se sem cuidar malícia. Foi só quando ele, tendo tirado o pedaço de corda da algibeira, pegou dos braços da escrava, que ela compreendeu e quis fugir. Era já impossível. Cândido Neves, com as mãos robustas, atava-lhe os pulsos e dizia que andasse. A escrava quis gritar, parece que chegou a soltar alguma voz mais alta que de costume, mas entendeu logo que ninguém viria libertá-la, ao contrário. Pediu então que a soltasse pelo amor de Deus.

— Estou grávida, meu senhor! — exclamou. — Se Vossa Senhoria tem algum filho, peço-lhe por amor dele que me solte; eu serei sua escrava, vou servi-lo pelo tempo que quiser. Me solte, meu senhor moço!

— Siga! — repetiu Cândido Neves.

— Me solte!

— Não quero demoras; siga!

Houve aqui luta, porque a escrava, gemendo, arrastava-se a si e ao filho. Quem passava, ou estava à porta de uma loja, compreendia o que era e naturalmente não acudia. Arminda ia alegando que o senhor era muito mau, e provavelmente a castigaria com açoites — coisa que, no estado em que ela estava, seria pior de sentir. Com certeza, ele lhe mandaria dar açoites.

— Você é que tem culpa. Quem lhe manda fazer filhos e fugir depois? — perguntou Cândido Neves.

Não estava em maré de riso, por causa do filho que lá ficara na farmácia, à espera dele. Também é certo que não costumava dizer grandes coisas. Foi arrastando a escrava pela rua dos Ourives, em direção à da Alfândega, onde residia o senhor. Na esquina desta a luta cresceu; a escrava pôs os pés à parede, recuou com grande esforço, inutilmente. O que alcançou foi, apesar de ser a casa próxima, gastar mais tempo em lá chegar do que devera. Chegou, enfim, arrastada, desesperada, arquejando. Ainda ali ajoelhou-se, mas em vão. O senhor estava em casa, acudiu ao chamado e ao rumor.

— Aqui está a fujona — disse Cândido Neves.

— É ela mesma.

— Meu senhor!

— Anda, entra...

Arminda caiu no corredor. Ali mesmo o senhor da escrava abriu a carteira e tirou os cem mil-réis de gratificação. Cândido Neves guardou as duas notas de cinquenta mil-réis, enquanto o senhor novamente dizia à escrava que entrasse. No chão, onde jazia, levada do medo e da dor, e após algum tempo de luta a escrava abortou.

O fruto de algum tempo entrou sem vida neste mundo, entre os gemidos da mãe e os gestos de desespero do dono. Cândido Neves viu todo esse espetáculo. Não sabia que horas eram. Quaisquer que fossem, urgia correr à rua da Ajuda, e foi o que ele fez sem querer conhecer as consequências do desastre.

Quando lá chegou, viu o farmacêutico sozinho, sem o filho que lhe entregara. Quis esganá-lo. Felizmente, o farmacêutico explicou tudo a tempo; o menino estava lá dentro com a família, e ambos entraram. O pai recebeu o filho com a mesma fúria com que pegara a escrava fujona de há pouco, fúria diversa, naturalmente, fúria de amor. Agradeceu depressa e mal, e saiu às carreiras, não para a Roda dos enjeitados, mas para a casa de empréstimo com o filho e os cem mil-réis de gratificação. Tia Mônica, ouvida a explicação, perdoou a volta do pequeno, uma vez que trazia os cem mil-réis. Disse, é verdade, algumas palavras duras contra a escrava, por causa do aborto, além da fuga. Cândido Neves, beijando o filho, entre lágrimas verdadeiras, abençoava a fuga e não se lhe dava do aborto.

— Nem todas as crianças vingam — bateu-lhe o coração.

# Maria Cora

I

Uma noite, voltando para casa, trazia tanto sono que não dei corda ao relógio. Pode ser também que a vista de uma senhora que encontrei em casa do comendador T... contribuísse para aquele esquecimento; mas estas duas razões destroem-se. Cogitação tira o sono e o sono impede a cogitação; só uma das causas devia ser verdadeira. Ponhamos que nenhuma, e fiquemos no principal, que é o relógio parado, de manhã, quando me levantei, ouvindo dez horas no relógio da casa.

Morava então (1893) em uma casa de pensão no Catete.[1] Já por esse tempo este gênero de residência florescia no Rio de Janeiro. Aquela era pequena e tranquila. Os quatrocentos contos de réis permitiam-me casa exclusiva e própria; mas, em primeiro lugar, já eu ali residia quando os adquiri, por jogo de praça; em segundo lugar, era um solteirão de quarenta anos, tão afeito à vida de hospedaria que me seria impossível morar só. Casar não era menos impossível. Não é que me faltassem noivas. Desde os fins de 1891 mais de uma dama — e não das menos belas — olhou para mim com olhos brandos e amigos. Uma das filhas do comendador tratava-me com particular atenção. A nenhuma dei corda; o celibato[2] era a minha alma, a minha vocação, o meu costume, a minha única ventura. Amaria de empreitada e por desfastio.[3] Uma ou duas aventuras por ano bastavam a um coração meio inclinado ao ocaso[4] e à noite.

Talvez por isso dei alguma atenção à senhora que vi em casa do comendador, na véspera. Era uma criatura morena, robusta, vinte e oito a trinta anos, vestida de escuro; entrou às dez horas, acompanhada de uma tia velha. A recepção que lhe fizeram foi mais cerimoniosa que as outras; era a primeira vez que ali ia. Eu, era a terceira. Perguntei se era viúva.

— Não; é casada.
— Com quem?
— Com um estancieiro[5] do Rio Grande.

---

[1] O Catete é um bairro da Zonal Sul da cidade do Rio de Janeiro.
[2] Condição de quem é solteiro.
[3] Por diversão; por passatempo.
[4] O lado do horizonte onde o sol se põe; o pôr do sol.
[5] Proprietário de fazenda.

— Chama-se?

— Ele? Fonseca, ela, Maria Cora.

— O marido não veio com ela?

— Está no Rio Grande.

Não soube mais nada; mas a figura da dama interessou-me pelas graças físicas, que eram o oposto do que poderiam sonhar poetas românticos e artistas seráficos.[6] Conversei com ela alguns minutos, sobre coisas indiferentes — mas suficientes para escutar-lhe a voz, que era musical, e saber que tinha opiniões republicanas. Vexou-me confessar que não as professava de espécie alguma; declarei-me vagamente pelo futuro do país. Quando ela falava, tinha um modo de umedecer os beiços, não sei se casual, mas gracioso e picante. Creio que, vistas assim ao pé, as feições não eram tão corretas como pareciam a distância, mas eram mais suas, mais originais.

## II

De manhã tinha o relógio parado. Chegando à cidade, desci a rua do Ouvidor, até à da Quitanda, e indo a voltar à direita, para ir ao escritório do meu advogado, lembrou-me ver que horas eram. Não me acudiu que o relógio estava parado.

— Que maçada![7] — exclamei.

Felizmente, naquela mesma rua da Quitanda, à esquerda, entre as do Ouvidor e Rosário, era a oficina onde eu comprara o relógio, e a cuja pêndula usava acertá-lo. Em vez de ir para um lado, fui para outro. Era apenas meia hora; dei corda ao relógio, acertei-o, troquei duas palavras com o oficial que estava ao balcão, e indo a sair, vi à porta de uma loja de novidades que ficava defronte, nem mais nem menos que a senhora de escuro que encontrara em casa do comendador. Cumprimentei-a, ela correspondeu depois de alguma hesitação, como se me não houvesse reconhecido logo, e depois seguiu pela rua da Quitanda fora, ainda para o lado esquerdo.

Como tivesse algum tempo ante mim (pouco menos de trinta minutos), dei-me a andar atrás de Maria Cora. Não digo que uma força violenta me levasse já, mas não posso esconder que cedia a qualquer impulso de curiosidade e desejo; era também um resto da juventude passada. Na rua, andando, vestida de escuro, como na véspera, Maria Cora pareceu-me ainda melhor.

---

[6] Referente a ou próprio de serafins, uma classe de anjos.
[7] Situação adversa; inconveniente.

Pisava forte, não apressada nem lenta, o bastante para deixar ver e admirar as belas formas, mui mais corretas que as linhas do rosto. Subiu a rua do Hospício, até uma oficina de ocularista,[8] onde entrou e ficou dez minutos ou mais. Deixei-me estar a distância, fitando a porta disfarçadamente. Depois saiu, arrepiou caminho, e dobrou a rua dos Ourives, até à do Rosário, por onde subiu até ao largo da Sé; daí passou ao de São Francisco de Paula. Todas essas reminiscências parecerão escusadas,[9] senão aborrecíveis; a mim dão-me uma sensação intensa e particular, são os primeiros passos de uma carreira penosa e longa. Demais, vereis por aqui que ela evitava subir a rua do Ouvidor, que todos e todas buscariam àquela ou a outra hora para ir ao largo de São Francisco de Paula. Foi atravessando o largo, na direção da Escola Politécnica, mas a meio caminho veio ter com ela um carro que estava parado defronte da Escola; meteu-se nele, e o carro partiu.

A vida tem suas encruzilhadas, como outros caminhos da terra. Naquele momento achei-me diante de uma assaz[10] complicada, mas não tive tempo de escolher direção — nem tempo nem liberdade. Ainda agora não sei como é que me vi dentro de um tílburi; é certo que me vi nele, dizendo ao cocheiro que fosse atrás do carro.

Maria Cora morava no Engenho Velho; era uma boa casa, sólida, posto que antiga, dentro de uma chácara. Vi que morava ali, porque a tia estava a uma das janelas. Depois, saindo do carro, Maria Cora disse ao cocheiro (o meu tílburi ia passando adiante) que naquela semana não sairia mais, e que aparecesse segunda-feira ao meio-dia. Em seguida, entrou pela chácara, como dona dela, e parou a falar ao feitor, que lhe explicava alguma coisa com o gesto.

Voltei depois que ela entrou em casa, e só muito abaixo é que me lembrou de ver as horas, era quase uma e meia. Vim a trote largo até à rua da Quitanda, onde me apeei[11] à porta do advogado.

— Pensei que não vinha — disse-me ele.

— Desculpe, doutor, encontrei um amigo que me deu uma maçada.

Não era a primeira vez que mentia na minha vida, nem seria a última.

---

[8] Fabricante de óculos e de outros instrumentos relacionados à visão.
[9] Desnecessárias.
[10] Muito.
[11] Desceu da carruagem.

## III

Fiz-me encontradiço com Maria Cora, na casa do comendador, primeiro, e depois em outras. Maria Cora não vivia absolutamente reclusa, dava alguns passeios e fazia visitas. Também recebia, mas sem dia certo, uma ou outra vez, e apenas cinco a seis pessoas da intimidade. O sentimento geral é que era pessoa de fortes sentimentos e austeros costumes. Acrescentai a isto o espírito, um espírito agudo, brilhante e viril. Capaz de resistências e fadigas, não menos que de violências e combates, era feita, como dizia um poeta que lá ia à casa dela, "de um pedaço de pampa e outro de pampeiro". A imagem era em verso e com rima, mas a mim só me ficou a ideia e o principal das palavras. Maria Cora gostava de ouvir definir-se assim, posto não andasse mostrando aquelas forças a cada passo, nem contando as suas memórias da adolescência. A tia é que contava algumas, com amor, para concluir que lhe saía a ela, que também fora assim na mocidade. A justiça pede que se diga que, ainda agora, apesar de doente, a tia era pessoa de muita vida e robustez.

Com pouco, apaixonei-me pela sobrinha. Não me pesa confessá-lo, pois foi a ocasião da única página da minha vida que merece atenção particular. Vou narrá-la brevemente; não conto novela nem direi mentiras.

Gostei de Maria Cora. Não lhe confiei logo o que sentia, mas é provável que ela o percebesse ou adivinhasse, como todas as mulheres. Se a descoberta ou adivinhação foi anterior à minha ida à casa do Engenho Velho, nem assim deveis censurá-la por me haver convidado a ir ali uma noite. Podia ser-lhe então indiferente a minha disposição moral; podia também gostar de se sentir querida, sem a menor ideia de retribuição. A verdade é que fui essa noite e tornei outras; a tia gostava de mim e dos meus modos. O poeta que lá ia, tagarela e tonto, disse uma vez que estava afinando a lira para o casamento da tia comigo. A tia riu-se; eu, que queria as boas graças dela, não podia deixar de rir também, e o caso foi matéria de conversação por uma semana; mas já então o meu amor à outra tinha atingido ao cume.

Soube, pouco depois, que Maria Cora vivia separada do marido. Tinham casado oito anos antes, por verdadeira paixão. Viveram felizes cinco. Um dia, sobreveio uma aventura do marido, que destruiu a paz do casal. João da Fonseca apaixonou-se por uma figura de circo, uma chilena que voava em cima do cavalo, Dolores, e deixou a estância[12] para ir atrás dela. Voltou seis meses depois, curado do amor, mas curado à força, porque a aventureira se enamorou do redator de um jornal, que não tinha vintém,[13] e por ele

---

[12] Fazenda; propriedade rural.
[13] Vintém era uma moeda de vinte réis. A expressão "não ter vintém" significa que era alguém sem posses, nem propriedades.

abandonou Fonseca e a sua prataria. A esposa tinha jurado não aceitar mais o esposo, e tal foi a declaração que lhe fez quando ele apareceu na estância.

— Tudo está acabado entre nós; vamos desquitar-nos.

João da Fonseca teve um primeiro gesto de acordo; era um quadragenário orgulhoso, para quem tal proposta era de si mesma uma ofensa. Durante uma noite tratou dos preparativos para o desquite; mas, na seguinte manhã, a vista das graças da esposa novamente o comoveram. Então, sem tom implorativo, antes como quem lhe perdoava, entendeu dizer-lhe que deixasse passar uns seis meses. Se, ao fim de seis meses, persistisse o sentimento atual que inspirava a proposta do desquite, este se faria. Maria Cora não queria aceitar a emenda, mas a tia, que residia em Porto Alegre e fora passar algumas semanas na estância, interveio com boas palavras. Antes de três meses estavam reconciliados.

— João — disse-lhe a mulher no dia seguinte ao da reconciliação —, você deve ver que o meu amor é maior que o meu ciúme, mas fica entendido que este caso da nossa vida é único. Nem você me fará outra, nem eu lhe perdoarei nada mais.

João da Fonseca achava-se então em um renascimento do delírio conjugal; respondeu à mulher jurando tudo e mais alguma coisa.

— Aos quarenta anos — concluiu ele —, não se fazem duas aventuras daquelas, e a minha foi de doer. Você verá, agora é para sempre.

A vida recomeçou tão feliz, como dantes — ele dizia que mais. Com efeito, a paixão da esposa era violenta, e o marido tornou a amá-la como outrora. Viveram assim dois anos. Ao fim desse tempo, os ardores do marido haviam diminuído, alguns amores passageiros vieram meter-se entre ambos. Maria Cora, ao contrário do que lhe dissera, perdoou essas faltas, que aliás não tiveram a extensão nem o vulto da aventura Dolores. Os desgostos, entretanto, apareceram e grandes. Houve cenas violentas. Ela parece que chegou mais de uma vez a ameaçar que se mataria; mas, posto não lhe faltasse o preciso ânimo, não fez tentativa nenhuma, a tal ponto lhe doía deixar a própria causa do mal, que era o marido. João da Fonseca percebeu isto mesmo, e acaso explorou a fascinação que exercia na mulher.

Uma circunstância política veio complicar esta situação moral. João da Fonseca era pelo lado da revolução, dava-se com vários dos seus chefes, e pessoalmente detestava alguns dos contrários. Maria Cora, por laços de família, era adversa aos federalistas.[14] Esta oposição de sentimentos não seria

---

[14] A Revolução Federalista foi uma guerra civil que ocorreu no sul do Brasil entre 1893 e 1895, logo após a Proclamação da República. No conflito, os federalistas pretendiam libertar o Rio Grande do Sul da governança de Júlio de Castilhos (1860-1903), então presidente do estado; e descentralizar o poder da República, recém-proclamada.

bastante para separá-los, nem se pode dizer que, por si mesma, azedasse a vida dos dois. Embora a mulher, ardente em tudo, não o fosse menos em condenar a revolução, chamando nomes crus aos seus chefes e oficiais; embora o marido, também excessivo, replicasse com igual ódio, os seus arrufos[15] políticos apenas aumentariam os domésticos, e provavelmente não passariam dessa troca de conceitos, se uma nova Dolores, desta vez Prazeres, e não chilena nem saltimbanca,[16] não revivesse os dias amargos de outro tempo. Prazeres era ligada ao partido da revolução, não só pelos sentimentos, como pelas relações da vida com um federalista. Eu a conheci pouco depois, era bela e airosa;[17] João da Fonseca era também um homem gentil e sedutor. Podiam amar-se fortemente, e assim foi. Vieram incidentes, mais ou menos graves, até que um decisivo determinou a separação do casal.

Já cuidavam disto desde algum tempo, mas a reconciliação não seria impossível, apesar da palavra de Maria Cora, graças à intervenção da tia; esta havia insinuado à sobrinha que residisse três ou quatro meses no Rio de Janeiro ou em São Paulo. Sucedeu, porém, uma coisa triste de dizer. O marido, em um momento de desvario,[18] ameaçou a mulher com o rebenque.[19] Outra versão diz que ele tentara esganá-la. Quero crer que a verídica é a primeira, e que a segunda foi inventada para tirar à violência de João da Fonseca o que pudesse haver deprimente e vulgar. Maria Cora não disse mais uma só palavra ao marido. A separação foi imediata; a mulher veio com a tia para o Rio de Janeiro, depois de arranjados amigavelmente os interesses pecuniários.[20] Demais, a tia era rica.

João da Fonseca e Prazeres ficaram vivendo juntos uma vida de aventuras que não importa escrever aqui. Só uma coisa interessa diretamente à minha narração. Tempos depois da separação do casal, João da Fonseca estava alistado entre os revolucionários. A paixão política, posto que forte, não o levaria a pegar em armas, se não fosse uma espécie de desafio da parte de Prazeres; assim correu entre os amigos dele, mas ainda este ponto é obscuro. A versão é que ela, exasperada com o resultado de alguns combates, disse ao estancieiro que iria, disfarçada em homem, vestir farda de soldado e bater-se pela revolução. Era capaz disto; o amante disse-lhe que era uma loucura, ela acabou propondo-lhe que, nesse caso, fosse ele bater-se em vez dela; era uma grande prova de amor que lhe daria.

---

[15] Desentendimentos passageiros.
[16] Artista de circo.
[17] Atenciosa; elegante.
[18] Loucura.
[19] Pequeno chicote de couro, usado em montaria.
[20] Interesses financeiros.

— Não te tenho dado tantas?
— Tem, sim; mas esta é a maior de todas, esta me fará cativa até à morte.
— Então agora ainda não é até à morte? — perguntou ele rindo.
— Não.

Pode ser que as coisas se passassem assim. Prazeres era, com efeito, uma mulher caprichosa e imperiosa, e sabia prender um homem por laços de ferro. O federalista de quem se separou para acompanhar João da Fonseca, depois de fazer tudo para reavê-la, passou à campanha oriental, onde dizem que vive pobremente, encanecido[21] e envelhecido vinte anos, sem querer saber de mulheres nem de política. João da Fonseca acabou cedendo; ela pediu para acompanhá-lo, e até bater-se, se fosse preciso; ele negou-lho. A revolução triunfaria em breve, disse; vencidas as forças do governo, tornaria à estância, onde ela o esperaria.

— Na estância, não — respondeu Prazeres —; espero-te em Porto Alegre.

## IV

Não importa dizer o tempo que despendi nos inícios da minha paixão, mas não foi grande. A paixão cresceu rápida e forte. Afinal senti-me tão tomado dela que não pude mais guardá-la comigo, e resolvi declarar-lha uma noite; mas a tia, que usava cochilar desde as nove horas (acordava às quatro), daquela vez não pregou olho, e, ainda que o fizesse, é provável que eu não alcançasse falar; tinha a voz presa e na rua senti uma vertigem igual à que me deu a primeira paixão da minha vida.

— Sr. Correia, não vá cair — disse a tia quando eu passei à varanda, despedindo-me.

— Deixe estar, não caio.

Passei mal a noite; não pude dormir mais de duas horas, aos pedaços, e antes das cinco estava em pé.

— É preciso acabar com isto! — exclamei.

De fato, não parecia achar em Maria Cora mais que benevolência e perdão, mas era isso mesmo que a tornava apetecível.[22] Todos os amores da minha vida tinham sido fáceis; em nenhuma encontrei resistência, a nenhuma deixei com dor; alguma pena, é possível, e um pouco de recordação. Desta vez sentia-me tomado por ganchos de ferro. Maria Cora era toda vida; parece que, ao pé

---

[21] Com os cabelos embranquecidos.
[22] Desejável.

dela, as próprias cadeiras andavam e as figuras do tapete moviam os olhos. Põe nisso uma forte dose de meiguice e graça; finalmente, a ternura da tia fazia daquela criatura um anjo. É banal a comparação, mas não tenho outra.

Resolvi cortar o mal pela raiz, não tornando ao Engenho Velho, e assim fiz por alguns dias largos, duas ou três semanas. Busquei distrair-me e esquecê-la, mas foi em vão. Comecei a sentir a ausência como de um bem querido; apesar disso, resisti e não tornei logo. Mas, crescendo a ausência, cresceu o mal, e enfim resolvi tornar lá uma noite. Ainda assim pode ser que não fosse, a não achar Maria Cora na mesma oficina da rua da Quitanda, aonde eu fora acertar o relógio parado.

— É freguês também? — perguntou-me ao entrar.

— Sou.

— Vim acertar o meu. Mas por que não tem aparecido?

— É verdade, por que não voltou lá à casa? — completou a tia.

— Uns negócios — murmurei —; mas hoje mesmo contava ir lá.

— Hoje não; vá amanhã — disse a sobrinha. — Hoje vamos passar a noite fora.

Pareceu-me ler naquela palavra um convite a amá-la de vez, assim como a primeira trouxera um tom que presumi ser de saudade. Realmente, no dia seguinte, fui ao Engenho Velho. Maria Cora acolheu-me com a mesma boa vontade de antes. O poeta lá estava e contou-me em verso os suspiros que a tia dera por mim. Entrei a frequentá-las novamente e resolvi declarar tudo.

Já acima disse que ela provavelmente percebera ou adivinhara o que eu sentia, como todas as mulheres; referi-me aos primeiros dias. Desta vez com certeza percebeu, nem por isso me repeliu. Ao contrário, parecia gostar de se ver querida, muito e bem.

Pouco depois daquela noite escrevi-lhe uma carta e fui ao Engenho Velho. Achei-a um pouco retraída; a tia explicou-me que recebera notícias do Rio Grande que a afligiram. Não liguei isto ao casamento, e busquei alegrá-la; apenas consegui vê-la cortês. Antes de sair, perto da varanda, entreguei-lhe a carta; ia a dizer-lhe: "Peço-lhe que leia", mas a voz não saiu. Vi-a um pouco atrapalhada, e para evitar dizer o que melhor ia escrito, cumprimentei-a e enfiei pelo jardim. Pode imaginar-se a noite que passei, e o dia seguinte foi naturalmente igual, à medida que a outra noite vinha. Pois, ainda assim, não tornei à casa dela; resolvi esperar três ou quatro dias, não que ela me escrevesse logo, mas que pensasse nos termos da resposta. Que estes haviam de ser simpáticos, era certeza minha; as maneiras dela, nos últimos tempos, eram mais que afáveis, pareciam-me convidativas.

Não cheguei, porém, aos quatro dias; mal pude esperar três. Na noite do terceiro fui ao Engenho Velho. Se disser que entrei trêmulo da primeira comoção, não minto. Achei-a ao piano, tocando para o poeta ouvir; a tia, na poltrona, pensava em não sei quê, mas eu quase não a vi, tal a minha primeira alucinação.

— Entre, Sr. Correia — disse esta —; não caia em cima de mim.

— Perdão...

Maria Cora não interrompeu a música; ao ver-me chegar, disse:

— Desculpe, se lhe não dou a mão, estou aqui servindo de musa[23] a este senhor.

Minutos depois, veio a mim, e estendeu-me a mão com tanta galhardia, que li nela a resposta, e estive quase a dar-lhe um agradecimento. Passaram-se alguns minutos, quinze ou vinte. Ao fim desse tempo, ela pretextou um livro, que estava em cima das músicas, e pediu-me para dizer se o conhecia; fomos ali ambos, e ela abriu-mo; entre as duas folhas estava um papel.

— Na outra noite, quando aqui esteve, deu-me esta carta; não podia dizer-me o que tem dentro?

— Não adivinha?

— Posso errar na adivinhação.

— É isso mesmo.

— Bem, mas eu sou uma senhora casada, e nem por estar separada do meu marido deixo de estar casada. O senhor ama-me, não é? Suponha, pelo melhor, que eu também o amo; nem por isso deixo de estar casada.

Dizendo isto, entregou-me a carta; não fora aberta. Se estivéssemos sós, é possível que eu lha lesse, mas a presença de estranhos impedia-me este recurso. Demais, era desnecessário; a resposta de Maria Cora era definitiva ou me pareceu tal. Peguei na carta, e antes de a guardar comigo:

— Não quer então ler?

— Não.

— Nem para ver os termos?

— Não.

— Imagine que lhe proponho ir combater contra seu marido, matá-lo e voltar — disse eu cada vez mais tonto.

— Propõe isto?

— Imagine.

— Não creio que ninguém me ame com tal força — concluiu sorrindo. — Olhe, que estão reparando em nós.

Dizendo isto, separou-se de mim, e foi ter com a tia e o poeta. Eu fiquei ainda alguns segundos com o livro na mão, como se deveras o examinasse, e

---

[23] Na mitologia grega, as musas eram divindades que inspiravam os homens nas artes.

afinal deixei-o. Vim sentar-me defronte dela. Os três conversavam de coisas do Rio Grande, de combates entre federalistas e legalistas, e da vária sorte deles. O que eu então senti não se escreve; pelo menos, não o escrevo eu, que não sou romancista. Foi uma espécie de vertigem, um delírio, uma cena pavorosa e lúcida, um combate e uma glória. Imaginei-me no campo, entre uns e outros, combatendo os federalistas, e afinal matando João da Fonseca, voltando e casando-me com a viúva. Maria Cora contribuía para esta visão sedutora; agora, que me recusara a carta, parecia-me mais bela que nunca, e a isto acrescia que se não mostrava zangada nem ofendida, tratava-me com igual carinho que antes, creio até que maior. Disto podia sair uma impressão dupla e contrária — uma de aquiescência[24] tácita,[25] outra de indiferença, mas eu só via a primeira, e saí de lá completamente louco.

O que então resolvi foi realmente de louco. As palavras de Maria Cora: "Não creio que ninguém me ame com tal força" soavam-me aos ouvidos como um desafio. Pensei nelas toda a noite, e no dia seguinte fui ao Engenho Velho; logo que tive ocasião de jurar-lhe a prova, fi-lo.

— Deixo tudo o que me interessa, a começar pela paz, com o único fim de lhe mostrar que a amo, e a quero só e santamente para mim. Vou combater a revolta.

Maria Cora fez um gesto de deslumbramento. Daquela vez percebi que realmente gostava de mim, verdadeira paixão, e, se fosse viúva, não casava com outro. Jurei novamente que ia para o Sul. Ela, comovida, estendeu-me a mão. Estávamos em pleno romantismo. Quando eu nasci, os meus não acreditavam em outras provas de amor, e minha mãe contava-me os romances em versos de cavaleiros andantes que iam à Terra Santa libertar o sepulcro de Cristo por amor da fé e da sua dama. Estávamos em pleno romantismo.

## V

Fui para o Sul. Os combates entre legalistas e revolucionários eram contínuos e sangrentos, e a notícia deles contribuiu a animar-me. Entretanto, como nenhuma paixão política me levava a entrar na luta, força é confessar que por um instante me senti abatido e hesitei. Não era medo da morte, podia ser amor da vida, que é um sinônimo; mas, uma ou outra coisa, não foi tal nem tamanha que fizesse durar por muito tempo a hesitação. Na cidade do Rio

---

[24] Concordância.
[25] Silenciosa; não expressa em palavras.

Grande encontrei um amigo, a quem eu por carta do Rio de Janeiro dissera muito reservadamente que ia lá por motivos políticos. Quis saber quais.

— Naturalmente são reservados — respondi tentando sorrir.

— Bem; mas uma coisa, creio que posso saber, uma só, porque não sei absolutamente o que pense a tal respeito, nada havendo antes que me instrua. De que lado estás, legalistas ou revoltosos?

— É boa! Se não fosse dos legalistas, não te mandaria dizer nada; viria às escondidas.

— Vens com alguma comissão secreta do marechal?[26]

— Não.

Não me arrancou então mais nada, mas eu não pude deixar de lhe confiar os meus projetos, ainda que sem os seus motivos. Quando ele soube que aqueles eram alistar-me entre os voluntários que combatiam a revolução, não pôde crer em mim, e talvez desconfiasse que efetivamente eu levava algum plano secreto do presidente. Nunca da minha parte ouviu nada que pudesse explicar semelhante passo. Entretanto, não perdeu tempo em despersuadir-me; pessoalmente era legalista e falava dos adversários com ódio e furor. Passado o espanto, aceitou o meu ato, tanto mais nobre quanto não era inspirado por sentimento de partido. Sobre isto disse-me muita palavra bela e heroica, própria a levantar o ânimo de quem já tivesse tendência para a luta. Eu não tinha nenhuma, fora das razões particulares; estas, porém, eram agora maiores. Justamente acabava de receber uma carta da tia de Maria Cora, dando-me notícias delas, e recomendações da sobrinha, tudo com alguma generalidade e certa simpatia verdadeira.

Fui a Porto Alegre, alistei-me e marchei para a campanha. Não disse a meu respeito nada que pudesse despertar a curiosidade de ninguém, mas era difícil encobrir a minha condição, a minha origem, a minha viagem com o plano de ir combater a revolução. Fez-se logo uma lenda a meu respeito. Eu era um republicano antigo, riquíssimo, entusiasta, disposto a dar pela República mil vidas, se as tivesse, e resoluto a não poupar a única. Deixei dizer isto e o mais, e fui. Como eu indagasse das forças revolucionárias com que estaria João da Fonseca, alguém quis ver nisto uma razão de ódio pessoal; também não faltou quem me supusesse espião dos rebeldes, que ia pôr-me em comunicação secreta com aquele. Pessoas que sabiam das relações dele com a Prazeres imaginavam que era um antigo amante desta que se queria vingar dos amores dele. Todas aquelas suposições morreram, para só ficar a do meu entusiasmo político; a da minha espionagem ia-me prejudicando; felizmente, não passou de duas cabeças e de uma noite.

---

[26] Na época, o presidente do Brasil era o marechal Floriano Vieira Peixoto (1839-1895), mais conhecido como Floriano Peixoto. Os legalistas defendiam o governo de Floriano.

Levava comigo um retrato de Maria Cora; alcançara-o dela mesma, uma noite, pouco antes do meu embarque, com uma pequena dedicatória cerimoniosa. Já disse que estava em pleno romantismo; dado o primeiro passo, os outros vieram de si mesmos. E agora juntai a isto o amor-próprio, e compreendereis que de simples cidadão indiferente da capital saísse um guerreiro áspero da campanha rio-grandense.

Nem por isso conto combates, nem escrevo para falar da revolução, que não teve nada comigo, por si mesma, senão pela ocasião que me dava, e por algum golpe que lhe desfechei na estreita área da minha ação. João da Fonseca era o meu rebelde. Depois de haver tomado parte no combate de Sarandi e Cochilha Negra,[27] ouvi que o marido de Maria Cora fora morto, não sei em que recontro; mais tarde deram-me a notícia de estar com as forças de Gumercindo,[28] e também que fora feito prisioneiro e seguira para Porto Alegre; mas ainda isto não era verdade. Disperso, com dois camaradas, encontrei um dia um regimento legal que ia em defesa da Encruzilhada,[29] investida ultimamente por uma força dos federalistas; apresentei-me ao comandante e segui. Aí soube que João da Fonseca estava entre essa força; deram-me todos os sinais dele, contaram-me a história dos amores e a separação da mulher.

A ideia de matá-lo no turbilhão de um combate tinha algo fantástico; nem eu sabia se tais duelos eram possíveis em semelhantes ocasiões, quando a força de cada homem tem de somar com a de toda uma força única e obediente a uma só direção. Também me pareceu, mais de uma vez, que ia cometer um crime pessoal, e a sensação que isto me dava, podeis crer que não era leve nem doce; mas a figura de Maria Cora abraçava-me e absolvia com uma bênção de felicidades. Atirei-me de vez. Não conhecia João da Fonseca; além dos sinais que me haviam dado, tinha de memória um retrato dele que vira no Engenho Velho; se as feições não estivessem mudadas, era provável que eu o reconhecesse entre muitos. Mas, ainda uma vez, seria este encontro possível? Os combates em que eu entrara já me faziam desconfiar que não era fácil, ao menos.

Não foi fácil nem breve. No combate da Encruzilhada creio que me houve com a necessária intrepidez e disciplina, e devo aqui notar que eu me ia

---

[27] O combate do arroio Sarandi ocorreu em 28 de fevereiro de 1894, no município do Livramento, próximo à fronteira com o Uruguai. Contudo, não há referência histórica sobre um combate em Coxilha Negra, região fronteiriça com o Uruguai. Nesse caso, parece que o narrador está se referindo a uma única batalha.

[28] Gumercindo Saraiva (1852-1894) foi um dos comandantes das tropas rebeldes (Maragatos) durante a Revolução Federalista.

[29] A região da Encruzilhada provavelmente se refere ao município de Tijucas, no estado de Santa Catarina, onde se estabeleceu uma divisão do Exército Republicano. Contudo, o narrador não fornece informações suficientes para indicar, historicamente, a que combate se refere.

acostumando à vida da guerra civil. Os ódios que ouvia eram forças reais. De um lado e outro batiam-se com ardor, e a paixão que eu sentia nos meus ia-se pegando em mim. Já lera o meu nome em uma ordem do dia, e de viva voz recebera louvores, que comigo não pude deixar de achar justos, e ainda agora tais os declaro. Mas vamos ao principal, que é acabar com isto.

Naquele combate achei-me um tanto como o herói de Stendhal na batalha de Waterloo;[30] a diferença é que o espaço foi menor. Por isso, e também porque não me quero deter em coisas de recordação fácil, direi somente que tive ocasião de matar em pessoa a João da Fonseca. Verdade é que escapei de ser morto por ele. Ainda agora trago na testa a cicatriz que ele me deixou. O combate entre nós foi curto. Se não parecesse romanesco demais, eu diria que João da Fonseca adivinhara o motivo e previra o resultado da ação.

Poucos minutos depois da luta pessoal, a um canto da vila, João da Fonseca caiu prostrado.[31] Quis ainda lutar, e certamente lutou um pouco; eu é que não consenti na desforra,[32] que podia ser a minha derrota, se é que raciocinei; creio que não. Tudo o que fiz foi cego pelo sangue em que o deixara banhado, e surdo pelo clamor e tumulto do combate. Matava-se, gritava-se, vencia-se; em pouco ficamos senhores do campo.

Quando vi que João da Fonseca morrera deveras, voltei ao combate por instantes; a minha ebriedade cessara um pouco, e os motivos primários tornaram a dominar-me, como se fossem únicos. A figura de Maria Cora apareceu-me como um sorriso de aprovação e perdão; tudo foi rápido.

Haveis de ter lido que ali se apreenderam três ou quatro mulheres. Uma destas era a Prazeres. Quando, acabado tudo, a Prazeres viu o cadáver do amante, fez uma cena que me encheu de ódio e de inveja. Pegou em si e deitou-se a abraçá-lo; as lágrimas que verteu, as palavras que disse, fizeram rir a uns; a outros, se não enterneceram, deram algum sentimento de admiração. Eu, como digo, achei-me tomado de inveja e ódio, mas também esse duplo sentimento desapareceu para não ficar nem admiração; acabei rindo. Prazeres, depois de honrar com dor a morte do amante, ficou sendo a federalista que já era; não vestia farda, como dissera ao desafiar João da Fonseca, quis ser prisioneira com os rebeldes e seguir com eles.

---

[30] Referência ao personagem Fabrício del Dongo, do romance *A cartucha de Parma* (1839), do escritor francês Henri-Marie Beyle (1783-1842), que escrevia sob o pseudônimo Stendhal. No romance, o personagem vê-se em meio ao fogo cruzado da Batalha de Waterloo (1815), em que Napoleão Bonaparte (1769-1821) é derrotado.
[31] Sem forças.
[32] Vingança.

É claro que não deixei logo as forças, bati-me ainda algumas vezes, mas a razão principal dominou, e abri mão das armas. Durante o tempo em que estive alistado, só escrevi duas cartas a Maria Cora, uma pouco depois de encetar[33] aquela vida nova, outra depois do combate da Encruzilhada; nesta não lhe contei nada do marido, nem da morte, nem sequer que o vira. Unicamente anunciei que era provável acabasse brevemente a guerra civil. Em nenhuma das duas fiz a menor alusão aos meus sentimentos nem ao motivo do meu ato; entretanto, para quem soubesse deles, a carta era significativa. Maria Cora só respondeu à primeira das cartas, com serenidade, mas não com isenção. Percebia-se — ou percebia-o eu — que, não prometendo nada, tudo agradecia, e, quando menos, admirava. Gratidão e admiração podiam encaminhá-la ao amor.

Ainda não disse — e não sei como diga este ponto — que na Encruzilhada, depois da morte de João da Fonseca, tentei degolá-lo;[34] mas nem queria fazê-lo, nem realmente o fiz. O meu objeto era ainda outro e romanesco. Perdoa-me tu, realista sincero, há nisto também um pouco de realidade, e foi o que pratiquei, de acordo com o estado da minha alma: o que fiz foi cortar-lhe um molho de cabelos. Era o recibo da morte que eu levaria à viúva.

## VI

Quando voltei ao Rio de Janeiro, tinham já passado muitos meses do combate da Encruzilhada. O meu nome figurou não só em partes oficiais como em telegramas e correspondências, por mais que eu buscasse esquivar-me ao ruído e desaparecer na sombra. Recebi cartas de felicitações e de indagações. Não vim logo para o Rio de Janeiro, note-se; podia ter aqui alguma festa; preferi ficar em São Paulo. Um dia, sem ser esperado, meti-me na estrada de ferro e entrei na cidade. Fui para a casa de pensão do Catete.

Não procurei logo Maria Cora. Pareceu-me até mais acertado que a notícia da minha vinda lhe chegasse pelos jornais. Não tinha pessoa que lhe falasse; vexava-me ir eu mesmo a alguma redação contar o meu regresso do Rio Grande; não era passageiro de mar, cujo nome viesse em lista nas folhas públicas. Passaram dois dias; no terceiro, abrindo uma destas, dei com o meu nome. Dizia-se ali que viera de São Paulo e estivera nas lutas do Rio Grande,

---

[33] Iniciar.
[34] Durante a Revolução Federalista, foi praticada a degola como forma de não se manter prisioneiros.

citavam-se os combates, tudo com adjetivos de louvor; enfim, que voltava à mesma pensão do Catete. Como eu só contara alguma coisa ao dono da casa, podia ser ele o autor das notas; disse-me que não. Entrei a receber visitas pessoais. Todas queriam saber tudo; eu pouco mais disse que nada.

Entre os cartões, recebi dois de Maria Cora e da tia, com palavras de boas-vindas. Não era preciso mais; restava-me ir agradecer-lhes, e dispus-me a isso; mas, no próprio dia em que resolvi ir ao Engenho Velho, tive uma sensação de... De quê? Expliquem, se podem, o acanhamento que me deu a lembrança do marido de Maria Cora, morto às minhas mãos. A sensação que ia ter diante dela tolheu-me inteiramente. Sabendo-se qual foi o móvel principal da minha ação militar, mal se compreende aquela hesitação; mas, se considerares que, por mais que me defendesse do marido e o matasse para não morrer, ele era sempre o marido, terás entendido o mal-estar que me fez adiar a visita. Afinal, peguei em mim e fui à casa dela.

Maria Cora estava de luto. Recebeu-me com bondade, e repetiu-me, como a tia, as felicitações escritas. Falamos da guerra civil, dos costumes do Rio Grande, um pouco de política, e mais nada. Não se disse de João da Fonseca. Ao sair de lá, perguntei a mim mesmo se Maria Cora estaria disposta a casar comigo.

"Não me parece que recuse, embora não lhe ache maneiras especiais. Creio até que está menos afável que dantes... Terá mudado?"

Pensei assim, vagamente. Atribuí a alteração ao estado moral da viuvez; era natural. E continuei a frequentá-la, disposto a deixar passar a primeira fase do luto para lhe pedir formalmente a mão. Não tinha que fazer declarações novas; ela sabia tudo. Continuou a receber-me bem. Nenhuma pergunta me fez sobre o marido, a tia também não, e da própria revolução não se falou mais. Pela minha parte, tornando à situação anterior, busquei não perder tempo, fiz-me pretendente com todas as maneiras do ofício. Um dia, perguntei-lhe se pensava em tornar ao Rio Grande.

— Por ora, não.

— Mas irá?

— É possível; não tenho plano nem prazo marcado; é possível.

Eu, depois de algum silêncio, durante o qual olhava interrogativamente para ela, acabei por inquirir se antes de ir, caso fosse, não alteraria nada em sua vida.

— A minha vida está tão alterada...

Não me entendera; foi o que supus. Tratei de me explicar melhor, e escrevi uma carta em que lhe lembrava a entrega e a recusa da primeira e lhe pedia francamente a mão. Entreguei a carta, dois dias depois, com estas palavras:

— Desta vez não recusará ler-me.

Não recusou, aceitou a carta. Foi à saída, à porta da sala. Creio até que lhe vi certa comoção de bom agouro.[35] Não me respondeu por escrito, como esperei. Passados três dias, estava tão ansioso que resolvi ir ao Engenho Velho. Em caminho imaginei tudo: que me recusasse, que me aceitasse, que me adiasse, e já me contentava com a última hipótese, se não houvesse de ser a segunda. Não a achei em casa; tinha ido passar alguns dias na Tijuca. Saí de lá aborrecido. Pareceu-me que não queria absolutamente casar; mas então era mais simples dizê-lo ou escrevê-lo. Esta consideração trouxe-me esperanças novas.

Tinha ainda presentes as palavras que me dissera, quando me devolveu a primeira carta, e eu lhe falei da minha paixão: "Suponha que eu o amo; nem por isso deixo de ser uma senhora casada". Era claro que então gostava de mim, e agora mesmo não havia razão decisiva para crer o contrário, embora a aparência fosse um tanto fria. Ultimamente, entrei a crer que ainda gostava, um pouco por vaidade, um pouco por simpatia, e não sei se por gratidão também; tive alguns vestígios disso. Não obstante, não me deu resposta à segunda carta. Ao voltar da Tijuca, vinha menos expansiva, acaso mais triste. Tive eu mesmo de lhe falar na matéria; a resposta foi que, por ora, estava disposta a não casar.

— Mas um dia...? — perguntei depois de algum silêncio.
— Estarei velha.
— Mas então... será muito tarde?
— Meu marido pode não estar morto.
Espantou-me esta objeção.
— Mas a senhora está de luto.
— Tal foi a notícia que li e me deram; pode não ser exata. Tenho visto desmentir outras que se reputavam certas.
— Quer certeza absoluta? — perguntei. — Eu posso dá-la.

Maria Cora empalideceu. Certeza. Certeza de quê? Queria que lhe contasse tudo, mas tudo. A situação era tão penosa para mim que não hesitei mais, e, depois de lhe dizer que era intenção minha não lhe contar nada, como não contara a ninguém, ia fazê-lo, unicamente para obedecer à intimação. E referi o combate, as suas fases todas, os riscos, as palavras, finalmente a morte de João da Fonseca. A ânsia com que me ouviu foi grande, e não menor o abatimento final. Ainda assim, dominou-se, e perguntou-me:

— Jura que me não está enganando?

---

[35] Presságio; sinal.

— Para que a enganar? O que tenho feito é bastante para provar que sou sincero. Amanhã, trago-lhe outra prova, se é preciso mais alguma.

Levei-lhe os cabelos que cortara ao cadáver. Contei-lhe — e confesso que o meu fim foi irritá-la contra a memória do defunto —, contei-lhe o desespero da Prazeres. Descrevi essa mulher e as suas lágrimas. Maria Cora ouviu-me com os olhos grandes e perdidos; estava ainda com ciúmes. Quando lhe mostrei os cabelos do marido, atirou-se a eles, recebeu-os, beijou-os, chorando, chorando, chorando... Entendi melhor sair e sair para sempre. Dias depois recebi a resposta à minha carta; recusava casar.

Na resposta havia uma palavra que é a única razão de escrever esta narrativa: "Compreende que eu não podia aceitar a mão do homem que, embora lealmente, matou meu marido". Comparei-a àquela outra que me dissera antes, quando eu me propunha sair a combate, matá-lo e voltar: "Não creio que ninguém me ame com tal força". E foi essa palavra que me levou à guerra. Maria Cora vive agora reclusa; de costume manda dizer uma missa por alma do marido, no aniversário do combate da Encruzilhada. Nunca mais a vi; e, coisa menos difícil, nunca mais esqueci dar corda ao relógio.

# Um capitão de voluntários[1]

Indo a embarcar para a Europa, logo depois da Proclamação da República,[2] Simão de Castro fez inventário das cartas e apontamentos; rasgou tudo. Só lhe ficou a narração que ides ler; entregou-a a um amigo para imprimi-la quando ele estivesse barra[3] fora. O amigo não cumpriu a recomendação por achar na história alguma coisa que podia ser penosa, e assim lho disse em carta. Simão respondeu que estava por tudo o que quisesse; não tendo vaidades literárias, pouco se lhe dava de vir ou não a público. Agora que os dois faleceram, e não há igual escrúpulo,[4] dá-se o manuscrito ao prelo.[5]

Éramos dois, elas, duas. Os dois íamos ali por visita, costume, desfastio,[6] e finalmente por amizade. Fiquei amigo do dono da casa, ele, meu amigo. Às tardes, sobre o jantar — jantava-se cedo[7] em 1866 —, ia ali fumar um charuto. O sol ainda entrava pela janela, onde se via um morro com casas em cima. A janela oposta dava para o mar. Não digo a rua nem o bairro; a cidade, posso dizer que era o Rio de Janeiro. Ocultarei o nome do meu amigo; ponhamos uma letra, X... Ela, uma delas, chamava-se Maria.

Quando eu entrava, já ele estava na cadeira de balanço. Os móveis da sala eram poucos, os ornatos, raros, tudo simples. X... estendia-me a mão larga e forte; eu ia sentar-me ao pé da janela, olho na sala, olho na rua. Maria ou já estava ou vinha de dentro. Éramos nada um para o outro; ligava-nos unicamente a afeição de X... Conversávamos; eu saía para casa ou ia passear, eles ficavam e iam dormir. Algumas vezes jogávamos cartas, às noites, e, para o fim do tempo, era ali que eu passava a maior parte destas.

Tudo em X... me dominava. A figura primeiro. Ele robusto, eu franzino; a minha graça feminina, débil, desaparecia ao pé do garbo[8] varonil[9] dele, dos seus ombros largos, cadeiras largas, jarrete[10] forte e o pé sólido que, andando,

---

[1] Em 7 de janeiro de 1865, o Império do Brasil criou unidades militares para lutarem na Guerra do Paraguai (1864-1870), reforçando as forças militares do exército brasileiro. Essas unidades de apoio eram denominadas de Voluntários da Pátria.

[2] A República do Brasil foi proclamada em 15 de novembro de 1889.

[3] Entrada e saída de um porto; baía.

[4] Dúvida cuidadosa.

[5] Máquina impressora; prensa de livros.

[6] Entretenimento; passatempo.

[7] O jantar, na época, era a segunda refeição do dia.

[8] Porte; distinção.

[9] Próprio de um homem.

[10] Parte da perna oposta ao joelho, por onde se dobra e flexiona.

batia rijo no chão. Dai-me um bigode escasso e fino; vede nele as suíças[11] longas, espessas e encaracoladas, e um dos seus gestos habituais, pensando ou escutando, era passar os dedos por elas, encaracolando-as sempre. Os olhos completavam a figura, não só por serem grandes e belos, mas porque riam mais e melhor que a boca. Depois da figura, a idade; X... era homem de quarenta anos, eu não passava dos vinte e quatro. Depois da idade, a vida; ele vivera muito, em outro meio, donde saíra a encafuar-se[12] naquela casa, com aquela senhora; eu não vivera nada nem com pessoa alguma. Enfim — e este rasgo[13] é capital —, havia nele uma fibra castelhana, uma gota do sangue que circula nas páginas de Calderón,[14] uma atitude moral que posso comparar, sem depressão nem riso, à do herói de Cervantes.[15]

Como se tinham amado? Datava de longe. Maria contava já vinte e sete anos, e parecia haver recebido alguma educação. Ouvi que o primeiro encontro fora em um baile de máscaras, no antigo Teatro Provisório.[16] Ela trajava uma saia curta, e dançava ao som de um pandeiro. Tinha os pés admiráveis, e foram eles ou o seu destino a causa do amor de X... Nunca lhe perguntei a origem da aliança; sei só que ela tinha uma filha, que estava no colégio e não vinha à casa; a mãe é que ia vê-la. Verdadeiramente as nossas relações eram respeitosas, e o respeito ia ao ponto de aceitar a situação sem a examinar.

Quando comecei a ir ali, não tinha ainda o emprego no banco. Só dois ou três meses depois é que entrei para este, e não interrompi as relações. Maria tocava piano; às vezes, ela e a amiga Raimunda conseguiam arrastar X... ao teatro; eu ia com eles. No fim, tomávamos chá em sala particular, e, uma ou outra vez, se havia lua, acabávamos a noite indo de carro a Botafogo.

A estas festas não ia Barreto, que só mais tarde começou a frequentar a casa. Entretanto, era bom companheiro, alegre e rumoroso. Uma noite, como saíssemos de lá, encaminhou a conversa para as duas mulheres, e convidou-me a namorá-las.

— Tu escolhes uma, Simão, eu, outra.

Estremeci e parei.

---

[11] Barba nas partes laterais da face.
[12] Esconder-se; ocultar-se.
[13] Traço; característica.
[14] Alusão ao autor de teatro espanhol Pedro Calderón de la Barca (1600-1681).
[15] O herói citado é o protagonista do romance *O engenhoso fidalgo Dom Quixote de la Mancha* (Primeira parte: 1605; Segunda parte: 1615), livro escrito pelo autor espanhol Miguel de Cervantes (1547-1616).
[16] O Teatro Provisório foi inaugurado na cidade do Rio de Janeiro, em 25 de março de 1852. A partir de maio de 1854, o nome foi alterado para Teatro Lírico Fluminense. Existiu até 1875, quando foi demolido.

— Ou antes, eu já escolhi — continuou ele —; escolhi a Raimunda. Gosto muito da Raimunda. Tu, escolhe a outra.

— A Maria?

— Pois que outra há de ser?

O alvoroço que me deu este tentador foi tal que não achei palavra de recusa, nem palavra nem gesto. Tudo me pareceu natural e necessário. Sim, concordei em escolher Maria; era mais velha que eu três anos, mas tinha a idade conveniente para ensinar-me a amar. Está dito, Maria. Deitamo-nos às duas conquistas com ardor e tenacidade. Barreto não tinha que vencer muito; a eleita dele não trazia amores, mas até pouco antes padecera de uns que rompera contra a vontade, indo o amante casar com uma moça de Minas. Depressa se deixou consolar. Barreto um dia, estando eu a almoçar, veio anunciar-me que recebera uma carta dela, e mostrou-ma.

— Estão entendidos?

— Estamos. E vocês?

— Eu não.

— Então quando?

— Deixa ver; eu te digo.

Naquele dia fiquei meio vexado. Com efeito, apesar da melhor vontade deste mundo, não me atrevia a dizer a Maria os meus sentimentos. Não suponhas que era nenhuma paixão. Não tinha paixão, mas curiosidade. Quando a via esbelta e fresca, toda calor e vida, sentia-me tomado de uma força nova e misteriosa; mas, por um lado, não amara nunca, e, por outro, Maria era a companheira de meu amigo. Digo isto não para explicar escrúpulos, mas unicamente para fazer compreender o meu acanhamento. Viviam juntos desde alguns anos, um para o outro. X... tinha confiança em mim, confiança absoluta, comunicava-me os seus negócios, contava-me coisas da vida passada. Apesar da desproporção da idade, éramos como estudantes do mesmo ano.

Como entrasse a pensar mais constantemente em Maria, é provável que por algum gesto lhe houvesse descoberto o meu recente estado; certo é que, um dia, ao apertar-lhe a mão, senti que os dedos dela se demoravam mais entre os meus. Dois dias depois, indo ao correio, encontrei-a selando uma carta para a Bahia. Ainda não disse que era baiana? Era baiana. Ela é que me viu primeiro e me falou. Ajudei-lhe a pôr o selo e despedimo-nos. À porta ia a dizer alguma coisa, quando vi ante nós, parada, a figura de X...

— Vim trazer a carta para mamãe — apressou-se ela em dizer.

Despediu-se de nós e foi para casa; ele e eu tomamos outro rumo. X... aproveitou a ocasião para fazer muitos elogios de Maria. Sem entrar em minudências[17] acerca da origem das relações, assegurou-me que fora uma grande paixão igual em ambos, e concluiu que tinha a vida feita.

— Já agora não me caso; vivo maritalmente com ela, morrerei com ela. Tenho uma só pena; é ser obrigado a viver separado de minha mãe. Minha mãe sabe — disse-me ele parando. E continuou andando —: sabe, e até já me fez uma alusão muito vaga e remota, mas que eu percebi. Consta-me que não desaprova; sabe que Maria é séria e boa, e uma vez que eu seja feliz, não exige mais nada. O casamento não me daria mais que isto...

Disse muitas outras coisas, que eu fui ouvindo sem saber de mim; o coração batia-me rijo, e as pernas andavam frouxas. Não atinava[18] com resposta idônea;[19] alguma palavra que soltava saía-me engasgada. Ao cabo de algum tempo, ele notou o meu estado e interpretou-o erradamente; supôs que as suas confidências me aborreciam, e disse-mo rindo. Contestei sério:

— Ao contrário, ouço com interesse, e trata-se de pessoas de toda a consideração e respeito.

Penso agora que cedia inconscientemente a uma necessidade de hipocrisia. A idade das paixões é confusa, e naquela situação não posso discernir bem os sentimentos e suas causas. Entretanto, não é fora de propósito que buscasse dissipar no ânimo de X... qualquer possível desconfiança. A verdade é que ele me ouviu agradecido. Os seus grandes olhos de criança envolveram-me todo, e quando nos despedimos, apertou-me a mão com energia. Creio até que lhe ouvi dizer: "Obrigado!"

Não me separei dele aterrado, nem ferido de remorsos prévios. A primeira impressão da confidência esvaiu-se, ficou só a confidência, e senti crescer-me o alvoroço da curiosidade. X... falara-me de Maria como de pessoa casta e conjugal; nenhuma alusão às suas prendas físicas, mas a minha idade dispensava qualquer referência direta. Agora, na rua, via de cor a figura da moça, os seus gestos igualmente lânguidos[20] e robustos, e cada vez me sentia mais fora de mim. Em casa escrevi-lhe uma carta longa e difusa, que rasguei meia hora depois, e fui jantar. Sobre o jantar fui à casa de X...

Eram ave-marias. Ele estava na cadeira de balanço, eu sentei-me no lugar do costume, olho na sala, olho no morro. Maria apareceu tarde, depois das horas, e tão anojada[21] que não tomou parte na conversação. Sentou-se e cochilou; depois tocou um pouco de piano e saiu da sala.

---

[17] Detalhes.
[18] Encontrava.
[19] Adequada; apropriada.
[20] Aprazíveis; sensuais.
[21] Triste; perturbada.

— Maria acordou hoje com a mania de colher donativos para a Guerra, disse-me ele. Já lhe fiz notar que nem todos quererão parecer que... Você sabe... A posição dela... Felizmente, a ideia há de passar; tem dessas fantasias...

— E por que não?

— Ora, porque não! E depois, a guerra do Paraguai,[22] não digo que não seja como todas as guerras, mas, palavra, não me entusiasma. A princípio, sim, quando o López[23] tomou o Marquês de Olinda,[24] fiquei indignado; logo depois perdi a impressão, e agora, francamente, acho que tínhamos feito muito melhor se nos aliássemos ao López contra os argentinos.

— Eu não. Prefiro os argentinos.

— Também gosto deles, mas, no interesse da nossa gente, era melhor ficar com o López.

— Não; olhe, eu estive quase a alistar-me como voluntário da pátria.

— Eu, nem que me fizessem coronel, não me alistava.

Ele disse não sei que mais. Eu, como tinha a orelha afiada, à escuta dos pés de Maria, não respondi logo, nem claro, nem seguido; fui engrolando[25] alguma palavra e sempre à escuta. Mas o diabo da moça não vinha; imaginei que estariam arrufados.[26] Enfim, propus cartas, podíamos jogar uma partida de voltarete.[27]

— Podemos — disse ele.

Passamos ao gabinete. X... pôs as cartas na mesa e foi chamar a amiga. Dali ouvi algumas frases sussurradas, mas só estas me chegaram claras:

— Vem! É só meia hora.

— Que maçada![28] Estou doente.

Maria apareceu no gabinete, bocejando. Disse-me que era só meia hora; tinha dormido mal, doía-lhe a cabeça e contava deitar-se cedo. Sentou-se enfastiada, e começamos a partida. Eu arrependia-me de haver rasgado a carta; lembrava-me alguns trechos dela, que diriam bem o meu estado, com o calor necessário a persuadi-la. Se a tenho conservado, entregava-lha agora;

---

[22] A Guerra do Paraguai foi um conflito armado entre o Paraguai e a Tríplice Aliança, formada por Brasil, Argentina e Uruguai, que ocorreu entre 1864 e 1870.

[23] Francisco Solano López Carrillo (1827-1870) foi o segundo presidente da República do Paraguai, exercendo o cargo desde 1862 até a data de sua morte. Foi chefe supremo e comandante das forças armadas do seu país durante a Guerra do Paraguai.

[24] Solano López ordenou a captura do navio Marquês de Olinda, que subia pelo Rio Paraguai em direção a Mato Grosso. Com essa ação, iniciou a guerra contra a Tríplice Aliança.

[25] Pronunciar de maneira imperfeita.

[26] Zangados por desentendimentos temporários.

[27] O voltarete era um jogo de cartas jogado entre três parceiros, muito popular no Brasil e em Portugal nos séculos XVIII e XIX.

[28] Incômodo; aborrecimento.

ela ia muita vez ao patamar da escada despedir-se de mim e fechar a cancela. Nessa ocasião podia dar-lha; era uma solução da minha crise.

Ao cabo de alguns minutos, X... levantou-se para ir buscar tabaco de uma caixa de folha de flandres,[29] posta sobre a secretária. Maria fez então um gesto que não sei como diga nem pinte. Ergueu as cartas à altura dos olhos para os tapar, voltou-os para mim, que lhe ficava à esquerda, e arregalou-os tanto e com tal fogo e atração, que não sei como não entrei por eles. Tudo foi rápido. Quando ele voltou fazendo um cigarro, Maria tinha as cartas embaixo dos olhos, abertas em leque, fitando-as como se calculasse. Eu devia estar trêmulo; não obstante, calculava também, com a diferença de não poder falar. Ela disse então com placidez uma das palavras do jogo, *passo* ou *licença*.[30]

Jogamos cerca de uma hora. Maria, para o fim, cochilava literalmente, e foi o próprio X... que lhe disse que era melhor ir descansar. Despedi-me e passei ao corredor, onde tinha o chapéu e a bengala. Maria, à porta da sala, esperava que eu saísse e acompanhou-me até à cancela, para fechá-la. Antes que eu descesse, lançou-me um dos braços ao pescoço, chegou-me a si, colou-me os lábios nos lábios, onde eles me depositaram um beijo grande, rápido e surdo. Na mão senti alguma coisa.

— Boa noite — disse Maria fechando a cancela.

Não sei como não caí. Desci atordoado, com o beijo na boca, os olhos nos dela, e a mão apertando instintivamente um objeto. Cuidei de me pôr longe. Na primeira rua, corri a um lampião, para ver o que trazia. Era um cartão de loja de fazendas, um anúncio, com isto escrito nas costas, a lápis: "Espere-me amanhã, na ponte das barcas de Niterói, à uma hora da tarde".

O meu alvoroço foi tamanho que durante os primeiros minutos não soube absolutamente o que fiz. Em verdade, as emoções eram demasiado grandes e numerosas, e tão de perto seguidas que eu mal podia saber de mim. Andei até ao largo de São Francisco de Paula. Tornei a ler o cartão; arrepiei caminho, novamente parei, e uma patrulha que estava perto talvez desconfiou dos meus gestos. Felizmente, a respeito da comoção, tinha fome e fui cear ao Hotel dos Príncipes. Não dormi antes da madrugada; às seis horas estava em pé. A manhã foi lenta como as agonias lentas. Dez minutos antes de uma hora cheguei à ponte; já lá achei Maria, envolvida numa capa, e com um véu azul no rosto. Ia sair uma barca, entramos nela.

O mar acolheu-nos bem. A hora era de poucos passageiros. Havia movimento de lanchas, de aves, e o céu luminoso parecia cantar a nossa primeira

---

[29] Folha de flandres é uma chapa, composta de ferro, aço e estanho, usada para fabricar latas.
[30] "Passo" e "licença" são termos usados no jogo de voltarete.

entrevista. O que dissemos foi tão de atropelo e confusão que não me ficou mais de meia dúzia de palavras, e delas nenhuma foi o nome de X... ou qualquer referência a ele. Sentíamos ambos que traíamos, eu, o meu amigo, ela, o seu amigo e protetor. Mas, ainda que o não sentíssemos, não é provável que falássemos dele, tão pouco era o tempo para o nosso infinito. Maria apareceu-me então como nunca a vi nem suspeitara, falando de mim e de si, com a ternura possível naquele lugar público, mas toda a possível, não menos. As nossas mãos colavam-se, os nossos olhos comiam-se, e os corações batiam provavelmente ao mesmo compasso rápido e rápido. Pelo menos foi a sensação com que me separei dela, após a viagem redonda a Niterói e São Domingos. Convidei-a a desembarcar em ambos os pontos, mas recusou; na volta, lembrei-lhe que nos metêssemos numa caleça[31] fechada: "Que ideia faria de mim?", perguntou-me com gesto de pudor que a transfigurou. E despedimo-nos com prazo dado, jurando-lhe que eu não deixaria de ir vê-los, à noite, como de costume.

Como eu não tomei da pena para narrar a minha felicidade, deixo a parte deliciosa da aventura, com as suas entrevistas, cartas e palavras, e mais os sonhos e esperanças, as infinitas saudades e os renascentes desejos. Tais aventuras são como os almanaques, que, com todas as suas mudanças, hão de trazer os mesmos dias e meses, com os seus eternos nomes e santos. O nosso almanaque apenas durou um trimestre, sem quartos minguantes nem ocasos de sol. Maria era um modelo de graças finas, toda vida, toda movimento. Era baiana, como disse, fora educada no Rio Grande do Sul, na campanha, perto da fronteira. Quando lhe falei do seu primeiro encontro com X... no Teatro Provisório dançando ao som de um pandeiro, disse-me que era verdade, fora ali vestida à castelhana e de máscara; e, como eu lhe pedisse a mesma coisa, menos a máscara, ou um simples lundu[32] nosso, respondeu-me como quem recusa um perigo:

— Você poderia ficar doido.

— Mas X... não ficou doido.

— Ainda hoje não está em seu juízo — replicou Maria rindo. — Imagina que eu fazia isto só...

E em pé, num meneio rápido, deu uma volta ao corpo, que me fez ferver o sangue.

O trimestre acabou depressa, como os trimestres daquela casta. Maria faltou um dia à entrevista. Era tão pontual que fiquei tonto quando vi passar

---

[31] Carruagem de quatro rodas e dois assentos.
[32] Um tipo de canção popular, inspirada em ritmo africano.

a hora. Cinco, dez, quinze minutos; depois vinte, depois trinta, depois quarenta... Não digo as vezes que andei de um lado para outro, na sala, no corredor, à espreita e à escuta, até que de todo passou a possibilidade de vir. Poupo a notícia do meu desespero, o tempo que rolei no chão, falando, gritando ou chorando. Quando cansei, escrevi-lhe uma longa carta; esperei que me escrevesse também, explicando a falta. Não mandei a carta, e à noite fui à casa deles.

Maria pôde explicar-me a falta pelo receio de ser vista e acompanhada por alguém que a perseguia desde algum tempo. Com efeito, havia-me já falado em não sei que vizinho que a cortejava com instância; uma vez disse-me que ele a seguira até à porta da minha casa. Acreditei na razão, e propus-lhe outro lugar de encontro, mas não lhe pareceu conveniente. Desta vez achou melhor suspendermos as nossas entrevistas, até fazer calar as suspeitas. Não sairia de casa. Não compreendi então que a principal verdade era ter cessado nela o ardor dos primeiros dias. Maria era outra, principalmente outra. E não podes imaginar o que vinha a ser essa bela criatura, que tinha em si o fogo e o gelo, e era mais quente e mais fria que ninguém.

Quando me entrou a convicção de que tudo estava acabado, resolvi não voltar lá, mas nem por isso perdia a esperança; era para mim questão de esforço. A imaginação, que torna presentes os dias passados, fazia-me crer facilmente na possibilidade de restaurar as primeiras semanas. Ao cabo de cinco dias, voltei; não podia viver sem ela.

X... recebeu-me com o seu grande riso infante,[33] os olhos puros, a mão forte e sincera; perguntou a razão da minha ausência. Aleguei uma febrezinha, e, para explicar o enfadamento que eu não podia vencer, disse que ainda me doía a cabeça. Maria compreendeu tudo; nem por isso se mostrou meiga ou compassiva, e, à minha saída, não foi até ao corredor, como de costume.

Tudo isto dobrou a minha angústia. A ideia de morrer entrou a passar-me pela cabeça; e, por uma simetria romântica, pensei em meter-me na barca de Niterói, que primeiro acolheu os nossos amores, e, no meio da baía, atirar-me ao mar. Não iniciei tal plano nem outro. Tendo encontrado casualmente o meu amigo Barreto, não vacilei em lhe dizer tudo; precisava de alguém para falar comigo mesmo. No fim pedi-lhe segredo; devia pedir-lhe especialmente que não contasse nada a Raimunda. Nessa mesma noite ela soube tudo. Raimunda era um espírito aventureiro, amigo de entrepresas[34] e novidades. Não se lhe dava, talvez, de mim nem da outra, mas viu naquilo um lance,

---

[33] Infantil.
[34] Empreendimentos.

uma ocupação, e cuidou em reconciliar-nos; foi o que eu soube depois, e é o que dá lugar a este papel.

Falou-lhe uma e mais vezes. Maria quis negar a princípio, acabou confessando tudo, dizendo-se arrependida da cabeçada que dera. Usaria provavelmente de circunlóquios[35] e sinônimos, frases vagas e truncadas, alguma vez empregaria só gestos. O texto que aí fica é o da própria Raimunda, que me mandou chamar à casa dela e me referiu todos os seus esforços, contente de si mesma.

— Mas não perca as esperanças — concluiu —; eu disse-lhe que o senhor era capaz de matar-se.

— E sou.

— Pois não se mate por ora; espere.

No dia seguinte vi nos jornais uma lista de cidadãos que, na véspera, tinham ido ao quartel-general apresentar-se como voluntários da pátria, e nela o nome de X..., com o posto de capitão. Não acreditei logo; mas eram os mesmos, na mesma ordem, e uma das folhas fazia referências à família de X..., ao pai, que fora oficial de marinha, e à figura esbelta e varonil do novo capitão; era ele mesmo.

A minha primeira impressão foi de prazer; íamos ficar sós. Ela não iria de vivandeira[36] para o Sul. Depois, lembrou-me o que ele me disse acerca da guerra, e achei estranho o seu alistamento de voluntário, ainda que o amor dos atos generosos e a nota cavalheiresca do espírito de X... pudessem explicá-lo. Nem de coronel iria, disse-me, e agora aceitava o posto de capitão. Enfim, Maria; como é que ele, que tanto lhe queria, ia separar-se dela repentinamente, sem paixão forte que o levasse à guerra?

Havia três semanas que eu não ia à casa deles. A notícia do alistamento justificava a minha visita imediata e dispensava-me de explicações. Almocei e fui. Compus um rosto ajustado à situação e entrei. X... veio à sala, depois de alguns minutos de espera. A cara desdizia das palavras; estas queriam ser alegres e leves, aquela era fechada e torva, além de pálida. Estendeu-me a mão, dizendo:

— Então, vem ver o capitão de voluntários?

— Venho ouvir o desmentido.

— Que desmentido? É pura verdade. Não sei como isto foi, creio que as últimas notícias... Você, por que não vem comigo?

— Mas então é verdade?

— É.

---

[35] Rodeios; excessos de palavras.
[36] Alguém que leva alimentos para vender às feiras e tropas militares.

Após alguns instantes de silêncio, meio sincero, por não saber realmente que dissesse, meio calculado, para persuadi-lo da minha consternação,[37] murmurei que era melhor não ir, e falei-lhe na mãe. X... respondeu-me que a mãe aprovava; era viúva de militar. Fazia esforços para sorrir, mas a cara continuava a ser de pedra. Os olhos buscavam desviar-se, e geralmente não fitavam bem nem longo. Não conversamos muito; ele ergueu-se, alegando que ia liquidar um negócio, e pediu-me que voltasse a vê-lo. À porta, disse-me com algum esforço:

— Venha jantar um dia destes, antes da minha partida.
— Sim.
— Olhe, venha jantar amanhã.
— Amanhã?
— Ou hoje, se quiser.
— Amanhã.

Quis deixar lembranças a Maria; era natural e necessário, mas faltou-me o ânimo. Embaixo arrependi-me de o não ter feito. Recapitulei a conversação, achei-me atado e incerto; ele pareceu-me, além de frio, sobranceiro.[38] Vagamente, senti alguma coisa mais. O seu aperto de mão tanto à entrada, como à saída, não me dera a sensação do costume.

Na noite desse dia, Barreto veio ter comigo, atordoado com a notícia da manhã, e perguntando-me o que sabia; disse-lhe que nada. Contei-lhe a minha visita da manhã, a nossa conversação, sem as minhas suspeitas.

— Pode ser engano — disse ele, depois de um instante.
— Engano?
— Raimunda contou-me hoje que falara a Maria, que esta negara tudo a princípio, depois confessara, e recusara reatar as relações com você.
— Já sei.
— Sim, mas parece que da terceira vez foram pressentidas e ouvidas por ele, que estava na saleta ao pé. Maria correu a contar a Raimunda que ele mudara inteiramente; esta dispôs-se a sondá-lo, eu opus-me, até que li a notícia nos jornais. Vi-o na rua, andando: não tinha aquele gesto sereno de costume, mas o passo era forte.

Fiquei aturdido com a notícia, que confirmava a minha impressão. Nem por isso deixei de ir lá jantar no dia seguinte. Barreto quis ir também; percebi que era com o fim único de estar comigo, e recusei.

X... não dissera nada a Maria; achei-os na sala, e não me lembro de outra situação na vida em que me sentisse mais estranho a mim mesmo. Apertei-lhes

---

[37] Grande tristeza; desolação.
[38] Superior; elevado.

a mão, sem olhar para ela. Creio que ela também desviou os olhos. Ele é que, com certeza, não nos observou; riscava um fósforo e acendia um cigarro. Ao jantar falou o mais naturalmente que pôde, ainda que frio. O rosto exprimia maior esforço que na véspera. Para explicar a possível alteração, disse-me que embarcaria no fim da semana, e que, à proporção que a hora ia chegando, sentia dificuldade em sair.

— Mas é só até fora da barra; lá fora torno a ser o que sou, e, na campanha, serei o que devo ser.

Usava dessas palavras rígidas, alguma vez enfáticas. Notei que Maria trazia os olhos pisados; soube depois que chorara muito e tivera grande luta com ele, na véspera, para que não embarcasse. Só conhecera a resolução pelos jornais, prova de alguma coisa mais particular que o patriotismo. Não falou à mesa, e a dor podia explicar o silêncio, sem nenhuma outra causa de constrangimento pessoal. Ao contrário, X... procurava falar muito, contava os batalhões, os oficiais novos, as probabilidades de vitória, e referia anedotas e boatos, sem curar de ligação. Às vezes, queria rir; para o fim, disse que naturalmente voltaria general, mas ficou tão carrancudo depois deste gracejo, que não tentou outro. O jantar acabou frio; fumamos, ele ainda quis falar da Guerra, mas o assunto estava exausto. Antes de sair, convidei-o a ir jantar comigo.

— Não posso; todos os meus dias estão tomados.

— Venha almoçar.

— Também não posso. Faço uma coisa; na volta do Paraguai, o terceiro dia é seu.

Creio ainda hoje que o fim desta última frase era indicar que os dois primeiros dias seriam da mãe e de Maria; assim, qualquer suspeita que eu tivesse dos motivos secretos da resolução devia dissipar-se. Nem bastou isso; disse-me que escolhesse uma prenda em lembrança, um livro, por exemplo. Preferi o seu último retrato, fotografado a pedido da mãe, com a farda de capitão de voluntários. Por dissimulação, quis que assinasse; ele prontamente escreveu: "Ao seu leal amigo Simão de Castro oferece o capitão de voluntários da pátria X..." O mármore do rosto era mais duro, o olhar mais torvo;[39] passou os dedos pelo bigode, com um gesto convulso,[40] e despedimo-nos.

No sábado embarcou. Deixou a Maria os recursos necessários para viver aqui, na Bahia, ou no Rio Grande do Sul; ela preferiu o Rio Grande, e partiu para lá, três semanas depois, a esperar que ele voltasse da guerra. Não a pude ver antes; fechara-me a porta, como já me havia fechado o rosto e o coração.

---

[39] Sombrio.
[40] Agitado.

Antes de um ano, soube-se que ele morrera em combate, no qual se houve com mais denodo[41] que perícia. Ouvi contar que primeiro perdera um braço, e que provavelmente a vergonha de ficar aleijado o fez atirar-se contra as armas inimigas, como quem queria acabar de vez. Esta versão podia ser exata, porque ele tinha desvanecimentos das belas formas; mas a causa foi complexa. Também me contaram que Maria, voltando do Rio Grande, morreu em Curitiba; outros dizem que foi acabar em Montevidéu.[42] A filha não passou dos quinze anos.

Eu cá fiquei entre os meus remorsos e saudades; depois, só remorsos; agora admiração apenas, uma admiração particular, que não é grande senão por me fazer sentir pequeno. Sim, eu não era capaz de praticar o que ele praticou. Nem efetivamente conheci ninguém que se parecesse com X... E por que teimar nesta letra? Chamemo-lo pelo nome que lhe deram na pia, Emílio, o meigo, o forte, o simples Emílio.

---

[41] Ousadia; bravura.
[42] Cidade capital do Uruguai.

# Evolução

Chamo-me Inácio; ele, Benedito. Não digo o resto dos nossos nomes por um sentimento de compostura, que toda a gente discreta apreciará. Inácio basta. Contentem-se com Benedito. Não é muito, mas é alguma coisa, e está com a filosofia de Julieta: "Que valem nomes? perguntava ela ao namorado. A rosa, como quer que se lhe chame, terá sempre o mesmo cheiro."[1] Vamos ao cheiro do Benedito.

E desde logo assentemos que ele era o menos Romeu deste mundo. Tinha quarenta e cinco anos, quando o conheci; não declaro em que tempo, porque tudo neste conto há de ser misterioso e truncado. Quarenta e cinco anos, e muitos cabelos pretos; para os que o não eram usava um processo químico, tão eficaz que não se lhe distinguiam os pretos dos outros — salvo ao levantar da cama; mas ao levantar da cama não aparecia a ninguém. Tudo mais era natural, pernas, braços, cabeça, olhos, roupa, sapatos, corrente do relógio e bengala. O próprio alfinete de diamante, que trazia na gravata, um dos mais lindos que tenho visto, era natural e legítimo; custou-lhe bom dinheiro; eu mesmo o vi comprar na casa do... lá me ia escapando o nome do joalheiro; — fiquemos na rua do Ouvidor.

Moralmente, era ele mesmo. Ninguém muda de caráter, e o do Benedito era bom ou — para melhor dizer — pacato. Mas, intelectualmente, é que ele era menos original. Podemos compará-lo a uma hospedaria bem afreguesada, aonde iam ter ideias de toda parte e de toda sorte, que se sentavam à mesa com a família da casa. Às vezes, acontecia acharem-se ali duas pessoas inimigas, ou simplesmente antipáticas; ninguém brigava, o dono da casa impunha aos hóspedes a indulgência[2] recíproca. Era assim que ele conseguia ajustar uma espécie de ateísmo vago com duas irmandades[3] que fundou, não sei se na Gávea, na Tijuca ou no Engenho Velho.[4] Usava assim, promiscuamente,[5] a devoção, a irreligião e as meias de seda. Nunca lhe vi as meias, note-se; mas ele não tinha segredos para os amigos.

---

[1] Citação retirada do ato II, cena II, da obra *Romeu e Julieta* (1591-1595), de William Shakespeare (1564-1616), escritor inglês.
[2] Tolerância.
[3] Sociedades religiosas.
[4] Na época do conto, Gávea, Tijuca e Engenho Velho eram bairros da cidade do Rio de Janeiro.
[5] No caso, o termo "promiscuamente" significa "de forma embaralhada", "sem diferenciação".

Conhecemo-nos em viagem para Vassouras.[6] Tínhamos deixado o trem e entrado na diligência que nos ia levar da estação à cidade. Trocamos algumas palavras, e não tardou conversarmos francamente, ao sabor das circunstâncias que nos impunham a convivência, antes mesmo de saber quem éramos.

Naturalmente, o primeiro objeto foi o progresso que nos traziam as estradas de ferro. Benedito lembrava-se do tempo em que toda a jornada era feita às costas de burro. Contamos então algumas anedotas, falamos de alguns nomes, e ficamos de acordo em que as estradas de ferro eram uma condição de progresso do país. Quem nunca viajou não sabe o valor que tem uma dessas banalidades graves e sólidas para dissipar os tédios do caminho. O espírito areja-se, os próprios músculos recebem uma comunicação agradável, o sangue não salta, fica-se em paz com Deus e os homens.

— Não serão os nossos filhos que verão todo este país cortado de estradas — disse ele.

— Não, decerto. O senhor tem filhos?

— Nenhum.

— Nem eu. Não será ainda em cinquenta anos; e, entretanto, é a nossa primeira necessidade. Eu comparo o Brasil a uma criança que está engatinhando; só começará a andar quando tiver muitas estradas de ferro.

— Bonita ideia! — exclamou Benedito, faiscando-lhe[7] os olhos.

— Importa-me pouco que seja bonita, contanto que seja justa.

— Bonita e justa — redarguiu[8] ele com amabilidade. — Sim, senhor, tem razão: o Brasil está engatinhando; só começará a andar quando tiver muitas estradas de ferro.

Chegamos a Vassouras; eu fui para a casa do juiz municipal, camarada antigo; ele demorou-se um dia e seguiu para o interior. Oito dias depois voltei ao Rio de Janeiro, mas sozinho. Uma semana mais tarde, voltou ele; encontramo-nos no teatro, conversamos muito e trocamos notícias; Benedito acabou convidando-me a ir almoçar[9] com ele no dia seguinte. Fui; deu-me um almoço de príncipe, bons charutos e palestra animada. Notei que a conversa dele fazia mais efeito no meio da viagem — arejando o espírito e deixando a gente em paz com Deus e os homens; mas devo dizer que o almoço pode ter prejudicado o resto. Realmente era magnífico; e seria impertinência histórica

---

[6] Vassouras é um município do estado do Rio de Janeiro.
[7] Brilhando.
[8] Respondeu.
[9] Na época do conto, a primeira refeição do dia era chamada de almoço, feita ainda no período da manhã.

pôr a mesa de Lúculo na casa de Platão.[10] Entre o café e o *cognac*, disse-me ele, apoiando o cotovelo na borda da mesa, e olhando para o charuto que ardia:

— Na minha viagem agora, achei ocasião de ver como o senhor tem razão com aquela ideia do Brasil engatinhando.

— Ah!

— Sim, senhor; é justamente o que o senhor dizia na diligência de Vassouras. Só começaremos a andar quando tivermos muitas estradas de ferro. Não imagina como isso é verdade.

E referiu muita coisa, observações relativas aos costumes do interior, dificuldades da vida, atraso, concordando, porém, nos bons sentimentos da população e nas aspirações de progresso. Infelizmente, o governo não correspondia às necessidades da pátria; parecia até interessado em mantê-la atrás das outras nações americanas. Mas era indispensável que nos persuadíssemos de que os princípios são tudo e os homens, nada. Não se fazem os povos para os governos, mas os governos para os povos; e *abyssus abyssum invocat*.[11] Depois foi mostrar-me outras salas. Eram todas alfaiadas[12] com apuro. Mostrou-me as coleções de quadros, de moedas, de livros antigos, de selos, de armas; tinha espadas e floretes, mas confessou que não sabia esgrimir. Entre os quadros vi um lindo retrato de mulher; perguntei-lhe quem era. Benedito sorriu.

— Não irei adiante — disse eu sorrindo também.

— Não, não há que negar — acudiu ele —; foi uma moça de quem gostei muito. Bonita, não? Não imagina a beleza que era. Os lábios eram mesmo de carmim[13] e as faces, de rosa; tinha os olhos negros, cor da noite. E que dentes! Verdadeiras pérolas. Um mimo da natureza.

Em seguida, passamos ao gabinete. Era vasto, elegante, um pouco trivial, mas não lhe faltava nada. Tinha duas estantes, cheias de livros muito bem encadernados, um mapa-múndi, dois mapas do Brasil. A secretária era de ébano,[14] obra fina; sobre ela, casualmente aberto, um almanaque de *Laemmert*.[15] O tinteiro era de cristal — "cristal de rocha", disse-me ele, explicando o

---

[10] Lúcio Licínio Lúculo (c. 118-57 a.C.) foi um político e general romano; tornou-se famoso pelo luxo em que vivia e pela gastronomia e fartura de sua mesa. Platão (428-348 a.C.), filósofo grego do período clássico, fundador da Academia de Atenas.

[11] Expressão latina cuja tradução é "Um abismo chama outro abismo". A frase é retirada do Salmo 42:7.

[12] Mobiliadas; decoradas.

[13] Vermelho vivo.

[14] Um tipo de madeira dura e escura.

[15] O Almanaque Laemmert, denominado "Almanak administrativo, mercantil, e industrial do Rio de Janeiro" foi editado e publicado no Rio de Janeiro, entre 1844 e 1889, pelos irmãos Eduard e Heinrich Laemmert.

tinteiro, como explicava as outras coisas. Na sala contígua havia um órgão.[16] Tocava órgão, e gostava muito de música, falou dela com entusiasmo, citando as óperas, os trechos melhores, e noticiou-me que, em pequeno, começara a aprender flauta; abandonou-a logo — o que foi pena, concluiu, porque é, na verdade, um instrumento muito saudoso. Mostrou-me ainda outras salas, fomos ao jardim, que era esplêndido, tanto ajudava a arte à natureza, e tanto a natureza coroava a arte. Em rosas, por exemplo (não há negar, disse-me ele, que é a rainha das flores), em rosas, tinha-as de toda casta e de todas as regiões.

Saí encantado. Encontramo-nos algumas vezes, na rua, no teatro, em casa de amigos comuns, tive ocasião de apreciá-lo. Quatro meses depois fui à Europa, negócio que me obrigava a ausência de um ano; ele ficou cuidando da eleição; queria ser deputado. Fui eu mesmo que o induzi a isso, sem a menor intenção política, mas com o único fim de lhe ser agradável; mal comparando, era como se lhe elogiasse o corte do colete. Ele pegou da ideia, e apresentou-se. Um dia, atravessando uma rua de Paris, dei subitamente com o Benedito.

— Que é isto? — exclamei.

— Perdi a eleição — disse ele —, e vim passear à Europa.

Não me deixou mais; viajamos juntos o resto do tempo. Confessou-me que a perda da eleição não lhe tirara a ideia de entrar no parlamento. Ao contrário, incitara-o mais. Falou-me de um grande plano.

— Quero vê-lo ministro — disse-lhe.

Benedito não contava com esta palavra, o rosto iluminou-se-lhe; mas disfarçou depressa.

— Não digo isso — respondeu. — Quando, porém, seja ministro, creia que serei tão somente ministro industrial. Estamos fartos de partidos; precisamos desenvolver as forças vivas do país, os seus grandes recursos. Lembra-se do que nós dizíamos na diligência de Vassouras? O Brasil está engatinhando; só andará com estradas de ferro...

— Tem razão — concordei um pouco espantado. — E por que é que eu mesmo vim à Europa? Vim cuidar de uma estrada de ferro. Deixo as coisas arranjadas em Londres.

— Sim?

— Perfeitamente.

Mostrei-lhe os papéis, ele viu-os deslumbrado. Como eu tivesse então recolhido alguns apontamentos, dados estatísticos, folhetos, relatórios, cópias de contratos, tudo referente a matérias industriais, e lhos mostrasse, Benedito declarou-me que ia também coligir[17] algumas coisas daquelas. E, na verdade,

---

[16] Instrumento musical composto de teclado, pedaleira e tubos.
[17] Reunir.

vi-o andar por ministérios, bancos, associações, pedindo muitas notas e opúsculos,[18] que amontoava nas malas; mas o ardor com que o fez, se foi intenso, foi curto; era de empréstimo. Benedito recolheu com muito mais gosto os anexins[19] políticos e fórmulas parlamentares. Tinha na cabeça um vasto arsenal deles. Nas conversas comigo repetia-os muita vez, à laia[20] de experiência; achava neles grande prestígio e valor inestimável. Muitos eram de tradição inglesa, e ele os preferia aos outros, como trazendo em si um pouco da Câmara dos Comuns.[21] Saboreava-os tanto que eu não sei se ele aceitaria jamais a liberdade real sem aquele aparelho verbal; creio que não. Creio até que, se tivesse de optar, optaria por essas formas curtas, tão cômodas, algumas lindas, outras sonoras, todas axiomáticas,[22] que não forçam a reflexão, preenchem os vazios, e deixam a gente em paz com Deus e os homens.

Regressamos juntos; mas eu fiquei em Pernambuco, e tornei mais tarde a Londres, donde vim ao Rio de Janeiro, um ano depois. Já então Benedito era deputado. Fui visitá-lo; achei-o preparando o discurso de estreia. Mostrou-me alguns apontamentos, trechos de relatórios, livros de economia política, alguns com páginas marcadas, por meio de tiras de papel rubricadas assim: — *Câmbio, Taxa das terras, Questão dos cereais em Inglaterra, Opinião de Stuart Mill,*[23] *Erro de Thiers*[24] *sobre caminhos de ferro,* etc. Era sincero, minucioso e cálido.[25] Falava-me daquelas coisas, como se acabasse de as descobrir, expondo-me tudo, *ab ovo*;[26] tinha a peito mostrar aos homens práticos da Câmara que também ele era prático. Em seguida, perguntou-me pela empresa; disse-lhe o que havia.

— Dentro de dois anos conto inaugurar o primeiro trecho da estrada.
— E os capitalistas ingleses?
— Que têm?
— Estão contentes, esperançados?
— Muito; não imagina.

---

[18] Pequenos livros; folhetos.
[19] Provérbios; sentenças.
[20] Categoria; classe.
[21] A Câmara dos Comuns é uma das duas casas legislativas do Reino Unido da Grã-Bretanha e Irlanda do Norte, formada pelos membros do parlamento, representantes distritais eleitos.
[22] Incontestáveis; inquestionáveis.
[23] John Stuart Mill (1806-1873) foi um importante filósofo e economista britânico, autor de *Princípios de Economia Política* (1848).
[24] Marie Joseph Louis Adolphe Thiers (1797-1877) foi um político francês e historiador, presidente da República Francesa de 1870 até 1873.
[25] Apaixonado.
[26] Expressão latina que significa "desde o princípio".

Contei-lhe algumas particularidades técnicas, que ele ouviu distraidamente — ou porque a minha narração fosse em extremo complicada, ou por outro motivo. Quando acabei, disse-me que estimava ver-me entregue ao movimento industrial; era dele que precisávamos, e a este propósito fez-me o favor de ler o exórdio[27] do discurso que devia proferir dali a dias.

— Está ainda em borrão — explicou-me —; mas as ideias capitais ficam.
— E começou:

> No meio da agitação crescente dos espíritos, do alarido[28] partidário que encobre as vozes dos legítimos interesses, permiti que alguém faça ouvir uma súplica da nação. Senhores, é tempo de cuidar exclusivamente — notai que digo exclusivamente — dos melhoramentos materiais do país. Não desconheço o que se me pode replicar; dir-me-eis que uma nação não se compõe só de estômago para digerir, mas de cabeça para pensar e de coração para sentir. Respondo-vos que tudo isso não valerá nada ou pouco, se ela não tiver pernas para caminhar; e aqui repetirei o que, há alguns anos, dizia eu a um amigo, em viagem pelo interior: o Brasil é uma criança que engatinha; só começará a andar quando estiver cortado de estradas de ferro...

Não pude ouvir mais nada e fiquei pensativo. Mais que pensativo, fiquei assombrado, desvairado[29] diante do abismo que a psicologia rasgava aos meus pés. Este homem é sincero, pensei comigo, está persuadido do que escreveu. E fui por aí abaixo até ver se achava a explicação dos trâmites por que passou aquela recordação da diligência de Vassouras. Achei (perdoem-me se há nisto enfatuação),[30] achei ali mais um efeito da lei da evolução, tal como a definiu Spencer[31] — Spencer ou Benedito, um deles.

---

[27] Início; introdução.
[28] Gritaria.
[29] Desnorteado; desorientado.
[30] Tornar-se fátuo, isto é, cheio de vaidade.
[31] Herbert Spencer (1820-1903), filósofo, antropólogo e teórico político liberal inglês. Entusiasta da Teoria da Evolução, de Charles Darwin (1809-1882), criou a expressão "sobrevivência do mais apto", aplicando as ideias evolucionistas ao pensamento econômico, o que ficou conhecido depois como "darwinismo social".

8

# Contos esparsos

# Um esqueleto

## I

Eram dez ou doze rapazes. Falavam de artes, letras e política. Alguma anedota vinha de quando em quando temperar a seriedade da conversa. Deus me perdoe! Parece que até se fizeram alguns trocadilhos.

O mar batia perto na praia solitária... estilo de meditação em prosa. Mas nenhum dos doze convivas fazia caso do mar. Da noite também não, que era feia e ameaçava chuva. É provável que se a chuva caísse ninguém desse por ela, tão entretidos estavam todos em discutir os diferentes sistemas políticos, os méritos de um artista ou de um escritor, ou simplesmente em rir de uma pilhéria[1] intercalada a tempo.

Aconteceu no meio da noite que um dos convivas falou na beleza da língua alemã. Outro conviva concordou com o primeiro a respeito das vantagens dela, dizendo que a aprendera com o Dr. Belém.

— Não conheceram o Dr. Belém? — perguntou ele.

— Não — responderam todos.

— Era um homem extremamente singular. No tempo em que me ensinou alemão usava duma grande casaca que lhe chegava quase aos tornozelos e trazia na cabeça um chapéu de chile de abas extremamente largas.

— Devia ser pitoresco — observou um dos rapazes. — Tinha instrução?

— Variadíssima. Compusera um romance e um livro de teologia[2] e descobrira um planeta...

— Mas esse homem?

— Esse homem vivia em Minas. Veio à corte[3] para imprimir os dois livros, mas não achou editor e preferiu rasgar os manuscritos. Quanto ao planeta, comunicou a notícia à Academia das Ciências de Paris; lançou a carta no correio e esperou a resposta; a resposta não veio porque a carta foi parar a Goiás.

Um dos convivas sorriu maliciosamente para os outros, com ar de quem dizia que era muita desgraça junta. A atitude porém do narrador tirou-lhe o gosto do riso. Alberto (era o nome do narrador) tinha os olhos no chão, olhos melancólicos de quem se rememora com saudade uma felicidade extinta.

---

[1] Piada.
[2] Estudos das religiões.
[3] Na época do conto, o termo "corte" era usado para se referir à cidade do Rio de Janeiro, capital do Império do Brasil (1822-1889).

Efetivamente suspirou depois de algum tempo de muda e vaga contemplação, e continuou:

— Desculpem-me este silêncio; não me posso lembrar daquele homem sem que uma lágrima teime em rebentar-me dos olhos. Era um excêntrico, talvez não fosse, não era decerto um homem completamente bom; mas era meu amigo; não direi o único mas o maior que jamais tive na minha vida.

Como era natural, estas palavras de Alberto alteraram a disposição de espírito do auditório. O narrador ainda esteve silencioso alguns minutos. De repente sacudiu a cabeça como se expelisse lembranças importunas do passado, e disse:

— Para lhes mostrar a excentricidade do Dr. Belém basta contar-lhes a história do esqueleto.

A palavra *esqueleto* aguçou a curiosidade dos convivas; um romancista aplicou o ouvido para não perder nada da narração; todos esperaram ansiosamente o esqueleto do Dr. Belém. Batia justamente meia-noite; a noite, como disse, era escura; o mar batia funebremente na praia. Estava-se em pleno Hoffmann.[4]

Alberto começou a narração.

## II

O Dr. Belém era um homem alto e magro; tinha os cabelos grisalhos e caídos sobre os ombros; em repouso era reto como uma espingarda; quando andava curvava-se um pouco. Conquanto o seu olhar fosse muitas vezes meigo e bom, tinha lampejos sinistros, e às vezes, quando ele meditava, ficava com olhos como de defunto.

Representava ter sessenta anos, mas não tinha efetivamente mais de cinquenta. O estudo o abatera muito, e os desgostos também, segundo ele dizia, nas poucas vezes em que me falara do passado, e era eu a única pessoa com quem ele se comunicava a esse respeito. Podiam contar-se-lhe três ou quatro rugas pronunciadas na cara, cuja pele era fria como o mármore e branca como a de um morto.

Um dia, justamente no fim da minha lição, perguntei-lhe se nunca fora casado. O doutor sorriu sem olhar para mim. Não insisti na pergunta; arrependi-me até de lha ter feito.

---

[4] Alusão à obra de Ernst Theodor Amadeus Wilhelm Hoffmann (1776-1822), mais conhecido como E.T.A. Hoffmann, escritor alemão, autor de contos fantásticos.

— Fui casado — disse ele, depois de algum tempo — e daqui a três meses posso dizer outra vez: sou casado.

— Vai casar?

— Vou.

— Com quem?

— Com a D. Marcelina.

Dona Marcelina era uma viúva de Ouro Preto,[5] senhora de vinte e seis anos, não formosa, mas assaz[6] simpática, possuía alguma coisa, mas não tanto como o doutor, cujos bens orçavam por uns sessenta contos.[7]

Não me constava até então que ele fosse casar; ninguém falara nem suspeitara tal coisa.

— Vou casar — continuou o doutor — unicamente porque o senhor me falou nisso. Até cinco minutos antes nenhuma intenção tinha de semelhante ato. Mas a sua pergunta faz-me lembrar que eu efetivamente preciso de uma companheira; lancei os olhos da memória a todas as noivas possíveis, e nenhuma me parece mais possível do que essa. Daqui a três meses assistirá ao nosso casamento. Promete?

— Prometo — respondi eu com um riso incrédulo.

— Não será uma formosura.

— Mas é muito simpática, decerto — acudi eu.

— Simpática, educada e viúva. Minha ideia é que todos os homens deviam casar com senhoras viúvas.

— Quem casaria então com as donzelas?

— Os que não fossem homens — respondeu o velho —, como o senhor e a maioria do gênero humano; mas os homens, as criaturas da minha têmpera,[8] mas...

O doutor estacou,[9] como se receasse entrar em maiores confidências, e tornou a falar da viúva Marcelina, cujas boas qualidades louvou com entusiasmo.

— Não é tão bonita como a minha primeira esposa — disse ele. — Ah! Essa... Nunca a viu?

— Nunca.

— É impossível.

— É a verdade. Já o conheci viúvo, creio eu.

---

[5] Cidade histórica do estado de Minas Gerais.
[6] Muito.
[7] A expressão "conto de réis" indicava um milhão de réis.
[8] Estilo; gosto.
[9] Deteve-se; parou repentinamente.

— Bem; mas eu nunca lha mostrei? Ande vê-la...

Levantou-se; levantei-me também. Estávamos assentados à porta; ele levou-me a um gabinete interior. Confesso que ia ao mesmo tempo curioso e aterrado. Conquanto eu fosse amigo dele e tivesse provas de que ele era meu amigo, tanto medo inspirava ele ao povo, e era efetivamente tão singular, que eu não podia esquivar-me a um tal ou qual sentimento de medo.

No fundo do gabinete havia um móvel coberto com um pano verde; o doutor tirou o pano e eu dei um grito.

Era um armário de vidro, tendo dentro um esqueleto. Ainda hoje, apesar dos anos que lá vão, e da mudança que fez o meu espírito, não posso lembrar-me daquela cena sem terror.

— É minha mulher — disse o Dr. Belém sorrindo. — É bonita, não lhe parece? Está na espinha, como vê. De tanta beleza, de tanta graça, de tanta maravilha que me encantaram outrora, que a tantos mais encantaram, que lhe resta hoje? Veja, meu jovem amigo; tal é última expressão do gênero humano.

Dizendo isto, o Dr. Belém cobriu o armário com o pano e saímos do gabinete. Eu não sabia o que havia de dizer, tão impressionado me deixara aquele espetáculo.

Viemos outra vez para as nossas cadeiras ao pé da porta, e algum tempo estivemos sem dizer palavra um ao outro. O doutor olhava para o chão; eu olhava para ele. Tremiam-lhe os lábios; e a face de quando em quando se lhe contraía. Um escravo veio falar-lhe; o doutor saiu daquela espécie de letargo.[10]

Quando ficamos sós parecia outro; falou-me risonho e jovial, com uma volubilidade[11] que não estava nos seus usos.

— Ora bem, se eu for feliz no casamento — disse ele —, ao senhor o deverei. Foi o senhor quem me deu esta ideia! E fez bem, porque até já me sinto mais rapaz. Que lhe parece este noivo?

Dizendo isto, o Dr. Belém levantou-se e fez uma pirueta, segurando nas abas da casaca, que nunca deixava, salvo quando se recolhia de noite.

— Parece-lhe capaz o noivo? — disse ele.

— Sem dúvida — respondi.

— Também ela há de pensar assim. Verá, meu amigo, que eu meterei tudo num chinelo, e mais de um invejará a minha sorte. É pouco; mais de uma invejará a sorte dela. Pudera não? Não há muitos noivos como eu.

Eu não dizia nada, e o doutor continuou a falar assim durante vinte minutos. A tarde caíra de todo; e a ideia da noite e do esqueleto que ali estava

---

[10] Estado de sonolência; dormência.
[11] Mobilidade; facilidade.

a poucos passos de nós, e mais ainda as maneiras singulares que nesse dia, mais do que nos outros, mostrava o meu bom mestre, tudo isso me levou a despedir-me dele e a retirar-me para casa.

O doutor sorriu-se com o sorriso sinistro que às vezes tinha, mas não insistiu para que ficasse. Fui para casa aturdido[12] e triste; aturdido com o que vira; triste com a responsabilidade que o doutor atirava sobre mim relativamente ao seu casamento.

Entretanto, refleti que a palavra do doutor podia não ter pronta nem remota realização. Talvez não se case nunca, nem até pense nisso. Que certeza teria ele de desposar a viúva Marcelina daí a três meses? Quem sabe até, pensei eu, se não disse aquilo para zombar comigo?

Esta ideia enterrou-se-me no espírito. No dia seguinte levantei-me convencido de que efetivamente o doutor quisera matar o tempo e juntamente aproveitar a ocasião de me mostrar o esqueleto da mulher.

Naturalmente, disse eu comigo, amou-a muito, e por esse motivo ainda a conserva. É claro que não se casará com outra; nem achará quem case com ele, tão aceita anda a superstição popular que o tem por lobisomem ou quando menos amigo íntimo do Diabo... ele! O meu bom e compassivo mestre!

Com estas ideias fui logo de manhã à casa do Dr. Belém. Achei-o a almoçar sozinho, como sempre, servido por um escravo da mesma idade.

— Entre, Alberto — disse o doutor apenas me viu à porta. — Quer almoçar?

— Aceito.

— João, um prato.

Almoçamos alegremente; o doutor estava como me parecia na maior parte das vezes, conversando de coisas sérias ou frívolas, misturando uma reflexão filosófica com uma pilhéria, uma anedota de rapaz com uma citação de Virgílio.[13]

No fim do almoço tornou a falar do seu casamento.

— Mas então pensa nisso deveras?... — perguntei eu.

— Por que não? Não depende senão dela; mas eu estou quase certo de que ela não recusa. Apresenta-me lá?

---

[12] Perturbado; desnorteado.
[13] Públio Virgílio Maro (70-19 a.C.), mais conhecido como Virgílio, foi um poeta romano, autor de três grandes obras da literatura clássica, as *Éclogas* (c. 38 a.C.), as *Geórgicas* (29 a.C.), e a epopeia *Eneida* (c. 19 a.C.).

— Às suas ordens.

No dia seguinte era apresentado o Dr. Belém em casa da viúva Marcelina e recebido com muita afabilidade.

"Casar-se-á deveras com ela?", dizia eu a mim mesmo espantado do que via, porque, além da diferença da idade entre ele e ela, e das maneiras excêntricas dele, havia um pretendente à mão da bela viúva, o tenente Soares.

Nem a viúva nem o tenente imaginavam as intenções do Dr. Belém; daqui podem já imaginar o pasmo de D. Marcelina quando, ao cabo de oito dias, perguntou-lhe o meu mestre se ela queria casar com ele.

— Nem com o senhor nem com outro — disse a viúva —; fiz voto de não casar mais.

— Por quê? — perguntou friamente o doutor.

— Porque amava muito a meu marido.

— Não tolhe[14] isso que ame o segundo — observou o candidato sorrindo.

E depois de algum tempo de silêncio:

— Não insisto — disse ele —, nem faço aqui uma cena dramática. Eu amo-a deveras, mas é um amor de filósofo, um amor como eu entendo que deviam ser todos. Entretanto deixe-me ter esperança; pedir-lhe-ei mais duas vezes a sua mão. Se da última nada alcançar, consinta-me que fique sendo seu amigo.

## III

O Dr. Belém foi fiel a este programa. Dali a mês pediu outra vez a mão da viúva, e teve a mesma recusa, mas talvez menos peremptória[15] do que a primeira. Deixou passar seis semanas, e repetiu o pedido.

— Aceitou? — disse eu apenas o vi vir da casa de D. Marcelina.

— Por que havia de recusar? Eu não lhe disse que me casava dentro de três meses?

— Mas então o senhor é um adivinho, um mágico?...

O doutor deu uma gargalhada, das que ele guardava para quando queria motejar[16] de alguém ou de alguma coisa. Naquela ocasião o motejado era eu. Parece que não fiz boa cara porque o doutor imediatamente ficou sério e abraçou-me dizendo:

— Oh! Meu amigo, não desconfie! Conhece-me de hoje?

---

[14] Impede.
[15] Decisiva; definitiva.
[16] Gracejar.

A ternura com que ele me disse estas palavras tornava-o outro homem. Já não tinha os tons sinistros do olhar nem a fala *saccadée*[17] (vá o termo francês, não me ocorre agora o nosso), que era a sua fala característica. Abracei-o também, e falamos do casamento e da noiva.

O doutor estava alegre; apertava-me muitas vezes as mãos agradecendo-me a ideia que lhe dera; fazia seus planos de futuro. Tinha ideias de vir à corte, logo depois do casamento; aventurou a ideia de seguir para a Europa; mas apenas parecia assentado nisto, já pensava em não sair de Minas, e morrer ali, dizia ele, entre as suas montanhas.

— Já vejo que está perfeitamente noivo — disse eu —; tem todos os traços característicos de um homem nas vésperas de casar.

— Parece-lhe?

— E é.

— De fato, gosto da noiva — disse ele com ar sério —; é possível que eu morra antes dela; mas o mais provável é que ela morra primeiro. Nesse caso, juro desde já que irá o seu esqueleto fazer companhia ao outro.

A ideia do esqueleto fez-me estremecer. O doutor, ao dizer estas palavras, cravara os olhos no chão, profundamente absorto.[18] Daí em diante a conversa foi menos alegre do que a princípio. Saí de lá desagradavelmente impressionado.

O casamento dentro de pouco tempo foi realidade. Ninguém queria acreditar nos seus olhos. Todos admiraram a coragem (era a palavra que diziam) da viúva Marcelina, que não recuava àquele grande sacrifício.

Sacrifício não era. A moça parecia contente e feliz. Os parabéns que lhe davam eram irônicos, mas ela os recebia com muito gosto e seriedade. O tenente Soares não lhe deu os parabéns; estava furioso; escreveu-lhe um bilhete em que lhe dizia todas as coisas que em tais circunstâncias se podem dizer.

O casamento foi celebrado pouco depois do prazo que o Dr. Belém marcara na conversa que tivera comigo e que eu já referi. Foi um verdadeiro acontecimento na capital de Minas. Durante oito dias não se falava senão no caso impossível; afinal, passou a novidade, como todas as coisas deste mundo, e ninguém mais tratou dos noivos.

Fui jantar com eles no fim de uma semana; D. Marcelina parecia mais que nunca feliz; o Dr. Belém não o estava menos. Até parecia outro. A mulher começava a influir nele, sendo já uma das primeiras consequências a supressão da singular casaca. O doutor consentiu em vestir-se menos excentricamente.

---

[17] Termo francês que significa "descontínua" e "brusca"; "irregular".
[18] Voltado para os próprios pensamentos.

— Veste-me como quiseres — dizia ele à mulher —; o que não poderás fazer nunca é mudar-me a alma. Isso nunca.

— Nem quero.

— Nem podes.

Parecia que os dois estavam destinados a gozar uma eterna felicidade. No fim de um mês fui lá, e achei-a triste.

"Oh!", disse eu comigo, "cedo começam os arrufos."[19]

O doutor estava como sempre. Líamos então e comentávamos à nossa maneira o *Fausto*.[20] Nesse dia pareceu-me o Dr. Belém mais perspicaz e engenhoso que nunca. Notei, entretanto, uma singular pretensão: um desejo de se parecer com Mefistófeles.[21]

Aqui confesso que não pude deixar de rir.

— Doutor — disse eu —, creio que o senhor abusa da amizade que lhe tenho para zombar comigo.

— Sim?

— Aproveita-se da opinião de excêntrico para me fazer crer que é o Diabo...

Ouvindo esta última palavra, o doutor persignou-se[22] todo, e foi a melhor afirmativa que me poderia fazer de que não ambicionava confundir-se com o personagem aludido. Sorriu-se depois benevolamente, tomou uma pitada, e disse:

— Ilude-se, meu amigo, quando me atribui semelhante ideia, do mesmo modo que se engana quando supõe que Mefistófeles é isso que diz.

— Essa agora!...

— Noutra ocasião lhe direi as minhas razões. Por agora vamos jantar.

— Obrigado. Devo ir jantar com meu cunhado. Mas, se me permite, ficarei ainda algum tempo aqui lendo o seu *Fausto*.

O doutor não pôs objeção; eu era íntimo da casa. Saiu dali para a sala de jantar. Li ainda durante vinte minutos, findos os quais fechei o livro e fui despedir-me do Dr. Belém e sua senhora.

Caminhei por um corredor fora que ia ter à sala de jantar. Ouvia mover os pratos, mas nenhuma palavra soltavam os dois casados.

"O arrufo continua", pensei eu.

---

[19] Pequenos desentendimentos; discórdias passageiras.
[20] A peça *Fausto* (parte 1: 1808; parte 2: 1826) é obra do escritor alemão Johann Wolfgang von Goethe (1749-1832).
[21] Mefistófeles é um personagem da peça *Fausto*. Trata-se de um demônio.
[22] No catolicismo, persignar-se é benzer-se, fazendo, com o dedo polegar, três sinais em cruz: o primeiro na testa, o segundo na boca, o terceiro no peito.

Fui andando... Mas qual não foi a minha surpresa ao chegar à porta? O doutor estava de costas, não me podia ver. A mulher tinha os olhos no prato. Entre ele e ela, sentado numa cadeira, vi o esqueleto. Estaquei aterrado e trêmulo. Que queria dizer aquilo? Perdia-me em conjecturas; cheguei a dar um passo para falar ao doutor, mas não me atrevi; voltei pelo mesmo caminho, peguei no chapéu, e deitei a correr pela rua fora.

Em casa de meu cunhado todos notaram os sinais de temor que eu ainda levava no rosto. Perguntaram-me se havia visto alguma alma do outro mundo. Respondi sorrindo que sim; mas nada contei do que acabava de presenciar.

Durante três dias não fui à casa do doutor. Era medo, não do esqueleto, mas do dono da casa, que se me afigurava ser um homem mau ou um homem doido. Todavia, ardia por saber a razão da presença do esqueleto na mesa do jantar. Dona Marcelina podia dizer-me tudo; mas como indagaria isso dela, se o doutor estava quase sempre em casa?

No terceiro dia apareceu-me em casa o Dr. Belém.

— Três dias! — disse ele. — Há já três dias que eu não tenho a fortuna de o ver. Onde anda? Está mal conosco?

— Tenho andado doente — respondi eu sem saber o que dizia.

— E não me mandou dizer nada, ingrato! Já não é meu amigo.

A doçura destas palavras dissipou os meus escrúpulos. Era singular como aquele homem, que por certos hábitos, maneiras e ideias, e até pela expressão física, assustava a muita gente e dava azo[23] às fantasias da superstição popular, era singular, repito, como me falava às vezes com uma meiguice incomparável e um tom patriarcalmente benévolo.

Conversamos um pouco e fui obrigado a acompanhá-lo à casa. A mulher ainda me pareceu triste, mas um pouco menos que da outra vez. Ele tratava-a com muita ternura e consideração, e ela se não respondia alegre, ao menos falava com igual meiguice.

## IV

No meio da conversa vieram dizer que o jantar estava na mesa.

— Agora há de jantar conosco — disse ele.

— Não posso — balbuciei eu —, devo ir...

— Não deve ir a nenhuma parte — atalhou o doutor —; parece-me que quer fugir de mim. Marcelina, pede ao Dr. Alberto que jante conosco.

---

[23] Motivo; causa.

Dona Marcelina repetiu o pedido do marido, mas com um ar de constrangimento visível. Ia recusar de novo, mas o doutor teve a precaução de me agarrar no braço e foi impossível recusar.

— Deixe-me ao menos dar o braço a sua senhora — disse eu.

— Pois não.

Dei o braço a D. Marcelina, que estremeceu. O doutor passou adiante. Eu inclinei a boca ao ouvido da pobre senhora e disse baixinho:

— Que mistério há?

Dona Marcelina estremeceu outra vez e com um sinal impôs-me silêncio. Chegamos à sala de jantar.

Apesar de já ter presenciado a cena do outro dia, não pude resistir à impressão que me causou a vista do esqueleto, que lá estava na cadeira em que o vira com os braços sobre a mesa.

Era horrível.

— Já lhe apresentei minha primeira mulher — disse o doutor para mim —; são conhecidos antigos.

Sentamo-nos à mesa; o esqueleto ficou entre ele e D. Marcelina; eu fiquei ao lado desta. Até então não pude dizer palavra; era porém natural que exprimisse o meu espanto.

— Doutor — disse eu —, respeito os seus hábitos; mas não me dará a explicação deste?

— Este qual? — disse ele.

Com um gesto indiquei-lhe o esqueleto.

— Ah!... — respondeu o doutor. — Um hábito natural; janto com minhas duas mulheres.

— Confesse ao menos que é um uso original.

— Queria que eu copiasse os outros?

— Não, mas a piedade com os mortos...

Atrevi-me a falar assim porque, além de me parecer aquilo uma profanação, a melancolia da mulher parecia pedir que alguém falasse duramente ao marido e procurasse trazê-lo a melhor caminho.

O doutor deu uma das suas singulares gargalhadas, e, estendendo-me o prato de sopa, replicou:

— O senhor fala de uma piedade de convenção; eu sou pio à minha maneira. Não é respeitar uma criatura que amamos em vida, o trazê-la assim conosco, depois de morta?

Não respondi coisa nenhuma a estas palavras do doutor. Comi silenciosamente a sopa, e o mesmo fez a mulher, enquanto ele continuou a desenvolver as suas ideias a respeito dos mortos.

— O medo dos mortos — disse ele — não é só uma fraqueza, é um insulto, uma perversidade do coração. Pela minha parte dou-me melhor com os defuntos do que com os vivos.

E depois de um silêncio:

— Confesse, confesse que está com medo.

Fiz-lhe um sinal negativo com a cabeça.

— É medo, é, como esta senhora que está ali transida de susto, porque ambos são dois maricas. Que há entretanto neste esqueleto que possa meter medo? Não lhes digo que seja bonito; não é bonito segundo a vida, mas é formosíssimo segundo a morte. Lembrem-se que isto somos nós também; nós temos de mais um pouco de carne.

— Só? — perguntei eu intencionalmente.

O doutor sorriu-se e respondeu:

— Só.

Parece que fiz um gesto de aborrecimento, porque ele continuou logo:

— Não tome ao pé da letra o que lhe disse. Eu também creio na alma; não creio só, demonstro-a, o que não é para todos. Mas a alma foi-se embora; não podemos retê-la; guardemos isto ao menos, que é uma parte da pessoa amada.

Ao terminar estas palavras, o doutor beijou respeitosamente a mão do esqueleto. Estremeci e olhei para D. Marcelina. Esta fechara os olhos. Eu estava ansioso por terminar aquela cena que realmente me repugnava presenciar. O doutor não parecia reparar em nada. Continuou a falar no mesmo assunto, e por mais esforços que eu fizesse para o desviar dele era impossível.

Estávamos à sobremesa quando o doutor, interrompendo um silêncio que durava já havia dez minutos, perguntou:

— E segundo me parece, ainda lhe não contei a história deste esqueleto, quero dizer, a história de minha mulher?

— Não me lembra — murmurei.

— E a ti? — disse ele voltando-se para a mulher.

— Já.

— Foi um crime — continuou ele.

— Um crime?

— Cometido por mim.

— Pelo senhor?

— É verdade.

O doutor concluiu um pedaço de queijo, bebeu o resto do vinho que tinha no copo, e repetiu:

— É verdade, um crime de que fui autor. Minha mulher era muito amada de seu marido; não admira, eu sou todo coração. Um dia, porém, suspeitei que me houvesse traído; vieram dizer-me que um moço da vizinhança era seu amante. Algumas aparências me enganaram. Um dia declarei-lhe que sabia tudo, e que ia puni-la do que me havia feito. Luísa caiu-me aos pés banhada em lágrimas protestando pela sua inocência. Eu estava cego; matei-a.

Imagina-se, não se descreve a impressão de horror que estas palavras me causaram. Os cabelos ficaram-me em pé. Olhei para aquele homem, para o esqueleto, para a senhora, e passava a mão pela testa, para ver se efetivamente estava acordado, ou se aquilo era apenas um sonho.

O doutor tinha os olhos fitos no esqueleto e uma lágrima lhe caía lentamente pela face. Estivemos todos calados durante cerca de dez minutos.

O doutor rompeu o silêncio.

— Tempos depois, quando o crime estava de há muito cometido, sem que a justiça o soubesse, descobri que Luísa era inocente. A dor que então sofri foi indescritível; eu tinha sido o algoz de um anjo.

Estas palavras foram ditas com tal amargura que me comoveram profundamente. Era claro que ainda então, após longos anos do terrível acontecimento, o doutor sentia o remorso do que praticara e a mágoa de ter perdido a esposa.

A própria Marcelina parecia comovida. Mas a comoção dela era também medo; segundo vim a saber depois, ela receava que no marido não estivessem íntegras as faculdades mentais.

Era um engano.

O doutor era, sim, um homem singular e excêntrico; doido lhe chamavam os que, por se pretenderem mais espertos que o vulgo, repeliam os contos da superstição.

Estivemos calados algum tempo e dessa vez foi ainda ele que interrompeu o silêncio.

— Não lhes direi como obtive o esqueleto de minha mulher. Aqui o tenho e o conservarei até à minha morte. Agora naturalmente deseja saber por que motivo o trago para a mesa depois que me casei?

Não respondi com os lábios, mas os meus olhos disseram-lhe que efetivamente desejava saber a explicação daquele mistério.

— É simples — continuou ele —; é para que minha segunda mulher esteja sempre ao pé da minha vítima, a fim de que se não esqueça nunca dos seus deveres, porque, então como sempre, é mui provável que eu não procure apurar a verdade; farei justiça por minhas mãos.

Esta última revelação do doutor pôs termo à minha paciência. Não sei o que lhe disse, mas lembra-me que ele ouviu-me com o sorriso benévolo que tinha às vezes, e respondeu-me com esta simples palavra:

— Criança!

Saí pouco depois do jantar, resolvido a lá não voltar nunca.

# V

A promessa não foi cumprida.

Mais de uma vez o Dr. Belém mandou à casa chamar-me; não fui. Veio duas ou três vezes instar comigo que lá fosse jantar com ele.

— Ou, pelo menos, conversar — concluiu.

Pretextei alguma coisa e não fui.

Um dia, porém, recebi um bilhete da mulher. Dizia-me que era eu a única pessoa estranha que lá ia; pedia-me que não a abandonasse.

Fui.

Eram então passados quinze dias depois do célebre jantar em que o doutor me referiu a história do esqueleto. A situação entre os dois era a mesma; aparente afabilidade da parte dela, mas na realidade medo. O doutor mostrava-se afável e terno, como sempre o vira com ela.

Justamente nesse dia, anunciou-me ele que pretendia ir a uma jornada dali a algumas léguas.

— Mas vou só — disse ele —, e desejo que o senhor me faça companhia a minha mulher vindo aqui algumas vezes.

Recusei.

— Por quê?

— Doutor, por que razão, sem urgente necessidade, daremos pasto às más-línguas? Que se dirá...

— Tem razão — atalhou ele —; ao menos, faça-me uma coisa.

— O quê?

— Faça com que em casa de sua irmã possa Marcelina ir passar as poucas semanas de minha ausência.

— Isso com muito gosto.

Minha irmã concordou em receber a mulher do Dr. Belém, que daí a pouco saía da capital para o interior. Sua despedida foi terna e amigável para com ambos nós, a mulher e eu; fomos os dois, e mais minha irmã e meu cunhado, acompanhá-lo até certa distância, e voltamos para casa.

Pude então conversar com D. Marcelina, que me comunicou os seus receios a respeito da razão do marido. Dissuadi-a disso; já disse qual era a minha opinião a respeito do Dr. Belém.

Ela referiu-me então que a narração da morte da mulher, já ele lha havia feito, prometendo-lhe igual sorte no caso de faltar aos seus deveres.

— Nem as aparências te salvarão — acrescentou ele.

Disse-me mais que era seu costume beijar repetidas vezes o esqueleto da primeira mulher e dirigir-lhe muitas palavras de ternura e amor. Uma noite, estando a sonhar com ela, levantou-se da cama e foi abraçar o esqueleto pedindo-lhe perdão.

Em nossa casa todos eram de opinião que D. Marcelina não voltasse mais para a companhia do Dr. Belém. Eu era de opinião oposta.

— Ele é bom — dizia eu —, apesar de tudo; tem extravagâncias, mas é um bom coração.

No fim de um mês recebemos uma carta do doutor, em que dizia à mulher fosse ter ao lugar onde ele se achava, e que eu fizesse o favor de a acompanhar.

Recusei ir só com ela.

Minha irmã e meu cunhado ofereceram-se porém para acompanhá-la.

Fomos todos.

Havia entretanto uma recomendação na carta do doutor, recomendação essencial; ordenava ele à mulher que levasse consigo o esqueleto.

— Que esquisitice nova é essa? — disse meu cunhado.

— Há de ver — suspirou melancolicamente D. Marcelina — que o único motivo desta minha viagem são as saudades que ele tem do esqueleto.

Eu nada disse, mas pensei que assim fosse.

Saímos todos em demanda do lugar onde nos esperava o doutor.

Íamos já perto, quando ele nos apareceu e veio alegremente cumprimentar-nos. Notei que não tinha a ternura de costume com a mulher, antes me pareceu frio. Mas isso foi obra de pouco tempo; daí a uma hora voltara a ser o que sempre fora.

Passamos dois dias na pequena vila em que o doutor estava, dizia ele, para examinar umas plantas, porque também era botânico. Ao fim de dois dias dispúnhamos a voltar para a capital; ele porém pediu que nos demorássemos ainda vinte e quatro horas e voltaríamos todos juntos.

Acedemos.[24]

No dia seguinte de manhã convidou a mulher a ir ver umas lindas parasitas no mato que ficava perto. A mulher estremeceu, mas não ousou recusar.

— Vem também? — disse ele.

— Vou — respondi.

A mulher cobrou alma nova e deitou-me um olhar de agradecimento. O doutor sorriu à socapa.[25] Não compreendi logo o motivo do riso; mas daí a pouco tempo tinha a explicação.

Fomos ver as parasitas, ele adiante com a mulher, eu atrás de ambos, e todos três silenciosos.

Não tardou que um riacho aparecesse aos nossos olhos; mas eu mal pude ver o riacho; o que eu vi, o que me fez recuar um passo, foi um esqueleto.

---

[24] Concordamos.
[25] Dissimuladamente; de modo disfarçado.

Dei um grito.

— Um esqueleto! — exclamou D. Marcelina.

— Descansem — disse o doutor —, é o de minha primeira mulher.

— Mas...

— Trouxe-o esta madrugada para aqui.

Nenhum de nós compreendia nada.

O doutor sentou-se numa pedra.

— Alberto — disse ele — e tu, Marcelina. Outro crime devia ser cometido nesta ocasião; mas tanto te amo, Alberto, tanto te amei, Marcelina, que eu prefiro deixar de cumprir a minha promessa...

Ia interrompê-lo; mas ele não me deu ocasião.

— Vocês amam-se — disse ele.

Marcelina deu um grito; eu ia protestar.

— Amam-se que eu sei — continuou friamente o doutor —; não importa! É natural. Quem amaria um velho estúrdio[26] como eu? Paciência. Amem-se; eu só fui amado uma vez; foi por esta.

Dizendo isto, abraçou-se ao esqueleto.

— Doutor, pense no que está dizendo...

— Já pensei...

— Mas esta senhora é inocente. Não vê aquelas lágrimas?

— Conheço essas lágrimas; lágrimas não são argumentos. Amam-se, que eu sei; desejo que sejam felizes, porque eu fui e sou teu amigo, Alberto. Não merecia certamente isso...

— Oh! Meu amigo — interrompi eu —, veja bem o que está dizendo; já uma vez foi levado a cometer um crime por suspeitas que depois soube serem infundadas. Ainda hoje padece o remorso do que então fez. Reflita, veja bem se eu posso tolerar semelhante calúnia.

Ele encolheu os ombros, meteu a mão no bolso, e tirou um papel e deu-mo a ler. Era uma carta anônima; soube depois que fora escrita pelo Soares.

— Isto é indigno! — clamei.

— Talvez — murmurou ele.

E depois de um silêncio:

— Em todo o caso, minha resolução está assentada — disse o doutor. — Quero fazê-los felizes, e só tenho um meio: é deixá-los. Vou com a mulher que sempre me amou. Adeus!

O doutor abraçou o esqueleto e afastou-se de nós. Corri atrás dele; gritei; tudo foi inútil; ele metera-se no mato rapidamente, e demais a mulher ficara desmaiada no chão.

---

[26] Incomum; estranho.

Vim socorrê-la; chamei gente. Daí a uma hora, a pobre moça, viúva sem o ser, lavava-se em lágrimas de aflição.

## VI

Alberto acabara a história.

— Mas é um doido esse teu Dr. Belém! — exclamou um dos convivas rompendo o silêncio de terror em que ficara o auditório.

— Ele doido? — disse Alberto. — Um doido seria efetivamente se porventura esse homem tivesse existido. Mas o Dr. Belém não existiu nunca, eu quis apenas fazer apetite para tomar chá. Mandem vir o chá.

É inútil dizer o efeito desta declaração.

# O país das quimeras[1]

Arrependera-se Catão de haver ido algumas vezes por mar quando podia ir por terra. O virtuoso romano tinha razão.[2] Os carinhos de Anfitrite[3] são um tanto raivosos, e muitas vezes funestos. Os feitos marítimos dobram de valia por esta circunstância, e é também por esta circunstância que se esquivam de navegar as almas pacatas, ou, para falar mais decentemente, os espíritos prudentes e seguros.

Mas, para justificar o provérbio que diz: debaixo dos pés se levantam os trabalhos — a via terrestre não é absolutamente mais segura que a via marítima, e a história dos caminhos de ferro, pequena embora, conta já não poucos e tristes episódios.

Absorto nestas e noutras reflexões estava o meu amigo Tito, poeta aos vinte anos, sem dinheiro e sem bigode, sentado à mesa carunchosa[4] do trabalho, onde ardia silenciosamente uma vela.

Devo proceder ao retrato físico e moral do meu amigo Tito.

Tito não é nem alto nem baixo, o que equivale a dizer que é de estatura mediana, a qual estatura é aquela que se pode chamar francamente elegante na minha opinião. Possuindo um semblante angélico, uns olhos meigos e profundos, o nariz descendente legítimo e direto do de Alcibíades,[5] a boca graciosa, a fronte larga como o verdadeiro trono do pensamento, Tito pode servir de modelo à pintura e de objeto amado aos corações de quinze e mesmo de vinte anos.

Como as medalhas, e como todas as coisas deste mundo de compensações, Tito tem um reverso.[6] Oh! Triste coisa que é o reverso das medalhas! Podendo ser, do colo para cima, modelo à pintura, Tito é uma lastimosa pessoa no que toca ao resto. Pés prodigiosamente tortos, pernas zambras,[7] tais são os

---

[1] Quimera era um monstro mitológico com cabeça de leão, corpo de cabra e cauda de serpente; em sentido figurado, "quimera" pode significar ilusões, fantasias, maravilhas.
[2] Marco Pórcio Catão, ou Catão, o velho (234-149 a.C.). Segundo a narrativa de Lúcio Méstrio Plutarco (c. 46-120 d.C.), em *Vidas paralelas*, Catão somente se arrependeu de três coisas em sua vida: ter viajado uma vez por mar, quando poderia ter viajado por terra; ter confiado um segredo a uma mulher; e ter ficado um dia inteiro sem fazer nada.
[3] Anfitrite, na mitologia grega, é filha da ninfa Dóris e do deus Nereu, esposa do deus Poseidon e deusa dos mares.
[4] Em mau estado de conservação; muito gasta.
[5] Alcibíades Clínias Escambônidas (450-404 a.C.) foi um general e político ateniense.
[6] Um outro lado.
[7] Tortas; encurvadas.

contras que a pessoa do meu amigo oferece a quem se extasia diante dos magníficos prós da cara e da cabeça. Parece que a natureza se dividira para dar a Tito o que tinha de melhor e o que tinha de pior, e pô-lo na miserável e desconsoladora condição do pavão, que se enfeita e contempla radioso, mas cujo orgulho se abate e desfalece quando olha para as pernas e para os pés.

No moral Tito apresenta o mesmo aspecto duplo do físico. Não tem vícios, mas tem fraquezas de caráter que quebram, um tanto ou quanto, as virtudes que o enobrecem. É bom e tem a virtude evangélica da caridade; sabe, como o divino Mestre, partir o pão da subsistência e dar de comer ao faminto, com verdadeiro júbilo[8] de consciência e de coração. Não consta, além disso, que jamais fizesse mal ao mais impertinente bicho, ou ao mais insolente homem, duas coisas idênticas, nos curtos dias da sua vida. Pelo contrário, conta-se que a sua piedade e bons instintos o levaram uma vez a ficar quase esmagado, procurando salvar da morte uma galga[9] que dormia na rua, e sobre a qual ia quase passando um carro. A galga, salva por Tito, afeiçoou-se-lhe tanto que nunca mais o deixou; à hora em que o vemos absorto em pensamentos vagos está ela estendida sob a mesa a contemplá-lo grave e sisuda.[10]

Só há que censurar em Tito as fraquezas de caráter, e deve-se crer que elas são filhas mesmo das suas virtudes. Tito vendia outrora as produções da sua musa,[11] não por meio de uma permuta legítima de livro e moeda, mas por um meio desonroso e nada digno de um filho de Apolo.[12] As vendas que fazia eram absolutas, isto é, trocando por dinheiro os seus versos, o poeta perdia o direito da paternidade sobre essas produções. Só tinha um freguês; era um sujeito rico, maníaco pela fama de poeta, e que, sabendo da facilidade com que Tito rimava, apresentou-se um dia no modesto albergue do poeta e entabulou a negociação por estes termos:

— Meu caro, venho propor-lhe um negócio da China...
— Pode falar — respondeu Tito.
— Ouvi dizer que você fazia versos... É verdade?
Tito conteve-se a custo diante da familiaridade do tratamento, e respondeu:
— É verdade.
— Muito bem. Proponho-lhe o seguinte: compro-lhe por bom preço todos os seus versos, não os feitos, mas os que fizer de hoje em diante, com a condição de que os hei de dar à estampa como obra da minha lavra.[13] Não

---

[8] Alegria; contentamento.
[9] Cadela veloz.
[10] Séria; mal-humorada.
[11] A expressão "produções de sua musa" é o mesmo que poemas, poesias.
[12] O narrador designa os poetas "filhos de Apolo", já que esse deus, além de ser o deus sol, é também o da poesia e das artes.
[13] Ou seja, como "obras de minha autoria".

ponho outras condições ao negócio: advirto-lhe, porém, que prefiro as odes[14] e as poesias de sentimento. Quer?

Quando o sujeito acabou de falar, Tito levantou-se e com um gesto mandou-o sair. O sujeito pressentiu que, se não saísse logo, as coisas poderiam acabar mal. Preferiu tomar o caminho da porta, dizendo entre dentes: "Hás de procurar-me, deixa estar!".

O meu poeta esqueceu no dia seguinte a aventura da véspera, mas os dias passaram-se e as necessidades urgentes apresentaram-se à porta com o olhar suplicante e as mãos ameaçadoras. Ele não tinha recursos; depois de uma noite atribulada, lembrou-se do sujeito, e tratou de procurá-lo; disse-lhe quem era, e que estava disposto a aceitar o negócio; o sujeito, rindo-se com um riso diabólico, fez o primeiro adiantamento, sob a condição de que o poeta lhe levaria no dia seguinte uma ode aos polacos.[15] Tito passou a noite a arregimentar palavras sem ideia, tal era seu estado, e no dia seguinte levou a obra ao freguês, que a achou boa e dignou-se apertar-lhe a mão.

Tal é a face moral de Tito. A virtude de ser pagador em dia levava-o a mercar com os dons de Deus; e ainda assim vemos nós que ele resistiu, e só foi vencido quando se achou com a corda ao pescoço.

A mesa à qual Tito estava encostado era um traste velho e de lavor antigo; herdara-a de uma tia que lhe havia morrido fazia dez anos. Um tinteiro de osso, uma pena de ave, algum papel, eis os instrumentos de trabalho de Tito. Duas cadeiras e uma cama completavam a sua mobília. Já falei na vela e na galga.

À hora em que Tito se engolfava em reflexões e fantasias era noite alta. A chuva caía com violência, e os relâmpagos que de instante a instante rompiam o céu deixavam ver o horizonte pejado[16] de nuvens negras e túmidas.[17] Tito nada via, porque estava com a cabeça encostada nos braços, e estes sobre a mesa; e é provável que não ouvisse, porque se entretinha em refletir nos perigos que oferecem os diferentes modos de viajar.

Mas qual o motivo destes pensamentos em que se engolfava o poeta? É isso que eu vou explicar à legítima curiosidade dos leitores. Tito, como todos os homens de vinte anos, poetas e não poetas, sentia-se afetado da doença do amor. Uns olhos pretos, um porte senhoril, uma visão, uma criatura celestial, qualquer coisa por este teor, havia influído por tal modo no coração de Tito, que o pusera, pode-se dizer, à beira da sepultura. O amor em Tito começou

---

[14] Poema lírico feito para ser cantado; em geral, de tom alegre.
[15] Mesmo que poloneses.
[16] Carregado; repleto.
[17] Dilatadas; volumosas.

por uma febre; esteve três dias de cama, e foi curado (da febre e não do amor) por uma velha da vizinhança, que conhecia o segredo das plantas virtuosas, e que pôs o meu poeta de pé, com o que adquiriu mais um título à reputação de feiticeira, que os seus milagrosos curativos lhe haviam granjeado.[18]

Passado o período agudo da doença, ficou-lhe este resto de amor, que, apesar da calma e da placidez, nada perde da sua intensidade. Tito estava ardentemente apaixonado, e desde então começou a defraudar[19] o freguês das odes, subtraindo-lhe algumas estrofes inflamadas, que dedicava ao objeto dos seus íntimos pensamentos, tal qual como aquele Sr. d'Ofayel, dos amores leais e pudicos,[20] com quem se pareceu, não na sensaboria dos versos, mas no infortúnio amoroso.

O amor contrariado, quando não leva a um desdém sublime da parte do coração, leva à tragédia ou à asneira. Era nesta alternativa que se debatia o espírito do meu poeta. Depois de haver gasto em vão o latim das musas,[21] aventurou uma declaração oral à dama dos seus pensamentos. Esta ouviu-o com dureza d'alma, e quando ele acabou de falar disse-lhe que era melhor voltar à vida real, e deixar musas e amores, para cuidar do alinho[22] da própria pessoa. Não presuma o leitor que a dama de quem lhe falo tinha a vida tão desenvolta como a língua. Era, pelo contrário, um modelo da mais seráfica[23] pureza e do mais perfeito recato de costumes; recebera a educação austera[24] de seu pai, antigo capitão de milícias, homem de incrível boa-fé, que, neste século desabusado, ainda acreditava em duas coisas: nos programas políticos e nas cebolas do Egito.[25]

Desenganado de uma vez nas suas pretensões, Tito não teve força de ânimo para varrer da memória a filha do militar; e a resposta crua e desapiedada da moça estava-lhe no coração como um punhal frio e penetrante. Tentou

---

[18] Conquistado.

[19] Lesar; causar prejuízo.

[20] François Scalion de Virbluneau, senhor d'Ofayel, foi um poeta francês da segunda metade do século XVI. É autor de "Amores leais e pudicos de Scalion de Virbluneau", de 1599. Sabe-se muito pouco a respeito da vida desse autor.

[21] A expressão "gastar em vão o latim" significa "desperdiçar tempo com alguém que não compreende".

[22] Decoro; decência.

[23] Digno dos serafins, um tipo de anjo; belo; puro.

[24] Rígida.

[25] Referência ao livro bíblico de Números, 11:5, no qual há uma reclamação dos judeus pelo fato de que o maná, alimento dado por Deus a eles no deserto, após saírem do cativeiro egípcio, não se comparava às carnes temperadas com cebolas e alho, que comiam no Egito.

arrancá-lo, mas a lembrança, viva sempre, como ara[26] de Vesta,[27] trazia-lhe as fatais palavras ao meio das suas horas mais alegres ou menos tristes da sua vida, como aviso de que a sua satisfação não podia durar e que a tristeza era o fundo real dos seus dias. Era assim que os egípcios mandavam pôr um sarcófago no meio de um festim, como lembrança de que a vida é transitória, e que só na sepultura existe a grande e eterna verdade.

Quando, depois de voltar a si, Tito conseguiu encadear duas ideias e tirar delas uma consequência, dois projetos se lhe apresentaram, qual mais próprio a granjear-lhe a vilta[28] de pusilânime;[29] um concluía pela tragédia, outro pela asneira; triste alternativa dos corações não compreendidos! O primeiro desses projetos era simplesmente deixar este mundo; o outro limitava-se a uma viagem, que o poeta faria por mar ou por terra, a fim de deixar por algum tempo a capital.[30] Já o poeta abandonava o primeiro por achá-lo sanguinolento e definitivo; o segundo parecia-lhe melhor, mais consentâneo com a sua dignidade e sobretudo com os seus instintos de conservação. Mas qual o meio de mudar de sítio? Tomaria por terra? Tomaria por mar? Qualquer destes dois meios tinha seus inconvenientes. Estava o poeta nestas averiguações, quando ouviu que batiam à porta três pancadinhas. Quem seria? Quem poderia ir procurar o poeta àquela hora? Lembrou-se que tinha umas encomendas do homem das odes e foi abrir a porta disposto a ouvir resignado a muito plausível sarabanda[31] que ele lhe vinha naturalmente pregar. Mas, ó pasmo! Mal o poeta abriu a porta, eis que uma sílfide,[32] uma criatura celestial, vaporosa,[33] fantástica, trajando vestes alvas, nem bem de pano, nem bem de névoas, uma coisa entre as duas espécies, pés alígeros,[34] rosto sereno e insinuante, olhos negros e cintilantes, cachos loiros do mais leve e delicado cabelo, a caírem-lhe graciosos pelas espáduas[35] nuas, divinas, como as tuas, ó Afrodite![36] Eis que uma criatura assim invade o aposento do poeta e, estendendo a mão, ordena-lhe que feche a porta e tome assento à mesa.

---

[26] Espécie de altar onde se faziam sacrifícios.

[27] Segundo a mitologia latina, Vesta é a deusa romana do lar, correspondente à deusa grega Héstia.

[28] Palavra de injúria; insulto.

[29] Fraco; covarde.

[30] Cidade do Rio de Janeiro, capital do Império do Brasil.

[31] Advertência severa; repreensão.

[32] Na mitologia céltica e germânica, Sílfide é um gênio feminino do ar. No conto, por sentido figurado, significa também mulher esbelta; delicada.

[33] De aspecto tênue, aéreo.

[34] Velozes; rápidos.

[35] Ombros.

[36] Na mitologia, Afrodite é a deusa grega do amor e da beleza.

Tito estava assombrado. Maquinalmente voltou ao seu lugar sem tirar os olhos da visão. Esta sentou-se defronte dele e começou a brincar com a galga que dava mostras de não usado contentamento. Passaram-se nisto dez minutos; depois do que a peregrina singular criatura, cravando os seus olhos nos do poeta, perguntou-lhe com uma doçura de voz nunca ouvida:

— Em que pensas, poeta? Pranteias algum amor mal parado? Sofres com a injustiça dos homens? Dói-te a desgraça alheia, ou é a própria que te sombreia a fronte?[37]

Esta indagação era feita de um modo tão insinuante que Tito, sem inquirir o motivo da curiosidade, respondeu imediatamente:

— Penso na injustiça de Deus.

— É contraditória a expressão; Deus é a justiça.

— Não é. Se fosse teria repartido irmãmente a ternura pelos corações e não consentiria que um ardesse inutilmente pelo outro. O fenômeno da simpatia devia ser sempre recíproco, de maneira que a mulher não pudesse olhar com frieza para o homem, quando o homem levantasse olhos de amor para ela.

— Não és tu quem fala, poeta. É o teu amor-próprio ferido pela má paga do teu afeto. Mas de que te servem as musas? Entra no santuário da poesia, engolfa-te no seio da inspiração, esquecerás aí a dor da chaga que o mundo te abriu.

— Coitado de mim — respondeu o poeta —, que tenho a poesia fria, e apagada a inspiração!

— De que precisas tu para dar vida à poesia e à inspiração?

— Preciso do que me falta... e falta-me tudo.

— Tudo? És exagerado. Tens o selo[38] com que Deus te distinguiu dos outros homens e isso te basta. Cismavas em deixar esta terra?

— É verdade.

— Bem; venho a propósito. Queres ir comigo?

— Para onde?

— Que importa? Queres vir?

— Quero. Assim me distrairei. Partiremos amanhã. É por mar, ou por terra?

— Nem amanhã, nem por mar, nem por terra; mas hoje, e pelo ar.

Tito levantou-se e recuou. A visão levantou-se também.

— Tens medo? — perguntou ela.

— Medo, não, mas...

---

[37] Sombrear a fronte: preocupar a mente.
[38] Sinal particular; distinção.

— Vamos. Faremos uma deliciosa viagem.
— Vamos.

Não sei se Tito esperava um balão para a viagem aérea a que o convidava a inesperada visita; mas o que é certo é que os seus olhos se arregalaram prodigiosamente quando viu abrirem-se das espáduas da visão duas longas e brancas asas que ela começou a agitar e das quais caía uma poeira de ouro.

— Vamos — disse a visão.

Tito repetiu maquinalmente:

— Vamos!

E ela tomou-o nos braços, subiu com ele até o teto, que se rasgou, e passaram ambos, visão e poeta. A tempestade tinha, como por encanto, cessado; estava o céu limpo, transparente, luminoso, verdadeiramente celeste, enfim. As estrelas fulgiam[39] com a sua melhor luz, e um luar branco e poético caía sobre os telhados das casas e sobre as flores e a relva dos campos.

Os dois subiram.

Durou a ascensão algum tempo. Tito não podia pensar; ia atordoado, e subia sem saber para onde, nem a razão por quê. Sentia que o vento agitava os cabelos loiros da visão, e que eles lhe batiam docemente na face, do que resultava uma exalação celeste que embriagava e adormecia. O ar estava puro e fresco. Tito, que se havia distraído algum tempo da ocupação das musas no estudo das leis físicas, contava que, naquele subir continuado, breve chegariam a sentir os efeitos da rarefação da atmosfera. Engano dele! Subiam sempre, e muito, mas a atmosfera conservava-se sempre a mesma, e quanto mais ele subia melhor respirava.

Isto passou rápido pela mente do poeta. Como disse, ele não pensava; ia subindo sem olhar para a terra. E para que olharia para a terra? A visão não podia conduzi-lo senão ao céu.

Em breve começou Tito a ver os planetas fronte por fronte. Era já sobre a madrugada. Vênus, mais pálida e loira que de costume, ofuscava as estrelas com o seu clarão e com a sua beleza. Tito teve um olhar de admiração para a deusa da manhã.[40] Mas subiam, subiam sempre. Os planetas passavam à ilharga[41] do poeta, como se fossem corcéis desenfreados. Afinal penetraram em uma região inteiramente diversa das que haviam atravessado naquela assombrosa viagem. Tito sentiu expandir-se-lhe a alma na nova atmosfera. Seria aquilo o céu? O poeta não ousava perguntar, e mudo esperava o termo da viagem. À proporção que penetravam nessa região ia-se a alma do poeta

---

[39] Brilhavam; resplandeciam.
[40] O planeta Vênus é conhecido como "a estrela da manhã" e "estrela d'alva".
[41] Lado do corpo, dos quadris aos ombros.

rompendo em júbilo; daí a algum tempo entravam em um planeta; a fada depôs o poeta e começaram a fazer o trajeto a pé.

Caminhando, os objetos, até então vistos através de um nevoeiro, tomavam aspecto de coisas reais. Tito pôde ver então que se achava em uma nova terra, a todos os respeitos estranha: o primeiro aspecto vencia ao que oferece a poética Istambul[42] ou a poética Nápoles.[43] Mais entravam, porém, mais os objetos tomavam o aspecto da realidade. Assim chegaram à grande praça onde estavam construídos os reais paços.[44] A habitação régia era, por assim dizer, uma reunião de todas as ordens arquitetônicas, sem excluir a chinesa, sendo de notar que esta última fazia não mediana despesa na estrutura do palácio.

Tito quis sair da ânsia em que estava por saber em que país acabava de entrar, e aventurou uma pergunta à sua companheira.

— Estamos no país das Quimeras, respondeu ela.

— No país das Quimeras?

— Das Quimeras. País para onde viajam três quartas partes do gênero humano, mas que não se acha consignado[45] nas tábuas da ciência.

Tito contentou-se com a explicação. Mas refletiu sobre o caso. Por que motivo iria parar ali? A que era levado? Estava nisto quando a fada o advertiu de que eram chegados à porta do palácio. No vestíbulo havia uns vinte ou trinta soldados que fumavam em grosso cachimbo de escuma do mar, e que se embriagavam com outros tantos padixás,[46] na contemplação dos novelos de fumo azul e branco que lhes saíam da boca. À entrada dos dois houve continência militar. Subiram pela grande escadaria, e foram ter aos andares superiores.

— Vamos falar aos soberanos — disse a companheira do poeta. Atravessaram muitas salas e galerias. Todas as paredes, como no poema de Dinis, eram forradas de papel prateado e lantejoulas.[47]

Afinal penetraram na grande sala. O Gênio das Bagatelas,[48] de que fala Elpino, estava sentado em um trono de casquinha, tendo de ornamento dois

---

[42] Cidade da Turquia.
[43] Cidade da Itália.
[44] Palácios.
[45] Registrado; declarado.
[46] Título usado por alguns reis muçulmanos.
[47] Referência ao poeta António Dinis da Cruz e Silva (1731-1799), pseudônimo Elpino Nonacriense. A expressão "papel prateado e lantejoulas" está na 1ª estrofe, canto I, do poema *O Hissope*: "Num majestoso salão, todo coberto/ de papel prateado e lantejoulas/ se ajunta a grande corte; e ali, por ordem,/ assentando-se vai: aos pés do trono,/ de alambres e velórios embutido,/ a Lisonja se via e a Excelência".
[48] O Gênio das Bagatelas é um dos personagens do poema *O Hissope*.

pavões, um de cada lado. O próprio soberano tinha por coifa[49] um pavão vivo, atado pelos pés a uma espécie de solidéu,[50] maior que os dos nossos padres, o qual por sua vez ficava firme na cabeça por meio de duas largas fitas amarelas, que vinham atar-se debaixo dos reais queixos. Coifa idêntica adornava a cabeça dos gênios da corte, que correspondem aos viscondes deste mundo e que cercavam o trono do brilhante rei. Todos aqueles pavões, de minuto a minuto, armavam-se, apavoneavam-se e davam os guinchos do costume.

Quando Tito entrou na grande sala pela mão da visão, houve um murmúrio entre os fidalgos quiméricos. A visão declarou que ia apresentar um filho da terra. Seguiu-se a cerimônia da apresentação, que era uma enfiada[51] de cortesias, passagens e outras coisas quiméricas, sem excluir a formalidade do beija-mão. Não se pense que Tito foi o único a beijar a mão ao gênio soberano; todos os presentes fizeram o mesmo, porque, segundo Tito ouviu depois, não se dá naquele país o ato mais insignificante sem que esta formalidade seja preenchida.

Depois da cerimônia da apresentação perguntou o soberano ao poeta que tratamento tinha na terra, para dar-se-lhe cicerone[52] correspondente.

— Eu — disse Tito — tenho, se tanto, uma triste Mercê.[53]

— Só isso? Pois há de ter o desprazer de ser acompanhado pelo cicerone comum. Nós temos cá a Senhoria, a Excelência, a Grandeza,[54] e outras mais; mas, quanto à Mercê, essa, tendo habitado algum tempo este país, tornou-se tão pouco útil que julguei melhor despedi-la.

A este tempo a Senhoria e a Excelência, duas criaturas empertigadas, que se haviam aproximado do poeta, voltaram-lhe as costas, encolhendo os ombros e deitando-lhe um olhar de través com a maior expressão de desdém e pouco caso.

Tito quis perguntar à sua companheira o motivo deste ato daquelas duas quiméricas pessoas; mas a visão puxou-o pelo braço, e fez-lhe ver com um gesto que estava desatendendo ao Gênio das Bagatelas, cujos sobrolhos[55] se contraíram, como dizem os poetas antigos que se contraíam os de Júpiter Tonante.[56]

---

[49] Chapéu quadrangular rígido, usado por cardeais católicos.
[50] Pequeno chapéu de lã ou de seda, em forma de calota.
[51] Sequência de ações, acontecimentos.
[52] Pessoa que mostra e explica a visitantes ou a turistas os aspectos importantes ou curiosos de um determinado lugar; guia.
[53] "Mercê" é parte da forma de tratamento "Vossa Mercê", dada a pessoas comuns, que não tinham autoridade, e às quais não se tratava por tu.
[54] Formas de tratamento cerimoniosas.
[55] Sobrancelhas.
[56] Conforme a mitologia, Júpiter Tonante é o rei dos deuses do Olimpo, o Zeus dos gregos.

Neste momento entrou um bando de moçoilas frescas, lépidas,[57] bonitas e loiras... oh! mas de um loiro que se não conhece entre nós, os filhos da terra! Entraram elas a correr, com a agilidade de andorinhas que voam; e depois de apertarem galhofeiramente a mão aos gênios da corte foram ao Gênio soberano, diante de quem fizeram umas dez ou doze mesuras.[58]

Quem eram aquelas raparigas? O meu poeta estava de boca aberta. Indagou da sua guia, e soube. Eram as Utopias e as Quimeras que iam da terra, onde haviam passado a noite na companhia de alguns homens e mulheres de todas as idades e condições.

As Utopias e as Quimeras foram festejadas pelo soberano, que se dignou sorrir-lhes e bater-lhes na face. Elas alegres e risonhas receberam os carinhos reais como coisa que lhes era devida; e depois de dez ou doze mesuras, repetição das anteriores, foram-se da sala, não sem abraçarem ou beliscarem o meu poeta, que olhava espantado para elas sem saber por que se tornara objeto de tanta jovialidade. O seu espanto crescia de ponto quando ouvia a cada uma delas esta expressão muito usada nos bailes de máscaras: Eu te conheço!

Depois que saíram todas, o Gênio fez um sinal, e toda a atenção concentrou-se no soberano, a ver o que ia sair-lhe dos lábios. A expectativa foi burlada, porque o gracioso soberano apenas com um gesto indicou ao cicerone comum o mísero hóspede que daqui tinha ido. Seguiu-se a cerimônia da saída, que durou longos minutos, em virtude das mesuras, cortesias e beija-mão do estilo.

Os três, o poeta, a fada condutora e o cicerone, passaram à sala da rainha. A real senhora era uma pessoa digna de atenção a todos os respeitos; era imponente e graciosa; trajava vestido de gaze e roupa da mesma fazenda, borzeguins[59] de cetim alvo, pedras finas de todas as espécies e cores, nos braços, no pescoço e na cabeça; na cara trazia posturas finíssimas, e com tal arte, que parecia haver sido corada pelo pincel da natureza; dos cabelos recendiam ativos cosméticos e delicados óleos.

Tito não disfarçou a impressão que lhe causava um todo assim. Voltou-se para a companheira de viagem e perguntou como se chamava aquela deusa.

— Não a vê? — respondeu a fada. — Não vê as trezentas raparigas que trabalham em torno dela? Pois então? É a Moda, cercada de suas trezentas belas, caprichosas filhas.

A estas palavras Tito lembrou-se do Hissope. Não duvidava já de que estava no país das Quimeras; mas, raciocinou ele, para que Dinis falasse de

---

[57] Joviais; alegres; radiantes.
[58] Reverências; cumprimentos cerimoniosos.
[59] Espécie de bota, botina.

algumas destas coisas, é preciso que cá tivesse vindo e voltasse, como está averiguado. Portanto, não devo recear de cá ficar morando eternamente. Descansado por este lado, passou a atentar para os trabalhos das companheiras da rainha; eram umas novas modas que se estavam arranjando, para vir a este mundo substituir as antigas.

Houve apresentação com o cerimonial do estilo. Tito estremeceu quando pousou os lábios na mão fina e macia da soberana; esta não reparou, porque tinha na mão esquerda um psichê,[60] onde se mirava de momento em momento.

Impetraram os três licença para continuar a visita do palácio e seguiram pelas galerias e salas do alcáçar.[61] Cada sala era ocupada por um grupo de pessoas, homens ou mulheres, algumas vezes mulheres e homens, que se ocupavam nos diferentes misteres[62] de que estavam incumbidos pela lei do país, ou por ordem arbitrária do soberano. Tito percorria essas diversas salas com o olhar espantado, estranhando o que via, aquelas ocupações, aqueles costumes, aqueles caracteres. Em uma das salas um grupo de cem pessoas ocupava-se em adelgaçar[63] uma massa branca, leve e balofa.[64] "Naturalmente este lugar é a ucharia",[65] pensou Tito; "estão preparando alguma iguaria singular para o almoço do rei". Indagou do cicerone se havia acertado. O cicerone respondeu:

— Não, senhor; estes homens estão ocupados em preparar massa cerebral para um certo número de homens de todas as classes: estadistas, poetas, namorados, etc.; serve também a mulheres. Esta massa é especialmente para aqueles que, no seu planeta, vivem com verdadeiras disposições do nosso país, aos quais fazemos presente deste elemento constitutivo.

— É massa quimérica?

— Da melhor que se há visto até hoje.

— Pode ver-se?

O cicerone sorriu; chamou o chefe da sala, a quem pediu um pouco de massa. Este foi com prontidão ao depósito e tirou uma porção, que entregou a Tito. Mal o poeta a tomou das mãos do chefe desfez-se a massa, como se fora composta de fumo. Tito ficou confuso; mas o chefe, batendo-lhe no ombro:

— Vá descansado — disse —; nós temos à mão matéria-prima; é da nossa própria atmosfera que nos servimos; e a nossa atmosfera não se esgota.

---

[60] Um tipo de espelho grande, com moldura.
[61] Fortaleza; castelo.
[62] Ofícios; afazeres.
[63] Afinar.
[64] Fofa; elástica.
[65] Despensa; lugar para guardar mantimentos.

Este chefe tinha uma cara insinuante, mas, como todos os quiméricos, era sujeito a abstrações, de modo que Tito não pôde arrancar-lhe mais uma palavra, porque ele, ao dizer as últimas, começou a olhar para o ar e a contemplar o voo de uma mosca.

Este caso atraiu os companheiros, que se chegaram a ele e mergulharam-se todos na contemplação do alado inseto.

Os três continuaram caminho.

Mais adiante era uma sala onde muitos quiméricos, à roda de mesas, discutiam os diferentes modos de inspirar aos diplomatas e diretores deste nosso mundo os pretextos para encher o tempo e apavorar os espíritos com futilidades e espantalhos. Esses homens tinham ares de finos e espertos. Havia ordem do soberano para não se entrar naquela sala em horas de trabalho; uma guarda estava à porta. A menor distração daquele congresso seria considerada uma calamidade pública.

Andou o meu poeta de sala em sala, de galeria em galeria, aqui, visitando um museu, ali, um trabalho ou um jogo; teve tempo de ver tudo, de tudo examinar, com atenção e pelo miúdo. Ao passar pela grande galeria que dava para a praça, viu que o povo, reunido embaixo das janelas, cercava uma forca. Era uma execução que ia ter lugar.

— Crime de morte? — perguntou Tito, que tinha a nossa legislação na cabeça.

— Não — responderam-lhe —, crime de lesa-cortesia.

Era um quimérico que havia cometido o crime de não fazer a tempo e com graça uma continência; este crime é considerado naquele país como a maior audácia possível e imaginável. O povo quimérico contemplou a execução como se assistisse a um espetáculo de saltimbancos,[66] entre aplausos e gritos de prazer.

Entretanto era a hora do almoço real. À mesa do gênio soberano só se sentavam o rei, a rainha, dois ministros, um médico e a encantadora fada que havia levado o meu poeta àquelas alturas. A fada, antes de sentar-se à mesa, implorou do rei a mercê de admitir Tito ao almoço; a resposta foi afirmativa; Tito tomou assento. O almoço foi o mais sucinto e rápido que é possível imaginar. Durou alguns segundos, depois do que todos se levantaram, e abriu-se mesa para o jogo das reais pessoas; Tito foi assistir ao jogo; em roda da sala havia cadeiras, onde estavam sentadas as Utopias e as Quimeras; às costas dessas cadeiras empertigavam-se os fidalgos quiméricos, com os seus pavões e as suas vestiduras de escarlate. Tito aproveitou a ocasião para saber como é

---

[66] Artistas populares itinerantes; artistas de circo.

que o conheciam aquelas assanhadas raparigas. Encostou-se a uma cadeira e indagou da Utopia que se achava nesse lugar. Esta impetrou licença, e depois das formalidades do costume, retirou-se a uma das salas com o poeta, e aí perguntou-lhe:

— Pois deveras não sabes quem somos? Não nos conheces?

— Não as conheço, isto é, conheço-as agora, e isso dá-me verdadeiro pesar, porque quisera tê-las conhecido há mais tempo.

— Oh! Sempre poeta!

— É que deveras são de uma gentileza sem rival. Mas onde é que me viram?

— Em tua própria casa.

— Oh!

— Não te lembras? À noite, cansado das lutas do dia, recolhes-te ao aposento, e aí, abrindo velas ao pensamento, deixas-te ir por um mar sereno e calmo. Nessa viagem acompanham-te algumas raparigas... Somos nós, as Utopias, nós, as Quimeras.

Tito compreendeu afinal uma coisa que se lhe estava a dizer havia tanto tempo. Sorriu-se, e cravando os seus belos e namorados olhos nos da Utopia que tinha diante de si, disse:

— Ah! Sois vós, é verdade! Consoladora companhia que me distrai de todas as misérias e pesares. É no seio de vós que eu enxugo as minhas lágrimas. Ainda bem! Conforta-me ver-vos a todas de face e embaixo de forma palpável.

— E queres saber — tornou a Utopia — quem nos leva a todas para tua companhia? Olha, vê.

O poeta voltou a cabeça e viu a peregrina visão, sua companheira de viagem.

— Ah! É ela! — disse o poeta.

— É verdade. É a loira Fantasia, a companheira desvelada dos que pensam e dos que sentem.

A Fantasia e a Utopia entrelaçaram-se as mãos e olhavam para Tito. Este, como que enlevado, olhava para ambas. Durou isto alguns segundos; o poeta quis fazer algumas perguntas, mas quando ia falar reparou que as duas se haviam tornado mais delgadas e vaporosas. Articulou alguma coisa; porém, vendo que elas iam ficando cada vez mais transparentes, e distinguindo-lhes já pouco as feições, soltou estas palavras: — Então! Que é isto? Por que se desfazem assim? — Mais e mais as sombras desapareciam, o poeta correu à sala do jogo; espetáculo idêntico o esperava; era pavoroso; todas as figuras se desfaziam como se fossem feitas de névoa. Atônito e palpitante, Tito percorreu algumas galerias e afinal saiu à praça; todos os objetos estavam sofrendo a mesma transformação. Dentro de pouco Tito sentiu que lhe faltava apoio aos pés e viu que estava solto no espaço.

Nesta situação soltou um grito de dor. Fechou os olhos e deixou-se ir como se tivesse de encontrar por termo de viagem a morte.

Era na verdade o mais provável. Passados alguns segundos, Tito abriu os olhos e viu que caía perpendicularmente sobre um ponto negro que lhe parecia do tamanho de um ovo. O corpo rasgava como raio o espaço. O ponto negro cresceu, cresceu e cresceu até fazer-se do tamanho de uma esfera. A queda do poeta tinha alguma coisa de diabólica; ele soltava de vez em quando um gemido; o ar, batendo-lhe nos olhos, obrigava-o a fechá-los de instante a instante. Afinal, o ponto negro, que havia crescido, continuava a crescer, até aparecer ao poeta com o aspecto da terra. É a terra! — disse Tito consigo.

Creio que não haverá expressão humana para mostrar a alegria que sentiu aquela alma, perdida no espaço, quando reconheceu que se aproximava do planeta natal. Curta foi a alegria. Tito pensou, e pensou bem, que naquela velocidade quando tocasse em terra seria para nunca mais levantar. Teve um calafrio: viu a morte diante de si, e encomendou a alma a Deus. Assim foi, foi, ou antes, veio, veio, até que — milagre dos milagres! — caiu sobre uma praia, de pé, firme como se não houvesse dado aquele infernal salto.

A primeira impressão, quando se viu em terra, foi de satisfação; depois tratou de ver em que região do planeta se achava; podia ter caído na Sibéria ou na China; verificou que se achava a dois passos de casa. Apressou-se o poeta a voltar aos seus pacíficos lares.

A vela estava gasta; a galga, estendida sob a mesa, tinha os olhos fitos na porta. Tito entrou e atirou-se sobre a cama, onde adormeceu, refletindo no que lhe acabava de acontecer.

Desde então Tito possui um olhar de lince,[67] e diz, à primeira vista, se um homem traz na cabeça miolos ou massa quimérica. Devo declarar que poucos encontra que não façam provisão desta última espécie. Diz ele, e tenho razões para crer, que eu entro no número das pouquíssimas exceções. Em que pese aos meus desafeiçoados, não posso retirar a minha confiança de um homem que acaba de fazer tão pasmosa viagem, e que pôde olhar de face o trono cintilante do Rei das Bagatelas.

---

[67] Olhar aguçado.

# Virginius[1]

## I

(NARRATIVA DE UM ADVOGADO)

Não me correu tranquilo o São João de 185...[2]
Duas semanas antes do dia em que a Igreja celebra o evangelista, recebi pelo correio o seguinte bilhete, sem assinatura e de letra desconhecida:

> O Dr. *** é convidado a ir à vila de... tomar conta de um processo. O objeto é digno do talento e das habilitações do advogado. Despesas e honorários ser-lhe-ão satisfeitos antecipadamente, mal puser pé no estribo. O réu está na cadeia da mesma vila e chama-se Julião. Note que o Doutor é convidado a ir defender o réu.

Li e reli este bilhete; voltei-o em todos os sentidos; comparei a letra com todas as letras dos meus amigos e conhecidos... Nada pude descobrir.
Entretanto, picava-me a curiosidade. Luzia-me um romance através daquele misterioso e anônimo bilhete. Tomei uma resolução definitiva. Ultimei uns negócios, dei de mão outros, e oito dias depois de receber o bilhete tinha à porta um cavalo e um camarada para seguir viagem. No momento em que me dispunha a sair, entrou-me em casa um sujeito desconhecido, e entregou-me um rolo de papel contendo uma avultada soma, importância aproximada das despesas e dos honorários. Recusei apesar das instâncias, montei a cavalo e parti.
Só depois de ter feito algumas léguas é que me lembrei de que justamente na vila a que eu ia morava um amigo meu, antigo companheiro da academia, que se votara, oito anos antes, ao culto da deusa Ceres como se diz em linguagem poética.[3]

---

[1] Lucius Virginius foi um centurião (comandante militar) romano que matou a própria filha para que ela não se tornasse escrava de um decênviro (juiz) chamado Ápio Cláudio. A história é narrada pelo historiador romano Tito Lívio (59-17 d.C.), em sua obra *Desde a fundação da cidade* (c. 25 a.C.).
[2] O uso de lacunas em datas, nomes e lugares, marcadas com reticências, ou asteriscos, contribui para dar mais credibilidade à história, supostamente por tratar de assunto confidencial de um advogado.
[3] Na mitologia romana, Ceres é a deusa da agricultura. Portanto, a frase do narrador significa que o amigo dele foi cuidar de uma fazenda, de um negócio agrário.

Poucos dias depois apeava eu à porta do referido amigo. Depois de entregar o cavalo aos cuidados do camarada, entrei para abraçar o meu antigo companheiro de estudos, que me recebeu alvoroçado e admirado.

Depois da primeira expansão, apresentou-me ele à sua família, composta de mulher e uma filhinha, esta retrato daquela, e aquela retrato dos anjos.

Quanto ao fim da minha viagem, só lho expliquei depois que me levou para a sala mais quente da casa, onde foi ter comigo uma chávena[4] de excelente café. O tempo estava frio; lembro que estávamos em junho. Envolvi-me no meu capote, e a cada gota de café que tomava fazia uma revelação.

— A que vens? A que vens? — perguntava-me ele.

— Vais sabê-lo. Creio que há um romance para deslindar. Há quinze dias recebi no meu escritório, na corte,[5] um bilhete anônimo em que se me convidava com instância a vir a esta vila para tomar conta de uma defesa. Não pude conhecer a letra; era desigual e trêmula, como escrita por mão cansada...

— Tens o bilhete contigo?

— Tenho.

Tirei do bolso o misterioso bilhete e entreguei-o aberto ao meu amigo. Ele, depois de lê-lo, disse:

— É a letra de *Pai de todos*.

— Quem é *Pai de todos*?

— É um fazendeiro destas paragens, o velho Pio. O povo dá-lhe o nome de *Pai de todos*, porque o velho Pio o é na verdade.[6]

— Bem dizia eu que há romance no fundo!... Que faz esse velho para que lhe deem semelhante título?

— Pouca coisa. Pio é, por assim dizer, a justiça e a caridade fundidas em uma só pessoa. Só as grandes causas vão ter às autoridades judiciárias, policiais ou municipais; mas tudo o que não sai de certa ordem é decidido na fazenda de Pio, cuja sentença todos acatam e cumprem. Seja ela contra Pedro ou contra Paulo, Paulo e Pedro submetem-se, como se fora uma decisão divina. Quando dois contendores saem da fazenda de Pio, saem amigos. É caso de consciência aderir ao julgamento de *Pai de todos*.

— Isso é como juiz. O que é ele como homem caridoso?

— A fazenda de Pio é o asilo dos órfãos e dos pobres. Ali se encontra o que é necessário à vida: leite e instrução às crianças, pão e sossego aos adultos.

---

[4] Caneca ou xícara para tomar chá, café ou outra bebida.

[5] Corte era o termo usual na época para designar a cidade do Rio de Janeiro, capital do Império do Brasil.

[6] Ou seja, é mesmo um homem "pio", isto é, caridoso, bondoso.

Muitos lavradores nestas seis léguas cresceram e tiveram princípio de vida na fazenda de Pio. É a um tempo Salomão[7] e São Vicente de Paulo.[8]

Engoli a última gota de café, e fitei no meu amigo olhos incrédulos.

— Isso é verdade? — perguntei.

— Pois duvidas?

— É que me dói sair tantas léguas da corte, onde esta história encontraria incrédulos, para vir achar neste recanto do mundo aquilo que devia ser comum em toda parte.

— Põe de parte essas reflexões filosóficas. Pio não é um mito: é uma criatura de carne e osso; vive como vivemos; tem dois olhos, como tu e eu...

— Então esta carta é dele?

— A letra é.

— A fazenda fica perto?

O meu amigo levou-me à janela.

— Fica daqui a um quarto de légua — disse. — Olha, é por detrás daquele morro.

Nisto passava por baixo da janela um preto[9] montado em uma mula, sobre cujas ancas saltavam duas canastras.[10] O meu amigo debruçou-se e perguntou ao negro:[11]

— Teu senhor está em casa?

— Está, sim, senhor; mas vai sair.

O negro foi caminho, e nós saímos da janela.

— É escravo de Pio?

— Escravo é o nome que se dá; mas Pio não tem escravos, tem amigos. Olham-no todos como se fora um Deus. É que em parte alguma houve nunca mais brando e cordial tratamento a homens escravizados. Nenhum dos instrumentos de ignomínia[12] que por aí se aplicam para corrigi-los existe na fazenda de Pio. Culpa capital ninguém comete entre os negros da fazenda; a alguma falta venial[13] que haja, Pio aplica apenas uma repreensão tão cordial

---

[7] Salomão (c. 990-931 a.C.), terceiro rei de Israel, é o autor do livro bíblico de Cântico dos cânticos. Ficou famoso por sua sabedoria e riqueza, e por ter construído o Templo de Jerusalém.

[8] Vincent de Paul (1581-1660), ou Vicente de Paulo, foi um padre católico francês, tornado santo pelo papa Clemente XII, em 1737.

[9] Na época da história, estava em vigor o regime escravocrata no Império do Brasil. O termo "preto" era usado na época para se referir de modo genérico a um escravo.

[10] Um tipo de cesto quadrangular.

[11] Isto é, escravo.

[12] Degradação; vergonha. O personagem pode estar se referindo tanto a instrumentos de tortura quanto a castigos humilhantes, que eram aplicados aos escravos.

[13] Venial é um tipo de pecado considerado leve; falta perdoável.

e tão amiga, que acaba por fazer chorar o delinquente. Ouve mais: Pio estabeleceu entre os seus escravos uma espécie de concurso que permite a um certo número libertar-se todos os anos. Acreditarás tu que lhes é indiferente viver livres ou escravos na fazenda, e que esse estímulo não decide nenhum deles, sendo que, por natural impulso, todos se portam dignos de elogios?

O meu amigo continuou a desfiar as virtudes do fazendeiro. Meu espírito apreendia-se cada vez mais de que eu ia entrar em um romance. Finalmente o meu amigo dispunha-se a contar-me a história do crime em cujo conhecimento devia eu entrar daí a poucas horas. Detive-o.

— Não — disse-lhe —, deixa-me saber de tudo por boca do próprio réu. Depois compararei com o que me contarás.

— É melhor. Julião é inocente...

— Inocente?

— Quase.

Minha curiosidade estava excitada ao último ponto. Os autos não me tinham tirado o gosto pelas novelas, e eu achava-me feliz por encontrar no meio da prosa judiciária, de que andava cercado, um assunto digno da pena de um escritor.

— Onde é a cadeia? — perguntei.

— É perto — respondeu-me —; mas agora é quase noite; melhor é que descanses; amanhã é tempo.

Atendi a este conselho. Entrou nova porção de café. Tomamo-lo entre recordações do passado, que muitas eram. Juntos vimos florescer as primeiras ilusões, e juntos vimos dissiparem-se as últimas. Havia de que encher, não uma, mas cem noites. Aquela passou-se rápida, e mais ainda depois que a família toda veio tomar parte em nossa íntima confabulação. Por uma exceção, de que fui causa, a hora de recolher foi a meia-noite.

— Como é doce ter um amigo! — dizia eu pensando no Conde de Maistre,[14] e retirando-me para o quarto que me foi destinado.

## II

No dia seguinte, ainda vinha rompendo a manhã, já eu me achava de pé. Entrou no meu quarto um escravo com um grande copo de leite tirado minutos antes. Em poucos goles o devorei. Perguntei pelo amigo; disse-me o escravo que já se achava de pé. Mandei-o chamar.

---

[14] Referência a Joseph de Maistre (1763-1852), filósofo e escritor.

— Será cedo para ir à cadeia? — perguntei mal o vi assomar à porta do quarto.

— Muito cedo. Que pressa tamanha! É melhor aproveitarmos a manhã, que está fresca, e irmos dar um passeio. Passaremos pela fazenda de Pio.

Não me desagradou a proposta. Acabei de vestir-me e saímos ambos. Duas mulas nos esperavam à cancela, espertas e desejosas de trotar. Montamos e partimos.

Três horas depois, já quando o sol dissipara as nuvens de neblina que cobriam os morros como grandes lençóis, estávamos de volta, tendo eu visto a bela casa e as esplêndidas plantações da fazenda do velho Pio. Foi este o assunto do almoço.

Enfim, dado ao corpo o preciso descanso, e alcançada a necessária licença, dirigi-me à cadeia para falar ao réu Julião.

Sentado em uma sala onde a luz entrava escassamente, esperei que chegasse o misterioso delinquente. Não se demorou muito. No fim de um quarto de hora estava diante de mim. Dois soldados ficaram à porta.

Mandei sentar o preso, e, antes de entrar em interrogatório, empreguei uns cinco minutos em examiná-lo.

Era um homem trigueiro,[15] de mediana estatura, magro, débil de forças físicas, mas com uma cabeça e um olhar indicativos de muita energia moral e alentado ânimo.

Tinha um ar de inocência, mas não da inocência abatida e receosa; parecia antes que se glorificava com a prisão, e afrontava a justiça humana, não com a impavidez[16] do malfeitor, mas com a daquele que confia na justiça divina.

Passei a interrogá-lo, começando pela declaração de que eu ia para defendê-lo. Disse-lhe que nada ocultasse dos acontecimentos que o levaram à prisão; e ele, com uma rara placidez de ânimo, contou-me toda a história do seu crime.

Julião fora um daqueles a quem a alma caridosa de Pio dera sustento e trabalho. Suas boas qualidades, a gratidão, o amor, o respeito com que falava e adorava o protetor não ficaram sem uma paga valiosa. Pio, no fim de certo tempo, deu a Julião um sítio que ficava pouco distante da fazenda; para lá fora morar Julião com uma filha menor, cuja mãe morrera em consequência dos acontecimentos que levaram Julião a recorrer à proteção do fazendeiro.

Tinha a pequena sete anos. Era, dizia Julião, a mulatinha mais formosa daquelas dez léguas em redor. Elisa, era o nome da pequena, completava a trindade do culto de Julião, ao lado de Pio e da memória da mãe finada.

---

[15] Moreno.
[16] Coragem.

Laborioso por necessidade e por gosto, Julião bem depressa viu frutificar o seu trabalho. Ainda assim não descansava. Queria, quando morresse, deixar um pecúlio[17] à filha. Morrer sem deixá-la amparada era o sombrio receio que o perseguia. Podia acaso contar com a vida do fazendeiro esmoler?[18]

Este tinha um filho, mais velho três anos que Elisa. Era um bom menino, educado sob a vigilância de seu pai, que desde os tenros anos inspirava-lhe aqueles sentimentos a que devia a sua imensa popularidade.

Carlos e Elisa viviam quase sempre juntos, naquela comunhão da infância que não conhece desigualdades nem condições. Estimavam-se deveras, a ponto de sentirem profundamente quando foi necessário a Carlos ir cursar as primeiras aulas.

Trouxe o tempo as divisões, e anos depois, quando Carlos apeou à porta da fazenda com uma carta de bacharel na algibeira, uma esponja se passara sobre a vida anterior. Elisa, já mulher, podia avaliar os nobres esforços de seu pai, e concentrara todos os afetos de sua alma no mais respeitoso amor filial. Carlos era homem. Conhecia as condições da vida social, e desde os primeiros gestos mostrou que abismo separava o filho do protetor da filha do protegido.

O dia da volta de Carlos foi dia de festa na fazenda do velho Pio. Julião tomou parte na alegria geral, como toda a gente, pobre ou remediada, dos arredores. E a alegria não foi menos pura em nenhum: todos sentiam que a presença do filho do fazendeiro era a felicidade comum.

Passaram-se os dias. Pio não se animava a separar-se de seu filho para que este seguisse uma carreira política, administrativa ou judiciária. Entretanto, notava-lhe muitas diferenças em comparação com o rapaz que, anos antes, lhe saíra de casa. Nem ideias, nem sentimentos, nem hábitos eram os mesmos. Cuidou que fosse um resto da vida escolástica,[19] e esperou que a diferença da atmosfera que voltava a respirar e o espetáculo da vida simples e chã da fazenda o restabelecessem.

O que o magoava sobretudo era que o filho bacharel não buscasse os livros, onde pudesse, procurando novos conhecimentos, entreter uma necessidade indispensável para o gênero de vida que ia encetar.[20] Carlos não tinha mais que uma ocupação e uma distração: a caça. Levava dias e dias a correr o mato em busca de animais para matar, e nisso fazia consistir todos os cuidados, todos os pensamentos, todos os estudos.

---

[17] Patrimônio.
[18] Doador de esmolas, caridades.
[19] Escolar; de estudante.
[20] Principiar; começar.

Ao meio-dia era certo vê-lo chegar ao sítio de Julião, e aí descansar um bocado, conversando sobranceiro com a filha do infatigável lavrador. Este chegava, trocava algumas palavras de respeitosa estima com o filho de Pio, oferecia-lhe parte do seu modesto jantar, que o moço não aceitava, e discorria, durante a refeição, sobre os objetos relativos à caça.

Passavam as coisas assim sem alteração de natureza alguma.

Um dia, ao entrar em casa para jantar, Julião notou que sua filha parecia triste. Reparou, e viu-lhe os olhos vermelhos de lágrimas. Perguntou o que era. Elisa respondeu que lhe doía a cabeça; mas durante o jantar, que foi silencioso, Julião observou que sua filha enxugava furtivamente algumas lágrimas. Nada disse; mas, terminado o jantar, chamou-a para junto de si, e com palavras brandas e amigas exigiu-lhe que dissesse o que tinha. Depois de muita relutância, Elisa falou:

— Meu pai, o que eu tenho é simples. O Sr. Carlos, em quem comecei a notar mais amizade que ao princípio, declarou-me hoje que gostava de mim, que eu devia ser dele, que só ele me poderia dar tudo quanto eu desejasse, e muitas outras coisas que eu nem pude ouvir, tal foi o espanto com que ouvi as suas primeiras palavras. Declarei-lhe que não pensasse coisas tais. Insistiu; repeli-o... Então tomando um ar carrancudo, saiu, dizendo-me:

— Hás de ser minha!

Julião estava atônito. Inquiriu sua filha sobre todas as particularidades da conversa referida. Não lhe restava dúvida acerca dos maus intentos de Carlos. Mas como de um tão bom pai pudera sair tão mau filho?, perguntava ele. E esse próprio filho não era bom antes de ir para fora? Como exprobrar-lhe[21] a sua má ação? E poderia fazê-lo? Como evitar a ameaça? Fugir do lugar em que morava o pai não era mostrar-se ingrato? Todas estas reflexões passaram pelo espírito de Julião. Via o abismo a cuja borda estava, e não sabia como escapar-lhe.

Finalmente, depois de animar e tranquilizar sua filha, Julião saiu, de plano feito, na direção da fazenda, em busca de Carlos.

Este, rodeado por alguns escravos, fazia limpar várias espingardas de caça. Julião, depois de cumprimentá-lo alegremente, disse que lhe queria falar em particular. Carlos estremeceu; mas não podia deixar de ceder.

— Que me queres, Julião? — disse depois de se afastar um pouco do grupo.

Julião respondeu:

— Sr. Carlos, venho pedir-lhe uma coisa, por alma de sua mãe!... Deixe minha filha sossegada.

— Mas que lhe fiz eu? — titubeou Carlos.

---

[21] Criticar; censurar; proibir.

— Oh! Não negue, porque eu sei.

— Sabe o quê?

— Sei da sua conversa de hoje. Mas o que passou, passou. Fico sendo seu amigo, mais ainda, se me não perseguir a pobre filha que Deus me deu... Promete?

Carlos esteve calado alguns instantes. Depois:

— Basta — disse —; confesso-te, Julião, que era uma loucura minha de que me arrependo. Vai tranquilo: respeitarei tua filha como se fosse morta.

Julião, na sua alegria, quase beijou as mãos de Carlos. Correu à casa e referiu a sua filha a conversa que tivera com o filho de *Pai de todos*. Elisa, não só por si como por seu pai, estimou o pacífico desenlace.

Tudo parecia ter voltado à primeira situação. As visitas de Carlos eram feitas nas horas em que Julião se achava em casa, e além disso, a presença de uma parenta velha, convidada por Julião, parecia tornar impossível nova tentativa de parte de Carlos.

Uma tarde, quinze dias depois do incidente que narrei acima, voltava Julião da fazenda do velho Pio. Era já perto da noite. Julião caminhava vagarosamente, pensando no que lhe faltaria ainda para completar o pecúlio de sua filha. Nessas divagações, não reparou que anoitecera. Quando deu por si, ainda se achava umas boas braças distante de casa. Apressou o passo. Quando se achava mais perto, ouviu uns gritos sufocados. Deitou a correr e penetrou no terreiro que circundava a casa. Todas as janelas estavam fechadas; mas os gritos continuavam cada vez mais angustiosos. Um vulto passou-lhe pela frente e dirigiu-se para os fundos. Julião quis segui-lo; mas os gritos eram muitos, e de sua filha. Com uma força difícil de crer em corpo tão pouco robusto, conseguiu abrir uma das janelas. Saltou, e eis o que viu:

A parenta que convidara a tomar conta da casa estava no chão, atada, amordaçada, exausta. Uma cadeira quebrada, outras em desordem.

— Minha filha! — exclamou ele.

E atirou-se para o interior.

Elisa debatia-se nos braços de Carlos, mas já sem forças nem esperanças de obter misericórdia.

No momento em que Julião entrava por uma porta, entrava por outra um indivíduo mal conceituado no lugar, e até conhecido por assalariado nato de todas as violências. Era o vulto que Julião vira no terreiro. E outros havia ainda, que apareceram a um sinal dado pelo primeiro, mal Julião entrou no lugar em que se dava o triste conflito da inocência com a perversidade.

Julião teve tempo de arrancar Elisa dos braços de Carlos. Cego de raiva, travou de uma cadeira e ia atirar-lha, quando os capangas, entrados a este tempo, o detiveram.

Carlos voltara a si da surpresa que lhe causara a presença de Julião. Recobrando o sangue-frio, cravou os olhos odiendos no desventurado pai, e disse-lhe com voz sumida:

— Hás de pagar-me!

Depois, voltando-se para os ajudantes das suas façanhas, bradou:

— Amarrem-no!

Em cinco minutos foi obedecido. Julião não podia lutar contra cinco.

Carlos e quatro capangas saíram. Ficou um de vigia.

Uma chuva de lágrimas rebentou dos olhos de Elisa. Doía-lhe na alma ver seu pai atado daquele modo. Não era já o perigo a que escapara o que a comovia; era não poder abraçar seu pai livre e feliz. E por que estaria atado? Que intentava Carlos fazer? Matá-lo? Estas lúgubres[22] e aterradoras ideias passaram rapidamente pela cabeça de Elisa. Entre lágrimas comunicou-as a Julião.

Este, calmo, frio, impávido, tranquilizou o espírito de sua filha, dizendo-lhe que Carlos poderia ser tudo, menos um assassino.

Seguiram-se alguns minutos de angustiosa espera. Julião olhava para sua filha e parecia refletir. Depois de algum tempo, disse:

— Elisa, tens realmente a tua desonra por uma grande desgraça?

— Oh! Meu pai! — exclamou ela.

— Responde: se te faltasse a pureza que recebeste do céu, considerar-te-ias a mais infeliz de todas as mulheres?

— Sim, sim, meu pai!

Julião calou-se.

Elisa chorou ainda. Depois voltou-se para a sentinela deixada por Carlos e quis implorar-lhe misericórdia. Foi atalhada por Julião.

— Não peças nada — disse este. — Só há um protetor para os infelizes: é Deus. Há outro depois dele; mas esse está longe... Ó *Pai de todos*, que filho te deu o Senhor!...

Elisa voltou para junto de seu pai.

— Chega-te para mais perto — disse este.

Elisa obedeceu.

Julião tinha os braços atados; mas podia mover, ainda que pouco, as mãos. Procurou afagar Elisa, tocando-lhe as faces e beijando-lhe a cabeça. Ela inclinou-se e escondeu o rosto no peito de seu pai.

A sentinela não dava fé do que se passava. Depois de alguns minutos do abraço de Elisa e Julião, ouviu-se um grito agudíssimo. A sentinela correu aos dois. Elisa caíra completamente, banhada em sangue.

---

[22] Fúnebres; tristes.

Julião tinha procurado a custo apoderar-se de uma faca de caça deixada por Carlos sobre uma cadeira. Apenas o conseguiu, cravou-a no peito de Elisa. Quando a sentinela correu para ele, não teve tempo de evitar o segundo golpe, com que Julião tornou mais profunda e mortal a primeira ferida. Elisa rolou no chão nas últimas convulsões.

— Assassino! — clamou a sentinela.

— Salvador!... salvei minha filha da desonra!

— Meu pai!... — murmurava a pobre pequena expirando.

Julião, voltando-se para o cadáver, disse, derramando duas lágrimas, duas só, mas duas lavas rebentadas do vulcão de sua alma:

— Dize a Deus, minha filha, que te mandei mais cedo para junto dele para salvar-te da desonra.

Depois fechou os olhos e esperou.

Não tardou que entrasse Carlos, acompanhado de uma autoridade policial e vários soldados.

Saindo da casa de Julião, teve a ideia danada de ir declarar à autoridade que o velho lavrador tentara contra a vida dele, razão por que teve de lutar, e conseguira deixá-lo amarrado.

A surpresa de Carlos e dos policiais foi grande. Não cuidavam encontrar o espetáculo que a seus olhos se ofereceu. Julião foi preso. Não negou o crime. Somente reservou-se para contar as circunstâncias dele na ocasião competente.

A velha parenta foi desatada, desamordaçada e conduzida à fazenda de Pio.

Julião, depois de contar-me toda a história cujo resumo acabo de fazer, perguntou-me:

— Diga-me, senhor doutor, pode ser meu advogado? Não sou criminoso?

— Serei seu advogado. Descanse, estou certo de que os juízes reconhecerão as circunstâncias atenuantes do delito.

— Oh! não é isso que me aterroriza. Seja ou não condenado pelos homens, é coisa que nada monta para mim. Se os juízes não forem pais, não me compreenderão, e então é natural que sigam os ditames da lei. Não matarás, é dos mandamentos, eu bem sei...

Não quis magoar a alma do pobre pai continuando naquele diálogo. Despedi-me dele e disse que voltaria depois.

Saí da cadeia alvoroçado. Não era romance, era tragédia o que eu acabava de ouvir. No caminho as ideias se me clarearam. Meu espírito voltou-se vinte e três séculos atrás, e pude ver, no seio da sociedade romana, um caso idêntico ao que se dava na vila de \*\*\*.

Todos conhecem a lúgubre tragédia de Virginius. Tito Lívio, Diodoro de Sicília[23] e outros antigos falam dela circunstanciadamente. Foi essa tragédia a precursora da queda dos decênviros.[24] Um destes, Ápio Cláudio, apaixonou-se por Virgínia, filha de Virginius. Como fosse impossível de tomá-la por simples simpatia, determinou o decênviro empregar um meio violento. O meio foi escravizá-la. Peitou um sicofanta,[25] que apresentou-se aos tribunais reclamando a entrega de Virgínia, sua escrava. O desventurado pai, não conseguindo comover nem por seus rogos, nem por suas ameaças, travou de uma faca de açougue e cravou-a no peito de Virgínia.

Pouco depois caíam os decênviros e restabelecia-se o consulado.[26]

No caso de Julião não havia decênviros para abater nem cônsules para levantar; mas havia a moral ultrajada e a malvadez triunfante. Infelizmente estão ainda longe, esta da geral repulsão, aquela do respeito universal.

### III

Fazendo todas estas reflexões, encaminhava-me eu para a casa do amigo em que estava hospedado. Ocorreu-me uma ideia, a de ir à fazenda de Pio, autor do bilhete que me chamara da corte, e de quem eu podia saber muita coisa mais.

Não insisto em observar a circunstância de ser o velho fazendeiro quem se interessava pelo réu e pagava as despesas da defesa nos tribunais. Já o leitor terá feito essa observação, realmente honrosa para aquele deus da terra.

O sol, apesar da estação, queimava suficientemente o viandante.[27] Ir a pé à fazenda, quando podia ir a cavalo, era ganhar fadiga e perder tempo sem proveito. Fui à casa e mandei aprontar o cavalo. O meu hóspede não estava em casa. Não quis esperá-lo, e sem mais companhia dirigi-me para a fazenda.

Pio estava em casa. Mandei-lhe dizer que uma pessoa da corte desejava falar-lhe. Fui recebido *incontinenti*.[28]

Achei o velho fazendeiro em conversa com um velho padre. Pareciam, tanto o secular como o eclesiástico, dois verdadeiros soldados do Evangelho

---

[23] Diodoro da Sicília (c. 90-30 a.C.), foi um historiador grego.
[24] Decênviro era cada um dos dez juízes superiores da República Romana, encarregados de redigir as leis de base romanas. Eles governaram Roma por um breve período: o 1º decenvirato foi em 451 a.C.; e o 2º, entre 450 e 449 a.C.
[25] Acusador; delator.
[26] Período em que a República Romana era governada por cônsules.
[27] Viajante; caminhante.
[28] Imediatamente.

combinando-se para a mais extensa prática do bem. Tinham ambos a cabeça branca, o olhar sereno, a postura grave e o gesto despretensioso. Transluzia-lhes nos olhos a bondade do coração. Levantaram-se quando apareci e vieram cumprimentar-me.

O fazendeiro era quem chamava mais a minha atenção, pelo que ouvira dizer dele ao meu amigo e ao pai de Elisa. Pude observá-lo durante alguns minutos. Era impossível ver aquele homem e não adivinhar o que ele era. Com uma palavra branda e insinuante disse-me que diante do capelão não tinha segredos, e que eu dissesse o que tinha para dizer. E começou por me perguntar quem era eu. Disse-lho; mostrei-lhe o bilhete, declarando que sabia ser dele, razão por que o procurara.

Depois de algum silêncio disse-me:

— Já falou ao Julião?

— Já.

— Conhece então toda a história?

— Sei do que ele me contou.

— O que ele lhe contou é o que se passou. Foi uma triste história que me envelheceu ainda mais em poucos dias. Reservou-me o céu aquela tortura para o último quartel da vida. Soube o que fez. É sofrendo que se aprende. Foi melhor. Se meu filho havia de esperar que eu morresse para praticar atos tais com impunidade, bom foi que o fizesse antes, seguindo-se assim ao delito o castigo que mereceu.

A palavra *castigo* impressionou-me. Não me pude ter e disse-lhe:

— Fala em castigo. Pois castigou seu filho?

— Pois então? Quem é o autor da morte de Elisa?

— Oh!... isso não — disse eu.

— Não foi autor, foi causa. Mas quem foi o autor da violência à pobre pequena? Foi decerto meu filho.

— Mas esse castigo?...

— Descanse — disse o velho adivinhando a minha indiscreta inquietação. — Carlos recebeu um castigo honroso, ou, por outra, sofre como castigo aquilo que devia receber como honra. Eu o conheço. Os cômodos da vida que teve, a carta que alcançou pelo estudo, e certa dose de vaidade que todos nós recebemos do berço, e que o berço lhe deu a ele em grande dose, tudo isso é que o castiga neste momento, porque tudo foi desfeito pelo gênero de vida que lhe fiz adotar. Carlos é agora soldado.

— Soldado! — exclamei eu.

— É verdade. Objetou-me que era doutor. Disse-lhe que devia lembrar-se de que o era quando penetrou na casa de Julião. A muito pedido, mandei-o para o Sul, com promessa jurada, e avisos particulares e reiterados, de que, mal chegasse ali, assentasse praça em um batalhão de linha. Não é um castigo honroso? Sirva a sua pátria, e guarde a fazenda e a honra dos seus concidadãos: é o melhor meio de aprender a guardar a honra própria.

Continuamos em nossa conversa durante duas horas quase. O velho fazendeiro mostrava-se magoadíssimo sempre que volvíamos a falar do caso de Julião. Depois que lhe declarei que tomava conta da causa em defesa do réu, instou comigo para que nada poupasse a fim de alcançar a diminuição da pena de Julião. "Se for preciso", dizia ele, "apreciar com as considerações devidas o ato de meu filho, não se acanhe: esqueça-se de mim, porque eu também me esqueço de meu filho".

Cumprimentei aquela virtude romana, despedi-me do padre, e saí, depois de prometer tudo o que me foi pedido.

## IV

— Então, falaste a Julião? — perguntou o meu amigo quando me viu entrar em casa.

— Falei, e falei também ao *Pai de todos*... Que história, meu amigo!... Parece um sonho.

— Não te disse?... E defendes o réu?

— Com toda a certeza.

Fui jantar, e passei o resto da tarde conversando acerca do ato de Julião e das virtudes do fazendeiro.

Poucos dias depois instalou-se o júri onde tinha de comparecer Julião.

De todas as causas, era aquela a que mais medo me fazia; não que eu duvidasse das atenuantes do crime, mas porque receava não estar na altura da causa.

Toda a noite da véspera foi para mim de verdadeira insônia. Enfim raiou o dia marcado para o julgamento de Julião. Levantei-me, comi pouco e distraído, e vesti-me. Entrou-me no quarto o meu amigo.

— Lá te vou ouvir — disse-me ele abraçando.

Confessei-lhe os meus receios; mas ele, para animar-me, entreteceu uma grinalda de elogios que eu mal pude ouvir, no meio das minhas preocupações.

Saímos.

Dispenso os leitores da narração do que se passou no júri. O crime foi provado pelo depoimento das testemunhas; nem Julião o negou nunca. Mas apesar de tudo, da confissão e da prova testemunhal, auditório, jurados, juiz e promotor, todos tinham pregados no réu olhos de simpatia, admiração e compaixão.

A acusação limitou-se a referir o depoimento das testemunhas, e quando, terminando o seu discurso, teve de pedir a pena para o réu, o promotor mostrava-se envergonhado de estar trêmulo e comovido.

Tocou-me a vez de falar. Não sei o que disse. Sei que as mais ruidosas provas de adesão surgiam no meio do silêncio geral. Quando terminei, dois homens invadiram a sala e abraçaram-me comovidos: o fazendeiro e o meu amigo.

Julião foi condenado a dez anos de prisão. Os jurados tinham ouvido a lei, e igualmente, talvez, o coração.

## V

No momento em que escrevo estas páginas, Julião, tendo já cumprido a sentença, vive na fazenda de Pio. Pio não quis que ele voltasse ao lugar em que se dera a catástrofe, e fá-lo residir ao pé de si.

O velho fazendeiro tinha feito recolher as cinzas de Elisa em uma urna, ao pé da qual vão ambos orar todas as semanas.

Aqueles dois pais, que assistiram ao funeral das suas esperanças, acham-se ligados intimamente pelos laços do infortúnio.

Na fazenda fala-se sempre de Elisa, mas nunca de Carlos. Pio é o primeiro a não magoar o coração de Julião com a lembrança daquele que o levou a matar sua filha.

Quanto a Carlos, vai resgatando como pode o crime com que atentou contra a honra de uma donzela e contra a felicidade de dois pais.

# Casada e viúva

## I

No dia em que José de Meneses recebeu por mulher Eulália Martins, diante do altar-mor da matriz do Sacramento, na presença das respectivas famílias, aumentou-se com mais um a lista dos casais felizes.

Era impossível amar-se mais do que se amavam aqueles dois. Nem me atrevo a descrevê-lo. Imagine-se a fusão de quatro paixões amorosas das que a fábula e a história nos dão conta e ter-se-á a medida do amor de José de Meneses por Eulália e de Eulália por José de Meneses.

As mulheres tinham inveja à mulher feliz, e os homens riam dos sentimentos, um tanto piegas, do apaixonado marido. Mas os dois filósofos do amor relevaram à humanidade as suas fraquezas e resolveram protestar contra elas amando-se ainda mais.

Mal contava um mês de casado, sentiu José de Meneses, em seu egoísmo de noivo feliz, que devia fugir à companhia e ao rumor da cidade. Foi procurar uma chácara na Tijuca, e lá se encafuou com Eulália.

Ali viam correr os dias no mais perfeito descuido, respirando as auras puras da montanha, sem inveja dos maiores potentados da terra.

Um ou outro escolhido conseguiu às vezes penetrar no santuário em que os dois viviam, e de cada vez que de lá saía vinha com a convicção mais profunda de que a felicidade não podia estar em outra parte senão no amor.

Acontecia, pois, que, se as mulheres invejavam Eulália e se os homens riam de José de Meneses, as mães, as mães previdentes, a espécie santa, no dizer de E. Augier,[1] nem riam nem se deixavam dominar pelo sexto pecado mortal:[2] pediam simplesmente a Deus que lhes deparasse às filhas um marido da estofa[3] e da capacidade de José de Meneses.

Mas cumpre dizer, para inspirar amor a maridos tais como José de Meneses, era preciso mulheres tais como Eulália Martins. Eulália em alma e corpo era o que há de mais puro unido ao que há de mais belo. Tanto era um milagre de beleza carnal, como era um prodígio de doçura, de elevação e de sinceridade de sentimentos. E, sejamos francos, tanta coisa junta não se encontra a cada passo.

---

[1] Émile Augier (1820-1889), poeta e dramaturgo francês.
[2] Ou seja, o pecado ao infringir o sexto mandamento: "Não cometerás adultério".
[3] Classe; tipo.

Nenhuma nuvem sombreava o céu azul da existência do casal Meneses. Minto, de vez em quando, uma vez por semana apenas, e isto só depois de cinco meses de casados, Eulália derramava algumas lágrimas de impaciência por se demorar mais do que costumava o amante José de Meneses. Mas não passava isso de uma chuva de primavera, que, mal assomava o sol à porta, cessava para deixar aparecer as flores do sorriso e a verdura do amor. A explicação do marido já vinha sobreposse;[4] mas ele não deixava de dá-la apesar dos protestos de Eulália; era sempre excesso de trabalho que pedia a presença dele na cidade até uma parte da noite.

Ano e meio viveram assim os dois, ignorados do resto do mundo, ébrios da felicidade e da solidão.

A família tinha aumentado com uma filha no fim de dez meses. Todos que são pais sabem o que é esta felicidade suprema. Aqueles quase enlouqueceram. A criança era um mimo de graça angélica. Meneses via nela o riso de Eulália, Eulália achava que os olhos eram os de Meneses. E neste combate de galanteios passavam as horas e os dias.

Ora, uma noite, como o luar estivesse claro e a noite fresquíssima, os dois, marido e mulher, deixaram a casa, onde a pequena ficara adormecida, e foram conversar junto ao portão, sentados em cadeiras de ferro e debaixo de uma viçosa latada, *sub tegmine fagi*.[5]

Meia hora havia que ali estavam, lembrando o passado, saboreando o presente e construindo o futuro, quando parou um carro na estrada.

Voltaram os olhos e viram descer duas pessoas, um homem e uma mulher.

— Há de ser aqui — disse o homem olhando para a chácara de Meneses. Neste momento o luar deu em cheio no rosto da mulher. Eulália exclamou:

— É Cristiana!

E correu para a recém-chegada.

Os dois novos personagens eram o Capitão Nogueira e Cristiana Nogueira, mulher do capitão.

O encontro foi o mais cordial do mundo. Nogueira era já amigo de José de Meneses, cujo pai fora colega dele na escola militar, andando ambos a estudar engenharia. Isto quer dizer que Nogueira era já homem dos seus quarenta e seis anos.

Cristiana era uma moça de vinte e cinco anos, robusta, corada, uma dessas belezas da terra, muito apreciáveis, mesmo para quem goza uma das belezas do céu, como acontecia a José de Meneses.

---

[4] Sem naturalidade; sem espontaneidade.
[5] Sob a sombra de uma faia. Trata-se de um fragmento do primeiro verso da "Écloga I", do poeta latino Virgílio (71-19 a.C.).

Vinham de Minas, onde se haviam casado.

Nogueira, cinco meses antes, saíra para aquela província a serviço do Estado e ali encontrou Cristiana, por quem se apaixonou e a quem soube inspirar uma estima respeitosa. Se eu dissesse amor, mentia, e eu tenho por timbre contar as coisas como as coisas são.

Cristiana, órfã de pai e mãe, vivia na companhia de um tio, homem velho e impertinente, achacado de duas moléstias gravíssimas: um reumatismo crônico e uma saudade do regime colonial. Devo explicar esta última enfermidade; ele não sentia que o Brasil se tivesse feito independente; sentia que, fazendo-se independente, não tivesse conservado a forma de governo absoluto. Gorou o ovo, dizia ele, logo depois de adotada a constituição. E protestando interiormente contra o que se fizera, retirou-se para Minas Gerais, donde nunca mais saiu. A esta ligeira notícia do tio de Cristiana acrescentarei que era rico como um Potosi[6] e avarento como Harpagão.[7]

Entrando na fazenda do tio de Cristiana e sentindo-se influído pela beleza desta, Nogueira aproveitou-se da doença política do fazendeiro para lisonjeá-la com umas fomentações de louvor do passado e indignação pelo presente. Em um servidor do Estado atual das coisas, achou o fazendeiro que era aquilo uma prova de rara independência, e o estratagema do capitão surtiu duas vantagens: o fazendeiro deu-lhe a sobrinha e mais um bom par de contos de réis. Nogueira, que só visava a primeira, achou-se felicíssimo por ter alcançado ambas. Ora, é certo que, sem as opiniões forjadas no momento pelo capitão, o velho fazendeiro não tiraria à sua fortuna um ceitil[8] que fosse.

Quanto a Cristiana, se não sentia pelo capitão um amor igual ou mesmo inferior ao que lhe inspirava, votava-lhe uma estima respeitosa. E o hábito, desde Aristóteles[9] todos reconhecem isto, e o hábito, aumentando a estima de Cristiana, dava à vida doméstica do Capitão Nogueira uma paz, uma tranquilidade, um gozo brando, digno de tanta inveja como era o amor sempre violento do casal Meneses.

Voltando à corte,[10] Cristiana esperava uma vida mais própria aos seus anos de moça do que a passada na fazenda mineira na companhia fastidiosa

---

[6] Cidade da Bolívia, fundada em 1546, que produziu uma grande quantidade de riqueza em prata.
[7] Harpagão é o protagonista da peça *O avarento*, do dramaturgo francês Molière (1622-1673).
[8] Moeda portuguesa de pouco valor, do tempo de D. João I (1385-1433).
[9] Aristóteles (384-322 a.C.), filósofo grego. Foi aluno de Platão e professor de Alexandre, o Grande.
[10] Referência à cidade do Rio de Janeiro, capital do Império do Brasil no século XIX.

do reumático legitimista.[11] Pouco que pudessem alcançar as suas ilusões, era já muito em comparação com o passado.

Dadas todas estas explicações, continuo a minha história.

## II

Deixo ao espírito do leitor ajuizar como seria o encontro de amigos que se não veem há muito.

Cristiana e Eulália tinham muito que contar uma à outra, e, em sala à parte, ao pé do berço em que dormia a filha de José de Meneses, deram largas à memória, ao espírito e ao coração. Quanto a Nogueira e José de Meneses, depois de narrada a história do respectivo casamento e suas esperanças de esposos, entraram, um na exposição das suas impressões de viagem, o outro na das impressões que deveria ter em uma viagem que projetava.

Passaram-se deste modo as horas até que o chá reuniu a todos quatro à roda da mesa de família. Esquecia-me dizer que Nogueira e Cristiana declararam desde o princípio que, tendo chegado pouco havia, tencionavam demorar-se uns dias em casa de Meneses até que pudessem arranjar na cidade ou nos arrabaldes uma casa conveniente.

Meneses e Eulália ouviram isto, pode-se dizer que de coração alegre. Foi decretada a instalação dos dois viajantes. Tarde se levantaram da mesa, onde o prazer de se verem juntos os prendia insensivelmente. Guardaram o muito que ainda havia a dizer para os outros dias e recolheram-se.

— Conhecia José de Meneses? — perguntou Nogueira a Cristiana ao retirar-se para os seus aposentos.

— Conhecia de casa de meu pai. Ele ia lá há oito anos.

— É uma bela alma!

— E Eulália!

— Ambos! Ambos! É um casal feliz!

— Como nós — acrescentou Cristiana abraçando o marido.

No dia seguinte, foram os dois maridos para a cidade, e ficaram as duas mulheres entregues aos seus corações.

De volta, disse Nogueira ter encontrado casa; mas era preciso arranjá-la,[12] e foi marcado para os arranjos o prazo de oito dias.

Os seis primeiros dias deste prazo correram na maior alegria, na mais perfeita intimidade. Chegou-se a aventar a ideia de ficarem os quatro habitando

---

[11] Defensor do direito de sucessão dos nobres portugueses sobre o território do Brasil.
[12] Isto é, consertá-la; reformá-la.

juntos. Foi Meneses o autor da ideia. Mas Nogueira alegou ter necessidade de casa própria e especial, visto como esperava alguns parentes do Norte.

Enfim, no sétimo dia, isto é, na véspera de se separarem os dois casais, estava Cristiana passeando no jardim, à tardinha, em companhia de José de Meneses, que lhe dava o braço. Depois de trocarem muitas palavras sobre coisas totalmente indiferentes à nossa história, José de Meneses fixou o olhar na sua interlocutora e aventurou estas palavras:

— Não tem saudade do passado, Cristiana?

A moça estremeceu, abaixou os olhos e não respondeu.

José de Meneses insistiu. A resposta de Cristiana foi:

— Não sei; deixe-me!

E forcejou por tirar o braço do de José de Meneses; mas este reteve-a.

— Que susto pueril! Onde quer ir? Meto-lhe medo?

Nisto parou ao portão um moleque[13] com duas cartas para José de Meneses. Os dois passavam neste momento em frente do portão. O moleque fez entrega das cartas e retirou-se sem exigir resposta.

Meneses fez os seguintes raciocínios: — Lê-las imediatamente era dar lugar a que Cristiana se evadisse para o interior da casa; não sendo as cartas de grande urgência, visto que o portador não exigira resposta, não havia grande necessidade de lê-las imediatamente. Portanto guardou as cartas cuidadosamente para lê-las depois.

E de tudo isto conclui o leitor que Meneses tinha mais necessidade de falar a Cristiana do que curiosidade de ler as cartas.

Acrescentarei, para não dar azo aos esmerilhadores de inverossimilhanças,[14] que Meneses conhecia muito bem o portador[15] e sabia ou presumia saber de que tratavam as cartas em questão.

Guardadas as cartas, e sem tirar o braço a Cristiana, Meneses continuou o passeio e a conversação.

Cristiana estava confusa e trêmula. Durante alguns passos não trocaram uma palavra.

Finalmente, Meneses rompeu o silêncio perguntando a Cristiana:

— Então, que me responde?

— Nada — murmurou a moça.

— Nada! — exclamou Meneses. — Nada! Era então esse o amor que me tinha?

---

[13] Na época em que se passa a narrativa ainda havia escravidão no Brasil. "Moleque" era como eram chamados os escravos muito jovens, ainda meninos.

[14] Ou seja, para não dar razão aos críticos literários.

[15] Alguém encarregado de guardar, entregar e receber cartas.

Cristiana levantou os olhos espantados para Meneses. Depois, procurando de novo tirar o braço do de Meneses, murmurou:

— Perdão, devo recolher-me.

Meneses reteve-a de novo.

— Ouça-me primeiro — disse. — Não lhe quero fazer mal algum. Se me não ama, pode dizê-lo, não me zangarei; receberei essa confissão como o castigo do passo que dei, casando minha alma que se não achava solteira.

— Que estranha linguagem é essa? — disse a moça. — A que vem essa recordação de uma curta fase da nossa vida, de um puro brinco da adolescência?

— Fala de coração?

— Pois, como seria?

— Ah! Não me faça crer que um perjúrio...[16]

— Perjúrio!...

A moça sorriu-se com desdém. Depois continuou:

— Perjúrio é isto que faz. Perjúrio é trazer enganada a mais casta e a mais digna das mulheres, a mais digna, ouve? Mais digna do que eu, que ainda o ouço e lhe respondo.

E dizendo isto Cristiana tentou fugir.

— Onde vai? — perguntou Meneses. — Não vê que está agitada? Poderia fazer nascer suspeitas. Demais, pouco tenho a dizer-lhe. É uma despedida. Nada mais, em nenhuma ocasião, ouvirá de minha boca. Supunha que através dos tempos e das adversidades tivesse conservado pura e inteira a lembrança de um passado que nos fez felizes. Vejo que me enganei. Nenhum dos caracteres superiores que eu enxergava em seu coração tinha existência real. Eram simples criações do meu espírito demasiado crédulo. Hoje que se desfaz o encanto, e que eu posso ver toda a enormidade da fraqueza humana, deixe-me dizer-lhe, perdeu um coração e uma existência que não merecia. Saio-me com honra de um combate em que não havia igualdade de forças. Saio puro. E, se no meio do desgosto em que me fica a alma, é-me lícito trazê-la à lembrança, será como um sonho esvaecido, sem objeto real na terra.

Estas palavras foram ditas em um tom sentimental e como que estudado para a ocasião.

Cristiana estava aturdida.[17] Lembrava-se que em vida de seu pai, tinha ela quinze anos, houvera entre ela e José de Meneses um desses namoros de criança, sem consequência, em que o coração empenha-se menos que a fantasia.

---

[16] Falso juramento.
[17] Com a mente atordoada; desnorteada.

Com que direito vinha hoje Meneses reivindicar um passado cuja lembrança, se alguma havia, era indiferente e sem alcance?

Estas reflexões pesaram no espírito de Cristiana. A moça expô-las em algumas palavras cortadas pela agitação em que se achava, e pelas interrupções dramáticas de Meneses.

Depois, como aparecesse Eulália à porta da casa, a conversa foi interrompida.

A presença de Eulália foi um alívio para o espírito de Cristiana. Mal a viu, correu para ela, e convidou-a a passear pelo jardim, antes que anoitecesse.

Se Eulália pudesse nunca suspeitar da fidelidade de seu marido, veria na agitação de Cristiana um motivo para indagações e atribulações. Mas a alma da moça era límpida e confiante, dessa confiança e limpidez que só dá o verdadeiro amor.

Deram as duas o braço, e dirigiram-se para uma alameda de casuarinas,[18] situada na parte oposta àquela em que ficara passeando José de Meneses.

Este, perfeitamente senhor de si, continuou a passear como que entregue a suas reflexões. Seus passos, em aparência vagos e distraídos, procuravam a direção da alameda em que andavam as duas.

Depois de poucos minutos encontraram-se como que por acaso.

Meneses, que ia de cabeça baixa, simulou um ligeiro espanto e parou.

As duas pararam igualmente.

Cristiana tinha a cara voltada para o lado. Eulália, com um divino sorriso, perguntou:

— Em que pensas, meu amor?

— Em nada.

— Não é possível — retorquiu Eulália.

— Penso em tudo.

— O que é tudo?

— Tudo? É o teu amor.

— Deveras?

E voltando-se para Cristiana, Eulália acrescentou:

— Olha, Cristiana, já viste um marido assim? É o rei dos maridos. Traz sempre na boca uma palavra amável para sua mulher. É assim que deve ser. Não esqueça nunca estes bons costumes, ouviu?

Estas palavras alegres e descuidosas foram ouvidas distraidamente por Cristiana. Meneses tinha os olhos cravados na pobre moça.

---

[18] Tipo de árvore ornamental, usada para decoração de jardins.

— Eulália — disse ele —, parece que D. Cristiana está triste.

Cristiana estremeceu.

Eulália voltou-se para a amiga e disse:

— Triste! Já assim me pareceu. É verdade, Cristiana? Estarás triste?

— Que ideia! Triste por quê?

— Ora, pela conversa que há pouco tivemos — respondeu Meneses.

Cristiana fitou os olhos em Meneses. Não podia compreendê-lo e não adivinhava onde queria ir o marido de Eulália.

Meneses, com o maior sangue-frio, acudiu à interrogação muda que as duas pareciam fazer.

— Eu contei a D. Cristiana o assunto da única novela que li em minha vida. Era um livro interessantíssimo. O assunto é simples, mas comovente. É uma série de torturas morais por que passa uma moça a quem esqueceu juramentos feitos na mocidade. Na vida real este fato é uma coisa mais que comum; mas tratado pelo romancista toma um tal caráter que chega a assustar o espírito mais refratário às impressões. A análise das atribulações da ingrata é feita por mão de mestre. O fim do romance é mais fraco. Há uma situação forçada... uma carta que aparece... Umas coisas... Enfim, o melhor é o estudo profundo e demorado da alma da formosa perjura. D. Cristiana é muito impressível...

— Oh! Meu Deus! — exclamou Eulália. — Só por isto?

Cristiana estava ofegante. Eulália, assustada por vê-la em tal estado, convidou-a a recolher-se. Meneses apressou-se a dar-lhe o braço e dirigiram-se os três para casa. Eulália entrou antes dos dois. Antes de pôr pé no primeiro degrau da escada de pedra que dava acesso à casa, Cristiana disse a Meneses, em voz baixa e concentrada:

— É um bárbaro!

Entraram todos. Era já noite. Cristiana reparou que a situação era falsa e tratou de desfazer os cuidados, ou porventura as más impressões que tivessem ficado a Eulália depois do desconchavo de Meneses. Foi a ela, com o sorriso nos lábios:

— Pois, deveras — disse ela —, acreditaste que eu ficasse magoada com a história? Foi uma impressão que passou.

Eulália não respondeu.

Este silêncio não agradou nem a Cristiana, nem a Meneses. Meneses contava com a boa-fé de Eulália, única explicação de ter adiantado aquela história tão fora de propósito. Mas o silêncio de Eulália teria a significação que lhe deram os dois? Parecia ter, mas não tinha. Eulália achou estranha a história e a comoção de Cristiana; mas, entre todas as explicações que lhe ocorressem, a infidelidade de Meneses seria a última, e ela nem passou da primeira. *Sancta simplicitas!*[19]

A conversa continuou fria e indiferente até a chegada de Nogueira. Seriam então nove horas. Serviu-se o chá, depois do que todos se recolheram. Na manhã seguinte, como disse acima, deviam partir Nogueira e Cristiana.

A despedida foi como é sempre a despedida de pessoas que se estimam. Cristiana fez os esforços maiores para que no espírito de Eulália não surgisse o menor desgosto; e Eulália, que não usava mal, mal não cuidou na história da noite anterior. Despediram-se todos com promessa jurada de se visitarem a miúdo.

## III

Passaram-se quinze dias depois das cenas que narrei acima. Durante esse tempo nenhum dos personagens que nos ocupam tiveram ocasião de se falarem. Não obstante pensavam muito uns nos outros, por saudade sincera, por temor do futuro e por frio cálculo de egoísmo, cada qual pensando segundo os seus sentimentos.

Cristiana refletia profundamente sobre a sua situação. A cena do jardim era para ela um prenúncio de infelicidade, cujo alcance não podia avaliar, mas que lhe parecia inevitável. Entretanto, que tinha ela no passado? Um simples amor de criança, desses amores passageiros e sem consequências. Nada dava direito a Meneses para reivindicar juramentos firmados por corações extremamente juvenis, sem consciência da gravidade das coisas. E demais, o casamento de ambos não invalidara esse passado invocado agora?

Refletindo deste modo, Cristiana era levada às últimas consequências. Ela estabelecia em seu espírito o seguinte dilema: ou a reivindicação do passado feita por Meneses era sincera ou não. No primeiro caso era a paixão concentrada que fazia irrupção no fim de tanto tempo, e Deus sabe onde poderiam ir os seus efeitos. No segundo caso, era simples cálculo de abjeta lascívia;[20] mas então, se mudara a natureza dos sentimentos do marido de Eulália, não mudava a situação nem desapareciam as apreensões do futuro.

---

[19] "Santa ingenuidade!", frase latina que supostamente teria sido a última pronunciada por João Huss (1369-1415), precursor do movimento protestante, quando viu uma velhinha lançar um machado de lenha na fogueira em que ele era queimado. Muito tempo depois, o escritor alemão Johann Wolfgang von Goethe (1749-1832) utilizou a mesma expressão em sua peça *Fausto*, quando Mefistófeles questiona Fausto por desconsiderar a chance de apresentar falso testemunho (Parte I, "Uma rua", v. 3.037).

[20] Sensualidade exagerada e reprovável.

Era preciso ter a alma profundamente mirrada[21] para iludir daquele modo uma mulher virtuosa tentando contra a virtude de outra mulher.

Em honra de Cristiana devo acrescentar que os seus temores eram menos por ela que por Eulália. Estando segura de si, o que ela temia era que a felicidade de Eulália se anuviasse, e a pobre moça viesse a perder aquela paz do coração que a fazia invejada de todos.

Apreciando estes fatos à luz da razão prática, se julgarmos legítimos os temores de Cristiana, julgaremos exageradas as proporções que ela dava ao ato de Meneses. O ato de Meneses reduz-se, afinal de contas, a um ato comum, praticado todos os dias, no meio da tolerância geral e até do aplauso de muitos. Certamente que isso não lhe dá virtude, mas tira-lhe o mérito da originalidade.

No meio das preocupações de Cristiana tomara lugar a carta a que Meneses aludira. Que carta seria essa? Alguma dessas confidências que o coração da adolescência facilmente traduz no papel. Mas os termos dela? Em qualquer dos casos do dilema apresentado acima Meneses podia usar da carta, a que talvez faltasse a data e sobrassem expressões ambíguas para supô-la de feitura recente.

Nada disto escapava a Cristiana. E com tudo isto entristecia. Nogueira reparou na mudança que apresentava sua mulher e interrogou-a carinhosamente. Cristiana nada lhe quis confiar, porque uma leve esperança lhe fazia crer às vezes que a consciência de sua honra teria por prêmio a tranquilidade e a felicidade. Mas o marido, não alcançando nada e vendo-a continuar na mesma tristeza, entristecia-se também e desesperava. Que podia desejar Cristiana?, pensava ele. Na incerteza e na angústia da situação lembrou-se de ter com Eulália para que esta ou o informasse, ou, como mulher, alcançasse de Cristiana o segredo das suas concentradas mágoas. Eulália marcou o dia em que iria à casa de Nogueira, e este saiu da chácara da Tijuca animado por algumas esperanças.

Ora, nesse dia apresentou-se pela primeira vez em casa de Cristiana o exemplar José de Meneses. Apareceu como a estátua do comendador.[22] A pobre moça, ao vê-lo, ficou aterrada. Estava só. Não sabia que dizer quando à porta da sala assomou a figura mansa e pacífica de Meneses. Nem se levantou. Olhou-o fixamente e esperou.

---

[21] Ressecada; apagada.
[22] Referência à ópera *Don Giovanni*, de Wolfgang Amadeus Mozart (1756-1791), com libreto de Lorenzo da Ponte (1749-1838). Na parte final da ópera, aparece de repente uma estátua do Comendador, personagem que já estava morto. Essa aparição assusta a todos, menos a Don Giovanni, que se mantém calmo, mas é levado pela estátua para o inferno.

Meneses parou à porta e disse com um sorriso nos lábios:

— Dá licença?

Depois, sem esperar resposta, dirigiu-se para Cristiana; estendeu-lhe a mão e recebeu a dela fria e trêmula. Puxou cadeira e sentou-se ao pé dela familiarmente.

— Nogueira saiu? — perguntou depois de alguns instantes, descalçando as luvas.

— Saiu — murmurou a moça.

— Tanto melhor. Tenho então tempo para dizer-lhe duas palavras.

A moça fez um esforço e disse:

— Também eu tenho para dizer-lhe duas palavras.

— Ah! sim. Ora bem, cabe às damas a precedência. Sou todo ouvidos.

— Possui alguma carta minha?

— Possuo uma.

— É um triste documento, porque, respondendo a sentimentos de outro tempo, se eram sentimentos dignos deste nome, de nada pode valer hoje. Todavia, desejo possuir esse escrito.

— Vejo que não tem hábito de argumentar. Se a carta em questão não vale nada, por que deseja possuí-la?

— É um capricho.

— Capricho, se existe algum, é o de tratar por cima do ombro um amor sincero e ardente.

— Falemos de outra coisa.

— Não; falemos disto, que é essencial.

Cristiana levantou-se.

— Não posso ouvi-lo — disse ela.

Meneses segurou-lhe em uma das mãos e procurou retê-la. Houve uma pequena luta. Cristiana ia tocar a campainha que se achava sobre uma mesa, quando Meneses deixou-lhe a mão e levantou-se.

— Basta — disse ele —; escusa de chamar seus fâmulos.[23] Talvez que ache grande prazer em pô-los na confidência de um amor que não merece. Mas eu é que me não exponho ao ridículo depois de me expor à baixeza. É baixeza, sim; não devia mendigar para o coração o amor de quem não sabe compreender os grandes sentimentos. Paciência; fique com a sua traição; eu ficarei com o meu amor; mas procurarei esquecer o objeto dele para lembrar-me da minha dignidade.

---

[23] Empregados domésticos; criados.

Depois desta tirada dita em tom sentimental e lacrimoso, Meneses encostou-se a uma cadeira como para não cair. Houve um silêncio entre os dois. Cristiana falou em primeiro lugar.

— Não tenho direito, nem dever, nem vontade de averiguar a extensão e a sinceridade desse amor; mas deixe que eu lhe observe; o seu casamento e a felicidade que parece gozar nele protestam contra as alegações de hoje.

Meneses levantou a cabeça, e disse:

— Oh! Não me exprobre o meu casamento! Que queria que eu fizesse quando uma pobre moça me caiu nos braços declarando amar-me com delírio? Apoderou-se de mim um sentimento de compaixão; foi todo o meu crime. Mas neste casamento não empenhei tudo; dei a Eulália o meu nome e minha proteção; não lhe dei nem o meu coração nem o meu amor.

— Mas essa carta?

— A carta será para mim uma lembrança, nada mais; uma espécie de espectro do amor que existiu, e que me consolará no meio das minhas angústias.

— Preciso da carta!

— Não!

Neste momento entrou precipitadamente na sala a mulher de Meneses. Vinha pálida e trêmula. Ao entrar trazia na mão duas cartas abertas. Não pôde deixar de dar um grito ao ver a atitude meio suplicante de Cristiana e o olhar terno de Meneses. Deu um grito e caiu sobre o sofá. Cristiana correu para ela.

Meneses, lívido como a morte, mas cheio de uma tranquilidade aparente, deu dois passos e apanhou as cartas que caíram da mão de Eulália. Leu-as rapidamente. Descompuseram-se-lhe as feições. Deixou Cristiana prestar os seus cuidados de mulher a Eulália e foi para a janela. Aí fez em tiras miúdas as duas cartas, e esperou, encostado à grade, que passasse a crise de sua mulher.

Eis aqui o que se passara.

Os leitores sabem que era aquele dia destinado à visita de Eulália a Cristiana, visita de que só Nogueira tinha conhecimento.

Eulália deixou que Meneses viesse para a cidade e mandou aprontar um carro para ir à casa de Cristiana. Entretanto, assaltou-lhe uma ideia. Se seu marido voltasse para casa antes dela? Não queria causar-lhe impaciências ou cuidados, e arrependia-se de nada lhe ter dito com antecipação. Mas era forçoso partir. Enquanto se vestia ocorreu-lhe um meio. Deixar escritas duas linhas a Meneses dando-lhe parte de que saíra, e dizendo-lhe para que fim. Redigiu a cartinha mentalmente e dirigiu-se para o gabinete de Meneses.

Sobre a mesa em que Meneses costumava trabalhar não havia papel. Devia haver na gaveta, mas a chave estava seguramente com ele. Ia saindo para ir ver papel a outra parte, quando viu junto da porta uma chave; era a da gaveta. Sem escrúpulo algum, travou da chave, abriu a gaveta e tirou um caderno de papel. Escreveu algumas linhas em uma folha, e deixou a folha sobre a mesa debaixo de um pequeno globo de bronze. Guardou o resto do papel, e ia fechar a gaveta, quando reparou em duas cartinhas que, entre outras muitas, se distinguiam por um sobrescrito[24] de letra trêmula e irregular, de caráter puramente feminino.

Olhou para a porta a ver se alguém espreitava a sua curiosidade e abriu as cartinhas, que, aliás, já se achavam descoladas. A primeira carta dizia assim:

> Meu caro Meneses. Está tudo acabado. Lúcia contou-me tudo. Adeus; esquece-te de mim. — MARGARIDA.

A segunda carta era concebida nestes termos:

> Meu caro Meneses. Está tudo acabado. Margarida contou-me tudo. Adeus; esquece-te de mim. — LÚCIA.

Como o leitor adivinha, estas cartas eram as duas que Meneses recebera na tarde em que andou passeando com Cristiana no jardim.

Eulália, lendo estas duas cartas, quase teve uma síncope.[25] Pôde conter-se, e, aproveitando o carro que a esperava, foi buscar a Cristiana as consolações da amizade e os conselhos da prudência.

Entrando em casa de Cristiana pôde ouvir as últimas palavras do diálogo entre esta e Meneses. Esta nova traição de seu marido quebrara-lhe a alma.

O resto desta simples história conta-se em duas palavras.

Cristiana conseguira acalmar o espírito de Eulália e inspirar-lhe sentimentos de perdão. Entretanto, contou-lhe tudo o que ocorrera entre ela e Meneses, no presente e no passado.

Eulália mostrou ao princípio grandes desejos de separar-se de seu marido e ir viver com Cristiana; mas os conselhos desta, que, entre as razões de decoro que apresentou para que Eulália não tornasse pública a história das suas desgraças domésticas, alegou a existência de uma filha do casal, que cumpria educar e proteger, esses conselhos desviaram o espírito de Eulália dos seus primeiros projetos e fizeram-na resignada ao suplício.[26]

Nogueira quase nada soube das ocorrências que acabo de narrar; mas soube quanto era suficiente para esfriar a amizade que sentia por Meneses.

---

[24] Nome e endereço escritos sobre um envelope de correspondência.
[25] Desmaio; desfalecimento.
[26] Isto é, conformada com seu sofrimento.

Quanto a este, enfiado ao princípio com o desenlace das coisas, tomou de novo o ar descuidoso e aparentemente singelo com que tratava tudo. Depois de uma mal alinhavada explicação dada à mulher a respeito dos fatos que tão evidentemente o acusavam, começou de novo a tratá-la com as mesmas carícias e cuidados do tempo em que merecia a confiança de Eulália.

Nunca mais voltou ao casal Meneses a alegria franca e a plena satisfação dos primeiros dias. Os afagos de Meneses encontravam sua mulher fria e indiferente, e se alguma coisa mudava era o desprezo íntimo e crescente que Eulália votava a seu marido.

A pobre mãe, viúva da pior viuvez desta vida, que é aquela que anula o casamento conservando o cônjuge, só vivia para sua filha.

Dizer como acabaram ou como vão acabando as coisas não entra no plano deste escrito: o desenlace ainda é mais vulgar que o corpo da ação.

Quanto ao que há de vulgar em tudo o que acabo de contar, sou eu o primeiro a reconhecê-lo. Mas que querem? Eu não pretendo senão esboçar quadros ou caracteres, conforme me ocorrem ou vou encontrando. É isto e nada mais.

# O oráculo

Conheci outrora um sujeito que era um exemplo de quanto pode a má fortuna quando se dispõe a perseguir um pobre mortal.

Leonardo (era o nome dele) começara por ser mestre de meninos,[1] mas tão mal se houve que no fim de um ano perdera o pouco que possuía e achou-se reduzido a três alunos.

Tentou depois um emprego público, arranjou as cartas de empenho necessárias, chegou mesmo a dar um voto contra as suas convicções, mas quando tudo lhe sorria, o ministério, na forma do geral costume, achou contra si a maioria da véspera e pediu demissão. Subiu um ministério do seu partido, mas o infeliz tinha-se tornado suspeito ao partido por causa do voto e teve uma resposta negativa.

Auxiliado por um amigo da família, abriu uma casa de comércio; mas tanto a sorte como a velhacaria[2] de alguns empregados deram com a casa em terra,[3] e o nosso negociante levantou as mãos para o céu quando os credores concordaram em receber uma certa quantia inferior ao débito, isto em tempo indeterminado.

Dotado de alguma inteligência e levado pela necessidade mais que pelo gosto, fundou uma gazeta literária; mas os assinantes, que eram da massa dos que preferem ler sem pagar a impressão, deram à gazeta de Leonardo uma morte prematura no fim de cinco meses.

Entretanto, subiu de novo o partido a que ele sacrificara a sua consciência e pelo qual sofrera os ódios de outro. Leonardo foi a ele e lembrou-lhe o direito que tinha à sua gratidão; mas a gratidão não é a bossa[4] principal dos partidos, e Leonardo teve de ver-se preterido[5] por algumas influências eleitorais de quem os novos homens dependiam.

Nesta sucessão de contratempos e azares, Leonardo não chegara a perder a confiança na Providência. Doam-lhe os golpes sucessivos, mas uma vez recebidos, ele preparava-se para tentar de novo a fortuna, fundado neste pensamento que havia lido, não me lembra onde: "A fortuna é como as mulheres, vence-a a tenacidade".[6]

---

[1] Ou seja, professor.
[2] Condição de quem age de má-fé, de modo traiçoeiro.
[3] A casa foi à falência.
[4] No caso, "bossa" significa condição ou virtude notável.
[5] Rejeitado; desprezado.
[6] Uma alusão ao trecho do capítulo XXV do livro *O príncipe* (1532), de Nicolau Maquiavel (1469-1527): "... porque a fortuna é mulher, e é preciso, caso se queira mantê-la submissa, dobrá-la e segurá-la".

Preparava-se, pois, a tentar novo assalto, e para isso tinha arranjado uma viagem ao norte, quando viu pela primeira vez Cecília B..., filha do negociante Atanásio B...

Os dotes desta moça consistiam nisto: um rosto simpático e cem contos limpos, em moeda corrente.[7] Era a menina dos olhos de Atanásio. Só constava que tivesse amado uma vez, e o objeto do seu amor era um oficial de marinha de nome Henrique Paes. O pai opôs-se ao casamento por antipatizar com o genro, mas parece que Cecília não amava muito Henrique, visto que apenas chorou um dia, acordando no dia seguinte tão fresca e alegre como se lhe não houvesse empalmado[8] um noivo.

Dizer que Leonardo se apaixonou por Cecília é mentir à história, e eu prezo, antes de tudo, a verdade dos fatos e dos sentimentos; mas é por isso mesmo que eu devo dizer que Cecília não deixou de fazer alguma impressão em Leonardo.

O que causou profunda impressão no ânimo do nosso mal-aventurado e conquistou desde logo todos os seus afetos foram os cem contos que a pequena trazia em dote.[9] Leonardo não hesitou em abençoar o mau destino que tanto o perseguira para atirar-lhe aos braços uma fortuna daquela ordem.

Que impressão produziu Leonardo no pai de Cecília? Boa, excelente, maravilhosa. Quanto à menina, recebeu-o indiferente. Leonardo confiou em que venceria a indiferença da filha, visto que já possuía a simpatia do pai.

Em todo caso desfez a viagem.

A simpatia de Atanásio foi ao ponto de fazer de Leonardo um comensal[10] indispensável. À espera do mais, o mal-aventurado Leonardo foi aceitando aqueles adiantamentos.

Dentro de pouco tempo era ele um íntimo da casa. Um dia Atanásio mandou chamar Leonardo ao gabinete e disse-lhe com ar paternal:

— Tem sabido corresponder à minha estima. Vejo que é um bom moço, e segundo me disse tem sido infeliz.

— É verdade — respondeu Leonardo, sem poder conter um sorriso de júbilo que lhe assomou aos lábios.

— Pois bem, depois de estudá-lo tenho resolvido fazê-lo aquilo que o céu não me concedeu: um filho.

---

[7] Conto de réis é uma expressão adotada no Brasil e em Portugal para indicar um milhão de réis, unidade monetária na época.
[8] Surrupiado; subtraído.
[9] Bens que são dados a quem vai se casar, concedido por algum ascendente.
[10] Alguém que frequentemente participa das refeições na casa de outra pessoa.

— Ah!

— Espere. Já o é pela estima, quero que o seja pelo auxílio à nossa casa. Tem, desde já, um emprego no meu estabelecimento.

Leonardo ficou um pouco enfiado;[11] esperava que o próprio velho fosse oferecer-lhe a filha, e apenas recebia dele um emprego. Mas depois refletiu; um emprego era aquilo que depois de tanto cuidado vinha encontrar; não era pouco; e daí podia ser que lhe resultasse mais tarde o casamento.

Assim, respondeu beijando as mãos do velho:

— Oh! Obrigado!

— Aceita, não?

— Oh! sem dúvida!

O velho ia levantar-se quando Leonardo, tomando subitamente uma resolução, fê-lo conservar-se na cadeira.

— Mas escute...

— O que é?

— Não quero ocultar-lhe uma coisa. Devo-lhe tantas bondades que não posso deixar de ser inteiramente franco. Eu aceito o ato de generosidade com uma condição. Amo D. Cecília com todas as forças de minha alma. Vê-la é aumentar este amor já tão ardente e tão poderoso. Se o coração de V. S. leva a generosidade ao ponto de me admitir na sua família, como me admite na sua casa, aceito. De outro modo é sofrer de um modo que está acima das forças humanas.

Em honra da perspicácia de Leonardo devo dizer que, se ele ousou arriscar assim o emprego, foi por ter descoberto em Atanásio uma tendência para dar-lhe todas as felicidades.

Não se enganou. Ouvindo aquelas palavras, o velho abriu os braços a Leonardo e exclamou:

— Oh! Se eu não desejo outra coisa!

— Meu pai! — exclamou Leonardo abraçando o pai de Cecília. O quadro tornou-se comovente.

— De há muito — disse Atanásio — que eu noto a impressão produzida por Cecília e pedia no meu íntimo que uma tão feliz união se pudesse efetuar. Creio que agora nada se oporá. Minha filha é uma menina sisuda,[12] não deixará de corresponder ao seu afeto. Quer que lhe fale já ou esperemos?

— Como queira...

— Ou antes, seja franco; possui o amor de Cecília?

— Não posso dar uma resposta positiva. Creio que não lhe sou indiferente.

---

[11] Confuso; envergonhado.
[12] Séria; prudente.

— Eu me incumbo de investigar o que há. Demais, a minha vontade há de entrar por muito neste negócio; ela é obediente...

— Oh! Forçada, não!

— Qual forçada! É sisuda e há de ver que lhe convém um marido inteligente e laborioso...

— Obrigado!

Separaram-se os dois.

No dia seguinte devia Atanásio instalar o seu novo empregado.

Nessa mesma noite, porém, o velho tocou no assunto de casamento à filha. Começou por perguntar-lhe se acaso não tinha vontade de casar-se. Ela respondeu que não havia pensado nisso; mas disse-o com um sorriso tal que o pai não hesitou em declarar que tivera um pedido formal da parte de Leonardo.

Cecília recebeu o pedido sem dizer palavra; depois, com o mesmo sorriso, disse que ia consultar o oráculo.[13]

O velho não deixou de admirar-se com esta consulta de oráculo e interrogou a filha sobre a significação das suas palavras.

— É muito simples — disse ela —, vou consultar o oráculo. Nada faço sem consultar; não dou uma visita, não faço a menor coisa sem consultá-lo. Este ponto é importante; como vê, não posso deixar de consultá-lo. Farei o que ele mandar.

— É esquisito! Mas que oráculo é esse?

— É segredo.

— Mas posso dar esperanças ao rapaz?

— Conforme; depende do oráculo.

— Ora, tu estás caçoando comigo...

— Não, meu pai, não.

Era necessário conformar-se à vontade de Cecília, não porque realmente fosse imperiosa, mas porque no modo e no sorriso com que a moça falou o pai descobriu que ela aceitava o noivo e apenas fazia aquilo por espírito de casquilhice.[14]

Quando Leonardo soube da resposta de Cecília não deixou de ficar um tanto atrapalhado. Mas Atanásio tranquilizou-o comunicando ao pretendente as suas impressões.

No dia seguinte é que Cecília devia dar a resposta do oráculo. A intenção do velho Atanásio estava decidida; no caso de ser contrária a resposta do

---

[13] Na antiguidade, o oráculo era uma divindade, geralmente representada por um sacerdote, a quem se consultava a palavra para saber conselhos a respeito de acontecimentos futuros.

[14] Preocupação exagerada com as coisas.

misterioso oráculo, ele persistiria em obrigar a filha a casar com Leonardo. Em todo caso far-se-ia o casamento.

Ora, no dia aprazado[15] apresentaram-se em casa de Atanásio duas sobrinhas dele, casadas ambas, e de muito tempo retiradas da casa do tio pelo interesse que tinham tomado por Cecília quando esta quis casar-se com Henrique Paes. A menina reconciliou-se com o pai; mas as duas sobrinhas, não.

— A que lhes devo esta visita?
— Vimos pedir-lhe desculpa do nosso erro.
— Ah!
— Tinha razão, meu tio; e, demais, parece que há um novo pretendente.
— Como souberam?
— Cecília mandou-nos dizer.
— Vêm então opor-se?
— Não; apoiar.
— Ora, graças a Deus!
— Nosso desejo é que Cecília se case, com este ou com aquele; é todo o segredo da nossa intervenção em favor do outro.

Feita assim a reconciliação, Atanásio participou às sobrinhas o que havia e qual a resposta de Cecília. Disse igualmente que era aquele o dia marcado pela moça para dar a resposta do oráculo. Riram-se todos da singularidade do oráculo, mas resolveram esperar a resposta dele.

— Se for contrária, apoiar-me-ão?
— Decerto — responderam as duas sobrinhas.

Os maridos destas chegaram pouco depois.

Enfim apareceu Leonardo de casaca preta e gravata branca, trajo muito diverso daquele com que os antigos iam buscar as respostas dos oráculos de Delfos e de Dodona.[16] Mas cada tempo e cada terra com seu uso.

Durante todo o tempo em que as duas moças, os maridos e Leonardo estavam de conversa, Cecília demorava-se no seu quarto consultando, dizia ela, o oráculo.

A conversa versou a respeito do assunto que reunia a todos.

Enfim, seriam oito horas da noite quando Cecília apareceu na sala.

Todos foram a ela.

Depois de feitos os primeiros cumprimentos, Atanásio, meio sério, meio risonho, perguntou à filha:

---

[15] Marcado; agendado.
[16] Na Grécia antiga, o "Oráculo de Delfos", assim chamado por ser localizado na cidade de Delfos, era um dos mais respeitados por expressar a palavra do deus Apolo; O "Oráculo de Dodona" era bem mais antigo, dedicado à deusa mãe Gaia, mas aqui denominada Dodona.

— Então? Que disse o oráculo?

— Ah! Meu pai! O oráculo disse que não!

— Então o oráculo — continuou Atanásio — é contrário ao teu casamento com o Sr. Leonardo?

— É verdade.

— Pois sinto dizer que sou de opinião contrária ao Sr. oráculo, e como a minha pessoa é conhecida enquanto a do Sr. oráculo é inteiramente misteriosa, há de fazer-se o que eu quiser, mesmo apesar do Sr. oráculo.

— Ah! Não!

— Como, não? Queria ver isso! Se eu aceitei essa ideia de consultar bruxarias foi para brincar. Nunca me passou pela cabeça ceder lá às decisões de oráculos misteriosos. Tuas primas são de minha opinião. E, demais, eu quero desde já saber que bruxarias são essas... Meus senhores, vamos descobrir o tal oráculo.

A este tempo apareceu um vulto na porta e disse:

— Não precisa!

Todos voltaram-se para ele. O vulto deu alguns passos e parou no meio da sala. Tinha um papel na mão.

Era o oficial de marinha de que falei acima, trajando casaca e luva branca.

— Que faz aqui o senhor? — perguntou o velho espumando de raiva.

— Que faço? Sou o oráculo.

— Não aturo caçoadas desta natureza. Com que direito se acha neste lugar?

Henrique Paes por única resposta deu a Atanásio o papel que trazia na mão.

— Que é isto?

— É a resposta à sua pergunta.

Atanásio chegou-se para a luz, tirou os óculos do bolso, pô-los no nariz e leu o papel.

Durante este tempo, Leonardo tinha a boca aberta sem compreender nada.

Quando o velho chegou ao meio do escrito que tinha na mão, voltou-se para Henrique e disse com o maior grau de assombro:

— O senhor é meu genro!

— Com todos os sacramentos da Igreja. Não leu?

— E se isto for falso!

— Alto lá — acudiu um dos sobrinhos —, nós fomos os padrinhos, e estas senhoras as madrinhas do casamento de nossa prima D. Cecília B... com o Sr. Henrique Paes, o qual se efetuou há um mês no oratório de minha casa.

— Ah! — disse o velho caindo numa cadeira.

— Mais esta! — exclamou Leonardo procurando sair sem ser visto.

# EPÍLOGO

Se perdeu a noiva, e tão ridiculamente, nem por isso Leonardo perdeu o lugar. Declarou ao velho que faria um esforço, mas que ficava para corresponder à estima que o velho lhe tributava.

Mas estava escrito que a sorte tinha de perseguir o pobre rapaz.

Daí a quinze dias Atanásio foi acometido de uma congestão de que morreu.

O testamento, que fora feito um ano antes, nada deixava a Leonardo.

Quanto à casa, teve de liquidar-se. Leonardo recebeu a importância de quinze dias de trabalho.

O mal-aventurado deu o dinheiro a um mendigo e foi atirar-se ao mar, na praia de Icaraí.

Henrique e Cecília vivem como Deus com os anjos.

# Uma excursão milagrosa[1]

Tenho uma viagem milagrosa para contar aos leitores, ou antes uma narração para transmitir, porque o próprio viajante é quem narra as suas aventuras e as suas impressões.

Se a chamo milagrosa é porque as circunstâncias em que foi feita são tão singulares, que a todos há de parecer que não podia ser senão um milagre. Todavia, apesar das estradas que o nosso viajante percorreu, dos condutores que teve e do espetáculo que viu, não se pode deixar de reconhecer que o fundo é o mais natural e possível deste mundo.

Suponho que os leitores terão lido todas as memórias de viagem, desde as viagens do Capitão Cook[2] às regiões polares até as viagens de Gulliver,[3] e todas as histórias extraordinárias desde as narrativas de Edgar Poe[4] até os contos de *Mil e uma noites*.[5] Pois tudo isso é nada à vista das excursões singulares do nosso herói, a quem só falta o estilo de Swift para ser levado à mais remota posteridade.

As histórias de viagem são as de minha predileção. *Julgue-o quem não pode experimentá-lo*, disse o épico português.[6] Quem não há de ir ver as coisas com os próprios olhos da cara, diverte-se ao menos em vê-las com os da imaginação, muito mais vivos e penetrantes.

Viajar é multiplicar-se.

Mas, devo dizê-lo com toda a franqueza, quando ouço dizer a alguém que já atravessou por gosto doze, quinze vezes o Oceano, não sei que sinto em mim que me leva a adorar o referido alguém. Ver doze vezes o Oceano, roçar-lhe doze vezes a cerviz,[7] doze vezes admirar as suas cóleras, doze vezes admirar os seus espetáculos, não é isto gozar na verdadeira extensão da palavra?

---

[1] Conto publicado no Jornal das Famílias, entre abril e maio de 1866. É a segunda versão do conto "O país das quimeras", publicado em *O Futuro*, em novembro de 1862.

[2] James Cook (1728-1779) foi um explorador, navegador e cartógrafo inglês.

[3] Referência ao livro *As viagens de Gulliver* (1726), do autor anglo-irlandês Jonathan Swift (1667-1745).

[4] Edgar Allan Poe (1809-1849) foi um escritor americano.

[5] O *Livro das mil e uma noites* é uma coleção de histórias e contos populares, escrito em árabe, de autoria desconhecida, reunidas em manuscrito por volta do século XIV ou XV.

[6] Citação de trecho da estância 83, Canto IX, do poema épico *Os lusíadas* (1572), de Luís Vaz de Camões (c. 1524-1580).

[7] Nuca; pescoço.

Se em vez do Oceano me falam nas florestas e contam-me mil episódios de uma viagem através do templo dos cedros e dos jequitibás, ouvindo o silêncio e a sombra, respirando os faustos daqueles palácios da natureza, gozando, vivendo, apesar dos tigres, das serpes, então o gozo pode mudar de aspecto, mas é o mesmo gozo elevado, puro, grandioso.

O mesmo se dá se a viagem for através dos cadáveres das cidades antigas, dos desertos da Arábia, dos gelos do Norte. Tudo chama o espírito, e o educa, e o eleva, e o transforma.

Das viagens *sedentárias* só conheço duas capazes de recrear. A *Viagem à roda do meu quarto*, e a *Viagem à roda do meu jardim*, de Maistre e Alphonse Karr.[8]

Ora, com todo este gosto pelas viagens, ainda assim eu não desejaria fazer a viagem do herói desta narrativa. Viu muita coisa, é certo; e voltou de lá com a bagagem cheia dos meios de apreciar os fracos da humanidade. Mas por tantas coisas quantos trabalhos!

\* \* \*

Arrependera-se Catão de haver ido algumas vezes por mar quando podia ir por terra. O virtuoso romano tinha razão.[9] Os carinhos de Anfitrite[10] são um tanto raivosos, e muitas vezes funestos. Os feitos marítimos dobram de valia por esta circunstância, que se esquivam de navegar as almas pacatas, ou para falar mais decentemente, os espíritos prudentes e seguros.

Mas para justificar o provérbio que diz: — debaixo dos pés se levantam os trabalhos — a via terrestre não é absolutamente mais segura que a via marítima, e a história dos caminhos de ferro, pequena embora, conta já não poucos e tristes episódios.

Absorto nestas e noutras reflexões estava o meu amigo. Tito, poeta aos vinte anos, sem dinheiro e sem bigode, sentado à mesa carunchosa[11] do trabalho, onde ardia silenciosamente uma vela.

---

[8] *Viagem à roda do meu quarto* (1872) é obra do escritor francês Xavier de Maistre (1763-1852); Jean-Baptiste Alphonse Karr (1808-1890), romancista e jornalista francês, publicou a obra *Viagem à roda de meu jardim* em 1845.

[9] Marco Pórcio Catão, ou Catão, o velho (234-49 a.C.). Segundo a narrativa de Lúcio Méstrio Plutarco (c.46-120 d.C.), em *Vidas paralelas*, Catão somente se arrependeu de três coisas em sua vida: ter viajado uma vez por mar, quando poderia ter viajado por terra; ter confiado um segredo a uma mulher; e ter ficado um dia inteiro sem fazer nada.

[10] Anfitrite, na mitologia grega, é filha da ninfa Dóris e do deus Nereu, esposa do deus Poseidon e deusa dos mares.

[11] Em mau estado de conservação; muito gasta.

Devo proceder ao retrato físico e moral do meu amigo Tito.

Tito não é nem alto, nem baixo, o que equivale a dizer que é de estatura mediana, a qual estatura é aquela que se pode chamar francamente elegante, na minha opinião. Possuindo um semblante angélico, uns olhos meigos e profundos, o nariz descendente legítimo e direto do de Alcibíades, a boca graciosa, a fronte larga como o verdadeiro trono do pensamento, Tito pode servir de modelo à pintura e de objeto amado aos corações de quinze e mesmo de vinte anos.

Como as medalhas, e como todas as coisas deste mundo de compensações, Tito tem um reverso.[12] Oh! Triste coisa que é o reverso da cara e da cabeça. Parece que a natureza se dividira para dar a Tito o que tinha de melhor e o que tinha de pior, e pô-lo na miserável e desconsoladora condição do pavão que se enfeita e contempla radioso, mas cujo orgulho se abate e desfalece quando olha para as pernas e para os pés.

No moral Tito apresenta o mesmo aspecto duplo do físico. Não tem vícios, mas tem fraquezas de caráter que quebram, um tanto ou quanto, as virtudes que o enobrecem. É bom e tem a virtude evangélica da caridade; sabe, como o divino Mestre, partir o pão da subsistência e dar de comer ao faminto com verdadeiro júbilo de consciência e de coração. Não consta, além disso, que jamais fizesse mal ao mais impertinente bicho, ou ao mais insolente homem, duas coisas idênticas, nos curtos dias da sua vida. Pelo contrário, conta-se que a sua piedade e bons instintos o levaram uma vez a ficar quase esmagado, procurando salvar da morte uma galga[13] que dormia na rua e sobre a qual ia quase passando um carro. A galga salva por Tito afeiçoou-se-lhe tanto que nunca mais o deixou; à hora em que o vemos absorto em pensamentos vagos está ela estendida sob a mesa a contemplá-lo grave e sisuda.[14]

Só há que censurar em Tito as fraquezas de caráter, e deve-se crer que elas são filhas mesmo das suas virtudes. Tito vendia outrora as produções da sua musa,[15] não por meio de uma permuta legítima de livro e moeda, mas por um meio desonroso e nada digno de um filho de Apolo.[16] As vendas que fazia eram absolutas, isto é, trocando por dinheiro os seus versos, o poeta perdia o direito de paternidade sobre essas produções. Só tinha um freguês, era um sujeito rico, maníaco pela fama de poeta, e que sabendo da facilidade

---

[12] Um outro lado.
[13] Cadela veloz.
[14] Séria; mal-humorada.
[15] A expressão "produções de sua musa" é o mesmo que poemas, poesias.
[16] O narrador designa os poetas de "filhos de Apolo", já que esse deus, além de ser o deus sol, é também o da poesia e das artes.

com que Tito rimava apresentou-se um dia no modesto albergue do poeta e entabulou a negociação por estes termos:

— Meu caro, venho propor-lhe um negócio da China...
— Pode falar — respondeu Tito.
— Ouvi dizer que você fazia versos... É verdade?

Tito conteve-se a custo diante da familiaridade do tratamento, e respondeu:
— É verdade.
— Muito bem. Proponho-lhe o seguinte. Compro-lhe por bom preço todos os seus versos, não os feitos, mas os que fizer de hoje em diante, com a condição de que os hei de dar à estampa como obra da minha lavra.[17] Não ponho outras condições ao negócio: advirto-lhe, porém, que prefiro as odes[18] e as poesias de sentimento. Quer?

Quando o sujeito acabou de falar, Tito levantou-se, e com um gesto mandou-o sair. O sujeito pressentiu que, se não saísse logo, as coisas poderiam acabar mal. Preferiu tomar o caminho da porta, dizendo entre dentes: "Hás de procurar-me, deixa estar".

O meu poeta esqueceu no dia seguinte a aventura da véspera, mas os dias passaram-se e as necessidades urgentes apresentaram-se à porta com olhar suplicante e as mãos ameaçadoras. Ele não tinha recursos; depois de uma noite atribulada lembrou-se do sujeito, e tratou de procurá-lo; disse-lhe quem era, e que estava disposto a aceitar o negócio; o sujeito, rindo-se com um riso diabólico, fez o primeiro adiantamento, sob a condição de que o poeta lhe levaria no dia seguinte uma ode aos polacos.[19]

Tito passou a noite a arregimentar palavras sem ideias, tal era o seu estado, e no dia seguinte levou a obra ao freguês, que a achou boa e dignou-se apertar-lhe a mão.

Tal é a face moral de Tito. A virtude de ser *pagador em dia* levava-o a mercar com os dons de Deus; e ainda assim vemos nós que ele resistiu, e só foi vencido quando se achou com a corda ao pescoço.

A mesa à qual Tito estava encostado era um traste velho e de lavor antigo, herdara-o de uma tia que lhe havia morrido fazia dez anos. Um tinteiro de osso, uma pena de ave, algum papel, eis os instrumentos de trabalho de Tito. Duas cadeiras e uma cama completavam a sua mobília. Já falei na vela e na galga. À hora em que Tito se engolfava em reflexões e fantasias era noite alta. A chuva caía com violência e os relâmpagos que de instante a instante rompiam

---

[17] Ou seja, como "obras de minha autoria".
[18] Poema lírico feito para ser cantado; em geral, de tom alegre.
[19] Mesmo que poloneses.

o céu deixavam ver o horizonte pejado[20] de nuvens negras e túmidas.[21] Tito nada via, porque estava com a cabeça encostada nos braços, e estes sobre a mesa; e é provável que nada ouvisse, porque se entretinha em refletir nos perigos que oferecem os diferentes modos de viajar.

Mas qual o motivo destes pensamentos em que se engolfava o poeta? É isso que eu vou explicar à legítima curiosidade dos leitores. Tito, como todos os homens de vinte anos, poetas e não poetas, sentia-se afetado da doença do amor. Uns olhos pretos, um porte senhoril, uma visão, uma criatura celestial, qualquer coisa por este teor, havia influído por tal modo no coração de Tito, que o pusera, pode-se dizer, à beira da sepultura. O amor em Tito começou por uma febre; esteve três dias de cama e foi curado (da febre e não do amor) por uma velha da vizinhança, que conhecia o segredo das plantas virtuosas, e que pôs o meu poeta de pé, com o que adquiriu mais um título à reputação de feiticeira que os seus milagrosos curativos lhe haviam granjeado.[22]

Passado o período agudo da doença, ficou-lhe esse resto de amor que, apesar da calma e da placidez, nada perde da sua intensidade. Tito estava ardentemente apaixonado, e desde então começou a defraudar[23] o freguês das odes, subtraindo-lhe algumas estrofes inflamadas, que dedicava ao objeto dos seus íntimos pensamentos, tal qual como aquele Sr. d'Ofayel, dos *amores leais e pudicos*,[24] com quem se pareceu, não na sensaboria dos versos, mas no infortúnio amoroso.

O amor contrariado, quando não leva a um desdém sublime da parte do coração, leva à tragédia ou à asneira. Era nesta alternativa que se debatia o espírito do meu poeta. Depois de haver gasto em vão o latim das musas,[25] aventurou uma declaração oral à dama dos seus pensamentos. Esta ouviu-o com dureza d'alma, e quando ele acabou de falar disse-lhe que era melhor voltar à vida real e deixar musas e amores, para cuidar do alinho[26] da própria pessoa. Não presuma o leitor que a dama de quem lhe falo tinha a vida tão desenvolta como a língua. Era, pelo contrário, um modelo da mais seráfica[27]

---

[20] Carregado; repleto.
[21] Dilatadas; volumosas.
[22] Conquistado; alcançado.
[23] Causar prejuízo.
[24] François Scalion de Virbluneau, senhor d'Ofayel, foi um poeta francês da segunda metade do século XVI. É autor de *Amores leais e pudicos de Scalion de Virbluneau*, de 1599. Sabe-se muito pouco a respeito da vida desse autor.
[25] A expressão "gastar em vão o latim" significa "desperdiçar tempo com alguém que não compreende".
[26] Decoro; decência.
[27] Digno dos serafins, um tipo de anjo; belo; puro.

pureza e do mais perfeito recato de costumes: recebera a educação austera[28] de seu pai, antigo capitão de milícias, homem de incrível boa-fé, que, neste século desabusado, ainda acreditava em duas coisas: nos programas políticos e nas cebolas do Egito.[29] Desenganado de uma vez nas suas pretensões, Tito não teve força de ânimo para varrer da memória a filha do militar; e a resposta crua e desapiedada da moça estava-lhe no coração como um punhal frio e penetrante. Tentou arrancá-lo, mas a lembrança, viva sempre, como ara[30] de Vesta,[31] trazia-lhe as fatais palavras ao meio das horas mais alegres ou menos tristes da sua vida, como aviso de que a sua satisfação não podia durar e que a tristeza era o fundo real dos seus dias. Era assim que os egípcios mandavam pôr um sarcófago no meio de um festim, como lembrança de que a vida é transitória, e que só na sepultura existe a grande e eterna verdade.

Quando, depois de voltar a si, Tito conseguiu encadear duas ideias e tirar delas uma consequência, dois projetos se lhe apresentaram, qual mais próprio a granjear-lhe a vilta[32] de pusilânime;[33] um concluía pela tragédia, outro pela asneira; triste alternativa dos corações não compreendidos! O primeiro desses projetos era simplesmente deixar este mundo, o outro limitava-se a uma viagem, que o poeta faria por mar ou por terra, a fim de deixar por algum tempo a capital.[34] Já o poeta abandonava o primeiro por achá-lo sanguinolento e definitivo; o segundo parecia-lhe melhor, mais consentâneo com a sua dignidade e sobretudo com os seus instintos de conservação. Mas qual o meio de mudar de sítio? Tomaria por terra? Tomaria por mar? Qualquer destes dois meios tinha seus inconvenientes. Estava o poeta nestas averiguações, quando ouviu que batiam à porta três pancadinhas. Quem seria? Quem poderia ir procurar o poeta àquela hora? Lembrou-se que tinha umas encomendas do homem das odes e foi abrir a porta disposto a ouvir resignado a muito plausível sarabanda que ele lhe vinha naturalmente pregar.

Aqui deixa de falar o autor para falar o protagonista. Não quero tirar o encanto natural que há de ter a narrativa do poeta reproduzindo as suas próprias impressões.

---

[28] Rígida.
[29] Referência ao livro bíblico de Números, 11:5, no qual há uma reclamação dos judeus pelo fato de que o maná, alimento dado por Deus a eles no deserto, após saírem do cativeiro egípcio, não se comparava às carnes temperadas com cebolas e alho, que comiam no Egito.
[30] Espécie de altar onde se faziam sacrifícios.
[31] Segundo a mitologia latina, Vesta é a deusa romana do lar, correspondente à deusa grega Héstia.
[32] Palavra de injúria; insulto.
[33] Fraco; covarde.
[34] Cidade do Rio de Janeiro, capital do Império do Brasil.

O poeta foi, como disse, abrir a porta.
Diz ele:

* * *

... Mas, oh! pasmo! eis que uma sílfide,[35] uma criatura celestial, vaporosa,[36] fantástica, trajando vestes alvas, nem bem de pano, nem bem névoas, uma coisa entre as duas espécies, pés alígeros,[37] rosto sereno e insinuante, olhos negros e cintilantes, cachos louros do mais leve e delicado cabelo, a caírem-lhe graciosos pelas espáduas[38] nuas, divinas, como as tuas, ó Afrodite;[39] eis que uma criatura assim invade o meu aposento, e estendendo a mão ordena-me que feche a porta e tome assento à mesa.

Eu estava assombrado. Maquinalmente voltei ao meu lugar sem tirar os olhos da visão. Esta sentou-se defronte de mim e começou a brincar com a galga, que dava mostras de não usado contentamento. Passaram-se nisto dez minutos; depois do que a singular criatura, cravando os seus olhos nos meus, perguntou-me com uma doçura de voz nunca ouvida:

— Em que pensas, poeta? Pranteias algum amor mal parado? Sofres com a injustiça dos homens? Dói-te a desgraça alheia ou é a própria que te sombreia a fronte?[40]

Esta indagação era feita de um modo tão insinuante que eu, sem inquirir o motivo da curiosidade, respondi imediatamente:

— Penso na injustiça de Deus.

— É contraditória a expressão: Deus é a justiça.

— Não é. Se fosse teria repartido irmãmente a ternura pelos corações e não consentiria que um ardesse inutilmente pelo outro. O fenômeno da simpatia devia ser sempre recíproco, de maneira que a mulher não pudesse olhar com frieza para o homem quando o homem levantasse os olhos de amor para ela.

— Não és tu quem fala, poeta. É o teu amor-próprio ferido pela má paga do teu afeto. Mas de que te servem as musas? Ainda não vieram a ti, como eternas consoladoras que são? Entra no santuário da poesia, engolfa-te no seio da inspiração, esquecerás aí a dor da chaga que o mundo te abriu.

— Coitado de mim, que tenho a poesia fria, e apagada a inspiração.

---

[35] Na mitologia céltica e germânica, Sílfide é um gênio feminino do ar. No conto, por sentido figurado, significa também mulher esbelta; delicada.
[36] De aspecto tênue, aéreo.
[37] Velozes; rápidos.
[38] Ombros.
[39] Na mitologia, Afrodite é a deusa grega do amor e da beleza.
[40] Sombrear a fronte: preocupar a mente.

— De que precisas tu para dar vida à poesia e à inspiração?
— Preciso do que me falta... e falta-me tudo.
— Tudo? É exagerado. Tens o selo[41] com que Deus te distinguiu dos outros homens, e isso te basta. Cismavas em deixar esta terra?
— É verdade.
— Bem; venho a propósito. Queres ir comigo?
— Para onde?
— Que importa? Queres vir?
— Quero. Assim me distrairei. Partiremos amanhã. É por mar, ou por terra?
— Nem amanhã, nem por mar, nem por terra; mas hoje e pelo ar.
Levantei-me e recuei. A visão levantou-se também.
— Tens medo? — perguntou ela.
— Medo, não, mas...
— Vamos. Faremos uma deliciosa viagem.
Era de esperar um balão para a viagem aérea a que me convidava a inesperada visita; mas os meus olhos se arregalaram prodigiosamente quando viram abrirem-se das espáduas da visão duas longas e brancas asas que ela começou a agitar e das quais caía uma poeira de ouro.
— Vamos — disse a visão.
E eu maquinalmente repeti:
— Vamos!
E ela tomou-me nos braços, subimos até o teto que se rasgou, e passamos ambos, visão e poeta. A tempestade tinha, como por encanto, cessado, estava o céu limpo, transparente, luminoso, verdadeiramente celestial, enfim. As estrelas fulgiam[42] com a sua melhor luz, e um luar branco e poético caía sobre os telhados das casas e sobre as flores e a relva dos campos.
Subimos.
Durou a ascensão algum tempo. Eu não podia pensar; ia atordoado e subia sem saber para onde, nem a razão por quê. Sentia que o vento agitava os cabelos louros da visão, e que eles lhe batiam docemente na face, do que resultava uma exalação celeste que embriagava e adormecia. O ar estava puro e fresco. Eu, que me havia distraído algum tempo da ocupação das musas no estudo das leis físicas, contava que naquele subir contínuo breve chegaríamos a sentir os efeitos da rarefação da atmosfera. Engano meu! Subíamos sempre e muito, mas a atmosfera conservava-se sempre a mesma, e quanto mais subíamos, melhor respirávamos.

---

[41] Sinal particular; distinção.
[42] Brilhavam; resplandeciam.

Isto passou rápido pela minha mente. Como disse, eu não pensava: ia subindo sem olhar para a terra. E para que olharia para a terra? A visão não podia conduzir-me senão ao céu.

Em breve comecei a ver os planetas fronte por fronte. Era já sobre a madrugada. Vênus, mais pálida e loura que de costume, ofuscava as estrelas com o seu clarão e com a sua beleza. Lancei um olhar de admiração para a deusa da manhã.[43] Mas subia, subíamos sempre. Os planetas passavam à minha ilharga[44] como se foram corcéis desenfreados. Afinal penetramos em uma região inteiramente diversa das que havíamos atravessado naquela assombrosa viagem. Eu senti expandir-se-me a alma na nova atmosfera. Seria aquilo o céu? Não ousava perguntar, e mudo esperava o termo da viagem. À proporção que penetrávamos nessa região ia-se a minha alma rompendo em júbilo; daí a algum tempo entrávamos em um planeta; começamos a fazer o trajeto a pé.

Caminhando, os objetos, até então vistos através de um nevoeiro, tomavam aspecto de coisas reais. Pude ver então que me achava em uma nova terra, a todos os respeitos estranha; o primeiro aspecto vencia ao que oferece a poética Istambul[45] ou a poética Nápoles.[46] Mais entrávamos, mais os objetos tomavam o aspecto da realidade. Assim chegamos à grande praça onde estavam construídos os reais paços.[47] A habitação régia era, por assim dizer, uma reunião de todas as ordens arquitetônicas, sem excluir a chinesa, sendo de notar que esta última fazia não mediana despesa na estrutura do palácio.

Eu quis sair da ânsia em que estava por saber em que país acabava de entrar, e aventurei uma pergunta à minha companheira.

— Estamos no país das Quimeras[48] — respondeu ela.

— No país das Quimeras?

— Das Quimeras. País para onde viajam três quartas partes do gênero humano, mas que não se acha consignado[49] nas tábuas da ciência.

Contentei-me com a explicação. Mas refleti sobre o caso. Por que motivo iria parar ali? A que era levado? Estava nisto, quando a fada me advertiu de que éramos chegados à porta do palácio. No vestíbulo havia uns vinte ou trinta soldados que fumavam em grossos cachimbos de escumas do mar,

---

[43] O planeta Vênus é conhecido como "a estrela da manhã" e "estrela d'alva".
[44] Lado do corpo, dos quadris aos ombros.
[45] Cidade da Turquia.
[46] Cidade da Itália.
[47] Palácios.
[48] Quimera era um monstro mitológico com cabeça de leão, corpo de cabra e cauda de serpente; em sentido figurado, "quimera" pode significar ilusões, fantasias, maravilhas.
[49] Registrado; declarado.

e que se embriagavam, como outros tantos padixás,⁵⁰ na contemplação dos novelos de fumo azul e branco que lhes saíam da boca. À nossa entrada houve continência militar. Subimos pela grande escadaria, e fomos ter aos andares superiores.

— Vamos falar aos soberanos — disse a minha companheira.

Atravessamos muitas salas e galerias. Todas as paredes, como no poema de Dinis, eram forradas de *papel prateado e lantejoulas*.⁵¹

Afinal penetramos na grande sala. O *Gênio das bagatelas*,⁵² de que fala Elpino, estava sentado em um trono de casquinha, tendo de ornamento dois pavões, um de cada lado. O próprio soberano tinha por coifa⁵³ um pavão vivo, atado pelos pés, a uma espécie de solidéu,⁵⁴ maior que o dos nossos padres, o qual por sua vez ficava firme na cabeça por meio de duas largas fitas amarelas, que vinham atar-se debaixo dos reais queixos. Coifa idêntica adornava a cabeça dos gênios da corte, que correspondem aos viscondes deste mundo, e que cercavam o trono do brilhante rei. Todos aqueles pavões, de minuto a minuto, armavam-se, *apavoneavam-se*, e davam os guinchos do costume.

Quando entrei na grande sala pela mão da visão, houve um murmúrio entre os fidalgos quiméricos. A visão declarou que ia apresentar um filho da terra. Seguiu-se a cerimônia da apresentação, que era uma enfiada⁵⁵ de cortesias, passagens e outras coisas quiméricas, sem excluir a formalidade do beija-mão. Não se pense que fui eu o único a beijar a mão ao gênio soberano; todos os gênios presentes fizeram o mesmo, porque, segundo ouvi depois, não se dá naquele país o ato mais insignificante sem que esta formalidade seja preenchida. Depois da cerimônia da apresentação perguntou-me o soberano que tratamento tinha eu na terra para dar-me um cicerone⁵⁶ correspondente.

— Eu tenho, se tanto, uma triste Mercê.⁵⁷

— Só isso? Pois há de ter o desprazer de ser acompanhado pelo cicerone comum. Nós temos cá a Senhoria, a Excelência, a Grandeza,⁵⁸ e outras mais;

---

⁵⁰ Título usado por alguns reis muçulmanos.

⁵¹ Referência ao poeta António Dinis da Cruz e Silva (1731-1799), pseudônimo Elpino Nonacriense. A expressão "papel prateado e lantejoulas" está na 11ª estrofe, canto I, do poema *O Hissope*: "Num majestoso salão, todo coberto/ de papel prateado e lantejoulas/ se ajunta a grande corte; e ali, por ordem,/ assentando-se vai: aos pés do trono,/ de alambres e velórios embutido,/ a Lisonja se via e a Excelência".

⁵² O Gênio das Bagatelas é um dos personagens do poema *O Hissope*.

⁵³ Chapéu quadrangular rígido, usado por cardeais católicos.

⁵⁴ Pequeno chapéu de lã ou de seda, em forma de calota.

⁵⁵ Sequência de ações, acontecimentos.

⁵⁶ Pessoa que mostra e explica a visitantes ou a turistas os aspectos importantes ou curiosos de um determinado lugar; guia.

⁵⁷ "Mercê" é parte da forma de tratamento "Vossa Mercê", dada a pessoas comuns, que não tinham autoridade, e às quais não se tratava por tu.

⁵⁸ Formas de tratamento cerimoniosas.

mas quanto à Mercê, essa tendo habitado algum tempo este país, tornou-se tão pouco útil que julguei melhor despedi-la.

A este termo a Senhoria e a Excelência, duas criaturas empertigadas, que se haviam aproximado de mim, voltaram-me as costas, encolhendo os ombros e deitando-me um olhar de través com a maior expressão de desdém e pouco caso. Eu quis perguntar à minha companheira o motivo deste ato daquelas duas quiméricas pessoas; mas a visão puxou-me pelo braço, e fez-me ver com um gesto que estava desatendendo ao *Gênio das bagatelas*, cujos sobrolhos[59] se contraíram, como dizem os poetas antigos que se contraíam os de Júpiter Tonante.[60] Neste momento entrou um bando de moçoilas frescas, lépidas,[61] bonitas e louras... Oh! Mas de um louro que se não conhece entre nós, os filhos da terra! Entraram elas a correr com a agilidade de andorinhas que voam; e depois de apertarem galhofeiramente a mão aos gênios de corte, foram ao gênio soberano, diante de quem fizeram umas dez ou doze mesuras.[62]

Quem eram aquelas raparigas? Eu estava de boca aberta. Indaguei da minha guia, e soube. Eram as Utopias e as Quimeras que iam da terra, onde haviam passado a noite na companhia de alguns homens e mulheres de todas as idades e condições.

As Utopias e as Quimeras foram festejadas pelo soberano, que se dignou sorrir-lhes e bater-lhes na face. Elas alegres e risonhas receberam os carinhos reais como coisa que lhes era devida; e depois de dez ou doze mesuras, repetições das anteriores, foram-se da sala, não sem abraçarem-me ou beliscarem-me, quando espantado eu olhava para elas sem saber por que me tornara objeto de tanta jovialidade. O meu espanto crescia de ponto quando ouvia a cada uma delas esta expressão muito usada nos bailes de máscaras: Eu te conheço!

Depois que saíram todos, o Gênio fez um sinal, e toda a atenção concentrou-se no soberano, a ver o que ia sair-lhe dos lábios. A expectativa foi burlada, porque o gracioso soberano apenas com um gesto indicou ao cicerone comum o mísero hóspede que daqui tinha ido. Seguiu-se a cerimônia da saída, que durou longos minutos, em virtude das mesuras, cortesias e beija-mão do estilo. Os três, eu, a fada condutora e o cicerone passamos à sala da rainha. A real senhora era uma pessoa digna de atenção a todos os respeitos; era imponente e graciosa; trajava vestido de gaza e roupa da mesma fazenda, borzeguins[63] de cetim alvo, pedras finas de todas as espécies e cores,

---

[59] Sobrancelhas.
[60] Conforme a mitologia, Júpiter Tonante é o rei dos deuses do Olimpo, o Zeus dos gregos.
[61] Joviais; alegres; radiantes.
[62] Reverências; cumprimentos cerimoniosos.
[63] Espécie de bota, botina.

nos braços, no pescoço e na cabeça; na cara trazia posturas finíssimas, e com tal arte, que parecia haver sido corada pelo pincel da natureza; dos cabelos recendiam ativos cosméticos e delicados óleos.

Não pude disfarçar a impressão que me causava um todo assim. Voltei-me para a companheira de viagem e perguntei como se chamava aquela deusa.

— Não a vê? — respondeu a fada —; não vê as trezentas raparigas que trabalham em torno dela? Pois então? É a Moda, cercada de suas *trezentas belas, caprichosas filhas*.

A estas palavras eu lembrei-me do *Hissope*. Não duvidava já de que estava no País das Quimeras; mas, raciocinei, para que Dinis falasse de algumas destas coisas é preciso que cá tivesse vindo, e voltasse como está averiguado.

Portanto, não devo recear de cá ficar morando eternamente. Descansado por este lado, passei a atentar para os trabalhos das companheiras da rainha; eram umas novas modas que se estavam arranjando para vir a este mundo substituir as antigas.

Houve apresentação com o cerimonial do estilo. Estremeci quando pousei os lábios na mão fina e macia da soberana; esta não reparou, porque tinha na mão esquerda um psichê,[64] onde se mirava de momento a momento.

Impetramos os três licença para continuar a visita do palácio e seguimos pelas galerias e salas. Cada sala era ocupada por um grupo de pessoas, homens ou mulheres, algumas vezes mulheres e homens, que se ocupavam nos diferentes misteres[65] de que estavam incumbidos pela lei do país, ou por ordem arbitrária do soberano. Percorria essas salas diversas com o olhar espantado, estranhando o que via, aquelas ocupações, aqueles costumes, aqueles caracteres. Em uma das salas um grupo de cem pessoas ocupava-se em adelgaçar[66] uma massa branca, leve e balofa. Naturalmente este lugar é a ucharia,[67] dizia comigo; estão preparando alguma iguaria singular para o almoço do rei. Indaguei do cicerone se havia acertado. O cicerone respondeu:

— Não, senhor; estes homens estão ocupados em preparar massa cerebral para um certo número de homens de todas as classes, estadistas, poetas, namorados, etc.; serve também a mulheres. Esta massa é especialmente para aqueles que no seu planeta vivem com verdadeiras disposições do nosso país, aos quais fazemos presente deste elemento constitutivo.

— É massa quimérica?

---

[64] Um tipo de espelho grande, com moldura.
[65] Ofícios; afazeres.
[66] Afinar.
[67] Despensa; lugar para se guardar mantimentos.

— Da melhor que se há visto até hoje.

— Pode ver-se?

O cicerone sorriu-se; chamou o chefe da sala, a quem pediu um pouco da massa. Este foi com prontidão ao depósito e tirou uma porção, que entregou-me. Mal a tomei das mãos do chefe desfez-se a massa como se fora composta de fumo. Fiquei confuso; mas o chefe bateu-me no ombro:

— Vá descansado — disse —; nós temos à mão matéria-prima; é da nossa própria atmosfera que nos servimos e a nossa atmosfera não se esgota.

Este chefe tinha uma cara insinuante, mas, como todos os quiméricos, era sujeito a abstrações, de modo que não pude arrancar-lhe mais uma palavra, porque ele ao dizer as últimas começou a olhar para o ar e a contemplar o voo de uma mosca. Este caso atraiu os companheiros, que se chegaram a ele e mergulharam-se todos na contemplação do alado inseto.

Os três continuamos o nosso caminho.

Mais adiante era uma sala onde muitos quiméricos à roda de mesas discutiam os diferentes modos de inspirar aos diplomatas e diretores deste nosso mundo os pretextos para encher o tempo e apavorar os espíritos com futilidades e espantalhos. Esses homens tinham ares de finos e espertos. Havia ordem do soberano para não entrar naquela sala em horas de trabalho; uma guarda estava à porta. A menor distração daquele congresso seria considerada uma calamidade pública. Continuei com o cicerone e fui ter a outra sala onde muitos quiméricos, de boca aberta, escutavam as preleções[68] de um filósofo do país.

O filósofo falava pausado e parecia embebido na música das próprias palavras. Tinha um gesto estudado, cheio de si, como de Vadius falando a Trissotin.[69] Detive-me aí.

Dizia o filósofo:

— Meus caros filhos, o universo é um composto de maldade e invejas. Não há talento, por mais prodigioso, que não seja ferido pela seta da calúnia e do desdém dos egoístas. Como fugir a esta triste situação? De um modo único. Que cada um começando a viver deve logo compenetrar-se de que nada há acima de si, e desta convicção própria nascerá a convicção alheia. Quem há de contestar o talento a um homem que começa por senti-lo em si e diz que o tem?

---

[68] Lição; palestra.

[69] Vadius e Trissotin são personagens de *As mulheres sábias* (1672), comédia de Jean-Baptiste Poquelin (1622-1673), mais conhecido como Molière. Trissotin é um pedante, poeta medíocre, que fascina mulheres; Vadius, outro suposto erudito, é amigo e concorrente de Trissotin.

Os ouvintes alçaram a voz e num coro exclamaram:
— Muito bem.
O filósofo continuou:
— Dirão que isso é vaidade; mas se bem compreendeis a nossa natureza e a natureza dos outros deveis saber que isso que lá embaixo se chama vaidade não é entre nós outra coisa mais do que a verdadeira tensão do espírito, a consciência da nossa elevação moral.

A preleção acabou com estas palavras. O filósofo desceu do espaldar[70] em que estava e todas as Quimeras fizeram alas para deixá-lo passar.

Continuei a minha viagem.

Andei de sala em sala, de galeria em galeria, aqui visitando um museu, ali um trabalho ou um jogo; tive tempo de ver tudo, de tudo examinar com atenção e pelo miúdo. Ao passar pela grande galeria que dava para a praça, vi que o povo, reunido embaixo das janelas, cercava uma forca. Era uma execução que ia ter lugar. Crime de morte? Não, responderam-lhe, crime de lesa-cortesia. Era um quimérico que havia cometido o crime de não fazer a tempo e com graça uma continência; este crime é considerado naquele país como a maior audácia possível e imaginável. O povo quimérico contemplou a execução como se assistisse a um espetáculo de saltimbancos,[71] entre aplausos e gritos de prazer.

Entretanto era a hora do almoço real.

À mesa do gênio soberano só se sentavam o rei, a rainha, dois ministros, um médico, e a encantadora fada que me havia levado àquelas alturas. A fada, antes de sentar-se à mesa, implorou do rei a mercê de admitir-me ao almoço; a resposta foi afirmativa; tomei assento. O almoço foi o mais sucinto e rápido que é possível imaginar. Durou alguns segundos, depois do que todos se levantaram e abriu-se mesa para o jogo das reais pessoas; fui assistir ao jogo; em roda da sala havia cadeiras onde estavam sentadas as Utopias e as Quimeras; às costas dessas cadeiras empertigaram-se fidalgos quiméricos, com os seus pavões e as suas vestiduras de escarlate. Aproveitei a ocasião para saber como é que me conheciam aquelas assanhadas raparigas. Encostei-me a uma cadeira e indaguei da Utopia que se achava nesse lugar. Esta impetrou licença, e depois das formalidades do costume retirou-se a uma das salas comigo, e aí perguntou-me:

— Pois deveras não sabes quem somos? Não nos conheces?

— Não as conheço, isto é, conheço-as agora, e isso dá-me verdadeiro pesar, porque quisera tê-las conhecido há mais tempo.

---

[70] Cobertura sobre estátuas, colocadas para proteger o púlpito, local de onde se discursa.
[71] Artistas populares itinerantes, artistas de circo.

— Oh! Sempre poeta!

— É que deveras são de uma gentileza sem rival. Mas onde é que me viram?

— Em tua própria casa.

— Oh!

— Não te lembras? À noite, cansado das lutas do dia, recolhes-te ao aposento, e aí, abrindo velas ao pensamento, deixas-te ir por um mar sereno e calmo. Nessa viagem acompanham-te algumas raparigas... somos nós, as Utopias, nós, as Quimeras.

Compreendi afinal uma coisa que se me estava a dizer há tanto tempo. Sorri-me, e cravando os meus olhos nos da Utopia que tinha diante de mim, disse:

— Ah! Sois vós, é verdade. Consoladora companhia que me distrai de todas as misérias e pesares. É no seio de vós que eu enxugo as minhas lágrimas. Ainda bem. Conforta-me ver-vos a todas de face e debaixo de forma palpável.

— E queres saber, tornou a Utopia, quem nos leva a todas para a tua companhia? Olha, vê.

Voltei-me e vi a peregrina visão, minha companheira de viagem.

— Ah! É ela — respondi.

— É verdade. É a loura Fantasia, a companheira desvelada dos que pensam e dos que sentem.

A Fantasia e a Utopia entrelaçaram as mãos e olhavam para mim. Eu, como que enlevado, olhava para ambas. Durou isto alguns segundos; quis fazer algumas perguntas, mas quando ia falar reparei que as duas se haviam tornado mais delgadas e vaporosas. Articulei alguma coisa; porém vendo que elas iam ficando cada vez mais transparentes, e distinguindo-se-lhes já pouco as feições, soltei estas palavras:

— Então, que é isto? Por que se desfazem assim? — mais e mais as sombras desapareciam, corri à sala do jogo; espetáculo idêntico me esperava; era pavoroso; todas as figuras se desfaziam como se fossem feitas de névoa. Atônito e palpitante, percorri algumas galerias e afinal saí à praça; todos os objetos estavam sofrendo a mesma transformação. Dentro de pouco eu senti que me faltava o apoio aos pés e vi que estava solto no espaço.

Nesta situação soltei um grito de dor. Fechei os olhos e deixei-me ir como se tivesse de encontrar por termo de viagem a morte. Era na verdade o mais provável. Passados alguns segundos, abri os olhos e vi que caía perpendicularmente sobre um ponto negro que me parecia do tamanho de um ovo. O corpo rasgava como raio o espaço. O ponto negro cresceu, cresceu e cresceu até fazer-se do tamanho de uma grande esfera. A minha queda tinha alguma coisa de diabólica; soltava de vez em quando um gemido; o ar batendo-me nos olhos obrigava-me a fechá-los de instante a instante.

Afinal o ponto negro, que havia crescido, continuava a crescer, até aparecer-me com o aspecto da Terra. É a Terra! — disse comigo.

Creio que não haverá expressão humana para mostrar a alegria que sentiu a minha alma, perdida no espaço, quando reconheceu que se aproximava do planeta natal. Curta foi a alegria; pensava, e pensava bem, que naquela velocidade quando tocasse em terra seria para nunca mais me levantar. Tive um calafrio: vi a morte diante de mim e encomendei a minha alma a Deus. Assim fui, fui, ou antes vim, vim, até que — milagre dos milagres! — caí sobre a praia, de pé, firme como se não houvesse dado aquele infernal salto. A primeira impressão, quando me vi em terra, foi de satisfação; depois tratei de ver em que região do planeta me achava; podia ter caído na Sibéria ou na China; verifiquei que me achava a dois passos de casa. Apressei-me a voltar aos meus pacíficos lares.

A vela estava gasta; a galga, estendida sob a mesa, tinha os olhos fitos na porta. Entrei e atirei-me sobre a cama, onde adormeci, refletindo no que acabava de acontecer-me.

* * *

Tal é a narrativa de Tito.

Esta pasmosa viagem serviu-lhe de muito.

Desde então adquiriu um olhar de lince capaz de descobrir, à primeira vista, se um homem tem na cabeça miolos ou massa quimérica.

Não há vaidade que possa com ele. Mal a vê lembra-se logo do que presenciou no reino das Bagatelas, e desfia sem preâmbulo a história da viagem.

Daqui vem que, se era pobre e infeliz, mais infeliz e mais pobre ficou depois disto.

É a sorte de todos quantos entendem dever dizer o que sabem; nem se compra por outro preço a liberdade de desmascarar a humanidade.

Declarar guerra à humanidade é declará-la a toda a gente, atendendo-se a que ninguém há que mais ou menos deixe de ter no fundo do coração esse áspide[72] venenoso.

Isto pode servir de exemplo aos futuros viajantes e poetas, a quem acontecer a viagem milagrosa que aconteceu ao meu poeta.

Aprendam os outros no espelho deste. Vejam o que lhes aparecer à mão, mas procurem dizer o menos que possam as suas descobertas e as suas opiniões.

---

[72] Um tipo de serpente.

# O rei dos caiporas

Os acontecimentos humanos são regidos por um destino cego e caprichoso? Há estrelas propícias e estrelas funestas? Tem fundamento a crença popular de que certas criaturas são felizes porque choraram no ventre materno, e outras desgraçadas porque não choraram nem riram?

Questão é esta que não me atrevo a deslindar. A filosofia diz que os homens dependem de si; o vulgo[1] aponta mil casos em que todos os esforços de um homem vão esbarrar diante de uma força invisível que o não deixa dar um passo adiante. A filosofia é uma boa senhora, e o vulgo é um sujeito prático; seria parcialidade inclinar-me a qualquer deles. Atento-me a ambos.

O que vou contar alude a esta questão de fatalidade e destino. O vulgo inventou uma palavra para indicar a fatalidade de um homem; chama-lhe Caiporismo.[2] Os dicionários ainda não trazem o termo, mas ele corre já pelas salas e ruas e adquiriu direito de cidade.

João das Mercês era o tipo do homem caipora. O destino com todas as suas legiões de auxiliares tinha tomado a pessoa de João das Mercês por alvo de seus tiros. João das Mercês se caísse de costas tinha toda a certeza de quebrar o nariz.

Choveram-lhe desde o berço as contrariedades. Entrou no mundo com o pé esquerdo. É mister ler esta expressão com a sua significação literal e real. A mãe de João das Mercês não resistiu aos trabalhos cirúrgicos e faleceu horas depois de vir à luz o filho.

Foi-se buscar à pressa uma ama. Encontrou-se ao cabo de algumas horas uma preta[3] que alimentou o pequeno durante cinco dias, e morreu de erisipela em um joelho.[4] A segunda ama era uma mulher livre que tinha a mania de jogar na loteria, e que ao fim de um mês tirou a sorte grande: saiu da casa para ir abrir uma loja de costuras. A terceira entrou a amar o irmão mais velho do pequeno, com violência tal, que o pai julgou acertado mandá-la embora. Veio quarta ama que era dorminhoca e deixava o pequeno berrar toda a santa noite; a quinta ama era respondona; a sexta dividia os afetos entre o menino

---

[1] Povo; classe popular da sociedade.

[2] Na mitologia indígena tupi, o Caipora é uma entidade associada às matas e florestas, capaz de aterrorizar as pessoas e trazer má sorte. Assim, "caiporismo" significa o estado ou qualidade de alguém que é infeliz e azarado em tudo, ou quase tudo, que tenta fazer.

[3] Na época do conto, o regime escravocrata estava em vigor no Império do Brasil. Algumas escravas eram usadas como amas de leite.

[4] Doença infecciosa na pele, causada por um tipo de bactéria.

e um permanente;[5] a sétima foi aturada até o fim do tempo da amamentação, a despeito de uma voz de soprano[6] que irritava os nervos do dono da casa, cantando modinhas do norte todo o santíssimo dia.

Parece que esta variedade de leite e de amas influiu poderosamente em João das Mercês. Logo nos primeiros anos verificou-se nele uma tendência pronunciada para o sono, influxo da quarta ama. Aos cinco anos nada o alegrava mais que ver passar a tropa na rua, gosto que lhe ficou naturalmente do leite que bebeu à namorada do permanente. Aos sete anos cantava sofrivelmente, aos oito teve uma erisipela, aos doze furtou ao pai cinco mil-réis para comprar um quarto de loteria; aos quinze começou a namorar uma prima e aos dezesseis foi posto fora de casa por seus atrevimentos.

Aqui temos nós João das Mercês na rua, com dezesseis anos, sem vintém na algibeira, nem pouso certo. Felizmente a prima que ele namorava ainda tinha mãe e pai, que eram muito amigos de João das Mercês e haviam até brigado com o pai dele a propósito de umas palmatoadas que este aplicara ao filho. João encaminhou-se para lá.

— Meu pai deitou-me fora de casa — disse ele a dona Angélica —; venho ver se me dão pouso e mesa, porque não tenho outro recurso.

— Fica, João — respondeu a Senhora Dona Angélica —; fizeste bem em te lembrares que ainda tens uma tia; aqui não te há de faltar nada, ao menos enquanto eu e o Gaspar vivermos.

Marianinha apareceu na sala e soube das desgraças do jovem primo. Ao mesmo tempo teve notícia de que ele ia morar lá. Marianinha, que era o tipo da inocência, bateu palmas e apertou a mão do primo, com uma efusão tal que não escapou à perspicácia da senhora Dona Angélica.

Dona Angélica tinha muitas razões para patrocinar os amores da filha e do sobrinho. Bem sabia ela que João das Mercês não tinha herança nem emprego; mas em compensação Marianinha tinha uma perna mais curta que a outra. Arranjado o rapaz, bem se lhe podia dar a pequena e tudo ficava em casa.

Gaspar aprovou todas as decisões da mulher, com tanta maior benevolência, quanto que, se as não aprovasse, seria a mesma coisa. Durante vinte anos de casamento, não constava que Gaspar tivesse jamais iniciado alguma coisa em casa, nem sequer desaprovado a mulher. Dona Angélica teve sempre o comando do exército doméstico, e devo acrescentar com a fidelidade de um romancista sincero que Dona Angélica exercia esse comando com uma severidade digna de um general.

---

[5] O termo "permanente" era usado para designar um soldado da guarda nacional.
[6] O tipo de voz feminina mais aguda; cantora que tem esse tipo de voz.

A boa velha era caprichosa; o marido era o tipo da obediência. Um dia acordou Dona Angélica com a ideia de que o esposo devia usar suíças.[7] Gaspar, que trazia a barba toda, desde que ela achou que era a única moda respeitável, ia ao barbeiro e punha abaixo metade do pelo. Dois meses depois, Angélica adotava o sistema dos bigodes, por se ter namorado de um retrato de Napoleão III.[8] O marido voltava para casa com uma faixa de soldado francês. Suspeitava-se que o corte das calças inexplicáveis de Gaspar era produção de Dona Angélica.

Aqui temos, em duas palavras, a nova família de João das Mercês. Sabendo com que amor o tratavam, o nosso João imaginou que ia levar uma vida regalada.[9] Infelizmente foi ilusão que durou pouco. Dona Angélica disse um dia à mesa que era preciso arranjar algum emprego para o sobrinho. Gaspar não se fez esperar. Foi dali a um cavalheiro com que andara na escola e que ocupava então o lugar de ministro da Guerra. Pediu-lhe um emprego. Gaspar foi notável durante toda a sua vida pelo aferro com que sempre acompanhara o ministério *atual*. Obteve o emprego.

João das Mercês obedeceu à intimação da sua tia e foi ocupar o lugar no arsenal de guerra, tendo obtido antes consentimento do pai.

Marianinha amava o primo, com toda a força de seus quinze anos. Era uma rapariga assaz[10] bonita, assaz faceira, dotada de um excelente coração. João das Mercês, que era estouvado[11] e mal-educado, não deixava de ter igualmente um coração digno de apreço. Amavam-se estas duas criaturas com o aferro de um primeiro amor. Dona Angélica alimentava esta chama, que, segundo ela, devia ser legitimada na igreja.

João das Mercês também nutria essas esperanças; e tratava de as comunicar à prima.

— Quando formos casados — dizia ele — havemos de ser felizes.
— Casados?
— Sim.
— Quando há de ser?
— Um dia, quando eu tiver mais idade.
— Ah! Se fosse já!

Gaspar ouviu um dia esta conversa, e não se pôde ter de furor.

---

[7] Barba que se deixa crescer apenas nas partes laterais da face.
[8] Louis-Napoléon Bonaparte (1808-1873), ou Napoleão III, era sobrinho de Napoleão Bonaparte, Napoleão I.
[9] Abundante; farta.
[10] Muito; bastante.
[11] Travesso; desajuizado.

— Casar! — exclamou ele. — Pois vocês já falam em casar? Onde é que se viu isto? Que diria tua mãe, quando souber que já a minha filha fala em casamento? E tu, meu pirralho, que ideias andas metendo na cabeça de tua prima? Ora esperem!

Marianinha tremia; João murmurava uma resposta ao tio, quando este chegando-se à porta gritou para dentro:

— Oh! Senhora Dona Angélica!

— Que temos? — gritou de dentro a esposa de Gaspar.

— Queira vir até cá — respondeu o marido com voz macia.

— Não me faltava mais nada! Venha cá você.

Gaspar fez um gesto de ameaça aos pequenos e foi ter com a mulher a que expôs o que acabava de ouvir.

— E que tem você com isso? — disse-lhe a mulher. — Se os pequenos gostam um do outro, fazem muito bem; e eu até estimo isso, porque já andava com ideias de os unir. Você veio atrapalhar tudo; ora vai, vai tranquilizar os pequenos.

Gaspar engoliu dificilmente a pílula. Atravessou o corredor como se passasse pelas forcas caudinas;[12] e voltou à sala onde os namorados tremiam pelo desfecho da cena.

— O amor, meus filhos — disse ele —, é uma coisa santa, se vocês se amam com seriedade, sou o primeiro a aprovar esse sentimento que nos eleva aos nossos próprios olhos; o que eu combato, e que todos os bons pais devem combater, é o namoro sem fim, o passatempo indigno de jovens bem formados. Quando eu e a respeitável Dona Angélica (aqui levantou muito a voz) nos amamos foi...

— Deixe-se de estar contando essas coisas aos pequenos — clamou de dentro a senhora Dona Angélica.

— Foi seriamente — continuou Gaspar em voz baixa.

Tudo favorecia os amores de João das Mercês; mas ele não contava com o destino.

André das Mercês, pai do nosso João, arrependeu-se um dia de ter posto o filho fora de casa, e foi ter com a irmã para obter a volta de João das Mercês. Dona Angélica opôs-se vivamente à saída do sobrinho. Disse francamente ao irmão que o seu projeto era insensato; que, já que tinha praticado um erro, devia aguentar com todas as consequências dele.

---

[12] As "forcas caudinas" são um desfiladeiro no antigo país dos samnitas, nos montes Apeninos, centro da Itália, local no qual os soldados romanos se viram obrigados a render-se. Assim, a expressão denota "submissão humilhante".

André era tão esturrado[13] como a irmã; respondeu-lhe rispidamente; ela insistiu; insistiu; e, depois de uma longa discussão em que ambos mostraram toda a solidez da respectiva língua, saiu André disposto a proceder violentamente.

Em caminho refletiu que não era conveniente dar um escândalo, e que podia alcançar tudo por bons modos.

— Talvez ela hoje estivesse de mau humor — pensou ele.

Encontrou o cunhado e expôs-lhe a questão.

— Meu amigo — disse-lhe Gaspar —, eu aprovo o procedimento de minha mulher, sem deixar de aprovar as suas louváveis intenções.

— Louváveis, tem razão — acudiu André —; o que eu quero é receber meu filho em casa. Assiste-me o direito...

— Não contesto.

— A mana está teimosa; mas, se você intervier, pode ser que eu consiga alguma coisa...

— Acha então que eu...

— Sem dúvida, venha comigo.

— Vamos. Minha mulher atende muito ao que eu digo. Com duas palavras minhas estou que arranjarei tudo. O caso é que o senhor não estrague tudo com as suas insistências... Deixe-me falar só.

— Estou por tudo; eu não desejo brigar com ela.

— Está visto. O que se quer é fazer-lhe ouvir a razão. Sabe o que são senhoras; caprichosas, intolerantes; mas deixe-me, eu farei tudo... Espere-me aqui um bocadinho, que eu vou ali à esquina comprar rapé,[14] que tenho a caixa vazia.

— Eu vou também.

— Não; deixe-me ir só; o homem não gosta de vender rapé à vista de gente. São três minutos.

Gaspar voltou a esquina e meteu-se em um corredor. André, depois de passear perto de um quarto de hora, foi à esquina e perguntou no armarinho pelo cunhado.

— Aqui só veio um preto comprar uma vela de cera — respondeu o caixeiro.[15]

André ficou furioso, mas compreendeu tudo. Sabia que a irmã dominava o marido, mas não calculava que chegasse a tanto.

---

[13] Irritado; exaltado.
[14] Pó de fumo, usado por meio de inalação e que faz espirrar. Era hábito comum na época inalar rapé.
[15] Balconista; empregado.

Resolveu, portanto, fazer as coisas por si.

No dia seguinte apareceu em casa de Angélica (não ouso dizer em casa de Gaspar) e de novo insistiu na entrega do pequeno; a missão não teve nenhum efeito. André resolveu ir esperar à porta do arsenal de guerra que o pequeno saísse e deitar-lhe a mão em cima.

João das Mercês não escapou ao laço.

Nesse mesmo dia foi morar para casa do pai, com ordem de não sair nem para o emprego nem para casa da tia.

Imaginem o furor de Dona Angélica e a dor de Marianinha. Gaspar fez cem projetos de vingança, sem que a mulher lhe aceitasse nenhum.

Separado da jovem namorada, João das Mercês ficou entregue ao mais profundo desespero. Correram os meses sem que se avistassem os dois. Ao cabo de um ano, André arranjou para o filho um emprego, e foi a primeira vez que o mísero pôde pisar a rua. Seu primeiro cuidado foi ir à casa da tia.

Achou-se na sala toda a família e mais um rapaz de casaca e luvas brancas. Marianinha empalideceu um pouco, mas logo lhe passou essa manifestação de remorso. Remorso digo, porque o sujeito de luvas brancas e casaca, como o leitor há de ter percebido, vinha pedir a moça em casamento.

Dona Angélica acabava um discurso acerca dos deveres do casamento e do amor das mães aos filhos, discurso que Gaspar ouvia com aprovação de cabeça, e o noivo com abrimentos de boca.

João das Mercês não resistiu à dor. Saiu furioso acusando os céus e a terra das suas desgraças. Complicaram-se estas com a morte do pai. João das Mercês ficou no mundo sozinho. Era preciso trabalhar; o rapaz entrou a trabalhar como um mouro.[16]

Houve entretanto não sei que pretendente ao lugar dele; parece que o pretendente tinha jus ao lugar, porque um dia de manhã o chefe da repartição mandou chamar João das Mercês e deu-lhe a triste notícia de que estava demitido.

Nessa triste posição esteve João das Mercês uns quinze dias que foi quanto lhe durou o resto do ordenado. Ao fim desse tempo não tinha que comer. O estômago é engenhoso e tem boa memória. João lembrou-se que havia, em uma casa de pasto do seu conhecimento, um caixeiro a quem emprestara dez mil-réis em ocasião em que se achava desempregado. Correu para lá.

O caixeiro conheceu o credor, e acudiu a servi-lo. João das Mercês pediu alguma coisa para almoçar, e fingindo ler a lista declarou ao caixeiro que não tinha dinheiro naquela ocasião.

---

[16] A expressão "trabalhar como um mouro" significa trabalhar muito e pesado.

O caixeiro era bom rapaz e não deixou de o servir. Foi pelo mesmo teor o jantar e a ceia. No dia seguinte não havendo outra vela no horizonte culinário, João das Mercês recorreu ainda ao caixeiro, que não deixou de lhe fiar o comer; mas pensando que a penúria de João das Mercês era temporária, limitou-se a afiançar ao dono da casa a capacidade do freguês.

Ao fim de duas semanas, quando João das Mercês se assentava para comer o seu décimo quinto almoço, o dono da casa foi-lhe levar uma conta que fez empalidecer o pobre rapaz.

— Amanhã lhe pago isto — respondeu ele pondo a conta no bolso, e com tanta confiança que parecia estar à espera de algum legado. Ignora-se como comeu ele no dia seguinte e nos outros. Um mês depois achamo-lo empregado em copiar certidões e outros papéis em casa de um tabelião. Era ativo no trabalho e sério no procedimento; infelizmente o tabelião padecia de moléstias que o enchiam de mau humor certas manhãs, mormente[17] se comia em véspera carne cozida. Um dia em que o tabelião entrou no cartório afinadíssimo, João das Mercês teve a desgraça de copiar mal um papel. O tabelião revoltou-se contra o escrevente, e mandou fazer outra cópia, a qual, não saindo capaz, levou o tabelião às nuvens. Por desgraça, João das Mercês abalroou[18] na mesa e entornou-lhe o tinteiro sobre uma procuração.

Foi demitido.

Tentou João das Mercês entrar no comércio, e alcançou ser admitido como sócio de indústria em um armarinho. O armarinho era afreguesado e João das Mercês julgou ter enfim dado o último golpe no caiporismo. Daí a um ano reconheceu que andava iludido com a aparente vitória.

O caiporismo é a hidra de Lerna.[19]

O sócio disse-lhe um dia de manhã que ia buscar um primo em Sapopemba[20] e partiu acompanhado de uma pequena mala.

João das Mercês ficou em casa só.

Mas os dias correram sem que o sócio voltasse; até que João fosse surpreendido com uma letra[21] de quinhentos mil-réis. Recorreu à burra[22] e não achou vintém. Deu parte à polícia; mas nem por isso escapou da correção.

---

[17] Principalmente; sobretudo.
[18] Colidir; bater.
[19] Na mitologia grega, a hidra de Lerna era um monstro com corpo de dragão e várias cabeças de serpente; ao cortar-se uma de suas cabeças, nasciam outras duas em seu lugar.
[20] Na época do conto, Sapopemba era um bairro do Rio de Janeiro. Uma estação de trem de mesmo nome foi inaugurada no local em 1859.
[21] Ou seja, uma letra de câmbio: dívida feita por um sacador em nome de um terceiro.
[22] Caixa; cofre.

Foi solto depois de um laborioso processo em que ficou provada a sua completa inocência. Os credores tomaram conta dos bens, e João das Mercês ficou no meio da rua com as algibeiras vazias e nenhuma esperança de melhora.

Não tinha as algibeiras vazias de todo; depois de as revolver muito achou seis mil-réis.

— Que tempo me durará isto? — perguntou ele a si mesmo. — Nem três dias; é preciso comer e dormir. Acabado este dinheiro estou como antes. Que farei?

Aqui teve uma dessas inspirações que salvam impérios.

— Gasto dez tostões em alguma coisa, e com os cinco mil-réis de resto compro um quarto de loteria.

Já sabemos que ele tinha esta mania que lhe deixara uma das sete amas. Assim fez.

Depois de comer tranquilamente um almoço sucinto e modesto, encaminhou-se para a rua da Quitanda e comprou o bilhete.

— 1441 — disse ele —, bom número; tenho fé.

Tinha uma esperança, mas não tinha jantar nem cama. Felizmente a roda corria no dia seguinte. João das Mercês entrou a passear pelas ruas, disposto a sofrer filosoficamente a fome e o mais na esperança dos vinte contos.[23]

Casualmente encontrou o tio Gaspar.

— Como estás? — perguntou-lhe o tio.

— Bom.

— Já te livraste do processo?

— Já.

— Tão depressa?

— Acha que foi depressa?

— Sim, estas coisas costumam a ser mais longas. Eu quis fazer alguma coisa por ti; mas tua tia, que é uma senhora de muito bem pensar, disse: "Era bom ir socorrer o Joãozinho; mas o crime é tão feio que não é bom a gente meter-se nisto; que pensas tu, Gaspar?". "Que hei de pensar, mulher? Penso que o rapaz é inocente e que foi atraiçoado; mas as aparências enganam... e nesse caso é minha vontade que não nos metamos nisto".

— Faz bem.

— Onde estás agora?

— Aqui na rua.

— Mas qual é o teu emprego?

— Passear.

---

[23] Conto de réis é uma expressão adotada no Brasil e em Portugal para indicar um milhão de réis, unidade monetária na época.

— Que dizes?

— A verdade.

Gaspar, que não era mau homem, ficou penalizado com a situação do sobrinho. Quis fazer alguma coisa por ele; mas não ousava.

— Já comeste?

— Hoje comi; amanhã não sei.

— Olha — disse Gaspar com um belo movimento de generosidade —, toma lá; eu fui agora mesmo receber um dinheiro; toma dez mil-réis.

João das Mercês aceitou os dez mil-réis e abraçou o tio.

— Bem! — disse ele. — A sorte começa a ceder. Já tenho com que dormir hoje e comer amanhã.

Era não contar com o caiporismo e Dona Angélica. Esta senhora pediu ao marido contas do dinheiro que fora cobrar. Gaspar contou-lhe francamente o estado em que achara João das Mercês e o procedimento que tivera. Dona Angélica irritou-se contra o marido e o sobrinho e exigiu a imediata entrega do dinheiro. Por honra dela, devo dizer que a sua intenção era simplesmente mortificar o marido. Mas este, acostumado a obedecer-lhe, tomou à letra a ordem e saiu desesperado em busca de alguém que lhe emprestasse dez mil-reis.

Esse alguém foi o sobrinho.

João das Mercês viu de longe o tio e aproximou-se dele. Achou-o triste e taciturno, perguntou-lhe o que tinha.

— Nada — disse Gaspar.

— Alguma coisa tem, meu tio; vamos, diga o que é.

Gaspar não disse palavra.

Então lembrou-se João das Mercês do domínio que a tia exercia no ânimo do marido, e calculou que a tristeza de Gaspar se prendesse ao generoso presente dos dez mil-réis.

— Qual! — disse Gaspar, quando João das Mercês lhe comunicou a suspeita. — Angélica não era capaz de semelhante coisa; estima-te e respeita-te. A verdadeira causa de minha tristeza é que esse dinheiro não era meu, e eu dei-te os dez mil-réis por engano.

João das Mercês entregou o dinheiro ao tio.

Gaspar sentiu borbulhar-lhe uma lágrima nos olhos. Apertou a mão ao sobrinho e foi para casa. Entrava triunfante com os dez mil-réis, quando Dona Angélica, franzindo o sobrolho, perguntou-lhe de onde os houvera. Gaspar confessou-lhe a verdade.

— Quê! — exclamou a esposa. — Pois tu tiveste ânimo de ir tirar estes pobres dez mil-réis ao rapaz que nem o que comer tinha?

— Mas tu...

— Eu, o quê? Eu disse aquilo por dizer. Vai, vai entregar este dinheiro ao pobre rapaz.

— Onde o encontrarei agora?

Gaspar saiu e não achou o sobrinho. Às ave-marias voltou para casa, mas receando que a mulher lhe revistasse as algibeiras, coisa que nunca deixava de fazer todas as noites, tratou de gastar os dez mil-réis como pôde.

João das Mercês passou a noite na rua; no dia seguinte almoçou com um outro companheiro do cartório; e à hora do costume foi para a Misericórdia ver correr a roda.

— Tenho um pressentimento — disse ele consigo — de que hoje venço o destino.

Chegou; dez minutos depois o n. 1441 era aclamado como tendo obtido os vinte contos de réis.

João das Mercês desmaiou.

Deram-lhe os prontos socorros. Tornou a si, apalpou as algibeiras; e achou o abençoado bilhete.

Graças a este recurso inesperado foi à antiga casa de pasto, cuja dívida estava paga, e apresentou o bilhete.

— Tenho aqui a sorte grande; dê-me de jantar que eu depois de amanhã lhe satisfaço a conta do que for.

Foi prontamente obedecido. Jantou como um príncipe. No fim pediu ao caixeiro conhecido, sempre sobre a base do bilhete, alguns charutos que só tinham o defeito de não serem de Havana; no mais não prestavam para nada.

Mas naquela situação tudo o que se fuma é bom. Qualquer homem fumará alegremente couro de boi, se tiver a certeza de que no dia seguinte lhe metem na algibeira vinte contos de réis.

Acabava ele de acender um charuto, quando um sujeito que lhe ficara fronteiro, e tinha ouvido a conversa com o dono da casa, lhe disse com familiaridade:

— Com que então tirou a sorte grande?

— É verdade — respondeu João das Mercês, com a indiscrição de um homem feliz após tantas desgraças. — Tirei a sorte grande e ainda estou admirado disso.

— Por quê? — disse o sujeito, levantando-se com a xícara de café na mão e indo assentar-se à mesa do rapaz.

— Porque fui sempre muito caipora. Nunca comprei bilhete que me saísse sequer o mesmo dinheiro. Desta vez porém acertei...

— Homem, eu também fui sempre caipora. Joguei dois anos com o mesmo número e nunca tirei mais de quarenta mil-réis. Um dia, porém, saiu o diabo de trás da porta[24] e caiu-me a bicha em casa.[25]

— Sim? Quando foi isso?

— Foi há seis meses.

— Um quarto ou bilhete inteiro?

— Meio bilhete. Recebi dez contos.

— Talvez não precisasse deles...

— Quase que lhe posso dizer isso. Graças a Deus, ainda que não viessem os dez contos, tinha com que passar. Acontece-lhe o mesmo?

— Infelizmente não — disse João das Mercês seduzido com a maneira e a confiança do interlocutor.

— Mais uma razão para que eu o felicite.

O desconhecido apertou a mão a João das Mercês e ofereceu-lhe um charuto.

— Estes charutos daqui não prestam, tome este.

João das Mercês acendeu o charuto depois de pôr o seu fora, e reclinou-se sobre a mesa a conversar com o desconhecido.

Ao fim de uma hora saíram de braço dado. O desconhecido disse chamar-se Viana; João das Mercês deu também o seu nome. Saíram como dois amigos velhos. Passearam todo o tempo; Viana levou a benevolência ao ponto de o convidar a tomar um sorvete no Carceller.

Perto da noite, disse Viana para João das Mercês:

— Vou levá-lo até à sua casa.

João das Mercês fez uma careta.

— Isso agora há de ser mais difícil — disse ele depois de alguns instantes.

— Por quê?

— Por que...

— Seja franco.

— Pois bem, meu caro, eu não tenho casa!

— Não tem casa?

João das Mercês contou fielmente ao amigo a sua posição. Viana ouviu a narração com visíveis sinais de simpatia.

— Pois se isto o não incomoda nem ofende, ofereço-lhe por hoje um hospício. Amanhã já não será preciso porque receberá o dinheiro.

— Aceito.

---

[24] Expressão adaptada do adágio português "nem sempre o diabo está detrás da porta"; diz-se quando se correm mal os negócios ou quando sucedem muitos contratempos ou desgostos.

[25] Expressão que significa "acabou-me o azar", "acabou-se a má sorte".

Dirigiram-se para a rua da Misericórdia. Viana morava ali em um primeiro andar mobiliado com algum asseio.

— A casa não está arranjada — disse ele —, mas é porque eu mais me entendo com a desordem que com a ordem.

— Está excelente — disse João das Mercês. — Ah! Meu caro Senhor Viana, creio que sou agora verdadeiramente feliz. No dia em que me entra o dinheiro pela porta, entra-me um amigo pelo coração. Pela porta é metáfora — acrescentou ele rindo.

Viana apertou-lhe a mão comovido.

— Tive um amigo da sua idade; era a mesma alma franca e aberta aos sentimentos generosos; permita-me a ilusão de que o encontrei agora.

— Espero que não seja ilusão — exclamou João das Mercês.

Conversaram até alta noite. À uma hora João das Mercês disse que estava com sono.

— Eu também — disse Viana. Vamos dormir. Tenho sempre esta outra cama pronta para o que der e vier. Olhe, gosto de acordar cedo.

— Homem, nestas alturas não se me dera acordar mais tarde — respondeu João das Mercês, que, como sabemos, adquirira de uma das suas amas o modo de dormir demais.

— É que eu tenho de sair cedo, para levar um papel à estrada de ferro. Às nove horas estarei de volta.

— A minha madrugada será às nove horas.

— Veja já se perdeu o bilhete.

— Nada, cá está no bolso do colete.

Dormiram.

No dia seguinte, seriam onze horas quando João das Mercês abriu os olhos. Viana ainda não tinha voltado. O rapaz costumava estar na cama acordado ainda um quarto de hora. Ao fim desse tempo levantou-se, lavou-se e vestiu-se.

Não tendo relógio, não sabia que horas eram. O sol estava encoberto. João das Mercês chegou à janela a ver se via o dono da casa.

Não viu ninguém.

Pouco depois deram os sinos meio-dia.

— Meio-dia — disse ele. — Onde estará este homem.

Começou a sentir fome e a arrepelar-se com a demora, quando instintivamente levou a mão ao bolso do colete.

Não achou o bilhete!

— Roubado! — exclamou ele com desespero.

Chegou à janela, gritou, acudiu gente à porta que o deram por maluco. Do segundo andar desceram algumas pessoas, e depois de ouvirem as queixas do mísero rapaz, foram chamar a autoridade.

Quando o rapaz conseguiu achar-se na rua eram já duas horas. Seu primeiro pensamento foi ir à casa de loteria.

Correu para lá.

Ó desgraça! Todos os quartos da sorte grande estavam pagos. Deu os sinais de Viana e eram os mesmos de um sujeito que lá fora cobrar um quarto.

Não se pode descrever o desespero de João das Mercês. Faltava-lhe aquele golpe mais terrível que todos, o de ter a fortuna na mão e senti-la voar como um pássaro esquivo.

Não hesitou; a ideia de morrer entrou-lhe na cabeça como uma solução às suas desgraças.

No fundo do bolso ainda achou um cartão de barca. Dirigiu-se à ponte e tomou passagem para São Domingos.

No meio da viagem, aproveitou o descuido das pessoas que se achavam perto dele e atirou-se ao mar.

Houve logo a bordo o reboliço que um caso destes produz. A barca parou e a bordo se empregaram todos os esforços para salvar o infeliz.

João das Mercês veio à tona d'água quando lhe atiraram uma corda; ele repeliu-a com energia.

Seu pensamento era morrer.

Não contava com o caiporismo.

Os esforços empregados em favor de uma criatura que não queria nada da vida foram coroados de sucesso, João das Mercês foi salvo.

Passado esse triste acontecimento, João das Mercês dispôs a lutar violentamente com a sorte; pareceu-lhe esta sorrir. Alcançou o rapaz um emprego que lhe dera com que viver pobremente.

Alugou uma casinha na Cidade Nova, e assim passou alguns meses.

Um dia reparou que havia defronte uma velha que não deixava de sorrir quando ele entrava ou saía de casa. João das Mercês cumprimentava-a cortesmente, mas não julgava que o riso fosse com ele.

A casa da velha era a melhor casa da rua, e a moradora passava por ser rica. Quando João das Mercês descobriu que o riso era com ele, começou a prestar maior atenção à vizinha. Esta redobrou de demonstrações e seria enfadonho contar aqui miudamente os acontecimentos que se deram depois. Basta saber que João das Mercês entrou a frequentar a casa da vizinha, e esta declarou-lhe francamente o amor que o moço lhe havia inspirado.

Não devendo esperar que a própria velha oferecesse aquilo que era um favor para ele, João das Mercês exclamou um dia:

— E se nós nos casássemos?

— Essa é a minha intenção — disse Margarida —, se acha que eu o posso fazer feliz.

— Oh! Mais que feliz!

A velha tinha duzentos contos.

Era mais que a sorte grande.

Marcou-se o dia do casamento, correram os pregões,[26] João das Mercês mandou fazer a roupa nova e convidou Gaspar para ser padrinho.

— Sem dúvida, meu rapaz — respondeu o tio —, mas quem é a madrinha?

— Eu tinha-me lembrado de minha tia.

— Conta com ela; vou agora mesmo avisá-la.

Margarida não cabia em si de contente; dizia que, apesar da idade que tinha, sentia em si mais amor do que nunca tivera ao defunto marido.

João das Mercês disse a mesma coisa. Amara muitas vezes, mas nunca com tanta força.

— Sei o que é — acrescentava ele —, é que eu amei sempre a umas deslambidas sem gravidade nem as graças que só se podem ter em certa idade.

Margarida não tinha parente nenhum com exceção de um primo remoto, que fez todos os esforços para impedir o casamento, e, que nada tendo alcançado, resolvera aceitar o convite para ser padrinho, não podendo brigar com a parenta rica.

Raiou enfim a véspera do casamento.

Por conselho da noiva, João das Mercês tinha desistido do emprego, aliás com repugnância, porque não queria parecer que ia viver às sopas da mulher. A coisa era isso mesmo, mas ele não queria a aparência da coisa.

Terníssimos foram os adeuses dos noivos na véspera do casamento. João das Mercês já tinha fechado a porta, e Margarida ainda acenava com o lenço.

Alta noite foi João das Mercês acordado por violentas pancadas na porta. Levantou-se sobressaltado e foi ver o que era.

Era um escravo de Margarida.

Vinha dizer que a senhora estava mal; e que o mandava chamar.

A primeira frase de dor do rapaz foi toda egoísta:

— Ah! Meu caiporismo! — exclamou ele enfiando as calças. Margarida estava realmente às portas da morte.

Quis ver o noivo; este chegou; ela apertou-lhe a mão com ternura.

Depois chamando o primo declarou que desejava fazer o seu testamento, mas ainda não tinha acabado de falar que expirou.

João das Mercês teve um ataque.

---

[26] Na época, os "pregões" eram o mesmo que "proclamas", anúncios de casamento lidos nas igrejas. Essas divulgações permitem as pesquisas nas diversas paróquias a fim de evitar que alguém já casado possa vir a casar-se novamente.

Quando voltou a si, o pobre rapaz lembrou-se outra vez de morrer. Mas tantos sucessos lhe tinham embotado a energia.

Nunca raiou dia de felicidade para este infeliz. Tem sido sucessivamente agente de procurador, copista de advogado, porteiro de teatro, vendedor de bilhetes de loteria, negociante de charutos, sempre perseguido pela fatalidade.

Ele mesmo diz com resignação evangélica:

— Sou o rei dos caiporas!

# Mariana

*Jornal das Famílias*, janeiro de 1871.

Voltei de Europa depois de uma ausência de quinze anos. Era quanto bastava para vir achar muita coisa mudada. Alguns amigos tinham morrido, outros estavam casados, outros viúvos. Quatro ou cinco tinham-se feito homens públicos, e um deles acabava de ser ministro de Estado. Sobre todos eles pesavam quinze anos de desilusões e cansaço. Eu, entretanto, vinha tão moço como fora, não no rosto e nos cabelos, que começavam a embranquecer, mas na alma e no coração, que estavam em flor. Foi essa a vantagem que tirei das minhas constantes viagens. Não há decepções possíveis para um viajante, que apenas vê de passagem o lado belo da natureza humana e não ganha tempo de conhecer-lhe o lado feio. Mas deixemos estas filosofias inúteis.

Também achei mudado o nosso Rio de Janeiro, e mudado para melhor. O jardim do Rocio, o bulevar[1] Carceller, cinco ou seis hotéis novos, novos prédios, grande movimento comercial e popular, tudo isso fez em meu espírito uma agradável impressão.

Fui hospedar-me no Hotel Damiani. Chamo-lhe assim para conservar um nome que tem para mim recordações saudosas. Agora o hotel chama-se Ravot. Tem defronte uma grande casa de modas e um escritório de jornal político. Dizem-me que a casa de modas faz mais negócio que o jornal. Não admira; poucos leem, mas todos se vestem.

Estava eu justamente a contemplar o espetáculo novo que a rua me oferecia quando vi passar um indivíduo cuja fisionomia me não era estranha. Desci logo à rua e cheguei à porta quando ele passava defronte.

— Coutinho! — exclamei.

— Macedo! — disse o interpelado correndo a mim.

Entramos no corredor e aí demos aberta às nossas primeiras expansões.

— Que milagre é este? por que estás aqui? quando chegaste?

Estas e outras perguntas fazia-me o meu amigo entre repetidos abraços. Convidei-o a subir e a almoçar comigo, o que aceitou, com a condição porém de que iria buscar mais dois amigos nossos, que eu estimaria ver. Eram efetivamente dois excelentes companheiros de outro tempo. Um deles estava à

---

[1] Rua ou avenida larga e arborizada.

frente de uma grande casa comercial; o outro, depois de algumas vicissitudes,[2] fizera-se escrivão de uma vara cível.

Reunidos os quatro na minha sala do hotel, foi servido um suculento almoço, em que aliás eu e o Coutinho tomamos parte. Os outros limitavam-se a fazer a razão de alguns brindes e a propor outros.

Quiseram que eu lhes contasse as minhas viagens; cedi francamente a este desejo natural. Não lhes ocultei nada. Contei-lhes o que havia visto desde o Tejo até o Danúbio, desde Paris até Jerusalém. Fi-los assistir na imaginação às corridas de Chantilly[3] e às jornadas das caravanas no deserto; falei do céu nevoento de Londres e do céu azul da Itália. Nada me escapou; tudo lhes referi.

Cada qual fez as suas confissões. O negociante não hesitou em dizer tudo quanto sofrera antes de alcançar a posição atual. Deu-me notícia de que estava casado, e tinha uma filha de dez anos no colégio. O escrivão achou-se um tanto envergonhado quando lhe tocou a vez de dizer a sua vida; todos nós tivemos a delicadeza de não insistir nesse ponto.

Coutinho não hesitou em dizer que era mais ou menos o que era outrora[4] a respeito da ociosidade;[5] sentia-se entretanto mudado e entrevia ao longe ideias de casamento.

— Não te casaste? — perguntei eu.
— Com a prima Amélia? — disse ele. — Não.
— Por quê?
— Porque não foi possível.
— Mas continuaste a vida solta que levavas?
— Que pergunta! — exclamou o negociante.
— É a mesma coisa que era há quinze anos. Não mudou nada.
— Não digas isso; mudei.
— Para pior? — perguntei eu rindo.
— Não — disse Coutinho —, não sou pior do que era; mudei nos sentimentos; acho que hoje não me vale a pena cuidar de ser mais feliz do que sou.
— E podias sê-lo, se te houvesse casado com tua prima. Amava-te muito aquela moça; ainda me lembro das lágrimas que lhes vi derramar em um dia de entrudo.[6] Lembras-te?

---

[2] Sequência de mudanças.
[3] A cidade de Chantilly fica na região norte da França. A cidade é famosa por seu prestigiado hipódromo, no qual são promovidas corridas de cavalo.
[4] Antes; em tempos passados.
[5] Inatividade; preguiça.
[6] O "entrudo" são os três dias anteriores à entrada da Quaresma, período de quarenta dias em que os católicos se dedicam à penitência. No Brasil, até 1854, durante o entrudo se fazia uma festa popular, que foi substituída pelo carnaval.

— Não me lembra — disse Coutinho ficando mais sério do que estava —; mais creio que deve ter sido isso.

— E o que é feito dela?

— Casou.

— Ah!

— É hoje fazendeira; e dá-se perfeitamente com o marido. Mas não falemos nisto — acrescentou Coutinho, enchendo um cálice de conhaque —; o que lá vai, lá vai!

Houve alguns instantes de silêncio, que eu não quis interromper, por me parecer que o nome da moça trouxera ao rapaz alguma recordação dolorosa.

Rapaz é uma maneira de dizer. Coutinho contava já seus trinta e nove anos e tinha alguns fios brancos na cabeça e na barba. Mas apesar desse evidente sinal do tempo, eu aprazia-me em ver os meus amigos pelo prisma da recordação que levara deles.

Coutinho foi o primeiro que rompeu o silêncio.

— Pois que estamos aqui reunidos — disse ele —, ao cabo de quinze anos, deixem que, sem exemplo, e para completar as nossas confidências recíprocas, eu lhes confesse uma coisa, que nunca saiu de mim.

— Bravo! — disse eu. — Ouçamos a confidência de Coutinho.

Acendemos nossos charutos. Coutinho começou a falar:

— Eu namorava a prima Amélia, como sabem; o nosso casamento devia efetuar-se um ano depois que daqui saíste. Não se efetuou por circunstâncias que ocorreram depois, e com grande mágoa minha, pois gostava dela. Antes e depois amei e fui amado muitas vezes; mas nem depois nem antes, e por nenhuma mulher fui amado jamais como fui...

— Por tua prima? — perguntei eu.

— Não; por uma cria de casa.[7]

Olhamos todos espantados um para outro. Ignorávamos esta circunstância, e estávamos a cem léguas de semelhante conclusão. Coutinho não parece atender ao nosso espanto; sacudia distraidamente a cinza do charuto e parecia absorto[8] na recordação que o seu espírito evocava.

— Chamava-se Mariana — continuou ele alguns minutos depois —, e era uma gentil mulatinha[9] nascida e criada como filha da casa, e recebendo

---

[7] Na época do conto, ainda estava em vigor no Brasil o regime escravocrata. A expressão "cria de casa" era usada para designar o filho, ou a filha, de escravo que convivia com os senhores na casa-grande.

[8] Absorvido pelos próprios pensamentos.

[9] Na época, o termo "mulato" era usado para designar um indivíduo mestiço, filho de pai branco e de mãe negra, ou vice-versa.

de minha mãe os mesmos afagos que ela dispensava às outras filhas. Não se sentava à mesa, nem vinha à sala em ocasião de visitas, eis a diferença; no mais era como se fosse pessoa livre, e até minhas irmãs tinham certa afeição fraternal. Mariana possuía a inteligência da sua situação, e não abusava dos cuidados com que era tratada. Compreendia bem que na situação em que se achava só lhe restava pagar com muito reconhecimento a bondade de sua senhora.

A sua educação não fora tão completa como a de minhas irmãs; contudo, Mariana sabia mais do que outras mulheres em igual caso. Além dos trabalhos de agulha que lhe foram ensinados com extremo zelo, aprendera a ler e a escrever. Quando chegou aos quinze anos teve desejo de saber francês, e minha irmã mais moça lho ensinou com tanta paciência e felicidade, que Mariana em pouco tempo ficou sabendo tanto como ela.

Como tinha inteligência natural, todas estas coisas lhe foram fáceis. O desenvolvimento do seu espírito não prejudicava o desenvolvimento de seus encantos. Mariana aos dezoito anos era o tipo mais completo da sua raça. Sentia-se-lhe o fogo através da tez morena do rosto, fogo inquieto e vivaz que lhe rompia dos olhos negros e rasgados. Tinha os cabelos naturalmente encaracolados e curtos. Talhe[10] esbelto e elegante, colo voluptuoso,[11] pé pequeno e mãos de senhora. É impossível que eu esteja a idealizar esta criatura que no entanto me desapareceu dos olhos; mas não estarei muito longe da verdade.

Mariana era apreciada por todos quantos iam a nossa casa, homens e senhoras. Meu tio, João Luís, dizia-me muitas vezes: "Por que diabo está tua mãe guardando aqui em casa esta flor peregrina? A rapariga precisa de tomar ar".

Posso dizer, agora que já passou muito tempo, esta preocupação do tio nunca me passou pela cabeça; acostumado a ver Mariana bem tratada parecia-me ver nela uma pessoa da família, e além disso, ser-me-ia doloroso contribuir para causar tristeza a minha mãe.

Amélia ia lá a casa algumas vezes; mas era o princípio, e antes que nenhum namoro houvesse entre nós. Cuido, porém, que foi Mariana quem chamou a atenção da moça para mim. Amélia deu-mo a entender um dia. O certo é que uma tarde, depois de jantar, estávamos a tomar café no terraço, e eu reparei na beleza de Amélia com uma atenção mais demorada que de costume. Fosse acaso ou fenômeno magnético, a moça olhava também para mim. Prolongaram-se os nossos olhares... ficamos a amar um ao outro. Todos os amores começam pouco mais ou menos assim.

---

[10] Tronco; torso.
[11] Sensual; atraente.

Acho inútil contar minuciosamente este namoro de rapaz, que vocês em parte conhecem, e que não apresentou episódio notável. Meus pais aprovaram a minha escolha; os pais de Amélia fizeram o mesmo. Nada se opunha à nossa felicidade. Preparei-me um dia de ponto em branco[12] e fui pedir a meu tio a mão da filha. Foi-me ela concedida, com a condição apenas de que o casamento seria efetuado alguns meses depois, quando o irmão de Amélia tivesse completado os estudos, e pudesse assistir à cerimônia com a sua carta de bacharel.[13]

Durante este tempo Mariana estava em casa de uma parenta nossa que no-la foi pedir para costurar uns vestidos. Mariana era excelente costureira. Quando ela voltou para casa, estava assentado o meu casamento com Amélia; e, como era natural, eu passava a maior parte do tempo em casa da prima, saboreando aquelas castas efusões[14] de amor e ternura que antecedem o casamento. Mariana notou as minhas prolongadas ausências, e, com uma dissimulação assaz inteligente, indagou de minha irmã Josefa a causa delas. Disse-lho Josefa. Que se passou então no espírito de Mariana? Não sei; mas no dia seguinte, depois do almoço, quando eu me dispunha a ir vestir-me, Mariana veio encontrar-me no corredor que ia ter ao meu quarto, com o pretexto de entregar-me um maço de charuto que me caíra do bolso. O maço fora previamente tirado da caixa que eu tinha no quarto.

— Aqui tem — disse ela com voz trêmula.
— O que é? — perguntei.
— Estes charutos... caíram do bolso de senhor moço.
— Ah!

Recebi o maço de charutos e guardei-o no bolso do casaco; mas, durante esse tempo, Mariana conservou-se diante de mim. Olhei para ela; tinha os olhos postos no chão.

— Então, que fazes tu? — disse eu em tom de galhofa.[15]
— Nada — respondeu ela levantando os olhos para mim. Estavam rasos de lágrimas.

Admirou-me essa manifestação inesperada da parte de uma rapariga que todos estavam acostumados a ver alegre e descuidosa da vida. Supus que houvesse cometido alguma falta e recorresse a mim para protegê-la junto de minha mãe. Nesse caso a falta devia ser grande, porque minha mãe era a bondade em pessoa, e tudo perdoava às suas amadas crias.

---

[12] A expressão "de ponto em branco" significa "com grande capricho"; "com grande cuidado".
[13] "Carta de bacharel" é o mesmo que "diploma de bacharel".
[14] Manifestações de sentimentos afetuosos; carinhosos.
[15] Tom de brincadeira.

— Que tens, Mariana? — perguntei.

E como ela não respondesse e continuasse a olhar para mim, chamei em voz alta por minha mãe. Mariana apressou-se a tapar-me a boca, e esquivando-se às minhas mãos fugiu pelo corredor fora.

Fiquei a olhar ainda alguns instantes para ela, sem compreender nem as lágrimas, nem o gesto, nem a fuga. O meu principal cuidado era outro; a lembrança do incidente passou depressa, fui vestir-me e saí.

Quando voltei à casa não vi Mariana, nem reparei na falta dela. Acontecia isso muitas vezes. Mas depois de jantar lembrou-me o incidente da véspera e perguntei a Josefa o que haveria magoado a rapariga que tão romanescamente me falara no corredor.

— Não sei — disse Josefa —, mas alguma coisa haverá porque Mariana anda triste desde anteontem. Que supões tu?

— Alguma coisa faria e tem medo da mamãe.

— Não — disse Josefa —; pode ser antes algum namoro.

— Ah! Tu pensas quê?

— Pode ser.

— E quem será o namorado da senhora Mariana — perguntei rindo. — O copeiro ou o cocheiro?

— Tanto não sei eu; mas, seja quem for, será alguém que lhe inspirasse amor; é quanto basta para que se mereçam um ao outro.

— Filosofia humanitária!

— Filosofia de mulher — respondeu Josefa com um ar tão sério que me impôs silêncio.

Mariana não me apareceu nos três dias seguintes. No quarto dia, estávamos almoçando, quando ela atravessou a sala de jantar, tomou a bênção a todos e foi para dentro. O meu quarto ficava além da sala de jantar e tinha uma janela que dava para o pátio e enfrentava com a janela do gabinete de costura. Quando fui para o meu quarto, Mariana estava nesse gabinete ocupada em preparar vários objetos para uns trabalhos de agulha. Não tinha os olhos em mim, mas eu percebia que o seu olhar acompanhava os meus movimentos. Aproximei-me da janela e disse-lhe:

— Estás mais alegre, Mariana?

A mulatinha assustou-se, voltou a cara para diversos lados, como se tivesse medo de que as minhas palavras fossem ouvidas, e finalmente impôs-me silêncio com o dedo na boca.

— Mas que é? — perguntei eu dando à minha voz a moderação compatível com a distância.

Sua única resposta foi repetir-me o mesmo gesto.

Era evidente que a tristeza de Mariana tinha uma causa misteriosa, pois que ela receava revelar nada a esse respeito.

Que seria senão algum namoro como minha irmã supunha? Convencido disto, e querendo continuar uma investigação curiosa, aproveitei a primeira ocasião que se me ofereceu.

— Que tens tu, Mariana? — disse eu. — Andas triste e misteriosa. É algum namorico? Anda, fala; tu és estimada por todos cá de casa. Se gostas de alguém, poderás ser feliz com ele porque ninguém te oporá obstáculos aos teus desejos.

— Ninguém? — perguntou ela com singular expressão de incredulidade.

— Quem teria interesse nisso?

— Não falemos nisso, nhonhô.[16] Não se trata de amores, que eu não posso ter amores. Sou uma simples escrava.

— Escrava, é verdade, mas escrava quase senhora. És tratada aqui como filha da casa. Esqueces esses benefícios?

— Não os esqueço; mas tenho grande pena em havê-los recebido.

— Que dizes, insolente?

— Insolente? — disse Mariana com altivez. — Perdão! — continuou ela voltando à sua humildade natural e ajoelhando-se a meus pés. — Perdão, se disse aquilo; não foi por querer: eu sei o que sou; mas, se nhonhô soubesse a razão, estou certa que me perdoaria.

Comoveu-me esta linguagem da rapariga. Não sou mau; compreendi que alguma grande preocupação teria feito com que Mariana esquecesse por instantes a sua condição e o respeito que nos devia a todos.

— Está bom — disse eu —, levanta-te e vai-te embora; mas não tornes a dizer coisas dessas que me obrigas a contar tudo à senhora velha.

Mariana levantou-se, agarrou-me na mão, beijou-a repetidas vezes entre lágrimas e desapareceu.

Todos estes acontecimentos tinham chamado a minha atenção para a mulatinha. Parecia-me evidente que ela sentia alguma coisa por alguém, e ao mesmo tempo que o sentia, certa elevação e nobreza. Tais sentimentos contrastavam com a fatalidade da sua condição social. Que seria uma paixão daquela pobre escrava educada com mimos de senhora? Refleti longamente nisto tudo, e concebi um projeto romântico: obter a confissão franca de Mariana e, no caso em que se tratasse de um amor que a pudesse tornar feliz, pedir a minha mãe a liberdade da escrava.

Josefa aprovou a minha ideia, e incumbiu-se de interrogar a rapariga e alcançar pela confiança aquilo que me seria mais difícil obter pela imposição ou sequer pelo conselho.

---

[16] Na época da escravidão, "nhonhô" ou "ioiô" era a forma de tratamento reverente dada aos senhores pelos escravos, especialmente ao patrão.

Mariana recusou dizer coisa nenhuma a minha irmã. Debalde empregou esta todos os meios de sedução possíveis entre uma senhora e uma escrava. Mariana respondia invariavelmente que nada havia que confessar. Josefa comunicou-me o que se passara entre ambas.

— Tentarei eu — respondi —; verei se sou mais feliz.

Mariana resistiu às minhas interrogações repetidas, asseverando que nada sentia e rindo de que se pudesse supor semelhante coisa. Mas era um riso forçado, que antes confirmava a suspeita do que a negativa.

— Bem — disse eu, quando me convenci de que nada podia alcançar —; bem, tu negas o que te pergunto. Minha mãe saberá interrogar-te.

Mariana estremeceu.

— Mas — disse ela — por que razão sinhá velha há de saber disto? Eu já disse a verdade.

— Não disseste — respondi eu —; e não sei por que recusas dizê-la quando tratamos todos da tua felicidade.

— Bem — disse Mariana com resolução —, promete que se eu disser a verdade não me interrogará mais?

— Prometo — disse eu rindo.

— Pois bem; é verdade que eu gosto de uma pessoa...

— Quem é?

— Não posso dizer.

— Por quê?

— Porque é um amor impossível.

— Impossível? Sabes o que são amores impossíveis?

Roçou pelos lábios da mulatinha um sorriso de amargura e dor.

— Sei! — disse ela.

Nem pedidos, nem ameaças conseguiram de Mariana uma declaração positiva a este respeito. Josefa foi mais feliz do que eu; conseguiu não arrancar-lhe o segredo, mas suspeitar-lho, e veio dizer-me o que lhe parecia.

— Que seja eu o querido de Mariana? — perguntei-lhe com um riso de mofa[17] e incredulidade. — Estás louca, Josefa. Pois ela atrever-se-ia!...

— Parece que se atreveu.

— A descoberta é galante;[18] e realmente não sei o que pense disto...

Não continuei; disse a Josefa que não falasse em semelhante coisa e desistisse de maiores explorações. Na minha opinião o caso tomava outro caráter; tratava-se de uma simples exaltação de sentidos.

---

[17] Zombaria; caçoada.
[18] Engraçada; espirituosa.

Enganei-me.

Cerca de cinco semanas antes do dia marcado para o casamento, Mariana adoeceu. O médico deu à moléstia um nome bárbaro, mas na opinião de Josefa era doença de amor. A doente recusou tomar nenhum remédio; minha mãe estava louca de pena; minhas irmãs sentiam deveras a moléstia da escrava. Esta ficava cada vez mais abatida; não comia, nem se medicava; era de recear que morresse. Foi nestas circunstâncias que eu resolvi fazer um ato de caridade. Fui ter em Mariana e pedi-lhe que vivesse.

— Manda-me viver? — perguntou ela.

— Sim.

Foi eficaz a lembrança; Mariana restabeleceu-se em pouco tempo. Quinze dias depois estava completamente de pé.

Que esperanças concebera ela com as minhas palavras, não sei; cuido que elas só tiveram efeito por lhe acharem o espírito abatido. Acaso contaria ela que eu desistisse do casamento projetado e do amor que tinha à prima, para satisfazer os seus amores impossíveis? Não sei; o certo é que não só se lhe restaurou a saúde como também lhe voltou a alegria primitiva.

Confesso, entretanto, que, apesar de não competir de modo nenhum os sentimentos de Mariana, entrei a olhar para ela com outros olhos. A rapariga tornara-se interessante para mim, e qualquer que seja a condição de uma mulher, há sempre dentro de nós um fundo de vaidade que se lisonjeia com a afeição que ela nos vote. Além disto, surgiu em meu espírito uma ideia que a razão pode condenar, mas que nossos costumes aceitam perfeitamente. Mariana encarregara-se de provar que estava acima das veleidades.[19] Um dia de manhã fui acordado pelo alvoroço que havia em casa. Vesti-me à pressa e fui saber o que era. Mariana tinha desaparecido de casa. Achei minha mãe desconsoladíssima: estava triste e indignada ao mesmo tempo. Doía-lhe a ingratidão da escrava. Josefa veio ter comigo.

— Eu suspeitava — disse ela —, que alguma coisa acontecesse. Mariana andava alegre demais; parecia-me contentamento fingido para encobrir algum plano. O plano foi este. Que te parece?

— Creio que devemos fazer esforços para capturá-la, e uma vez restituída à casa, colocá-la na situação verdadeira do cativeiro.

Disse isto por me estar a doer o desespero de minha mãe. A verdade é que, por simples egoísmo, eu desculpava o ato da rapariga.

Parecia-me natural, e agradava-me ao espírito, que a rapariga tivesse fugido para não assistir à minha ventura, que seria realidade daí a oito dias.

---

[19] Vaidades; caprichos.

Mas a ideia de suicídio veio aguar-me o gosto; estremeci com a suspeita de ser involuntariamente causa de um crime dessa ordem; impelido pelo remorso, saí apressadamente em busca de Mariana.

Achei-me na rua sem saber o que devia fazer. Andei cerca de vinte minutos inutilmente, até que me ocorreu a ideia natural de recorrer à polícia; era prosaica[20] a intervenção da polícia, mas eu não fazia romance; ia simplesmente em cata de uma fugitiva.

A polícia nada sabia de Mariana; mas lá deixei a nota competente; correram agentes em todas as direções: fui eu mesmo saber nos arrabaldes[21] se havia notícia de Mariana. Tudo foi inútil; às três horas da tarde voltei para casa sem poder tranquilizar minha família. Na minha opinião tudo estava perdido.

Fui à noite à casa de Amélia, aonde não fora de tarde, motivo pelo qual havia recebido um recado em carta a uma de minhas irmãs. A casa de minha prima ficava em uma esquina. Eram oito horas da noite quando cheguei à porta da casa. A três ou quatro passos estava um vulto de mulher cosido[22] com a parede. Aproximei-me: era Mariana.

— Que fazes aqui? — perguntei eu.

— Perdão, nhonhô; vinha vê-lo.

— Ver-me? Mas por que saíste de casa, onde eras tão bem tratada, e donde não tinhas o direito de sair, porque és cativa?

— Nhonhô, eu saí porque sofria muito...

— Sofrias muito! Tratavam-te mal? Bem sei o que é; são os resultados da educação que minha mãe te deu. Já te supões senhora e livre. Pois enganas-te; hás de voltar já, e já, para casa. Sofrerás as consequências da tua ingratidão. Vamos...

— Não! — disse ela. — Não irei.

— Mariana, tu abusas da afeição que todos temos por ti. Eu não tolero essa recusa, e se me repetes isso...

— Que fará?

— Irás à força; irás com dois soldados.

— Nhonhô fará isso? — disse ela com voz trêmula. — Não quero obrigá-lo a incomodar os soldados, iremos juntos, ou irei só. O que eu queria, é que nhonhô não fosse tão cruel... porque enfim eu não tenho culpa se... Paciência! vamos... eu vou.

Mariana começou a chorar. Tive pena dela.

---

[20] Comum; sem originalidade.
[21] Vizinhanças; arredores.
[22] Colado; muito junto.

— Tranquiliza-te, Mariana — disse-lhe —; eu intercederei por ti. Mamãe não te fará mal.

— Que importa que faça? Eu estou disposta a tudo... Ninguém tem que ver com as minhas desgraças... Estou pronta; podemos ir.

— Saibamos outra coisa — disse eu —, alguém te seduziu para fugir?

Esta pergunta era astuciosa; eu desejava apenas desviar do espírito da rapariga qualquer suspeita de que eu soubesse dos seus amores por mim. Foi desastrada a astúcia. O único efeito da pergunta foi indigná-la.

— Se alguém me seduziu? — perguntou ela. — Não, ninguém; fugi porque eu o amo, e não posso ser amada, eu sou uma infeliz escrava. Aqui está por que eu fugi. Podemos ir; já disse tudo. Estou pronta a carregar com as consequências disto.

Não pude arrancar mais nada à rapariga. Apenas quando lhe perguntei se havia comido, respondeu-me que não, mas que não tinha fome.

Chegamos à casa eu e ela perto das nove horas da noite. Minha mãe já não tinha esperanças de tornar a ver Mariana; o prazer que a vista da escrava lhe deu foi maior que a indignação pelo seu procedimento. Começou por invectivá-la.[23] Intercedi a tempo de acalmar a justa indignação de minha mãe e Mariana foi dormir tranquilamente.

Não sei se tranquilamente. No dia seguinte tinha os olhos inchados e estava triste. A situação da pobre rapariga interessara-me bastante, o que era natural, sendo eu a causa indireta daquela dor profunda. Falei muito nesse episódio em casa de minha prima. O tio João Luís disse-me em particular que eu fora um asno e um ingrato.

— Por quê? — perguntei-lhe.

— Porque devias ter posto Mariana debaixo da minha proteção, a fim de livrá-la do mau tratamento que vai ter.

— Ah! não, minha mãe já lhe perdoou.

— Nunca lhe perdoará como eu.

Falei tanto em Mariana que minha prima entrou a sentir um disparatado ciúme. Protestei-lhe que era loucura e abatimento ter zelos de uma cria de casa, e que o meu interesse era simples sentimento de piedade. Parece que as minhas palavras não lhe fizeram grande impressão.

Extremamente leviana, Amélia não soube conservar a necessária dignidade, quando foi a minha casa. Conversou muito na necessidade de tratar severamente as escravas, e achou que era dar mau exemplo mandar-lhes ensinar alguma coisa.

---

[23] Pronunciar palavras de ódio e violência contra alguém.

Minha mãe admirou-se muito desta linguagem na boca de Amélia e redarguiu[24] com aspereza o que lhe dava direito a sua vontade. Amélia insistiu; minhas irmãs combateram as suas opiniões: Amélia ficou amuada.[25] Não havia pior posição para uma senhora.

Nada escapara a Mariana desta conversa entre Amélia e minha família; mas ela era dissimulada e nada disse que pudesse trair os seus sentimentos. Pelo contrário redobrou de esforços para agradar a minha prima; desfez-se em agrados e respeitos. Amélia recebia todas essas demonstrações com visível sobranceria em vez de as receber com fria dignidade.

Na primeira ocasião em que pude falar a minha prima, chamei a sua atenção para esta situação absurda e ridícula. Disse-lhe que, sem o querer, estava a humilhar-se diante de uma escrava. Amélia não compreendeu o sentimento que me ditou estas palavras, nem a procedência das minhas palavras. Viu naquilo uma defesa de Mariana; respondeu-me com algumas palavras duras e retirou-se para os aposentos de minhas irmãs onde chorou à vontade. Finalmente tudo se acalmou e Amélia voltou tranquila para casa.

Quatro dias antes do dia marcado para o meu casamento, era a festa do natal. Minha mãe costumava dar festas[26] às escravas. Era um costume que lhe deixara minha avó. As festas consistiam em dinheiro ou algum objeto de pouco valor. Mariana recebia ambas as coisas por uma especial graça. De tarde tiveram gente em casa para jantar: alguns amigos e parentes. Amélia estava presente. Meu tio João Luís era grande amador de discursos à sobremesa. Mal começavam a entrar os doces, quando ele se levantou e começou um discurso que a julgar pelo introito,[27] devia ser extenso. Como ele tinha suma graça, eram gerais as risadas desde que empunhou o copo. Foi no meio dessa geral alegria que uma das escravas veio dar parte de que Mariana havia desaparecido.

Este segundo ato de rebeldia da mulatinha produziu a mais furiosa impressão em todos. Da primeira vez houve alguma mágoa e saudade de mistura com a indignação. Desta vez houve indignação apenas. Que sentimento devia inspirar a todos a insistência dessa rapariga em fugir de uma casa onde era tratada como filha? Ninguém duvidou mais que Mariana era seduzida por alguém, ideia que na primeira vez se desvaneceu mediante uma piedosa mentira da minha parte; como duvidar agora?

---

[24] Respondeu; argumentou.
[25] Mal-humorada; carrancuda.
[26] O termo "festas" aqui significa presentes, agrados.
[27] Introdução; parte inicial de um texto.

Tais não eram as minhas impressões. Senhor do funesto segredo da escrava, sentia-me penalizado por ser causa indireta das loucuras dela e das tristezas de minha mãe. Ficou assentado que se procuraria a fugitiva e se lhe daria o castigo competente. Deixei que esse momento de cólera se consumasse, e levantei-me para ir procurar Mariana.

Amélia ficou desgostosa com esta resolução, e bem o revelou no olhar; mas eu fingi que a não percebia e saí.

Dei os primeiros passos necessários e usuais. A polícia nada sabia, mas ficou avisada e empregou meios para alcançar a fugitiva. Eu suspeitava que desta vez ela tivesse cometido suicídio; fiz neste sentido as diligências necessárias para ter alguma notícia dela viva ou morta.

Tudo foi inútil.

Quando voltei à casa eram dez horas da noite; todos estavam à minha espera, menos o tio e a prima que já se haviam retirado.

Minha irmã contou-me que Amélia saíra furiosa, porque achava que eu estava dando maior atenção do que devia a uma escrava, embora bonita, acrescentou ela.

Confesso que naquele momento o que me preocupava mais era Mariana; não porque eu correspondesse aos seus sentimentos por mim, mas porque eu sentia sérios remorsos de ser causa de um crime. Fui sempre pouco amante de aventuras e lances arriscados e não podia pensar sem algum terror na possibilidade de morrer alguém por mim.

Minha vaidade não era tamanha que me abafasse os sentimentos de piedade cristã. Neste estado as invectivas da minha noiva não me fizeram grande impressão, e não foi por causa delas que eu passei a noite em claro.

Continuei no dia seguinte as minhas pesquisas, mas nem eu nem a polícia fomos felizes.

Tendo andado muito, já a pé, já de tílburi,[28] achei-me às cinco horas da tarde no largo de São Francisco de Paula, com alguma vontade de comer; a casa ficava um pouco longe e eu queria continuar depois as minhas averiguações. Fui jantar a um hotel que então havia na antiga rua dos Latoeiros.

Comecei a comer distraído e ruminando mil ideias contrárias, mil suposições absurdas. Estava no meio do jantar quando vi descer do segundo andar da casa um criado com uma bandeja onde havia vários pratos cobertos.

— Não quer jantar — disse o criado ao dono do hotel, que se achava no balcão.

---

[28] Um tipo de carruagem leve para duas pessoas.

— Não quer? — perguntou este. — Mas então... não sei o que faça... reparaste se... Eu acho bom ir chamar a polícia.

Levantei-me da mesa e aproximei-me do balcão.

— De que se trata? — perguntei eu.

— De uma moça que aqui apareceu ontem, e que ainda não comeu até hoje...

Pedi-lhe os sinais da pessoa misteriosa. Não havia dúvida. Era Mariana.

— Creio que sei quem é — disse eu —, e ando justamente em procura dela. Deixe-me subir.

O homem hesitou; mas a consideração de que não lhe podia convir continuar a ter em casa uma pessoa por cuja causa viesse a ter questões com a polícia fez com que me deixasse o caminho livre.

Acompanhou-me o criado, a quem incumbi de chamar por ela, porque, se conhecesse a minha voz, supunha eu que me não quisesse abrir.

Assim se fez. Mariana abriu a porta e eu apareci. Deu um grito estridente e lançou-se-me nos braços. Repeli aquela demonstração com toda a brandura que a situação exigia.

— Não venho aqui para receber-te abraços — disse eu —; venho pela segunda vez buscar-te para casa, donde pela segunda vez fugiste.

A palavra *fugiste* escapou-me dos lábios; todavia, não lhe dei importância senão quando vi a impressão que ela produziu em Mariana. Confesso que devera ter alguma caridade mais; mas eu queria conciliar os meus sentimentos com os meus deveres, e não fazer com que a mulher não se esquecesse de que era escrava. Mariana parecia disposta a sofrer tudo dos outros, contanto que obtivesse a minha compaixão. Compaixão tinha-lhe eu; mas não lho manifestava, e era esse todo o mal.

Quando a fugitiva recobrou a fala, depois das emoções diversas por que passara desde que me viu chegar, declarou positivamente que era sua intenção não sair dali. Insisti com ela dizendo-lhe que poderia ganhar tudo procedendo bem, ao passo que tudo perderia continuando naquela situação.

— Pouco importa — disse ela —; estou disposta a tudo.

— A matar-te, talvez? — perguntei eu.

— Talvez — disse ela sorrindo melancolicamente —; confesso-lhe até que a minha intenção era morrer na hora do seu casamento, a fim de que fôssemos ambos felizes, nhonhô casando-se, eu morrendo.

— Mas, desgraçada, tu não vês que...

— Eu bem sei o que vejo — disse ela —; descanse; era essa a minha intenção, mas pode ser que o não faça...

Compreendi que era melhor levá-la pelos meios brandos; entrei a empregá-los sem esquecer nunca a reserva que me impunha a minha posição. Mariana estava resolvida a não voltar. Depois de gastar cerca de uma hora, sem nada obter, declarei-lhe positivamente que ia recorrer aos meios violentos, e que já lhe não era possível resistir. Perguntou-me que meios eram; disse-lhe que eram os agentes policiais.

— Bem vês, Mariana — acrescentei —, sempre hás de ir para casa; é melhor que me não obrigues a um ato que me causaria alguma dor.

— Sim? — perguntou ela com ânsia. — Teria dor em levar-me assim para casa?

— Alguma pena teria decerto — respondi —; porque tu foste sempre boa rapariga; mas que farei eu se continuas a insistir em ficar aqui?

Mariana encostou a cabeça à parede e começou a soluçar; procurei acalmá-la; foi impossível. Não havia remédio; era necessário empregar o meio heroico. Saí ao corredor para chamar pelo criado que tinha descido logo depois que a porta se abriu.

Quando voltei ao quarto, Mariana acabava de fazer um movimento suspeito. Parecia-me que guardava alguma coisa no bolso. Seria alguma arma?

— Que escondeste aí? — perguntei eu.

— Nada — disse ela.

— Mariana, tu tens alguma ideia terrível no espírito... Isso é alguma arma...

— Não — respondeu ela.

Chegou o criado e o dono da casa. Expus-lhes em voz baixa o que queria; o criado saiu, o dono da casa ficou.

— Eu suspeito que ela tem alguma arma no bolso para matar-se; cumpre arrancar-lha.

Dizendo isto ao dono da casa, aproximei-me de Mariana.

— Dá-me o que tens aí.

Ela contraiu um pouco o rosto. Depois, metendo a mão no bolso, entregou-me o objeto que lá havia guardado.

Era um vidro vazio.

— Que é isto, Mariana? — perguntei eu, assustado.

— Nada, disse ela; eu queria matar-me depois d'amanhã. Nhonhô apressou a minha morte, nada mais.

— Mariana! — exclamei eu aterrado.

— Oh! — continuou ela com voz fraca; não lhe quero mal por isso. Nhonhô não tem culpa: a culpa é da natureza. Só o que eu lhe peço é que não me tenha raiva, e que se lembre algumas vezes de mim...

Mariana caiu sobre a cama. Pouco depois entrava o inspetor. Chamou-se à pressa um médico; mas era tarde. O veneno era violento; Mariana morreu às oito horas da noite.

Sofri muito com este acontecimento; mas alcancei que minha mãe perdoasse à infeliz, confessando-lhe a causa da morte dela. Amélia nada soube, mas nem por isso deixou o fato de influir em seu espírito. O interesse com que eu procurei a rapariga, e a dor que a sua morte me causou, transtornaram a tal ponto os sentimentos da minha noiva, que ela rompeu o casamento dizendo ao pai que havia mudado de resolução.

Tal foi, meus amigos, este incidente da minha vida. Creio que posso dizer ainda hoje que, de todas as mulheres de quem tenho sido amado, nenhuma me amou mais do que aquela. Sem alimentar-se de nenhuma esperança, entregou-se alegremente ao fogo do martírio; amor obscuro, silencioso, desesperado, inspirando o riso ou a indignação, mas no fundo, amor imenso e profundo, sincero e inalterável.

Coutinho concluiu assim a sua narração, que foi ouvida com tristeza por todos nós. Mas daí a pouco saíamos pela rua do Ouvidor fora, examinando os pés das damas que desciam dos carros, e fazendo a esse respeito mil reflexões mais ou menos engraçadas e oportunas. Duas horas de conversa tinha-nos restituído a mocidade.

# Quem conta um conto...[1]

## I

Eu compreendo que um homem goste de ver brigar galos ou de tomar rapé.[2] O rapé dizem os tomistas[3] que alivia o cérebro. A briga de galos é o Jockey Club[4] dos pobres. O que eu não compreendo é o gosto de dar notícias.

E todavia quantas pessoas não conhecerá o leitor com essa singular vocação? O noveleiro[5] não é tipo muito vulgar, mas também não é muito raro. Há família numerosa deles. São mais peritos e originais que outros. Não é noveleiro quem quer. É ofício que exige certas qualidades de bom cunho, quero dizer as mesmas que se exigem do homem de Estado. O noveleiro deve saber quando lhe convém dar uma notícia abruptamente, ou quando o efeito lhe pede certos preparativos: deve esperar a ocasião e adaptar-lhe os meios.

Não compreendo, como disse, o ofício de noveleiro. É coisa muito natural que um homem diga o que sabe a respeito de algum objeto; mas que tire satisfação disso, lá me custa a entender. Mais de uma vez tenho querido fazer indagações a este respeito; mas a certeza de que nenhum noveleiro confessa que o é tem impedido a realização deste meu desejo. Não é só desejo, é também necessidade; ganha-se sempre em conhecer os caprichos do espírito humano.

O caso de que vou falar aos leitores tem por origem um noveleiro. Lê-se depressa, porque não é grande.

## II

Há coisa de sete anos, vivia nesta boa cidade um homem de seus trinta anos, bem-apessoado e bem-falante, amigo de conversar, extremamente polido, mas extremamente amigo de espalhar novas.

---

[1] Referência ao ditado popular: "Quem conta um conto aumenta um ponto".
[2] Pó de fumo, usado por meio de inalação e que faz espirrar. Era hábito comum na época inalar rapé.
[3] Adeptos do tomismo, conjunto de ensinamentos religiosos e políticos do santo italiano Tomás de Aquino (1225-1274).
[4] O Jockey Club Brasileiro foi fundado em 1868, na cidade do Rio de Janeiro. Contudo, havia outras sociedades de turfe que o precederam, como o Jockey Club Fluminense, fundado em 1854.
[5] Pessoa que costuma fazer intrigas; fofoqueiro.

Era um modelo do gênero.

Sabia como ninguém escolher o auditório, a ocasião e a maneira de dar a notícia. Não sacava a notícia da algibeira como quem tira uma moeda de vintém para dar a um mendigo. Não, senhor.

Atendia mais que tudo às circunstâncias. Por exemplo: ouvira dizer, ou sabia positivamente que o Ministério pedira demissão ou ia pedi-la. Qualquer noveleiro diria simplesmente a coisa sem rodeios. Luís da Costa, ou dizia a coisa simplesmente, ou adicionava-lhe certo molho para torná-la mais picante.

Às vezes entrava, cumprimentava as pessoas presentes e, se entre elas alguma havia metida em política, aproveitava o silêncio causado pela sua entrada para fazer-lhe uma pergunta deste gênero:

— Então, parece que os homens...

Os circunstantes perguntavam logo:

— Que é? Que há?

Luís da Costa, sem perder o seu ar sério, dizia singelamente:

— É o Ministério que pediu demissão.

— Ah! Sim? Quando?

— Hoje.

— Sabem quem foi chamado?

— Foi chamado o Zózimo.[6]

— Mas por que caiu o Ministério?

— Ora, estava podre.

Etc. etc.

Ou então:

— Morreram como viveram.

— Quem? Quem? Quem?

Luís da Costa puxava os punhos e dizia negligentemente:

— Os ministros.

Suponhamos, agora, que se tratava de uma pessoa qualificada que devia vir no paquete:[7] Adolfo Thiers ou o Príncipe de Bismarck.[8]

Luís da Costa entrava, cumprimentava silenciosamente a todos, e em vez de dizer com simplicidade:

---

[6] Zózimo é nome próprio. Possível alusão a um político da época, não identificado.
[7] Navio mercante.
[8] Marie Joseph Louis Adolphe Thiers (1797-1877) foi um político francês; Otto Eduard Leopold von Bismarck-Schönhausen, Príncipe de Bismarck (1815-1898), foi um político prussiano.

— Veio no paquete hoje o Príncipe de Bismarck.
Ou então:
— O Thiers chegou no paquete.
Voltava-se para um dos circunstantes:
— Chegaria o paquete?
— Chegou — dizia o circunstante.
— O Thiers veio?
Aqui entrava a admiração dos ouvintes, com que se deliciava Luís da Costa, razão principal de seu ofício.

## III

Não se pode negar que este prazer era inocente e, quando muito, singular.

Infelizmente, não há bonito sem senão, nem prazer sem amargura. "Que mel não deixa um travo de veneno?", perguntava o poeta de *Jovem cativa*, e eu creio que nenhum, nem sequer o de alvissareiro.[9]

Luís da Costa experimentou, um dia, as asperezas de seu ofício.

Eram duas horas da tarde. Havia pouca gente na loja de Paula Brito,[10] cinco pessoas apenas. Luís da Costa entrou com o rosto fechado como homem que vem pejado[11] de alguma notícia. Apertou a mão a quatro das pessoas presentes; a quinta apenas recebeu um cumprimento, porque não se conheciam. Houve um rápido instante de silêncio que Luís da Costa aproveitou para tirar o lenço da algibeira e enxugar o rosto. Depois, olhou para todos, e soltou secamente estas palavras:

— Então, fugiu a sobrinha do Gouveia? — disse ele, rindo.

— Que Gouveia? — disse um dos presentes.

— O Major Gouveia — explicou Luís da Costa.

Os circunstantes ficaram muito calados e olharam de esguelha[12] para o quinto personagem, que por sua parte olhava para Luís da Costa.

— O Major Gouveia da Cidade Nova? — perguntou o desconhecido ao noveleiro.

---

[9] Referência ao 6º verso, segunda estrofe, do poema "Jovem cativa" (1794): "Ai! Que mel nunca deixa um pouco de repugnância?". O poema é de autoria de André Marie Chénier (1762-1794), escritor francês.

[10] Francisco de Paula Brito (1809-1861) foi um editor, escritor e jornalista brasileiro, fundador da "Sociedade Petalógica", da qual participou Machado de Assis.

[11] Carregado; repleto.

[12] Olharam de lado; de través.

— Sim, senhor.

Novo e mais profundo silêncio.

Luís da Costa, imaginando que o silêncio era efeito da bomba que acabava de queimar, entrou a referir os pormenores da fuga da moça em questão. Falou de um namoro com um alferes, da oposição do Major ao casamento, do desespero dos pobres namorados, cujo coração, mais eloquente que a honra, adotara o alvitre[13] de saltar por cima de moinhos.

O silêncio era sepulcral.

O desconhecido ouvia atentamente a narrativa de Luís da Costa, meneando com muita placidez[14] uma grossa bengala que tinha na mão.

Quando o alvissareiro[15] acabou, perguntou-lhe o desconhecido:

— E quando foi esse rapto?

— Hoje de manhã.

— Oh!

— Das 8 para as 9 horas.

— Conhece o Major Gouveia?

— De nome.

— Que ideia forma dele?

— Não formo ideia nenhuma. Menciono o fato por duas circunstâncias. A primeira é que a rapariga é muito bonita...

— Conhece-a?

— Ainda ontem a vi.

— Ah! A segunda circunstância...

— A segunda circunstância é a crueldade de certos homens em tolher[16] os movimentos do coração da mocidade. O alferes de que se trata dizem-me que é um moço honesto, e o casamento seria, creio eu, excelente. Por que razão queria o Major impedi-lo?

— O Major tinha razões fortes — observou o desconhecido.

— Ah! Conhece-o?

— Sou eu.

Luís da Costa ficou petrificado. A cara não se distinguia da de um defunto, tão imóvel e pálida ficou. As outras pessoas olhavam para os dois sem saber que iria sair dali. Deste modo, correram cinco minutos.

---

[13] Proposta; conselho.
[14] Serenidade; calma.
[15] Alguém que se dedica a levar e trazer novidades, notícias.
[16] Impedir; proibir.

# IV

No fim de cinco minutos, o Major Gouveia continuou:
— Ouvi toda a sua narração e diverti-me com ela. Minha sobrinha não podia fugir hoje de minha casa, visto que há quinze dias se acha em Juiz de Fora.[17]

Luís da Costa ficou amarelo.

— Por essa razão ouvi tranquilamente a história que o senhor acaba de contar com todas as suas peripécias. O fato, se fosse verdadeiro, devia causar naturalmente espanto, porque, além do mais, Lúcia é muito bonita, e o senhor o sabe porque a viu ontem...

Luís da Costa tornou-se verde.

— A notícia, entretanto, pode ter-se espalhado — continuou o Major Gouveia, e eu desejo liquidar o negócio, pedindo-lhe que me diga de quem a ouviu...

Luís da Costa ostentou todas as cores do íris.

— Então? — disse o Major, passados alguns instantes de silêncio.

— Sr. Major — disse com voz trêmula Luís da Costa —, eu não podia inventar semelhante notícia. Nenhum interesse tenho nela. Evidentemente, alguém me contou.

— É justamente o que eu desejo saber.

— Não me lembro...

— Veja se se lembra — disse o Major com doçura.

Luís da Costa consultou sua memória; mas tantas coisas ouvia e tantas repetia, que já não podia atinar com a pessoa que lhe contara a história do rapto.

As outras pessoas presentes, vendo o caminho desagradável que as coisas podiam ter, trataram de meter o caso à bulha;[18] mas o Major, que não era homem de graças, insistiu com o alvissareiro para que o esclarecesse a respeito do inventor da balela.

— Ah! Agora me lembra — disse de repente o Luís da Costa —, foi o Pires.
— Que Pires?
— Um Pires que eu conheço muito superficialmente.
— Bem, vamos ter com o Pires.
— Mas, Sr. Major...

O Major já estava de pé, apoiado na grossa bengala, e com um ar de quem estava pouco disposto a discussões. Esperou que Luís da Costa se levantasse

---

[17] Cidade do estado de Minas Gerais.
[18] Confundir; mudar de assunto.

também. O alvissareiro não teve remédio senão imitar o gesto do Major, não sem tentar ainda um:

— Mas, Sr. Major...

— Não há mas, nem meio mas. Venha comigo; porque é necessário deslindar[19] o negócio hoje mesmo. Sabe onde mora esse tal Pires?

— Mora na Praia Grande,[20] mas tem escritório na rua dos Pescadores.[21]

— Vamos ao escritório.

Luís da Costa cortejou[22] os outros e saiu ao lado do Major Gouveia, a quem deu respeitosamente a calçada e ofereceu um charuto. O Major recusou o charuto, dobrou o passo e os dois seguiram na direção da rua dos Pescadores.

## V

— O Sr. Pires?
— Foi à Secretaria de Justiça.
— Demora-se?
— Não sei.

Luís da Costa olhou para o Major ao ouvir estas palavras do criado do Sr. Pires. O Major disse fleumaticamente:

— Vamos à Secretaria de Justiça.

E ambos foram a trote largo[23] na direção da rua do Passeio. Iam-se aproximando as três horas, e Luís da Costa, que jantava cedo, começava a ouvir do estômago uma lastimosa petição. Era-lhe, porém, impossível fugir às garras do Major. Se o Pires tivesse embarcado para Santos,[24] é provável que o Major o levasse até lá antes do jantar.

Tudo estava perdido.

Chegaram enfim à Secretaria, bufando como dois touros. Os empregados vinham saindo, e um deles deu a notícia certa do esquivo[25] Pires; disse-lhe que saíra dali, dez minutos antes, num tílburi.[26]

— Voltemos à rua dos Pescadores — disse pacificamente o Major.

— Mas, senhor...

---

[19] Investigar; esclarecer.
[20] Ou seja, a Vila Real de Praia Grande, atual cidade de Niterói, no estado do Rio de Janeiro.
[21] Rua localizada na cidade do Rio de Janeiro.
[22] Cumprimentou; saudou.
[23] Em grandes passadas.
[24] Cidade do estado de São Paulo.
[25] Alguém que evita a convivência; pessoa difícil de ser encontrada.
[26] Carruagem de duas rodas e dois assentos, de tração animal.

A única resposta do Major foi dar-lhe o braço e arrastá-lo na direção da rua dos Pescadores.

Luís da Costa ia furioso. Começava a compreender a plausibilidade e até a legitimidade de um crime. O desejo de estrangular o Major pareceu-lhe um sentimento natural. Lembrou-se de ter condenado, oito dias antes, como jurado, um criminoso de morte, e teve horror de si mesmo.

O Major, porém, continuava a andar com aquele passo rápido dos majores que andam depressa. Luís da Costa ia rebocado. Era-lhe literalmente impossível apostar carreira com ele.

Eram três e cinco minutos quando chegaram defronte do escritório do Sr. Pires. Tiveram o gosto de dar com o nariz na porta.

O Major Gouveia mostrou-se aborrecido com o fato; como era homem resoluto, depressa se consolou do incidente:

— Não há dúvida — disse ele —, iremos à Praia Grande.

— Isso é impossível! — clamou Luís da Costa.

— Não é tal — respondeu tranquilamente o Major —, temos barca e custa-nos um cruzado a cada um: eu pago a sua passagem.

— Mas, senhor, a esta hora...

— Que tem?

— São horas de jantar — suspirou o estômago de Luís da Costa.

— Pois jantaremos antes.

Foram dali a um hotel e jantaram. A companhia do Major era extremamente aborrecida para o desastrado alvissareiro. Era impossível livrar-se dela; Luís da Costa portou-se o melhor que pôde. Demais, a sopa e o primeiro prato foram o começo da reconciliação. Quando veio o café e um bom charuto, Luís da Costa estava resolvido a satisfazer seu anfitrião em tudo o que lhe aprouvesse.

O Major pagou a conta e saíram ambos do hotel. Foram direitos à estação das barcas de Niterói;[27] meteram-se na primeira que saiu e transportaram-se à imperial cidade.

No trajeto, o Major Gouveia conservou-se tão taciturno como até então. Luís da Costa, que já estava mais alegre, cinco ou seis vezes tentou atar conversa com o Major; mas foram esforços inúteis. Ardia entretanto por levá-lo até a casa do Sr. Pires, que explicaria as coisas como soubesse.

---

[27] Cidade do estado do Rio de janeiro.

# VI

O Sr. Pires morava na rua da Praia. Foram direitinhos à casa dele. Mas se os viajantes haviam jantado, também o Sr. Pires fizera o mesmo; e como tinha por costume ir jogar o voltarete[28] em casa do Dr. Oliveira, em São Domingos,[29] para lá seguira vinte minutos antes.

O Major ouviu esta notícia com a resignação filosófica de que estava dando provas desde as duas horas da tarde. Inclinou o chapéu mais à banda e, olhando de esguelha para Luís da Costa, disse:

— Vamos a São Domingos.

— Vamos a São Domingos — suspirou Luís da Costa.

A viagem foi de carro, o que de algum modo consolou o noveleiro.

Na casa do Dr. Oliveira, passaram pelo dissabor de bater cinco vezes, antes que viessem abrir.

Enfim vieram.

— Está o Sr. Pires?

— Está, sim, senhor — disse o moleque.[30] Os dois respiraram.

O moleque abriu-lhes a porta da sala, onde não tardou que aparecesse o famoso Pires, *l'introuvable*.[31]

Era um sujeitinho baixinho e alegrinho. Entrou na ponta dos pés, apertou a mão a Luís da Costa e cumprimentou cerimoniosamente ao Major Gouveia.

— Queiram sentar-se.

— Perdão — disse o Major —, não é preciso que nos sentemos; desejamos pouca coisa.

O Sr. Pires curvou a cabeça e esperou.

O Major voltou-se então para Luís da Costa e disse:

— Fale.

Luís da Costa fez das tripas coração e exprimiu-se nestes termos:

— Estando eu hoje na loja do Paulo Brito contei a história do rapto de uma sobrinha do Sr. Major Gouveia, que o senhor me referiu pouco antes do meio-dia. O Major Gouveia é este cavalheiro que me acompanha, e declarou que o fato era uma calúnia, visto sua sobrinha estar em Juiz de Fora, há quinze dias. Intenta, contudo, chegar à fonte da notícia e perguntou-me quem me havia contado a história; não hesitei em dizer que fora o senhor. Resolveu,

---

[28] Jogo de cartas muito popular em Portugal e no Brasil dos séculos XVIII e XIX.

[29] Bairro na Zona Sul da cidade de Niterói.

[30] Na época, estava em vigor o regime escravocrata no Império do Brasil. O termo "moleque" era empregado para designar um jovem escravo.

[31] O esquivo.

então, procurá-lo, e não temos feito outra coisa desde as duas horas e meia. Enfim, encontramo-lo.

Durante este discurso, o rosto do Sr. Pires apresentou todas as modificações do espanto e do medo. Um ator, um pintor, ou um estatuário teria ali um livro inteiro para folhear e estudar. Acabado o discurso, era necessário responder-lhe, e o Sr. Pires o faria de boa vontade, se se lembrasse do uso da língua. Mas não; ou não se lembrava, ou não sabia que uso faria dela. Assim correram uns três ou quatro minutos.

— Espero as suas ordens — disse o Major, vendo que o homem não falava.
— Mas, que quer o senhor? — balbuciou o Sr. Pires.
— Quero que me diga de quem ouviu a notícia transmitida a este senhor. Foi o senhor quem lhe disse que minha sobrinha era bonita?
— Não lhe disse tal — acudiu o Sr. Pires —; o que eu disse foi que me constava ser bonita.
— Vê? — disse o Major, voltando-se para Luís da Costa.

Luís da Costa começou a contar as tábuas do teto.

O Major dirigiu-se, depois, ao Sr. Pires:
— Mas vamos lá — disse —; de quem ouviu a notícia?
— Foi de um empregado do Tesouro.
— Onde mora?
— Em Catumbi.[32]

O Major voltou-se para Luís da Costa, cujos olhos, tendo contado as tábuas do teto, que eram vinte e duas, começavam a examinar detidamente os botões do punho da camisa.

— Pode retirar-se — disse o Major —; não é mais preciso aqui.

Luís da Costa não esperou mais: apertou a mão do Sr. Pires, balbuciou um pedido de desculpa, e saiu. Já estava a trinta passos, e ainda lhe parecia estar colado ao terrível Major. Ia justamente a sair uma barca; Luís da Costa deitou a correr, e ainda a alcançou, perdendo apenas o chapéu, cujo herdeiro foi um cocheiro necessitado.

Estava livre.

## VII

Ficaram sós o Major e o Sr. Pires.
— Agora — disse o primeiro — há de ter a bondade de me acompanhar à casa desse empregado do Tesouro... Como se chama?

---

[32] Bairro localizado na parte central da cidade do Rio de Janeiro.

— O Bacharel Plácido.
— Estou às suas ordens; tem passagem e carro pagos.
O Sr. Pires fez um gesto de aborrecimento, e murmurou:
— Mas eu não sei... se...
— Se?
— Não sei se me é possível nesta ocasião...
— Há de ser. Penso que é um homem honrado. Não tem idade para ter filhas moças, mas pode vir a tê-las, e saberá se é agradável que tais invenções andem na rua.
— Confesso que as circunstâncias são melindrosas;[33] mas não poderíamos...
— O quê?
— Adiar?
— Impossível.
O Sr. Pires mordeu o lábio inferior; meditou alguns instantes, e afinal declarou que estava disposto a acompanhá-lo.
— Acredite, Sr. Major — disse ele concluindo —, que só as circunstâncias especiais deste caso me obrigariam a ir à cidade.
O Major inclinou-se.
O Sr. Pires foi despedir-se do dono da casa, e voltou para acompanhar o implacável Major, em cujo rosto se lia a mais franca resolução.
A viagem foi tão silenciosa como a primeira. O Major parecia uma estátua; não falava e raras vezes olhava para o seu companheiro.
A razão foi compreendida pelo Sr. Pires, que matou as saudades do voltarete, fumando sete cigarros por hora.
Enfim, chegaram a Catumbi.
Desta vez, foi o Major Gouveia mais feliz que da outra: achou o Bacharel Plácido em casa.
O Bacharel Plácido era seu próprio nome feito homem. Nunca a pachorra[34] tivera mais fervoroso culto. Era gordo, corado, lento e frio. Recebeu os dois visitantes com a benevolência de um Plácido verdadeiramente plácido.
O Sr. Pires explicou o objeto da visita.
— É verdade que eu lhe falei de um rapto — disse o bacharel —, mas não foi nos termos em que o senhor repetiu. O que eu disse foi que o namoro da sobrinha do Major Gouveia com um alferes era tal que até já se sabia do projeto de rapto.

---

[33] Delicadas; embaraçosas.
[34] Calma excessiva; falta de pressa.

— E quem lhe disse isso, Sr. Bacharel? — perguntou o Major.
— Foi o Capitão de artilharia Soares.
— Onde mora?
— Ali em Mata-porcos.[35]
— Bem — disse o Major,
E voltando-se para o Sr. Pires:
— Agradeço-lhe o incômodo — disse —; não lhe agradeço, porém, o acréscimo. Pode ir embora; o carro tem ordem de o acompanhar até a estação das barcas.

O Sr. Pires não esperou novo discurso; despediu-se e saiu. Apenas entrou no carro, deu dois ou três socos em si mesmo e fez solilóquio[36] extremamente desfavorável à sua pessoa:

— É bem feito — dizia o Sr. Pires —; quem me manda ser abelhudo? Se só me ocupasse com o que me diz respeito, estaria a esta hora muito descansado e não passaria por semelhante dissabor. É bem feito!

## VIII

O Bacharel Plácido encarou o Major, sem compreender a razão por que ficara ali, quando o outro fora embora. Não tardou que o Major o esclarecesse. Logo que o Sr. Pires saiu da sala, disse ele:

— Queira agora acompanhar-me à casa do Capitão Soares.
— Acompanhá-lo! — exclamou o bacharel mais surpreendido do que se lhe caísse o nariz no lenço de tabaco.
— Sim, senhor.
— Que pretende fazer?
— Oh! Nada que o deva assustar. Compreende que se trata de uma sobrinha, e que um tio tem necessidade de chegar à origem de semelhante boato. Não crimino os que o repetiram, mas quero haver-me com o que o inventou.

O bacharel recalcitrou:[37] a sua pachorra dava mil razões para demonstrar que sair de casa às ave-marias para ir a Mata-porcos era um absurdo. A nada atendia o Major Gouveia, e com o tom intimador que lhe era peculiar, antes intimava do que persuadia o gordo bacharel.

— Mas há de confessar que é longe — observou este.

---

[35] A rua de Mata-Porcos, atual rua Estácio de Sá, é localizada no bairro do Estácio, na cidade do Rio de Janeiro.
[36] Monólogo; conversa consigo próprio.
[37] Resistiu; teimou.

— Não seja essa a dúvida — acudiu o outro —; mande chamar um carro que eu pago.

O Bacharel Plácido coçou a orelha, deu três passos na sala, suspendeu a barriga e sentou-se.

— Então? — disse o Major ao cabo de algum tempo de silêncio.

— Refleti — disse o bacharel —; é melhor irmos a pé; eu jantei há pouco e preciso digerir. Vamos a pé...

— Bem, estou às suas ordens.

O bacharel arrastou a sua pessoa até a alcova,[38] enquanto o Major, com as mãos nas costas, passeava na sala meditando e fazendo, a espaços, um gesto de impaciência.

Gastou o bacharel cerca de vinte e cinco minutos em preparar a sua pessoa, e saiu enfim à sala, quando o Major ia já tocar a campainha para chamar alguém.

— Pronto?
— Pronto.
— Vamos!
— Deus vá conosco.

Saíram os dois na direção de Mata-porcos.

Se uma pipa[39] andasse seria o Bacharel Plácido; já porque a gordura não lho consentia, já porque desejara pregar uma peça ao importuno, o bacharel não ia sequer com passo de gente. Não andava: arrastava-se. De quando em quando parava, respirava e bufava; depois seguia vagarosamente o caminho.

Com este era impossível o Major empregar o sistema de reboque que tão bom efeito teve com Luís da Costa. Ainda que o quisesse obrigar a andar era impossível, porque ninguém arrasta oito arrobas com a simples força do braço.

Tudo isto punha o Major em apuros. Se visse passar um carro, tudo estava acabado, porque o Bacharel não resistiria ao seu convite intimativo; mas os carros tinham-se apostado para não passar ali, ao menos vazios, e só de longe em longe um tílburi vago convidava, a passo lento, os fregueses.

O resultado de tudo isto foi que, só às oito horas, chegaram os dois à casa do Capitão Soares. O bacharel respirou à larga, enquanto o Major batia palmas na escada.

— Quem é? — perguntou uma voz açucarada.
— O Sr. Capitão? — disse o Major Gouveia.
— Eu não sei se já saiu — respondeu a voz —; vou ver.

---

[38] Pequeno quarto de dormir.
[39] Jarro grande e de formato arredondado.

Foi ver, enquanto o Major limpava a testa e se preparava para tudo o que pudesse sair de semelhante embrulhada. A voz não voltou senão dali a oito minutos, para perguntar com toda a gentileza:

— O senhor quem é?

— Diga que é o Bacharel Plácido — acudiu o indivíduo deste nome, que ansiava por arrumar a católica pessoa em cima de algum sofá.

A voz foi dar a resposta e daí a dois minutos voltou a dizer que o Bacharel Plácido podia subir.

Subiram os dois.

O capitão estava na sala e veio receber à porta o bacharel e o Major. A este conhecia também, mas eram apenas cumprimentos de chapéu.

— Queiram sentar-se.

Sentaram-se.

## IX

— Que mandam nesta sua casa? — perguntou o Capitão Soares.

O bacharel usou da palavra:

— Capitão, eu tive a infelicidade de repetir aquilo que você me contou a respeito da sobrinha do Sr. Major Gouveia.

— Não me lembra; que foi? — disse o capitão com uma cara tão alegre como a de homem a quem estivessem torcendo um pé.

— Disse-me você — continuou o Bacharel Plácido — que o namoro da sobrinha do Sr. Major Gouveia era tão sabido que até já se falava de um projeto de rapto...

— Perdão! — interrompeu o Capitão. — Agora me lembro que alguma coisa lhe disse, mas não foi tanto como você acaba de repetir.

— Não foi?

— Não.

— Então que foi?

— O que eu disse foi que havia notícia vaga de um namoro da sobrinha de V. S. com um alferes. Nada mais disse. Houve equívoco da parte do meu amigo Plácido.

— Sim, há alguma diferença — concordou o bacharel.

— Há — disse o Major deitando-lhe os olhos por cima do ombro.

Seguiu-se um silêncio.

Foi o Major Gouveia o primeiro que falou.

— Enfim, senhores — disse ele —, ando desde as duas horas da tarde na indagação da fonte da notícia que me deram a respeito de minha sobrinha.

A notícia tem diminuído muito, mas ainda há aí um namoro de alferes que incomoda. Quer o Sr. Capitão dizer-me a quem ouviu isso?

— Pois não — disse o capitão —; ouvi-o ao Desembargador Lucas.

— É meu amigo!

— Tanto melhor.

— Acho impossível que ele dissesse isso — disse o Major levantando-se.

— Senhor! — exclamou o capitão.

— Perdoe-me, Capitão — disse o Major caindo em si. — Há de concordar que ouvir a gente o seu nome assim maltratado por culpa de um amigo...

— Nem ele disse por mal — observou o Capitão Soares. — Parecia até lamentar o fato, visto que sua sobrinha está para casar com outra pessoa...

— É verdade — concordou o Major. — O desembargador não era capaz de injuriar-me; naturalmente ouviu isso a alguém.

— É provável.

— Tenho interesse em saber a fonte de semelhante boato. Acompanhe-me à casa dele.

— Agora!

— É indispensável.

— Mas sabe que ele mora no Rio Comprido?[40]

— Sei; iremos de carro.

O Bacharel Plácido aprovou esta resolução e despediu-se dos dois militares.

— Não podíamos adiar isso para depois? — perguntou o Capitão logo que o bacharel saiu.

— Não, senhor.

O Capitão estava em sua casa; mas o Major tinha tal império na voz ou no gesto quando exprimia a sua vontade, que era impossível resistir-lhe. O Capitão não teve remédio senão ceder.

Preparou-se, meteram-se num carro e foram na direção do Rio Comprido, onde morava o desembargador.

O desembargador era um homem alto e magro, dotado de excelente coração, mas implacável contra quem quer que lhe interrompesse uma partida de gamão.[41]

Ora, justamente na ocasião em que os dois lhe bateram à porta, jogava ele o gamão com o coadjutor da freguesia, cujo dado era tão feliz que em menos de uma hora lhe dera já cinco gangas.[42] O desembargador fumava...

---

[40] Bairro na Zona Norte da cidade do Rio de Janeiro.
[41] O gamão é um jogo de tabuleiro, muito popular na sociedade do Rio de Janeiro do século XIX.
[42] Série de sete partidas de gamão.

figuradamente falando, e o coadjutor sorria, quando o moleque foi dar parte de que duas pessoas estavam na sala e queriam falar com o desembargador.

O digno sacerdote da justiça teve ímpetos de atirar o copo à cara do moleque; conteve-se, ou antes traduziu o seu furor num discurso furibundo[43] contra os importunos e maçantes.[44]

— Há de ver que é algum procurador à procura de autos, ou à cata de autos, ou à cata de informações. Que os leve o diabo a todos eles.

— Vamos, tenha paciência — dizia-lhe o coadjutor. — Vá, vá ver o que é, que eu o espero. Talvez que esta interrupção corrija a sorte dos dados.

— Tem razão, é possível — concordou o desembargador, levantando-se e dirigindo-se para a sala.

## X

Na sala teve a surpresa de achar dois conhecidos.

O Capitão levantou-se sorrindo e pediu-lhe desculpa do incômodo que lhe vinha dar. O Major levantou-se também, mas não sorria.

Feitos os cumprimentos foi exposta a questão. O Capitão Soares apelou para a memória do desembargador a quem dizia ter ouvido a notícia do namoro da sobrinha do Major Gouveia.

— Recordo-me ter-lhe dito — respondeu o desembargador — que a sobrinha de meu amigo Gouveia piscara o olho a um alferes, o que lamentei do fundo d'alma, visto estar para casar. Não lhe disse, porém, que havia namoro...

O Major não pôde disfarçar um sorriso, vendo que o boato ia a diminuir à proporção que se aproximava da fonte. Estava disposto a não dormir sem dar com ela.

— Muito bem — disse ele —; a mim não basta esse dito; desejo saber a quem ouviu, a fim de chegar ao primeiro culpado de semelhante boato.

— A quem o ouvi?

— Sim.

— Foi ao senhor.

— A mim!

— Sim, senhor; sábado passado.

— Não é possível!

— Não se lembra que me disse na rua do Ouvidor, quando falávamos das proezas da...

---

[43] Raivoso; furioso.
[44] Pessoa entediante; que aborrece.

— Ah! mas não foi isso! — exclamou o Major. — O que eu lhe disse foi outra coisa. Disse-lhe que era capaz de castigar a minha sobrinha se ela, estando agora para casar, deitasse os olhos a algum alferes que passasse.

— Nada mais? — perguntou o Capitão.

— Mais nada.

— Realmente é curioso.

O Major despediu-se do desembargador, levou o Capitão até Mata-porcos e foi direito para casa praguejando contra si e todo o mundo.

Ao entrar em casa estava já mais aplacado. O que o consolou foi a ideia de que o boato podia ser mais prejudicial do que fora. Na cama ainda pensou no acontecimento, mas já se ria da maçada que dera aos noveleiros. Suas últimas palavras antes de dormir foram:

— Quem conta um conto...

# Os óculos de Pedro Antão

Três causas diversas podem aconselhar o uso dos óculos. A primeira de todas é a debilidade do órgão visual, causa legítima, menos comum do que parece e mais vulgar do que devia ser. Vê-se hoje um rapaz entrado na puberdade e já adornado com um par de óculos, não por gosto, senão por necessidade. A natureza conspira para estabelecer o reinado dos míopes.

Outra causa do uso destes auxílios da vista é a moda, o capricho, ou, como diz Rodrigues Lobo, a galantaria. O ameno escritor exprime-se deste modo: "Assim é que até óculos, que se inventaram para remediar defeitos da natureza, vi eu já trazer a alguns por galantaria".[1] Efetivamente quem quiser passar por verdadeiro homem do tom deve trazer, não direi óculos fixos que é só próprio de sábios e estadistas, mas estas famosas lunetas-pênseis,[2] que são úteis, cômodas e graciosas, dão bom aspecto, fascinam as mulheres, servem para os casos difíceis e duram muito.

Da terceira causa quem nos dá noticia é nem mais nem menos o gravíssimo Montesquieu. Diz ele: "Os óculos fazem ver demonstrativamente que o homem que os traz é consumado nas ciências, por modo que um nariz ornado com eles deve ser tido, sem contestação, por nariz de sábio".[3] Conclui-se disto que a natureza é uma causa secundária dos estragos da vista e que o desejo de parecer ou de brilhar produz o maior número dos casos em que é necessária a arte dos Reis.[4]

Está já o leitor um pouco atrapalhado com este introito[5] que lhe parece mais de folhetim[6] que de romance ou então pergunta consigo mesmo a qual destas coisas atribuí eu os óculos de Pedro Antão. Isto não é folhetim, nem romance: é uma narração fiel do que me aconteceu há cerca de três anos: é crônica.[7] Quanto a Pedro Antão é positivo que os seus óculos deviam ter por causa o enfraquecimento da vista; mas ainda assim não lhe posso afirmar nada, porque Pedro Antão, que eu não conheci, foi o homem mais singular

---

[1] Francisco Rodrigues Lobo (1550-1622) foi um escritor português. O trecho citado se encontra na obra *Corte na aldeia e noites de inverno* (1619).
[2] Isto é, pincenê, óculos sem haste que se prendem ao nariz por meio de uma mola.
[3] Charles-Louis de Secondat, barão de La Brède e de Montesquieu (1689-1755), foi um político, filósofo e escritor francês. A citação foi retirada da carta 78, do livro *Cartas persas* (1721).
[4] Possível referência a dois fabricantes de óculos da época, Adriano dos Reis Caldeira, situado na rua da Quitanda, nºs 95 e 132; e José Maria dos Reis, na rua do Hospício, nº 71.
[5] Início; introdução.
[6] Texto literário publicado periodicamente nos rodapés de jornais.
[7] Ou seja, um relato pessoal sobre fatos históricos.

das tais crônicas, viveu recluso durante a vida inteira e mal consta alguma coisa dos seus primeiros anos.

Há cerca de três anos, como dizia, recebi a seguinte carta do meu amigo Mendonça:

> Pedro. Recebi hoje as chaves da casa de meu tio; vou abri-la. Queres acompanhar-me? Não penses que é por medo de lá entrar só; é porque eu sei que tu tens interesse e gosto em penetrar nos negócios misteriosos: e nada mais misterioso que a casa do famoso tio. Vem ao meio-dia. Teu Mendonça.

A minha resposta foi a seguinte:

> José. — Vou, mas não ao meio-dia. Entrar em casa misteriosa, quando o Sol está no zênite,[8] é anacronismo.[9] Irei às onze horas da noite, e à meia-noite em ponto entraremos na casa do defunto. Teu Pedro.

Perto das onze horas, depois de ter dito à família que ia ver um doente grave, por eu ser médico e costumo ver doentes à noite, investi para a casa de Mendonça, que era na rua do Areal.

Mendonça estava ceando; comi com ele um pouco de fiambre e de assado frio, engoli dois cálices de Madeira,[10] tomei uma xícara de chá saboroso como aquele chá da comédia de Garção,[11] e à meia-noite menos vinte minutos saímos para ir ver a casa de Pedro Antão.

Pedro Antão tinha morrido dez meses antes; achou-se-lhe um testamento em que deixava a casa, os livros e mais objetos ao sobrinho Mendonça — com a condição de que só tomaria conta da casa dez meses depois. Mendonça estava então no bulevar[12] dos Italianos, único sítio de Paris que conheceu e conhece a fundo, quando recebeu esta notícia. Riu muito da singularidade do tio, e veio ao Rio de Janeiro expressamente para tomar conta da casa. Aguardou religiosamente o termo da posse, e no dia 23 de março de manhã recebeu oficialmente as chaves que ansioso esperava.

A chave e a fechadura resistiram com força aos esforços que o Mendonça e eu fazíamos para abrir a porta. Felizmente vinha conosco um latagão,[13] criado

---

[8] O ponto mais alto no céu.
[9] Erro cronológico.
[10] Isto é, vinho fabricado na Ilha da Madeira, Portugal.
[11] Provável alusão à segunda cena da comédia *Assembleia ou partida* (1770), do escritor português Pedro António Correia Garção (1724-1773), quando o personagem Brás Carril enumera recursos necessários para uma festa.
[12] Rua larga, geralmente arborizada.
[13] Homem novo e forte; robusto.

de Mendonça, sujeito que se gabava de não encontrar porta nem mulher que lhe resistisse. Arremeteu o sujeito com um denodo[14] raro, e a porta gemeu e daí a alguns minutos estávamos no corredor. Aí despedimos o criado, depois de alguma oposição de Mendonça, que afirmava ser necessário ter mais alguém conosco. O criado saiu, e eu encostei a porta. Acendemos então uma das velas que trazíamos para o caso, e subimos uma escada velha e úmida que ia ter ao primeiro andar.

Não foi fácil a subida, porque, de quando em quando, surgia de um lado um rato, que esbarrava em nossas pernas, e duas ou três baratas, assustadas com os inquilinos, voaram de um lado para outro, indo esbarrar nas paredes, e escorregando depois até o chão. Além disso, sentíamos aquele mau odor que exala de uma casa fechada durante muito tempo. Felizmente, Mendonça tivera a precaução de trazer consigo plantas e pós aromáticos, que queimamos na sala de visitas apenas lá entramos.

Mendonça achou-se mal ali dentro. Era um elegante de primeira classe, amigo do conforto, ao passo que eu, sem deixar de amar a comodidade e o asseio, estava disposto a aproveitar aquela página de romance tétrico[15] que se me afigurava ver no interior da casa misteriosa.

— Vê lá — disse Mendonça —, onde queres que nos sentemos?
— Nestas cadeiras.
— Sujas como estão?
— Limpam-se.
— Quem as há de limpar?
— Eu.

Mendonça levantou os ombros; eu tirei da algibeira dois lenços e com eles limpei o melhor que pude duas cadeiras das que ali se achavam.

Mendonça viu-me fazer esta operação com um sorriso de homem resignado a tudo.

— A casa não é má — disse eu, sentando-me em uma das cadeiras para lhe dar exemplo —; e a mobília pode ser restaurada. Teu tio tinha gosto.
— Vamos ver o resto da casa — disse Mendonça.
— Espera.
— Esperar o quê? Ficaremos agora a contemplar a sala?
— Pareces-me tolo — respondi —; tu queres a herança do tio, e eu quero conhecer o homem. A sala é um primeiro indício. Vês este painel sobre a mesa?

---

[14] Ousadia; bravura.
[15] Medonho; horrível.

Mendonça aproximou-se da mesa.

— Vejo — disse ele —, é a *Madona da cadeira*.

— Cópia de Rafael.[16] Já por aqui sabemos que o homem amava as artes. A cópia não é má, e a moldura é severa.

— Cá temos outro painel — disse Mendonça apontando para a parede.

Subi ao sofá e aproximei a luz do quadro.

— Não conheço este — disse eu.

— É um Velásquez[17] — disse Mendonça —; vi um igual em casa do conde de Chantilly.

— Que conde é esse?

— Não era conde — respondeu Mendonça acendendo um charuto —; chamávamo-lo assim por ser um dos primeiros heróis das corridas de Chantilly.[18]

— Aposto que morava no bulevar...

— Dos Italianos.

Acendi também um charuto enquanto Mendonça me contava uma aventura parisiense em que entravam ele, o conde e uma estrela do bosque de Bolonha.[19] Deixei que a conversa levasse esse caminho, porque era o meio de reter o meu companheiro.

— Já vês — disse eu voltando ao meu assunto —, já vês que teu tio tinha gosto; Rafael e Velásquez são alguma coisa. Vamos ver o resto da casa.

Seguia-se outra sala menor que a primeira, onde nada havia que seja digno de nota. Apenas vimos sobre uma mesa um cachimbo alemão, que necessariamente devia ter pertencido ao Cavaleiro Teodoro Hoffmann,[20] pois a sua forma era de todo fantástica. Representava uma figura do diabo, com chapéu de três bicos, cruzando as pernas, que eram de cabra.

— Olé! — disse Mendonça —; o tio fumava!

— Parece que sim; e o cachimbo não me parece ortodoxo.[21]

---

[16] *Madona* da cadeira, no original *Madonna della Seggiola* (1514), é um quadro de autoria do pintor italiano Rafael Sanzio (1483-1520), conhecido simplesmente como Rafael.

[17] Diego Rodríguez de Silva y Velázquez (1599-1660), conhecido como Velásquez, é um pintor espanhol.

[18] A cidade de Chantilly fica na região norte da França. A cidade é famosa por seu prestigiado hipódromo, no qual são promovidas corridas de cavalo. O local também é conhecido pelo Castelo de Chantilly, um famoso palácio. Apesar de o castelo ter pertencido a diversas famílias de nobres, nunca houve um conde de Chantilly.

[19] O Bosque de Bolonha é um parque público da cidade de Paris.

[20] Ernst Theodor Amadeus Wilhelm Hoffmann (1776-1822) foi um escritor e jurista alemão, autor de textos literários do gênero narrativa fantástica.

[21] Padrão; tradicional.

— Pelo contrário — respondeu Mendonça —; não pode ser mais ortodoxo do que é; meter fogo na cabeça do diabo não te parece digno de um servo de Deus?

— Tens razão! — disse eu sorrindo.

Mendonça readquiria o seu bom humor e era isso justamente o que eu queria. Se não fosse assim, era provável que nos fôssemos embora dentro de dez minutos. Agora estava tranquilo; quando Mendonça estava de bom humor obedecia a tudo.

Depois de examinarmos o cachimbo que, além daquela, não oferecia nenhuma particularidade, seguimos por um corredor e fomos ter à sala de jantar. Esta, como outras salas e quartos da casa, nada tinha que se parecesse com mistério. Passando por um dos corredores vimos uma escada que ia ter a um sótão. Subimos. No meio da escada, Mendonça estacou; ouvira um rumor em cima.

— São ratos — disse-lhe eu.

— Serão? — perguntou Mendonça empalidecendo um pouco.

— Querias que fosse a alma do Antão?

Subi afoitamente;[22] Mendonça, envergonhado, subiu também. A coragem de muita gente não tem outra explicação. "Não é sempre por valentia que os homens são valentes", diz La Rochefoucauld.[23]

Vasto era o sótão. Compunha-se de uma sala de estudo e de escrita, uma alcova[24] na frente, e uma vasta sala no fundo. Era por assim dizer um segundo andar.

O que primeiro examinamos foi a sala da frente cuja mobília se compunha de algumas cadeiras, uma secretária,[25] duas estantes, um sofá, tudo como qualquer mortal pode ter. Havia sobre a secretária dois bustos de mármore, e aqui começa o fantástico: uma era a cabeça de Cristo, outra a de Satanás. Cristo estava à direita, Satanás à esquerda.

— Bravo! — exclamei —; vou penetrando no homem. Achas ainda alguma ortodoxia nesta aproximação de bustos?

Mendonça, que estava enlevado no primor da escultura, respondeu:

— Toda.

— Explica-te.

---

[22] Corajosamente; com ousadia.
[23] François VI, duque de La Rochefoucauld, príncipe de Marcillac (1613-1680), foi um notável escritor francês, autor de famosas máximas e memórias. A alusão parece se referir à Máxima 213, do livro *Reflexões ou sentenças e máximas morais*, de 1665.
[24] Pequeno quarto de dormir.
[25] Móvel usado para escrever e guardar documentos; escrivaninha.

— O tio juntava-os para emblema da vida humana, que se compõe do mal e do bem; o bem está aqui para corrigir o mal. É o *Ceci tuera cela*, de Vítor Hugo.[26]

— Está feito; tu explicas tudo. Mas é porque aqui a simetria das coisas te favorece. Cristo e Satanás ao lado um do outro é uma simetria de poeta; mas eu creio que Pedro Antão era outra coisa. Olha aqui para o chão; vês esta reunião de coisas extravagantes? Um par de chinelas, uma imagem da Virgem, uma trança de cabelos amarelos, um baralho de cartas, uma cruz, uma página de hebraico; vês?...

À proporção que eu ia inventariando os objetos encontrados no chão, ia o Mendonça examinando atentamente, tendo previamente calçado um par de luvas a fim de não macular as mãos.

Abri uma janela a fim de que o ar penetrasse nos aposentos. Depois, sacudindo o pó de duas cadeiras, sentei-me numa delas, e disse a Mendonça:

— Sabes que mais? Já não vou daqui sem que me contes alguma coisa do tio. Que idade tinha ele?

— Quarenta anos.

— Viveu sempre recluso?

— Desde muito tempo. Nos últimos cinco anos nem saía de casa. Era um criado que lhe trazia o que precisava. Esse mesmo criado morreu na véspera de morrer o tio.

— Qual foi o motivo da morte do criado?

— Não sei; creio que uma apoplexia.[27]

— Quem sabe? Talvez a morte do criado explique a morte do seu tio. Estou a ver aqui um assassinato e um suicídio. De que morreu o tio?

— De uma queda.

— Dentro de casa?

— Sim.

— Bem digo eu; aqui há coisa. Estes objetos dizem claramente que Pedro Antão era feiticeiro.

Mendonça sorriu com desdém; posto que fosse supersticioso e timorato,[28] Mendonça não acreditava em sortilégios.[29] Eu era então um pouco dado

---

[26] Victor-Marie Hugo (1802-1885), ou Vítor Hugo, é um famoso escritor romântico francês. A frase, traduzida como "Isto matará aquilo", é retirada do personagem de um padre, no romance *Notre-Dame de Paris* (1831), também conhecido em português como *O corcunda de Notre-Dame*.

[27] Termo usado na época para acidente vascular cerebral.

[28] Medroso; tímido.

[29] Feitiçarias; bruxarias.

a essas crenças, e ainda hoje não deixo de as ter. Depois que os filósofos modernos, com a mania de destruir tudo, afirmaram que o criador era uma invenção dos homens, eu, que não dou ao acaso as honras de ter criado o universo, substituí Deus por um grande feiticeiro, autor de todas as coisas, e nem por isso sou mais absurdo que os filósofos.

— Que quer dizer — continuei eu — esta madeixa de cabelos amarelos?

— É uma madeixa de cabelos — respondeu Mendonça —; amareleceram com o tempo.

— E esta página de hebraico não quer dizer alguma coisa?

— Não sei se é hebraico ou siríaco.

— Deve ser hebraico. Eu não conheço essas línguas, mas conheço os caracteres; estes são hebraicos. Quanto a esta cruz metida entre um baralho de cartas, creio que não dirás ser o bem e o mal, emblema da vida humana. Mas deixemos isto; que houve notável na vida do tio?

— Coisa nenhuma. Viveu aqui recluso sem procurar a família; nem recebê-la em casa. Ao princípio, correu que o tio tinha alguma beleza escondida, e meu pai procurou saber disso conversando com o criado, mas o criado disse que não havia ninguém. Verdade é que o primo Antônio disse que uma noite, passando por aqui, viu da rua uma sombra de mulher passeando na sala de visitas; mas eu o convenci logo de que seria o mesmo tio, embrulhado em um lençol.

— Que diziam os vizinhos?

— Apenas um afirmou ter ouvido uma noite gemidos lúgubres[30] cá dentro; no dia seguinte, não sei se por humanidade, se por curiosidade, mandou o vizinho saber o que era; o tio correu o portador a pau. Queres que te diga a minha opinião?

— Não, não digas. Veremos se eu descubro...

— Não tens nada que descobrir: creio que o tio era doido.

— É o que te parece. Veremos isso. Talvez esta secretária nos diga alguma coisa; mas está fechada. Como abri-la?

— Arrombe-se amanhã.

— Pois sim; mas vamos ver o resto do sótão.

Peguei na vela e encaminhamo-nos para o interior. No corredor que separava as duas salas, bati com o pé num objeto que foi parar três passos adiante.

Era um par de óculos de ouro.

Examinamos os óculos que nada particular indicavam; tinham asas grossas e vidros azuis sem grau. Conheci que era uma quarta espécie de óculos; usava-os

---

[30] Fúnebres; muito tristes.

Pedro Antão para abrandar os raios da luz quando trabalhasse ou lesse de noite. Um dos vidros estava rachado.

Seguimos levando os óculos.

Nenhuma mobília tinha a sala do fundo. Ao fundo havia uma janela que dava para o telhado. Estava fechada com uma pequena aldraba.[31]

— Aqui não há que ver — disse Mendonça querendo voltar.

— Pelo contrário — disse eu.

— Que é?

— Vês isto?

O objeto que eu mostrava a Mendonça era uma escada de seda atirada a um canto. Estava gasta pelo uso e estragada pelo desuso.

— Creio que isto é alguma. Vejamos a janela.

Abri a janela, que era baixa. Dava para o telhado da própria casa. Olhei em redor; todas as casas eram baixas, exceto uma que ficava à esquerda, que era um sobrado e tinha uma janela que dava para o telhado. Junto da janela do sótão havia algumas telhas quebradas.

Fechei a janela, e disse rindo a Mendonça:

— Já me não escapa o homem!

— És um visionário — foi a única resposta de Mendonça.

Quando íamos a sair, Mendonça deu um grito.

— Que é?

— Vê.

Olhei e vi a um canto da sala dois olhos verdes fitos sobre nós. Quis aproximar-me; Mendonça agarrou-me pelas abas do paletó. Fiz um esforço e fui até o canto ver o que eram aqueles olhos.

Dei uma gargalhada.

Era um gato preto que ali se achava, o qual, assustado com a gargalhada, deitou a correr, desceu a escada e não apareceu mais.

— Começo a tremer — disse Mendonça —; que quer dizer este gato aqui em cima?

— Uma destas duas coisas; ou era companheiro do homem nos sortilégios, ou é um gato da vizinhança que se acostumou a vir aqui passar a noite em procura de ratos.

— Será, será.

— Inclino-me à segunda hipótese, porque, ainda que eu suponha teu tio amante de feitiçarias, creio que não é essa a parte mais importante da vida dele.

---

[31] Pequena tranca para portas e janelas.

— Qual será então?

— Meu caro, temos já todos os elementos de que compor um romance; vamos para a outra sala.

Quando ali chegamos, sentei-me tranquilamente, acendi um charuto e, brincando com os óculos de Pedro Antão, comecei a falar.

— Viste aqui uma casa velha, trastes velhos, ares velhos, nada mais. Eu vi aqui dentro uma história misteriosa. Organizar no vácuo não é coisa que todos possam fazer. Vejamos se não me achas razão.

Mendonça sentou-se e eu comecei:

— Sabes a razão da reclusão do tio?

— Não — respondeu o meu companheiro.

— Foi uma paixão? Não te rias. Eu imagino que teu tio se apaixonou por alguma dama formosa. Sabes donde concluo isto? Do gosto pelas artes. As artes substituem os amores, quando estes são impossíveis. Amou, e não querendo ou não podendo casar com ela, retirou-se por aqui. A solidão e a paixão começaram a atuar na sua imaginação. Olha os livros que ele lia; vê estes dois bustos de Cristo e de Satanás; olha estes objetos de feitiçaria esparsos no chão; tudo isto quer dizer que a religião nem a filosofia bastavam à alma do tio, e quando a filosofia e a religião não podem triunfar de uma alma, triunfa a superstição. Que te parece?

— Um conto para passar o tempo.

— Ouve o resto. Ao cabo de um ou dois anos, Pedro Antão recebeu uma pequena cartinha...

— Ah! onde está?

— Não sei; mas recebeu. Talvez a encontremos dentro desta secretária. O bilhete era da mulher amada, e dizia provavelmente que, tendo ele fugido, vinha ela em busca dele.

— E veio?

— Veio morar na vizinhança, naquele sobrado cujos fundos vimos pela janela do sótão. O tio não respondeu à carta; a dama que eu chamarei Cecília esperou debalde a resposta. Nova carta: novo silêncio. Cecília, no furor da paixão, veste-se um dia com uma mantilha[32] e entra por aqui a pretexto de vir buscar esmolas para os indigentes da paróquia. "Mande entrar quem é", disse Pedro Antão. A rapariga entrou, e quando se achou a sós com o tio, descobriu o rosto. "Céus! És tu!" "Sim, sou eu; vim porque me recusavas; amo-te..." "Mas desgraçada! não sabes que o teu ato é uma loucura e um crime?" "É uma virtude, pois que amo." O tio pôs o rosto nas mãos; estava desesperado.

---

[32] Véu de manta grossa; echarpe.

— Compreendo. E depois?

— Procurou dissuadi-la dos planos que ela concebera; a única coisa que conseguiu foi dar sua palavra de que iria vê-la à casa ou ao menos conversar de fora. "Mas eu não sei como possa lá ir", objetou Pedro Antão. "A janela do teu salão dá para os fundos da minha casa. Sobe ao telhado e eu conversarei da janela." "Pois sim", respondeu teu tio.

— Supões que ele respondeu assim?

— Com certeza.

— O tio cumpriu então a promessa?

— Cumpriu. Quando toda a vizinhança estava recolhida, trepava ele ao telhado e ia conversar por baixo da janela de Cecília até que vinha a madrugada e Pedro Antão voltava para casa com o coração mais tranquilo...

— E uma constipação no lombo.

— Não te rias, Mendonça; és um espírito fútil. Ouve o resto, e verás que tudo se explica; eu aprendi a arte de interpretar as coisas mais insignificantes. Ora, atende; atende e concordarás comigo.

— Continua.

— Assim se passaram os dias, as semanas, os meses; era um idílio[33] *renouvelé de Roméo*.[34] Um dia provavelmente o pai da moça percebeu que alguém costumava perlustrar[35] os telhados, e tendo ouvido conjugar o verbo amar todas as noites sempre no indicativo do tempo presente, resolveu pôr em cena um quinto ato de Crébillon;[36] comprou uma pistola...

— E matou o tio?

— Não!

— Felizmente.

— Pôs-se de emboscada; apenas apareceu um vulto, disparou a pistola... Dois gritos agudos acompanharam o som do tiro; Pedro Antão correu a meter-se em casa. Cecília caiu redondamente no chão.

— Morta?

— Desmaiada. Acudiu toda a família. O pai acudiu também; mandou chamar um médico e deram-se à pequena os primeiros cuidados que a situação exigia. Albuquerque (deve ser o nome do pai) era homem de costumes severos; guardou uma repreensão para a filha depois que ficasse

---

[33] Na frase, o termo "idílio" significa, propriamente, relação entre namorados, uma conversa amorosa.

[34] Renovado Romeu: Referência à peça *Romeu e Julieta* (1597), de William Shakespeare (1564-1616). Romeu, para ver Julieta, sobe por uma escada de corda que ela joga de seu balcão.

[35] Observar; examinar.

[36] Prosper Jolyot de Crébillon (1674-1762) foi um dramaturgo francês. O nome de Crébillon era usualmente citado para falar de algo dramático, comovente.

boa. A menina ficou no quarto com a mãe e uma escrava velha, a Tia Mônica. Aqui não te posso dizer quanto tempo esteve ela gravemente enferma; o que te afirmo é que, apenas tornou em si, e pôde lembrar-se do episódio do tiro, disse que tivera um grande pesadelo, e a isso devera o desmaio. A mãe engoliu a pílula; o pai achou-a amarga demais. Passaram-se os dias; Cecília, sempre de cama, ficava então só com a escrava. Uma noite, disse-lhe a escrava: "Por que razão, sinhá-moça,[37] quer sempre que eu vá à janela de noite?". Cecília fitou nela os olhos, e com voz fraca disse: "Tia Mônica, você é capaz de guardar um segredo?" "Sou", respondeu a preta. Cecília contou então tudo; e quando acabou, disse: "Eis aqui por que eu te mando à janela: é para ver se vês o meu querido Antão; morreria ele?". "Não, sinhá", respondeu Mônica; "está vivo". A moça respirou. Depois ouvindo rumor no telhado, disse à preta que fosse ver o que era. "É ele", disse Mônica. "Ah! diz-lhe que eu estou de cama, mas que preciso falar-lhe". A preta deu conta do recado; Pedro Antão voltou para casa. Meditou nos meios de subir à casa de Cecília e vê-la um minuto que fosse. Por honra dele, devo dizer que hesitou muito tempo em cumprir a promessa...

Mendonça neste ponto inclinou-se mais para mim e disse:

— Não ouves?

— O quê?

— Um rumor?

— São ratos. Deixa-te de vãos temores. Ouve a narração. Não te parece exata?

— Sim; parece. Tens uma penetração rara! Quem não dirá que isso não é a verdade?

— Ninguém pode dizê-lo.

— Continua.

— Assentou Pedro Antão em ir ver a enferma; para isso era preciso subir; para subir era necessário ter uma escada; e a escada só podia ser de seda. Por quem mandaria comprar uma escada de seda? Podia dizê-lo ao criado; mas isso era impossível; seria a vergonha. Pedro Antão resolveu sair ele mesmo...

— Sair?

— Foi a única vez que saiu depois da sua voluntária reclusão. Saiu, e foi encomendar uma escada de seda, a qual ficou pronta e veio daí a dias por mão do criado, mas enrolada de modo que o criado não soube o que era.

— Sim, o tio era prudente.

— Na primeira noite em que Pedro Antão subiu à casa houve na sua alma uma verdadeira luta. Eram os últimos lampejos da virtude; digo virtude,

---

[37] "Sinhá-moça" era a forma com a qual os escravos tratavam a filha da senhora da casa.

porque o ato de escalar uma janela constitui um crime para qualquer, quanto mais para um homem daquela força! Mas a paixão e a piedade venceram; teu tio atravessou o telhado com a escada debaixo do braço. A fiel Mônica lá estava e ajudou a preparar a escada; depois subiu Pedro Antão mais lesto[38] que um menino trepando por uma mangueira acima. Não se descreve a cena do encontro dos dois amantes ao cabo de tanto tempo. Cecília estava mais pálida que o linho dos lençóis; o tio ajoelhou e derramou lágrimas de dor... Que cena aquela! Oh! Os que amaram sabem o que é aquilo!

Creio que fui tão patético nesta descrição, que o próprio Mendonça ficou comovido. Pela minha parte não o estava menos; davam então duas horas; tudo em volta de nós contribuía para a emoção de que nos achávamos possuídos.

— Vamos para casa — disse Mendonça.

— Ouve o resto. A visita do tio foi repetida nos seguintes dias. Parece que isso mesmo apressou o restabelecimento da moça. No dia em que Cecília ficou perfeitamente boa, disse-lhe Pedro Antão que era aquela a última visita. Cecília entrou a chorar. "Não chores", disse teu tio; "eu te amarei sempre; mas bem vês que é impossível a minha volta aqui. A tua doença explicava a minha audácia; a tua saúde..." "Que temes tu?", disse a moça; "a opinião, quando vier a saber que nos amamos? Pois bem; Mônica assistirá às nossas entrevistas..." — Teu tio mostrou-se severo e resoluto. A única coisa que lhe concedeu foi que viria conversar à janela: ficando ele pendurado na escada.

— Por que supões isto? — perguntou-me Mendonça.

— Saberás adiante. Tudo o que até aqui tenho dito é a verdade; do estudo destes objetos que vemos a conclusão que tiro é que só a minha narração pode explicar a vida de Pedro Antão.

— Continua.

— A promessa do tio foi cumprida. Todas as noites saía o homem de casa, levando a escada, que era posta convenientemente para que ele subisse e fosse conversar com Cecília na posição em que Romeu e Julieta se separaram dando o último beijo e ouvindo o rouxinol... Queres ouvir o diálogo da despedida de Romeu?

— Não, vamos ao tio.

— Não descansou o pai de Cecília enquanto não lhe arranjou um casamento. Apresentou-lhe um dia um rapaz dizendo que era o seu noivo. Imagina o coração da pobre moça ao saber de semelhante notícia. Não ousou

---

[38] Ligeiro; rápido.

dizer abertamente ao pai que não queria o noivo; mas pediu para refletir três dias; e comunicou isso a teu tio. Imagina a dor do homem. Que luta aquela! O amor e o dever — luta terrível à qual teu tio teria sucumbido se não fora a grande alma que Deus lhe deu. Que diria à moça?

— Eu carregava com ela.

— Bem, mas ele hesitou; pareceu-lhe que não podia santificar uma união condenada pela sociedade. Não queria perturbar o destino da moça que talvez fosse melhor do que se lhe afigurava a ela. Que fez então? Disse-lhe que se casasse. Cecília recusou o conselho; teu tio insistiu; ela chorou. Que fazer diante das lágrimas de uma mulher? O homem pediu um adiamento de vinte e quatro horas. Terrível foi a noite e o dia que se seguiu a esta entrevista. Jogava-se o destino de Antão e de Cecília. Raptando a moça, ele ia constituir-se réu perante Deus e os homens. O momento era solene. A crise da vida chegara ao seu auge. Sobre a tarde tomou ele uma resolução suprema; raptar a moça, isto é, salvá-la das garras de um noivo a quem ela não amava, e dar-lhe a felicidade que ela almejava neste mundo. Comunicou o seu plano à rapariga; e assentou-se que daí a três dias se executaria o plano. A moça dormiu alegre como se no dia seguinte devesse entrar na bem-aventurança. Oh! O amor é capaz de grandes coisas! E quanta vez se cometeu crime com alma alegre só porque é o amor que nos impele para o mal!

— Bonito! — murmurou Mendonça.

Irritou-me a interrupção e levantei-me.

— Onde vais?

— Não me queres ouvir.

— Quero; continua. Aplaudi a tua exclamação. Quero saber em que parou tudo isso.

— Quando o tio voltou para casa, encontrou junto à janela o criado. Todo o corpo lhe tremeu; estava descoberto. O criado tinha ouvido bulha[39] e supondo serem ladrões subiu ao sótão, viu a janela aberta, e espantado viu um vulto ao longe, e esperou. Quando descobriu que era o tio, compreendeu que alguma coisa havia, e arrependeu-se de ter subido. Quanto ao tio, passado o primeiro momento, voltou em si, desceu tranquilamente e disse ao criado que se fosse deitar. O criado desceu sem dizer palavra; o teu tio veio tranquilamente para esta sala e entrou a meditar no que devia fazer. Era forçoso confessar tudo ao criado; estando descoberto, já lhe não aparentava a discrição; antes tê-lo por amigo mostrando confiança. Assentou nisso. Mas daí a pouco entrou o receio a torturar-lhe a alma. Podia acaso contar com a discrição de criado,

---

[39] Ruído; barulho.

ainda quando lhe mostrasse confiança? O medo de ver-se descoberto lhe obumbrou[40] a razão; o crime chama o crime. O relâmpago do crime lhe fuzilou na alma...

— Que fez?

— Decretou a morte do criado. Quem poderá dizer que longos foram os instantes passados naquela combinação de um crime que era o primeiro na escala dos crimes futuros! Ao cabo de uma hora, tomou uma vela, desceu a escada de mansinho, encaminhou-se ao quarto do criado. Este dormia profundamente; Pedro Antão lembrou-se de que o melhor meio era sufocá-lo; subiu outra vez e foi buscar um travesseiro. Desceu; o criado ainda dormia. Teu tio pôs-lhe o travesseiro sobre o pescoço e calcou com todas as forças. Surpreendido no sono com este ataque, o criado procurou defender-se; quis lutar; impossível... por um movimento enérgico Pedro Antão concluiu a morte começada.

— Onde viste sinais desse crime?

— Não vi sinais; mas é um crime lógico. Por que razão morreria o criado logo na véspera do rapto? Teu tio quis arredar uma testemunha ou um cúmplice; mas vai ouvindo.

— Triste morte foi essa!

— Terrível; teu tio subiu, atirou-se à cama, mas não dormiu; a noite foi cruel; quando chegou a madrugada ele respirou; podia ao menos afastar a memória do fato terrível da véspera. Do quintal chamou um vizinho, e pediu-lhe que fosse cuidar do enterro do criado. À tarde foi este enterrado, levando para a sepultura o segredo do crime...

— Mas, Pedro, é impossível que tu não saibas disto por outro modo que não o conjectural.[41] Estás falando de maneira que pareces ter assistido a tudo... Sabias alguma coisa?

— Nada.

— Mas então não compreendo.

— Meu amigo; chama-se a isto penetrar além da superfície dos fatos. Vai ouvindo. A noite do enterro do criado era a noite do rapto de Cecília. Tudo estava preparado. Pedro Antão aguardou silenciosamente a hora marcada por ele, isto é, meia-noite. O leitor facilmente calculará...

— Que leitor?

— Foi engano. Quero dizer que tu facilmente calcularás as emoções do namorado antes de cometer o rapto. Entretanto chegou a hora; Pedro Antão,

---

[40] Escureceu; alterou.
[41] Por hipóteses; suposições.

que estava lendo para passar o tempo, apenas ouviu bater meia-noite, foi ao quarto, pegou na escada... Aqui entram os óculos de Pedro. Estava lendo, e para ler punha os óculos a fim de quebrar os raios da luz. Com a pressa e a preocupação do ato que ia cometer nem se lembrou de tirar os óculos; foi com eles até à outra sala, abriu a janela, saltou ao telhado e aproximou-se da casa de Cecília. Tudo estava silencioso; nenhum sinal de vida. Que aconteceria? Estaria descoberto o plano? Adoeceria a moça? Nesta incerteza esteve Pedro Antão durante dez mortais minutos. Abriu-se finalmente a janela, e a cabeça da moça apareceu. Teu tio deu sinal de que ele ali estava, e a preta disse-lhe que esperasse um pouquinho enquanto a ama completava os preparativos. Pedro Antão indagou a razão da demora. A preta respondeu que houvera visitas em casa, e que em virtude disso Cecília não pôde sair da sala. Entrou a preta e teu tio esperou.

— Vê se pões a pequena cá para baixo.

— Ouve. Esperou teu tio outros dez minutos, ao cabo dos quais voltou a preta e o homem atirou a extremidade da escada, que foi convenientemente presa em cima. Cecília apareceu e a vista da moça deu ânimo ao namorado. Disse-lhe ela que, para melhor efetuar a descida, vestira umas calças do primo; e atirou para baixo duas trouxas. Continham roupa e vários objetos. Pedro Antão pôs as trouxas de lado, e disse à pequena que descesse. Ora, justamente quando a moça se preparava a descer, ouviu-se uma voz que dizia: Miserável! — Cecília deu um grito e entrou fechando a janela. Ficou embaixo Pedro Antão a procurar com os olhos de onde vinha a voz, até que um vulto se lhe aproximou. Era nem mais nem menos o pai de Cecília.

— De onde surgiu ele?

— Tinha percebido que a pequena tramava alguma coisa; foi espreitar pelo buraco da fechadura, e viu-a preparar as trouxas; desceu ao quintal e de lá ouviu a voz de teu tio; por meio de uma escada de mão trepou ao telhado no momento em que a moça ia pôr o pé fora da casa. Avalie-se o drama que se passou ali no telhado. O pai, armado com uma pistola, apontou-a ao peito de Pedro Antão; este viu iminente o seu fim. Quem poderia salvá-lo? "Eu!", gritou uma voz no meio das sombras.

— Quem era?

— Espera. O vulto desarmou o pai de Cecília e intimou-lhe a retirada; o velho quis recalcitrar,[42] mas teve de obedecer à voz imperiosa do salvador de Pedro Antão. Tendo escapado por milagre à morte que o esperava, o homem voltou-se para o vulto e agradeceu-lhe aquela intervenção providencial. Depois

---

[42] Resistir.

pediu que entrasse com ele em casa para lhe explicar a razão de achar-se ali. Pedro Antão meditava uma mentira. O vulto respondeu simplesmente: "Eu sei tudo!" "Sabe tudo? Quem é o senhor?" "Ninguém".

— Parodiou o Garrett.[43]

— Convidou teu tio ao vulto para ir descansar alguns minutos em casa. O vulto aceitou. Atravessaram o telhado e entraram pela janela. Como estivesse escuro, Pedro Antão tomou um fósforo, que levara consigo para a volta, e à luz quem havia ele de ver?

— Quem?

— Adivinha.

— Não sei.

— O criado?

— Sim.

— O defunto?

— Nem mais nem menos, o defunto.

— Essa agora!...

— Imagina o rosto do pobre homem, deu um grito e correu; o criado segurou-o ainda pelas abas do paletó; Pedro Antão fez um esforço, escapou-se-lhe das mãos, caíram-lhe os óculos; e ele foi rolando pela escada abaixo até cair morto.

— Que horror!

— Aqui tens — concluí eu — nem mais nem menos a história do tio, dos seus motivos de reclusão, e da sua morte desastrosa; aí tens explicados os óculos no corredor, a escada de seda na outra sala. Queres mais claro?

— Realmente — disse Mendonça —, falas com uma segurança que pareces ter visto tudo isso!

— Para que serviria a perspicácia então?

— Safa![44] Eras capaz de provar que eu ontem matei um homem!

— Questão de perspicácia; nada mais. Queres apostar uma coisa?

— O quê?

— Queres apostar que eu acho nesta secretária algum indício do que estive a referir?

— Então sabias alguma coisa?

— Eu, nada. Mas tenho um pressentimento de que aqui dentro acharei coisa que nos guie e me prove a veracidade do que te acabei de contar. Vamos abri-la.

---

[43] Referência ao ato II, cena XV, da peça *Frei Luís de Sousa* (1843), do escritor romântico português Almeida Garrett (1799-1854).

[44] Expressão de espanto, admiração.

— Com quê?

— Não tens nada?

— Nada. Sabes que mais? Vamos embora. Amanhã, abriremos isto.

— Não, agora mesmo.

— Qual olha; são três horas quase. Vamos dormir; amanhã voltarei contigo e de manhã, virá conosco um homem que entenda disto...

— Pois sim.

Saímos da casa de Pedro Antão; e eu confesso que não dormi a noite inteira, porque o pouco que dela restava gastei-a eu a pensar na história do homem. Se eu achasse na secretária alguma coisa, uma cartinha de amores, uma lembrança de mulher, tinha ganho a glória de ter adivinhado uma história que ninguém descobriria nem exporia com tanta lucidez.

No dia seguinte às dez horas da manhã fui ter com o meu amigo Mendonça, que ainda estava dormindo; esperei que acordasse e almoçasse, depois do que fomos buscar um ferreiro, encarregado de arrombar a secretária de Pedro Antão.

A fechadura não resistiu muito tempo.

Quando nos achamos sós, entramos a examinar o conteúdo daquele velho móvel, testemunha insuspeita da vida do tio.

Muitos objetos íamos encontrando que não serviam para o caso: papéis velhos, cartas de amigos, contas de credores, notas de leitura, etc.

Nada vimos que servisse ao caso.

— É impossível — disse eu —; vejamos nas gavetinhas.

Nas gavetinhas também nada se encontrou que pudesse ter relação com a minha versão da morte de Pedro Antão.

De repente, disse-me Mendonça ter achado uns cabelos.

— Ah! — exclamei —, enfim!

— Mas são cabelos brancos — acrescentou Mendonça.

Em resumo, nada encontramos que nos pudesse guiar no assunto, e eu senti deveras porque o menor indício era naquele caso uma prova; ao menos eu assim o entendia.

No meio do trabalho em que estávamos, não demos por uma gaveta escondida por trás de uma tabuinha.

Abriu-se a gaveta por si e graças a um acaso. Querendo eu arrancar um folheto, apertei uma mola e a gaveta abriu-se.

Dentro havia um rolo fino de papel com esta nota por fora: "Para ser entregue a meu sobrinho Mendonça".

— Vejamos.

Mendonça abriu o rolo. Continha uma folha de papel com as seguintes palavras:

Meu sobrinho. Deixo o mundo sem saudades. Vivo recluso tanto tempo para me acostumar à morte. Ultimamente li algumas obras de filosofia da história, e tais coisas vi, tais explicações encontrei de fatos até aqui reconhecidos, que tive uma ideia excêntrica. Deixei aí uma escada de seda, uns óculos verdes, que eu nunca usei, e outros objetos, a fim de que tu ou algum pascácio[45] igual inventassem a meu respeito um romance, que toda a gente acreditaria até o achado deste papel. Livra-te da filosofia da história.

Calcule agora o leitor o efeito deste escrito, espécie de dedo invisível que me deitava por terra o edifício da minha interpretação!
Daí para cá não interpretei à primeira vista todas as aparências.

---

[45] Tolo; bobo.

# O sainete[1]

Um dos problemas que mais preocupavam a rua do Ouvidor, entre as da Quitanda e Gonçalves Dias, das duas às quatro horas da tarde, era a profunda e súbita melancolia do Dr. Maciel. O Dr. Maciel tinha apenas vinte e cinco anos, idade em que geralmente se compreende melhor o *Cântico dos cânticos* do que as *Lamentações de Jeremias*.[2] Sua índole[3] mesma era mais propensa ao riso dos frívolos[4] do que ao pesadume[5] dos filósofos. Pode-se afirmar que ele preferia um dueto da grã-duquesa[6] a um teorema geométrico, e os domingos do Prado Fluminense[7] aos domingos da Escola da Glória.[8] De onde vinha pois a melancolia que tanto preocupava a rua do Ouvidor?

Pode o leitor coçar o nariz, à procura da explicação; a leitora não precisa desse recurso para adivinhar que o Dr. Maciel ama, que uma "seta do deus alado" o feriu mesmo no centro do coração.[9] O que a leitora não pode adivinhar, sem que eu lho diga, é que o jovem médico ama a viúva Seixas, cuja maravilhosa beleza levava após si os olhos dos mais consumados pintalegretes.[10] O Dr. Maciel gostava de a ver como todos os outros; amou-a desde certa noite e certo baile, em que ela, andando a passo, pelo seu braço, perguntou-lhe de repente com a mais deliciosa languidez[11] do mundo:

— Doutor, por que razão não quer honrar a minha casa? Estou visível todas as quintas-feiras para a turbamulta;[12] os sábados pertencem aos amigos. Vá lá aos sábados.

---

[1] Qualidade que suaviza impressão de desprazer.
[2] Referência a dois livros bíblicos do Antigo Testamento: o Cântico dos cânticos é atribuído a Salomão, no qual se celebra o amor e o matrimônio; Lamentações foi escrito pelo profeta Jeremias, quando testemunhou a destruição da cidade de Jerusalém por Nabucodonosor, rei de Babilônia. Jeremias havia profetizado esse acontecimento por mais de quarenta anos, porém os moradores da cidade não acreditaram nele. Então restou ao profeta escrever orações e cantos de grande pesar.
[3] Natureza; tendência.
[4] Pessoas que passam o tempo com futilidades, inutilidades.
[5] Desgosto; tristeza.
[6] A *Grã-Duquesa de Gérolstein* é uma ópera de Jacques Offenbach (1819-1880), compositor alemão, com libreto de Henri Meilhac e Ludovic Halévy, composta em 1886.
[7] Na época, bairro do Rio de janeiro onde aconteciam corridas de cavalos.
[8] Referência a conferências científicas que eram promovidas no bairro da Glória, Rio de Janeiro, entre 1873 e 1889, nas manhãs de domingo.
[9] Alusão ao Cupido, na mitologia latina; ou Eros, na mitologia grega; personagem mitológico que era o deus do amor.
[10] Pessoas vaidosas, que se vestem com apuro excessivo.
[11] Moleza; sensualidade.
[12] Multidão; agrupamento de pessoas comuns.

Maciel prometeu que iria no primeiro sábado, e foi. Pulava-lhe o coração ao subir as escadas. A viúva estava só.

— Venho cedo — disse ele, logo depois dos primeiros cumprimentos.

— Vem tarde demais para a minha natural ansiedade — respondeu ela sorrindo.

O que se passou na alma de Maciel excede a todas as conjecturas. Num só minuto pôde ele ver juntas todas as maravilhas da terra e do céu — todas concentradas naquela elegante e suntuosa sala cuja dona, a Calipso daquele Telêmaco,[13] tinha cravados nele um par de olhos, não negros, não azuis, não castanhos, mas dessa rara cor, que os homens atribuem à mais duradoura felicidade do coração, à esperança. Eram verdes, de um verde igual ao das folhas novas, e de uma expressão ora indolente,[14] ora vivaz — arma de dois gumes —, que ela sabia manejar como poucas.

E não obstante aquele introito,[15] o Dr. Maciel andava triste, abatido, desconsolado. A razão era que a viúva, depois de tão amáveis preliminares, não cuidou mais das condições em que seria celebrado um tratado conjugal. No fim de cinco ou seis sábados, cujas horas eram polidamente bocejadas a duo, a viúva adoeceu semanalmente naquele dia, e o jovem médico teve de contentar-se com a turbamulta das quintas-feiras.

A quinta-feira em que nos achamos é de Endoenças.[16] Não era dia próprio de recepção. Contudo, Maciel dirigiu-se a Botafogo,[17] a fim de pôr em execução um projeto, que ele ingenuamente supunha ser fruto do mais profundo maquiavelismo,[18] mas que eu, na minha fidelidade de historiador, devo confessar que não passava de verdadeira infantilidade. Notara ele os sentimentos religiosos da viúva; imaginou que, indo fazer-lhe naquele dia a declaração verbal do seu amor, por meio de invocações pias,[19] alcançaria facilmente o prêmio de seus trabalhos.

A viúva achava-se no toucador.[20] Acabara de vestir-se; e de pé, calçando as luvas, em frente do espelho, sorria para si mesma, como satisfeita da toalete.

---

[13] Personagens do poema épico grego *Odisseia*, atribuído a Homero. Telêmaco era filho de Ulisses e Penélope; Calipso era uma ninfa, residente na ilha de Ogígia e apaixonada por Ulisses; por essa razão, reteve-o por sete anos com seus encantos. Na obra *As aventuras de Telêmaco* (1699), de François Fénelon (1651-1715), Telêmaco também encontra Calipso e ela também tenta persuadi-lo a ficar.

[14] Preguiçosa.

[15] Início; começo.

[16] Solenidades religiosas da Quinta-Feira Santa.

[17] Bairro da cidade do Rio de Janeiro.

[18] Conduta desleal; traiçoeira.

[19] Súplicas que mostram devoção religiosa.

[20] Antecâmara ou pequeno quarto usado para se pentear e se vestir.

Não ia passear, como se poderia supor; ia visitar as igrejas. Queria alcançar por sedução a misericórdia divina.

Era boa devota aquela senhora de vinte e seis anos, que frequentava as festas religiosas, comia peixe durante toda a quaresma, acreditava alguma coisa em Deus, pouco no Diabo e nada no Inferno. Não acreditando no Inferno, não tinha onde meter o Diabo; venceu a dificuldade, agasalhando-o no coração. O demo assim alojado fora algum tempo o nosso melancólico Maciel. A religião da viúva era mais elegante que outra coisa. Quando ela se confessava era sempre com algum padre moço; em compensação só se tratava com médico velho. Nunca escondeu do médico o mais íntimo defluxo,[21] nem revelou ao padre o mais insignificante pecado.

— O Dr. Maciel? — disse ela lendo o cartão que a criada lhe entregou. — Não o posso receber; vou sair. Espera — continuou depois de relancear os olhos para o espelho —; manda-o entrar para aqui.

A ordem foi cumprida; alguns minutos depois fazia Maciel a sua entrada no toucador da viúva.

— Recebo-o no santuário — disse ela sorrindo logo que ele assomou à porta —; prova de que o senhor pertence ao número dos verdadeiros fiéis.

— Oh! Não é da minha fidelidade que eu duvido; é...

— E recebo-o de pé! Vou sair; vou visitar as igrejas.

— Sei; conheço os seus sentimentos de verdadeira religião — disse Maciel com a voz a tremer-lhe —; vim até com receio de não a encontrar. Mas vim; era preciso que viesse; neste dia, sobretudo.

A viúva recolheu a abazinha de um sorriso que indiscretamente ia traindo o seu pensamento, e perguntou friamente ao médico que horas eram.

— Quase oito. Sua luva está calçada; falta só abotoá-la. E o tempo necessário para lhe dizer, neste dia tão solene, que eu sinto...

— Está abotoada. Quase oito, não? Não há tempo de sobra; é preciso ir a sete igrejas. Quer fazer o favor de acompanhar-me até o carro?

Maciel tinha espírito em quantidade suficiente para não perdê-lo todo com a paixão. Calou-se; e respondeu à viúva com um gesto de assentimento. Saíram do toucador e desceram, ambos silenciosos. No trajeto planeou Maciel dizer-lhe uma só palavra, mas que contivesse todo o seu coração. Era difícil; o lacaio,[22] que abrira a portinhola do *coupé*,[23] ali estava como um emissário do seu mau destino.

---

[21] Inflamação; corrimento nasal.
[22] Criado, geralmente uniformizado, que acompanha o amo. Na época, provavelmente um escravo, visto que ainda estava em vigor o regime escravocrata no Império do Brasil.
[23] Pequena carruagem fechada, de tração animal, para dois lugares.

— Quer que o leve até a cidade? — perguntou a viúva.

— Obrigado — respondeu Maciel.

O lacaio fechou a portinhola e correu a tomar o seu lugar; foi nesse rápido instante que o médico, inclinando o rosto, disse à viúva:

— Eulália...

Os cavalos começaram a andar; o resto da frase perdeu-se para a viúva e para nós.

Eulália sorriu da familiaridade e perdoou-lhe. Reclinou-se molemente nos coxins[24] do veículo e começou um monólogo que só acabou à porta de São Francisco de Paula.

"Pobre rapaz! dizia ela consigo; vê-se que morre por mim. Não desgostei dele a princípio... Mas tenho eu culpa de que seja um maricas? Agora sobretudo, com aquele ar de moleza e abatimento, é... não é nada... é uma alma de cera. Parece que vinha disposto a ser mais atrevido; mas a alma faltou-lhe com a voz, e ficou apenas com as boas intenções. Eulália! Não foi mau este começo. Para um coração daqueles... Mas qual! *C'est le genre ennuyeux!*"[25]

Esta é a glosa mais resumida que posso dar do monólogo da viúva. O *coupé* estacionou na Praça da Constituição; Eulália, seguida do lacaio, encaminhou-se para a igreja de São Francisco de Paula. Ali, depositou a imagem de Maciel nas escadas, e atravessou o adro[26] toda entregue ao dever religioso e aos cuidados de seu magnífico vestido preto.

A visita foi curta; era preciso ir a sete igrejas, fazendo a pé todo o trajeto de uma para outra. A viúva saiu sem preocupar-se mais com o jovem médico, e dirigindo-se para a igreja da Cruz.

Na Cruz achamos uma personagem nova, ou antes duas, o desembargador Araújo e sua sobrinha D. Fernanda Valadares, viúva de um deputado deste nome, que falecera um ano antes, não se sabe se da hepatite que os médicos lhe acharam, se de um discurso que proferiu na discussão do orçamento. As duas viúvas eram amigas; seguiram juntas na visitação das igrejas. Fernanda não tinha tantas acomodações com o céu, como a viúva Seixas; mas a sua piedade estava sujeita, como todas as coisas, às vicissitudes[27] do coração. Em vista do que, logo que saíram da última igreja, disse ela à amiga que no dia seguinte iria vê-la e pedir-lhe uma informação.

---

[24] Almofadas; assentos.

[25] "É do gênero entediante", em francês. A citação é um fragmento de uma frase de Voltaire (1694-1778), tirada do prólogo da peça *O filho pródigo* (1736): "Todos os gêneros são bons, exceto aqueles do tipo entediante".

[26] Pátio externo em frente a uma igreja.

[27] Mudanças; acasos.

— Posso dar já — respondeu Eulália. — Vá embora, desembargador; eu levo Fernanda no meu carro.

No carro, disse Fernanda:

— Preciso de uma informação importante. Sabes que estou um pouco apaixonada?

— Sim?

— É verdade. Eu disse um pouco, mas devia dizer muito. O Dr. Maciel...

— O Dr. Maciel? — interrompeu vivamente Eulália.

— Que pensas dele?

A viúva Seixas levantou os ombros e riu com um ar de tamanha piedade, que a amiga corou.

— Não te parece bonito? — perguntou Fernanda.

— Não é feio.

— O que mais me seduz nele é o seu ar triste, um certo abatimento que me faz crer que padece. Sabes de alguma coisa a seu respeito?

— Eu?

— Ele dá-se muito contigo; tenho-o visto lá em tua casa. Sabes se haverá alguma paixão...

— Pode ser.

— Oh! Conta-me tudo!

Eulália não contou nada; disse que nada sabia.

Concordou, entretanto, que o jovem médico talvez andasse namorado, porque realmente não parecia gozar boa saúde. O amor, disse ela, era uma espécie de pletora,[28] o casamento uma sangria sacramental. Fernanda precisava sangrar-se do mesmo modo que Maciel.

— Sobretudo nada de remédios caseiros — concluiu ela —; nada de olhares e suspiros, que são paliativos destinados menos a minorar que a entreter a doença. O melhor boticário é o padre.

Fernanda tirou a conversa deste terreno farmacêutico e cirúrgico para subi-la às regiões do eterno azul. Sua voz era doce e comovida: o coração pulsava-lhe com força; e Eulália, ao ouvir os méritos que a amiga achava em Maciel, não pôde reprimir esta observação:

— Não há nada como ver as coisas com amor. Quem suporia nunca o Maciel que me estás pintando? Na minha opinião não passa de um bom rapaz; e ainda assim... Mas um bom rapaz é alguma coisa neste mundo?

— Pode ser que eu me engane, Eulália — replicou a viúva do deputado —, mas creio que há ali uma alma nobre, elevada e pura. Suponhamos que não. Que importa? O coração empresta as qualidades que deseja.

---

[28] Aumento do volume de sangue no corpo; excesso.

A viúva Seixas não teve tempo de examinar a teoria de Fernanda. O carro chegara à rua de Santo Amaro, onde esta morava. Despediram-se; Eulália seguiu para Botafogo.

— Parece que ama deveras — pensou Eulália logo que ficou só. — Coitada! Um moleirão!

Eram nove horas da noite quando a viúva Seixas entrou em casa. Duas criadas — camareiras — foram com ela para o toucador, onde a bela viúva se despiu; dali passou ao banho; enfiou depois um roupão e dirigiu-se para o quarto de dormir. Levaram-lhe uma taça de chocolate, que ela saboreou lentamente, tranquilamente, voluptuosamente;[29] saboreou-a e saboreou-se também a si própria, contemplando, da poltrona em que estava, a sua bela imagem no espelho fronteiro. Esgotada a taça, recebeu de uma criada o seu livro de orações; e foi dali a um oratório, diante do qual com devoção se ajoelhou e rezou. Voltando ao quarto, despiu-se, meteu-se no leito, e pede-me que lhe cerre as cortinas; feito o que, murmurou alegremente:

— Ora o Maciel!

E dormiu.

A noite foi muito menos tranquila para o nosso apaixonado Maciel, que, logo depois das palavras proferidas à portinhola do carro, ficara furioso contra si mesmo. Tinha razão em parte; a familiaridade do tratamento dado à viúva precisava de mais detida explicação. Não era, porém, a razão que a fazia ver claro; nele exerciam maior ação os nervos que o cérebro.

Nem sempre "depois de uma noite procelosa,[30] traz a manhã serena claridade".[31] A do dia seguinte foi tétrica.[32] Maciel gastou-a toda na loja do Bernardo, a fumar em ambos os sentidos — o natural e o figurado —, a olhar sem ver as damas que passavam, estranho à palavra dos amigos, aos boatos políticos, às anedotas de ocasião.

— Fechei a porta para sempre! — dizia ele com amargura.

Pelas quatro horas da tarde, apareceu-lhe um alívio, debaixo da forma de um colega seu, que lhe propôs ir clinicar em Carangola,[33] de onde recebera cartas muitos animadoras. Maciel aceitou com ambas as mãos o oferecimento. Carangola nunca entrara no itinerário de suas ambições; é até possível que

---

[29] Com prazer; com deleite.
[30] Tempestuosa; agitada.
[31] A frase entre aspas é uma referência aos quatro primeiros versos da primeira estrofe, Canto IV, do poema épico *Os Lusíadas* (1572), de Luís Vaz de Camões (c. 1524-1580), em que se lê: "Despois de procelosa tempestade, / Noturna sombra e sibilante vento, / Traz a manhã serena claridade, / Esperança de porto e salvamento".
[32] Muito triste; fúnebre.
[33] Cidade do estado de Minas Gerais.

naquele momento ele não pudesse dizer a situação exata da localidade. Mas aceitou Carangola, como aceitaria a coroa da Inglaterra ou as pérolas todas de Ceilão.[34]

— Há muito tempo — disse ele ao colega — que eu sentia necessidade de ir viver em Carangola. Carangola exerceu sempre em mim uma atração irresistível. Não podes imaginar como eu, já na Academia, me sentia arrastado para Carangola. Quando partimos?

— Não sei: dentro de três semanas, talvez.

Maciel achou que era muito, e propôs o prazo máximo de oito dias. Não foi aceito; não teve remédio senão curvar-se às três semanas prováveis. Quando ficou só, respirou.

— Bem! — disse ele. — Irei esquecer e ser esquecido.

No sábado houve duas aleluias, uma na Cristandade, outra em casa de Maciel, aonde chegou uma cartinha perfumada da viúva Seixas contendo estas simples palavras: "Creio que hoje não terei a enxaqueca do costume; espero que venha tomar uma xícara de chá comigo". A leitura desta carta produziu na alma do jovem médico uma *Gloria in excelsis Deo*.[35] Era o seu perdão; era talvez mais do que isso. Maciel releu meia dúzia de vezes aquelas poucas linhas; nem é fora de propósito crer que chegou a beijá-las.

Ora, é de saber que na véspera, sexta-feira, às onze horas da manhã, recebera Eulália uma carta de Fernanda, e que às duas horas foi a própria Fernanda à casa de Eulália. A carta e a pessoa tratavam do mesmo assunto com a expansão natural em situações daquelas. Tem-se visto muita vez guardar um segredo do coração; mas é raríssimo que, uma vez revelado, deixe de o ser até à saciedade. Fernanda escreveu e disse tudo o que sentia; sua linguagem, apaixonada e viva, era uma torrente de afeto, tão volumosa que chegou talvez a alagar — a molhar pelo menos — o coração de Eulália. Esta ouviu-a a princípio com interesse, depois com indiferença, afinal com irritação.

— Mas que queres tu que eu te faça? — perguntou no fim de uma hora de confidência.

— Nada — respondeu Fernanda. — Uma só coisa: que me animes.

— Ou te auxilie?

Fernanda respondeu com um aperto de mão tão significativo, que a viúva Seixas compreendeu facilmente a impressão que lhe causara. No sábado enviou a carta acima transcrita. Maciel recebeu-a como vimos, e à noite, à hora habitual, estava à porta de Eulália. A viúva não estava só. Havia umas quatro senhoras e uns três cavalheiros, visitas habituais das quintas-feiras.

---

[34] O Ceilão, atual Sri Lanka, é um país insular, localizado ao sudeste da Índia.
[35] Glória a Deus nas alturas: um hino católico antigo.

Maciel entrou na sala um pouco acanhado e comovido. Que expressão leria no rosto de Eulália? Não tardou sabê-lo; a viúva recebeu-o com o seu melhor sorriso — o menos faceiro e intencional, o mais espontâneo e sincero, um sorriso que Maciel, se fosse poeta, compararia a um íris de bonança,[36] rimado com esperança ou bem-aventurança. A noite correu deliciosa; um pouco de música, muita conversa, muito espírito, um chá familiar, alguns olhares animadores, e um aperto de mão significativo no fim. Com estes elementos era difícil não ter os melhores sonhos do mundo. Teve-os Maciel, e o domingo da Ressurreição também o foi para ele.

Na seguinte semana viram-se três vezes. Eulália parecia mudada; a solicitude[37] e a graça com que lhe falava estavam longe da tal ou qual frieza e indiferença dos últimos tempos. Este novo aspecto da moça produziu os seus naturais efeitos. Sentiu-se outro o jovem médico; reanimou-se, colheu confiança, fez-se homem.

A terceira vez que a viu nessa semana foi em uma *soirée*.[38] Acabaram de valsar e dirigiram-se para o terraço da casa, donde se via um magnífico panorama, capaz de fazer poeta o mais soez[39] espírito do mundo. Ali foi declaração, inteira, cabal,[40] expressiva do que sentia o namorado; ouviu-lha Eulália com os olhos embebidos nele, visivelmente encantada com a palavra de Maciel.

— Poderei crer no que me diz? — perguntou ela.

A resposta do jovem médico foi apertar-lhe muito a mão, e cravar nela uns olhos mais eloquentes que duas catilinárias.[41] A situação estava definida, a aliança feita. Bem o percebeu Fernanda, quando os viu regressar à sala. Seu rosto cobriu-se de um véu de tristeza; dez minutos depois e o desembargador interrompia a partida de *whist*[42] para acompanhar a sobrinha a Santo Amaro.

A leitora espera decerto ver casados os dois namorados e espaçada a viagem a Carangola até o fim do século. Quinze dias depois da declaração iniciou Maciel os passos necessários ao consórcio. Não têm número os corações que estalaram de inveja ao saber da preferência da viúva Seixas. Esta pela sua parte sentia-se mais orgulhosa do que se desposasse o primeiro dos heróis da terra.

---

[36] Luminosidade associada a um clima calmo e tranquilo.
[37] Dedicação; zelo.
[38] Festa; reunião social.
[39] Comum; vulgar.
[40] Completa; plena.
[41] Discursos nos quais Marco Túlio Cícero (106-43 a.C.) denunciou a conspiração aparelhada em Roma por Lúcio Sérgio Catilina (109-62 a.C.), militar e senador romano.
[42] Jogo de cartas comum nos séculos XVIII e XIX, considerado ancestral do *bridge*.

Donde veio este entusiasmo e que varinha mágica operou tamanha mudança no coração de Eulália? Leitora curiosa, a resposta está no título. Maciel pareceu insosso, enquanto lhe faltou o sainete de outra paixão. A viúva descobriu-lhe os méritos com os olhos de Fernanda; e bastou vê-lo preferido para que ela o preferisse. Se me miras, me miram, era a divisa de um célebre relógio do sol.[43] Maciel podia invertê-la: se me miram, me miras; e mostraria conhecer o coração humano — o feminino, pelo menos.

---

[43] Alusão a uma antiga sentença latina, encontrada geralmente em relógios solares: "*aspice ut aspiciar*"; ou seja, "olha para mim para que eu seja visto".

# O machete

  Inácio Ramos contava apenas dez anos quando manifestou decidida vocação musical. Seu pai, músico da imperial capela, ensinou-lhe os primeiros rudimentos da sua arte, de envolta com os da gramática, de que pouco sabia. Era um pobre artista cujo único mérito estava na voz de tenor[1] e na arte com que executava a música sacra. Inácio, conseguintemente, aprendeu melhor a música do que a língua, e aos quinze anos sabia mais dos bemóis[2] que dos verbos. Ainda assim sabia quanto bastava para ler a história da música e dos grandes mestres. A leitura seduziu-o ainda mais; atirou-se o rapaz com todas as forças da alma à arte do seu coração, e ficou dentro de pouco tempo um rabequista[3] de primeira categoria.

  A rabeca foi o primeiro instrumento escolhido por ele, como o que melhor podia corresponder às sensações de sua alma. Não o satisfazia, entretanto, e ele sonhava alguma coisa melhor. Um dia veio ao Rio de Janeiro um velho alemão, que arrebatou o público tocando violoncelo.[4] Inácio foi ouvi-lo. Seu entusiasmo foi imenso; não somente a alma do artista comunicava com a sua como lhe dera a chave do segredo que ele procurara.

  Inácio nascera para o violoncelo.

  Daquele dia em diante, o violoncelo foi o sonho do artista fluminense. Aproveitando a passagem do artista germânico, Inácio recebeu dele algumas lições, que mais tarde aproveitou quando, mediante economias de longo tempo, conseguiu possuir o sonhado instrumento.

  Já a esse tempo seu pai era morto. — Restava-lhe sua mãe, boa e santa senhora, cuja alma parecia superior à condição em que nascera, tão elevada tinha a concepção do belo. Inácio contava vinte anos, uma figura artística, uns olhos cheios de vida e de futuro. Vivia de algumas lições que dava e de alguns meios que lhe advinham das circunstâncias, tocando ora num teatro, ora num salão, ora numa igreja. Restavam-lhe algumas horas, que ele empregava ao estudo do violoncelo.

  Havia no violoncelo uma poesia austera[5] e pura, uma feição melancólica e severa que casavam com a alma de Inácio Ramos. A rabeca, que ele ainda

---

[1] Tipo de voz masculina mais aguda.
[2] Em notação musical, o bemol é a alteração que diminui em meio tom uma nota musical.
[3] Especialista em tocar a rabeca, instrumento de cordas friccionadas por arco, precursor do violino.
[4] Instrumento de grande porte, com quatro cordas, friccionadas por arco.
[5] Rígida; inflexível.

amava como o primeiro veículo de seus sentimentos de artista, não lhe inspirava mais o entusiasmo antigo. Passara a ser um simples meio de vida; não a tocava com a alma, mas com as mãos; não era a sua arte, mas o seu ofício. O violoncelo sim; para esse guardava Inácio as melhores das suas aspirações íntimas, os sentimentos mais puros, a imaginação, o fervor, o entusiasmo. Tocava a rabeca para os outros, o violoncelo para si, quando muito para sua velha mãe.

Moravam ambos em lugar afastado, em um dos recantos da cidade, alheios à sociedade que os cercava e que os não entendia. Nas horas de lazer, tratava Inácio do querido instrumento e fazia vibrar todas as cordas do coração, derramando as suas harmonias interiores, e fazendo chorar a boa velha de melancolia e gosto, que ambos estes sentimentos lhe inspirava a música do filho. Os serões[6] caseiros, quando Inácio não tinha de cumprir nenhuma obrigação fora de casa, eram assim passados; sós os dois, com o instrumento e o céu de permeio.

A boa velha adoeceu e morreu. Inácio sentiu o vácuo que lhe ficava na vida. Quando o caixão, levado por meia dúzia de artistas seus colegas, saiu da casa, Inácio viu ir ali dentro todo o passado, e presente, e não sabia se também o futuro. Acreditou que o fosse. A noite do enterro foi pouca para o repouso que o corpo lhe pedia depois do profundo abalo; a seguinte porém foi a data da sua primeira composição musical. Escreveu para o violoncelo uma elegia[7] que não seria sublime como perfeição de arte, mas que o era sem dúvida como inspiração pessoal. Compô-la para si; durante dois anos ninguém a ouviu nem sequer soube dela.

A primeira vez que ele troou[8] aquele suspiro fúnebre foi oito dias depois de casado, um dia em que se achava a sós com a mulher, na mesma casa em que morrera sua mãe, na mesma sala em que ambos costumavam passar algumas horas da noite. Era a primeira vez que a mulher o ouvia tocar violoncelo. Ele quis que a lembrança da mãe se casasse àquela revelação que ele fazia à esposa do seu coração: vinculava de algum modo o passado ao presente.

— Toca um pouco de violoncelo — tinha-lhe dito a mulher duas vezes depois do consórcio; tua mãe me dizia que tocavas tão bem!

— Bem, não sei — respondia Inácio —; mas tenho satisfação em tocá-lo.

— Pois sim, desejo ouvir-te!

— Por hora, não, deixa-me contemplar-te primeiro.

---

[6] "Serão" é o tempo entre o jantar e a hora de dormir.
[7] Canto ou composição triste.
[8] Soou; tocou.

Ao cabo de oito dias, Inácio satisfez o desejo de Carlotinha. Era de tarde — uma tarde fria e deliciosa. O artista travou do instrumento, empunhou o arco e as cordas gemeram ao impulso da mão inspirada. Não via a mulher, nem o lugar, nem o instrumento sequer: via a imagem da mãe e embebia-se todo em um mundo de harmonias celestiais. A execução durou vinte minutos. Quando a última nota expirou nas cordas do violoncelo, o braço do artista tombou, não de fadiga, mas porque todo o corpo cedia ao abalo moral que a recordação e a obra lhe produziam.

— Oh! Lindo! Lindo! — exclamou Carlotinha levantando-se e indo ter com o marido.

Inácio estremeceu e olhou pasmado para a mulher. Aquela exclamação de entusiasmo destoara-lhe, em primeiro lugar porque o trecho que acabava de executar não era lindo, como ela dizia, mas severo e melancólico, e depois porque, em vez de um aplauso ruidoso, ele preferia ver outro mais consentâneo com a natureza da obra — duas lágrimas que fossem —, duas, mas exprimidas do coração como as que naquele momento lhe sulcavam o rosto.

Seu primeiro movimento foi de despeito — despeito de artista, que nele dominava tudo. Pegou silencioso no instrumento e foi pô-lo a um canto. A moça viu-lhe então as lágrimas; comoveu-se e estendeu-lhe os braços.

Inácio apertou-a ao coração.

Carlotinha sentou-se então, com ele, ao pé da janela, donde viam surdir[9] no céu as primeiras estrelas. Era uma mocinha de dezessete anos, parecendo dezenove, mais baixa que alta, rosto amorenado, olhos negros e travessos. Aqueles olhos, expressão fiel da alma de Carlota, contrastavam com o olhar brando e velado do marido. Os movimentos da moça eram vivos e rápidos, a voz argentina,[10] a palavra fácil e correntia,[11] toda ela uma índole, mundana e jovial. Inácio gostava de ouvi-la e vê-la; amava-a muito, e, além disso, como que precisava às vezes daquela expressão de vida exterior para entregar-se todo às especulações do seu espírito.

Carlota era filha de um negociante de pequena escala, homem que trabalhou a vida toda como um mouro para morrer pobre,[12] porque a pouca fazenda[13] que deixou mal pôde chegar para satisfazer alguns empenhos.[14] Toda a riqueza da filha era a beleza, que a tinha, ainda que sem poesia nem ideal.

---

[9] Brotar; surgir.
[10] Voz de timbre vibrante, agudo; voz argêntea.
[11] Fluente; que corre bem.
[12] A expressão "trabalhar como um mouro" significa trabalhar muito e pesado.
[13] Bens e propriedades.
[14] Dívidas.

Inácio conhecera-a ainda em vida do pai, quando ela ia com este visitar sua velha mãe; mas só a amou deveras depois que ela ficou órfã e quando a alma lhe pediu um afeto para suprir o que a morte lhe levara.

A moça aceitou com prazer a mão que Inácio lhe oferecia. Casaram-se a aprazimento dos parentes da moça e das pessoas que os conheciam a ambos. O vácuo fora preenchido.

Apesar do episódio acima narrado, os dias, as semanas e os meses correram tecidos de ouro para o esposo artista. Carlotinha era naturalmente faceira[15] e amiga de brilhar; mas contentava-se com pouco, e não se mostrava exigente nem extravagante. As posses de Inácio Ramos eram poucas; ainda assim ele sabia dirigir a vida de modo que nem o necessário lhe faltava nem deixava de satisfazer algum dos desejos mais modestos da moça. A sociedade deles não era certamente dispendiosa nem vivia de ostentação; mas qualquer que seja o centro social há nele exigências a que não podem chegar todas as bolsas. Carlotinha vivera de festas e passatempos; a vida conjugal exigia dela hábitos menos frívolos, e ela soube curvar-se à lei que de coração aceitara.

Demais, que há aí que verdadeiramente resista ao amor? Os dois amavam-se; por maior que fosse o contraste entre a índole de um e outro, ligava-os e irmanava-os o afeto verdadeiro que os aproximara. O primeiro milagre do amor fora a aceitação por parte da moça do famoso violoncelo. Carlotinha não experimentava decerto as sensações que o violoncelo produzia no marido, e estava longe daquela paixão silenciosa e profunda que vinculava Inácio Ramos ao instrumento; mas acostumara-se a ouvi-lo, apreciava-o, e chegara a entendê-lo alguma vez.

A esposa concebeu.[16] No dia em que o marido ouviu esta notícia sentiu um abalo profundo; seu amor cresceu de intensidade.

— Quando o nosso filho nascer — disse ele — eu comporei o meu segundo canto.

— O terceiro será quando eu morrer, não? — perguntou a moça com um leve tom de despeito.

— Oh! Não digas isso!

Inácio Ramos compreendeu a censura da mulher; recolheu-se durante algumas horas, e trouxe uma composição nova, a segunda que lhe saía da alma, dedicada à esposa. A música entusiasmou Carlotinha, antes por vaidade satisfeita do que porque verdadeiramente a penetrasse. Carlotinha abraçou o marido com todas as forças de que podia dispor, e um beijo foi o prêmio

---

[15] Cuidadosa com a aparência.
[16] Engravidou.

da inspiração. A felicidade de Inácio não podia ser maior; ele tinha tido o que ambicionava: vida de arte, paz e ventura doméstica, e enfim esperanças de paternidade.

— Se for menino — dizia ele à mulher —, aprenderá violoncelo; se for menina, aprenderá harpa. São os únicos instrumentos capazes de traduzir as impressões mais sublimes do espírito.

Nasceu um menino. Esta nova criatura deu uma feição nova ao lar doméstico. A felicidade do artista era imensa; sentiu-se com mais força para o trabalho, e ao mesmo tempo como que se lhe apurou a inspiração.

A prometida composição ao nascimento do filho foi realizada e executada, não já entre ele e a mulher, mas em presença de algumas pessoas de amizade. Inácio Ramos recusou a princípio fazê-lo; mas a mulher alcançou dele que repartisse com estranhos aquela nova produção de um talento. Inácio sabia que a sociedade não chegaria talvez a compreendê-lo como ele desejava ser compreendido; todavia cedeu. Se acertara aos seus receios não o soube ele, porque dessa vez, como das outras, não viu ninguém; viu-se e ouviu-se a si próprio, sendo cada nota um eco das harmonias santas e elevadas que a paternidade acordara nele.

A vida correria assim monotonamente bela, e não valeria a pena escrevê-la, a não ser um incidente, ocorrido naquela mesma ocasião.

A casa em que eles moravam era baixa, ainda que assaz larga e airosa.[17] Dois transeuntes, atraídos pelos sons do violoncelo, aproximaram-se das janelas entrefechadas, e ouviram do lado de fora cerca de metade da composição. Um deles, entusiasmado com a composição e a execução, rompeu em aplausos ruidosos quando Inácio acabou, abriu violentamente as portas da janela e curvou-se para dentro gritando:

— Bravo, artista divino!

A exclamação inesperada chamou a atenção dos que estavam na sala; voltaram-se todos os olhos e viram duas figuras de homem, um tranquilo, outro alvoroçado de prazer. A porta foi aberta aos dois estranhos. O mais entusiasmado deles correu a abraçar o artista.

— Oh! Alma de anjo! — exclamava ele. — Como é que um artista destes está aqui escondido dos olhos do mundo?

O outro personagem fez igualmente cumprimentos de louvor ao mestre do violoncelo; mas, como ficou dito, seus aplausos eram menos entusiásticos; e não era difícil achar a explicação da frieza na vulgaridade de expressão do rosto.

---

[17] Muito elegante.

Estes dois personagens assim entrados na sala eram dois amigos que o acaso ali conduzira. Eram ambos estudantes de Direito, em férias; o entusiasta, todo arte e literatura, tinha a alma cheia de música alemã e poesia romântica, e era nada menos que um exemplar daquela falange[18] acadêmica fervorosa e moça animada de todas as paixões, sonhos, delírios e efusões da geração moderna; o companheiro era apenas um espírito medíocre, avesso a todas essas coisas, não menos que ao Direito, que aliás forcejava por meter na cabeça.

Aquele chamava-se Amaral, este Barbosa.

Amaral pediu a Inácio Ramos para lá voltar mais vezes. Voltou; o artista de coração gastava o tempo a ouvir o de profissão fazer falar as cordas do instrumento. Eram cinco pessoas; eles, Barbosa, Carlotinha, e a criança, o futuro violoncelista. Um dia, menos de uma semana depois, Amaral descobriu a Inácio que o seu companheiro era músico.

— Também! — exclamou o artista.

— É verdade; mas um pouco menos sublime do que o senhor — acrescentou ele sorrindo.

— Que instrumento toca?

— Adivinhe.

— Talvez piano...

— Não.

— Flauta?

— Qual!

— É instrumento de cordas?

— É.

— Não sendo rabeca... — disse Inácio olhando como a esperar uma confirmação.

— Não é rabeca; é machete.[19]

Inácio sorriu; e estas últimas palavras chegaram aos ouvidos de Barbosa, que confirmou a notícia do amigo.

— Deixe estar — disse este baixo a Inácio —, que eu o hei de fazer tocar um dia. É outro gênero...

— Quando queira.

Era efetivamente outro gênero, como o leitor facilmente compreenderá. Ali postos os quatro, numa noite da seguinte semana, sentou-se Barbosa no centro da sala, afinou o machete e pôs em execução toda a sua perícia. A perícia era, na verdade, grande; o instrumento é que era pequeno. O que ele

---

[18] Multidão; legião.
[19] Instrumento musical de cordas pequeno, maior que o cavaquinho e menor que a viola.

tocou não era Weber[20] nem Mozart;[21] era uma cantiga do tempo e da rua, obra de ocasião. Barbosa tocou-a, não dizer com alma, mas com nervos. Todo ele acompanhava a gradação e variações das notas; inclinava-se sobre o instrumento, retesava o corpo, pendia a cabeça ora a um lado, ora a outro, alçava a perna, sorria, derretia os olhos ou fechava-os nos lugares que lhe pareciam patéticos. Ouvi-lo tocar era o menos; vê-lo era o mais. Quem somente o ouvisse não poderia compreendê-lo.

Foi um sucesso — um sucesso de outro gênero, mas perigoso, porque, tão depressa Barbosa ouviu os cumprimentos de Carlotinha e Inácio, começou segunda execução, e iria a terceira, se Amaral não interviesse, dizendo:

— Agora o violoncelo.

O machete de Barbosa não ficou escondido entre as quatro partes da sala de Inácio Ramos; dentro em pouco era conhecida a forma dele no bairro em que morava o artista, e toda a sociedade deste ansiava por ouvi-lo.

Carlotinha foi a denunciadora; ela achara infinita graça e vida naquela outra música, e não cessava de o elogiar em toda parte. As famílias do lugar tinham ainda saudades de um célebre machete que ali tocara anos antes o atual subdelegado, cujas funções elevadas não lhe permitiram cultivar a arte. Ouvir o machete de Barbosa era reviver uma página do passado.

— Pois eu farei que o ouçam — dizia a moça.

Não foi difícil.

Houve dali a pouco reunião em casa de uma família da vizinhança. Barbosa acedeu[22] ao convite que lhe foi feito e lá foi com o seu instrumento. Amaral acompanhou-o.

— Não te lastimes, meu divino artista — dizia ele a Inácio —; e ajuda-me no sucesso do machete.

Riam-se os dois, e mais do que eles se ria Barbosa, riso de triunfo e satisfação porque o sucesso não podia ser mais completo.

— Magnífico!
— Bravo!
— Soberbo!
— Bravíssimo!

O machete foi o herói da noite. Carlota repetia às pessoas que a cercavam:

— Não lhes dizia eu? É um portento.[23]

— Realmente — dizia um crítico do lugar —, assim nem o Fagundes...

---

[20] Carl Maria von Weber (1786-1826) foi um compositor romântico alemão.
[21] Wolfgang Amadeus Mozart (1756-1791) foi um compositor austríaco do período clássico.
[22] Cedeu; aceitou.
[23] Prodígio; maravilha.

Fagundes era o subdelegado.

Pode-se dizer que Inácio e Amaral foram os únicos alheios ao entusiasmo do machete. Conversavam eles, ao pé de uma janela, dos grandes mestres e das grandes obras da arte.

— Você por que não dá um concerto? — perguntou Amaral ao artista.
— Oh! Não.
— Por quê?
— Tenho medo...
— Ora, medo!
— Medo de não agradar...
— Há de agradar por força!
— Além disso, o violoncelo está tão ligado aos sucessos mais íntimos da minha vida, que eu o considero antes como a minha arte doméstica...

Amaral combatia estas objeções[24] de Inácio Ramos; e este fazia-se cada vez mais forte nelas. A conversa foi prolongada, repetiu-se daí a dois dias, até que, no fim de uma semana, Inácio deixou-se vencer.

— Você verá — dizia-lhe o estudante — e verá como todo o público vai ficar delirante.

Assentou-se que o concerto seria dali a dois meses. Inácio tocaria uma das peças já compostas por ele, e duas de dois mestres que escolheu dentre as muitas.

Barbosa não foi dos menos entusiastas da ideia do concerto. Ele parecia tomar agora mais interesse nos sucessos do artista, ouvia com prazer, ao menos aparente, os serões de violoncelo, que eram duas vezes por semana. Carlotinha propôs que os serões fossem três; mas Inácio nada concedeu além dos dois. Aquelas noites eram passadas somente em família; e o machete acabava muita vez o que o violoncelo começava. Era uma condescendência[25] para com a dona da casa e o artista! — o artista do machete.

Um dia Amaral olhou Inácio preocupado e triste. Não quis perguntar-lhe nada; mas como a preocupação continuasse nos dias subsequentes, não se pôde ter e interrogou-o. Inácio respondeu-lhe com evasivas.

— Não — dizia o estudante —; você tem alguma coisa que o incomoda certamente.

— Coisa nenhuma!

E depois de um instante de silêncio:

---

[24] Contestações; argumentos.
[25] Benevolência; consentimento.

— O que tenho é que estou arrependido do violoncelo; se eu tivesse estudado o machete!

Amaral ouviu admirado estas palavras; depois sorriu e abanou a cabeça. Seu entusiasmo recebera um grande abalo. A que vinha aquele ciúme por causa do efeito diferente que os dois instrumentos tinham produzido? Que rivalidade era aquela entre a arte e o passatempo?

— Não podias ser perfeito — dizia Amaral consigo —; tinhas por força um ponto fraco; infelizmente para ti o ponto é ridículo.

Daí em diante os serões foram menos amiudados.[26] A preocupação de Inácio Ramos continuava; Amaral sentia que o seu entusiasmo ia cada vez a menos, o entusiasmo em relação ao homem, porque bastava ouvi-lo tocar para acordarem-se-lhe as primeiras impressões.

A melancolia de Inácio era cada vez maior. Sua mulher só reparou nela quando absolutamente se lhe meteu pelos olhos.

— Que tens? — perguntou-lhe Carlotinha.

— Nada — respondia Inácio.

— Aposto que está pensando em alguma composição nova — disse Barbosa, que dessas ocasiões estava presente.

— Talvez — respondeu Inácio —; penso em fazer uma coisa inteiramente nova; um concerto para violoncelo e machete.

— Por que não? — disse Barbosa com simplicidade. — Faça isso, e veremos o efeito que há de ser delicioso.

— Eu creio que sim — murmurou Inácio.

Não houve concerto no teatro, como se havia assentado; porque Inácio Ramos de todo se recusou. Acabaram-se as férias e os dois estudantes voltaram para São Paulo.

— Virei vê-lo daqui a pouco — disse Amaral. — Virei até cá somente para ouvi-lo.

Efetivamente vieram os dois, sendo a viagem anunciada por carta de ambos.

Inácio deu a notícia à mulher, que a recebeu com alegria.

— Vêm ficar muitos dias? — disse ela.

— Parece que somente três.

— Três!

— É pouco — disse Inácio —; mas, nas férias que vêm, desejo aprender o machete.

---

[26] Menos frequentes.

Carlotinha sorriu, mas de um sorriso acanhado, que o marido viu e guardou consigo.

Os dois estudantes foram recebidos como se fossem de casa. Inácio e Carlotinha desfaziam-se em obséquios. Na noite do mesmo dia, houve serão musical; só violoncelo, a instâncias de Amaral, que dizia:

— Não profanemos a arte!

Três dias vinham eles demorar-se, mas não se retiraram no fim deles.

— Vamos daqui a dois dias.

— O melhor é completar a semana, observou Carlotinha.

— Pode ser.

No fim de uma semana, Amaral despediu-se e voltou a São Paulo; Barbosa não voltou; ficara doente. A doença durou somente dois dias, no fim dos quais ele foi visitar o violoncelista.

— Vai agora? — perguntou este.

— Não — disse o acadêmico —; recebi uma carta que me obriga a ficar algum tempo.

Carlotinha ouvira alegre a notícia; o rosto de Inácio não tinha nenhuma expressão.

Inácio não quis prosseguir nos serões musicais, apesar de lho pedir algumas vezes Barbosa, e não quis porque, dizia ele, não queria ficar mal com Amaral, do mesmo modo que não quereria ficar mal com Barbosa, se fosse este o ausente.

— Nada impede, porém — concluiu o artista —, que ouçamos o seu machete.

Que tempo duraram aqueles serões de machete? Não chegou tal notícia ao conhecimento do escritor destas linhas. O que ele sabe apenas é que o machete deve ser instrumento triste, porque a melancolia de Inácio tornou-se cada vez mais profunda. Seus companheiros nunca o tinham visto imensamente alegre; contudo a diferença entre o que tinha sido e era agora entrava pelos olhos dentro. A mudança manifestava-se até no trajar, que era desleixado, ao contrário do que sempre fora antes. Inácio tinha grandes silêncios, durante os quais era inútil falar-lhe, porque ele a nada respondia, ou respondia sem compreender.

— O violoncelo há de levá-lo ao hospício — dizia um vizinho compadecido e filósofo.

Nas férias seguintes, Amaral foi visitar o seu amigo Inácio, logo no dia seguinte àquele em que desembarcou. Chegou alvoroçado à casa dele; uma preta[27] veio abri-la.

---

[27] Na época do conto, estava em vigor o regime escravocrata no Império do Brasil.

— Onde está ele? Onde está ele? — perguntou alegre e em altas vozes o estudante.

A preta desatou a chorar.

Amaral interrogou-a, mas não obtendo resposta, ou obtendo-a intercortada de soluços, correu para o interior da casa com a familiaridade do amigo e a liberdade que lhe dava a ocasião.

Na sala do concerto, que era nos fundos, olhou ele Inácio Ramos, de pé, com o violoncelo nas mãos preparando-se para tocar. Ao pé dele brincava um menino de alguns meses.

Amaral parou sem compreender nada. Inácio não o viu entrar; empunhara o arco e tocou — tocou como nunca — uma elegia plangente, que o estudante ouviu com lágrimas nos olhos. A criança, dominada ao que parece pela música, olhava quieta para o instrumento. Durou a cena cerca de vinte minutos.

Quando a música acabou, Amaral correu a Inácio.

— Oh! Meu divino artista! — exclamou ele.

Inácio apertou-o nos braços; mas logo o deixou e foi sentar-se numa cadeira com os olhos no chão. Amaral nada compreendia; sentia porém que algum abalo moral se dera nele.

— Que tens? — disse.

— Nada — respondeu Inácio.

E ergueu-se e tocou de novo o violoncelo. Não acabou porém; no meio de uma arcada, interrompeu a música, e disse a Amaral:

— É bonito, não?

— Sublime! — respondeu o outro.

— Não; machete é melhor.

E deixou o violoncelo, e correu a abraçar o filho.

— Sim, meu filho — exclamava ele —, hás de aprender machete; machete é muito melhor.

— Mas que há? — articulou o estudante.

— Oh! Nada — disse Inácio —, *ela* foi-se embora, foi-se com o machete. Não quis o violoncelo, que é grave demais. Tem razão; machete é melhor.

A alma do marido chorava, mas os olhos estavam secos. Uma hora depois enlouqueceu.

# O imortal

## I

— Meu pai nasceu em 1600...

— Perdão, em 1800, naturalmente...

— Não, senhor — replicou o Dr. Leão, de um modo grave e triste —; foi em 1600.

Estupefação[1] dos ouvintes, que eram dois, o Coronel Bertioga e o tabelião da vila, João Linhares. A vila era na província fluminense;[2] suponhamos Itaboraí ou Sapucaia.[3] Quanto à data, não tenho dúvida em dizer que foi no ano de 1855, uma noite de novembro, escura como breu,[4] quente como um forno, passante de nove horas. Tudo silêncio. O lugar em que os três estavam era a varanda que dava para o terreiro. Um lampião de luz frouxa, pendurado de um prego, sublinhava a escuridão exterior. De quando em quando, gania um seco e áspero vento, mesclando-se ao som monótono de uma cachoeira próxima. Tal era o quadro e o momento, quando o Dr. Leão insistiu nas primeiras palavras da narrativa.

— Não, senhor; nasceu em 1600.

Médico homeopata — a homeopatia começava a entrar nos domínios da nossa civilização —, este Dr. Leão chegara à vila, dez ou doze dias antes, provido de boas cartas de recomendação, pessoais e políticas. Era um homem inteligente, de fino trato e coração benigno. A gente da vila notou-lhe certa tristeza no gesto, algum retraimento nos hábitos, e até uma tal ou qual sequidão de palavras, sem embargo[5] da perfeita cortesia; mas tudo foi atribuído ao acanho dos primeiros dias e às saudades da corte.[6] Contava trinta anos, tinha um princípio de calva, olhar baço[7] e mãos episcopais.[8] Andava propagando o novo sistema.

---

[1] Espanto; surpresa.
[2] Isto é, no estado do Rio de Janeiro.
[3] Municípios do estado do Rio de Janeiro.
[4] Substância sólida e escura obtida da resina de determinadas plantas.
[5] Impedimento; dificuldade.
[6] O termo "corte" era usado genericamente para se referir à cidade do Rio de Janeiro, sede do Império do Brasil, na época.
[7] Sem brilho; fosco.
[8] O termo "episcopal" se refere a algo relativo ou pertencente a um bispo; ao ordenarem um novo sacerdote em sua ordem, os bispos realizam a imposição das mãos. No conto, a expressão "mãos episcopais" significa, portanto, que o personagem tem mãos perfeitas, bem delineadas.

Os dois ouvintes continuavam pasmados. A dúvida fora posta pelo dono da casa, o Coronel Bertioga, e o tabelião ainda insistiu no caso, mostrando ao médico a impossibilidade de ter o pai nascido em 1600. Duzentos e cinquenta e cinco anos antes! Dois séculos e meio! Era impossível. Então, que idade tinha ele? E de que idade morreu o pai?

— Não tenho interesse em contar-lhes a vida de meu pai — respondeu o Dr. Leão. — Falaram-me no macróbio[9] que mora nos fundos da matriz; disse-lhes que, em negócio de macróbios, conheci o que há mais espantoso no mundo, um homem imortal...

— Mas seu pai não morreu? — disse o coronel.

— Morreu.

— Logo, não era imortal — concluiu o tabelião triunfante. — Imortal se diz quando uma pessoa não morre, mas seu pai morreu.

— Querem ouvir-me?

— Homem, pode ser — observou o coronel meio abalado. — O melhor é ouvir a história. Só o que digo é que mais velho do que o Capataz nunca vi ninguém. Está mesmo caindo de maduro. Seu pai devia estar também muito velho...?

— Tão moço como eu. Mas para que me fazem perguntas soltas? Para se espantarem cada vez mais, porque na verdade a história de meu pai não é fácil de crer. Posso contá-la em poucos minutos.

Excitada a curiosidade, não foi difícil impor-lhes silêncio. A família toda estava acomodada, os três eram sós na varanda, o Dr. Leão contou enfim a vida do pai, nos termos em que o leitor vai ver, se se der o trabalho de ler o segundo e os outros capítulos.

## II

— Meu pai nasceu em 1600, na cidade de Recife.

Aos vinte e cinco anos tomou o hábito franciscano,[10] por vontade de minha avó, que era profundamente religiosa. Tanto ela como o marido eram pessoas de bom nascimento — "bom sangue", como dizia meu pai, afetando a linguagem antiga.

---

[9] O temo "macróbio" designa alguém que chegou a uma idade muita avançada.
[10] Tornou-se um frade franciscano, um monge católico.

Meu avô descendia da nobreza de Espanha, e minha avó era de uma grande casa do Alentejo.[11] Casaram-se ainda na Europa, e, anos depois, por motivos que não vêm ao caso dizer, transportaram-se ao Brasil, onde ficaram e morreram. Meu pai dizia que poucas mulheres tinha visto tão bonitas como minha avó. E olhem que ele amou as mais esplêndidas mulheres do mundo. Mas não antecipemos.

Tomou meu pai o hábito, no convento de Iguaraçu, onde ficou até 1639, ano em que os holandeses, ainda uma vez, assaltaram a povoação.[12] Os frades deixaram precipitadamente o convento; meu pai, mais remisso[13] do que os outros (ou já com o intento de deitar o hábito às urtigas),[14] deixou-se ficar na cela, de maneira que os holandeses o foram achar no momento em que recolhia alguns livros pios[15] e objetos de uso pessoal. Os holandeses não o trataram mal. Ele os regalou[16] com o melhor da ucharia[17] franciscana, onde a pobreza é de regra. Sendo uso daqueles frades alternarem-se no serviço da cozinha, meu pai entendia da arte, e esse talento foi mais um encanto ao aparecer do inimigo.

No fim de duas semanas, o oficial holandês ofereceu-lhe um salvo--conduto, para ir aonde lhe parecesse; mas meu pai não o aceitou logo, querendo primeiro considerar se devia ficar com os holandeses, e à sombra deles desamparar a Ordem, ou se lhe era melhor buscar vida por si mesmo. Adotou o segundo alvitre,[18] não só por ter o espírito aventureiro, curioso e audaz, como porque era patriota, e bom católico, apesar da repugnância à vida monástica, e não quisera misturar-se com o herege invasor. Aceitou o salvo-conduto e deixou Iguaraçu.

Não se lembrava ele, quando me contou essas coisas, não se lembrava mais do número de dias que despendeu sozinho por lugares ermos, fugindo de propósito ao povoado, não querendo ir a Olinda ou Recife, onde estavam os holandeses. Comidas as provisões que levava, ficou dependente de alguma caça silvestre e frutas. Deitara, com efeito, o hábito às urtigas; vestia uns calções

---

[11] Região de Portugal.
[12] Durante o século XVII, houve várias tentativas de ocupação da região Nordeste do Brasil pela Companhia Holandesa das Índias Ocidentais.
[13] Descuidado; vagaroso.
[14] A expressão "deitar o hábito às urtigas" significa aqui abandonar seus compromissos de frade.
[15] Religiosos; que tratam de caridade.
[16] Presenteou; agradou.
[17] Despensa; depósito de mantimentos.
[18] Sugestão; conselho.

flamengos, que o oficial lhe dera, e uma camisola[19] ou jaquetão de couro. Para encurtar razões, foi ter a uma aldeia de gentio,[20] que o recebeu muito bem, com grandes carinhos e obséquios. Meu pai era talvez o mais insinuante dos homens. Os índios ficaram embeiçados por ele, mormente o chefe, um guerreiro velho, bravo e generoso, que chegou a dar-lhe a filha em casamento. Já então minha avó era morta, e meu avô desterrado para a Holanda, notícias que meu pai teve, casualmente, por um antigo servo da casa. Deixou-se estar, pois, na aldeia, o gentio, até o ano de 1642, em que o guerreiro faleceu. Este caso do falecimento é que é maravilhoso: peço-lhes a maior atenção.

O coronel e o tabelião aguçaram os ouvidos, enquanto o Dr. Leão extraía pausadamente uma pitada e inseria-a no nariz,[21] com a pachorra[22] de quem está negaceando uma coisa extraordinária.

## III

Uma noite, o chefe indígena — chamava-se Pirajuá — foi à rede de meu pai, anunciou-lhe que tinha de morrer, pouco depois de nascer o sol, e que ele estivesse pronto para acompanhá-lo fora, antes do momento último. Meu pai ficou alvoroçado, não por lhe dar crédito, mas por supô-lo delirante. Sobre a madrugada, o sogro veio ter com ele.

— Vamos — disse-lhe.
— Não, agora não: estás fraco, muito fraco...
— Vamos! — repetiu o guerreiro.

E, à luz de uma fogueira expirante, viu-lhe meu pai a expressão intimativa do rosto, e um certo ar diabólico, em todo caso extraordinário, que o aterrou. Levantou-se, acompanhou-o na direção de um córrego. Chegando ao córrego, seguiram pela margem esquerda, acima, durante um tempo que meu pai calculou ter sido um quarto de hora. A madrugada acentuava-se; a lua fugia diante dos primeiros anúncios do sol. Contudo, e apesar da vida do sertão que meu pai levava desde alguns tempos, a aventura assustava-o; seguia vigiando o sogro, com receio de alguma traição. Pirajuá ia calado, com os olhos no chão, e a fronte carregada de pensamentos, que podiam ser cruéis ou somente tristes. E andaram, andaram, até que Pirajuá disse:

---

[19] Na época, o termo "camisola" significava uma camisa com mangas compridas.
[20] Isto é, uma aldeia indígena.
[21] Ou seja, inseria no nariz uma pitada de rapé, pó de tabaco usualmente inalado naquele tempo.
[22] Falta de pressa; calma excessiva; demora proposital.

— Aqui.

Estavam diante de três pedras, dispostas em triângulo. Pirajuá sentou-se numa, meu pai noutra. Depois de alguns minutos de descanso:

— Arreda[23] aquela pedra — disse o guerreiro, apontando para a terceira, que era a maior.

Meu pai levantou-se e foi à pedra. Era pesada, resistiu ao primeiro impulso; mas meu pai teimou, aplicou todas as forças, a pedra cedeu um pouco, depois mais, enfim foi removida do lugar.

— Cava o chão — disse o guerreiro.

Meu pai foi buscar uma lasca de pau, uma taquara[24] ou não sei quê, e começou a cavar o chão. Já então estava curioso de ver o que era. Tinha-lhe nascido uma ideia — algum tesouro enterrado, que o guerreiro, receoso de morrer, quisesse entregar-lhe. Cavou, cavou, cavou, até que sentiu um objeto rijo; era um vaso tosco, talvez uma igaçaba.[25] Não o tirou, não chegou mesmo a arredar a terra em volta dele. O guerreiro aproximou-se, desatou o pedaço de couro de anta que lhe cobria a boca, meteu dentro o braço, e tirou um boião.[26] Este boião tinha a boca tapada com outro pedaço de couro.

— Vem cá — disse o guerreiro.

Sentaram-se outra vez. O guerreiro tinha o boião sobre os joelhos, tapado, misterioso, aguçando a curiosidade de meu pai, que ardia por saber o que havia ali dentro.

— Pirajuá vai morrer — disse ele —; vai morrer para nunca mais. Pirajuá ama guerreiro branco, esposo de Maracujá, sua filha; e vai mostrar um segredo como não há outro.

Meu pai estava trêmulo. O guerreiro desatou lentamente o couro que tapava o boião. Destapado, olhou para dentro, levantou-se, e veio mostrá-lo a meu pai. Era um líquido amarelado, de um cheiro acre[27] e singular.

— Quem bebe isto, um gole só, nunca mais morre.

— Oh! bebe, bebe! — exclamou meu pai com vivacidade.

Foi um movimento de afeto, um ato irrefletido de verdadeira amizade filial, porque só um instante depois é que meu pai advertiu que não tinha, para crer na notícia que o sogro lhe dava, senão a palavra do mesmo sogro, cuja razão supunha perturbada pela moléstia. Pirajuá sentiu o espontâneo da palavra de meu pai, e agradeceu-lha; mas abanou a cabeça.

---

[23] Remover; retirar.
[24] Um tipo de bambu.
[25] Recipiente de barro usado pelos índios para guardar líquidos; pote usado como urna funerária indígena.
[26] Vaso bojudo para guardar conservas.
[27] Amargo; azedo.

— Não — disse ele —; Pirajuá não bebe, Pirajuá quer morrer. Está cansado, viu muita lua, muita lua. Pirajuá quer descansar na terra, está aborrecido. Mas Pirajuá quer deixar este segredo a guerreiro branco; está aqui; foi feito por um velho pajé de longe, muito longe... Guerreiro branco bebe, não morre mais.

Dizendo isto, tornou a tapar a boca do boião, e foi metê-lo outra vez dentro da igaçaba. Meu pai fechou depois a boca da mesma igaçaba, e repôs a pedra em cima. O primeiro clarão do sol vinha apontando. Voltaram para casa depressa; antes mesmo de tomar a rede, Pirajuá faleceu.

Meu pai não acreditou na virtude do elixir. Era absurdo supor que um tal líquido pudesse abrir uma exceção na lei da morte. Era naturalmente algum remédio, se não fosse algum veneno; e, neste caso, a mentira do índio estava explicada pela turvação mental que meu pai lhe atribuiu. Mas, apesar de tudo, nada disse aos demais índios da aldeia, nem à própria esposa. Calou-se; nunca me revelou o motivo do silêncio: creio que não podia ser outro senão o próprio influxo do mistério.

Tempos depois, adoeceu, e tão gravemente que foi dado por perdido. O curandeiro do lugar anunciou a Maracujá que ia ficar viúva. Meu pai não ouviu a notícia, mas leu-a em uma página de lágrimas, no rosto da consorte,[28] e sentiu em si mesmo que estava acabado. Era forte, valoroso, capaz de encarar todos os perigos; não se aterrou, pois, com a ideia de morrer, despediu-se dos vivos, fez algumas recomendações e preparou-se para a grande viagem.

Alta noite, lembrou-se do elixir, e perguntou a si mesmo se não era acertado tentá-lo. Já agora a morte era certa, que perderia ele com a experiência? A ciência de um século não sabia tudo; outro século vem e passa adiante. Quem sabe, dizia ele consigo, se os homens não descobrirão um dia a imortalidade, e se o elixir científico não será esta mesma droga selvática? O primeiro que curou a febre maligna fez um prodígio. Tudo é incrível antes de divulgado. E, pensando assim, resolveu transportar-se ao lugar da pedra, à margem do arroio; mas não quis ir de dia, com medo de ser visto. De noite, ergueu-se, e foi, trôpego, vacilante, batendo o queixo. Chegou à pedra, arredou-a, tirou o boião e bebeu metade do conteúdo. Depois sentou-se para descansar. Ou o descanso, ou o remédio, alentou-o logo. Ele tornou a guardar o boião; daí a meia hora estava outra vez na rede. Na seguinte manhã estava bom...

— Bom de todo? — perguntou o tabelião João Linhares, interrompendo o narrador.

— De todo.

---

[28] Companheira; cônjuge.

— Era algum remédio para febre...

— Foi isto mesmo o que ele pensou, quando se viu bom. Era algum remédio para febre e outras doenças; e nisto ficou; mas, apesar do efeito da droga, não a descobriu a ninguém. Entretanto, os anos passaram, sem que meu pai envelhecesse; qual era no tempo da moléstia, tal ficou. Nenhuma ruga, nenhum cabelo branco. Moço, perpetuamente moço. A vida do mato começara a aborrecê-lo; ficara ali por gratidão ao sogro; as saudades da civilização vieram tomá-lo. Um dia, a aldeia foi invadida por uma horda de índios de outra, não se sabe por que motivo, nem importa ao nosso caso. Na luta pereceram muitos, meu pai foi ferido, e fugiu para o mato. No dia seguinte veio à aldeia, achou a mulher morta. As feridas eram profundas; curou-as com o emprego de remédios usuais; e restabeleceu-se dentro de poucos dias. Mas os sucessos confirmaram-no no propósito de deixar a vida semisselvagem e tornar à vida civilizada e cristã. Muitos anos se tinham passado depois da fuga do convento de Iguaraçu; ninguém mais o reconheceria. Um dia de manhã deixou a aldeia, com o pretexto de ir caçar; foi primeiro ao arroio, desviou a pedra, abriu a igaçaba, tirou o boião, onde deixara um resto do elixir. A ideia dele era fazer analisar a droga na Europa, ou mesmo em Olinda ou no Recife, ou na Bahia, por algum entendido em coisas de química e farmácia. Ao mesmo tempo não podia furtar-se a um sentimento de gratidão; devia àquele remédio a saúde. Com o boião ao lado, a mocidade nas pernas e a resolução no peito, saiu dali, caminho de Olinda e da eternidade.

## IV

— Não posso demorar-me em pormenores — disse o Dr. Leão aceitando o café que o coronel mandara trazer. — São quase dez horas...

— Que tem? — perguntou o coronel. — A noite é nossa; e, para o que temos de fazer amanhã, podemos dormir quando bem nos parecer. Eu por mim não tenho sono. E você, Sr. João Linhares?

— Nem um pingo — respondeu o tabelião.

E teimou com o Dr. Leão para contar tudo, acrescentando que nunca ouvira nada tão extraordinário. Note-se que o tabelião presumia ser lido em histórias antigas, e passava na vila por um dos homens mais ilustrados do Império; não obstante, estava pasmado. Ele contou ali mesmo, entre dois goles de café, o caso de Matusalém, que viveu novecentos e sessenta e nove anos, e o de Lameque, que morreu com setecentos e setenta e sete; mas, explicou logo, porque era um espírito forte, que esses e outros exemplos da cronologia hebraica não tinham fundamento científico...

— Vamos, vamos ver agora o que aconteceu a seu pai — interrompeu o coronel.

O vento, de esfalfado,[29] morrera; e a chuva começava a rufar nas folhas das árvores, a princípio com intermitências, depois mais contínua e basta. A noite refrescou um pouco. O Dr. Leão continuou a narração, e, apesar de dizer que não podia demorar-se nos pormenores, contou-os com tanta miudeza, que não me atrevo a pô-los tais quais nestas páginas; seria fastidioso.[30] O melhor é resumi-lo.

Rui de Leão, ou antes Rui Garcia de Meireles e Castro Azevedo de Leão, que assim se chamava o pai do médico, pouco tempo se demorou em Pernambuco. Um ano depois, em 1654, cessava o domínio holandês. Rui de Leão assistiu às alegrias da vitória, e passou-se ao reino, onde casou com uma senhora nobre de Lisboa. Teve um filho; e perdeu o filho e a mulher no mesmo mês de março de 1661. A dor que então padeceu foi profunda; para distrair-se visitou a França e a Holanda. Mas na Holanda, ou por motivo de uns amores secretos, ou por ódio de alguns judeus descendentes ou naturais de Portugal, com quem entreteve relações comerciais em Haia,[31] ou enfim por outros motivos desconhecidos, Rui de Leão não pôde viver tranquilo muito tempo; foi preso e conduzido para a Alemanha, de onde passou à Hungria, a algumas cidades italianas, à França, e finalmente à Inglaterra. Na Inglaterra estudou o inglês profundamente; e, como sabia o latim, aprendido no convento, o hebraico, que lhe ensinara em Haia o famoso Spinoza,[32] de quem foi amigo, e que talvez deu causa ao ódio que os outros judeus lhe criaram; — o francês e o italiano, parte do alemão e do húngaro, tornou-se em Londres objeto de verdadeira curiosidade e veneração. Era buscado, consultado, ouvido, não só por pessoas do vulgo[33] ou idiotas, como por letrados, políticos e personagens da corte.

Convém dizer que em todos os países por onde andara tinha ele exercido os mais contrários ofícios: soldado, advogado, sacristão, mestre de dança, comerciante e livreiro. Chegou a ser agente secreto da Áustria, guarda pontifício e armador de navios. Era ativo, engenhoso, mas pouco persistente, a julgar pela variedade das coisas que empreendeu; ele, porém, dizia que não, que a sorte é que sempre lhe foi adversa. Em Londres, onde o vemos agora,

---

[29] Cansado; fatigado.
[30] Enfadonho; entediante.
[31] Cidade do Reino dos Países Baixos, conhecido no Brasil como Holanda.
[32] Baruch Espinosa (1632-1677), nascido Benedito de Espinosa, foi um filósofo holandês do século XVII de origem judaico-portuguesa.
[33] Pessoas comuns; do povo.

limitou-se ao mister[34] de letrado e gamenho;[35] mas não tardou que voltasse a Haia, onde o esperavam alguns dos amores velhos, e não poucos recentes.

Que o amor, força é dizê-lo, foi uma das causas da vida agitada e turbulenta do nosso herói. Ele era pessoalmente um homem galhardo,[36] insinuante, dotado de um olhar cheio de força e magia. Segundo ele mesmo contou ao filho, deixou muito longe o algarismo dom-juanesco das *mille e tre*.[37] Não podia dizer o número exato das mulheres a quem amara, em todas as latitudes e línguas, desde a selvagem Maracujá de Pernambuco, até à bela cipriota[38] ou à fidalga dos salões de Paris e Londres; mas calculava em não menos de cinco mil mulheres. Imagina-se facilmente que uma tal multidão devia conter todos os gêneros possíveis da beleza feminil: loiras, morenas, pálidas, coradas, altas, meãs,[39] baixinhas, magras ou cheias, ardentes ou lânguidas,[40] ambiciosas, devotas, lascivas,[41] poéticas, prosaicas, inteligentes, estúpidas — sim, também estúpidas, e era opinião dele que a estupidez das mulheres tinha o sexo feminino, era graciosa, ao contrário da dos homens, que participava da aspereza viril.

— Há casos — dizia ele — em que uma mulher estúpida tem o seu lugar.

Em Haia, entre os novos amores, deparou-se-lhe um que o prendeu por longo tempo: *Lady*[42] Ema Sterling, senhora inglesa, ou antes escocesa, pois descendia de uma família de Dublin. Era formosa, resoluta e audaz — tão audaz que chegou a propor ao amante uma expedição a Pernambuco para conquistar a capitania, e aclamarem-se reis do novo Estado. Tinha dinheiro, podia levantar muito mais, chegou mesmo a sondar alguns armadores e comerciantes, e antigos militares que ardiam por uma desforra. Rui de Leão ficou aterrado com a proposta da amante, e não lhe deu crédito; mas *Lady* Ema insistiu e mostrou-se tão de rocha, que ele reconheceu enfim achar-se diante de uma ambiciosa verdadeira. Era, todavia, homem de senso; viu que a empresa, por mais bem organizada que fosse, não passaria de tentativa desgraçada; disse-lho a ela; mostrou-lhe que, se a Holanda inteira tinha

---

[34] Ofício; profissão.
[35] Malandro; vadio.
[36] Elegante; garboso.
[37] Referência à expressão no ato I, cena V, do libreto de Lorenzo da Ponte, para a ópera *Don Giovanni*, de Mozart (1756-1791). Nessa passagem, o personagem Leporello, dirigindo-se a Dona Elvira, lista as amantes de Don Giovanni, dizendo: "...*ma in Ispagna son già mille e tre*" ("...mas na Espanha são já mil e três").
[38] Natural ou habitante da ilha de Chipre.
[39] Medianas; de estatura média.
[40] Ternas; sensuais.
[41] Inclinadas aos prazeres sexuais.
[42] Palavra inglesa para "senhora".

recuado, não era fácil que um particular chegasse a obter ali domínio seguro, nem ainda instantâneo. *Lady* Ema abriu mão do plano, mas não perdeu a ideia de o exalçar[43] a alguma grande situação.

— Tu serás rei ou duque...

— Ou cardeal — acrescentava ele rindo.

— Por que não cardeal?

*Lady* Ema fez que Rui de Leão entrasse daí a pouco na conspiração que deu em resultado a invasão da Inglaterra, a guerra civil, e a morte enfim dos principais cabos da rebelião.[44] Vencida esta, *Lady* Ema não se deu por vencida. Ocorreu-lhe então uma ideia espantosa. Rui de Leão inculcava ser o próprio pai do Duque de Monmouth, suposto filho natural de Carlos II, e caudilho principal dos rebeldes. A verdade é que eram parecidos como duas gotas d'água. Outra verdade é que *Lady* Ema, por ocasião da guerra civil, tinha o plano secreto de fazer matar o duque, se ele triunfasse, e substituí-lo pelo amante, que assim subiria ao trono da Inglaterra. O pernambucano, escusado é dizê-lo, não soube de semelhante aleivosia,[45] nem lhe daria o seu assentimento. Entrou na rebelião, viu-a perecer ao sangue e no suplício, e tratou de esconder-se. Ema acompanhou-o; e, como a esperança do cetro não lhe saía do coração, passado algum tempo fez correr que o duque não morrera, mas sim um amigo tão parecido com ele, e tão dedicado, que o substituiu no suplício.

— O duque está vivo, e dentro de pouco aparecerá ao nobre povo da Grã--Bretanha — sussurrava ela aos ouvidos.

Quando Rui de Leão efetivamente apareceu, a estupefação foi grande, o entusiasmo reviveu, o amor deu alma a uma causa que o carrasco supunha ter acabado na Torre de Londres. Donativos, presentes, armas, defensores, tudo veio às mãos do audaz pernambucano, aclamado rei, e rodeado logo de um troço[46] de varões resolvidos a morrer pela mesma causa.

— Meu filho — disse ele, século e meio depois, ao médico homeopata —, dependeu de muito pouco não teres nascido Príncipe de Gales... Cheguei a dominar cidades e vilas, expedi leis, nomeei ministros, e, ainda assim, resisti a duas ou três sedições militares que pediam a queda dos dois últimos gabinetes. Tenho para mim que as dissensões internas ajudaram as forças legais, e devo-lhes a minha derrota. Ao cabo, não me zanguei com elas; a luta

---

[43] Engrandecer; exaltar.
[44] Alusão à Guerra Civil Inglesa, que ocorreu devido a conflitos entre os partidários do rei Carlos I, da Inglaterra, e o Parlamento, liderado por Oliver Cromwell. A guerra começou em 1642 e terminou com a condenação e execução do rei, em 1649.
[45] Traição; deslealdade.
[46] Ajuntamento de pessoas; multidão.

fatigara-me; não minto dizendo que o dia da minha captura foi para mim de alívio. Tinha visto, além da primeira, duas guerras civis, uma dentro da outra, uma cruel, outra ridícula, ambas insensatas. Por outro lado, vivera muito, e uma vez que me não executassem, que me deixassem preso ou me exilassem para os confins da Terra, não pedia nada mais aos homens, ao menos durante alguns séculos... Fui preso, julgado e condenado à morte. Dos meus auxiliares não poucos negaram tudo; creio mesmo que um dos principais morreu na Câmara dos Lordes.[47] Tamanha ingratidão foi um princípio de suplício. Ema, não; essa nobre senhora não me abandonou; foi presa, condenada, e perdoada; mas não me abandonou. Na véspera de minha execução, veio ter comigo, e passamos juntos as últimas horas. Disse-lhe que não me esquecesse, dei-lhe uma trança de cabelos, pedi-lhe que perdoasse ao carrasco... Ema prorrompeu em soluços; os guardas vieram buscá-la. Ficando só, recapitulei a minha vida, desde Iguaraçu até a Torre de Londres. Estávamos então em 1686; tinha eu oitenta e seis anos, sem parecer mais de quarenta. A aparência era a da eterna juventude; mas o carrasco ia destruí-la num instante. Não valia a pena ter bebido metade do elixir e guardado comigo o misterioso boião, para acabar tragicamente no cepo do cadafalso...[48] Tais foram as minhas ideias naquela noite. De manhã preparei-me para a morte. Veio o padre, vieram os soldados e o carrasco. Obedeci maquinalmente. Caminhamos todos, subi ao cadafalso, não fiz discurso; inclinei o pescoço sobre o cepo,[49] o carrasco deixou cair a arma, senti uma dor penetrante, uma angústia enorme, como que a parada súbita do coração; mas essa sensação foi tão grande como rápida; no instante seguinte tornara ao estado natural. Tinha no pescoço algum sangue, mas pouco e quase seco. O carrasco recuou, o povo bramiu que me matassem. Inclinaram-me a cabeça, e o carrasco, fazendo apelo a todos os seus músculos e princípios, descarregou outro golpe, e maior, se é possível, capaz de abrir-me ao mesmo tempo a sepultura, como já se disse de um valente. A minha sensação foi igual à primeira na intensidade e na brevidade; reergui a cabeça. Nem o magistrado nem o padre consentiram que se desse outro golpe. O povo abalou-se, uns chamaram-me santo, outros diabo, e ambas essas opiniões eram defendidas nas tabernas à força de punho e de aguardente. Diabo ou santo, fui presente aos médicos da corte. Estes ouviram o depoimento do magistrado, do padre, do carrasco, de alguns soldados, e concluíram que, uma

---

[47] O Parlamento do Reino Unido da Grã-Bretanha e Irlanda do Norte é divido em duas câmaras: a câmara alta, que é a Câmara dos Lordes; e a câmara baixa, chamada de Câmara dos Comuns.
[48] Palanque no qual se realizam execuções.
[49] Toco de madeira.

vez dado o golpe, os tecidos do pescoço ligavam-se outra vez rapidamente, e assim os mesmos ossos, e não chegavam a explicar um tal fenômeno. Pela minha parte, em vez de contar o caso do elixir, calei-me; preferi aproveitar as vantagens do mistério. Sim, meu filho; não imaginas a impressão de toda a Inglaterra, os bilhetes amorosos que recebi das mais finas duquesas, os versos, as flores, os presentes, as metáforas. Um poeta chamou-me Anteu.[50] Um jovem protestante demonstrou-me que eu era o mesmo Cristo.

# V

O narrador continuou:

— Já veem, pelo que lhes contei, que não acabaria hoje nem em toda esta semana, se quisesse referir miudamente a vida inteira de meu pai. Algum dia o farei, mas por escrito, e cuido que a obra dará cinco volumes, sem contar os documentos...

— Que documentos? — perguntou o tabelião.

— Os muitos documentos comprobatórios que possuo, títulos, cartas, traslados de sentenças, de escrituras, cópias de estatísticas... Por exemplo, tenho uma certidão do recenseamento de um certo bairro de Gênova,[51] onde meu pai morreu em 1742; traz o nome dele, com declaração do lugar em que nasceu...

— E com a verdadeira idade? — perguntou o coronel.

— Não. Meu pai andou sempre entre os quarenta e os cinquenta. Chegando aos cinquenta, cinquenta e poucos, voltava para trás — e era-lhe fácil fazer isto, porque não esquentava lugar; vivia cinco, oito, dez, doze anos numa cidade, e passava a outra... Pois tenho muitos documentos que juntarei, entre outros, o testamento de *Lady* Ema, que morreu pouco depois da execução gorada de meu pai. Meu pai dizia-me que entre as muitas saudades que a vida lhe ia deixando, *Lady* Ema era das mais fortes e profundas. Nunca viu mulher mais sublime, nem amor mais constante, nem dedicação mais cega. E a morte confirmou a vida, porque o herdeiro de *Lady* Ema foi meu pai. Infelizmente, a herança teve outros reclamantes, e o testamento entrou em processo. Meu pai, não podendo residir na Inglaterra, aceitou a proposta de um amigo providencial que veio a Lisboa dizer-lhe que tudo estava perdido; quando muito poderia salvar um restozinho de nada, e ofereceu-lhe por esse direito

---

[50] Anteu, na mitologia grega, era um gigante, filho de Poseidon e Gaia. Era muitíssimo forte quando estava em contato com o chão, mas ficava muito fraco se fosse levantado ao ar.

[51] Cidade italiana.

problemático uns dez mil cruzados. Meu pai aceitou-os; mas, tão caipora[52] que o testamento foi aprovado, e a herança passou às mãos do comprador...

— E seu pai ficou pobre...

— Com os dez mil cruzados, e pouco mais que apurou. Teve então ideia de meter-se no negócio de escravos; obteve privilégio, armou um navio e transportou africanos para o Brasil. Foi a parte da vida que mais lhe custou; mas afinal acostumou-se às tristes obrigações de um navio negreiro. Acostumou-se, e enfarou-se,[53] que era outro fenômeno na vida dele. Enfarava-se dos ofícios. As longas solidões do mar alargaram-lhe o vazio interior. Um dia refletiu, e perguntou a si mesmo se chegaria a habituar-se tanto à navegação, que tivesse de varrer o oceano, por todos os séculos dos séculos. Criou medo; e compreendeu que o melhor modo de atravessar a eternidade era variá-la...

— Em que ano ia ele?

— Em 1694; fins de 1694.

— Veja só! Tinha então noventa e quatro anos, não era? Naturalmente, moço...

— Tão moço que casou daí a dois anos, na Bahia, com uma bela senhora que...

— Diga.

— Digo, sim; porque ele mesmo me contou a história. Uma senhora que amou a outro. E que outro! Imaginem que meu pai, em 1695, entrou na conquista da famosa república dos Palmares.[54] Bateu-se como um bravo, e perdeu um amigo, um amigo íntimo, crivado de balas, pelado...[55]

— Pelado?

— É verdade; os negros defendiam-se também com água fervendo, e este amigo recebeu um pote cheio; ficou uma chaga. Meu pai contava-me esse episódio com dor, e até com remorso, porque, no meio da refrega, teve de pisar o pobre companheiro; parece até que ele expirou quando meu pai lhe metia as botas na cara...

O tabelião fez uma careta; e o coronel, para disfarçar o horror, perguntou o que tinha a conquista dos Palmares com a mulher que...

— Tem tudo — continuou o médico. — Meu pai, ao tempo que via morrer um amigo, salvara a vida de um oficial, recebendo ele mesmo uma flecha no

---

[52] Azarado; infeliz.
[53] Entediou-se; aborreceu-se.
[54] O Quilombo dos Palmares (1630-1710), foi uma povoação fortificada de negros escravos, que fugiam das fazendas de seus donos e se abrigavam na região de Palmares, na capitania de Pernambuco, região hoje pertencente ao Estado de Alagoas.
[55] Isto é, que se tirou a pele; que foi esfolado.

peito. O caso foi assim. Um dos negros, depois de derrubar dois soldados, envergou o arco sobre a pessoa do oficial, que era um rapaz valente e simpático, órfão de pai, tendo deixado a mãe em Olinda... Meu pai compreendeu que a flecha não faria mal a ele, e então, de um salto, interpôs-se. O golpe feriu-o no peito; ele caiu. O oficial, Damião... Damião de tal. Não digo o nome todo, porque ele tem alguns descendentes para as bandas de Minas. Damião basta. Damião passou a noite ao pé da cama de meu pai, agradecido, dedicado, louvando-lhe uma ação tão sublime. E chorava. Não podia suportar a ideia de ver morrer o homem que lhe salvara a vida por um modo tão raro. Meu pai sarou depressa, com pasmo de todos. A pobre mãe do oficial quis beijar-lhe as mãos: "Basta-me um prêmio", disse ele; "a sua amizade e a do seu filho". O caso encheu de pasmo Olinda inteira. Não se falava em outra coisa; e daí a algumas semanas a admiração pública trabalhava em fazer uma lenda. O sacrifício, como veem, era nenhum, pois meu pai não podia morrer; mas o povo, que não sabia disso, buscou uma causa ao sacrifício, uma causa tão grande como ele, e descobriu que o Damião devia ser filho de meu pai, e naturalmente filho adúltero. Investigaram o passado da viúva; acharam alguns recantos que se perdiam na obscuridade. O rosto de meu pai entrou a parecer conhecido de alguns; não faltou mesmo quem afirmasse ter ido a uma merenda, vinte anos antes, em casa da viúva, que era então casada, e visto aí meu pai. Todas estas patranhas[56] aborreceram tanto a meu pai, que ele determinou passar à Bahia, onde casou...

— Com a tal senhora?

— Justamente... Casou com D. Helena, bela como o sol, dizia ele. Um ano depois morria em Olinda a viúva, e o Damião vinha à Bahia trazer a meu pai uma madeixa dos cabelos da mãe, e um colar que a moribunda pedia para ser usado pela mulher dele. D. Helena soube do episódio da flecha, e agradeceu a lembrança da morta. Damião quis voltar para Olinda; meu pai disse-lhe que não, que fosse no ano seguinte. Damião ficou. Três meses depois uma paixão desordenada... Meu pai soube da aleivosia de ambos, por um comensal[57] da casa. Quis matá-los; mas o mesmo que os denunciou avisou-os do perigo, e eles puderam evitar a morte. Meu pai voltou o punhal contra si, e enterrou-o no coração. "Filho", dizia-me ele, contando o episódio; "dei seis golpes, cada um dos quais bastava para matar um homem, e não morri". Desesperado saiu de casa, e atirou-se ao mar. O mar restituiu-o à terra. A morte não podia aceitá-lo: ele pertencia à vida por todos os séculos. Não teve outro recurso

---

[56] Histórias mentirosas.
[57] Alguém que frequenta e come na casa de outra pessoa.

mais do que fugir; veio para o Sul, onde alguns anos depois, no princípio do século passado, podemos achá-lo na descoberta das minas.[58] Era um modo de afogar o desespero, que era grande, pois amara muito a mulher, como um louco...

— E ela?

— São contos largos, e não me sobra tempo. Ela veio ao Rio de Janeiro, depois das duas invasões francesas; creio que em 1713.[59] Já então meu pai enriquecera com as minas, e residia na cidade fluminense,[60] benquisto, com ideias até de ser nomeado governador. D. Helena apareceu-lhe, acompanhada da mãe e de um tio. Mãe e tio vieram dizer-lhe que era tempo de acabar com a situação em que meu pai tinha colocado a mulher. A calúnia pesara longamente sobre a vida da pobre senhora. Os cabelos iam-lhe embranquecendo: não era só a idade que chegava, eram principalmente os desgostos, as lágrimas. Mostraram-lhe uma carta escrita pelo comensal denunciante, pedindo perdão a D. Helena da calúnia que levantara e confessando que o fizera levado de uma criminosa paixão. Meu pai era uma boa alma; aceitou a mulher, a sogra e o tio. Os anos fizeram o seu ofício; todos três envelheceram, menos meu pai. Helena ficou com a cabeça toda branca; a mãe e o tio voavam para a decrepitude;[61] e nenhum deles tirava os olhos de meu pai, espreitando as cãs[62] que não vinham, e as rugas ausentes. Um dia meu pai ouviu-lhes dizer que ele devia ter parte com o diabo. Tão forte! E acrescentava o tio: "De que serve o testamento, se temos de ir antes?". Duas semanas depois morria o tio; a sogra acabou pateta, daí a um ano. Restava a mulher, que pouco mais durou.

— O que me parece — aventurou o coronel — é que eles vieram ao cheiro dos cobres...

— Decerto.

— ... e que a tal D. Helena (Deus a perdoe!) não estava tão inocente como dizia. É verdade que a carta do denunciante...

— O denunciante foi pago para escrever a carta — explicou o Dr. Leão —; meu pai soube disso, depois da morte da mulher, ao passar pela Bahia... Meia-noite! Vamos dormir; é tarde; amanhã direi o resto.

— Não, não, agora mesmo.

— Mas, senhores... Só se for muito por alto.

---

[58] As minas de ouro foram descobertas no Brasil no final do século XVII, por volta de 1698.
[59] Referência às invasões francesas ao Rio de Janeiro no século XVIII: a primeira, em 1710, liderada por Jean François Duclerc; a segunda, em 1711, liderada por René Duguay-Trouin.
[60] Isto é, na cidade do Rio de Janeiro.
[61] Velhice; decadência.
[62] Cabelos brancos.

— Seja por alto.

O doutor levantou-se e foi espiar a noite, estendendo o braço para fora, e recebendo alguns pingos de chuva na mão. Depois voltou-se e deu com os dois olhando um para o outro, interrogativos. Fez lentamente um cigarro, acendeu-o, e, puxadas umas três fumaças, concluiu a singular história.

## VI

— Meu pai deixou pouco depois o Brasil, foi a Lisboa, e dali passou-se à Índia, onde se demorou mais de cinco anos, e donde voltou a Portugal, com alguns estudos feitos acerca daquela parte do mundo. Deu-lhes a última lima, e fê-los imprimir, tão a tempo, que o governo mandou-o chamar para entregar-lhe o governo de Goa.[63] Um candidato ao cargo, logo que soube do caso, pôs em ação todos os meios possíveis e impossíveis. Empenhos, intrigas, maledicência, tudo lhe servia de arma. Chegou a obter, por dinheiro, que um dos melhores latinistas da península, homem sem escrúpulos, forjasse um texto latino da obra de meu pai, e o atribuísse a um frade agostinho,[64] morto em Adém.[65] E a tacha de plagiário acabou de eliminar meu pai, que perdeu o governo de Goa, o qual passou às mãos do outro; perdendo também, o que é mais, toda a consideração pessoal. Ele escreveu uma longa justificação, mandou cartas para a Índia, cujas respostas não esperou, porque no meio desses trabalhos aborreceu-se tanto, que entendeu melhor deixar tudo e sair de Lisboa. "Esta geração passa", disse ele, "e eu fico. Voltarei cá daqui a um século, ou dois".

— Veja isto — interrompeu o tabelião —, parece coisa de caçoada! Voltar daí a um século — ou dois, como se fosse um ou dois meses. Que diz, "seu" coronel?

— Ah! Eu quisera ser esse homem! É verdade que ele não voltou um século depois... Ou voltou?

— Ouça-me. Saiu dali para Madri, onde esteve de amores com duas fidalgas, uma delas viúva e bonita como o sol, a outra casada, menos bela, porém amorosa e terna como uma pomba-rola. O marido desta chegou a descobrir o caso, e não quis bater-se com meu pai, que não era nobre; mas a paixão do ciúme e da honra levou esse homem ofendido à prática de uma

---

[63] Um pequeno estado da Índia, que ficou sob o domínio português de 1510 a 1961.
[64] Isto é, um frade agostiniano, da Ordem de Santo Agostinho.
[65] Cidade no Iêmen, localizada à entrada do mar Vermelho.

aleivosia, igual à outra: mandou assassinar meu pai; os esbirros[66] deram-lhe três punhaladas e quinze dias de cama. Restabelecido, deram-lhe um tiro; foi o mesmo que nada. Então, o marido achou um meio de eliminar meu pai; tinha visto com ele alguns objetos, notas, e desenhos de coisas religiosas da Índia, e denunciou-o ao Santo Ofício,[67] como dado a práticas supersticiosas. O Santo Ofício, que não era omisso nem frouxo nos seus deveres, tomou conta dele, e condenou-o a cárcere perpétuo. Meu pai ficou aterrado. Na verdade, a prisão perpétua para ele devia ser a coisa mais horrorosa do mundo. Prometeu, o mesmo Prometeu foi desencadeado...[68] Não me interrompa, Sr. Linhares, depois direi quem foi esse Prometeu. Mas, repito: ele foi desencadeado, enquanto que meu pai estava nas mãos do Santo Ofício, sem esperança. Por outro lado, ele refletiu consigo que, se era eterno, não o era o Santo Ofício. O Santo Ofício há de acabar um dia, e os seus cárceres, e então ficarei livre. Depois, pensou também que, desde que passasse um certo número de anos, sem envelhecer nem morrer, tornar-se-ia um caso tão extraordinário, que o mesmo Santo Ofício lhe abriria as portas. Finalmente, cedeu a outra consideração. "Meu filho", disse-me ele, "eu tinha padecido tanto naqueles longos anos de vida, tinha visto tanta paixão má, tanta miséria, tanta calamidade, que agradeci a Deus, o cárcere e uma longa prisão; e disse comigo que o Santo Ofício não era tão mau, pois que me retirava por algumas dezenas de anos, talvez um século, do espetáculo exterior..."

— Ora essa!

— Coitado! Não contava com a outra fidalga, a viúva, que pôs em campo todos os recursos de que podia dispor, e alcançou-lhe a fuga daí a poucos meses. Saíram ambos de Espanha, meteram-se em França, e passaram à Itália, onde meu pai ficou residindo por longos anos. A viúva morreu-lhe nos braços; e, salvo uma paixão que teve em Florença,[69] por um rapaz nobre, com quem fugiu e esteve seis meses, foi sempre fiel ao amante. Repito, morreu-lhe nos braços, e ele padeceu muito, chorou muito, chegou a querer morrer também. Contou-me os atos de desespero que praticou; porque, na verdade, amara muito a formosa madrilena. Desesperado, meteu-se a caminho, e viajou por Hungria, Dalmácia, Valáquia; esteve cinco anos em Constantinopla; estudou

---

[66] Capangas.

[67] O Santo Ofício era o tribunal da Inquisição, parte do sistema jurídico da Igreja Católica Romana, cujo objetivo era combater a heresia.

[68] Prometeu, na mitologia grega, é um titã, responsável por roubar o fogo e o dar aos mortais. Por essa razão, Zeus condenou-o a estar amarrado a uma rocha por toda a eternidade, enquanto uma águia comia todo dia seu fígado, que se regenerava no dia seguinte.

[69] Cidade italiana.

o turco a fundo, e depois o árabe. Já lhes disse que ele sabia muitas línguas; lembra-me de o ver traduzir o padre-nosso em cinquenta idiomas diversos. Sabia muito. E ciências! Meu pai sabia uma infinidade de coisas: filosofia, jurisprudência, teologia, arqueologia, química, física, matemáticas, astronomia, botânica; sabia arquitetura, pintura, música. Sabia o diabo.

— Na verdade...

— Muito, sabia muito. E fez mais do que estudar o turco; adotou o maometanismo.[70] Mas deixou-o daí a pouco. Enfim, aborreceu-se dos turcos: era a sina dele aborrecer-se facilmente de uma coisa ou de um ofício. Saiu de Constantinopla, visitou outras partes da Europa, e finalmente passou-se à Inglaterra aonde não fora desde longos anos. Aconteceu-lhe aí o que lhe acontecia em toda parte: achou todas as caras novas; e essa troca de caras no meio de uma cidade, que era a mesma deixada por ele, dava-lhe a impressão de uma peça teatral, em que o cenário não muda, e só mudam os atores. Essa impressão, que a princípio foi só de pasmo, passou a ser de tédio; mas agora, em Londres, foi outra coisa pior, porque despertou nele uma idéia, que nunca tivera, uma ideia extraordinária, pavorosa...

— Que foi?

— A ideia de ficar doido um dia. Imaginem: um doido eterno. A comoção que esta ideia lhe dava foi tal que quase enlouqueceu ali mesmo. Então lembrou-se de outra coisa. Como tinha o boião do elixir consigo, lembrou de dar o resto a alguma senhora ou homem, e ficariam os dois imortais. Sempre era uma companhia. Mas, como tinha tempo diante de si, não precipitou nada; achou melhor esperar pessoa cabal.[71] O certo é que essa ideia o tranquilizou... Se lhe contasse as aventuras que ele teve outra vez na Inglaterra, e depois na França, e no Brasil, onde voltou no vice-reinado do Conde de Resende,[72] não acabava mais, e o tempo urge, além do que o Sr. Coronel está com sono...

— Qual sono!

— Pelo menos está cansado.

— Nem isso. Se eu nunca ouvi uma coisa que me interessasse tanto. Vamos; conte essas aventuras.

— Não; direi somente que ele achou-se na França por ocasião da revolução de 1789,[73] assistiu a tudo, à queda e morte do rei, dos girondinos, de Danton,

---

[70] Islamismo; religião islâmica
[71] Pessoa certa; perfeita.
[72] Dom José Luís de Castro Resende (1744-1819), segundo conde de Resende e 5º vice-rei do Brasil entre 1790 e 1801.
[73] Referência à Revolução Francesa (1789-1799).

de Robespierre;[74] morou algum tempo com Filinto Elísio, o poeta,[75] sabem? Morou com ele em Paris; foi um dos elegantes do Diretório,[76] deu-se com o Primeiro Cônsul...[77] Quis até naturalizar-se e seguir as armas e a política; podia ter sido um dos marechais do Império, e pode ser até que não tivesse havido Waterloo.[78] Mas ficou tão enjoado de algumas apostasias[79] políticas, e tão indignado, que recusou a tempo. Em 1808 achamo-lo em viagem com a corte real para o Rio de Janeiro.[80] Em 1822 saudou a independência; e fez parte da Constituinte; trabalhou no 7 de Abril;[81] festejou a maioridade;[82] há dois anos era deputado.

Neste ponto os dois ouvintes redobraram de atenção. Compreenderam que iam chegar ao desenlace, e não quiseram perder uma sílaba daquela parte da narração, em que iam saber da morte do imortal. Pela sua parte, o Dr. Leão parara um pouco; podia ser uma lembrança dolorosa; podia também ser um recurso para aguçar mais o apetite. O tabelião ainda lhe perguntou se o pai não tinha dado a alguém o resto do elixir, como queria; mas o narrador não lhe respondeu nada. Olhava para dentro; enfim, terminou deste modo:

— A alma de meu pai chegara a um grau de profunda melancolia. Nada o contentava; nem o sabor da glória, nem o sabor do perigo, nem o do amor. Tinha então perdido minha mãe, e vivíamos juntos, como dois solteirões. A política perdera todos os encantos aos olhos dum homem que pleiteara um trono, e um dos primeiros do universo. Vegetava consigo; triste, impaciente, enjoado. Nas horas mais alegres fazia projetos para o século XX e XXIV, porque já então me desvendara todo o segredo da vida dele. Não acreditei, confesso; e imaginei que fosse alguma perturbação mental; mas as provas

---

[74] Girondino era a denominação de um grupo político moderado da Assembleia Nacional Francesa. Junto com o grupo dos jacobinos, liderados por Maximilien de Robespierre, e os *cordeliers*, de Georges Jacques Danton, representavam o chamado Terceiro Estado, assembleia consultiva do povo, durante a época da Revolução Francesa.

[75] Francisco Manuel do Nascimento (1734-1819), poeta português, exilado em Paris de 1778 a 1819.

[76] "Diretório" foi o nome atribuído ao governo estabelecido pela alta burguesia, durante a Revolução Francesa, que durou de 1795 a 1799.

[77] Napoleão Bonaparte (1769-1821).

[78] A Batalha de Waterloo, na qual Napoleão Bonaparte foi derrotado pelas tropas aliadas, sob o comando do Duque de Wellington, aconteceu na Bélgica, em 1815.

[79] Renúncias; mudanças de crenças políticas.

[80] Em 1808, a corte portuguesa transferiu-se para a cidade do Rio de Janeiro.

[81] Em 7 de abril de 1831, D. Pedro I abdica do trono brasileiro em favor de seu filho, Pedro de Alcântara.

[82] Em 23 de julho de 1840, após o período regencial, o príncipe herdeiro Pedro de Alcântara, com quinze anos incompletos, foi considerado maior e apto a governar, adotando o nome de Dom Pedro II. Esse ato político foi designado Maioridade.

foram completas, e demais a observação mostrou-me que ele estava em plena saúde. Só o espírito, como digo, parecia abatido e desencantado. Um dia, dizendo-lhe eu que não compreendia tamanha tristeza, quando eu daria a alma ao diabo para ter a vida eterna, meu pai sorriu com uma tal expressão de superioridade, que me enterrou cem palmos abaixo do chão. Depois, respondeu que eu não sabia o que dizia; que a vida eterna afigurava-se-me excelente, justamente porque a minha era limitada e curta; em verdade, era o mais atroz dos suplícios. Tinha visto morrer todas as suas afeições; devia perder-me um dia, e todos os mais filhos que tivesse pelos séculos adiante. Outras afeições e não poucas o tinham enganado; e umas e outras, boas e más, sinceras e pérfidas, era-lhe forçoso repeti-las, sem trégua, sem um respiro ao menos, porquanto a experiência não lhe podia valer contra a necessidade de agarrar-se a alguma coisa, naquela passagem rápida dos homens e das gerações. Era uma necessidade da vida eterna; sem ela, cairia na demência. Tinha provado tudo, esgotado tudo; agora era a repetição, a monotonia, sem esperanças, sem nada. Tinha de relatar a outros filhos, vinte ou trinta séculos mais tarde, o que me estava agora dizendo; e depois a outros, e outros, e outros, um não acabar mais nunca. Tinha de estudar novas línguas, como faria Aníbal,[83] se vivesse até hoje: e para quê? Para ouvir os mesmos sentimentos, as mesmas paixões... E dizia-me tudo isso verdadeiramente abatido. Não parece esquisito? Enfim um dia, como eu fizesse a alguns amigos uma exposição do sistema homeopático, vi reluzir nos olhos de meu pai um fogo desusado e extraordinário. Não me disse nada. De noite, vieram chamar-me ao quarto dele. Achei-o moribundo; disse-me então, com a língua trôpega, que o princípio homeopático fora para ele a salvação. *Similia similibus curantur*.[84] Bebera o resto do elixir, e assim como a primeira metade lhe dera a vida, a segunda dava-lhe a morte. E, dito isto, expirou.

O coronel e o tabelião ficaram algum tempo calados, sem saber que pensassem da famosa história; mas a seriedade do médico era tão profunda, que não havia duvidar. Creram no caso, e creram também definitivamente na homeopatia. Narrada a história a outras pessoas, não faltou quem supusesse que o médico era louco; outros atribuíram-lhe o intuito de tirar ao coronel e ao tabelião o desgosto manifestado por ambos de não poderem viver eternamente, mostrando-lhes que a morte é, enfim, um benefício. Mas

---

[83] Aníbal Barca (247-183 a.C.), conhecido simplesmente como Aníbal, foi um general cartaginês, considerado um dos maiores estrategistas militares da história.

[84] Os semelhantes curam-se pelos semelhantes: expressão que designa o princípio fundamental da medicina homeopática, significando que as doenças são curadas por substâncias que produzem efeitos semelhantes aos da própria doença.

a suspeita de que ele apenas quis propagar a homeopatia entrou em alguns cérebros, e não era inverossímil.[85] Dou este problema aos estudiosos. Tal é o caso extraordinário, que há anos, com outro nome, e por outras palavras, contei a este bom povo, que provavelmente já os esqueceu a ambos.

---

[85] Incoerente com a realidade.

# Viagem à roda de mim mesmo[1]

I

Quando abri os olhos, era perto de nove horas da manhã. Tinha sonhado que o sol, trajando calção e meia de seda, fazia-me grandes barretadas,[2] bradando-me que era tempo, que me levantasse, que fosse ter com Henriqueta e lhe dissesse tudo o que trazia no coração. Já lá vão vinte e um anos! Era em 1864, fins de novembro. Contava eu então vinte e cinco anos de idade, menos dois que ela. Henriqueta enviuvara em 1862, e, segundo toda a gente afirmava, jurara a si mesma não passar a segundas núpcias. Eu, que chegara da província no meado de julho, bacharel em folha, vi-a poucas semanas depois, e fiquei logo ardendo por ela.

Tinha o plano feito de desposá-la, tão certo como três e dois serem cinco. Não se imagina a minha confiança no futuro. Viera recomendado a um dos ministros do gabinete Furtado,[3] para algum lugar de magistrado no interior, e fui bem recebido por ele. Mas a água da Carioca[4] embriagou-me logo aos primeiros goles, de tal maneira que resolvi não sair mais da capital.[5] Encostei-me à janela da vida, com os olhos no rio que corria embaixo, o rio do tempo, não só para contemplar o curso perene das águas, como à espera de ver apontar do lado de cima ou de baixo a galera[6] de ouro e sândalo[7] e velas de seda, que devia levar-me a certa ilha encantada e eterna. Era o que me dizia o coração.

A galera veio, chamava-se Henriqueta, e, no meio das opiniões que dividiam a capital, todos estavam de acordo em que era a senhora mais bonita daquele ano. Tinha o único defeito de não querer casar outra vez; mas isto mesmo era antes um pico, dava maior preço à vitória, que eu não deixaria de obter, custasse o que custasse, e não custaria nada.

---

[1] Referência ao romance *Viagem à roda do meu quarto* (1794), de Xavier de Maistre (1763-1852), escritor francês.
[2] Ação de tirar o chapéu para cumprimentar alguém.
[3] Francisco José Furtado (1818-1870) foi um juiz e político brasileiro. Foi presidente do Conselho de Ministros do 16º Gabinete do Império do Brasil, de 31 de agosto de 1864 a 12 de maio de 1865. Seu governo ficou conhecido como "gabinete Furtado".
[4] A expressão "água da Carioca" era usada para designar o chafariz da Carioca, chafariz público da cidade do Rio de Janeiro.
[5] Na época, a cidade do Rio de Janeiro era a capital do Império do Brasil.
[6] Um tipo de navio, de três mastros.
[7] Espécie de árvore, nativa da Índia, cuja madeira é usada para fabricar perfumes.

Já por esse tempo abrira banca de advogado, com outro, e morava em uma casa de pensão. Durante a sessão legislativa, ia à Câmara dos Deputados, onde, enquanto me não davam uma pasta de ministro, coisa que sempre reputei certa, iam-me distribuindo notícias e apertos de mão. Ganhava pouco, mas não gastava muito; as minhas grandes despesas eram todas imaginativas. O reino dos sonhos era a minha casa da moeda.

Que Henriqueta estivesse disposta a romper comigo o juramento de viúva, não ouso afirmá-lo; mas creio que me tivesse certa inclinação, que achasse em mim alguma coisa diversa dos demais pretendentes, diluídos na mesma água de salão. Viu em mim o gênero singelo e extático. Para empregar uma figura, que serve a pintar a nossa situação respectiva, era uma estrela que se deu ao incômodo de descer até à beira do telhado. Bastava-me trepar ao telhado e trazê-la para dentro; mas era justamente o que não acabava de fazer, esperando que ela descesse por seu pé ao peitoril da minha janela. Orgulho? Não, não; acanhamento, acanhamento e apatia. Cheguei ao ponto de crer que era aquele o costume de todos os astros. Ao menos, o sol não hesitou em fazê-lo naquela célebre manhã. Depois de aparecer-me, como digo, de calção e meia, despiu a roupa, e entrou-me pelo quarto com os raios nus e crus, raios de novembro, transpirando a verão. Entrou por todas as frestas, cantando festivamente a mesma litania[8] do sonho: "Eia, Plácido! Acorda! Abre-lhe o coração! Levanta-te! Levanta-te!".

Levantei-me resoluto, almocei e fui para o escritório. No escritório, seja dito em honra do amor, não minutei nada, arrazoado[9] ou petição,[10] minutei de cabeça um plano de vida nova e magnífica, e, como tivesse a pena na mão, parecia estar escrevendo, mas na realidade o que fazia eram narizes, cabeças de porco, frases latinas, jurídicas ou literárias. Pouco antes das três retirei-me e fui à casa de Henriqueta.

Henriqueta estava só. Pode ser que então pensasse em mim, e até que tivesse ideia de negar-se; mas neste caso foi o orgulho que deu passaporte ao desejo; recusar-me era ter medo, mandou-me entrar. Certo é que lhe achei uns olhos gelados; o sangue é que talvez não o estivesse tanto, porque vi sinal dele nas maçãs do rosto.

Entrei comovido. Não era a primeira vez que nos achávamos a sós, era a segunda; mas a resolução que levava agravou as minhas condições. Quando havia gente — naquela ou noutra casa —, cabia-me o grande recurso, se não conversávamos, de ficar a olhar para ela, fixo, de longe, em lugar onde os

---

[8] Oração repetitiva; cantilena.
[9] Exposição de razão, argumentos, em um processo; alegação.
[10] Pedido jurídico por escrito; requerimento.

seus olhos davam sempre comigo. Agora, porém, éramos sós. Henriqueta recebeu-me muito bem; disse-me estendendo a mão:

— Pensei que me deixasse ir para Petrópolis[11] sem ver-me.

Balbuciei uma desculpa. Na verdade o calor estava apertando, e era tempo de subir. Quando subia? Respondeu-me que no dia 20 ou 21 de dezembro, e, a pedido meu, descreveu-me a cidade. Ouvi-a, disse-lhe também alguma coisa, perguntei se ia a certo baile do Engenho Velho;[12] depois veio mais isto e mais aquilo. O que eu mais temia eram as pausas; ficava sem saber onde poria os olhos, e, se era eu que reatava a conversação, fazia-o sempre com estrépito, dando relevo a pequenas coisas estranhas e ridículas, como para fazer crer que não estivera pensando nela. Henriqueta às vezes tinha-me um ar enjoado; outras, falava com interesse. Eu, certo da vitória, pensava em ferir a batalha, principalmente quando ela parecia expansiva; mas, não me atrevia a marchar. Os minutos voavam; bateram quatro horas, depois quatro e meia.

"Vamos" disse comigo, "agora ou nunca."

Olhei para ela, ela olhava para mim; logo depois, ou casualmente, ou porque receasse que eu lhe ia dizer alguma coisa e não quisesse escutar-me, falou-me de não sei que anedota do dia. Abençoada anedota! Âncora dos anjos! Agarrei-me a ela, contente de escapar à minha própria vontade. Que era mesmo? Lá vai; não me recordo o que era; lembro-me que a contei com todas as variantes, que a analisei, que a corrigi pacientemente, até às cinco horas da tarde, que foi quando saí de lá, aborrecido, irritado, desconsolado...

## II

Cranz, citado por Tylor, achou entre os groenlandeses a opinião de que há no homem duas pessoas iguais, que se separam às vezes, como acontece durante o sono, em que uma dorme e a outra sai a caçar e passear.[13] Thompson e outros, apontados em Spencer, afirmam ter encontrado a mesma opinião entre vários povos e raças diversas.[14] O testemunho egípcio (antigo), segundo

---

[11] Município no interior do Rio de Janeiro.
[12] Bairro localizado na cidade do Rio de Janeiro.
[13] David Cranz (1723-1777) foi um teólogo e escritor alemão, autor de *História da Groenlândia* (1765); Edward Burnett Tylor (1832-1917) foi um antropólogo britânico, autor de *A cultura primitiva* (1871), na qual cita Cranz, em várias notas de rodapé.
[14] Herbert Spencer (1820-1903) foi um filósofo, biólogo e antropólogo inglês. O narrador refere-se provavelmente ao volume 1 da obra *Os princípios da Sociologia* (1876); nela, encontra-se uma referência ao autor britânico George Thompson (1796-1889), autor de *Viagens e aventuras no sul da África* (1827). Porém, Spencer cita mais vezes o autor neozelandês Arthur Saunders Thomson (1816-1860), autor de *A história do passado e do presente da Nova Zelândia* (1859).

Maspero,[15] é mais complicado; criam os egípcios que há no homem, além de várias almas espirituais, uma totalmente física, reprodução das feições e dos contornos do corpo, um perfeito fac-símile.

Não quero vir aos testemunhos da nossa língua e tradições, notarei apenas dois: o milagre de Santo Antônio,[16] que, estando a pregar, interrompeu o sermão, e, sem deixar o púlpito, foi a outra cidade salvar o pai da forca, e aqueles maviosos versos de Camões:[17]

> Entre mim mesmo e mim
> Não sei que se alevantou,
> Que tão meu imigo sou.[18]

Que tais versos estejam aqui no sentido figurado, é possível; mas não há prova de não estarem no sentido natural, e que mim e mim mesmo não fossem realmente duas pessoas iguais, tangíveis, visíveis, uma encarando a outra.

Pela minha parte, alucinação ou realidade, aconteceu-me em criança um caso desses. Tinha ido ao quintal de um vizinho tirar umas frutas; meu pai ralhou comigo, e, de noite, na cama, dormindo ou acordado — creio antes que acordado —, vi diante de mim a minha própria figura, que me censurava duramente. Durante alguns dias andei aterrado, e só muito tarde chegava a conciliar o sono; tudo eram medos. Medos de criança, é verdade, impressões vivas e passageiras. Dois meses depois, levado pelos mesmos rapazes, consócios na primeira aventura, senti a alma picada das mesmas esporas, e fui outra vez às mesmas frutas vizinhas.

Tudo isso acudia-me à memória, quando saí da casa de Henriqueta, descompondo-me, com um grande desejo de quebrar a minha própria cara. Senti-me dois, um que arguia, outro que se desculpava. Nomes que eu nem admito que andem na cabeça de outras pessoas a meu respeito foram então ditos e ouvidos, sem maior indignação, na rua e ao jantar. De noite, para distrair-me, fui ao teatro; mas nos intervalos o duelo era o mesmo, um pouco menos furioso. No fim da noite, estava reconciliado comigo, mediante a obrigação que tomei de não deixar Henriqueta ir para Petrópolis, sem declarar-lhe tudo. Casar com ela ou voltar à província.

---

[15] Gaston Camille Charles Maspero (1846-1916) foi um egiptologista francês, conhecido por divulgar a expressão "Povos do mar".
[16] Santo Antônio de Lisboa, também conhecido como Santo Antônio de Pádua (c. 1191-1231), foi um Doutor da Igreja.
[17] Luís Vaz de Camões (c. 1524-1580) foi um poeta português, autor de *Os Lusíadas* (1572).
[18] Na verdade, os versos são do poeta português Bernardim Ribeiro (c. 1482-1552), retirados do poema *Vilancete* (1516).

— Sim — disse a mim mesmo —, ela há de pagar-me o que me fez fazer ao Veiga.

Veiga era um deputado que morava com outros três na casa de pensão, e de todos os da legislatura foi o que se me mostrou particularmente amigo. Estava na oposição, mas prometia que, tão depressa caísse o ministério, faria por mim alguma coisa. Um dia prestou-me generosamente um grande obséquio. Sabendo que eu andava atrapalhado com certa dívida, mandou-a pagar por portas travessas.[19] Fui ter com ele, logo que descobri a origem do favor, agradeci-lho com lágrimas nos olhos, ele meteu o caso à bulha[20] e acabou dizendo que não me afadigasse em arranjar-lhe o dinheiro; bastava pagar quando ele tivesse de voltar à província, fechadas as câmaras, ou em maio que fosse.

Pouco depois, vi Henriqueta e fiquei logo namorado. Encontramo-nos algumas vezes. Um dia recebi convite para um sarau,[21] em casa de terceira pessoa propícia aos meus desejos, e resolvida a fazer o que pudesse, para ver-nos ligados. Chegou o dia do sarau; mas, de tarde, indo jantar, dei com uma novidade inesperada: Veiga, que na véspera à noite tivera alguma dor de cabeça e calafrios, amanheceu com febre, que se fez violenta para a tarde. Já era muito, mas aqui vai o pior. Os três deputados, amigos dele, tinham de ir a uma reunião política, e haviam combinado que eu ficasse com o doente, e mais um criado, até que eles voltassem, e não seria tarde.

— Você fica — disseram-me —; antes da meia-noite estamos de volta.

Tentei balbuciar uma desculpa, mas nem a língua obedeceu à intenção, nem eles ouviriam nada; já me haviam dado as costas. Mandei-os ao diabo, eles e os parlamentos; depois de jantar, fui vestir-me para estar pronto, enfiei um chambre,[22] em vez da casaca, e fui para o quarto do Veiga. Este ardia em febre; mas, chegando eu à cama, viu ele a gravata branca e o colete, e disse-me que não fizesse cerimônias, que não era preciso ficar.

— Não, não vou.

— Vá, doutor; o João fica; eles voltam cedo.

— Voltam às onze horas.

— Onze que sejam. Vá, vá.

Balouceei entre ir e ficar. O dever atava-me os pés, o amor abria-me as asas. Olhei durante alguns instantes para o doente, que jazia na cama, com

---

[19] Por meios ocultos, indiretos ou ilícitos.
[20] Mudou de assunto; desconversou.
[21] Reunião noturna de caráter musical, artístico ou literário.
[22] Roupão; espécie de camisola de dormir.

as pálpebras caídas, respirando a custo. Os outros deviam voltar à meia-noite — eu disse onze horas, mas foi meia-noite que eles mesmos declararam — e até lá entregue a um criado...

— Vá, doutor.
— Já tomou o remédio? — perguntei.
— A segunda dose é às nove e meia.

Pus-lhe a mão na testa; era uma brasa. Tomei-lhe o pulso; era um galope. Enquanto hesitava ainda, concertei-lhe os lençóis; depois fui arranjar algumas coisas no quarto, e afinal tornei ao doente, para dizer que iria, mas estaria cedo de volta. Abriu apenas metade dos olhos, e respondeu com um gesto; eu apertei-lhe a mão.

— Não há de ser nada, amanhã está bom — disse-lhe, saindo.

Corri a vestir a casaca, e fui para a casa onde devia achar a bela Henriqueta. Não a achei ainda, chegou quinze minutos depois.

A noite que passei foi das melhores daquele tempo. Sensações, borboletas fugitivas que lá ides, pudesse eu recolher-vos todas, e pregar-vos aqui neste papel para recreio das pessoas que me leem! Veriam todas que não as houve nunca mais lindas, nem em tanta cópia, nem tão vivas e lépidas.[23] Henriqueta contava mais de um pretendente, mas não sei se fazia com os outros o que fazia comigo, que era mandar-me um olhar de quando em quando. Amigas dela diziam que a máxima da viúva era que os olhares das mulheres, como as barretadas dos homens, são atos de cortesia, insignificantes; mas atribuí sempre este dito a intriga. Valsou uma só vez, e foi comigo. Pedi-lhe uma quadrilha, recusou-a, dizendo que preferia conversar. O que dissemos, não sei bem; lá se vão vinte e um anos; lembro-me só que falei menos que ela, que a maior parte do tempo deixei-me estar encostado, a ver cair-lhe da boca uma torrente de coisas divinas... Lembrei-me duas vezes do Veiga, mas, de propósito, não consultei o relógio, com medo.

— Você está completamente tonto — disse-me um amigo.

Creio que sorri, ou dei de ombros, fiz qualquer coisa, mas não disse nada, porque era verdade que estava tonto e tontíssimo. Só dei por mim quando ouvi bater a portinhola do carro de Henriqueta. Os cavalos trotaram logo; eu, que estava à porta, puxei o relógio para ver as horas, eram duas. Tive um calafrio, ao pensar no doente. Corri a buscar a capa, e voei para casa, aflito, receando algum desastre. Andando, não evitava que o perfil de Henriqueta viesse interpor-se entre mim e ele, e uma ideia corrigia outra. Então, sem o sentir, afrouxava o passo, e dava por mim ao pé dela ou aos pés dela.

---

[23] Ligeiras, ágeis.

Cheguei à casa, corri ao quarto do Veiga; achei-o mal. Um dos três deputados velava, enquanto os outros tinham ido tomar algum repouso. Haviam regressado da reunião antes de uma hora, e acharam o enfermo delirante. O criado adormecera. Não sabiam quanto tempo ficara o doente abandonado; tinham mandado chamar o médico.

Ouvi calado e vexado. Fui despir-me para velar o resto da noite. No quarto, a sós comigo, chamei-me ingrato e tolo; deixara um amigo lutando com a doença, para correr atrás de uns belos olhos que podiam esperar. Caí na poltrona; não me dividi fisicamente, como me parecera em criança; mas moralmente desdobrei-me em dois, um que imprecava,[24] outro que gemia. No fim de alguns minutos, fui despir-me e passei ao quarto do enfermo, onde fiquei até de manhã.

Pois bem; não foi ainda isto que me deixou um vinco de ressentimento contra Henriqueta; foi a repetição do caso. Quatro dias depois tive de ir a um jantar, a que ela ia também. Jantar não é baile, disse comigo; vou e volto cedo. Fui e voltei tarde, muito tarde. Um dos deputados disse-me, quando saí, que talvez achasse o colega morto: era a opinião do médico assistente. Redargui vivamente que não: era o sentimento de outros médicos consultados.

Voltei tarde, repito. Não foram os manjares, posto que preciosos, nem os vinhos, dignos de Horácio;[25] foi ela, tão só ela. Não senti as horas, não senti nada. Quando cheguei à casa era perto de meia-noite. Veiga não morrera, estava salvo de perigo; mas entrei tão envergonhado que simulei uma doença, e meti-me na cama. Dormi tarde, e mal, muito mal.

## III

Agora não devia acontecer-me o mesmo. Vá que, em criança, corresse duas vezes às frutas do vizinho; mas a repetição do caso do Veiga era intolerável, e a deste outro seria ridícula.

Tive ideia de escrever uma carta, longa ou breve, pedindo-lhe a mão. Cheguei a pôr a pena no papel e a começar alguns rascunhos. Vi que era fraqueza e determinei ir em pessoa; pode ser também que esta resolução fosse um sofisma,[26] para escapar às lacunas da carta. Era de noite; marquei o

---

[24] Amaldiçoava; dizia blasfêmias e palavrões.
[25] Quinto Horácio Flaco (65-8 a.C.) foi um célebre poeta latino, autor de odes, poemas alegres para serem cantados. Em seu livro *Odes*, cita muitas vezes o vinho. Por exemplo, no livro III, Ode XXI, escreve uma ode para uma jarra de vinho.
[26] Argumento falso; engano.

dia seguinte. Saí de casa e andei muito, pensando e imaginando, voltei com as pernas moídas e dormi como um ambicioso.

De manhã, pensei ainda no caso, compus de cabeça a cerimônia do casamento, pomposa e rara, chegando ao ponto de transformar tudo o que estava em volta de mim. Fiz do trivial e desbotado quarto de pensão um rico *boudoir*,[27] com ela dentro, falando-me da eternidade.

— Plácido!
— Henriqueta!

De noite é que fui à casa dela. Não digo que as horas andaram vagarosíssimas, nesse dia, porque é a regra delas quando as nossas esperanças abotoam. Batalhei de cabeça contra Henriqueta; e assim como por esse tempo, à espera de que me fizessem deputado, desempenhei mentalmente um grande papel político, assim também subjuguei a dama, que me entregou toda a sua vida e pessoa. Sobre o jantar, peguei casualmente nos *Três mosqueteiros*,[28] li cinco ou seis capítulos que me fizeram bem, e me abarrotaram de ideias petulantes, como outras tantas pedras preciosas em torno deste medalhão central: as mulheres pertencem ao mais atrevido. Respirei afoito, e marchei.

Henriqueta ia sair, mas mandou-me entrar, por alguns instantes. Vestida de preto, sem mantelete ou capa, com o simples busto liso e redondo, e o toucado[29] especial dela, que era uma combinação da moda com a sua própria invenção, não tenho dúvida em dizer que me desvairou.

— Vou à casa de minhas primas, que chegaram de São Paulo — disse-me ela. — Sente-se um pouco. Não foi ontem ao teatro?

Disse-lhe que não, depois emendei que sim, porque era verdade. Agora que a coisa lá vai, penso que não sorriu, mas na ocasião pareceu-me o contrário, e fiquei vexado.[30] Disse-me que não tinha ido ao teatro por estar de enxaqueca, terrível moléstia que me explicou compondo as pulseiras, e corrigindo a posição do relógio na cintura. Reclinada na poltrona, com um início de pé à mostra, parecia pedir alguém ajoelhado; foi a ideia que tive, e que varri da cabeça, por grotesca. Não; bastava-me o olhar e a palavra. Nem sempre o olhar seria bastante, acanhava-se às vezes, outras não sabia onde pousasse; mas a palavra romperia tudo.

---

[27] Pequeno cômodo elegante, reservado à dona da casa, onde pode receber pessoas de sua intimidade.
[28] *Os três mosqueteiros* (1844) é um romance do autor francês Alexandre Dumas, Pai (1802-1870).
[29] Penteado; arranjo de cabelo.
[30] Envergonhado.

Entretanto, Henriqueta ia falando e sorrindo. Umas vezes parecia-me compartir a minha crise moral, e a expressão dos olhos era boa. Outras via-lhe a ponta da orelha do desdém e do enfado. O coração batia-me; tremiam-me os dedos. Evocava as minhas ideias petulantes, e elas vinham todas, mas não desciam ao coração, deixavam-se estar no cérebro, paradas, cochilando...

De repente calamo-nos, não sei se por três, cinco ou dez minutos; lembro-me só que Henriqueta consultou o relógio; compreendi que era tempo de sair, e pedi-lhe licença. Ela levantou-se logo e estendeu-me a mão. Recebi-a, olhei para ela com a intenção de dizer alguma coisa; mas achei-lhe os olhos tão irados ou tão aborrecidos, não sei bem, lá vão muitos anos...

Saí. Chegando ao saguão, dei com o chapéu um golpe no ar, e chamei-me um nome feio, tão feio que o não ponho aqui. A carruagem estava à porta; fui colocar-me a distância para vê-la entrar. Não esperei muito tempo. Desceu, parou à porta um instante, entrou, e o carro seguiu. Fiquei sem saber de mim, e pus-me a andar. Uma hora depois, ou pouco menos, encontrei um amigo, colega do foro, que ia para casa; fomos andando, mas ao cabo de dez minutos:

— Você está preocupado — disse ele. — Que tem?

— Perdi uma causa.

— Não foi pior que a minha. Já lhe contei o inventário do Matos?

Contou-me o inventário do Matos, sem poupar nada, petições, avaliações, embargos, réplicas, tréplicas e a sentença final, uma sentença absurda e iníqua.[31] Eu, enquanto ele falava, ia pensando na bela Henriqueta. Tinha-a perdido pela segunda vez; e então lembrei-me do caso do Veiga, em que os meus planos falharam de igual modo, e o das frutas, em pequeno. Ao pensar nas frutas, pensei também no misterioso desdobramento de mim mesmo, e tive uma alucinação.

Sim, senhor, é verdade; pareceu-me que o colega que ia comigo era a minha mesma pessoa, que me punha as mãos à cara, irritado, e me repetia o impropério do saguão, que não escrevi nem escrevo. Parei assustado, e vi que me enganara. E logo ouvi rir no ar, e levantei a cabeça: eram as estrelas, contempladoras remotas da vida, que se riam dos meus planos e ilusões, com tal força, que cuido arrebentaram os colchetes, enquanto o meu colega ia concluindo furioso o negócio do inventário do Matos:

— ... um escândalo!

---

[31] Injusta; perversa.

# A ideia de Ezequiel Maia

A ideia do Ezequiel Maia era achar um mecanismo que lhe permitisse rasgar o véu ou revestimento ilusório que dá o aspecto material às coisas. Ezequiel era idealista. Negava abertamente a existência dos corpos. Corpo era uma ilusão do espírito, necessária aos fins práticos da vida, mas despida da menor parcela de realidade. Em vão os amigos lhe ofereciam finas viandas,[1] mulheres deleitosas,[2] e lhe pediam que negasse, se podia, a realidade de tão excelentes coisas. Ele lastimava, comendo, a ilusão da comida; lastimava-se a si mesmo, quando tinha ante si os braços magníficos de uma senhora. Tudo concepção do espírito; nada era nada. Esse mesmo nome de Maia não o tomou ele senão como um símbolo. Primitivamente, chamava-se Nóbrega; mas achou que os hindus celebram uma deusa, mãe das ilusões, a que dão o nome de Maia, e tanto bastou para que trocasse por ele o apelido de família.

A opinião dos amigos e parentes era que este homem tinha o juízo a juros naquele banco invisível, que nunca paga os juros, e, quando pode, guarda o capital. Parece que sim; parece também que ele não tocou de um salto o fundo do abismo, mas escorregando, indo de uma restauração da cabala para outra da astrologia, da astrologia à quiromancia, da quiromancia à charada, da charada ao espiritismo, do espiritismo ao niilismo idealista.[3] Era inteligente e lido; formara-se em matemáticas, e os professores desta ciência diziam que ele a conhecia como gente.

Depois de largo cogitar, achou Ezequiel um meio: abstrair-se[4] pelo nariz. Consistia em fincar os olhos na extremidade do nariz, à maneira do faquir,[5] embotando a sensibilidade ao ponto de perder toda a consciência do mundo exterior. Cairia então o véu ilusório das coisas; entrar-se-ia no mundo exclusivo dos espíritos. Dito e feito. Ezequiel metia-se em casa, sentava-se na poltrona, com as mãos espalmadas nos joelhos, e os olhos na ponta do nariz.

---

[1] Refeições; banquetes.
[2] Atraentes; agradáveis.
[3] Aqui, o narrador faz referência a várias práticas divinatórias e filosófico-religiosas da época: cabala é um sistema filosófico-religioso judaico de origem medieval; quiromancia é a arte de predizer o futuro pela leitura das linhas e sinais das mãos; niilismo é uma atitude filosófica que prega a negação de todas as crenças e valores e recusa qualquer sentido transcendental à existência.
[4] Concentrar-se; deter-se com toda a atenção.
[5] Na Índia, faquir é um devoto que pratica mendicância e se submete a privações, visando a perfeição espiritual, por meio do controle dos sentidos e emoções.

Pela afirmação dele, a abstração operava-se em vinte minutos, e poderia fazer-se mais cedo, se ele não tivesse o nariz tão extenso. A inconveniência de um nariz comprido é que o olhar, desde que transpusesse uma certa linha, exercia mais facilmente a miserável função ilusória. Vinte minutos, porém, era o prazo razoável de uma boa abstração. O Ezequiel ficava horas e horas, e às vezes dias e dias, sentado, sem se mexer, sem ver nem ouvir; e a família (um irmão e duas sobrinhas) preferia deixá-lo assim, a acordá-lo; não se cansaria, ao menos, na perpétua agitação do costume.

— Uma vez abstrato — dizia ele aos parentes e familiares — liberto-me da ilusão dos sentidos. A aparência da realidade extingue-se, como se não fosse mais do que um fumo sutil, evaporado pela substância das coisas. Não há então corpos; entesto com os espíritos, penetro-os, revolvo-os, congrego-me, transfundo-me neles. Não sonhaste a noite passada comigo, Micota?

— Sonhei, titio — mentia a sobrinha.

— Não era sonho; era eu mesmo que estava contigo; por sinal que me pedias as festas,[6] e eu prometi-te um chapéu, um bonito chapéu enfeitado de plumas...

— Isso é verdade — acudia a sobrinha.

— Tudo verdade, Micota; mas a verdade única e verdadeira. Não há outra; não pode haver verdade contra verdade, assim como não há sol contra sol.

As experiências do Ezequiel repetiram-se durante seis meses. Nos dois primeiros meses, eram simples viagens universais; percorria o globo e os planetas dentro de poucos minutos, aniquilava os séculos, abrangia tudo, absorvia tudo, difundia-se em tudo. Saciou assim a primeira sede da abstração. No terceiro mês, começou uma série de excursões analíticas. Visitou primeiramente o espírito do padeiro da esquina, de um barbeiro, de um coronel, de um magistrado, vizinhos da mesma rua; passou depois ao resto da paróquia, do distrito e da capital, e recolheu quantidade de observações interessantes. No quarto mês empreendeu um estudo que lhe comeu cinquenta e seis dias: achar a filiação das ideias, e remontar à primeira ideia do homem. Escreveu sobre este assunto uma extensa memória, em que provou a todas as luzes que a primeira ideia do homem foi o círculo, não sendo o homem simbolicamente outra coisa: um círculo lógico, se o considerarmos na pura condição espiritual; e se o tomarmos com o invólucro material,[7] um círculo vicioso. E exemplificava. As crianças brincam com *arcos*, fazem *rodas* umas com as

---

[6] Presentes trocados em ocasiões especiais.
[7] "Invólucro" significa cobertura, revestimento. No caso, a expressão "invólucro material" refere-se ao corpo humano.

outras; os legisladores parlamentares sentam-se geralmente em círculo, e as constantes alterações do poder, que tanta gente condena, não são mais do que uma necessidade fisiológica e política de fazer circular os homens. Que são a infância e a decrepitude, senão as duas pontas ligadas deste círculo da vida? Tudo isso lardeado de trechos latinos, gregos e hebraicos, verdadeiro pesadelo, fruto indigesto de uma inteligência pervertida. No sexto mês...

— Ah! meus amigos, o sexto mês é que me trouxe um achado sublime, uma solução ao problema do senso moral. Para os não cansar; restrinjo-me ao exame comparativo que fiz em dois indivíduos da nossa rua, o Neves do nº 25, e o Delgado. Sabem que eles ainda são parentes.

E aí começou o Ezequiel uma narração tão extraordinária, que os amigos não puderam ouvir sem algum interesse. Os dois vizinhos eram da mesma idade, mais ou menos, quarenta e tantos anos, casados, com filhos, sendo que o Neves liquidara o negócio desde algum tempo, e vivia das rendas, ao passo que o Delgado continuara o negócio, e justamente falira três semanas antes.

— Vocês lembram-se de ter visto o Delgado entrar aqui em casa um dia muito triste?

Ninguém se lembrava, mas todos disseram que sim.

— Desconfiei do negócio — continuou o Ezequiel —, abstraí-me, e fui direito a ele. Achei-lhe a consciência agitada, gemendo, contorcendo-se; perguntei-lhe o que era, se tinha praticado alguma morte, e respondeu-me que não; não praticara morte nem roubo, mas espancara a mulher, metera-lhe as mãos na cara, sem motivo, por um assomo de cólera. Cólera passageira, disse-lhe, e uma vez que façam as pazes... — Estão feitas, acudiu ele; Zeferina perdoou-me tudo, chorando; ah! doutor, é uma santa mulher! — E então? — Mas não posso esquecer que lhe dei, não me perdoo isto; sei que foi na cegueira da raiva, mas não posso perdoar-me, não posso. — E a consciência tornou a doer-lhe, como a princípio, inquieta, convulsa. Dá cá aquele livro, Micota.

Micota trouxe-lhe o livro, um livro manuscrito, *in folio*,[8] capa de couro escuro e lavrado. O Ezequiel abriu-o na página 140, onde o nome do Delgado estava escrito com esta nota: "Este homem possui o senso moral". Escrevera a nota, logo depois daquele episódio; e todas as experiências futuras não vieram senão confirmar-lhe a primeira observação.

---

[8] *In folio* é expressão latina que significa folhas de impressão dobradas ao meio, das quais resultam cadernos com quatro páginas de 22 x 32 cm; por extensão, refere-se também a um livro nesse formato.

— Sim, ele tem o senso moral — continuou o Ezequiel. — Vocês vão ver se me enganei. Dias depois, tendo-me abstraído, fui logo a ele, e achei-o na maior agitação. — Adivinho — disse-lhe; houve outra expansão muscular, outra correção... — Não me respondeu nada; a consciência mordia-se toda, presa de um furor extraordinário. Como se apaziguasse de quando em quando, aproveitei os intervalos para teimar com ele. Disse-me então que jurara falso para salvar um amigo, ato de covardia e de impiedade. Para atenuá-lo, lembrava-se dos tormentos da véspera, da luta que sustentara antes de fazer a promessa de ir jurar falso; recordava também a amizade antiga ao interessado, os favores recebidos, uns de recomendação, outros de amparo, alguns de dinheiro; advertia na obrigação de retribuir os benefícios, na ridicularia de uma gratidão teórica, sentimental, e nada mais. Quando ele amontoava essas razões de justificação ou desculpa, é que a consciência parecia tranquila; mas, de repente, todo o castelo voava a um piparote desta palavra: "Não devias ter jurado falso". E a consciência revolvia-se, frenética, desvairada, até que a própria fadiga lhe trazia algum descanso.

Ezequiel referiu ainda outros casos. Contou que o Delgado, por sugestões de momento, faltara algumas vezes à verdade, e que, a cada mentira, a consciência raivosa dava sopapos em si mesma. Enfim, teve o desastre comercial, e faliu. O sócio, para abrandar a inclemência dos fados, propôs-lhe um arranjo de escrituração.[9] Delgado recusou a pés juntos; era roubar os credores, não devia fazê-lo. Debalde[10] o sócio lhe demonstrava que não era roubar os credores, mas resguardar a família, coisa diferente. Delgado abanou a cabeça. Não e não; preferia ficar pobre, miserável, mas honrado; onde houvesse um recanto de cortiço e um pedaço de carne-seca, podia viver. Demais, tinha braços. Vieram as lágrimas da mulher, que lhe não pediu nada, mas trouxe as lágrimas e os filhos. Nem ao menos as crianças vieram chorando; não, senhor; vieram alegres, rindo, pulando muito, sublinhando assim a crueldade da fortuna. E o sócio, ardilosamente ao ouvido: — Ora vamos; veja você se é lícito trair a confiança destes inocentes. Veja se... Delgado afrouxou e cedeu.

— Não, nunca me há de esquecer o que então se passou naquela consciência — continuou o Ezequiel —; era um tumulto, um clamor, uma convulsão diabólica, um ranger de dentes, uma coisa única. O Delgado não ficava quieto três minutos; ia de um lado para outro, atônito, fugindo a si mesmo. Não dormiu nada a primeira noite. De manhã saiu para andar à

---

[9] Escrituração era o registro contábil nos livros-caixa da época. Assim, "arranjo de escrituração" significa fraudar os registros de contabilidade.
[10] Em vão; inutilmente.

toa; pensou em matar-se; chegou a entrar em uma casa de armas, à rua dos Ourives, para comprar um revólver, mas advertiu que não tinha dinheiro, e retirou-se. Quis deixar-se esmagar por um carro. Quis enforcar-se com o lenço. Não pensava no código; por mais que o revolvesse, não achava lá a ideia da cadeia.[11] Era o próprio delito que o atormentava. Ouvia vozes misteriosas que lhe davam o nome de falsário, de ladrão; e a consciência dizia-lhe que sim, que ele era um ladrão e um falsário. Às vezes pensava em comprar um bilhete de Espanha, tirar a sorte grande,[12] convocar os credores, confessar tudo, e pagar-lhes integralmente, com juro, um juro alto, muito alto, para puni-lo do crime... Mas a consciência replicava logo que era um sofisma,[13] que os credores seriam pagos, é verdade, mas só os credores. O ato ficava intacto. Queimasse ele os livros e dispersasse as cinzas ao vento, era a mesma coisa; o crime subsistia. Assim passou três noites, três noites cruéis, até que no quarto dia, de manhã, resolveu ir ter com o Neves e revelar-lhe tudo.

— Descanse, titio — disse-lhe uma das sobrinhas, assustada com o fulgor dos olhos do Ezequiel.

Mas o Ezequiel respondeu que não estava cansado, e contaria o resto.

O resto era estupendo. O Neves lia os jornais no terraço, quando o Delgado lhe apareceu. A fisionomia daquele era tão bondosa, a palavra com que o saudou — "Anda cá, Juca!" — vinha tão impregnada da velha familiaridade, que o Delgado esmoreceu. Sentou-se ao pé dele, acanhado, sem força para lhe dizer nem lhe pedir nada, um conselho, ou, quando menos, uma consolação. Em que língua narraria o delito a um homem cuja vida era um modelo, cujo nome era um exemplo? Viveram juntos; sabia que a alma do Neves era como um céu imaculado, que só interrompia o azul para cravejá-lo de estrelas. Estas eram as boas palavras que ele costumava dizer aos amigos. Nenhuma ação que o desdourasse. Não espancara a mulher, não jurara falso, não emendara a escrituração, não mentiu, não enganou ninguém.

— Que tem você? — perguntou o Neves.

— Vou contar-lhe uma coisa grave — explodiu o Delgado —; peço-lhe desde já que me perdoe.

Contou-lhe tudo. O Neves, que a princípio o ouvira com algum medo, por ele lhe ter pedido perdão, depressa respirou; mas não deixou de reprovar a imprudência do Delgado. Realmente, onde tinha ele a cabeça para brincar

---

[11] Código aqui refere-se às leis usadas para registrar a contabilidade de um negócio; no conto, o personagem cogita encontrar uma lei que tenha infringido para entregar-se à prisão.

[12] No século XIX, a Loteria da Espanha era considerada, em vários países, "a maior loteria do mundo".

[13] Argumento produzido logicamente, mas falso.

assim com a cadeia? Era negócio grave; urgia abafá-lo, e, em todo caso, estar alerta. E recordava-lhe o conceito em que sempre teve o tal sócio. "Você defendia-o então; e aí tem a bela prenda. Um maluco!" O Delgado, que trazia consigo o remorso, sentiu incutir-se-lhe o terror; e, em vez de um remédio, levou duas doenças.

"Justos céus!", exclamou consigo o Ezequiel, "dar-se-á que este Neves não tenha o senso moral?".

Não o deixou mais. Esquadrinhou-lhe a vida; talvez alguma ação do passado, alguma coisa... Nada; não achou nada. As reminiscências do Neves eram todas de uma vida regular, metódica, sem catástrofes, mas sem infrações. O Ezequiel estava atônito. Não podia conciliar tanta limpeza de costumes com a absoluta ausência de senso moral. A verdade, porém, é que o contraste existia. Ezequiel ainda advertiu na sutileza do fenômeno e na conveniência de verificá-lo bem. Dispôs-se a uma longa análise. Entrou a acompanhar o Neves a toda parte, em casa, na rua, no teatro, acordado ou dormindo, de dia ou de noite.

O resultado era sempre o mesmo. A notícia de uma atrocidade deixava-o interiormente impassível; a de uma indignidade também. Se assinava qualquer petição (e nunca recusou nenhuma) contra um ato impuro ou cruel, era por uma razão de conveniência pública, a mesma que o levava a pagar para a Escola Politécnica, embora não soubesse matemáticas. Gostava de ler romances e de ir ao teatro; mas não entendia certos lances e expressões, certos movimentos de indignação, que atribuía a excessos de estilo. Ezequiel não lhe perdia os sonhos, que eram, às vezes, extraordinários. Este, por exemplo: sonhou que herdara as riquezas de um nababo,[14] forjando ele mesmo o testamento e matando o testador. De manhã, ainda na cama, recordou todas as peripécias do sonho, com os olhos no teto, e soltou um suspiro.

Um dia, um fâmulo[15] do Neves, andando na rua, viu cair uma carteira do bolso de um homem, que caminhava adiante dele, apanhou-a e guardou-a. De noite, porém, surgiu-lhe este caso de consciência: se um *caído* era o mesmo que um *achado*. Referiu o negócio ao Neves, que lhe perguntou, antes de tudo, se o homem vira cair a carteira; sabendo que não, levantou os ombros. Mas, conquanto o fâmulo fosse grande amigo dele, o Neves arrependeu-se do gesto, e, no dia seguinte, recomendou-lhe a entrega da carteira; eis as circunstâncias do caso. Indo de bonde, o condutor esqueceu-se de lhe pedir a passagem;

---

[14] Príncipe de província na parte da Índia sob domínio muçulmano, entre os séculos XVI e o XVIII.
[15] Criado; empregado doméstico.

Neves, que sabia o valor do dinheiro, saboreou mentalmente esses duzentos réis *caídos*; mas advertiu que algum passageiro poderia ter notado a falta, e, ostensivamente,[16] por cima da cabeça de outros, deu a moeda ao condutor. Uma ideia traz outra; Neves lembrou-se que alguém podia ter visto cair a carteira e apanhá-la o fâmulo; foi a este, e compeliu-o a anunciar o achado. "A consideração pública, Bernardo", disse ele, "é a carteira que nunca se deve perder".

Ezequiel notou que este adágio popular — ladrão que furta a ladrão tem cem anos de perdão — estava incrustado na consciência do Neves, e parecia até inventado por ele. Foi o único sentimento de horror ao crime que lhe achou; mas, analisando-o, descobriu que não era senão um sentimento de desforra[17] contra o segundo roubado, o aplauso do logro,[18] uma consolação no prejuízo, um antegosto do castigo que deve receber todo aquele que mete a mão na algibeira dos outros.

Realmente, um tal contraste era de ensandecer ao homem mais ajuizado do universo. O Ezequiel fez essa mesma reflexão aos amigos e parentes; acrescentou que jurara aos seus deuses achar a razão do contraste, ou suicidar-se. Sim, ou morreria, ou daria ao mundo civilizado a explicação de um fenômeno tão estupendo como a contradição da consciência do Neves com as suas ações exteriores... Enquanto ele falava assim, os olhos chamejavam muito. Micota, a um sinal do pai, foi buscar à janela uma das quartinhas[19] d'água, que ali estavam ao fresco, e trouxe-a a Ezequiel. Profundo Ezequiel! Tudo entendeu, mas aceitou a água, bebeu dois ou três goles, e sorriu para a sobrinha. E continuou dizendo que sim, senhor, que acharia a razão, que a formularia em um livro de trezentas páginas...

— Trezentas páginas, estão ouvindo? Um livro grosso assim...

E estendia três dedos. Depois descreveu o livro. Trezentas páginas, com estampas, uma fotografia da consciência do Neves e outra das suas ações. Jurava que ia mandar o livro a todas as academias do universo, com esta conclusão em forma de epígrafe: "Há virtualmente um pequeno número de gatunos que nunca furtaram um par de sapatos".

— Coitado! — diziam os amigos descendo as escadas. — Um homem de tanto talento!

---

[16] De modo a mostrar; de modo a ser notado.
[17] Compensação.
[18] Manobra ou artifício com que se engana alguém.
[19] Vasilha para líquidos.

# O programa

*Também eu nasci na Arcádia.*
Schiller[1]

## I
### LIÇÃO DE MESTRE-ESCOLA

— Rapazes, também eu fui rapaz — disse o mestre, o Pitada, um velho mestre de meninos[2] da Gamboa,[3] no ano de 1850 —; fui rapaz, mas rapaz de muito juízo, muito juízo... Entenderam?

— Sim, senhor.

— Não entrei no mundo como um desmiolado, dando por paus e por pedras, mas com um programa na mão... Sabem o que é um programa?

— Não, senhor.

— Programa é o rol das coisas que se hão de fazer em certa ocasião; por exemplo, nos espetáculos, é a lista do drama, do entremez,[4] do bailado, se há bailado, um passo a dois, ou coisa assim... É isso que se chama programa. Pois eu entrei no mundo com um programa na mão; não entrei assim à toa, como um preto fugido,[5] ou pedreiro sem obra, que não sabe aonde vai. Meu propósito era ser mestre de meninos, ensinar alguma coisa pouca do que soubesse, dar a primeira forma ao espírito do cidadão... Dar a primeira forma (entenderam?), dar a primeira forma ao espírito do cidadão...

Calou-se o mestre alguns minutos, repetindo consigo essa última frase, que lhe pareceu engenhosa e galante. Os meninos que o escutavam (eram cinco e dos mais velhos, dez e onze anos) não ousavam mexer com o corpo nem ainda com os olhos; esperavam o resto. O mestre, enquanto virava e revirava a frase, respirando com estrépito,[6] ia dando ao peito da camisa umas ondulações que,

---

[1] Johann Christoph Friedrich von Schiller (1759-1805), mais conhecido como Friedrich Schiller, foi um poeta, filósofo, médico e historiador alemão. A frase citada foi retirada do poema *"Resignation, Eine Phantasie"*, publicado em 1786, na revista *Thalia*. A Arcádia era uma região da Grécia, que foi idealizada por poetas como um lugar de contemplação da natureza e das artes.

[2] Na época do conto, não havia escolas públicas e as crianças recebiam a educação de professores particulares, que, muitas vezes, atendiam em suas próprias casas.

[3] Gamboa é um bairro da zona portuária do Rio de Janeiro.

[4] Intervalo de tempo entre um ato e outro de uma peça teatral.

[5] Na época do conto, estava em vigência no Brasil o regime da escravidão.

[6] Ruído; barulho.

em falta de outra distração, recreavam interiormente os discípulos. Um destes, o mais travesso, chegou ao desvario de imitar a respiração grossa do mestre, com grande susto dos outros, pois uma das máximas da escola era que, no caso de se não descobrir o autor de um delito, fossem todos castigados; com este sistema, dizia o mestre, anima-se a delação, que deve ser sempre uma das mais sólidas bases do Estado bem constituído. Felizmente, ele nada viu, nem o gesto do temerário,[7] um pirralho de dez anos, que não entendia nada do que ele estava dizendo, nem o beliscão de outro pequeno, o mais velho da roda, um certo Romualdo, que contava onze anos e três dias; o beliscão, note-se, era uma advertência para chamá-lo à circunspecção.[8]

— Ora, que fiz eu para vir a esta profissão? — continuou o Pitada. — Fiz isto: desde os meus quinze ou dezesseis anos, organizei o programa da vida: estudos, relações, viagens, casamento, escola; todas as fases da minha vida foram assim previstas, descritas e formuladas com antecedência...

Daqui em diante, o mestre continuou a exprimir-se em tal estilo, que os meninos deixaram de entendê-lo. Ocupado em escutar-se, não deu pelo ar estúpido dos discípulos, e só parou quando o relógio bateu meio-dia. Era tempo de mandar embora esse resto da escola, que tinha de jantar[9] para voltar às duas horas. Os meninos saíram pulando, alegres, esquecidos até da fome que os devorava, pela ideia de ficar livres de um discurso que podia ir muito mais longe. Com efeito, o mestre fazia isso algumas vezes; retinha os discípulos mais velhos para ingerir-lhes uma reflexão moral ou uma narrativa ligeira e sã. Em certas ocasiões só dava por si muito depois da hora do jantar. Desta vez não a excedera, e ainda bem.

## II
### DE COMO ROMUALDO ENGENDROU UM PROGRAMA

A ideia do programa fixou-se no espírito do Romualdo. Três ou quatro anos depois, repetia ele as próprias palavras do mestre; aos dezessete, ajuntava-lhes alguns reparos e observações. Tinha para si que era a melhor lição que se podia dar aos rapazes, muito mais útil do que o latim que lhe ensinavam então.

Uma circunstância local incitou o jovem Romualdo a formular também o seu programa, resoluto a cumpri-lo: refiro-me à residência de um ministro, na

---

[7] Indivíduo que se arrisca; imprudente.
[8] Prudência; ponderação.
[9] No Brasil do século XIX, o jantar era a refeição diária mais importante, servida na parte da tarde, por vezes, bem cedo, por volta das treze horas.

mesma rua. A vista do ministro, das ordenanças, do *coupé*,[10] da farda, acordou no Romualdo uma ambição. Por que não seria ele ministro? Outra circunstância. Morava defronte uma família abastada, em cuja casa eram frequentes os bailes e recepções. De cada vez que o Romualdo assistia, de fora, a uma dessas festas solenes, à chegada dos carros, à descida das damas, ricamente vestidas, com brilhantes no colo e nas orelhas, algumas no toucado,[11] dando o braço a homens encasacados e aprumados, subindo depois a escadaria, onde o tapete amortecia o rumor dos pés, até irem para as salas alumiadas, com os seus grandes lustres de cristal, que ele via de fora, como via os espelhos, os pares que iam de um a outro lado, etc.; de cada vez que um tal espetáculo lhe namorava os olhos, Romualdo sentia em si a massa de um anfitrião, como esse que dava o baile, ou do marido de algumas daquelas damas titulares. Por que não seria uma coisa ou outra?

As novelas não serviam menos a incutir no ânimo do Romualdo tão excelsas esperanças. Ele aprendia nelas a retórica do amor, a alma sublime das coisas, desde o beijo materno até o último graveto do mato, que eram para ele, irmãmente, a mesma produção divina da natureza. Além das novelas, havia os olhos das rapariguinhas da mesma idade, que eram todos bonitos, e, coisa singular, da mesma cor, como se fossem um convite para o mesmo banquete, escrito com a mesma tinta. Outra coisa que também influiu muito na ambição do Romualdo foi o sol, que ele imaginava ter sido criado unicamente com o fim de o alumiar, não alumiando aos outros homens, senão porque era impossível deixar de fazê-lo, como acontece a uma banda musical que, tocando por obséquio a uma porta, é ouvida em todo o quarteirão.

Temos, pois, que os esplendores sociais, as imaginações literárias, e, finalmente, a própria natureza persuadiram o jovem Romualdo a cumprir a lição do mestre. Um programa! Como é possível atravessar a vida, uma longa vida, sem programa? Viaja-se mal sem itinerário; o imprevisto tem coisas boas que não compensam as más; o itinerário, reduzindo as vantagens do casual e do desconhecido, diminui os seus inconvenientes, que são em maior número e insuportáveis. Era o que sentia Romualdo aos dezoito anos, não por essa forma precisa, mas outra, que não se traduz bem senão assim. Os antigos, que ele começava a ver através das lunetas de Plutarco,[12] pareciam-lhe não ter começado a vida sem programa. Outra indução que tirava de Plutarco é que

---

[10] Antiga carruagem fechada, de tração animal.
[11] No cabelo; no penteado.
[12] Lúcio Méstrio Plutarco (c. 46-120 d.C.) foi um historiador, biógrafo, moralista e filósofo grego, conhecido por suas obras *Vidas paralelas* e *Morália*.

todos os homens de outrora foram nada menos do que aqueles mesmos heróis biografados. Obscuros, se os houve, não passaram de uma ridícula minoria.

— Vá um programa — disse ele —; obedeçamos ao conselho do mestre.

E formulou um programa. Estava então entre dezoito e dezenove anos. Era um guapo[13] rapaz, ardente, resoluto, filho de pais modestíssimos, mas cheio de alma e ambição. O programa foi escrito no coração, o melhor papel, e com a vontade, a melhor das penas; era uma página arrancada ao livro do destino. O destino é obra do homem. Napoleão fez com a espada uma coroa, dez coroas.[14] Ele, Romualdo, não só seria esposo de alguma daquelas formosas damas, que vira subir para os bailes, mas possuiria também o carro que costumava trazê-las. Literatura, ciência, política, nenhum desses ramos deixou de ter uma linha especial. Romualdo sentia-se bastante apto para uma multidão de funções e aplicações, e achava-se mesquinho concentrar-se numa coisa particular. Era muito governar os homens ou escrever *Hamlet*; mas por que não reuniria a alma dele ambas as glórias, por que não seria um Pitt e um Shakespeare, obedecido e admirado?[15] Romualdo ideava por outras palavras a mesma coisa. Com o olhar fito no ar, e uma certa ruga na testa, antevia todas essas vitórias, desde a primeira décima poética até o carro do ministro de Estado. Era belo, forte, moço, resoluto, apto, ambicioso, e vinha dizer ao mundo, com a energia moral dos que são fortes: lugar para mim! lugar para mim, e dos melhores!

## III
### AGORA TU, CALÍOPE, ME ENSINA...[16]

Não se pode saber com certeza — com a certeza necessária a uma afirmação que tem de correr mundo — se a primeira estrofe do Romualdo foi anterior ao primeiro amor, ou se este precedeu a poesia. Suponhamos que foram contemporâneos. Não é inverossímil, porque, se a primeira paixão

---

[13] Corajoso; valente.
[14] Napoleão Bonaparte (1769-1821), depois de muitas vitórias militares, fez-se coroar imperador dos franceses. À medida que conquistava outros territórios, instituía monarquias, colocadas sob o comando de seus parentes.
[15] Pitt é um sobrenome britânico que pode se referir a um de dois grandes estadistas britânicos: William Pitt, primeiro Conde de Chatham (1708-1788), e William Pitt, o Novo (1759-1806). William Shakespeare (1564-1616) é um famoso dramaturgo e poeta britânico. Escreveu a peça *A tragédia de Hamlet, príncipe da Dinamarca*, entre 1599 e 1601.
[16] Capítulo III é uma citação do verso 1, estrofe 1, do canto III do poema épico *Os Lusíadas* (1572), de Luís Vaz de Camões (c. 1524-1580).

foi uma pessoa vulgar[17] e sem graça, a primeira composição poética era um lugar-comum.

Em 1858, data da estreia literária, existia ainda uma folha, que veio a morrer antes de 1870, o *Correio Mercantil*. Foi por aí que o nosso Romualdo declarou ao mundo que o século era enorme, que as barreiras todas estavam por terra, que, enfim, era preciso dar ao homem a coroa imortal que lhe competia. Eram trinta ou quarenta versos, feitos com ímpeto,[18] broslados[19] de adjetivos e imprecações,[20] muitos sóis, basto[21] condor,[22] inúmeras coisas robustas e esplêndidas. Romualdo dormiu mal a noite; apesar disso, acordou cedo, vestiu-se, saiu; foi comprar o *Correio Mercantil*. Leu a poesia à porta mesmo da tipografia, à Rua da Quitanda; depois dobrou cautelosamente o jornal, e foi tomar café. No trajeto da tipografia ao botequim não fez mais do que recitar mentalmente os versos; só assim se explicam dois ou três encontrões que deu em outras pessoas. Em todo caso, no botequim, uma vez sentado, desdobrou a folha e releu os versos, lentamente, umas quatro vezes seguidas; com uma que leu depois de pagar a xícara de café, e a que já lera à porta da tipografia, foram nada menos de seis leituras, no curto espaço de meia hora; fato tanto mais de espantar quanto que ele tinha a poesia de cor. Mas o espanto desaparece desde que se adverte na diferença que vai do manuscrito ou decorado ao impresso. Romualdo lera, é certo, a poesia manuscrita; e, à força de a ler, tinha-a "impressa na alma", para falar a linguagem dele mesmo. Mas o manuscrito é vago, derramado; e o decorado assemelha-se a histórias velhas, sem data, nem autor, ouvidas em criança; não há por onde se lhe pegue, nem mesmo a túnica flutuante e cambiante do manuscrito. Tudo muda com o impresso. O impresso fixa. Aos olhos de Romualdo era como um edifício levantado para desafiar os tempos; a igualdade das letras, a reprodução dos mesmos contornos davam aos versos um aspecto definitivo e acabado. Ele mesmo descobriu-lhes belezas não premeditadas; em compensação, deu com uma vírgula mal posta, que o desconsolou.

No fim daquele ano tinha o Romualdo escrito e publicado algumas vinte composições diversas sobre os mais variados assuntos. Congregou alguns

---

[17] "Vulgar" aqui significa "comum".
[18] Vitalidade; energia.
[19] Ornamentados; enfeitados.
[20] Súplicas; vociferações.
[21] Encorpado.
[22] O condor foi símbolo da terceira fase da poesia do Romantismo brasileiro, que tratava de críticas sociais e defesa de ideias igualitárias.

amigos — da mesma idade —, persuadiu um tipógrafo, distribuiu listas de assinaturas, recolheu algumas, e fundou um periódico literário, o *Mosaico*, em que fez as suas primeiras armas da prosa.[23] A ideia secreta do Romualdo era criar alguma coisa semelhante à *Revista dos Dois Mundos*,[24] que ele via em casa do advogado, de quem era amanuense.[25] Não lia nunca a *Revista*, mas ouvira dizer que era uma das mais importantes da Europa, e entendeu fazer coisa igual na América.

Posto que esse brilhante sonho fenecesse com o mês de maio de 1859, não acabaram com ele as labutações literárias. O mesmo ano de 1859 viu o primeiro tomo das *Verdades e quimeras*.[26] Digo o primeiro tomo, porque tais eram a indicação tipográfica e o plano do Romualdo. Que é a poesia, dizia ele, senão uma mistura de quimera e verdade? O Goethe,[27] chamando às suas memórias *Verdade e poesia*, cometeu um pleonasmo ridículo: o segundo vocábulo bastava a exprimir os dois sentidos do autor. Portanto, quaisquer que tivessem de ser as fases do seu espírito, era certo que a poesia traria em todos os tempos os mesmos caracteres essenciais: logo podia intitular *Verdades e quimeras* as futuras obras poéticas. Daí a indicação de primeiro tomo dada ao volume de versos com que o Romualdo brindou as letras no mês de dezembro de 1859. Esse mês foi para ele ainda mais brilhante e delicioso que o da estreia no *Correio Mercantil*. "Sou autor impresso", dizia rindo, quando recebeu os primeiros exemplares da obra. E abria um e outro, folheava de diante para trás e de trás para diante, corria os olhos pelo índice, lia três, quatro vezes o prólogo, etc. *Verdades e quimeras*! Via esse título nos periódicos, nos catálogos, nas citações, nos florilégios[28] de poesia nacional; enfim, clássico. Via citados também os outros tomos, com a designação numérica de cada um, em caracteres romanos, t. II, t. III, t. IV, t. IX. Que podiam escrever um dia as folhas públicas senão um estribilho? "Cada ano que passa pode-se dizer que este distinto e infatigável poeta nos dá um volume das suas admiráveis *Verdades e quimeras*; foi em 1859 que encetou essa coleção, e o efeito não podia ser mais lisonjeiro[29] para um estreante, que etc., etc."

---

[23] Ou seja, textos em prosa.
[24] A *Revista dos Dois Mundos* foi criada em 1829. É a revista europeia mais antiga e famosa, ainda em circulação.
[25] Escrevente; secretário.
[26] Quimera era um monstro mitológico com cabeça de leão, corpo de cabra e cauda de serpente; em sentido figurado, "quimera" pode significar ilusões, fantasias, maravilhas.
[27] Johann Wolfgang von Goethe (1749-1832) foi um poeta romântico alemão.
[28] Florilégio é uma coletânea de textos; antologia.
[29] Prazeroso; agradável.

Lisonjeiro, na verdade. Toda a imprensa saudou com benevolência o primeiro livro de Romualdo; dois amigos disseram mesmo que ele era o Gonzaga[30] do Romantismo. Em suma, um sucesso.

## IV
### QUINZE ANOS, BONITA E RICA

A "pessoa vulgar e sem graça" que foi o primeiro amor de Romualdo passou naturalmente como a chama de um fósforo. O segundo amor veio no tempo em que ele se preparava para ir estudar em São Paulo, e não pôde ir adiante.

Tinha preparatórios o Romualdo; e, havendo adquirido com o advogado certo gosto ao ofício, entendeu que sempre era tempo de ganhar um diploma. Foi para São Paulo, entregou-se aos estudos com afinco, dizendo consigo e a ninguém mais que ele seria citado algum dia entre os Nabucos, os Zacarias, os Teixeiras de Freitas, etc.[31] Jurisconsulto! E soletrava esta palavra com amor, com paciência, com delícia, achando-lhe a expressão profunda e larga. Jurisconsulto! Os Zacarias, os Nabucos, os Romualdos! E estudava, metia-se pelo Direito dentro, impetuoso.

Não esqueçamos duas coisas: que ele era rapaz, e tinha a vocação das letras. Rapaz, amou algumas moças, páginas acadêmicas, machucadas de mãos estudiosas. Durante os dois primeiros anos nada há que apurar que mereça a pena e a honra de uma transcrição. No terceiro ano... O terceiro ano oferece-nos uma lauda primorosa. Era uma moça de quinze anos, filha de um fazendeiro de Guaratinguetá,[32] que tinha ido à capital da província. Romualdo, de escassa bolsa, trabalhando muito para ganhar o diploma, compreendeu que o casamento era uma solução. O fazendeiro era rico. A moça gostava dele: era o primeiro amor dos seus quinze anos.

"Há de ser minha!", jurou Romualdo a si mesmo.

As relações entre eles vieram por um sobrinho do fazendeiro, Josino M..., colega de ano do Romualdo, e, como ele, cultor das letras. O fazendeiro

---

[30] Tomás António Gonzaga (1744-1810), cujo nome arcádico é Dirceu, foi um jurista, poeta e ativista político português. Viveu em Portugal, no Brasil e em Moçambique. Escreveu a obra poética *Marília de Dirceu*, que faz muito sucesso desde seu lançamento, em 1792.

[31] Juristas e políticos brasileiros famosos do século XIX: José Tomás Nabuco de Araújo (1813-1878); Zacarias de Góis e Vasconcelos (1815-1877); Augusto Teixeira de Freitas (1816-1883).

[32] Cidade do estado de São Paulo.

retirou-se para Guaratinguetá; era obsequiador,[33] exigiu do Romualdo a promessa de que, nas férias, iria vê-lo. O estudante prometeu que sim; e nunca o tempo lhe correu mais devagar. Não eram dias, eram séculos. O que lhe valia é que, ao menos, davam para construir e reconstruir os seus admiráveis planos de vida. A escolha entre o casar imediatamente ou depois de formado não foi coisa que se fizesse do pé para a mão: comeu-lhe algumas boas semanas. Afinal, assentou que era melhor o casamento imediato. Outra questão que lhe tomou tempo foi a de saber se concluiria os estudos no Brasil ou na Europa. O patriotismo venceu; ficaria no Brasil. Mas, uma vez formado, seguiria para Europa, onde estaria dois anos, observando de perto as coisas políticas e sociais, adquirindo a experiência necessária a quem viria ser ministro de Estado. Eis o que por esse tempo escreveu a um amigo do Rio de Janeiro:

> ... Prepara-te, pois, meu bom Fernandes, para irmos daqui a algum tempo viajar; não te dispenso, nem aceito desculpa. Não nos faltarão meios, graças a Deus, e meios de viajar à larga... Que felicidade! Eu, Lucinda, o bom Fernandes...

Bentas férias! Ei-las que chegam; ei-las que tomam do Romualdo e do Josino, e os levam à Fazenda da namorada. "Agora não os solto mais", disse o fazendeiro.

Lucinda apareceu aos olhos do nosso herói com todos os esplendores de uma madrugada. Foi assim que ele definiu esse momento, em uns versos publicados daí a dias no *Eco de Guaratinguetá*. Ela era bela, na verdade, viva e graciosa, rosada e fresca, todas as qualidades amáveis de uma menina. A comparação da madrugada, por mais cediça[34] que fosse, era a melhor de todas.

Se as férias gastaram tempo em chegar, uma vez chegadas, voaram depressa. Tinham asas os dias, asas de pluma angélica, das quais, se alguma coisa lhe ficou ao nosso Romualdo, não passou de ser um certo aroma delicioso e fresco. Lucinda, em casa, pareceu-lhe ainda mais bela do que a vira na capital da província. E note-se que a boa impressão que ele lhe fizera a princípio cresceu também, e extraordinariamente, depois da convivência de algumas semanas. Em resumo, e para poupar estilo, os dois amavam-se. Os olhos de ambos, incapazes de guardar o segredo dos respectivos corações, contaram tudo uns aos outros, e com tal estrépito,[35] que os olhos de um terceiro ouviram também. Esse terceiro foi o primo de Lucinda, o colega de ano de Romualdo.

---

[33] Prestado a fazer obséquios, isto é, favores e agrados.
[34] Velha; antiga.
[35] Ruído; barulho.

— Vou dar-te uma notícia agradável — disse o Josino ao Romualdo, uma noite, no quarto em que dormiam. — Adivinha o que é.
— Não posso.
— Vamos ter um casamento daqui a meses...
— Quem?
— O juiz municipal.
— Com quem casa?
— Com a prima Lucinda.

Romualdo deu um salto, pálido, fremente; depois conteve-se, e começou a disfarçar. Josino, que trazia o plano de cor, confiou ao colega um romance em que o juiz municipal fazia o menos judiciário dos papéis, e a prima aparecia como a mais louca das namoradas. Concluiu dizendo que a demora do casamento era porque o tio, profundo católico, mandara pedir ao papa a fineza de vir casar a filha em Guaratinguetá. O papa chegaria em maio ou junho. Romualdo, entre pasmado e incrédulo, não tirava os olhos do colega; este soltou, enfim, uma risada. Romualdo compreendeu tudo e contou-lhe tudo.

Cinco dias depois, veio ele à corte,[36] lacerado de saudades e coroado de esperanças. Na corte, começou a escrever um livro, que era nada menos que o próprio caso de Guaratinguetá: um poeta de grande talento, futuro ministro, futuro homem de Estado, coração puro, caráter elevado e nobre, que amava uma moça de quinze anos, um anjo, bela como a aurora, santa como a Virgem, alma digna de emparelhar com a dele, filha de um fazendeiro, etc. Era só pôr os pontos nos is. Este romance, à medida que ele o ia escrevendo, lia-o ao amigo Fernandes, o mesmo a quem confiara o projeto do casamento e da viagem à Europa, como se viu daquele trecho de uma carta. "Não nos faltarão meios, graças a Deus, e meios de viajar à larga... Que felicidade! Eu, Lucinda, o bom Fernandes..." Era esse.

— Então, pronto? Palavra? Vais conosco? — dizia-lhe na corte o Romualdo.
— Pronto.
— Pois é coisa feita. Este ano, em chegando as férias, vou a Guaratinguetá, e peço-a... Eu podia pedi-la antes, mas não me convém. Então é que hás de pôr o caiporismo[37] na rua...
— Ele volta depois — suspirava o Fernandes.
— Não volta; digo-te que não volta; fecho-lhe a porta com chave de ouro.

E toca a escrever o livro, a contar a união das duas almas, perante Deus e os homens, com muito luar claro e transparente, muita citação poética,

---

[36] Na época, o termo "corte" é usado para se referir à cidade do Rio de Janeiro, sede do Império do Brasil.
[37] Qualidade de quem é azarado; mal-afortunado.

algumas em latim. O romance foi acabado em São Paulo, e mandado para o *Eco de Guaratinguetá*, que começou logo a publicá-lo, recordando-me que o autor era o mesmo dos versos dados por ele no ano anterior.

Romualdo consolou-se do vagar dos meses, da tirania dos professores e do fastio dos livros, carteando-se com o Fernandes e falando ao Josino, só e unicamente a respeito da gentil paulista. Josino contou-lhe muita reminiscência caseira, episódios da infância de Lucinda, que o Romualdo escutava cheio de um sentimento religioso, mesclado de um certo desvanecimento de marido. E tudo era mandado depois ao Fernandes, em cartas que não acabavam mais, de cinco em cinco dias, pela mala daquele tempo. Eis o que dizia a última das cartas, escrita ao entrar das férias:

> Vou agora a Guaratinguetá. Conto pedi-la daqui a pouco; e, em breve, estarei casado na corte; e daqui a algum tempo mar em fora. Prepara as malas, patife; anda, tratante, prepara as malas. Velhaco! É com o fim de viajar que me animaste no namoro? Pois agora aguenta-te...

E três laudas mais dessas ironias graciosas, meigas indignações de amigo, que o outro leu, e a que respondeu com estas palavras: "Pronto para o que der e vier!".

Não, não ficou pronto para o que desse e viesse; não ficou pronto, por exemplo, para a cara triste, abatida, com que dois meses depois lhe entrou em casa, à rua da Misericórdia, o nosso Romualdo. Nem para a cara triste, nem para o gesto indignado com que atirou o chapéu ao chão. Lucinda traíra-o! Lucinda amava o promotor! E contou-lhe como o promotor, mancebo de vinte e seis anos, nomeado poucos meses antes, tratara logo de cortejar a moça, e tão tenazmente[38] que ela em pouco tempo estava caída.

— E tu?
— Que havia de fazer?
— Teimar, lutar, vencer.
— Pensas que não? Teimei; fiz o que era possível, mas... Ah! se tu soubesses que as mulheres... Quinze anos! Dezesseis anos, quando muito! Pérfida[39] desde o berço... Teimei... Pois não havia de teimar? E tinha por mim o Josino, que lhe disse as últimas. Mas que queres? O tal promotor das dúzias...[40] Enfim, vão casar.
— Casar?

---

[38] Insistentemente; com firmeza.
[38] Desleal; traidora.
[40] A expressão "das dúzias" significa "de pouco valor", "medíocre".

— Casar, sim! — berrou o Romualdo, irritado.

E roía as unhas, calado ou dando umas risadinhas concentradas, de raiva; depois, passava as mãos pelos cabelos, dava socos, deitava-se na rede, a fumar cinco, dez, quinze cigarros...

## V
### NO ESCRITÓRIO

De ordinário, o estudo é também um recurso para os que têm alguma coisa que esquecer na vida. Isto pensou o nosso Romualdo, isto praticou imediatamente, recolhendo-se a São Paulo, onde continuou até acabar o curso jurídico. E, realmente, não foram precisos muitos meses para convalescer[41] da triste paixão de Guaratinguetá. É certo que, ao ver a moça, dois anos depois do desastre, não evitou uma tal ou qual comoção; mas o principal estava feito.

"Virá outra", pensava ele consigo.

E, com os olhos no casamento e na farda de ministro, fez as suas primeiras armas políticas no último ano acadêmico. Havia então na capital da província uma folha puramente comercial; Romualdo persuadiu o editor a dar uma parte política, e encetou uma série de artigos que agradaram. Tomado o grau, deu-se uma eleição provincial; ele apresentou-se candidato a um lugar na Assembleia, mas, não estando ligado a nenhum partido, recolheu pouco mais de dez votos, talvez quinze. Não se pense que a derrota o abateu; ele recebeu-a como um fato natural, e alguma coisa o consolou: a inscrição do seu nome entre os votados. Embora poucos, os votos eram votos; eram pedaços da soberania popular que o vestiam a ele, como digno da escolha. Quantos foram os cristãos no dia do Calvário? Quantos eram naquele ano de 1864? Tudo estava sujeito à lei do tempo.

Romualdo veio pouco depois para a corte, e abriu escritório de advocacia. Simples pretexto. Afetação pura. Comédia. O escritório era um ponto no globo, onde ele podia, tranquilamente, fumar um charuto e prometer ao Fernandes uma viagem ou uma inspetoria de alfândega, se não preferisse seguir a política. O Fernandes estava por tudo; tinha um lugar no foro, lugar ínfimo,[42] de poucas rendas e sem futuro. O vasto programa do amigo, companheiro de infância, um programa em que os diamantes de uma senhora reluziam ao pé da farda de um ministro, no fundo de um *coupé*, com ordenanças atrás, era dos que arrastam consigo todas as ambições adjacentes.

---

[41] Recuperar-se; fortalecer-se.
[42] Muito pequeno; diminuto.

O Fernandes fez este raciocínio: — Eu, por mim, nunca hei de ser nada; o Romualdo não esquecerá que fomos meninos. — E toca a andar para o escritório do Romualdo. Às vezes, achava-o a escrever um artigo político, ouvia-o ler, copiava-o se era necessário, e no dia seguinte servia-lhe de trombeta: um artigo magnífico, uma obra-prima, não dizia só como erudição, mas como estilo, principalmente como estilo, coisa muito superior ao Otaviano, ao Rocha, ao Paranhos, ao Firmino, etc.[43] — Não há dúvida, concluía ele; é o nosso Paul-Louis Courier.[44]

Um dia, o Romualdo recebeu-o com esta notícia:

— Fernandes, creio que a espingarda que me há de matar está fundida.

— Como? Não entendo.

— Vi-a ontem...

— A espingarda?

— A espingarda, o obus,[45] a pistola, o que tu quiseres; uma arma deliciosa.

— Ah!... alguma pequena? — disse vivamente o Fernandes.

— Qual pequena! Grande, uma mulher alta, muito alta. Coisa de truz.[46] Viúva e fresca: vinte e seis anos. Conheceste o B...? É a viúva.

— A viúva do B...? Mas é realmente um primor! Também eu a vi, ontem, no largo de São Francisco de Paula; ia entrar no carro... Sabes que é um cobrinho bem bom? Dizem que duzentos...

— Duzentos? Põe-lhe mais cem.

— Trezentos, heim? Sim, senhor; é papa-fina![47]

E enquanto ele dizia isto, e outras coisas, com o fim, talvez, de animar o Romualdo, este ouvia-o calado, torcendo a corrente do relógio, e olhando para o chão, com um ar de riso complacente à flor dos lábios...

— Tlin, tlin, tlin — bateu o relógio de repente.

— Três horas! — exclamou Romualdo levantando-se. — Vamos!

Mirou-se a um espelho, calçou as luvas, pôs o chapéu na cabeça, e saíram.

No dia seguinte e nos outros, a viúva foi o assunto, não principal, mas único, da conversa dos dois amigos, no escritório, entre onze horas e três. O Fernandes cuidava de manter o fogo sagrado, falando da viúva ao Romualdo, dando-lhe notícias dela, quando casualmente a encontrava na rua. Mas não

---

[43] Referência a vários jornalistas e políticos brasileiros famosos: Francisco Otaviano de Almeida Rosa (1825-1889); José da Rocha (1812-1863); José Maria da Silva Paranhos (1819-1880); Firmino Rodrigues Silva (1816-1879).

[44] Paul-Louis Courier de Méré (1773-1825) foi um escritor e ensaísta francês.

[45] Granada; projétil explosivo.

[46] Pancada; golpe.

[47] Excelente; de boa qualidade.

era preciso tanto, porque o outro não pensava em coisa diferente; ia aos teatros, a ver se a achava, à rua do Ouvidor, a alguns saraus, fez-se sócio do Cassino.[48] No teatro, porém, só a viu algumas vezes, e no Cassino, dez minutos, sem ter tempo de lhe ser apresentado ou trocar um olhar com ela; dez minutos depois da chegada dele, retirava-se a viúva, acometida de uma enxaqueca.

— Realmente, é caiporismo! — dizia ele no dia seguinte, contando o caso ao Fernandes.

— Não desanimes por isso — redarguia este. — Quem desanima não faz nada. Uma enxaqueca não é a coisa mais natural do mundo?

— Lá isso é.

— Pois então?

Romualdo apertou a mão ao Fernandes, cheio de reconhecimento, e o sonho continuou entre os dois, cintilante, vibrante, um sonho que valia por duas mãos cheias de realidade. Trezentos contos! O futuro certo, a pasta de ministro, o Fernandes inspetor de alfândega, e, mais tarde, *bispo do tesouro*, dizia familiarmente o Romualdo. Era assim que eles enchiam as horas do escritório; digo que enchiam as horas do escritório, porque o Fernandes, para ligar de uma vez a sua fortuna à de César, deixou o emprego ínfimo que tinha no foro e aceitou o lugar de escrevente que o Romualdo lhe ofereceu, com o ordenado de oitenta mil-réis. Não há ordenado pequeno ou grande, senão comparado com a soma de trabalho que impõe. Oitenta mil-réis, em relação às necessidades do Fernandes, podia ser uma retribuição escassa, mas cotejado com o serviço efetivo eram os presentes de Artaxerxes.[49] O Fernandes tinha fé em todos os raios da estrela do Romualdo: — o conjugal, o forense, o político. Enquanto a estrela guardava os raios por baixo de uma nuvem grossa, ele, que sabia que a nuvem era passageira, deitara-se no sofá, dormitando e sonhando de parceria com o amigo.

Nisto apareceu um cliente ao Romualdo. Nem este nem o Fernandes estavam preparados para um tal fenômeno, verdadeira fantasia do destino. Romualdo chegou ao extremo de crer que era um emissário da viúva, e esteve a ponto de piscar o olho ao Fernandes, que se retirasse, para dar mais liberdade ao homem. Este, porém, cortou de uma tesourada essa ilusão; vinha "propor uma causa ao senhor doutor". Era outro sonho, e se não tão belo, ainda belo.

---

[48] Ou seja, sócio do Cassino Fluminense, clube elegante do Rio de Janeiro em meados do século XIX, frequentado pela classe mais alta da sociedade.

[49] Conforme a narrativa de Plutarco, o rei persa Artaxerxes, bisneto de Xerxes, foi um governante bondoso e generoso, famoso por presentear as pessoas.

Fernandes apressou-se em dar cadeira ao homem, tirar-lhe o chapéu e o guarda-chuva, perguntar se lhe fazia mal o ar nas costas, enquanto o Romualdo, com uma intuição mais verdadeira das coisas, recebia-o e ouvia-o com um ar cheio de clientes, uma fisionomia de quem não faz outra coisa desde manhã até à noite, senão arrazoar libelos[50] e apelações. O cliente, lisonjeado com as maneiras do Fernandes, ficou atado e medroso diante do Romualdo; mas ao mesmo tempo deu graças ao céu por ter vindo a um escritório onde o advogado era tão procurado e o escrevente tão atencioso. Expôs o caso, que era um embargo de obra nova, ou coisa equivalente. Romualdo acentuava cada vez mais o fastio da fisionomia, levantando o lábio, abrindo as narinas, ou coçando o queixo com a faca de marfim; ao despedir o cliente, deu-lhe a ponta dos dedos; o Fernandes levou-o até o patamar da escada.

— Recomende muito o meu negócio ao senhor doutor — disse-lhe o cliente.

— Deixe estar.

— Não se esqueça; ele pode esquecer no meio de tanta coisa, e o patife... Quero mostrar àquele patife, que me não há de embolar... não; não esqueça, e creia que... não me esquecerei também...

— Deixe estar.

O Fernandes esperou que ele descesse; ele desceu, fez-lhe de baixo uma profunda zumbaia[51] e enfiou pelo corredor fora, contentíssimo com a boa inspiração que tivera em subir àquele escritório.

Quando o Fernandes voltou à sala, já o Romualdo folheava um formulário para redigir a petição inicial. O cliente ficara de lhe trazer daí a pouco a procuração; trouxe-a; o Romualdo recebeu-a glacialmente; o Fernandes tirou daquela presteza as mais vivas esperanças.

— Então? — dizia ele ao Romualdo, com as mãos na cintura. — Que me dizes tu a este começo? Trata bem da causa, e verás que é uma procissão delas pela escada acima.

Romualdo estava realmente satisfeito. Todas as ordenações do Reino,[52] toda a legislação nacional bailavam no cérebro dele, com a sua numeração árabe e romana, os seus parágrafos, abreviaturas, coisas que, por secundárias que fossem, eram aos olhos dele como as fitas dos toucados, que não trazem beleza às mulheres feias, mas dão realce às bonitas. Sobre esta simples causa edificou o Romualdo um castelo de vitórias jurídicas. O cliente foi visto

---

[50] Exposição apresentada a um magistrado, antes do início de um processo.
[51] Reverência; saudação cerimoniosa.
[52] As ordenações do Reino eram as leis do Reino de Portugal, em vigência até 1867.

multiplicar-se em clientes, os embargos em embargos; os libelos vinham repletos de outros libelos, uma torrente de demandas.

Entretanto, o Romualdo conseguiu ser apresentado à viúva, uma noite, em casa de um colega. A viúva recebeu-o com certa frieza; estava de enxaqueca. Romualdo saiu de lá exaltadíssimo; pareceu-lhe (e era verdade) que ela não rejeitara dois ou três olhares dele. No dia seguinte, contou tudo ao Fernandes, que não ficou menos contente.

— Bravo! — exclamou ele. — Eu não te disse? É ter paciência; tem paciência. Ela ofereceu-te a casa?

— Não; estava de enxaqueca.

— Outra enxaqueca! Parece que não padece de mais nada? Não faz mal; é moléstia de moça bonita.

Vieram buscar um artigo para a folha política; Romualdo, que o não escrevera, mal pôde alinhar, à pressa, alguns conceitos chochos, a que a folha adversa respondeu com muita superioridade. O Fernandes, logo depois, lembrou-lhe que findava-lhe certo prazo no embargo da obra nova; ele arrazoou nos autos, também às pressas, tão às pressas que veio a perder a demanda. Que importa? A viúva era tudo. Trezentos contos! Daí a dias, era o Romualdo convidado para um baile. Não se descreve a alma com que ele saiu para essa festa, que devia ser o início da bem-aventurança. Chegou; vinte minutos depois soube que era o primeiro e último baile da viúva, que dali a dois meses casava com um capitão de fragata.

## VI
### TROCA DE ARTIGOS

A segunda queda amorosa do Romualdo fê-lo desviar os olhos do capítulo feminino. As mulheres sabem que elas são como o melhor vinho de Chipre,[53] e que os protestos de namorados não diferem dos que fazem os bêbados. Acresce que o Romualdo era levado também, e principalmente, da ambição, e que a ambição permanecia nele, como alicerce de casa derrubada. Acresce mais que o Fernandes, que pusera no Romualdo um mundo de esperanças, forcejava por levantá-lo e animá-lo a outra aventura.

— Que tem? — dizia-lhe. Pois uma mulher que se casa deve agora fazer que um homem não se case mais? Isso até nem se diz; você não deve contar a ninguém que teve semelhante ideia...

---

[53] Chipre, oficialmente República do Chipre, é um país insular situado ao leste do mar Mediterrâneo, próximo ao litoral da Síria e da Turquia.

— Conto... Se conto!

— Ora essa!

— Conto, confesso, digo, proclamo — replicava o Romualdo, tirando as mãos das algibeiras das calças, e agitando-as no ar. Depois tornou a guardar as mãos, e continuou a passear de um lado para outro.

O Fernandes acendeu um cigarro, tirou duas fumaças e prosseguiu no discurso anterior. Mostrou-lhe que, afinal de contas, a culpa era do acaso; ele viu-a tarde; já ela estava de namoro com o capitão de fragata. Se aparece mais cedo, a vitória era dele. Não havia duvidar que seria dele a vitória. E agora, falando franco, agora é que ele devia casar com outra, para mostrar que não lhe faltam noivas.

— Não — acrescentou o Fernandes —; esse gostinho de ficar solteiro é que eu não lhe dava. Você não conhece as mulheres, Romualdo.

— Seja o que for.

Não insistiu o Fernandes; contando, de certo, que a ambição do amigo, as circunstâncias e o acaso trabalhariam melhor do que todos os seus raciocínios.

— Está bom, não falemos mais nisso — concluiu ele.

Tinha um cálculo o Romualdo: trocar os artigos do programa. Em vez de ir do casamento para o Parlamento, e de marido a ministro de Estado, resolveu proceder inversamente: primeiro seria deputado e ministro, depois casaria rico. Entre nós, dizia ele consigo, a política não exige riqueza; não é preciso muitos cabedais[54] para ocupar um lugar na Câmara ou no Senado, ou no Ministério. E, ao contrário, um ministro candidato à mão de uma viúva é provável que vença qualquer outro candidato, embora forte, embora capitão de fragata. Não acrescentou que, no caso de um capitão de fragata, a vitória era matematicamente certa se ele fosse ministro da Marinha, porque uma tal reflexão exigiria espírito jovial e repousado, e o Romualdo estava deveras abatido.

Decorreram alguns meses. Em vão o Fernandes chamava a atenção do Romualdo para cem rostos de mulheres, falava-lhe de herdeiras ricas, fazendeiras viúvas; nada parecia impressionar o jovem advogado, que só cuidava agora de política. Entregara-se com alma ao jornal, frequentava as influências parlamentares, os chefes das deputações. As esperanças políticas começaram a viçar[55] na alma dele, com uma exuberância descomunal, e passavam à alma do Fernandes, que afinal entrara no raciocínio do amigo, e concordava em que ele casasse depois de ministro. O Romualdo vivia deslumbrado; os chefes

---

[54] Posses materiais; recursos financeiros.
[55] Aumentar; alastrar-se.

davam-lhe sorrisos prenhes de votos, de lugares, de pastas; batiam-lhe no ombro; apertavam-lhe a mão com certo mistério.

— Antes de dois anos, tudo isto muda — dizia ele confidencialmente ao Fernandes.

— Já está mudado — acudiu o outro.

— Não achas?

— Muito mudado.

Com efeito, os políticos que frequentavam o escritório e a casa do Romualdo diziam a este que as eleições estavam perto e que o Romualdo devia vir para a Câmara. Era uma ingratidão do partido, se não viesse. Alguns repetiam-lhe frases benévolas dos chefes; outros aceitavam jantares, por conta dos que ele tinha de dar depois de eleito. Vieram as eleições; e o Romualdo apresentou-se candidato pela corte. Aqui nasceu, aqui era conhecido, aqui devia ter a vitória ou a derrota. Os amigos afirmavam-lhe que seria a vitória, custasse o que custasse.

A campanha, na verdade, foi rude. O Romualdo teve de vencer primeiramente os competidores, as intrigas, as desconfianças, etc. Não dispondo de dinheiro, cuidou de o pedir emprestado, para certas despesas preliminares, embora poucas; e, vencida essa segunda parte da luta, entrou na terceira, que foi a dos cabos eleitorais e arranjos de votos. O Fernandes deu então a medida do que vale um amigo sincero e dedicado, um agente convencido e resoluto; fazia tudo, artigos, cópias, leitura de provas, recados, pedidos, ia de um lado para outro, suava, bufava,[56] comia mal, dormia mal, chegou ao extremo de brigar em plena rua com um agente do candidato adverso, que lhe fez uma contusão na face.

Veio o dia da eleição. Nos três dias anteriores, a luta assumira proporções hercúleas.[57] Mil notícias nasciam e morriam dentro de uma hora. Eram capangas vendidos, cabos paroquiais suspeitos de traição, cédulas roubadas, ou extraviadas: era o diabo. A noite da véspera foi terrível de ansiedade. Nem o Romualdo nem o Fernandes puderam conciliar o sono antes das três horas da manhã; e, ainda assim, o Romualdo acordou três ou quatro vezes, no meio das peripécias de um sonho delicioso. Ele via-se eleito, orando na Câmara, propondo uma moção de desconfiança, triunfando, chamado pelo novo presidente do Conselho a ocupar a pasta da Marinha. Ministro, fez uma brilhante figura; muitos o louvavam, outros muitos o mordiam, complemento necessário à vida pública. Subitamente, aparece-lhe uma viúva bela e rica,

---

[56] Encolerizava-se, enfuriava-se.
[57] Enormes; desmedidas.

pretendida por um capitão de fragata; ele manda o capitão de fragata para as Antilhas,[58] dentro de vinte e quatro horas, e casa com a viúva. Nisto acordou; eram sete horas.

— Vamos à luta — disse ele ao Fernandes.

Saíram para a luta eleitoral. No meio do caminho, o Romualdo teve uma reminiscência de Bonaparte, e disse ao amigo: "Fernandes, é o sol de Austerlitz!". Pobre Romualdo, era o sol de Waterloo.[59]

— Ladroeira! — bradou o Fernandes. — Houve ladroeira de votos! Eu vi o miolo de algumas cédulas.

— Mas por que não reclamaste na ocasião? — disse Romualdo.

— Supus que era da nossa gente — confessou o Fernandes mudando de tom.

Com miolo ou sem miolo, a verdade é que o pão eleitoral passou à boca do adversário, que deixou o Romualdo em jejum. O desastre abateu-o muito; começava a ficar cansado da luta. Era um simples advogado sem causas. De todo o programa da adolescência, nenhum artigo se podia dizer cumprido, ou em caminho de o ser. Tudo lhe fugia, ou por culpa dele, ou por culpa das circunstâncias.

A tristeza do Romualdo foi complicada pelo desânimo do Fernandes, que começava a descrer da estrela de César,[60] e a arrepender-se de ter trocado de emprego. Ele dizia muitas vezes ao amigo que a moleza era má qualidade, e que o foro começava a aborrecê-lo; duas afirmações, à primeira vista incoerentes, mas que se ajustavam neste pensamento implícito: — Você nunca há de ser coisa nenhuma, e eu não estou para aturá-lo.

Com efeito, daí a alguns meses, o Fernandes meteu-se em não sei que empresa, e retirou-se para Curitiba. O Romualdo ficou só. Tentou alguns casamentos, que, por um ou outro motivo, falharam; e tornou à imprensa política, em que criou, com poucos meses, dívidas e inimigos. Deixou a imprensa, e foi para a roça. Disseram-lhe que aí podia fazer alguma coisa. De fato, alguma coisa o procurou, e ele não foi malvisto; mas meteu-se na política local, e perdeu-se. Gastou cinco anos inutilmente; pior do que inutilmente, com prejuízo. Mudou de localidade; e tendo a experiência da primeira, pôde viver algum tempo, e com certa mediania. Entretanto, casou; a senhora não

---

[58] País insular da América Central.
[59] Referência à Batalha de Austerlitz, vencida pelo Império Francês, comandado por Napoleão Bonaparte, em 2 de dezembro de 1805. A Batalha de Waterloo foi perdida por Napoleão para o Duque de Wellington, em 18 de junho de 1815.
[60] Caio Júlio César (101-44 a.C.), general e político romano, um dos maiores estrategistas da história.

era opulenta, como ele inserira no programa, mas era fecunda; ao cabo de cinco anos, tinha o Romualdo seis filhos. Seis filhos não se educam nem se sustentam com seis vinténs. As necessidades do Romualdo cresceram; os recursos, naturalmente, diminuíram. Os anos avizinhavam-se.

"Onde os meus sonhos? Onde o meu programa?", dizia ele consigo, às vezes.

As saudades vinham, principalmente, nas ocasiões de grandes crises políticas no país, ou quando chegavam as notícias parlamentares da corte. Era então que ele remontava até à adolescência, aos planos de Bonaparte rapaz, feitos por ele e não realizados nunca. Sim, criar na mente um império, e governar um escritório modesto de poucas causas... Mas isso mesmo foi amortecendo com os anos. Os anos, com o seu grande peso no espírito do Romualdo, cercearam-lhe a compreensão das ambições enormes; e o espetáculo das lutas locais acanhou-lhe o horizonte. Já não lutava, deixara a política: era simples advogado. Só o que fazia era votar com o governo, abstraindo do pessoal político dominante, e abraçando somente a ideia superior do poder. Não poupou alguns desgostos, é verdade, porque nem toda a vila chegava a entender a distinção; mas, enfim, não se deixou levar de paixões, e isso bastava a afugentar uma porção de males.

No meio de tudo, os filhos eram a melhor das compensações. Ele amava-os a todos igualmente com uma queda particular ao mais velho, menino esperto, e à última, menina graciosíssima. A mãe criara-os a todos e estava disposta a criar o que havia de vir, e contava cinco meses de gestação.

— Seja o que for — dizia o Romualdo à mulher —; Deus nos há de ajudar.

Dois pequenos morreram-lhe de sarampão; o último nasceu morto. Ficou reduzido a quatro filhos. Já então ia em quarenta e cinco anos, estava todo grisalho, fisionomia cansada; felizmente, gozava saúde, e ia trabalhando. Tinha dívidas, é verdade, mas pagava-as, restringindo certa ordem de necessidades. Aos cinquenta anos estava alquebrado; educava os filhos; ele mesmo ensinara-lhes as primeiras letras.

Vinha às vezes à corte e demorava-se pouco. Nos primeiros tempos, mirava-a com pesar, com saudades, com uma certa esperança de melhora. O programa reluzia-lhe aos olhos. Não podia passar pela frente da casa onde tivera escritório, sem apertar-se-lhe o coração e sentir uns ímpetos de mocidade. A rua do Ouvidor, as lojas elegantes, tudo lhe dava ares do outro tempo, e emprestava-lhe alguma energia, que ele levava para a roça. E então nos primeiros tempos trabalhava com uma lamparina de esperança no coração. Mas o azeite era pouco, e a lamparina apagava-se depressa. Isso mesmo cessou com o tempo. Já vinha à corte, fazia o que tinha de fazer, e voltava, frio, indiferente, resignado.

Um dia, tinha ele cinquenta e três anos, os cabelos brancos, o rosto encarquilhado,[61] vindo à corte com a mulher, encontrou na rua um homem que lhe pareceu o Fernandes. Estava avelhantado, é certo; mas a cara não podia ser de outro. O que menos se parecia com ele era o resto da pessoa, a sobrecasaca esmeralda, o botim de verniz, a camisa dura com um botão de diamante ao peito.

— Querem ver? É o Romualdo! — disse ele.
— Como estás, Fernandes?
— Bem; e tu, que andas fazendo?
— Moro fora; advogado da roça. Tu és naturalmente banqueiro...

Fernandes sorriu lisonjeado. Levou-o a jantar, e explicou-lhe que se metera em empresa lucrativa, e fora abençoado pela sorte. Estava bem. Morava fora, no Paraná. Veio à corte ver se podia arranjar uma comenda.[62] Tinha um hábito; mas tanta gente lhe dava o título de comendador, que não havia remédio senão fazer do dito certo.

— Ora o Romualdo!
— Ora o Fernandes!
— Estamos velhos, meu caro.
— Culpa dos anos — respondeu tristemente o Romualdo.

Dias depois o Romualdo voltou à roça, oferecendo a casa ao velho amigo. Este ofereceu-lhe também os seus préstimos em Curitiba. De caminho, o Romualdo recordava, comparava e refletia.

— No entanto, ele não fez programa — dizia amargamente. E depois: — Foi talvez o programa que me fez mal; se não pretendesse tanto...

Mas achou os filhos à porta da casa; viu-os correr a abraçá-lo e à mãe, sentiu os olhos úmidos, e contentou-se com o que lhe coubera. E, então, comparando ainda uma vez os sonhos e a realidade, lembrou-lhe Schiller, que lera vinte e cinco anos antes, e repetiu com ele: "Também eu nasci na Arcádia...". A mulher, não entendendo a frase, perguntou-lhe se queria alguma coisa. Ele respondeu-lhe:

— A tua alegria e uma xícara de café.

---

[61] Com rugas; rugoso.
[62] Condecoração; benefício.

# Trina e una

A primeira coisa que há de espantar o leitor é o título, que lhe anuncia (posso dizê-lo desde já) três mulheres e uma só mulher. Há dois modos de explicar uma tal anomalia: ou duas mulheres entram no conto indiretamente, são apenas citadas, e puxam os cordéis[1] da ação do outro lado da página, ou as mulheres não passam de três gradações, três estados sucessivos da mesma pessoa. São os dois modos aparentes de definir o título, e, entretanto, não é nenhum deles, mas um terceiro, que eu guardo comigo, não para aguçar a curiosidade, mas porque não há analisá-lo sem expor o assunto.

Vou expor o assunto. Comecemos por ela, a mulher una e trina. Está sentada numa loja, à rua da Quitanda, ao pé do balcão, onde há cinco ou seis caixas de rendas abertas e derramadas. Não escolhe nada, espera que o caixeiro[2] lhe traga mais rendas, e olha para fora, para as pedras da rua, não para as pessoas que passam. Veste de preto, e o busto fica-lhe bem, assim comprimido na seda, e ornado de rendas finas e vidrilhos. Abana-se por distração; talvez olhe também por distração. Mas, seja ou não assim, abana-se e olha. Uma ou outra vez, recolhe a vista para dentro da loja, e percorre os demais balcões onde se acham senhoras que também escolhem, conversam e compram; mas é difícil ver nos movimentos da dama a menor sombra de interesse ou curiosidade. Os olhos vão de um lado a outro, e a cabeça atrás deles, sem ânimo nem vida, e depois aos desenhos do leque. Ela examina bem os desenhos, como se fossem novos, levanta-os, desce-os, fecha as varetas uma por uma, torna a abri-las, fecha-as de todo e bate com o leque no joelho. Que o leitor se não enfastie com tais minúcias; não há aí uma só palavra que não seja necessária.

— Aqui estão estas que me parece que hão de agradar — disse o caixeiro voltando.

A senhora pega das novas rendas, examina-as com vagar, quase digo com preguiça. Pega delas entre os dedos, fitando-lhes muito os olhos; depois procura a melhor luz; depois compara-as às outras, durante um largo prazo. O caixeiro acompanha-lhe os movimentos, ajuda-a, sem impaciência, porque sabe que ela há de gastar muito tempo, e acabar comprando. É freguesa da casa. Vem muitas vezes estar ali uma, duas horas, e às vezes mais. Hoje, por

---

[1] Barbantes, cordões, fios condutores. No conto, a expressão refere-se às sequências e continuidades de eventos ligados à ação principal que será narrada.

[2] Empregado da loja; balconista.

exemplo, entrou às duas horas e meia; são três horas dadas, e ela já comprou duas peças de fita; é alguma coisa, podia não ter escolhido nada.

— Os desenhos não são feios — disse ela —; mas não haverá outros?
— Vou ver.
— Olhe, desta mesma largura.

Enquanto o caixeiro vai ver, ela passa as outras pelos olhos, distraidamente, recomeça a abanar-se, e afinal torna a cravar os olhos nas pedras da rua. As pedras é que não podem querer-lhe mal, porque os olhos são lindos, e o que está escondido dentro, como dizia Salomão, não parece menos lindo.[3] São também claros, e movem-se por baixo de uma testa olímpica.[4] Para avaliar o amor daqueles olhos às pedras da rua, é preciso considerar que o raio visual é muita vez atravessado por outros corpos, calças masculinas, vestidos femininos, um ou outro carro, mas é raro que os olhos se desviem mais de alguns segundos. Às vezes olham tão de dentro que nem mesmo isso; nenhum corpo lhes interrompe a vista. Ou de cansados, ou por outro motivo, fecham-se agora, lentamente, lentamente, não para dormir ou cochilar, pode ser que para refletir, pode ser que para coisa nenhuma. O leque, a pouco e pouco, vai parando, e descamba,[5] aberto mesmo, no regaço[6] da dona. Mas aí volta o caixeiro, e ela torna ao exame das rendas, à comparação, ao reparo, a achar que o tecido desta é melhor, que o desenho daquela é melhor, e que o preço daquela outra é ainda melhor que tudo. O caixeiro, inclinado, risonho, informa, discute, demonstra, concede, e afinal conclui o negócio; a dona leva tantos metros de uma e tantos de outra.

Comprou; agora paga. Tira a carteirinha da bolsa, saca um maçozinho de notas, e, vagarosamente, puxa uma, enquanto o caixeiro faz a conta a lápis. Dá-lhe a nota, ele pega nela e nas rendas compradas e vai ao caixa; depois traz o troco e as compras.

— Não há de querer mais nada? — pergunta ele.
— Não — responde ela sorrindo.

E guarda o troco, enfia o dedo no rolozinho das compras, disposta a sair, mas não sai, deixa-se estar sentada. Parece-lhe que vai chover; di-lo ao caixeiro, que opina de modo contrário, e com razão, pois o tempo está seguro. Mas pode ser que a dama dissesse aquilo como diria outra coisa qualquer, ou

---

[3] Referência ao Cântico dos cânticos, 4:1, na tradução de Antônio Pereira de Figueiredo (1725-1797): "Oh como és formosa, amiga minha, como és bela! Os teus olhos são como os das pombas, sem falar no que está escondido dentro".
[4] Majestosa; sublime.
[5] Cai com o próprio peso; desaba.
[6] Colo.

nada. A verdade é que tem o rolo enfiado no dedo, o leque fechado na mão, o chapelinho de sol em pé, com a mão sobre o cabo, prestes a sair, mas sem sair. Os olhos é que tornam à rua, às pedras, fixos como uma ideia de doido. Inclinado sobre o balcão, o caixeiro diz-lhe alguma coisa, uma ou outra palavra, para corresponder tanto ou quanto ao sorriso maligno de um colega, que está no balcão fronteiro. É opinião deste que a dama em questão, que não quer outra pessoa que a sirva, senão o mesmo caixeiro, anda namorada dele. Vendo que ela está pronta para ir-se e não vai, sorri velhacamente,[7] mas com disfarce, olhando para as agulhas que serve a uma freguesa. Daí as palavras do outro, acerca disto ou daquilo, palavras que a dama não ouve, porque realmente tem os olhos parados e esquecidos.

Já falei das calças masculinas, que de quando em quando cortam o raio visual da nossa dama. Toda a gente que sabe ler, que conhece a alma do licenciado Garcia,[8] compreendeu que eu não apontei uma tal circunstância para ter o vão gosto de dizer que andam calças na rua, mas por um motivo mais alto e recôndito;[9] para acompanhar de longe a entrada de um homem na loja. Puro efeito de arte; cálculo e combinação de gestos. São assim as obras meditadas; são assim os longos frutos de longa gestação. Podia fazer entrar este homem sem nenhum preparo anterior, fazê-lo entrar assim mesmo, de chapéu na mão, e cumprimentar a dama, que lhe pergunta como está, chamando-lhe doutor; mas eu pergunto se não é melhor que o leitor, ainda sem o saber, esteja advertido de uma tal entrada. Não há duas respostas.

Se ela lhe chamou doutor, ele chamou-lhe D. Clara, falaram dez minutos, se tanto, até que ela dispôs-se definitivamente a sair; ao menos, disse-o ao recém-chegado. Este era um homem de trinta e dois a trinta e quatro anos, não feio, antes simpático que bonito, feições acentuadas do Norte, estatura mediana e um grande ar de seriedade. A vontade que ele tinha era de ficar ali

---

[7] Por um modo enganador, malicioso, maldoso.

[8] Referência a um conto curto, narrado no prefácio do romance *História de Gil Blas de Santillana*, do autor francês Alain-René Lesage (1668-1747). No conto, dois estudantes viajam a pé, quando descobrem uma lápide com a estranha inscrição: "Aqui está enterrada a alma do licenciado Pedro Garcia". O primeiro estudante, mais jovem e imprudente, achou a inscrição disparatada, pois não se pode "enterrar uma alma". O segundo, mais cauteloso, demorou-se junto à pedra e passou a refletir sobre a situação. Então decide escavar ao redor e encontra uma bolsa com cem ducados, quantia considerável na época, e um bilhete testamentário, que o torna herdeiro desse valor. Ou seja, a alma do licenciado Pedro Garcia era o dinheiro, pois deve ter sido um homem ambicioso. A história ilustra, alegoricamente, dois tipos de leitores: O primeiro é um leitor simplista, ingênuo; o outro, reflexivo, crítico. A expressão usada por Machado de Assis "a gente que conhece a alma do licenciado Garcia" significa, portanto, alguém que é bom leitor, que consegue entender bem os diversos significados de um texto.

[9] Reservado; encoberto; oculto.

com ela, ainda uma meia hora, ou acompanhá-la à casa. A prova está no ar comovido com que lhe fala, dependente, suplicante quase; os modos dela é que não animam nada. Sorriu uma ou duas vezes, para ele, mas um sorriso sem significação, ou com esta significação: "sei o que queres; continua a andar".

— Bem — disse ele —; se me dá licença...
— Pois não. Até quando?
— Não vai hoje ao Matias?
— Vou... Até lá.
— Até lá.

Saiu ele, e foi esperar pouco adiante, não para acompanhá-la, mas para vê-la sair, para gozá-la com os olhos, vê-la andar, pisar de um modo régio[10] e tranquilo. Esperou cinco minutos, depois dez, depois vinte; aos vinte e um minutos é que ela saiu da loja. Tão agitado estava ele que não pôde saborear nada; não pôde admirar de longe a figura, realmente senhoril, da nossa dama. Ao contrário, parece que até lhe fazia mal. Mordeu o beiço, por baixo do bigode, e caminhou para o outro lado, resolvendo não ir ao Matias, resolvendo depois o contrário, desejoso de tirar aquela mulher de diante de si e não querendo senão fixá-la diante de si por toda a eternidade. Parece enigmático, e não há nada mais límpido.

Clara foi dali para a rua do Lavradio. Morava com a mãe. Eram cinco horas dadas, e D. Antônia não gostava de jantar tarde; mas já devia esperar isto mesmo, pensava ela: a filha só voltava cedo quando ela a acompanhava; em saindo só, ficava horas e horas.

— Anda, anda, é tarde — disse-lhe a mãe.

Clara foi despir-se. Não se despiu às pressas, para condescender[11] com a mãe, ou fazer-se perdoar a demora; mas vagarosamente. No fim reclinou-se no sofá com os olhos no ar.

— Nhanhã[12] não vai jantar? — perguntou-lhe uma negrinha[13] de quinze anos, que a acompanhara ao quarto.

Não respondeu; posso mesmo dizer que não ouviu. Tinha os olhos, não já no ar, como há pouco, mas numa das flores do papel que forravam o quarto; pela primeira vez reparou que as flores eram margaridas. E passou os olhos de uma a outra, para verificar se a estrutura era a mesma, e achou que era a mesma. Não é esquisito? Margaridas pintadas em papel. Ao mesmo tempo

---

[10] Modo majestoso; com qualidade de nobreza.
[11] Consentir, ceder.
[12] Forma ou expressão de tratamento afetivo pela qual eram chamadas as moças e meninas brancas, na época da escravidão.
[13] Na época em que se narra a história, ainda existia escravidão negros no Brasil.

que reparava nas pinturas, ia-se sentindo bem, espreguiçando-se moralmente, e mergulhando na atonia do espírito.[14] De maneira que a negrinha falou-lhe uma e duas vezes, sem que ela ouvisse coisa nenhuma; foi preciso chamá-la terceira vez, alteando a voz:

— Nhanhã!

— Que é?

— Sinhá[15] velha está esperando para jantar.

Desta vez, levantou-se e foi jantar. D. Antônia contou-lhe as novidades de casa; Clara referiu-lhe algumas reminiscências da rua. A mais importante foi o encontro do Dr. Severiano. Era assim que se chamava o homem que vimos na loja da rua da Quitanda.

— É verdade — disse a mãe —, temos de ir à casa do Matias.

— Que maçada![16] — suspirou Clara.

— Também você tudo lhe maça! — exclamou D. Antônia. — Pois que mal há em passar uma noite agradável, entre meia dúzia de pessoas? Antes de meia-noite está tudo acabado.

Este Matias era um dos autores da situação em que o Severiano se acha. O ministro da Justiça era o outro. Severiano viera do Norte entender-se com o governo, acerca de uma remoção: era juiz de Direito na Paraíba. Para se lhe dar a comarca[17] que ele pediu, tornava-se necessário fazer outra troca, e o ministro disse-lhe que esperasse. Esperou, visitou algumas vezes o Matias, seu comprovinciano e advogado. Foi ali que uma noite encontrou a nossa Clara, e ficou um tanto namorado dela. Não era ainda paixão; por isso falou ao amigo com alguma liberdade, confessou-lhe que a achava bonita, chegaram a empregar entre eles algumas galhofas[18] maduras e inocentes; mas, afinal, perguntou-lhe o Matias:

— Agora falando sério, você por que é que não casa com ela?

— Casar?

— Sim, são viúvos, podem consolar-se um ao outro. Você está com trinta e quatro, não?

— Feitos.

— Ela tem vinte e oito; estão mesmo ajustadinhos. Valeu?

— Não valeu.

---

[14] Fraqueza de pensar; desânimo de inteligência.
[15] Forma de tratamento com a qual os escravos referiam-se à senhora da casa-grande.
[16] Situação entediante, monótona.
[17] Região ou território sob a responsabilidade de um ou mais juízes; circunscrição judiciária.
[18] Gracejos; brincadeiras.

Matias abanou a cabeça:

— Pois, meu amigo, lá namoro de passagem é que você não pilha;[19] é uma senhora muito séria. Mas, que diabo! Você com certeza casa outra vez; se há de cair em alguma que não mereça nada, não é melhor esta que eu lhe afianço?[20]

Severiano repeliu a proposta, mas concordou que a dama era bonita. Viúva de quem? Matias explicou-lhe que era viúva de um advogado, e tinha alguma coisa de seu; uma renda de seis contos. Não era muito, mas com os vencimentos de magistrado, numa boa comarca, dava para pôr o céu na terra, e só um insensato desprezaria uma tal pepineira.[21]

— Cá por mim, lavo as mãos — concluiu ele.

— Podes limpá-las à parede — replicou Severiano rindo.

Má resposta; digo má por inútil. Matias era serviçal até ao enfado.[22] De si para si entendeu que devia casá-los, ainda que fosse tão difícil como casar o Grão-Turco e a república de Veneza;[23] e uma vez que o entendia assim, jurou cumpri-lo. Multiplicou as reuniões íntimas, fazia-os conversar muitas vezes, a sós, arranjou que ela lhe oferecesse a casa, e o convidasse também para as reuniões que dava às vezes; fez obra de paciência e tenacidade. Severiano resistiu, mas resistiu pouco; estava ferido, e caiu. Clara, porém, é que não lhe dava a menor animação, a tal ponto que, se o ministro da Justiça o despachasse, Severiano fugiria logo, sem pensar mais em nada; é o que ele dizia a si mesmo, sinceramente, mas, dada a diferença que vai do vivo ao pintado, podemos crer que fugiria lentamente, e pode ser até que se deixasse ficar. A verdade é que ele começou a não perseguir o ministro, dando como razão que era melhor não exaurir-lhe a boa vontade; importunações estragam tudo. E voltou-se para Clara, que continuou a não o tratar mal, sem todavia passar da estrita polidez. Às vezes parecia-lhe ver nos modos dela um tal ou qual constrangimento, como de pessoa que apenas suporta a outra. Ódio não era; ódio, por quê? Mas ninguém obsta uma antipatia, e as melhores pessoas do mundo podem não ser arrastadas uma para a outra. As maneiras dela na loja vieram confirmar-lhe a suspeita; tão seca! tão fria!

— Não há dúvida — pensava ele —; detesta-me; mas que lhe fiz eu?

---

[19] Encontra; alcança.
[20] Asseguro; afirmo.
[21] Fonte fácil de rendimentos; mamata.
[22] Até causar aborrecimento, ou raiva.
[23] Solimão, o Magnífico (1520-1566), era sultão do antigo Império Otomano. Os cronistas portugueses chamaram-no de "Grão-Turco". A Sereníssima República de Veneza foi uma cidade-estado italiana. Durante séculos, turcos e venezianos disputaram o domínio sobre o mar Mediterrâneo. Eram, portanto, grandes inimigos.

Entre ir e não ir à casa do Matias, Severiano adotou um meio-termo: era ir tarde, muito tarde. A razão secreta é tão pueril que não me animo a escrevê-la; mas o amor absolve tudo. A secreta razão era dissimular quaisquer impaciências namoradas, mostrar que não fazia caso dela, e ver se assim... Compreenderam, não? Era a aplicação daquele pensamento, que não sei agora se é oriental ou ocidental, em que se compara a mulher à sombra: segue-se a sombra, ela foge; foge-se, ela segue. Criancices de amor, ou para escrever francamente o pleonasmo: criancices de criança. Sabe Deus se lhe custou esperar! Mas esperou, lendo, andando, mordendo o bigode, olhando para o chão, chegando o relógio ao ouvido para ver se estava parado. Afinal foi; eram dez horas, quando entrou na sala.

— Tão tarde! — disse-lhe o Matias. — Esta senhora já tinha notado a sua falta.

Severiano cumprimentou friamente, mas a viúva, que olhava para ele de um modo oblíquo,[24] conheceu que era afetação.[25] Parece que sorriu, mas foi para dentro; em todo o caso, pediu-lhe que se sentasse ao pé dela; queria consultá-lo sobre uma coisa, uma teima que tivera na véspera com a mulher do chefe de polícia. Severiano sentou-se trêmulo.

Não nos importa a matéria da consulta; era um pretexto para conversação. Severiano demorou o mais que pôde a solução pedida, e quando lhe deu, ela pensava tão pouco em ouvi-la que não sabia já de que se tratava. Olhava então para o espelho ou para as cortinas; creio que era para as cortinas.

Matias, que os espreitara de longe, veio ter com eles, sentou-se e declarou que trazia uma denúncia na ponta da língua.

— Diga, diga — insistiu ela.

— Digo? — perguntou ele ao outro.

Severiano enfiou,[26] e não respondeu logo, mas, teimando o amigo, respondeu que sim. Aqui peço perdão da frivolidade e da impertinência do Matias; não hei de inventar um homem grave e hábil só para evitar uma certa impressão às leitoras. Tal era ele, tal o dou. A denúncia que ele trazia era a da partida próxima do Severiano, mentira pura, com o único fim de provocar da parte de D. Clara uma palavra amiga, um pedido, uma esperança. A verdade é que D. Clara sentiu-se penalizada. Quê? Ia-se embora? E para não voltar mais?

— Afinal serei obrigado a isso mesmo — disse Severiano —; não posso ficar toda a vida aqui. Já estou há muito, a licença acaba.

---

[24] Olhar indireto; olhar de lado.
[25] Fingimento.
[26] Mostrou-se confuso; envergonhou-se.

— Vê? — disse Matias voltando-se para a viúva.

Clara sorriu, mas não disse nada. Entretanto, o juiz de Direito, entusiasmado, confessou que não iria sem grandes saudades da corte.[27] Levarei as melhores recordações da minha vida, concluiu.

O resto da noite foi agradável. Severiano saiu de lá com as esperanças remoçadas.[28] Era evidente que a viúva chegaria a aceitá-lo, pensava ele consigo; e a primitiva ideia do ódio era simplesmente insensata. Por que é que lhe teria ódio? Podia ser antipatia, quando muito; mas nem era antipatia. A prova era a maneira por que o tratou, parecendo-lhe mesmo que, à saída, um aperto de mão mais forte... Não jurava, mas parecia-lhe...

Este período durou pouco mais de uma semana. O primeiro encontro seguinte foi em casa dela, onde a visitou. Clara recebeu-o sem alvoroço, ouviu-lhe dizer algumas coisas sem lhe prestar grande atenção; mas, como no fim confessou que lhe doía a cabeça, Severiano agarrou-se a esta razão para explicar uns modos que traziam ares de desdém. O segundo encontro foi no teatro.

— Que tal acha a peça? — perguntou ela logo que ele entrou no camarote.
— Acho-a bonita.
— Justamente — disse a mãe. — Clara é que está aborrecida.
— Sim?
— Cismas de mamãe. Mas então parece-lhe que a peça é bonita?
— Não me parece feia.
— Por quê?

Severiano sorriu, depois procurou dar algumas das razões que o levavam a achar a peça bonita. Enquanto ele falava ela olhava para ele abanando-se, depois os olhos amorteceram-se-lhe um pouco, finalmente ela encostou o leque aberto à boca, para bocejar. Foi, ao menos, o que ele pensou, e podem imaginar se o pensou alegremente. A mãe aprovava tudo, porque gostava do espetáculo, e tanto mais era sincera, quanto que não queria vir ao teatro; mas a filha é que teimou até o ponto de a obrigar a ceder. Cedeu, veio, gostou da peça, e a filha é que ficou aborrecida, e ansiosa de ir embora. Tudo isso disse ela rindo ao juiz de Direito; Clara mal protestava, olhava para a sala, abanava-se, tapava a boca, e como que pedia a Deus que, quando menos, a não destruir o universo, lhe levasse aquele homem para fora do camarote. Severiano percebeu que era demais e saiu.

---

[27] Corte era o lugar onde residiam os nobres. No caso, refere-se à cidade do Rio de Janeiro, capital do Império do Brasil no século XIX.
[28] Rejuvenescidas; renovadas.

Durante os primeiros minutos, não soube ele o que pensasse; mas, afinal, recapitulou a conversa, considerou os modos da viúva, e concluiu que havia algum namorado.

— Não há que ver, é isto mesmo — disse ele consigo —; quis vir ao teatro, contando que ele viesse; não o achando, está aborrecida. Não é outra coisa.

Era a segunda explicação das maneiras da viúva. A primeira, ódio ou aversão natural, foi abandonada por inverossímil; restava um namoro, que não só era verossímil, mas tinha tudo por si. Severiano entendeu desde logo que o único procedimento correto era deixar o campo, e assim fez. Para escapar às exortações[29] de Matias, não lhe diria nada, e passou a visitá-lo poucas vezes. Assim se passaram cinco ou seis semanas. Um dia, viu Clara na rua, cumprimentou-a, ela falou-lhe friamente, e foi andando. Viu-a ainda duas vezes, uma na mesma loja da rua da Quitanda, outra à porta de um dentista. Nenhuma alteração para melhor; tudo estava acabado.

Entretanto, apareceu o despacho do Severiano, a remoção de comarca. Ele preparou-se para seguir viagem, com grande espanto do amigo Matias, que imaginava o namoro a caminho, e cria que eles haviam chegado ao período da discrição. Quando soube que não era assim, caiu das nuvens. Severiano disse-lhe que era negócio acabado; Clara tinha alguma aventura.

— Não creio — reflexionou Matias —; é uma senhora severa.

— Pois será uma aventura severa — concordou o juiz de Direito —; em todo caso, nada tenho com isto, e vou-me embora.

Matias refutou a opinião, e acabou dizendo que uma vez que ele recusava, não faria mais nada, exceto uma coisa única. Essa coisa, que ele não disse o que era, foi nada menos que ir diretamente à viúva e falar-lhe da paixão do amigo. Clara sabia que era amada, mas estava longe de imaginar a paixão que o Matias lhe pintou, e a primeira impressão foi de aborrecimento.

— Que quer que lhe faça? — perguntou ela.

— Peço-lhe que reflita e veja se um homem tão distinto não é um marido talhado no céu. Eu não conheço outro tão digno...

— Não tenho vontade de casar.

— Se me jura que não casa, retiro-me; mas se tiver de casar um dia, por que não aproveita esta ocasião?

— Grande amigo é o senhor do seu amigo.

— E por que não seu?

Clara sorriu, e apoiando os cotovelos nos braços da poltrona, começou a brincar com os dedos. A teima começava a impacientá-la. Era capaz de ceder,

---

[29] Encorajamentos; motivações; conselhos.

só para não ouvir falar mais nisso. Afinal agarrou-se à impossibilidade material; ele vai para uma comarca interior, ela nunca sairia do Rio de Janeiro.

— Tal é a dúvida? — perguntou o Matias.

— Parece-lhe pouco?

— De maneira que, se ele aqui ficasse, a senhora casava?

— Casava — respondeu Clara olhando distraidamente para os pingentes do lustre.

Distração do diabo! Foi o que a perdeu, porque o Matias fez daquela resposta um protocolo.[30] A questão era alcançar que o Severiano ficasse, e não gastou dez minutos nessa outra empresa. Clara, apanhada no laço, fez boa cara, e aceitou o noivo sorrindo. Tratou-o mesmo com tais agrados que ele pensou nas palavras do amigo; acreditou que, em substância, era grandemente amado, e que ela não fizera mais do que ceder aos poucos.

Mas essa terceira razão era tão contrária à realidade como as outras duas: nem ela o amava, nem lhe tinha ódio, nem amava a outro. A verdade única e verdadeira é que ela era um modelo acabado de inércia[31] moral; e casou para acabar com a importunação do Matias. Casaria com o diabo, se fosse necessário. Severiano reconheceu isso mesmo com o tempo. Uma vez casada, Clara ficou sendo o que sempre fora, capaz de gastar duas horas numa loja, quatro num canapé,[32] vinte numa cama com o pensamento em coisa nenhuma.

---

[30] Isto é, um acordo.
[31] Imobilidade; preguiça.
[32] Sofá de madeira, com encosto e braços.

# A carteira

... De repente, Honório olhou para o chão e viu uma carteira. Abaixar-se, apanhá-la e guardá-la foi obra de alguns instantes. Ninguém o viu, salvo um homem que estava à porta de uma loja, e que, sem o conhecer, lhe disse rindo:

— Olhe, se não dá por ela; perdia-a de uma vez.

— É verdade — concordou Honório envergonhado.

Para avaliar a oportunidade desta carteira, é preciso saber que Honório tem de pagar amanhã uma dívida, quatrocentos e tantos mil-réis, e a carteira trazia o bojo[1] recheado. A dívida não parece grande para um homem da posição de Honório, que advoga; mas todas as quantias são grandes ou pequenas, segundo as circunstâncias, e as dele não podiam ser piores. Gastos de família excessivos, a princípio por servir a parentes, e depois por agradar à mulher, que vivia aborrecida da solidão; baile daqui, jantar dali, chapéus, leques, tanta coisa mais, que não havia remédio senão ir descontando o futuro. Endividou-se. Começou pelas contas de lojas e armazéns; passou aos empréstimos, duzentos a um, trezentos a outro, quinhentos a outro, e tudo a crescer, e os bailes a darem-se, e os jantares a comerem-se, um turbilhão perpétuo, uma voragem.[2]

— Tu agora vais bem, não? — dizia-lhe ultimamente o Gustavo C..., advogado e familiar da casa.

— Agora vou — mentiu o Honório.

A verdade é que ia mal. Poucas causas, de pequena monta,[3] e constituintes remissos;[4] por desgraça perdera ultimamente um processo, em que fundara grandes esperanças. Não só recebeu pouco, mas até parece que ele lhe tirou alguma coisa à reputação jurídica; em todo caso, andavam mofinas[5] nos jornais.

D. Amélia não sabia nada; ele não contava nada à mulher, bons ou maus negócios. Não contava nada a ninguém. Fingia-se tão alegre como se nadasse em um mar de prosperidades. Quando o Gustavo, que ia todas as noites à

---

[1] Bolso interno da carteira, usado para guardar as notas.
[2] Algo que consome, arrasta ou toma com grande violência.
[3] Valor ou preço baixo, insignificante.
[4] Constituinte é alguém que nomeia um procurador para representá-lo em parte de um processo ou contrato. A expressão "constituintes remissos", portanto, designa esses contratadores como clientes descuidados, ou negligentes, que demoram muito para cumprir suas obrigações financeiras.
[5] Textos anônimos, publicados em jornais, cujo conteúdo tinha o objetivo de difamar ou caluniar alguém.

casa dele, dizia uma ou duas pilhérias,[6] ele respondia com três e quatro; e depois ia ouvir os trechos de música alemã, que D. Amélia tocava muito bem ao piano, e que o Gustavo escutava com indizível prazer, ou jogavam cartas, ou simplesmente falavam de política.

Um dia, a mulher foi achá-lo dando muitos beijos à filha, criança de quatro anos, e viu-lhe os olhos molhados; ficou espantada, e perguntou-lhe o que era.

— Nada, nada.

Compreende-se que era o medo do futuro e o horror da miséria. Mas as esperanças voltavam com facilidade. A ideia de que os dias melhores tinham de vir dava-lhe conforto para a luta. Estava com trinta e quatro anos; era o princípio da carreira: todos os princípios são difíceis. E toca a trabalhar, a esperar, a gastar, pedir fiado ou emprestado, para pagar mal, e a más horas.

A dívida urgente de hoje são uns malditos quatrocentos e tantos mil-réis de carros.[7] Nunca demorou tanto a conta, nem ela cresceu tanto, como agora; e, a rigor, o credor não lhe punha a faca aos peitos;[8] mas disse-lhe hoje uma palavra azeda, com um gesto mau, e Honório quer pagar-lhe hoje mesmo. Eram cinco horas da tarde. Tinha-se lembrado de ir a um agiota, mas voltou sem ousar pedir nada. Ao enfiar pela rua da Assembleia é que viu a carteira no chão, apanhou-a, meteu no bolso e foi andando.

Durante os primeiros minutos, Honório não pensou nada; foi andando, andando, andando, até o largo da Carioca. No largo parou alguns instantes; — enfiou depois pela rua da Carioca, mas voltou logo, e entrou na rua Uruguaiana. Sem saber como, achou-se daí a pouco no largo de São Francisco de Paula; e ainda, sem saber como, entrou em um café. Pediu alguma coisa e encostou-se à parede, olhando para fora. Tinha medo de abrir a carteira; podia não achar nada, apenas papéis e sem valor para ele. Ao mesmo tempo, e esta era a causa principal das reflexões, a consciência perguntava-lhe se podia utilizar-se do dinheiro que achasse. Não lhe perguntava com o ar de quem não sabe, mas antes com uma expressão irônica e de censura. Podia lançar mão do dinheiro, e ir pagar com ele a dívida? Eis o ponto. A consciência acabou por lhe dizer que não podia, que devia levar a carteira à polícia, ou anunciá-la; mas tão depressa acabava de lhe dizer isto, vinham os apuros da ocasião, e puxavam por ele, e convidavam-no a ir pagar a cocheira.[9] Chegavam mesmo

---

[6] Piadas.

[7] Isto é, dívidas com aluguel de diligências, carruagens, ou outros tipos de veículos de tração animal.

[8] Cobrar alguém de modo constrangedor, com grande insistência.

[9] Edifício, ou alojamento, para alugar e guardar carruagens e diligências.

a dizer-lhe que, se fosse ele que a tivesse perdido, ninguém iria entregar-lha; insinuação que lhe deu ânimo.

Tudo isso antes de abrir a carteira. Tirou-a do bolso, finalmente, mas com medo, quase às escondidas; abriu-a, e ficou trêmulo. Tinha dinheiro, muito dinheiro; não contou, mas viu duas notas de duzentos mil-réis, algumas de cinquenta e vinte; calculou uns setecentos mil-réis ou mais; quando menos, seiscentos. Era a dívida paga; eram menos algumas despesas urgentes. Honório teve tentações de fechar os olhos, correr à cocheira, pagar, e, depois de paga a dívida, adeus; reconciliar-se-ia consigo. Fechou a carteira, e, com medo de a perder, tornou a guardá-la.

Mas daí a pouco tirou-a outra vez, e abriu-a, com vontade de contar o dinheiro. Contar para quê? Era dele? Afinal venceu-se e contou: eram setecentos e trinta mil-réis. Honório teve um calafrio. Ninguém viu, ninguém soube; podia ser um lance da fortuna,[10] a sua boa sorte, um anjo... Honório teve pena de não crer nos anjos... Mas por que não havia de crer neles? E voltava ao dinheiro, olhava, passava-o pelas mãos; depois, resolvia o contrário, não usar do achado, restituí-lo. Restituí-lo a quem? Tratou de ver se havia na carteira algum sinal.

"Se houver um nome, uma indicação qualquer, não posso utilizar-me do dinheiro", pensou ele.

Esquadrinhou os bolsos da carteira. Achou cartas, que não abriu, bilhetinhos dobrados, que não leu, e por fim um cartão de visita; leu o nome; era do Gustavo. Mas então, a carteira?... Examinou-a por fora, e pareceu-lhe efetivamente do amigo. Voltou ao interior; achou mais dois cartões, mais três, mais cinco. Não havia duvidar; era dele.

A descoberta entristeceu-o. Não podia ficar com o dinheiro, sem praticar um ato ilícito, e, naquele caso, doloroso ao seu coração porque era em dano de um amigo. Todo o castelo levantado esboroou-se[11] como se fosse de cartas. Bebeu a última gota de café, sem reparar que estava frio. Saiu, e só então reparou que era quase noite. Caminhou para casa. Parece que a necessidade ainda lhe deu uns dois empurrões, mas ele resistiu.

"Paciência, disse ele consigo; verei amanhã o que posso fazer."

Chegando a casa, já ali achou o Gustavo, um pouco preocupado, e a própria D. Amélia o parecia também. Entrou rindo, e perguntou ao amigo se lhe faltava alguma coisa.

---

[10] Uma casualidade, um acaso da sorte.
[11] Desfez-se em ruínas; pulverizou-se.

— Nada.
— Nada?
— Por quê?
— Mete a mão no bolso; não te falta nada?
— Falta-me a carteira — disse o Gustavo sem meter a mão no bolso. Sabes se alguém a achou?
— Achei-a eu — disse Honório entregando-lha.

Gustavo pegou dela precipitadamente, e olhou desconfiado para o amigo. Esse olhar foi para Honório como um golpe de estilete; depois de tanta luta com a necessidade, era um triste prêmio. Sorriu amargamente; e, como o outro lhe perguntasse onde a achara, deu-lhe as explicações precisas.

— Mas conheceste-a?
— Não; achei os teus bilhetes de visita.

Honório deu duas voltas, e foi mudar de toalete[12] para o jantar. Então Gustavo sacou novamente a carteira, abriu-a, foi a um dos bolsos, tirou um dos bilhetinhos, que o outro não quis abrir nem ler, e estendeu-o a D. Amélia, que, ansiosa e trêmula, rasgou-o em trinta mil pedaços: era um bilhetinho de amor.

---

[12] Cuidar da aparência, zelando especialmente pelas roupas; trocar de vestes; arrumar-se.

© C*opyright* desta edição: Editora Martin Claret Ltda., 2019.

Direção
MARTIN CLARET

Produção editorial
CAROLINA MARANI LIMA / MAYARA ZUCHELI

Diagramação
GIOVANA GATTI QUADROTTI

Projeto gráfico e direção de arte
JOSÉ DUARTE T. DE CASTRO

Seleção e apresentação
JEAN PIERRE CHAUVIN

Revisão
ALEXANDER BARUTTI A. SIQUEIRA

Impressão e acabamento
GEOGRÁFICA EDITORA


Dados Internacionais de Catalogação na Publicação (CIP)
(Câmara Brasileira do Livro, SP, Brasil)

Assis, Machado de, 1839-1908.
Contos essenciais / Machado de Assis; seleção e apresentação Jean Pierre Chauvin; notas Djalma Lima. — São Paulo: Martin Claret, 2019.

ISBN 978-85-440-0217-9

1. Contos brasileiros  I. Chauvin, Jean Pierre. II. Lima, Djalma. III.Título.

19-25025                                    CDD-B869.3

Índices para catálogo sistemático:

1. Contos: Literatura brasileira   B869.3
Maria Alice Ferreira - Bibliotecária - CRB-8/7964


EDITORA MARTIN CLARET LTDA.
Rua Alegrete, 62 — Bairro Sumaré  — CEP: 01254-010 — São Paulo — SP
Tel.: (11) 3672-8144 — www.martinclaret.com.br
3ª reimpressão – 2025

CONTINUE COM A GENTE!

- Editora Martin Claret
- editoramartinclaret
- @EdMartinClaret
- www.martinclaret.com.br

Pólen
Natural